翟妍 著

霍林河的女人

作家出版社

农,天下之本,务莫大焉。

　　　　出自西汉司马迁《史记·孝文本纪》

1

在榆村，胡来早和所有姑娘都不一样。这不一样，不仅仅来自长相上的区别，性格上的差异，更多是源自虽然她们都是肩膀头上扛个脑袋，可大多姑娘，都想着将来怎么嫁个好男人，过那种不为钱发愁的日子，胡来早呢，脑子里从来都是装着读书的事，总想着有天考上大学，凤凰一样，飞出榆村。她喜欢画画，梦想是当个绘画老师。

一九九八年，胡来早参加了高考，整个夏天，她都沉浸在要去读大学的喜悦里。可她做梦也没想到，通知书还没等到，村后的霍林河发大水了，以至于大学录取通知书下来时，交通被大水阻断，信件根本邮寄不到榆村来，隔在了一河之隔的嘎罕诺尔镇第二中学——胡来早就是在那儿念的书。学校把电话打到了村委会，村书记刘国胜来报喜时，来早妈秀草犯难了，该怎么去嘎罕诺尔镇一趟呢？

由榆村到嘎罕诺尔镇本来是划着船就能过去，可天天下雨，河里的水时时高涨，白亮亮的，连着天，村里的广播喇叭不分早晚预报险情，嚷嚷着洪峰要来了，禁止坐船、渡河，所以水路是行不通了。

如此，就要坐火车了。

如此，隔河相望的镇子，一下子要绕出去百八十里，来早要去，她妈秀草不放心，打发来早爸胡长庚去把通知书拿回来。

坐火车要去火车站。

车站在好字井，和榆村隔着一条东西走向的渣石路，榆村在渣石路北，在赉安县境内，离渣石路有二三里。

好字井呢，在渣石路南，离榆村有七八里路远，隶属乾平县。

说起这赉安城和乾平县，在历史上都是不容小觑之地。

先说这赉安城，靠着嫩江，在古时候，是游牧民族的渔猎圣地。契丹皇帝捺钵出行，携文武百官、皇妃宫女，威仪浩荡，辗转到此，临朝听政，接见外国来使，举办"鹅头宴""鱼头宴"，"住坐"可长达数月之久。据说，北宋文学家苏辙那句"钓鱼射鹅沧海东"中这"沧海东"，指的就是赉安城及其周遭这片土地。

可历史除了给这片土地留下大量的残陶碎瓦、断井颓垣，百余个遗址群，并没有让这里的百姓见到唾手可得的财富，即便地域广博，大多都被盐碱覆盖，可耕种的土地像三个人身上的两根须，又稀又少，要是没点外财，日子只能越过越可怜。

再说那乾平县，和赉安城毗邻，位于吉松省西北，有文字记载，乾平县的地理位置顺应了八卦中乾、坎、艮、震、巽、离、坤、兑中的"乾"位，便叫了"乾县"，但早年间县境内土匪横行，人心惶惶，在"乾"字后又缀个"平"，兼以借地安民。

好字井在乾平县属于边缘村，经济比乾平县其他地方略弱，但人口稠密，家家户户土地多，日子好过，比起榆村，就有穿西服的遇见了戴狗皮帽子的那么点儿意思了。

一九九五年，乾平县有了油田。大大小小的油井，占了好字井大量的荒地和草原，这让好字井立马咸鱼翻身，在整个乾平县中突显出来。有了油田，就要用工，用工就要优先安排当地人，用了当地人，人家的口袋就鼓了，所以好字井不但在乾平县扬眉吐气了，与榆村的差距也越来越大了。

好在，油田把油井也打到了渣石路北，进到了赉安县境内，到了榆村地界，还把石油公司建在了榆村的草原上，如此，榆村也有人被招进石油公司，做了合同工。但能去到石油公司上班的榆村人，是屈指可数的，一定要去的，必须挖门子凿洞，买几个人情才行。

那年头，村里教书的老师一个月只能开百八十块钱，石油公司的合同工，每月能赚六七百，这是相当眼气人的。以至于胡来早刚初中毕业那年，胡长庚打算让她和村里的李小米、叶高粱一样，从学堂里退出来，再去找门子、说人情，让她也去石油公司上班。说凭她肚子里装着的那些书上的本事，寻个油田的差事保准不难，往后，再寻个找油的男人嫁了，照样不会下庄稼地。

榆村的姑娘，不下庄稼地，就是福气。

来早不那么认为，她坚信，幸福不是不下庄稼地那么简单，要嫁的男人，也不是脱离了庄稼汉就好，她心里伴侣的样子，要有文化、有头脑，说话头头是道，做事彬彬有礼，拿得起放得下，顶天立地。如此一来，那些整天跟黑油打交道黑渍麻花的找油人，即便口袋里揣着比砖头还厚的工资，她照样正眼儿不瞧。到了开学时，把书包、行李一扛，去学校住宿舍了。

胡长庚当然是不甘心由着来早去的。除了来早，他还有一个儿子，叫胡来多。在胡长庚的观念里，儿子肯定是要把书念到底的，儿子才是顶梁柱，是将来的一家之主。可家里的生活条件一般，供一个儿子他已力不从心，再加上闺女，那简直是矬子骑大马，上下两难。来早那么不管不顾地一走，胡长庚心里不免怨恨起来早，整天磨叨来早不懂事，不理解他的苦，说人家都讲，闺女是爸妈的小棉袄，可自己的"棉袄"，四处透风。这倒也不全怪胡长庚，他打小没爹，和他母亲一块儿省吃俭用，抚养两个弟弟、两个妹妹长大成人，累出一身毛病，稍稍一上年纪，腰疼腿疼都找上门来，下河打鱼、去草甸子抢钐刀打苇、伺候庄稼这些事，都是为了养活一家老小不得不硬撑着干，不然，日子更没法过。只是，那样磨叨过几次，秀草听不下去了。

秀草是疼来早，即便是闺女，也是自己身上掉下的肉。她说："姑娘家的小性子就能耍那么几年，由着她去吧，等到了该结婚的时候，看她还能耍给谁看。"言外之意，是来早爱上学，让她上好了，等她到了嫁人的年纪，让她嫁人就行了。就这么的，胡长庚不好再说啥了，让来早继续在嘎罕诺尔镇念书。

就这么的，秀草愣是靠着多饲养出来的猪、鸡、鸭、鹅，把来早供到了高中毕业。

就这么的，来早考上大学了。

胡长庚去好字井火车站时，雨照旧下着，秀草帮他穿上雨衣，送他出门，嘱他不要走大路，说大路碱性大，泥头乖张，走起来拔脚，要走那防风林下的毛毛道，才不会弄脏鞋子。

从榆村通往好字井那道防风林，东边是一片玉米大地，庄稼长势好，遮挡住了原本隐约可见的一个小村。西边是草原，千里沃野，平坦开阔，辽远无际，没被水淹前，上面长满羊碱草、碱蓬蒿、马莲、老瓜瓢……各式各样的乡间野生植物，到了盛夏，野花们你追我赶，开出的颜色五花八门。有一种趴在地上生长，会结出一串串肉嘟嘟红艳艳果实的灌木，没人知道它的名字，可它们总是用自己矮小的身子给野兔、跳鼠、山耗子、刺猬撑起一个家。而今，到处都是水，汪洋迷茫。只有一栋小楼，红顶白墙，很是扎眼。

2

那小楼是石油公司，榆村的王树贵在那里打更。

王树贵和胡长庚的年纪一般大，小时候，从悠车里掉出来，摔坏了眼，看人时总是一只眼往天上瞟，一只眼往地上瞄。榆村人叫他"王看天儿"。

因为这"看天儿"，王树贵年轻时找媳妇没找到随心的，娶了好字井的一个闺女，相貌谈不上好，也不算难看，长个土捏的实心眼，脑子不那么灵光。王树贵嫌弃她，家里有好嚼果了，也舍不得给她吃。她馋得慌。有一回，王树贵去嘎罕诺尔镇粮库交公粮回来，见她还没做饭，只能自己动手，去倒灰筐时，倒出一团坨坨，扒拉开一看，是一团白面条。他拐着灰筐回来，手里掂着那坨面，跳着脚，心直疼。打来一桶水，一边冲洗，一边往嘴里塞，越吃越牙碜，越想越气，揪过她，抡巴掌打。他老婆鼻涕一把泪一把地说："还不是因为你平时总苛待我，我才趁你不在家，擀面条吃，吃到最后，顶到了嗓葫芦，见还剩一碗，怕你回来骂人，顺手倒进了灰筐里。"

王树贵骂她是个馋老婆，要休了她。她继续哭着说："过年时，胡长庚起码要给秀草换个新头巾，我不过吃了几碗面条，就惹你这样心狠。嫁你时，觉得你有不如人的地方，会拿媳妇当宝儿呢，这可好，一碗面条都舍不下。"邻居听见吵，过来劝，说王树贵一个爷们，不能因为一口吃的，和自己的媳妇较真儿。王树贵解释说："不是心疼她吃，是气她要趁着我不在家才吃，吃剩了还败祸。"邻居听了说："她就是一个实心眼，你还计较个啥呢？"王树贵品来品去，更觉丢人，但也没别的法子处置她，只好将就着过日子。他们生了一个儿子，倒是令人满意，叫春生，和来早同年。

春生念书不成器，初中毕业后，没念高中，去乾平县一家家具厂学木匠去了。恰是那年，榆村来油田了，王树贵便跑来打更，图个逍遥自在。

胡长庚和王树贵关系好，小时候一起上学，撒尿插香拜过把子，直到现在，见面了，还一口一个"老磕头"地叫着。所以，路过石油公司门口时，他特意放慢脚步，往更房那儿看了看。他是想通过王树贵帮忙，找一辆油罐子车，把他捎到好字井。

更房前有一块菜地，西红柿已经泛红，茄子也开花了，紫色的茄纽油光发亮。甜杆儿的种子是九头鸟的，一株已经分蘖出好几个枝杈。菜地周边是花墙，一水儿的万寿菊，经雨一润，香气阵阵扑鼻。丝瓜长势好，爬到更房的屋顶上去了，一棵苦瓜秧绕着树干往天上钻，结下的苦瓜竟有丈八长。这些，都是王树贵侍弄的。下雨了，他也不闲着，站在菜地里，给茄子打底叶。胡长庚站在大门口，一眼瞧见他，喊一声"老磕头的"，朝里走来，一辆油罐子车刚好往出开，他只好立在一旁，给车让路，盯着车，像是给车行注目礼似的。

车慢下来，司机从车窗里探出脑袋，叫他"胡叔"。是韩青，二十出头，白白净净，眼大眉浓。好字井人。他家在火车站前，住的是车站职工的家属房，红砖灰瓦，谈不上气派，倒也是乡间的一道风景，总惹得庄稼人好奇，对他家也礼敬三分。因为韩青爸是火车站的站务员，挣公家钱，总穿一身铁路工装，干净利索，相当体面。韩青妈也不是普通的家庭妇女，是乡里的计生员，管着十里八村女人的肚子，三天两头去各家各户发放避孕套,告诉人家一定要坚持使用,用没了还给。有新结婚的,生了第一胎的,也要去嘱咐一番,讲讲政策原则,敲敲警钟和边鼓,以防一不小心,乱了方寸,踩了红线。那时候,在整个乾平县,韩青妈的计生工作是最出色的,总能动之以情,晓之以理,说服整个好字井的女人,让她们不作不闹,享受"一个孩子就是好"的政策。

那时候,韩青家和村里所有的家庭一样,抽屉里、炕席底下,到处都是避孕套,他好奇那东西的用处,总趁着他妈不注意,时而拿去当气球吹,时而往里头灌水。他那样淘气,自然是不乐意摸书本的,混到高中毕业,考了驾驶证,赶上油田招工,被招到车队来了,开油罐子车运油。

韩青负责的是一号油井。

一号油井是口老井,在榆村西边的草原上。那还是来早四五岁时,一伙找油的闯进榆村,在西边的草原上,没黑没白,忙活半年,打下的那么一眼油井。打完后,钻井队就撤了,油井再没人问过,隔上十天半月,油井会耐不住寂寞一般,发一通脾气,天女散花一样往出喷油。榆村人一见那黑东西出来,用铁皮桶、"喂得罗"①往家里拎,扔到灶膛,当柴火烧。十几年以后,石油公司来了,那黑油变珍贵了,再不准榆村人随便拿,装上了磕头机,配上了储油罐,由韩青三天两头去输一次原油,往乾平县送。

这一刻,韩青是又要运油去了。胡长庚跟他也熟,捏着雨衣领子问他能不能捎个脚儿。韩青说没问题,让胡长庚去更房等,自己先去输油,约摸回来时,胡长庚再去路口拦他。

胡长庚知道,路上捎人这事儿,不能太明目张胆,否则韩青会被老总骂,就说好。王树贵站在茄子地里,问他是不是要坐火车去给来早取录取通知书。胡长庚说是呢是呢。王树贵让他等一下,转身回了屋。不一会儿,王树贵拿着一封信,趴在窗口,从窗户下雨帘的缝隙间递出来,让胡长庚快看看,说大概是不用去了,来早的录取通知书

---

① 俄语音译词,指上粗下细的水桶。

被人捎回来了。

胡长庚大步走过去，接过一看，那上头的寄出地址，确是一所师范大学的名头，问王树贵信咋在他手里。王树贵笑着告诉胡长庚，是公司里有人去嘎罕诺尔镇给自家孩子取通知书，见有来早的，给捎回来了，自己正想着晚上专门回村一趟，给他道喜呢。

胡长庚也笑，对着韩青挥挥手，示意不必捎脚了，韩青嘴上道着喜，把油罐子车开走了。胡长庚又和王树贵闲扯几句，拿着通知书回家了。临别前，胡长庚让王树贵晚上换了班后，去家里喝酒。王树贵答应了。

胡长庚到了家，把通知书摊在桌子上，一家人都围过来，左看右看，个个美得合不拢嘴。来早更是笑眉喜眼的，紧紧搂着秀草的脖子，一个劲儿说："这可都是妈的功劳，要不是妈坚持让我念书，我早像李小米和叶高粱一样，去石油公司打工了。"

秀草温和地摩挲着来早的头发，眼睛却看着胡长庚，神情里带着一点得意，像是说："咋样？我没白坚持吧，给你们胡家供出一个大学生。"

胡长庚看出了秀草那点心思，也不辩驳，让秀草赶紧去炒几个拿手菜，说要请王树贵来喝酒。

秀草最能领会自己长庚的心思了，知道他要请王树贵喝酒，无非是想表达两层意思，一层是对捎信的谢意，另一层是想跟这个老磕头的显摆显摆，自家出了大学生。以前，王树贵总仗着自己和胡长庚磕过头，拜过把子，就觉得和胡家门当户对，也仗着春生和来早是一起长大，总说等春生学成木匠，要和胡长庚做亲家。那时候，胡长庚和秀草合计过，说来早的书要是念不出名堂，和春生好，倒也知根知底。现在，来早考上大学了，以后，多的是高枝儿可奔，这春生，是无论如何也不能入眼了。

秀草干活麻利，一会儿工夫，把菜炒好了，把酒桌也摆好了。酒刚倒上，王树贵来了。

胡长庚面带笑容，招呼王树贵落座，王树贵还没开喝，已经糊涂了似的，闲话连篇说一堆，拉着胡长庚反复问："老磕头的，你说咱俩这辈子，是不是多个脑袋差个姓的关系？说过的话，是不是要算数？吐口唾沫是不是都要算个钉儿？"

胡长庚知道王树贵想说来早和春生的事，举着酒杯，只一个劲儿劝酒，咋也不肯接他的话茬儿。

王树贵不依不饶地质问他："咋的？闺女要上大学了，觉得我家春生高攀了？"

胡长庚被逼无奈，他说："咱俩还能做孩子们的主？儿大不由爷，女大不由娘，这个道理你不懂？"

王树贵说："是你生养的不？是，就应该听你这个爹的。"

胡长庚不想再跟他纠缠，拿眼看秀草。秀草立马半开玩笑地说："树贵，都说当年为了一碗面条，你把春生妈打个够呛，是真的不？要是真的，春生往后要是随了你，我可不敢把来早许给你家呢。"一句话，把王树贵撑消停了，这话题终于过去，总算把一顿饭顺利吃完。

3

接着，胡长庚就给来早张罗升学宴了。那天，天儿难得晴下来，阳光照在薄薄的雾霭上，整个榆村泛着潮润。胡家的院子里有一棵老柳，一大早，喜鹊在上面跳来跳去。

胡长庚看一眼那喜鹊，朝河边去了，是要和打鱼人定购宴席上用的鱼。关于宴席，他想弄得热热闹闹风风光光的，不管咋说，榆村的女子，念书出息的，来早也是蝎子屃屃独一份。

胡长庚一到岸边，打鱼人正好拖着渔网上岸，鱼筐里的鱼也满满当当的。河水太大，冲坏了周边不少鱼塘，打鱼人天天能打上大鱼。胡长庚凑过去看，打鱼的赶紧说："李占家的鱼塘又被大水冲开了，鱼都跑到河里来了，很大，用作宴席，保准有面儿。"

胡长庚的心思都在鱼上，没仔细听打鱼人的唠叨，瞧着鱼着实好，都背家里去了。

帆布大棚是前一天搭起来的，胡长庚背着鱼筐到家时，榆村人的"御用杀手"张黑子已经把羊杀好了。羊皮刚搭在墙头上，苍蝇还没来得及往上扑，一个收破烂的赶着毛驴车在街上吆喝起来，胡长庚喊他过来，把两张羊皮收走了。

"捞头忙"请的是村里最有头有脸的王树才。他是王树贵的大哥，因为还有个叫树旺的弟弟在赉安县水利局当局长，村人更敬重他三分，外号"屯不错"。

王树才威望高，谁家有个大事小情，他都给支派；谁家有个红白喜事，他都给张罗。这工夫，他已经跟大师傅共同列出十六个菜品，并指挥大师傅在新搭起的灶台前卖开腕子了。油锅声嗞嗞啦啦响，香气在院子里荡。

秀草人缘好，榆村的女人们都来帮忙了。她们站在棚子底下剀鱼、择菜、洗菜、切菜，和坐在一旁打扑克的男人们逗嘴，笑声一浪一浪掀着，差点把棚子震翻。

王树贵也跟石油公司请了假，特意来捧场子，见女人们剀的鱼是清一色的红尾鲤子，又大又肥，叫过胡长庚说："买这么大的鱼，可要贵些呢。"胡长庚说："贵就贵嘛，难得搞这么一回。"王树贵阴阳怪气地说："闺女到底是外姓人，你供再好，将来还不是要去别人家过日子，生了崽崽，还不是要随人家的姓，你该等你家来多考上时，再这么铺张。"胡长庚听了，十分不舒坦，也不看他，语气里带着一丝嘲弄道："闺女就要精细养，倒是儿子，书要是读不好，让他学木匠去，那样，春生还可以教教他。"王树贵的脸唰一下白了，眼睛朝天上一翻，看见开小卖店的晴二嫂来了，就不理胡长庚，跑去和晴二嫂打招呼，顺路溜进灶房，偷了几个刚出锅的油炸丸子，往晴二嫂嘴里塞。

这晴二嫂可是榆村的红人。不到三十，俏鼻子俏眼儿，能说会道，笑起来比男人还豪爽，住在村子正当央，开一家小卖店，卖些烟酒糖茶、零头碎脑什么的。农闲时，打扑克的、看条牌的、搓麻将的，都到她那里开场子。她抽红，扑克有扑克的抽法，条牌有条牌的抽法，麻将的红利最大，人群不同，抽红的筹码也随机应变。她接触的人各色各样，练就了见啥人说啥话的本事。王树贵把一个丸子塞进她嘴里时，她扯着嗓子一吆喝："哟，树贵大哥可真会疼人，这要不是当着这么多人的面儿，我非亲你一口。"

王树贵一听，顿时拔了拔腰杆，说："当着大伙的面亲，那才叫真心真意呢。"

大棚子底下有男人钻出来，起哄道："人家晴二嫂就是那么一说，树贵你还敢当真？要亲也轮不到亲你。"

王树贵说："我咋了？嫌我没村书记官大？"

大伙听了，都哈哈笑，知道王树贵是话里有话呢。那是因为背地里榆村人都说，晴二嫂开小卖店从来不交工商税，万一上头有人来查，村书记就出面，请那些来收税的人去嘎罕诺尔镇喝酒，逢年过节的，村书记去上头送礼，总不忘了替晴二嫂也打点一下，就算晴二嫂把小卖店开成牌局子，照样顺风顺水。

晴二嫂一听大伙拿话寒碜她，也不恼，说："刘国胜对我是不赖，可他赚了钱，还不是要放在他婆娘的口袋里去吗？要是我和他媳妇一道儿去嘎罕诺尔镇赶集，见到了相熟的人，人家会喊他老婆是村书记家的，我就算真的和他好，别人也只会叫我晴二嫂子呢。给我说情话的男人，头上不管闪耀着啥样的光环，都不会照到我呢。何况刘国胜就算有那个贼心也没那个贼胆呢，不过就是嘴头子臊，从来不动真格的。所以我晴二嫂才不会去谈那些亏本的情啊爱啊的呢。"

大伙笑得更欢，王树贵却不依不饶，又说："村书记不动真格的，那电工杜老歪呢，动真格的了吗？"

一说到杜老歪，就听人群外有人喊："电工来了。"大伙转身去看，见杜老歪背着电工兜子到了。

晴二嫂不闹了，混迹到女人堆里，把袖子一挽，说："来来来，有啥让我干的，都拿过来，那个王看天，真是狗嘴吐不出象牙呢。"

大伙正撒着欢，来了一个姑娘。是来早的好朋友，头发黝黑茂密，鹅蛋脸，肩上斜斜垂下一根麻花辫子，穿着一件灰白格子娃娃领掐腰长裙，又高又瘦，眼睛水汪汪的，有些哀伤。她是张黑子的闺女，住在来早家后面，叫张麦子，和来早一样，二十岁了。她们小的时候，总是爬过隔在两家之间的那堵院墙玩摆家家，经年累月下来，那院墙竟被她俩爬出一道豁口。秀草总逗张麦子，说来早要是个男娃，一准把她娶过来当媳妇。为此，来早和张麦子玩过很多次摆家家，房前屋后到处是碎碗碴儿、小泥人和一个挨着一个的土窝窝。

又来了两个姑娘。也是来早的好朋友。也是二十岁。那白白净净，个子高挑，瓜子脸、大眼睛、长睫毛，梳着垂肩长发，穿一袭黑色长裙的，叫李小米。

那皮肤细嫩，脸蛋椭圆，眼睛一笑一笑，个子不高不矮，束着马尾，稍微有些丰润，上身穿一件红白相间条纹短袖，下身着蓝色牛仔裤的，叫叶高粱。

李小米和叶高粱两家是东西两院的邻居，都住在张麦子家后面。早些年，李小米和叶高粱小，是不跟张麦子往一起凑合的，是她们嫌弃张麦子的家境不好。因为她爸张黑子是个好吃懒做的主，庄稼地里总是草比庄稼高，没娶麦子妈前，一直是榆村的马倌儿；娶了麦子妈以后，村上为了照顾他，给他评了一个五保户，自此，年年吃政府的特殊救济，不感到羞臊，倒好像自己是领工资的，吃得好，活得快活。他爱喝酒，谁家有事儿都要往前凑，怕人家嫌弃，去了就抢着劈柴烧火，干些粗笨活，一通忙活下来，也少不了吃饭时要请他上桌。

张麦子妈呢，疯疯癫癫的，犯起病，满街走，挨家门口骂人，有时，还寻死觅活的，要跳河。

那样的人家，每天都鸡飞狗跳的，恍似张麦子也神经兮兮，让人害怕。李小米和叶高粱每次见了张麦子都要绕着走，甚至会拉着来早说，张麦子也会像她妈一样突然发疯的，万一闹起来，会朝大伙脸上吐唾沫。来早不信，说麦子吐谁唾沫，也不会吐她。叶高粱和李小米笑她傻，说她总跟疯子的家人打连连，也会变成疯子的。

这话虽然没到过张麦子的耳朵，可张麦子还是从李小米和叶高粱的眼神里看出了躲闪和距离。有一回，张麦子和来早说："你没必要因为我，去疏远李小米和叶高粱。"来早说："不管她们怎么看，你都是我最好的朋友。"

等到李小米和叶高粱不另眼看待张麦子了，那已经是长成大姑娘时的事了。大姑娘，对人对事，就有了分寸，对张麦子再怎么心存偏见，面子上还是能藏住的。而真正和张麦子走近以后，发现麦子这人是很不错的，从小吃惯了苦头，一副男娃秉性，皮皮实实的，不怎么说话，心眼倒是极好。村里人都说是随了她妈，说她妈没疯的时候特别善良，那时候，村上有一批小知青，衣服要是破了，不会舞针弄线地缝补，她常去给这个缝缝，给那个补补，落下一副好口碑。只可惜，好人没好报，到头来，害了一个疯病，也把张麦子拖累了。是张麦子读到初二那年，她爸就以她妈离不开人，弄不好会跳河为由，不让她念书了。这个理由，张麦子无法抗衡，和人命比，学业就如灯草灰过秤，分量很轻。尤其，那还是自己妈的命。

4

在接下去的时间里，那三个还在念书的姑娘，一个一个地，也跟长跑赛道上的运动员一样，陆续有人掉队。

李小米和叶高粱读到了初中毕业，连中考也没参加，一起回家务农了。

先说李小米家，她爷爷年轻那会儿，家里很穷，吃了上顿没下顿的，照样和她奶奶一年生一个崽，愣是生满了十二生肖，除了老二和老七是闺女，其余的，肩挨肩，都是大小伙子，一长起来，吃饭要一锅，穿衣要一摞，该上学时，买不起书，交不起学杂费，最多在学校里晃荡个三年两载，纷纷辍学，充当家里的好劳力去了。儿子多，劳力多，李小米的爷爷早早当上了村里的老爷子，显得十分好命。可给儿子娶媳妇时，就没哪家的闺女愿意进门了，只好把儿子一个个倒插门给女方。

榆村的习俗，长子是不能倒插门的，那李家的小子，从老三开始，到了婚娶的年纪，通通夹着铺盖卷走人，到女方家撑门户去了，日子也都过得有模有样。唯独那老三到了丈人家后，和丈人像是五行相克，处处不合拍。丈人指东，他打西；丈人叫狗，他撵鸡。气得丈人说他不是养老的姑爷子,把他从家里赶出去了。他正求之不得,领着媳妇回了榆村,三四年的光景里,两个丫头落地了。他也是打算和媳妇好好过日子的,可在二丫头出生不久后,老村书记领着嘎罕诺尔镇的计生干部,把他的家抄了,铁锅和饭碗都没给留。他看着黑洞洞的灶台,犹如六月里反穿皮袄,里外发火,当晚,把老村书记家的柴火垛给点了。

这老三就是李占。就是李小米的爹。他点老村书记柴火垛那天有风,火被风吹着,舔着了老村书记家的马圈,活活烧死两匹马。为此,李占蹲了三年班房,再回来时,发现二丫头已在一场大病中夭折了。他愤愤不平,结识一帮二流子,起先是偷鸡摸狗,后来便觉得小偷小摸不可口,开始偷羊偷马偷车,班房进进出出,从来没教育好他,还在嘎罕诺尔镇养个坐陪女,希望能生个儿子出来,那女人的肚子也争气,果真给他添了个儿子。添了儿子可不好呢,他基本住在嘎罕诺尔镇了,从此以后,榆村这个家里要是没有大事发生,就很少回来了。小米妈曾哀求过他,要他跟那女人断了,把孩子抱回来养。他舍不得那女人,肯定是不乐意,小米妈就和他吵。每次吵,他都揪着小米妈打,从屋里打到屋外,又打到大街,常常惹来半村人围着看热闹。

再说叶高粱,她念书不念书的,从来没人管,她爸叶大山从来不指望她念书出息人,所以她一贯不把念书当回事,因为跟李小米关系好,李小米念她就念,李小米辍学她就辍学。李小米不参加中考,她也随着。

到头来,只有来早坚持读书,坚持相信靠着读书可以实现梦想。这多多少少的,让那几个辍学的有些嫉妒。张麦子还好,和来早家住前后院,从小玩到大的关系,每次来早回来,都还有话可说。李小米和叶高粱不一样了,整天跟着家里人去种地,和拉犁拉车的马一样,风里来雨里去,变得又黑又皱,和纯纯素素的来早一比,简直是跷脚驴子追马跑,累死也赶不上了。在那样脸朝黄土背朝天的日子里,上学时的一切温馨甜蜜,都很快被抛到了脑后,成为庄稼人那种苦累,让李小米和叶高粱再也没心情回忆姐妹情谊了,晚上睡觉时,恨不得拽着猫尾巴往被窝里爬。

最可气的是,干那样又苦又累的活,李小米和叶高粱连件漂亮衣服也穿不着，从年头挨到年尾，挨到庄稼上场，把样样数数的粮食收回来卖掉，看着换回的钱，想着去城里买点可心的衣物，美滋滋伸手朝家里要，她们的妈却把柜子一锁，貔貅似的，只能进，不许花。妈妈们都有一套"省钱经"，说过日子要细水长流才行，姑娘家的手指缝儿要攥紧，不然，有了婆家，也不会持家。

这把李小米和叶高粱的肺管子都快气炸开了，青春那么短，哪个姑娘不想在青春年华里用最好的装束打扮自己呢？可她们拿自己的妈一点办法也没有，要想在家里过消停日子，就必须守家里的规矩——该干活干活，等嫁人以后，有了自己的日子，才由着你折腾。

于是，有很长一段日子，李小米和叶高粱是不愿意见来早的。

正在这节骨眼上，石油公司的小白楼建好了，到处招工，李小米和叶高粱就相约着去找村书记刘国胜，让他给说了情，一起到石油公司打工了。那以后，月月有薪水拿了，脸上用了脂粉，身上穿了得体的衣裳，才又在来早面前把腰杆子挺起来。如今，来早考上了大学，这升学宴，她们也有底气来吃了。所以，她俩一钻进帆布棚子，就四处撒目来早。

来早一眼望见她们了，拉着张麦子起身相迎。

李小米见状说："人家都讲，亲戚有远近，朋友有厚薄，你瞧吧，麦子这么早就来了，就是比我们跟来早的关系好。"

叶高粱也打趣说："只可惜，来早要离开榆村了，她俩的关系再厚，也要分道扬镳呢。"

张麦子笑笑说："等来早走了，我会跟你俩厚起来的。"

来早站在一旁，把长长的头发束在脑后，绾成一个丸子说："你们呀，见了面就要打嘴仗。"

李小米说："我们都是俗人，学不来你那文绉绉的样儿。"

来早咯咯笑，额前垂下几缕青丝，在一双睡凤眼前荡来荡去。小巧的肩膀露出两根透明的吊带，一颤一颤的。她穿了一件淡黄色的休闲裙，领口处镶着的那一圈荷叶边，也跟着抖来抖去。

来早说："你们啊，总欺负麦子，等我上大学走了，怎么能放心把麦子托付给你们呢？"说话间，她揽着她们，在大棚子底下的一张空桌前坐下了，顺手拉过桌子上装葵花子和糖块的盘子，让她们吃。

李小米从盘子里摸起一块喜糖，扒着说："那你把麦子带去上大学吧。"

叶高粱也拿起糖说："行了行了，咱们别拿麦子说笑了，咱们几个当中，当年学习最好的，就数麦子呢，麦子要是一直念下去，也会有这样光鲜的场面的。"说到这，抬眼看看张麦子，又说，"这就是命，来早命好，才念书最长远。"

张麦子不想旧事重提，也怕她们没完没了，抓一把瓜子放在她们面前说："吃东西也堵不住你们俩的嘴。"

来早也怕这个话题再继续下去会惹张麦子难过，赶紧打岔，问她们看没看一个热播剧，说自己为了好好完成高考，三年里，从来没看过一眼电视，这回，算是看个过瘾。

叶高粱没明白来早转移话题的用意，在来早的话音落下时，拉拉张麦子说："麦子麦子，你总去晴二嫂那里，不是跟铁嘴儿学了不少算命的本事吗？你给来早看看，来早是啥命？"

来早听了，好奇地盯着张麦子说："你还有这本事？可从来没在我面前露过呢。"

张麦子有点不自在。她去晴二嫂那里，无非是因为晴二嫂是个手巧的人，会做手编，不管是绳子、枝条、芦苇、苞米叶、布条、塑料包装袋、输液管还是别的什么东西，只要到了她手里，分分钟就会变成要么实用、要么好看的玩意。她男人常年在外打工，她守着小卖店的营生，总编一些物件打发日子。张麦子去学手艺，是想回来教她妈，她妈有点事做，就不会到处乱跑。

但晴二嫂的小卖店，石油公司的姑娘小伙们常去玩耍，村里的闲杂人等也常去凑热闹，"铁嘴儿"更是天天登门，口袋里揣着一副纸卦牌，逗引大伙抽运势，抽到好的，人家给他赏钱；抽到不好的，人家给他破灾钱，他是总也不亏本。张麦子看着好玩，手里编着东西，眼睛跟着那些卦牌瞧，渐渐也瞧出几分门道儿，还跟着"铁嘴儿"学了几套卦辞。可那点门道儿，也不过是皮毛，她哪敢在人前卖弄呢。就说："你们别难为人了，我哪有'铁嘴儿'那本事？"

叶高粱不依不饶,非要张麦子展示展示。

李小米也来劲儿了,跟着起哄架秧子地说:"算着玩嘛,都不当真的。"

她们把张麦子逼没法儿了,张麦子只好像模像样端详起来早的脸。

这一端详,倒真觉得来早的睡凤眼上讲究,便想起一套卦辞来,学着"铁嘴儿"的语气道:

> 日月分明两角齐,二波长秀笑微微。
> 流而不动神光色,翰苑声名达凤池。

背毕,李小米和叶高粱都说照搬"铁嘴儿"的卦辞不算,非要张麦子说出点特别,才罢休。

闹到这份上,张麦子认真起来,又一本正经抓过来早的手,低着头看了半晌儿,犹犹豫豫说:"来早没有事业线呢。"

李小米、叶高粱一听这个,往前凑了凑,盯着来早的手心使劲看。

叶高粱说:"麦子,你会不会看啊,人家来早都要上大学了,咋能没有事业线?"

李小米倒是一咂嘴说:"哎哟,以前上中专都包分配,从今年开始,大学毕业也得自己去找工作,所以,来早这大学,兴许白上呢。"

来早却把手收回去,攥着拳头,用另一只手握着,放在了胸口。她觉得这个游戏很煞风景,跺跺脚,抖落白鞋上的一片瓜子皮子说:"我才不信这个呢。"

5

将近中午时,来胡长庚家吃席的人越来越多了。胡长庚的两个妹妹——胡芝芬和胡芝芳,各自带着女婿和孩子,脚前脚后来了。两个弟弟——胡长北和胡长安,也携家带口,赶到了。胡长庚的老母亲穿了一身新衣，抱着她的猫，让来多搀着她，出来迎接。

院子里更加热闹起来，邻家的孩子在人堆里穿来绕去，一只板凳狗张着嘴，吐着舌头追赶着。有母鸡的咯哒声从鸡窝里传出来。村子当央的电线杆子上，广播喇叭还在说着汛情防控，"捞头忙"招呼着胡家的姑爷媳妇们上座，喊着："老天爷赏脸啊，今儿个该着是喝酒的好日子呢，风平浪静的。"

这工夫，村书记刘国胜进院儿了，扯开嗓门警告大伙喝归喝，站岗巡逻的事可不能耽搁。大伙拿着刘国胜闹，说领导干部应该发扬风格，平日里都是大伙巡逻，今儿个，应该村书记换岗。刘国胜就让他们敞开了喝，说万一河水漫过来，他就一个人跑。

来多从同学家借来一台 VCD，连在了电视上，临窗一摆，满院子就飘开了《相约一九九八》。村书记上前关掉，说一唱歌大伙就听不清广播喇叭里播的汛情了。王树贵上前又给打开，拉着刘国胜，让他给大伙唱一段《水漫蓝桥》，说他年轻那会儿，参加赉安县的文艺汇演时，愣是凭着一段《水漫蓝桥》，拿了头奖。

一提《水漫蓝桥》，大伙的兴致也被挑起来了。他们都知道，当年，和村书记一起唱《水漫蓝桥》的，不是别人，正是麦子妈。那时候，麦子妈还没疯，唱过《水漫蓝桥》就疯了。王树贵一看大伙附和自己，干脆哪壶不开提哪壶，缠磨着刘国胜说："书记，麦子妈疯，是不是和你有关？"

刘国胜瞪王树贵一眼，一甩袖子，让大伙吃着，自己巡堤去了。

王树贵闹了个无趣，抓过麦克风，塞给了迎面而来的张黑子。

那张黑子趁机耍开了，张口唱道："霍林河弯又弯，发起水来没了边，盼着有桥上头架，最好二九十八孔，九孔流水九孔干，九孔干地跑车马，九孔流水能行船，桥上来往人不断，单表表南岸咱这边。咱这边有人名长庚，生下一对凤和龙，凤落梧桐好威风。待到他日龙祥瑞，大伙还来捧尊公。"

这一闹，把那防控汛情的喇叭声彻底压下去了。

升学宴就在 VCD 里传出的歌声和大喇叭里播放防控汛情通知的交替重叠中开始了。

春生也从乾平县回来了，"捞头忙"安排他帮忙端盘子——就是走席的时候，负责给大伙上菜，吃空了，负责给添盘。王树贵瞧不上这差事，看人家来早坐在特别耀眼的位置，正陪着几个同学又说又笑的，春生倒成了一个跑堂的，被呼来叫去，拉住春生挖苦道："瞧瞧你那屄样，给来早当小支使，也不嫌低贱。"

春生说："我大爷给安排的，我敢不听？要不，你去跟我大爷说说，把我换下来？"

王树贵不吱声了，他大哥的话，他不敢不听，毕竟，在他们家，连那个当局长的树旺，也是十分敬重这个兄长的。撇撇嘴，寻个位子，坐等开席去了。

一碟一碟的菜很快摆在桌子上了，压轴的红烧鲤鱼往上一端，"捞头忙"站在人群中央讲了一段开场白，宣布菜齐了，让大伙吃好喝好。

大伙就吃开了。

没一会儿，大棚子底下又是猜拳，又是行酒令，吵成一片。

没一会儿，男人们都红头涨脸，有了醺醺醉态。

就在这时，李占光着膀子，露着刺有青龙飞虎的脊背进到院子里来了。他气势汹汹，绕着桌子一看，抬手指着盘子里的大鲤鱼说："我的鱼这不都在这呢吗？这不都给炖了吗？胡长庚啊胡长庚，你吃我的鱼，就这么白吃啊？"

胡长庚走过来说："我花钱买的，咋成了你的鱼？"

李占说："红尾鲤，除了我的鱼塘有，霍林河里生不出来。"

胡长庚说："鱼身上可没有'李占'两个字。"

李占说："你和我玩横的？我砸了你这棚子，你信不信？"

"捞头忙"听见了动静，赶紧跑过来，摸起桌上的烟，抖落出几根，给李占递过去说："三儿，一个村住着，可不能砸场子。不就几条鱼的事儿吗？你说这鱼是你的，这鱼就是你的，回头我替长庚给你钱，你要是觉得我给不起，我去赉安城找我弟树旺，让他亲自把这钱给你结了。"

一提起树旺，李占坐下了，也不管谁的杯子，端起来，把里头的酒喝了说："多大点事儿啊，还犯得着惊动树旺？怪就怪长庚哥是个不会来事儿的,他哪怕提前跟我招呼一声,鱼我就白送他了。"

"捞头忙"趁机给胡长庚使个眼色说:"长庚啊,大喜的日子,你自己可别搅局,拿酒来,给三弟倒上。"

胡长庚也不想把事闹大,借坡下驴,拿起一瓶酒,给李占倒上了。

酒一下肚,李占有笑模样了,舞舞扎扎,跟这个推杯换盏,跟那个喝酒猜拳,大伙为了帮胡长庚把喜事弄圆满,就都陪着李占闹,喝完一悠,又来一悠,整个村子,酒气熏天。

等大伙都散去以后,胡长庚送走亲戚朋友,带着醉意睡去了。秀草也很累,天一黑,倒在炕上歇了。

谁也不曾想到,夜里,大水漫过了堤坝。

原本,白天时,风是朝北吹的,酒席间,村人还说,只要风向不变,堤坝就能把河水拦住。风向要是一旦变了,土坝早已泡囊了,是禁不住那样的拍打的。

果不其然,睡到半夜,风向变了。

风一点也没眷顾榆村,一点也没成全这喜气,倒是像馋了这酒席宴菜的香味,刮着刮着,来个乾坤大挪移,从北往南吹开了。这样一来,那浪便也朝南涌,一浪推着一浪,只那么几个回合,大坝被推开一道口子。洪水像野兽一样肆无忌惮、推推搡搡,咆哮着朝榆村奔腾而来。

这晚,整个胡家,唯一清醒的,只有胡长庚的老母亲。老太太七十多岁了,觉越来越轻,总在夜深人静时回想自己的一生,回想独自拉扯五个孩子的难,越想越睡不着,越睡不着越想,折腾来折腾去。这晚,她正想着那几个匆匆来匆匆走的儿女,有些怨恨他们没能留下多陪陪自己,忽听见外面有大雨泻下的声音浑浑滚滚,由远渐近,砸在树上、庄稼上、屋顶上、窗棂上、门板上,噼啪作响。接着,电闪雷鸣。老太太伸手去开灯,但线路断了,灯没亮。村里的电线,破破烂烂,总是禁不住风雨,几天前,杜老歪来抄电字儿,还特意给修了一次,到底还是不行。老太太就摸索着下地,去叫里间儿的来多。来多睡那间房,山墙早裂开了一道口子,老太太一直很担心那墙会在大雨中倒塌。可当她摸到来多的门口,刚喊出来多的名字时,大水就进屋了。

"轰"地一声，那墙一整面砸下来，不偏不倚，正好把来多压在下面了。一家人都被惊醒了，黑灯瞎火的雨夜，他们慌成一团。

好在，胡长庚有在枕头下放手电筒的习惯，一把掏出来，借着那微光，从泥里水里把来多找到了。胡长庚背起儿子便往出逃，秀草和来早架着老太太，也跟着跑。榆村的地势呈陡坡状，人家的房屋都是沿着坡底建到坡顶的，那低处的房屋架不住洪水猛烈，眨眼工夫，和低处的农田一起，被卷入汪洋中去了。胡长庚一家好不容易跑到高处，来多却昏过去了。

秀草哭起来，想找个能搭把手的，送来多去乾平县医院。她抬眼一望，到处都是一跳一跳的手电光，忽见石油公司那边开来几辆油罐子，正帮忙往出救人，就拦上了一辆。赶巧，遇见的是韩青，二话没说，让他们上车，就往乾平县走。

来多断了一根肋骨，脾也裂开了，医生告诉他们，接了骨，还要切掉脾，否则，来多的血，会像霍林河水一样，漫灌他的整个胸腔。

很快，来多被推进了手术室。胡长庚和秀草坐在空荡荡的走廊里，听着外面的雨打风吹声，都掩面啜泣。他们啥都没有了，连送来早去上学的钱也没有了。

因为，胡长庚家的房子在低处。

几块地，也在低处。

6

新房子还是要建在原址上的，可洪水迟迟不退，工期迟迟拖着。榆村那些毁了房屋的人家，刘国胜让能投亲靠友的，都去投亲靠友了，没能投亲靠友的，在高处搭帐篷，暂时将就着。胡长庚哪也不想去，他倒是有弟弟妹妹们，可拖家带口的，住到谁家去，都很麻烦。最主要的是，弟弟妹妹们谁也没有发出邀请，他是做兄长的，更不好主动开口了。不过,他很想让老太太去弟弟妹妹那里避避难,问老太太要去谁家,他就给谁去个电话,让人家来接。老太太却十分依赖他,说啥也不离开榆村,坚持他在哪儿,她就在哪儿。他也明白老太太的意思,从来没跟他们生活过,即便同样是亲生,也相外。便不勉强。

胡长庚就领着来早和老太太在高处搭帐篷,那个地方在王树贵家的附近。王树贵的房子在高处,还完好无损。他站在院子里,看着胡长庚把帐篷支起来后,走过去,指着胡长庚,一顿腺皮地说:"老磕头的,你这么干可不对劲儿,人家知道的,当你是不想给人添麻烦,不知道的,还当我王树贵不仗义呢,让老磕头的住帐篷。你要实在想搭帐篷,就一个人在里头住,咱的老娘和孩子,我必须接到家里去。"说完,也不等胡长庚表态,拉起老太太就走。

老太太也不想一家人挤帐篷,就说:"等来多出院了,住帐篷可咋养病?树贵有心,就随树贵的意吧。"

胡长庚也担心住帐篷对来多的身体不利,只好领着老太太和来早住进王树贵家的东厢房里了。没过几天,来多出院了,秀草领着他回来,也住进来了。只是,那房子长久空着,也没拉电,胡长庚就把杜老歪找来,在屋子里安了一块电表,把电通上了。

大约是过了半个月左右,春生从乾平县回来了,王树贵热热闹闹办起了家宴,叫了他大哥王树才,还把他们王家那个在水利局当局长的树旺,也叫回来了。那树旺坐着小轿车,进村时,遇着人就从车窗里伸出一颗又大又圆的脑袋,唤着七姑八婶的。若有孩子追着车跑,立刻从随身提包里掏出一袋糖丢出去,看着孩子们疯疯闹闹地抢,他哈哈大笑。榆村人说:"树旺真是好心性,做了恁大的官,还是一点架子也没有。"这让王树贵赚足了面子,特意请了村书记刘国胜作陪。胡长庚住在他的院子里,自然也不能落过[①]。

到了吃饭时,王树贵当众拿出一瓶用纸盒子裹了好几层的酒,说是王树旺带回来的。瓶盖子一拧,酒香满屋子窜。先给刘国胜倒一杯,刘国胜贴在嘴唇上抿抿,说是好酒好酒。又给胡长庚倒,胡长庚对酒

[①] 落,辣音。方言,指漏掉某些细节。

知之甚少，平日里喝最多的，不过是晴二嫂小卖店里卖的老白干，他对酒好与赖的认识，仅限于喝完上头还是不上头，所以，在王树贵倒满酒杯后，轻轻扶一下杯体，问王树贵有啥喜事，把一家人这样齐整地叫回来？

王树贵笑，拿眼看他哥王树才。

王树才笑着说："树旺和春生都是我叫回来的。"原来，在来早升学宴的第二天，王树才给王树旺去了电话，他跟王树旺说胡长庚的闺女考上大学了，光耀门楣了，可他树旺的侄儿却在学木匠，往后，人家要是提起，会说当大官的树旺，有个当木匠的侄儿呢，丢人也是丢他树旺。让树旺必须回，必须把王家晚下辈这棵独苗从沦为小木匠的命运中拯救出来。

王树才讲时，王树贵在一兄一弟中间坐着，美滋滋的，也不说话，光看着春生笑。

胡长庚明白了，是来早考上了大学，王树贵也不甘心让春生以后当个小木匠了，就找王树才做主，让王树旺给春生找个更体面的事做。果然，王树旺接着王树才的话说："长庚哥，你看，我大哥这样讲，不是给我上眼药吗？我哪还有不回的道理呢？"

刘国胜在一旁插话道："那树旺回来，是要接春生走了？"

王树旺说："托了关系，让春生去给一个局长开小车，那人刚刚走马上任，正是用人的时候。"

刘国胜说："好啊好啊，树旺这样一安排，春生往后是差不了了。"春生倒是有些失望，他说："干吗不是给叔开车呢？"

王树旺笑，他说："到底是毛头小子，还需要历练。"

胡长庚始终没再说话，听着听着，也觉得春生要出人头地了，那给领导开小车的差事，看起来不起眼，可总围着领导转，说不定哪天转出个好运来呢。何况，还有树旺给撑腰，春生到了哪个领导跟前，哪个领导还不高看一眼呢？人生的事，真是没个定数，前几天他还因来早考上大学了，和王树贵杠了一场，可这才几天工夫，王树贵就实实在在扳回了这局。因为，来早的大学，上不起了。家里的一切，都被大水带走了，他啥也没有了。

酒席开始后，胡长庚一直想着来早不能去上学的事，越想越沮丧，越想越窝火，只管一门心思喝酒，暗笑这酒是专门摆给他的"鸿门宴"，不然还能怎么解释呢？你看，本来自己的闺女给自己挣了面子，让自己在榆村人面前大摆宴席那天，还拿着春生是小木匠的事，拐弯抹角地寒碜了王树贵一番，结果只过去半月光景，竟风水轮转，让王树贵实实在在风光起来，自己则颜面无存。尤其看着王家哥仨这样同心同德，不禁感叹，自己也有弟弟妹妹呢，要是他们也能像王树才和王树旺一样，拉扯自己一把，来早这大学，还是能上起的。可那天，来多还在住院，他给弟弟妹妹挨个打电话，想寻求一线帮助，可一说到钱，都支支吾吾。

尤其长安，还是在赉安城当老师的呢，也是挣公家钱的，却和王树旺隔着天地那么远。那天，他打去电话，长安大概是生怕他借钱，连电话也没亲自接。让他媳妇乾岳接的。那乾岳还没等她这个大伯哥往钱上提，先封门说："大哥，这个年代的大学，可不比我们那个年代的大学了，毕业出来是铁饭碗，现在的大学，不包分配了，念来念去的，没准儿回来还是个庄稼人，来早一个姑娘家，早晚也是别姓人，你不如放弃算了，把精力用在来多身上才是正事，毕竟，他切了脾，人不如从前瓷实了，往后是要拈轻怕重过日子呢。"他听完，憋了一肚子气，可跟一个弟媳妇，能掰扯啥呢？只好讪嗒嗒挂掉电话。那一瞬，胡长庚想起小时候一家人忍饥受冻，抱团取暖的时光，怎么也想不明白，是从何时起，弟弟妹妹各有各的算盘了。眼下，王家三兄弟那样相亲相爱，彼此帮衬，真是太眼气人了。不觉地，胡长庚有些喝高。

王树贵也酒喝高了，见胡长庚蔫头耷脑的，拍拍他的肩膀说："老磕头的，不就是没钱供来早念书那点事吗？有啥犯难的呢，现在，你要是答应把来早许给春生，我让春生供来早，这往后，春生可不是小木匠了。"

胡长庚一听，觉得王树贵是臊皮他呢，可有王树才、王树旺和刘国胜在，也不好直接翻脸，笑笑起身，说要去茅楼子。他这一走，没再回去喝酒，直接回到自己窗下，吐个稀里哗啦。

第二天早饭时，胡长庚艰难地爬起来，捂着额头喊脑袋疼，说树旺的酒，也不过如此。秀草给胡长庚熬了小米粥。胡长庚喝着喝着，想起王树贵那些磕碜①人的话，喝一口粥，骂一句王树贵不地道。说自己真是猪油蒙心，脑子勾芡，才和王树贵这种人好了半辈子。俗话讲，君子不乘人之危，王树贵这么整，就算来早是个傻子，他也不会把闺女嫁到王家门上去。这磕头的情分，打今儿个起，也是到头了。

秀草也叹气，说现在毕竟还寄人檐下，也不要闹太掰，否则，让人一眼看出像是要老死不相往来似的，倒显得他胡长庚不识抬举，能忍就忍，能低头就低低头。

胡长庚没想到秀草能说出这样窝囊的话，筷子一摔，问秀草："你让我咋低头？你还想真把来早许给春生？"

秀草弯身捡起东一根西一根的筷子，用围裙擦了擦，又递给胡长庚，心气平和地说："那当然是不能的，只是，王树贵再说啥，你权当耳旁风就是了。"

胡长庚听完，认可秀草的话，接过筷子，稀里呼噜把粥喝干，自知刚才无端冲秀草发火，有点无理，就说："还是你识大体。"

秀草笑了笑，喝起粥来。

来早坐在一旁，听了半天，倒气着了，浑身发抖，撂下饭碗，找春生去了。

7

来早装着一肚子气闯进王树贵家时，王树贵正和春生妈一起帮着春生打行李。来早往屋里一站，王树贵和春生妈都以为她是要和春生道别呢，对个眼色，想隐出去，腾空子让她和春生俩单独说话。来早哪肯让他们得逞，伸手一拦说："叔，婶儿，正好你们都在，我有几句话和你们说。"

---
① 侮辱、贬低、喳人。

王树贵和春生妈见来早怒冲冲的，不知来早咋了，愣愣盯着她，等她的下文。

来早直截了当说："你们做长辈的，往后别再说我和春生的事了，我俩好不成。"

王树贵看看来早说："你和春生是竹马之交，咋现在突然就好不成了呢？"

来早说："我和春生从小一块长大，我是他，他是我，我俩要是好了，那不是自己和自己好吗？"

王树贵说："等春生拿了工资，可以给你攒学费，你甘心不上大学了吗？"

来早说："如果让我拿婚姻做交易，那我情愿我的通知书化成灰。"说完，转身出了门，留下王树贵和春生妈愣眉愣眼地你看我，我看你。

春生倒是嘿嘿一笑，说："这就是来早，你不惹她时，她挺温顺，一旦谁戳了她的肺管子，那就是黑熊精惹毛了孙悟空，只有死路一条。"

王树贵翻着白眼说："喊，早没看出来，这闺女还是个犟种，要是早看出来，我们王家才不上赶子呢。"

春生妈眨巴着眼，似乎还没想明白刚才发生了啥，忽地问春生："谁是黑熊精？谁是孙悟空？"

来早回到厢房门口，在窗前的一个木桩子上坐下，瘪瘪嘴，落下泪来。去春生家把事挑明，把话说清，不是她乐意的，可是，总见长辈拿她和春生争来论去，她实在心烦，她想用这种方式把这件事彻底了断，也省得父亲跟着受气。

眼泪流下来那一刻，来早已经十分委屈了，心想，这场大水，来得多么不是时候啊，如果一切都不曾改变，河水还和从前一样缓缓流淌，王树贵哪敢说出那样的话，父亲又何至于受到那样的侮辱？我呢，一定就是个大学生了。现在倒好，命运给我出了一道选择题，让我从大水到来那天开始，不停地问自己，是放弃上大学，还是坚持把学业完成？而坚持，又该拿什么去坚持呢？放弃，又多么令人不甘。十二年寒窗苦读，圆梦就在眼前，仿佛伸手可摘的果子，白白送给了别人。她想好好和父亲谈谈这个问题，又不知该怎么开口，她清楚，父亲和她一样,也备受这道选择题的折磨。

阳光还没漫过厢房的屋顶,倒下来的一大块阴影印在地上,把来早映成灰色,她听见母亲窸窣的脚步声,抹一下眼睛,把头别到另一侧去了,母亲在另一个木桩上坐下,她也没回过头来。

母亲不说话,来早也不说话。只见那地上的房影在慢慢退着,过了很久,把来早的一只脚照亮了。

来早盯着那脚尖,终于开口说:"是我爸让你来的吧?"

秀草说:"你爸在屋里看见你在这哭呢,让我来劝劝你。"

来早说:"劝我不要上学了,劝我认命,对吗?"

秀草说:"女人的命,有几个是尽遂人意的呢?"

来早说:"女人的命,不是命吗?"

秀草说:"其实,每个女人都是菩萨,一辈子都在牺牲自己,为爹妈、为兄弟姐妹、为男人、为儿女,唯独没有为自己的时候。"

来早说:"那我要是想为自己呢?"

秀草说:"你的心是怎么想的,你就怎么做。选择啥,我都不怪你。"

来早愣了一下,把头回转过来,看见阳光正笼罩着母亲,使母亲鬓角的白发变成金色。不知为何,来早觉得自己正在沦陷。

秀草是带着胡长庚的旨意来劝来早的,她回想当初,长庚不准来早继续念书,还是她给挡下的,如今,又让她说服来早放弃,里里外外,她倒成了萧何。秀草也曾满怀期待地问过长庚,真的不能让来早上大学了吗?在她心里,来早那么心高气傲,这么轻易掐死她的梦,太残忍。但长庚给她的答复是令人悲伤的,告诉她房子要盖,庄稼没了收成,来多手术后欠下的饥荒要还,如果供了来早,就要放弃来多。长庚说:"二选一,你倒是选选看?"秀草就沉默了,房子、庄稼、饥荒,长庚说的都是实情,那二选一,即便十分难以抉择,最后,她咬咬嘴唇,心里的天平还是朝来多倾斜过去。她妥协道:"也是啊,钱那东西,是不会像野地里的婆婆丁一样,自己一茬一茬往出冒的。"就来做说客了。

这会儿,秀草见来早不吭声,想趁热打铁,让来早更加死心塌地心甘情愿地放弃，虽觉痛心，还是使出了杀手锏。她要带着来早去看看那些泡在水里的庄稼，让来早更加清楚，不是父母狠心不供她，是现实摆在那儿，谁也无力回天。她知道，来早倔强是倔强了些，心是软的，一看见那些泡在水里的庄稼，定能理解爹妈的难。

　　来早不明白母亲的用意，还当母亲是想陪自己散散心，站起身，抹去眼泪，随着母亲走出了大门。

　　母女二人一路来到村外，到了自家庄稼地旁，一眼看见浸在水里的庄稼了，那些原本黑绿黑绿发油发亮的庄稼叶子，已经枯黄一片，长满污斑，风吹过来，颤颤地抖着。

　　秀草心疼，摸着那些庄稼，像是自言自语地说："完了，一场大水，全完了，不光庄稼完了，来多也完了，再也不是全须全尾的人了，要是下了庄稼地，重活儿干不了了，娶媳妇都找不来一个像样的闺女了。"

　　来早呆呆立着，静静听着，她不知道该怎么安慰母亲，也不知自己能为这个家做点啥。母亲的每一滴泪，每一句话，都逼着她不得不做出一个决定。看着那些长在高处的庄稼，还在热烈地生长着，她想，难道这世上真有"命运"一说吗？难道那天张麦子说我手上没有事业线，是真的？这一生，是要一事无成、无业可做了吗？老天爷不能开这样的玩笑，给了我一个华丽的开场，又要我灰头土脸跌入尘埃。不上大学，又该怎么办呢？

　　燕子在田间低飞高冲，麻雀和各种不知名的鸟儿在天空欢叫。草原上，那些未退的大水，漾着水纹，一波追赶一波。刚刚，在院子里，她还和母亲辩驳，要为自己而活，不管家里的难，此刻，面对那些残败的庄稼，她无论如何也做不到为自己而活了。她似乎已明白，真正地为自己而活，是以后永远也不会怪自己在亲人需要你时，你没有为亲人做出过牺牲而自责。她想，不用等到以后，此时此刻，自己已经怪自己太自私了。于是，她对母亲说："别哭了，这学，我不上了。"说完，她看见一辆小轿车驶过渣石路，那是王树旺带着春生走了。

　　当天晚上，秀草和胡长庚都有种卸下一副重担的轻松感，带着几分胜利者的得意，陪老太太玩了几把条牌。来早则去了河边。

来早是想和河水说说话，这一刻，她觉得张麦子、李小米、叶高粱中的任何一个人，都不能理解她。只有河水，能吞下她的苦。她跟河水说了很多，在把一切都告诉霍林河之后，把录取通知书也从口袋里掏出来，折成一只纸船，放在了河面上。她怔怔看着纸船一颠一颠，漂走了。

通知书没了，未来的一切，都成了一个虚幻的影子，那大学是啥样的，那城市该如何繁华，都和她无关了，她也不敢再去想什么读书改变命运，再也不敢去想当什么绘画老师，只能一遍一遍问自己，往后的路，到底该咋走呢？像李小米和叶高粱一样去油田里打工，还是像张麦子那样握着锄头种地去？她站在堤坝上，茫然地看着河水一浪一浪拍过来，仿佛那些走过的光阴，都碎在那浪花里了。曾经有过那么多的想法和欲望，以为会澎湃一生，然而，洪水还没有退去，那些念头，却要先退去了。暗夜里依然有歌声远一下近一下飘来，是张黑子唱的，唱词是：人的命啊，天注定，胡思乱想全没用。

来早听着，脑子里忽地蹦出一句——不知吾所以然而然，命也。

榆村的雨，从这天开始，再也没下过。

8

洪水慢慢退去了，那些倒了房屋、仓子、猪圈、马厩、院墙的人家，都忙着砌院盖新房了。张黑子又有忙的了，这家串一场，那家干一阵，顿顿能闹个油嘴肚儿圆，喝了小酒，嘴叼根笤帚棍，在街上一甩一甩地走，十分快活。

在胡长庚心里，最理想的房子是四间挂着红瓦的砖房，结结实实，气气派派，盖一回，后半生都不用再为房子操劳。而且，来多也大了，不管将来会不会和他一样在榆村生活，在来多把媳妇领回来那一刻，砖房够排场，女方不会因此看低来多。

但这理想太奢侈了，胡长庚负担不起砖瓦钱，也负担不起瓦工钱，只能和榆村的大多数人一样，盖一座干打垒的土房。这样，至少黄黏土可以就地取材，人工方面，和那些同样要盖干打垒的人家联手，互利互助，又能省下一笔开销。即便这样，花钱的地方也不少，买檩木，买苇席子、打门窗、买玻璃，杂七碎八，说不到念不到，就要掏钱袋子，有人来帮忙，顿顿都要准备像样的伙食。房子盖好后，屋子里的东西也是要置办的。

盖房子是大事，胡长庚一把这口信传出去，村书记刘国胜、叶大山以及村里大部分男人，都来帮忙了。张黑子也加入进来。盖房这种事，和平常那些红白事还不一样，平常那些红白事中，张黑子出点力气，混个吃喝也就混了，但盖房子都是你帮了我，我再去帮你，所以，他一来，大伙好生不乐意，他们不想和张黑子插伙①，不想张黑子盖房时去给张黑子帮忙。

胡长庚倒是没犹豫，他说："都是邻居，来早和麦子又那样好，当是替来早帮麦子吧。"话讲到这个分上，大伙都觉得麦子和她妈挺可怜，都看在麦子母女的情分上，同意带上张黑子了。

榆村人常讲，"脱坯打墙，活见阎王"，但接下去的一段时间里，那些没了房子的家家户户，男人们齐心协力，开地基、打桩、挖壕取土，很快把房子的框架夯起来了。

胡长庚老早请了木匠，砍了房架子，打好房梁，第一个给房子上房箔了。

在榆村，上房箔是一件大事，房子封顶了，新家落成，要放鞭炮驱邪，预祝往后在新房里的日子四平八稳，喜气洋洋。这一天，村上懂规矩的人家，都是要来随份子的，在外地的亲戚朋友也要赶回来捧场子。胡长庚平日里对人不错，差不多每家都来了人给他帮工，给他道喜，就连李占，也登门了。伸手不打笑脸人，胡长庚也放下前嫌，热情招待着。

人一多，秀草这个伙食长忙起来了，脚不沾地，光支使来早还不够，把小米妈、高粱妈还有村里的几个女人都叫来帮忙。她们热火朝

---

① 合伙。

天地忙活着,手上干着活儿,嘴上也不闲着,说着东家长西家短的。说着说着,高粱妈问了一句:"秀草,你的小姑子和小叔子,咋一个也没回来呢?"

这话让秀草也猛然意识到,她的两个小姑子、两个小叔子,在这件事上,坏规矩了。不过,坏规矩事小,没把哥嫂放在眼里才是真,要是拿哥嫂当回事,就算人不回来,份子钱也该到;就算份子钱不到,问候也该到。现在,她和长庚啥也没捞到,这不是小姑子和小叔子们合起伙来顶笡笤,愣是装着啥也看不见吗?秀草瞬间气着了,有一股邪火,拱到嗓子眼。

但秀草很快意识到,当着这么多人,她要是把这邪火发出去了,不用等到明天,满村便都是她家的闲话,所以,只气那么一下子,都没来得及让那气在脸上表现出来,立刻笑着对大伙说:"孩子的姑姑和叔叔们都忙,离家又远,回来一趟很折腾人,份子钱倒是都托人捎回来了,要不,家里也不会这么快买了苇席,上了房箔。"大伙一听,羡慕这一家的和美,说笑一阵,这个话题结束,又开始了新的话题。

房箔铺好,抹一遍碱泥,男人们住工了。他们开始吃饭时,一向不怎么计较的秀草,把胡长庚拉到一边,突然抱怨起来。她说:"老太太一直都是咱们养,房子盖好了,也是要有她一间的,咱们盖房花了这么多钱,不能让老太太出份子,可孩子的那几个姑姑叔叔,总该是出份子的,妈也是他们的妈,不是吗?不然,啥都是咱们包大头,不是让他们拿徒壁①吗?"

胡长庚愣愣地看着秀草,没想到她会说这些,而这些话,又不是毫无道理。他也不是没想过让妹妹弟弟们拨份子,那样,至少他能少背负些,可琢磨来琢磨去,下巴底下支砖,他张不开那个口。作为胡家的长子,他不想把老太太当筹码,跟妹妹弟弟们谈任何条件,在养老母亲这件事上,他一直坚守的原则是,有他们没他们,他都要尽孝心。尽孝,也是尽自己那份孝,与他们无关。可怜的是,秀草跟着受委屈了。他很心疼秀草,并不怪秀草偶尔寻是生非,趁着没人注意,

---

① 东北话,也写作图壁、涂壁,指总被当傻子,被人白占便宜。

快速拍了拍秀草的胳膊，算是安抚。他说："你就当嫁的是个独生子好了。"

秀草撇撇嘴，知道说了也是白说，也不再计较了，长庚心里有数，她就知足了。

新房盖好后，胡长庚找来电工杜老歪，给屋子里通了电，秀草就开始布置屋子里，为了省钱，她只给屋里简单添置了炕琴、锅碗瓢盆和行李。她说："别的东西，要靠时间慢慢攒。"所以胡长庚的这个新家环堵萧然，看起来空荡荡的。日子，在这空荡中重新打开篇章，烟火尘埃，生生落落，秋天也应时应季，准时到来。

在秋收之前，李占、叶大山、张黑子家的房子也盖好了。

9

忙秋收时，马是要吃夜草的，胡长庚在半夜时起来撒尿，也要去趟马厩，胳肢窝下夹着手电筒，把上好的谷草拌上苞米面，倒进马槽。

秀草总在天没亮时起炕，赶着太阳出来之前把饭做好，把家禽喂饱。然后，张罗吃饭，好早点出工。

秀草是个热爱庄稼的人，一到秋收季，总怕庄稼丢，每次一吃饭，就责怪胡长庚慢吞吞，嚷嚷着起了大早，赶了晚集，胡长庚只好匆匆往嘴里扒拉一碗饭，或者手里拎个饽饽，就牵马套车。

在榆村，日子宽裕的人家，用三匹马拉车，一匹辕马，外加拉帮套的左膀右臂。日子一般的人家用两匹马。实在牵强难过的，好歹也要有一匹马。

胡长庚家原来有两匹马，新的马厩盖好之后，死了一匹。一开始，是两匹马一前一后病了，刨地、打滚、站卧不安，找来兽医瞧看，说是得了结症，怀疑是胡长庚喂马料时粗心大意，给马吃了不好的饲草。胡长庚很委屈，马是他的命，他咋敢给吃不好的饲草呢？他让兽医赶紧想法子，给马灌药。可兽医把看家的本领都使出来了，马还是死了一匹。是前结,很难治。胡长庚要伤心死了,兽医看不下去,连治疗费也免了。张黑子知道了,乐颠颠跑来,说要帮忙剥马皮,卖马肉,好歹能卖回几个钱,少受点亏折。

另一匹马吃了药,虽然拉下一大泡马粪,还是蔫水蔫草,一点也不欢实。这样,干活儿有些费劲了,低洼处的庄稼虽然都被淹了,高处还有几亩田,要往回抢收,让来早也一并下地,帮着掰掰苞米,在马车装满苞米棒子的时候,跟秀草一起,在车后推推,以减轻马的负担。

来早去了。可这么多年,她一直在嘎牙诺尔镇上学,对收庄稼实在没经验,第一天下地,磨出两手血泡。秀草有些心疼,让她抻悠①着干,到时候能帮着推推马车就行。胡长庚不行,他觉得来早实在娇气,说她是小姐身子丫鬟命,非好好磨磨,把那些血泡磨成茧子,才能把心磨成庄稼人。

来早听了,眼泪在眼窝窝里转,觉得父亲的心肠像茧子一样硬。不过她也知道,父亲话里的意思,是让她别再心气儿那么高,往后,这就是她的生活了。可这样的生活,真是一眼就望到头了,让人连点奔头都没有。她真不敢想,就这样找个同命相怜的男人嫁了,一天重复一天地过下去,活着的意义到底是什么?

这段日子,已经开始有媒人踏胡家的门槛子,给来早介绍对象了,比如好字井养牛大户的儿子呀、东西二屯种粮高手家的公子呀、嘎牙诺尔镇果蔬店的老板呀、服装店的业主呀什么的。胡长庚和秀草还花了不少心思,挑豆子似的,扒拉来扒拉去,为来早精挑细选起来,说什么买卖人不踏实,想给她找个靠谱的庄稼汉。这让来早措手不及,焦头烂额,不得不装出不识好歹的样子,给媒人撂脸子,死活不去相看。媒人见她那样,话里话外的,总敲打她说:"你这丫头,别当自己还是大学生啦,你肚子里认的那些字,是不能当种子下到地里,长出苗苗来的。男人找媳妇,是要心往一处使过日子的,你脑子里那些文章呀、算数呀,在过日子的人眼里,也不过是些糨糊,可不被稀罕呢。"

---

① 东北方言,拖延时间。

来早听了，脖子一歪说："我干啥要男人稀罕呢？我要嫁人，要找一个自己稀罕的呢。"

那媒人是个经了世事的半老婆子了，一听来早的话，咂咂舌头，对着秀草说："榆村的女人，除了晴二嫂那样风流的，在外人面前，都只敢詹詹日子的琐碎，谁也不敢越足男女间的规矩半步，你家来早还是个姑娘，竟能随便说出要找自己稀罕的男人这样的话，实在又忤逆又没羞没臊呢。"

秀草也感到丢人了，可她也知道来早的脾气，不敢和她硬碰，好言好语地说："你没书可读了，真该找个男人踏踏实实去过日子，那样，生个孩子，男人和孩子就成了你的全部，你忙着一日三餐和地里的庄稼，也就安分了。"

来早不乐意听，找个机会就会跑掉。

有一天傍晚，秀草在伙房里捞饭，胡长庚过来烧火，秀草手抓着笊篱，一甩一甩控着笊篱里的米汤，长一声短一声地叹气说："来早读那些书，也不知读到哪儿去了，说话没遮没拦，一个姑娘家的，真让人不省心。"

胡长庚说："她越是这样的性子，越要早些嫁人才好，有了家，就不劳你我管了。"

秀草说："你说得倒轻巧，媒人提的小伙子有一箩筐了，她哪儿肯顺从咱们的意思呢？"

胡长庚想起秀草年轻的时候，也是执拗得很，她母亲不同意她和他的婚事，她就炎炎大言，非长庚不嫁的，如此，倒也怪不得来早了，性情这东西，一定是可以从母亲身上轮转到儿女身上的。就说："许是随你了呢。"

秀草嗔怨地看胡长庚一眼说："现在，让我再做决定，我会后悔嫁给你呢。"

胡长庚笑了笑，不再和秀草玩笑下去，他说："这丫头，你该好好和她摆摆道理了。"

秀草"嗯嗯"应着，却想，慢慢找机会吧，不能太正式，否则，来早是听不进去的。

这天，日影西斜时，他们从庄稼地里回来，胡长庚说自己卸车就行，秀草一看，不用她和来早帮忙了，觉得机会来了，对胡长庚说："我做饭去。"说完，拉着来早就走。

10

来早早猜出母亲的心思了，没等进屋，拎起泔水桶，拌食拌料，喂那些不会说话的家禽去了。她磨磨蹭蹭的，给鸡鸭添了食，还一直对着它们发呆，等到秀草点着灶膛，屋顶升出白烟，空气里飘出柴草烧着的味道了，也不肯进屋。过了一会儿，听见母亲叫她，才从那些猪呀鸡呀的身上回过神来。可她不想听母亲的教诲，径直出了院子，朝堤坝去了。那时候，夕阳染红了河水，整个榆村也变了颜色，好像盖了霞帔。

那堤坝下的土地庙，发大水的时候，淹掉了。水退后，"铁嘴儿"说土地爷给他托梦了，要是不把庙宇修好，那老人家就要辞去掌管榆村地府死者户籍一类的行政事务，不再护佑村里的安宁平静，不再祛邪，不再避灾，不再赐五谷丰登、六畜兴旺、招财进宝，不再生养万物以育百姓。

这简直是咒语呢，连村书记刘国胜也不敢说"铁嘴儿"是在信口开河，生怕哪一件事应了验，赶了巧，会遭一村人谴责。就让"铁嘴儿"挨家挨户齐钱，请一个瓦匠，把土地庙重新修葺起来了。

新落成的土地庙很小，气场却阔绰有余。数百年的老神榆为其遮雨蔽日，翡翠绿的琉璃瓦扣在朱红的庙墙上，古色古香，惹人眼目。

土地爷端立其内，白须飘逸，含胸拔背，手持龙头拐杖，微微低首，慈眉笑目。面前略显局促的香案上，香炉里落满香灰，村民时常来供奉，香蕉、苹果、馒头之类的供品一应俱全，常常被掀翻一地，是有垂髫之年淘气的孩子，玩躲猫猫时，会钻进去，挤着土地爷坐，捡那些新鲜的水果吃。这还不算，有时还要小睡一会儿，不等到大人来唤，是万万不肯回家去的。

来早站在堤坝上，看着坝下的树木、荒原、田野、神灵和人间烟火，都被红烈烈的霞光笼罩着，一时间，恍恍惚惚，仿佛同天上偶尔飞过的大鸟一起，上了云霄。

不知过了多久，太阳沉到水底去了，大地上的一切变得朦胧，一辆摩托车从远处开来，在靠近土地庙的地方停住，那骑车的人，随即跳下，一头扎在土地庙里，半截身子留在了庙外。

来早好奇，下了堤坝，朝土地庙走去。

到了庙旁，见那人正屈身站起，一手拍打膝盖上的土，一手拎着一只雪白雪白的兔子，嘟囔着："小东西，看你还往哪儿跑？"一转身，见有个人，吓一跳，身子打个趔趄。

是韩青。他手里的兔子因脖颈被捏着，两条前腿缩着，后腿蹬来踹去。

来早盯着那白白的一团，问道："你想把它怎样？"

韩青把兔子举到眼前说："吃肉。我骑着摩托车追到这儿，好不容易逮住的。"说完，走到摩托车前，抬腿跨上去，踩一下启动杆，把摩托车起着了，要走。

来早急说："它都跑到土地爷那儿了，你应该给土地爷一个面子，放了它。"

韩青没听清，回头看她一眼问道："你说啥？"

来早说："放了它吧，就当是我代土地爷在求你。"

韩青看看兔子，又看看来早说："你还把土地爷给搬出来了，可够狠的。"犹豫一下，弯身把兔子放在脚边。兔子蜷着，一时没反应过来，等意识到一直抓着它的大手已经松开了，蹬开腿，连滚带爬，逃命去了。韩青笑兔子的狼狈相，转头对来早说："我是看在你的面子上。"

来早说："那我欠你一个人情了。"

韩青说："我会讨回去的。"

来早说："只要你往回讨，我随时奉还。"

韩青说："念大书的，就是明事理。"

来早心口一疼，以为韩青在嘲讽她，一丝愠怒在眼角晕开，即便不易察觉，韩青还是看出来了，忙说："我可没别的意思，只是跟你比，我读书太少了。你这样的，去干庄稼活儿，可惜了，石油公司还用人，你不妨去试试。"说完，骑车离去。

来早愣了好久，心里又是一阵空茫。

回到家，韩青的那句"可惜了"，惹来早失眠了。她想起在她把录取通知书折成船放走那一刻，心里念念回响的，就是这句"可惜了"。

可惜了埋头苦读十几年的光阴。

可惜了自己从今往后那漫长的人生，不管再活多少年，这日子，都是孙女穿奶奶的鞋，永远是老样儿了。

纸船被浪吞噬时，她的人生也随着那浪头翻了一翻。很多个夜晚过去了，梦境里，那纸船始终在颠簸，也像自己在水中浮浮沉沉。

躺在被窝里，来早翻过来掉过去、折折腾腾，实在难受，就坐起来，打开灯，拉开炕琴，翻出一本唐诗宋词读起来。书被大水泡过，纸张变了形，但字迹还是清晰的，她随便翻开，习惯性背了几首，都是写月的，都寄托着某种情思，难免更加伤感，拉开窗帘，正有月光落下来，不禁感叹，今人不见古时月，今月曾经照古人。待合上书，再把书放回炕琴里的时候，忽地发现一个包裹，拿出一看，是一套白色的新衣。那是升学宴前一天，她和李小米、叶高粱还有张麦子一起坐着石油公司的油罐子车去乾平县买的，一直不忍穿，发大水那晚，匆匆逃跑，很多东西都没带出去，这身衣服，却顺手抱在了怀里。

来早把包裹打开，把白衣穿在身上，看着镜子里的自己，仿佛也是新的。她坐到天微微泛白，才迷迷糊糊睡了。再醒来时，胡长庚已套好马车，喊她快点出门了。

来早就穿着那身白，站在胡长庚的面前了。

胡长庚吓一跳，使劲握握手里的鞭子说："弄这身，咋干活？"

来早说："咱家那点儿庄稼，用不到三个人。"

胡长庚慌着问："你想咋？"

来早说："我不想做一辈子庄稼人。"

胡长庚说："已经是了。"

来早说:"这一辈子才开始,不能这么认输,我要进城打工。"

胡长庚说:"等你嫁人了,随你咋弄去。"

来早说:"上大学的路堵死了,以后的路,我自己说了算。"

胡长庚听出来早的话里有怨气,鞭子一扬,抽在马背上。马拉着车,快速朝着大门外走去。

秀草在一旁看着,想数落来早几句,忽觉到底是亏欠她的,话到嘴边,又咽下,随着马车去了。

到了地里,三个人谁也不说一句话,只听见马儿发出的响鼻儿,在庄稼叶子的唰唰声中时而响起,时而落下。

11

那是漫长的一天。那样地漫长,恍似把胡长庚和秀草的一生都耗尽了。看着来早身上的白衣,在庄稼地里蒙上尘垢,在来早抬起袖子抹汗的一瞬间,成了一块抹布,成了一束被剪断的光,秀草拉拉长庚,让他停下手中的活儿,小声说:"她想进城打工去,依了她吧,要不,她会一直和我们耗下去的,穿着那身白,不就是抗议吗?"

胡长庚蹲在马车边,点一根烟,拧着眉头,慢慢抽着。

秀草叹气说:"那大水,早不发晚不发,干啥要偏赶上那节骨眼发呢?"

胡长庚说:"不赖大水,赖我没本事,可在这个家里,只有来多才是我们往后的指望,也是胡家的指望,我们没的选。"

马车那边,来早听着他们的话,突然说:"我去城里打工,有啥不好,要你们这样横拦竖挡的?"

胡长庚一下子跳起来说:"要想打工,非去城里不可吗?那石油公司不是现成的吗?你想去,明天就可以去。"

来早苦笑着,没再说话。

一车苞米掰完,胡长庚赶着马车往回走,秀草和来早在后面跟着,怕马拉不动，时不时推一下马车。

村上的路，那些坑坑洼洼的地方，每年收秋之前，刘国胜都要领着大伙重新垫一垫，但遇着雨或者重载，还是一压就烂。这天，胡长庚的马车上，多装了半垄玉米，到了那截新垫的路段，本来可以绕一绕的，可他脑子里都是要不要来早去打工的事儿，一含糊，车淤住了。

这下，胡长庚急坏了，一会儿吆喝马，一会儿喊来早和秀草推车，人和马都已累得气喘吁吁，车轱辘依然粘住了似的，一动不动。

胡长庚定定立了立，生出满肚子气，骂起来早来，他说："都是你个不省心的，害我分神，才把马车赶到坑里去了，要是早知道你这么拧，在娘胎里就该把你做掉，那样只生来多一个，还省得我被计生办的罚去一头老母猪和两年的工分呢。"越骂越来气，举起马鞭，一个劲儿朝着马背上抽。马疼，拼了老命往前挣。来早和秀草也使出全身力气在后面推，终于，马车从坑里蹿出来了，马儿带着怨气，上了正路，走一步，一耷嗒。

来早也有怨气，没跟着马车继续走，站在原地哭了。那马车渐渐远了，胡长庚和秀草谁也没回头叫来早。来早的心空空的，脑子一阵空白，一阵混沌，转身又跑到河边去了。

在河边坐到天将黑未黑时，来早正准备离开，看见小米妈来拜土地爷，往庙前一跪，十分虔诚，那样子，简直要把一颗心都给出去了。她听见小米妈对土地爷说："土地爷呀，你是再小的神，也是神，可为啥我每次求你，你都不显灵？你是不肯帮我呢，还是觉得我这样只会生闺女的女人，就该窝窝囊囊活一辈子呢？可我也不想只生出丫头啊，我要能生出一个儿子，他是不是就会对我好些？这次给你上香，敬酒，摆供品，万万请你到李占梦里指点一回吧，让他回心转意，回来和我过日子，再这么下去，我没心思活啦。他在外面生的孩子，我愿意替他养，只要和那个女的断了就行。土地爷啊，你神模神样，端立在这儿，这给你遮风避雨的庙堂，我也捐了十块钱呢。"

小米妈说够了，哭一阵，慢慢爬起来，准备离开了。一转身，看到了来早，打个愣怔说："不要告诉小米我来这里求这些，她恨她爸，一点也不希望他回到这个家。"

来早问道:"他总打你,你为啥还想跟他过日子?"

小米妈道:"离开他,我拿啥活呢?"

来早又问:"你为啥不自己赚钱?"

小米妈苦笑说:"榆村的女人不都是这样吗?男人挣来粥,跟着喝粥;挣来甜,跟着吃甜;日子要只是苦的,也不能怨,只能往下熬。"拍拍来早的肩膀,又说,"你还小呢,结婚就懂了。"说完,往村里去了。

来早看着小米妈越来越模糊的背影,再看看还徐徐散着烟气的香火,似乎小米妈的现在,就是未来某段时光里的自己,可怜、可笑,又那么可恨。她循着那香火,也跪在庙前,抬手摸摸土地爷的手杖说:"土地爷啊土地爷,大水来时,你都保不了自个儿的庙,能显啥灵呢?都说榆村人的命数在你手里攥着呢,你要是真的有灵,把我的命数还给我吧,让我自己掌管一回。"她给土地爷叩了三个头,也往回走了。

来早进村时,路过晴二嫂家门口,那院子里正热闹着,一群找油的把黑油浇在树根上,点着火,光亮冲天。VCD里放着曲儿,他们喝酒的喝酒、唱歌的唱歌、跳舞的跳舞。还有一个找油的把一个姑娘抵在墙角处,奋力亲吻着。来早认出,那男的是石油公司的张海,姑娘是李小米,顿感羞臊,满脸通红,跑开了。

她进院时,她家马厩下已经亮起昏黄的灯火,胡长庚弄着谷草,倒给马儿吃,大概是心疼那马白天挨了鞭子,放下草筛子,不停地摩挲着马背。秀草没啥事做,站在胡长庚的身后,和胡长庚说:"家里是留不住她了,进城还是去石油公司,快点拿个主意吧,不然,她天天闹,鸡犬不宁的,谁受得了?"

胡长庚的手在马背上停了停说:"我想好了,让她去石油公司吧,叶高粱和李小米不是也在那儿吗,她们还能做个伴,总比去人生地不熟的城里好。"

她听着这些,觉得自己的命运又被父亲安排,生气地接上一句:"要去石油公司你们自己去,我只进城。"

胡长庚和秀草一愣，同时回过身，看着她。

来早说："先前，你们不准我去上大学，是因为拿不出学费，现在，我去哪儿，也不会花你们一分钱，你们干啥还干涉我呢？"

秀草说："榆村的姑娘，没有哪个的心像你这样野，那城里乱马迎花①，是你想去就去的？"

来早说："我要是为了嫁男人和你们闹，那才叫野呢。为了自己的将来和你们闹，这叫抗争。"

秀草说不过她，拿眼看胡长庚。胡长庚已经气哆嗦了，朝来早走几步，声音一颤一颤地说："你生在这个家里，再怎么抗争，也争不过命。"

来早把脖子一歪说："争不过命的是你，我还没试过呢。"

胡长庚一看来早那样，抬起巴掌，抢在她的脸上。"啪"一声脆响，把秀草吓一抖，马儿也怔怔地看过来。来早更是傻了一样，捂住半边脸，只觉一阵火燎燎的热辣感，肆意烧灼开去。

12

榆村的庄稼一收完，秸秆也都被田地的主人码在自家的柴垛上了，东北风一刮，田野没有一点生气了，那些靠吸收天地之灵才能迎来旺年的万物，都在冬天里死了。霍林河也像跑累的孩子，沉沉睡着。站在堤坝上放眼望去，方圆数十里一览无余。老神榆也如掉光牙齿的老妇人，突兀地向天空张开枝丫，好似在祈求下一个三月早点到来，那样，她又可以丰韵，优美，亦不失在数百年风雨中虔诚修行而染上的神秘，一树盛德，深藏若虚。

按照以往的惯例，一到这个时候，就该采苇了。

榆村的苇，收成好时，苇秆子又高又粗，顶着一头芦花，摇来荡

---

① 东北方言，指风气不好，容易使人迷失自我，也用来形容人不三不四。

去，惹人喜爱。男人们纷纷去打，换成钱，甩给家里的婆娘，可以让她们置办一个富富有余的年，年三十的晚上，能多做出几道像样的菜品。多出的钱，也会让小孩子有新衣穿，有炮仗放，有冻秋梨啃。

可这一年，因为那场大水，霍林河里没有苇。没有苇，等于没了零花钱，就不能由着性子办年货了。因此，家家户户都为年而发愁。倒不是发愁年这个节日里没了好吃好穿，而是发愁过了那个热闹的日子就是春天了，春天是新的开始，要一切从头，要弄种子化肥，要展开新的生产劳作和开销，没钱日子是拉不开蹬的。

一些熬不住的人，要去外面打工了，他们禁不起那些已经从榆村离开的人鼓动，一听人家说外面有多么多么好，就随风唱影，要跟着去。有人劝胡长庚也去打工，胡长庚不认，他说，都讲外面的好，谁也没见哪个真的发了大财，把日子过得钵满瓢溢。庄稼人还不是要靠着土地才踏实吗？老话都讲，金窝银窝不如自己的草窝，那外头再好，又能好到哪儿去呢？所以，胡长庚不打算离开榆村。

秀草把豆包装进锅里的时候，胡长庚过来烧灶坑，拧着眉毛说："要不，咱家也包一些地吧，日子要想翻身，不多种地不行。"

秀草说："我也想和你说呢。来早在石油公司也干了两个月了，加上卖粮食攒下的钱，够你包几亩地了。"

胡长庚说："那次，打了她一巴掌，她才同意去石油公司，尽管不情不愿，工作起来，还算卖力，也没再闹出啥事儿，只是如今要花她的钱去买地，真是于心不忍。"

秀草说："她也算懂事的，到嘴的鸭子那么飞了，放在谁身上，能受得了呢？"

胡长庚说："我们做父母的亏欠了她，要是以后的日子能好过，给她多攒点嫁妆吧。"

既然商定要包地，胡长庚就满村子打听开了，问谁家的地往外包，搭嘎①了好几家，刚谈好价格，就有人铆价，都被撬了行。一来二去地，日子来到年跟前儿，包地的事，暂时搁下了。

---

① 东北方言，联系。

钱不那么充足，也没张罗让弟弟妹妹们回来，可有老太太在，过年也不能水水邋邋，该敬的祖宗还是要敬，该走的形式也照样要走，还有来早和来多两个孩子吵吵嚷嚷的，这个年，虽然不那么热闹，倒也不算清冷。好在老太太一向宽容，十分体恤儿女，从不挑理见怪，一切也如意。

俗话说，年节好过，平常日子难熬。年一过完，糟心的事儿就一桩一件找上门来了。先是来多，读书正读到褪节儿上，一张口要走了两千块。接着是继续包地，包好地，才能张罗种子化肥。

小米妈听说胡长庚要包地，想把自家的地包给他，李占不回来干活，她一个人种不上地，不如包出去省心。胡长庚知道李占家的地好，但他不愿和李家打交道，不好直说，就说李占不在家，怕小米妈说了不算，把小米妈打发了。

小米妈真心想把地包出去，还非把地包给胡长庚不可了，说要是觉得她一个女人说话不靠谱，可以捎信让李占回来和他签合同。让胡长庚千万等着，三天之内，保准把李占找回来，当面锣对面鼓，把这事敲定。

三天后的晚上，李占回来了。

小米妈已经有好一阵子没见到李占了，一见他进门，先把好吃好喝拿出来，又是炒又是炖，弄了七碟八碗，热了烧酒，好生伺候着。到了第二天，才去告诉胡长庚，李占回来了。

胡长庚揣着钱，硬着头皮到李小米家时，看见小米妈正站在窗下呜呜哭，李占手里端着一把板锹，骂咧咧的。胡长庚还以为是他们两口子因为往外包地的事在吵架，快步走过去，夺过李占手里的板锹说："地不外包就不外包，你打媳妇干啥？"他这样一讲，小米妈更大声哭开了。

李占气得跳脚说："你不知道咋回事，这事儿闹的，都他妈没法说。"胳膊一耸，把铁锹丢了，贴着墙根蹲下去了。

门前的榆树冒出了榆钱的嫩芽，早春的日影斜在窗棂上，虽然带着暖意，李占还是哆哆嗦嗦的。

胡长庚看着李占说："你可别怪我多管闲事，你一年不回来几次，你媳妇怪不容易的,你不该回来就拿媳妇扎筏子①。"

小米妈还在哭,李占瞥她一眼说:"你别他妈哭了,一天天地,连个闺女都看不住,你还有脸哭?"

小米妈抹抹眼泪道:"你还有脸怪我,小米能干出那种事,也是随了你。"

李占更恼火了,把没抽完的烟朝着小米妈扔去说:"闭嘴吧,你还嫌不够丢人吗?"

小米妈说:"不说不丢人吗?不说没人知道吗?口袋里装锥子,你藏得住吗?"

李占忽地站起来说:"反正我以后老了,是不指望这个闺女的,你爱咋弄就咋弄去吧。"说完,起身走了。

胡长庚站在那里,走也不是,留也不是,胡乱安慰小米妈几句,没提签包地合同的事儿,回家去了。

13

到了下午,就听张黑子满街传,李占大闹石油公司了。

原来,是早晨起来时,小米妈端着盆子去仓房舀米,路过李小米那间屋子的窗前时,见李小米的窗子没关严,就去关窗,手一碰到窗框,觉得不对劲了,想着虽然是早春,可天儿还很冷,窗子咋会开了呢?鬼使神差地,她拨开窗帘子,往炕上看了一眼,顿时吓得盆子掉在地上,一把把帘子扯上,不是好声地喊李占。

李占披着袄跑出来,见小米妈脸惨白着,顺着敞开的窗子往里看,见石油公司的张海,正慌慌张张坐在炕沿上穿衣裳。他脑子"嗡"一下,抄起板锹,就往窗台上爬。

---

① 读音 zā fá zi,是满语音译词,意思是指心里窝火儿,拿别人当出气筒,发泄怨气,震慑众人。

小米妈怕出人命，抱住李占的腰，生生把李占拖下来了。

李占上不去窗台，又往屋子里跑。屋子是东西间，一直是小米妈住东，李小米住西。李占伸手去拽李小米的门，里面却插着闩，拽不开。李占就骂："李小米你个不要脸的，看我不进去打死你。"一脚把门踹开了，钻进屋子里，一趸摸，那小子已经从后窗跑了。

李占揪着李小米打，小米妈拦着，李小米跑掉了，李占又拎着板锹追着小米妈打。

李占从家里离开后，没有回嘎罕诺尔镇，而是直接去石油公司找张海算账了。他这辈子，从来只有欺负别人的份，还没被别人欺负过呢。到石油公司大门口时，怕被王树贵看见，偷着往更房里瞄了瞄，见王树贵在看电视，三步并作两步，闪过窗前。但还是被王树贵给发现了，一个箭步从屋子里蹿出来，拦着他，问他来做啥。

李占气势汹汹地说："看天儿你是榆村人不？是榆村人就别挡我的道儿。"

王树贵死死拉住李占，说啥也不让李占进，他说："李占你在公司里可别吵吵巴火①地叫我的外号，要是叫出了名，我和你没完。"

李占一甩胳膊，把王树贵甩个趔趄，到底闯进去了，满院子喊张海。

那工夫，张海正好从食堂里出来，一眼瞧见李占，吓得直往韩青开过来的油罐子车上爬，刚爬到一半，李占扑上去了，扯着他的腿，把他拽下来了。张海趴在地上，摔得灰头土脸。李占趁机骑上去，照着张海的脸就是一拳，他说："搞对象归搞对象，没买票就上车，榆村可不兴，要是弄大了小米肚子，你能担起责任吗？"

张海四仰八叉躺在地上，鼻子淌出血来，咯咯笑说："叔，我要是睡了谁家闺女就要担责任，那可就和你一样，不止一个家了。"

李占没想到张海敢羞辱自己，又是一拳说："你要是能真心真意把小米娶了，这事儿，我默默咽了，要是只想玩玩，我可要说道说道了。"

张海把嘴里的血沫子一口吐在李占脸上，他说："半夜里，你闺女

---

① 东北话，指大声吵闹或说话嗓门高又不住嘴。

要是不给我留门，我就是想睡她，也睡不成呢，你说道个啥？"

李占一听，愣了，心想，自己也行走江湖半辈子，还没碰到过这么硬的茬儿呢。但姜总归是老的辣，瞬间变了主意，站起来，扑扑身上的土，把张海从地上提溜起来，附在他耳边，小声说："要是没个说法，我就告你入室强奸。"

这一招把张海吓到了，浑身一哆嗦，盯着李占说："只要不让我娶李小米，你开个价。"

李占伸出一根手指头说："少一分，我都送你去坐牢。"

张海自知李占不好惹，点点头，答应了。

李占胳膊一耸，把张海推开了，正欲离开，看见李小米站在人群里，泪眼汪汪盯着他。但他不管不顾离开了。

李小米抬起袖子，抹抹眼泪，走到张海跟前，她说："你说那些话，都是心里话吗？你从来没打算和我结婚，对不对？"

张海不吱声，来回擦着嘴角的血。

李小米幽怨地低下头，自言自语地说："怎么天下的男人都跟我爸一个德行呢？"说完，转身跑出人群，直奔食堂门口投放鼠药的毒饵盒处，一把抓起里面新放进去的毒饵，塞进嘴里了。

大伙冲过去，使劲撬李小米的嘴，怎么也撬不开。只好抱起李小米，往韩青的油罐子车里塞，让韩青快点往乾平县医院送。

在乾平县医院，经过一番抢救，李小米从鬼门关爬回来了。小米妈蹲在走廊里，不停地哭。跟丢人现眼比起来，她觉得还是小米的命更重要些。自己苦巴苦业地熬，还不就是活小米呢吗？

李占始终没出现在医院里，倒是准时拿到了张海的一万块，回嘎罕诺尔镇快活去了。

傍晚时，李小米有意识了，她一睁眼，看见她妈坐在床边抽抽搭搭地哭，拉拉她妈的手说："别哭了，我也没死。"她妈一听见她说话，哭声停下来，问她饿不饿。她摇摇头，又闭了眼。

她妈说："你可真傻啊，要是死了，我可咋活？"

李小米听着心烦，让她妈回，说家里的猫呀狗呀鸡呀鹅呀的，也饿一天了，该回去喂喂了。她妈不回，怕她还寻死觅活的，就说："你是死过一回的人了，可不能再寻死，老天爷是不会可怜两次作践自己的人的。"

李小米说："不会再死了，还要给你养老，等你死时，还要披麻戴孝，摔丧盆送终呢。"

这话难听，倒让小米妈放心了，就搭着油罐子车回了。

这晚，是来早和叶高粱陪李小米在医院过夜的。躺在病床上，李小米望着屋顶那盏白森森的灯说："我一文不值了，听到张海那句话的时候，我就觉得我一文不值了。"

来早和高叶粱都替李小米抱不平，骂了张海一阵，又劝李小米别乱想。叶高粱说："三条腿的蛤蟆不好找，两条腿的男人满地跑，等你出院了，倒要找个好的，气死那个张海呢。"

李小米不吭声，脑子里尽是些和张海的过往。

那张海，是三老总的亲外甥，高挑、大眼，是打着灯笼也难寻的俊男子，又是队长，不管走到哪儿，都是脑瓜顶装电扇——大出风头。他从来不追姑娘，都是南北二屯的姑娘围着他转。石油公司的人说，张海是不会娶乡野丫头的，不管谁追他，都是瞎子点灯——白搭。李小米听了，偏不服气，她说："乡野丫头咋了？比着城里的，缺鼻子少眼了？"大伙说："你不缺鼻子，也不少眼，倒去追追张海看，要是追成了，将来结婚的时候，咱们大伙给你俩买彩电冰箱洗衣机。"李小米说："人都讲，女追男，隔层纱，我要出马，保准一追一个准儿，你们且等着给我买彩电冰箱洗衣机吧。要是追不到张海，我李小米，这辈子不嫁人了。"

就这么的，李小米使出浑身解数，开始倒追张海了，今儿个买件衣服，明儿个送个杯子，隔三岔五地，去职工宿舍，把人家的脏衣服脏袜子通通洗了。这还不算，她知道张海爱抽烟，发了工资，月月都要搭上一条"长白山"。

男人哪经得住这么宠？李小米对他越好，张海越觉得她低贱，渐渐地，就视而不见了。就算她在他面前脱光衣服，他也觉得那不过是点餐的时候，顺带赠送的一份小菜，吃了也不必感恩戴德。

想起这些，泪珠又从李小米的眼角滚下来，她说："他没来吗？"

来早和叶高粱没应，怕她伤心。

夜深深地黑下去了，月亮爬上窗棂，探头探脑的，好像要偷窥这屋子里的秘密似的。

有风起，吹在窗户上，呼呼响，李小米说："那些情呀爱呀的，都不作数了？"

14

李小米出院后，身子一直需要调理，很长一段时间，没去石油公司上工。躺在炕上，整天盼着张海能来看看她，可左等右等的，日日落空。她很想从来早、叶高粱的嘴里知道些关于张海的消息。但来早每次来看她，稍坐一会儿，说些不疼不痒的话，就匆匆走了。叶高粱倒是瞒不住事儿的，每天都要和李小米讲几句张海，说他又和谁喝酒了，又和谁打牌了，又和哪个姑娘说了玩笑话，午饭吃了几个馒头，衣服换了啥颜色，乱七八糟的，总惹李小米一阵阵难过。

这天，叶高粱又来，见小米妈出去了，就说："看你这样我实在心疼，就去找张海了。"

李小米的眼睛一亮，问道："张海说啥了？"

叶高粱说："他说，你要怪，就怪自己是李占的闺女吧。"

李小米眼里的光一下子灭了，一把抓过被子，蒙在头上了。

李小米闹了这么一场后，胡长庚也不打算包李家的地了，是已经到了耕种时节，他把种子化肥都买完了。

一个月后，榆村的庄稼地里长出了各式各样的秧苗，李家的玉米也冒出了绿茵茵的芽，村人都说李家的玉米苗好，大概是种子比别家的好。小米妈听了，一点也不高兴，因为她发现李小米的肚子里，也有一颗种子发芽了。

那天，小米妈从地里回来，刚一进屋，看见李小米脸子蜡黄蜡黄的，趴在脸盆架子上哕哕地吐，她一惊，问李小米咋了。李小米不说话。小米妈心里涌上不好,试探地问:"是不是吃了不好的东西?"李小米还是不说话。小米妈一下子慌了,她知道,在榆村,一个没结婚的姑娘怀了孩子,是再也不会有好男人眷顾她了。她知道,人生的秘密有无数种,啥都能藏着,唯独这孩子,咋藏呢?哪有孩子在娘肚子里待一辈子的啊?她说:"李小米啊李小米,这可咋弄呀?"

到了第二天,小米妈做了一个决定:带着李小米,去医院。

李小米是顺从的,在手术室里,她老老实实脱了裤子,赤条条躺在手术台上,看着空荡荡的屋顶,吊着一盏孤独的灯,脑子里一片混沌。不知为何,她听见一阵哭声,好像是谁死了,请了唢呐班,悠悠的哀调子由远及近飘来,又由近及远飘去,特别让人伤神。她想,这是给逝者送行,也是给她青春的奏别曲。不一会儿,那哀调子远了,屋子里静悄悄的,一个大夫进来了,从柜子里拿出一个消毒包,麻利地打开,取出钳子剪子镊子来,擦拭、消毒,叮叮当当响一阵后,猛地一回身,看也不看她,像个刽子手,冷冷说:"把腿打开。"末了,她觉得一阵冰凉刺入她的下体,不禁一声惨叫,昏死过去了。

手术做不成了。大夫说:"她太虚弱,血压很低,要是硬做,怕出意外。"这让小米妈也没办法了,等李小米醒来后,又把她领回家了。

那以后,日子一天一天转,李小米始终带死不活,只有那肚子,遮不住掩不住,毫无顾忌,一天大似一天。

这中间,李占回来过一次,带回一包药,让小米妈找机会给李小米喂下,把那孩子弄掉。可李小米吃啥吐啥,一天要吐上五六次,有好几回,小米妈准备把药撒进李小米的饭里、水里,端到她跟前,又怕毁了她的身子,犹犹豫豫,一次也没得逞。

时间是禁不起犹豫的,一恍,庄稼又黄了一茬。

一恍,人又长了一岁。

一恍,李小米要当妈了。

李小米再也不快乐了,门也不出,一方面,她懒得动;另一方面,是承受不起榆村人的指指点点。虽然自打要生下这孩子那天起,她就豁出脸面了,可每次走在街上,一旦遇着人,即便隔着老远,她也能感觉到大伙在戳她的脊梁骨。索性,天天在家里躲着,日日在家里熬着。看看电视、做做家务，或者静静躺在炕上，摸着肚子，感受着小东西在里头翻来动去。那样的时候，她是从未有过一丝欣喜，她感觉那小东西每动一次，都把她身上还残存的那点姑娘家特有的心性磨灭一分，她还不确定自己能不能做好一个母亲，却不得不必须迎接这生命的到来了。

她不知道这样做是否值得，可要想反悔，已是一点退路也没有了。

二〇〇〇年腊月二十三，家家户户，都张罗过年了。

这一年，是不同于往年的。这一年，是千禧年。是二十世纪的最后一年，也是二十一世纪的第一年，是真正的辞旧迎新。

榆村人都说，到了二十一世纪，日子就好过了，家家能住上楼房，人人会拥有一部手机，打电话的时候，不管隔上多远，都能看到对方的脸。

榆村人都说，农民将实现现代化，解决温饱奔小康。等实现了现代化，一个人可以种一个村子的土地，剩下的人，只要把土地流转出去，可以躺在家里数钱呢。

老辈的不懂了，问道："那不又成地主了吗？"

年轻的笑笑说："那叫农业生产合作社，咱们要是把土地流转给合作社，那叫入股分红。"

老辈的还是不懂呢，就说："那不是回到大集体了吗？"

年轻的挥挥手说："和你们说不清呢，到时候你就知道了。"

到时候是啥时候，没有人知道，但整个榆村的人都对千禧年充满希望，好像一沾上这"千禧"二字，日子就藏了千喜万喜似的，谈了恋爱的，一定要在这一年里结婚。结了婚的，一定要在这一年里生孩子。生了孩子的，又一定要在这一年里讨个彩头，要把孩子叫成千禧宝宝。

所以这个年，榆村人都格外在意，要过得像模像样才行。

对联、挂旗儿，花花绿绿。娃子们都穿了新衣，口袋里一边是糖球，一边是炮仗，鼓溜溜的。他们在长者、亲人的吆喝声中，横一下竖一下，把那些写着"出入平安""抬头见喜""五更分两年年年称心，一夜连两岁岁岁如意"什么的大红对子，满院子、满门、满窗地贴，到处都是。

在外求学的，在城市打工上班的，不远万里赴归。榆村热闹起来了，到处弥散着炜猪肘子的香气。

年三十说到就到了，这年收成不错，胡长庚想让老太太热闹热闹，老早就借石油公司的电话，给弟弟妹妹们打，说年终岁尾了，都回来让老太太瞧看瞧看吧。弟弟妹妹们就都燕子似的，奔家来了。

先回的，是胡长安一家三口。

再回的是胡芝芬。

接着是胡芝芳。

胡长北一家没回，说是生意忙。

老太太没在意，她这个二儿已经不是第一次这样了，她已经习惯了，就像长庚所说，买卖人，不靠谱，回不回来的，都随他去吧。只要平安健康，就是好的。老太太端端坐在炕上，整理着早已缝好的平安福袋，准备给孩子们挂在脖子上。孩子们还小的时候，她就给他们挂福袋，如今都已大了，那福袋，还照样要挂。福袋里装了香草，还有一张最大面额的钞票，老太太向来是舍不得花钱的，但在送给孙辈的福袋里，总是要下些血本的。

胡长庚欢喜，日头一落，把门前的大红灯笼点亮了，灯光柔柔散散，在夜空晕开，仿佛给夜空涂了彩，撒了金粉。

秀草置办的年夜饭十分丰盛，有酱肘子、猪肉炖粉条子、猪皮焖子、小鸡炖蘑菇、炒椒盐花生米、熘肥肠白菜、拔丝土豆、糖醋排骨、红烧鲤鱼、木耳煎蛋。摆了一大桌。桌面是胡长庚从嘎罕诺尔镇新买回来的，往家里的小圆桌子上一放，能坐下十几口人。

老太太平常日子里不点香，不磕头，赶上这千禧之年，却穿上新衣，在案子上供上馒头饺子好菜好果，点上三炷香，敬上三盅酒，领着家里的大人孩子，都在案前跪好，跟先人唠叨些祭拜的话，再唠叨唠叨这一年的光景，然后就开始祈愿了，大约是敬也敬了，拜也拜了，好吃好喝好招待了，先人总不能看着家里的难处坐视不管，要显显灵，行行手里的权力，给自家这一支，罩个保护伞，让那些霉运都进不到门里来。

这一切做完，胡长庚张罗开席。秀草却还有更大的讲究，要等一等。这讲究也是她从老太太那里传承下来的，就是把家里的五谷杂粮样样数数拿出几粒，放在小碗里，用水泡上，放在温和的地方，等待发芽。老太太说过，这一晚泡上的种子，哪个先发了芽，哪个就将在明年迎来大丰收。秀草总是很看重泡种子的事儿，做起来十分认真。

接下来才是吃饭呢，一家人围桌坐下，老太太坐主位，儿子、媳妇、闺女、姑爷、孙女、孙子，在她的两侧依次排开，满满登登一大桌子，个个神采飞扬，看上去其乐融融。席间，轮番斟酒，趁兴喝干，直闹到沸沸扬扬。

李小米家却清清冷冷的，连一点年味也没有。小米妈倒是也烀了猪肉，也像模像样炒了好几个小菜，可摆上桌子准备吃饭的时候，发现李小米不在房里了。

外头乌漆麻黑的，小米妈大约猜出李小米是去石油公司了，她早听叶高粱说过，张海没回家过年，留下来替三老总值班。在心里恨恨地骂她没记性，人家拿她当臭狗屎，她倒好，热脸还去贴冷屁股。起身要去找，走到门口时，突然想，小米是不见棺材不落泪、不撞南墙不回头，让她去再见见棺材、撞撞墙也好。便一个人在桌前坐下来，也不动筷子，听着外面的爆竹声这家响起，那家落下的，心里涌起阵阵悲凉。李占没回，自己的日子就是守活寡，小米要是个男娃，哪会有这些糟心的事儿呢？她长长叹一口气，开始喝酒，没一会儿就醉了，倒在炕上，沉沉睡去了。

小米妈猜对了，李小米就是去石油公司了。自从闹了那一场自杀后，李小米很久没去过石油公司了，也没再见过张海。

年三十这晚，天黑以后，村子里就有爆竹声稀稀落落地响，小米妈开始包饺子了，李小米捧着滚圆的肚子，从炕上爬起来，也要帮忙，她妈看她病恹恹的，就说："算了算了，只有我们两个人，也吃不了太多，你不要上手了。"李小米就出门去，站在院子里，看了一阵烟花。忽想起叶高粱说张海没有回家，就往石油公司的小白楼望了望。大概是千禧年的缘故，那栋小白楼也添了喜庆，挂了炫彩灯，一闪一闪的。

也不知怎么了，李小米竟惦记起张海一个人该怎么过，又惦记起他是否能吃上饺子。她想，我是恨他的啊，恨他无数遍了，可怎么还要惦记他呢？唉，恨不都是因爱而起的吗？没有爱，何谈恨呢？我是爱过的呀,即便他啥也没承诺过我,也没给予我万千宠爱,可我就是爱他。还在爱他。不觉间,迈开步子,朝院外走去。

穿过漆黑的草原,李小米奔着那光亮去了,像迷路的夜行者,对那亮晶晶的炫彩灯,充满期待。

到石油公司门口的时候,李小米肚子里的孩子狠狠地动了一下,她扶墙而立,想起张爱玲的那句:爱一个人,是可以把自己低到尘埃里去的。她笑了笑,觉得自己简直比尘埃更低。

王树贵没在更房里,李小米省去很多麻烦,径直走进去,奔着张海的宿舍去了。

那宿舍的门虚掩着,透过门缝儿,李小米看见宿舍里只有张海一个人在喝酒。

她伸出手,把门推开,站在了门口。

张海手里端着酒,听见动静,侧头看过来,脸红着,带着几分醉意。他一看是小米,手一抖,酒从杯子里洒出来,紧跟着,脸子门帘儿一样撂下来,问道:"你来干啥?"

李小米走进去,在凳子上坐下,抚摸着肚子说:"我快生了,想让你看看他在我肚子里的样子。"

张海把酒杯放下说:"我要结婚了,咱俩那些事儿,你忘了吧。"

李小米说:"有这孩子在,你让我咋忘?"

张海说:"那是你的孩子,和我无关。"

李小米笑笑说:"你不认,我更要生下来给你看,我爱过你,要留住你送我的唯一的礼物。新年快乐。"

15

正月里的热闹总是短暂的,那些越是让人留恋的日子,越是泥鳅一样,溜得很快,顺着指尖、顺着河水、顺着烟囱,或者风。

正月初三,胡长庚家回来过年的亲人都散去了。

正月十五时，榆村那些在外打工的、回来串亲戚的，都打算过完最后一个团圆日就奔赴新的征程了。只有李家，迎来一个意外，是李占回来过元宵节了。

李占之所以这么重视这个元宵节，是打算在这天做两件事，一件是要在天黑后去祖坟送灯，一件是必须让李小米的孩子死在李小米的肚子里。那第一件是正经事，他一进屋，就嚷嚷着让小米妈赶紧做灯——玉米面做的金灯、白面做的银灯、荞面做的铁灯。那第二件，不敢明目张胆，在小米妈做完灯后，趁李小米端着灯放在外头冻的时候，随手塞给小米妈一个药包，他说："这可是最后的机会了，给她吃下去，胎儿会死在肚子里。"

小米妈接过纸包，脸顿时没了血色，看着李占，小声说："她都快生了，硬摘瓜，弄不好，可是一尸两命。"

李占说："你还真想这么不明不白当姥姥吗？"

小米妈把纸包攥紧，含着泪，去了厨房。她开始和面，调出一碗肉馅，把那纸包打开，手一抖，一撮药末落进肉馅里了。小米妈也想看到小米又变成清闲之身，那样，过个一年半载的，找个不知道她底细的外地人嫁了，兴许，她还可以过上让人满意的日子。

不一会儿，小米妈把饺子包好了，单独煮了一锅，没叫李小米上桌，两手捧着，放在了李小米的面前。

李小米坐在火炉子旁，望着通红的炉火，正痴痴发呆。她要临盆了，肚子很大，像扣了一口锅。忽看着她妈捧着一碗饺子来，一阵感动，眼泪吧嗒吧嗒往下掉。她妈给她擦擦眼泪说："一个女人，最幸福的时光，就是在娘家为闺女的时候了，好好吃吧，有妈在，就不让你受委屈。只是，妈不能养你一辈子啊，以后你带着娃，可咋活呢？孩子一旦落地，你这一生，都要被他牵着走了。"

李小米看着饺子碗说："等孩子生下来，我就找个男人嫁了，随便啥样的男人都行，能容下我和孩子就成。"

小米妈也哭了，看一眼那碗饺子，让她趁热吃。大概是实在不忍心亲眼看着李小米把饺子吃下去，站起身，去整理几件没叠好的衣裳。李小米一点儿胃口也没有，看见她家的花猫蹲在一旁嗅来嗅去的，拿

053

着饺子喂猫了。

小米妈忙了一会儿,以为李小米也该把饺子吃完了,回身看过来,见李小米正拿着饺子喂猫,赶紧扔下衣服,伸手去打猫。猫叼着饺子,"噌"一下钻到炕琴底下去了。

小米妈急了,抄起立在墙边的一把笤帚,伸到柜子下又敲又打,唬着猫,猫说啥也不出来。

李小米说:"不就是几个饺子吗,就算是肉馅的,你也不至于追着打啊,它可怀着崽崽呢。"

小米妈一急说:"就是因为怀着崽崽,才不准它吃。"

李小米愣了一下,猛地明白了什么,她说:"妈,你这话是啥意思?"

小米妈忽地扑向那只碗,拿起来,把里头剩下的几只饺子一下子倒进红堂堂的炉火里去了。她说:"这就是命。这就是命。"

那药真是太霸道了,那只猫舔着嘴巴从柜子底下爬出来后,走了没几步,身子歪斜了,没一会儿,翻身打滚,惨叫着,流出血来。接着,一个一个还没长成的猫仔,血淋淋红鲜鲜落在地上,蠕蠕地动着,嘴巴张了张,就死了。

李小米吓坏了,即便一个饺子也没吃,肚子还是拧劲地疼起来了。

正月十六早上,都没来得及去医院,李小米就生了,是一个男娃。

计划失败,李占十分恼火,骂小米妈没用,啥也弄不成。家里突然多一口人,小米妈早就吓傻了,不管李占咋骂,一声不吭。等李占骂够了,转身要走时,小米妈突然拉住他说:"生都生下来了,你到镇上,想法子给孩子上个户口吧。"

这种情况下生出的孩子,上户口是有困难的,可李占再混,也不能眼睁睁看着孩子是黑户,托人搭情儿,总算填上户口,只是,填写名字的时候,他不知该给孩子起个啥名字,赶个流行,胡乱写了"李千禧",托人捎回来后,小米妈往炕上一丢,她没看,李小米也没看,她们对这个名字也毫无兴趣,都沉浸在这个孩子带来的烦恼里,不能自拔。

在月子里,小米妈一直很悉心地照料着李小米,不管怎么说,这是大事，弄不好会落病根，就今儿个熬鱼汤，明儿个杀老母鸡，可李小米啥也吃不下，整天愁眉不展，因为在她生孩子那天，张海结婚了。这消息像晴天霹雳，把李小米炸了个七零八碎，以至于她挤不出一滴奶水奶她的孩子。

孩子满月的时候，李小米是没有资格摆满月酒的，只有胡来早、叶高粱和张麦子带着礼物来看她。这天，李小米告诉她们，她要走了，去深圳，把千禧交给她妈照顾，让她们也时常来看看他。

几天后，李小米从榆村离开了，石油公司空出一个名额，张麦子托刘国胜找三老总说情儿，补上了这个空缺。

16

千禧年到底是非同一般的，从春到秋，风调雨顺。只是那草原，在大水退去后，裸露着地皮，白花花的，始终寸草不生。但凡有微风吹起，会卷起一层碱面子，刮起阵阵白毛风。羊群、马群、牛群因此失去牧场了，那些养羊、养马、养牛的人，开始处理他们的牲畜了。

很快，榆村没有多少牛羊了。马倒是还剩下几匹，是有的人家还要使唤马种地。日子稍微富足的，把马都卖掉了，再在卖掉牲口的钱上添些牙缝儿里省出来的，给家里买了拖拉机。

榆村的拖拉机，就是从这一年多起来的。

胡长庚也想把马卖掉。他包了一块地，一匹马种着吃力，要是换台拖拉机，还能再多包些。秀草琢磨来琢磨去的，把家里装钱的茶叶罐子打开，把所有的钱摞在一起，数了又数，耷拉着头，发出一声叹息。是这一年，来多高考落榜了。来多的身子，是无论如何也不能下庄稼地的，他们早就商量过让来多去复读，读一年不行，再来一年。这需要一大笔复读费，十分难为人，再想买拖拉机，真是难上加难。秀草说："日子可以先凑合着过，来多不能等。"

胡长庚就不再提买拖拉机的事了，开始想法子给来多凑复读费。

第一个想到的，自然还是自己那几个弟弟妹妹，但第一个不抱希望的，也是那几个弟弟妹妹，九八年时，他遇到了那样的坎儿，几个弟弟妹妹都没解囊相助，这样的时候，更是三十晚上盼月亮，指望不上。

秀草想到一个人，觉得他一定能帮忙。那人是韩青。打来早去石油公司那天起，她就发现，韩青对来早特别上心，有好几回，来早加班到很晚，都是韩青送回来的。秀草就说："这段时间，来早和韩青来往挺多，十有八九是两个人好上了。"

起先，胡长庚没听出秀草话里有话，也不觉奇怪，顺着说："那韩青早就对来早有意思呢，当初来早去石油公司找事做，就是韩青去找三老总帮忙，来早才进了档案室，成了石油公司的档案保管员。"

秀草说："所以这个时候让来早去找韩青借点钱，应该能成。"

胡长庚愣了一下说："来早能干？"

秀草说："有枣没枣的，打一竿子试试嘛。"

胡长庚也没别的法子，应了秀草。

傍晚时，来早回来了，吃过饭，回了自己的屋。刚要休息，秀草钻进去了，支支吾吾的，还不知该怎么开口，来早已经猜到她的心思了。

来早说："我每个月的工资一发下来，都交给家里了，如果还想让我给来多出学费，我也没法子了。"

来早一开腔，秀草接茬儿道："你在石油公司上班，认识的人多，跟那些找油的借借，一准儿能借出来。韩青不是对你很好吗？你去和他张张口呢？"

来早没想到秀草会打韩青这张牌，这让她十分羞愧，像不认识秀草了似的盯着秀草，半天没说话。她有些难过，想想自己和来多，都是母亲身上掉下的肉，为啥自己无论被置身何处，母亲都不会流露出丁点儿的心疼呢？难道就因为自己是姑娘吗？她盯着秀草说："开了这个口，接下去，该咋收场？我要嫁给他吗？"

秀草也盯着来早，那么迫切，逼着来早，让她无处可逃。最后，来早到底像一只被堵在墙角里的小兽，贴在墙上，无力地说："我想想别的法子吧，不会让来多和我一样，人生才刚刚开始，就断了梦想的。"说完，她逃也似的出了屋子。

那时候，暮色四合，老鸦正在归巢，村子上空都是鸦声。张黑子不知又从谁家蹭了一顿酒，在街上欢快地唱歌，调子飘来荡去，忽而清晰忽而模糊。

来早来到了河边，爬上堤坝，在坝上徐徐地走。她想，既然答应母亲了，就要努力弄到钱才是，可是，钱在哪儿呢？她越走越远，不知不觉，沿着堤坝，到了村外，一抬眼，看到了一片坟茔地。

那坟茔地里，埋着榆村大姓小姓所有人的列祖列宗。榆村人都重复着先辈的生，也重复着先辈的死，从不畏惧任何，也谈不上有任何梦想，或许唯一的梦想就是生出儿子，让他们出息一点，光耀门楣，到了死去那天，墓志铭上可以多勾勒出几句生平，让后人评说的时候，感叹一声，谁家的哪一支，让他们这一姓氏沾了金粉一样灿灿发光。

但那是族里男娃才可以享有的特权，姑娘是要嫁到别人家去的，她们在落地那天就注定一生都无法踏进祖坟半步。在那片坟茔地里，同样埋着与姑娘们血脉相连的先祖，但具体在何处，立了几块墓碑，碑文上用了哪种字体，刻着谁的名字，以及他们的生卒年月，姑娘们都毫不知情。男娃不一样，每个清明日、鬼节、年、正月十五，甚至到了升学、娶妻生子那一天，都要随着父亲去坟前祭奠，他们能背下每个先祖的名字，知道每个先祖生前的每一段故事，甚至能描绘出先祖的样子，像是见过他们一样。

来早想起，她很小的时候，特别希望父亲也能带着她一起去上坟，有一回，也是要过年了，父亲又拉着来多去祭祖，来早也要去，父亲看着她笑，伸出手拍她的头说："你还小呢，等出阁了，才有自家的祖坟拜呢。"

来早不懂，父亲拉着来多在前面走，她绕绕缠缠，在后面跟，一直到看着父亲和来多进了那片荒野，走向那片坟茔，才不得不停下来，依着一棵老榆，远远发呆。父亲和来多在坟前画圈儿、点纸、下跪、磕头，她不觉地也匍匐在地，对着碑林丛立的坟场随着父亲和来多的节奏，一下一下磕头。她不知是在叩拜谁，也不知叩拜的意义是啥。那时候，她的内心，彷徨而凄然。

此刻，那种彷徨和凄然又占据胸膛，来早不知道自己存在于这个家里的意义是啥，她问自己，难道活着，就应该一次次放弃自己去成全来多吗？可即便这样的成全应该应分，她也不想把韩青当成一张牌，随意翻动。

17

　　的确，来早知道，韩青是爱慕她的。没去上大学那阵子，榆村人都说她完了，说她念了那么多的书，到头来，还是要做一个庄稼人，还是要嫁给个粗野的汉子，被人家被窝里的汗渍、泥垢，熏着沤着，迟早有一天，也会和那些蹲在墙根下纳鞋底的女人一样，成了碎嘴的乌鸦，从早到晚，把东家长西家短当成茶余饭后的乐子。等她去了石油公司以后，村人的话又像风一样变了方向，说她到底是有文化的，一进油田，就做了档案保管员，坐在办公室里，风不吹雨不淋的，比起那些在城里的上班人，也丝毫不逊色。媒人又想方设法来给她介绍对象，可她记得上次挨骂的仇，照样不相看。直到有一天，那媒人看到她坐在韩青的摩托车上，就在村子里散布开去，说她之所以不找对象，是看上韩青了。

　　可来早从来没想过要和韩青更亲密地交往。她和韩青聊过理想，那次聊完后，她更加清楚地知道，自己和韩青就是两条只会在石油公司交叉的线，错过这个点，永远不会平行，更没有理由靠近。

　　那是她刚到石油公司上班的那个冬天，做完领导交代下来的几个任务，见桌上过于凌乱，收拾起来。把空闲时画的画放在一摞，把工作材料放在一摞，把那些随时都要翻阅的都市的、历史的、古典的、策略的、艺术的、哲学的……各式各样的书，放在一摞，尽管还是满满当当，却规矩起来。她正非常满足地欣赏着自己的劳动成果，韩青进来了，从口袋里掏出几张纸，说是一个小品稿子，让来早帮着改改，公司里要开新春晚会，他准备拿这个参加。

　　来早看了看，觉得要改动的地方很多，放在一旁，让韩青明天再来取。韩青见只有来早在，不舍得立刻走，站在桌前，翻动着来早的书，拎起一本《鬼谷子》说："这本符合我胃口，我最爱看鬼故事了。"

来早想说那不是鬼故事，又怕韩青难堪，笑了笑说："你可真幽默。"

韩青掀开一看，知道自己露怯了，自我解嘲道："都是高中毕业，咱俩的差距咋这么大呢？"

来早谦虚地说："我倒觉得没有差距，不都是石油公司的合同工，都赚那几个钱吗？"

韩青说："那可不一样，虽说咱们都在一个锅里吃饭，但谁都看得出来，你的理想大，这小地方，根本留不住你。"

来早说："那你没有理想吗，你甘心在这待一辈子？"

韩青说："我的理想很简单，娶媳妇、生孩子、赚钱养家。"

来早看看韩青，有点失望。

第二天，来早把韩青的小品稿子改好了，韩青拿给三老总看，三老总问是谁改的，竟这样出彩？韩青就把来早供出去了。三老总很是惊喜，没想到公司里还藏着这样的人才，当即叫来早过来，让她写开幕词、主持词，甚至把主持的大任，也交给了她。

那场联欢会是得到了一致好评的，这在以往的公司活动中并不多见，三老总高兴，到了去总公司汇演的时候，也把来早推上去了。来早很争气，凭着一首《我为祖国献石油》，愣是捧回一个一等奖。这让领导们都脸上有光，尤其三老总，听说韩青和张海他们要去嘎罕诺尔镇下馆子给来早庆祝，还把自己的车借给他们开了。

那时候，张海正和李小米关系火热，去嘎罕诺尔镇时，自然少不了李小米，叶高粱执意叫上张麦子，说给自己找个伴儿。

到了嘎罕诺尔镇，恰逢大集，饭吃到一半，张海拉着李小米，说要去逛集，溜走了。叶高粱拽着张麦子也跑掉了。屋子里只剩来早和韩青两个人了，来早一下子意识到叶高粱为啥拽上张麦子，还说是给自己找伴儿的意思。原来，他们都知道，这顿饭，其实是韩青为了表达什么而特意设的局。她有些羞涩，不停地问自己，如果韩青真把那句话说出口了，自己是不是就要和他谈恋爱，是不是就要把这颗心永远留在榆村，和他结婚，安生地过往后的日子。一想到要永远留在榆村,她的心使劲抗拒了一下,她听见自己说了一声"不",一点也没犹豫,她的心告诉她,即便现在成为一名油田工人了,这也不是她想要的生活,和大学失之交臂了,但理想还可以继续追求。她要去看看外面的世界。索性,不等韩青开口,来早拿起水壶,倒一杯热水,两手捧着,让自己显得不那么局促,起码表面上又坦然又从容。她看着韩青,笑笑说:"只剩下咱们俩了,这饭还要吃下去吗?"

这一来,韩青局促了,两手握着,来回搅动着两根大拇指说:"其实,这本来就是我们两个人的饭局。"

来早低下眉眼,喝一口水说:"那也该是我请你呢,我能进石油公司,多亏你帮忙。"

韩青说:"我乐意帮,你进石油公司,我工作起来更有动力。"

来早说:"给你开工资的是老总,他才应该是你的动力呢。"

韩青也倒了一杯水,慢慢喝一口,盯着来早,忽地说了一句:"你的眼睛真好看,我要是能用一句诗给形容出来就好了。"

来早也笑,她说:"一寸秋波,千斛明珠觉未多。"顿了顿,又说,"月皎惊乌栖不定,更漏将残,辘轳牵金井。唤起两眸清炯炯。"顿了顿,又说,"两脸夭桃从镜发,一眸春水照人寒。"

韩青一愣说:"张口就来啊?"

来早说:"你不是想要一句诗吗?送给你。"她心里知道,这根本不是要送诗给他,是在转着弯弯提醒他,他们根本说不到一处去。

韩青的脸"唰"一下白了,嘴角的笑意也僵住了,把杯子放下,起身去结账,他说:"也不知他们都跑到哪儿去了,我们该去找找看。"

他们出了小馆子。

那以后,韩青没再找过来早,似乎还有点躲着她。

来早有些过意不去,觉得那天送给韩青的诗,实在是羞辱韩青了,就主动去找他,也没说啥,只是把亲手做的一件平安荷包,挂在了他开的那辆油罐子车上,韩青就又像从前一样,不再躲着她了。

这样的关系,仅仅这样的关系,怎么还能开口和人家借钱呢?那不是自讨没趣吗?夜的幕布已经拉扯下来,在黑暗里,有点冷,来早抱着自己。

18

这天上午,榆村又静又吵。

说它静,是不管主街还是各家各户房前屋后的小胡同,都一个人影儿也没有。倒是有猪不管不顾在墙根处拱出一片湿潮的土,把整个身子卧在里面,打着呼噜睡着。也有三三两两的鸡,围着路旁的柴垛,又蹬又刨,翻出腐败的枯枝杂屑,找出藏在里头的美味,悠闲地啄着。偶尔,空巷上跑过一只不知愁的狗子,追赶着谁家的花猫,或者,一只低飞的燕子。

村里人都到地里干活去了,只剩下年迈的老人,拉扯着自家还不懂事的孩童,在院子里晒太阳。

说它吵,是村部的广播喇叭又在喊话,和往常一样,先是播二人转,稀一句稠一句地唱一段儿后,骤然停下,刘国胜的"喂喂喂"声就蹦出来,一定要"喂"三声,才开始说正题。

这回是说给家家户户安装自来水的事,说自来水井打好了,不要大伙一分钱,铺管道、上水龙头,也全是免费。说这是国家给贫困县的福利政策,大家积极配合,只需挖好铺管道的沟子,等着工人来给安装就好了。

到了下午,榆村热闹了。村人都没去地里干活,往晴二嫂的小卖店门口一蹲,议论着安自来水的事儿。

没井的人家是高兴的,说往后再不用去别人家挑水了。有井的人家犯嘀咕了,说安自来水就是秃子揣木梳,纯属多余,农村人能像城里人那样有闲钱月月交水费吗?那不是平白多了一笔开销,增加生活负担吗?

一说掏钱,就说到了骨头上,都数落起刘国胜,说井水吃得好好的,换哪门子自来水呢?简直是瞎胡闹呢。榆村的水,从来都是由着性子使的,从来没有花钱的道理。他们越说越气,越扯越远,扯到最后,也不说水,也不说井,单单成了讨伐刘国胜,说他这不好那不行,根本不配当村书记,下次再选举,非要换个人来选不可。越骂越来劲,

刘国胜背着手来了,大伙也不知道。等知道时,一下子鸦雀无声了。

刘国胜看着大伙说:"咋的?政府搞这么大个工程,没要大伙一分钱,大伙还不乐意了?不乐意的就不挖。不过,你们想清楚,等到水管子铺完了,可不能再给你重新接,那时候再接,自己掏钱接去。"

人群里有人嘟囔说:"吓唬谁呢?你那自来水,还能喝出个长生不老咋的?"

刘国胜说:"不能喝出个长生不老,但总要比浅水井干净卫生,共产党办事,啥时候坑过老百姓?要是没有共产党,那有的人都饿死八百回了。"

大伙听了,知道刘国胜是有所指,哈哈笑,都拿眼瞅张黑子。

张黑子也笑,他说:"那是那是,我就感谢共产党,我也相信共产党,就算全村人都不吃自来水,我也要吃。"

刘国胜说:"就是嘛,张黑子家都吃上自来水了,你们还不跟着吃?"

大伙又是一阵笑,各自散去了,回到各家门口,开始挑沟。他们想,到底是个好事,至于吃不吃的,先把自来水通进家里再说。

沟子是由那条南北走向的主街开始挑起,所有的男劳力都扛着铁锹、镐头去刨、去挖,要挖上冬天来时,寒气钻不进去那么深,再往各家各户的院子里拐,往屋子里掏洞,把管子扯到水缸上。

胡长庚家里没了猪饲料,推着独轮车去杜老歪的打米厂打了一袋子玉米回来,顶着一身米糠,连衣服都没换,也开始挖上了,他让胡来多也跟着挖,说吃吃庄稼人的苦,往后来多在学业上会更长进些。

胡来多是一个没出过力的生荒子,还没脾,又挖又刨的,干了没一会儿,力气就用光了。但他不想在父亲面前表现出孱弱的一面,始终没有停下手中的活儿。他知道,自己没能顺利考上大学,加重了这个家庭的负担,而这个家庭的很多负担,似乎都是因自己而产生的,做手术时欠下的债务还没有还清,复读费的事又搞得一家人焦头烂额。

这几日来，父亲的言语很少，似乎心头压着火，他真怕那火经太阳一烤，会突然加重，使父亲中了暑邪。他小心翼翼，希望尽量用自己的行动，给父亲降降燥。

意外还是来了。沟子挖到半米深的时候，胡长庚犯迷糊了。他蹲在新挖出来的泥土上，咕咚咕咚喝下几口凉水，突然出了一身冷汗，哆嗦起来，缓一会儿，不仅没好，反而又拉又吐，整个人瞬间垮了。

来多扶他进屋，给他喝了一支藿香水，他倒在炕上，渐渐睡了。

待胡长庚一觉醒来，已是傍晚，出来一看，别人家的沟子都挑到一米多深了，尤其是王树贵家的，正赶上春生回来，根本没让他爸动手，直接叫来一台挖沟机，三下两下在自家门前掏出一条深沟。刘国胜也沾了春生的光，跟王树贵说话都客气起来。这样的场景，把胡长庚那刚被藿香正气水浇灭的火又勾出来了，他不想落后，就算不干在别人前面，也不愿意当最后一个，拎起铁锹，再次开挖。他这样逞强，逼着秀草也上阵了。来早下班回来时，也充当一个劳力，抢起了镐头。

吃过晚饭，霞光殷红，漫过了半边天，落在大地上的光线，温润橙黄，在潮湿的泥土上打上新鲜的光晕，宁静而好看。

街上都是挖沟的人，上了年岁的，三三两两从家里出来看热闹。孩子们也绕着沟子跑，笑声顺着沟子淌。

张黑子是不用干活的，他指挥张麦子和麦子妈干，像个司令官似的，拎着一根木棍，倒背着手，头高高仰着，沿着沟子从北走到南，再从南走到北，一声一声唱："人的命啊，天注定，胡思乱想全没用。"大伙见他那样清闲，想起他前几天往电表里插小纸片偷电的事，就拿着他耍，冲着他喊："黑子，听说你给杜老歪跪下了，杜老歪才放了你一码？"

张黑子挂不住脸儿了，拿眼白愣人家，调个方向，继续转悠。当他转到胡长庚跟前时，见胡长庚病恹恹的，只有秀草领着来早和来多在挖，停下来，冲着秀草说："赶紧找个姑爷子回来吧，起码能当半个儿子用呢。"胡家的人都不理他，他又往别处走。

张黑子这样窜来窜去的，就在晴二嫂的小卖店门口看见了韩青。是韩青骑着摩托车，载着张海和一个南方来的钻工，正要去晴二嫂家喝酒。他凑过去说:"榆村人都说你是胡家的姑爷子呢,你咋不去帮胡家挖沟?"韩青皱皱眉头,怪他多管闲事,可等他一走远,酒也没心思喝了,走到摩托车旁,示意张海他们上车。

张海说:"咋的?还真去帮来早挖沟啊?"

韩青说:"你要是不爱去,就自己喝去,让小南方陪着我去。""小南方",是韩青给那个钻工起的外号。

小南方很听韩青的话,上了摩托车。张海没辙了,只好也坐上去了。韩青把手上的油门一拧,摩托车嗖嗖跑起来,眨眼到了胡长庚家大门口。

19

来早听见摩托车声,瞥一眼,见是韩青,很快把头低下去了,假装没看到他。这个时候,她不想看见韩青。她怕韩青过来帮忙,榆村人会把背地里那些传来传去的闲话坐实,那样,自己跳进黄河也洗不清了。可她越怕,韩青的摩托车越是在她眼前停,还没等她反应过来,韩青扑通一下跳进沟里,站在她眼前了。也不待她说话,韩青夺过她的锹说:"这可不是女生干的活儿。"

来早的脸红了,周边的人都朝她望过来,她正无地自容,那张海还大大咧咧补一句:"我就说嘛,平白无故的韩青咋想起请我们喝酒,原来是想借机来帮你家挖沟子。"

到了这种时候,来早不敢扭怩了,怕一扭怩,就成了示爱,脸上虽红晕未尽,语气上却故作大方地说:"看你们一个个的,穿得油光水滑,哪是干活的样子?"

韩青不言语,已经干开了。

张海见状,也跳下来,接过秀草手里的家伙什,笑嘻嘻说:"婶子,我帮你挖,你回去给大伙弄几个下酒菜就行。"

秀草不见外,不推托,一脸高兴地说:"你们来给婶子帮忙,婶子肯定管酒。咱杀鸡。"说完，喜滋滋往回走，还把胡长庚也拽走了。

看着秀草走远，张海哧哧笑，附在韩青耳边说："人都讲，新姑爷上门，老母鸡掉魂。你说你这算啥？你说这鸡冤不冤？"

韩青举起铁锹，做出要打张海的样子，张海一闪，躲开了。这工夫，他们发现小南方没下到沟子里来，四下里一撒目，见三五米远处，张麦子也在挑沟，小南方竟然帮张麦子挖上了呢。他们听见张麦子有些不好意思地对小南方说："帮来早家干活有鸡肉吃，我家可没鸡杀。"小南方笑笑说："那怕啥，给你干活，去来早家吃鸡不就完了。"把他们逗得都哈哈笑起来。

年轻人在一起，连疯带闹的，干起活，不觉累，只感觉时间在飞快地流逝。挖着挖着，韩青干脆说："反正麦子家和来早家挨着，不如一块挖算了。"这样，就明确分工，小伙子们各分一段，来早和张麦子给打下手，敛敛沟上的土，递个毛巾水壶什么的。

张黑子一见有人帮忙，蹲在沟上卷起旱烟，慢慢抽起来，对麦子妈也温柔几分，把她拉到自己的身边坐着，一会儿给她弄弄衣裳，一会儿给她理理头发。

月亮爬上树梢的时候，秀草把鸡炖好了。她擦干净锅台，扫干净灶坑门子，两只手在围裙上搓着，出来喊他们回去吃饭。那时候，几个年轻人早闻着了炖鸡的香味，就快把馋虫勾出来了，一听见喊声，嘴巴抹了蜜似的，一口一个婶子地叫，扛起铁锹，往院子里跑。

秀草知道他们会边吃边闹，会耍到很晚，把桌子摆在来早那屋的炕上了。

韩青大概是想表现好一点，洗过手，擦过脸，钻进灶房，帮着秀草盛菜端饭。

五个人围坐一桌，忽想起叶高粱了，打发胡来多去叫。来多出去没一会儿，把叶高粱给领来了。

叶高粱一进门，脸子不乐呵，来早一眼瞧出来，忙问她咋了。叶高粱坐在炕沿上，一鼓一鼓生闷气，也不说话。来早忽然明白，叶高粱一定是觉得大家都帮自己和麦子，没人去帮她，就生气了。赶紧解释说："本来大家还商量着让张海去帮你家挖的，可你家不是和小米家是邻居吗？张海不敢去。"

叶高粱眉毛一挑，看向张海说："那怕啥？正好可以看看你儿子去呀。"

张海不乐意了，他说："你可别瞎说，那可不是我儿子。"

叶高粱说："闭着眼睛瞧东西，你装瞎呢？那孩子的脸，简直是从你脸上扒下来的，你还不认账？黑瞎子剥皮，真搞不清你是人是兽呢。"

张海不吱声了，闷头喝酒。

叶高粱不依不饶，继续说："不认就不认，明儿，我就抱着千禧去你媳妇跟前转转，让你媳妇看看像谁。"

张海啪地把筷子一摔说："你敢？"

叶高粱说："你都说不是你的了，你怕啥？"

张海又沉默了，端起酒杯，一仰脖，干了。

来早拉拉叶高粱，让她闭嘴。

叶高粱也意识到自己有些过火了，夹起一块鸡肉，恶狠狠地啃了一口。

这时，张海掩面哭了，突然跳下炕，逃也似的走了。

大伙面面相觑，不知张海怎么了，让韩青追上去看看。

韩青就去追了，过了一会儿，回来了，说没追上，就由张海去了。他们继续喝酒，话题还在张海身上，说张海哭，可能是觉得太愧对李小米了。叶高粱冷笑说："他才不会那么有良心呢，他哭，是因为他媳妇不会生孩子。"

大伙惊呆了，都看着叶高粱。

来早说："这种事，可不能瞎说。"

叶高粱说："谁瞎说了？他媳妇是幼稚子宫，这辈子都怀不上呢。"见大伙目瞪口呆的，又说，"老天爷开眼，活该他张海遭报应。"

这晚，韩青他们在来早家耍到半夜，才离开了。

次日，是来多开学的日子，就要去嘎罕诺尔镇第二中学复读了，钱还没张罗好，老天爷也跟着发愁，阴沉沉的，没个好脸子。秀草担心下雨，早早做好饭，让长庚和来多快些吃，好早点过河去。

桌子刚放好，碗筷才摆开，外面传来狗叫声。秀草喊来早出去看看，可来早洗着头发，湿淋淋的，她只好自己跑出去了。

秀草把大门打开，探着头看到街上去，柴火垛后面闪出个韩青来。

秀草以为韩青前一晚喝酒时落下东西了，就说："韩青，怎么不进去？"

韩青四下望望，见来早没有跟出来，便说："婶子，来多的复读费借到了吗？"

秀草有些奇怪，问道："是来早和你开口了吗？"

韩青说："这种事儿，她是不会和我说的。"

秀草愣了一下说："那你咋知道我们在给来多借复读费呢？"

韩青笑，把昨晚出去追张海的经过讲了一遍。说出去追张海时，没看到张海的影子，倒是看见来多蹲在窗户底下发呆，问他咋了，他说明天就要去复读了，家里还没凑够学费，去了学校，不知该怎么和老师说。韩青拍拍他的肩膀，让他把心放在肚子里，安心去上学，说这点小事，他能解决。所以这一大早，就来送钱了。讲完，掏出钱，塞到秀草手里。

秀草拿着钱，抓着韩青的手，摇了又摇，眼泪差点落下来。

韩青怕来早看见，也不敢久留，让秀草快点回去，自己也做贼一样走了。

送走韩青，秀草的心敞亮了，回到屋，见长庚和来多还磨磨蹭蹭，想他们一定是因为没钱而为难，就乐颠颠从口袋里掏出钱，塞给来多，小声说："这下子好了，复习费不用拖着了，你韩青哥给送来了。"

来多说："韩青哥真是没得挑。"

胡长庚大喜说："来早和他张口了？"

秀草骂道："那个死丫头，甭指望了，这是韩青上赶着借给来多的，可不能让她知道呢。"说完，见来早出来倒洗头水，赶紧催促他们父子出门。胡长庚不再多问，背上行李，叫上胡来多就走。可他们刚走到门口，"屯不错"王树才领着叶大山来了。

叶大山披了一身重孝，一进屋，扑通跪在地上，给胡长庚磕了一个头。

王树才说:"老叶大娘过世了,我领着大山挨家报个丧。"

胡长庚扶起叶大山说:"叶大娘家腾云升仙,是享福了,大山你节哀。"

叶大山绷着脸,点点头,跟着王树才走了。秀草立刻拿起一把小灰铲,从灶坑里掏出一铲子草灰,绕着门口,撒了半圈,她说:"你要去吊孝,让来早去送来多吧,也不用欠着复读费了,谁去都一样。"

胡长庚把行李放下说:"那你给我拿上五块钱,我去小卖店买两捆烧纸。"

秀草掏出五块钱给胡长庚,胡长庚拿上钱去了。

来早听见他们说话,从房间里出来说:"高粱的奶奶平时身体不坏,怎么说没就没了呢?"

秀草说:"生死哪有定数,你别说人家的事了,快去送你弟过河去。"

来早把一件外衣抓过来,往身上穿,刚穿了一只袖子,忽地想起什么,就说:"妈,你刚才说来多的复读费凑够了,是在哪儿借的呀?"

秀草慌了一下说:"你这孩子,真是话多,在哪儿借的也不用你还。"

来早撇撇嘴,嘟囔着:"用不用我还没关系,只要不是跟韩青借的就行。"拎起行李,拉着来多出了门。

姐弟二人说着话,出了村,到河边时,见叶家的几个儿女正由"铁嘴儿"引着,在"报庙儿",一人手里拿着一根香、三张大黄纸,绕着土地庙左三圈右三圈地转,一旁站着个提灯提壶的老太。他们一转完,老太把壶递给叶高粱的一个叔叔,让他把里头的浆水饭倒在庙前。灯放在了庙上,那些儿女把手里的大黄纸和香都扔进火里,哭将起来。那叶家的大女儿不知还说了什么,一唱一唱的,听不清,倒显得十分悲恸,令旁人揪心难受。来早不忍多看,赶紧拉着来多上船,径直奔嘎罕诺尔镇去了。

到了嘎罕诺尔镇那岸,还需走一段路才到学校,来多说东西多,想雇一辆倒骑驴,来早说:"要三块钱呢,够你在学校吃两顿饭了。"就把行李都扛在了自己身上。

来多不忍,他说:"姐,咱家要是没有我,你就不用吃这些苦了。"

来早说:"胡说啥呢?咱家可以没有我,也不能没你。"

来多说:"姐,我听人讲,每个孩子在投胎前,都趴在天上选妈妈,我想,我投胎之前,一定是趴在天上选姐姐的。我一定是因为咱妈生了你,才投生到这个家里来的。"

来早笑着说:"干啥?我只不过是帮你扛扛行李,你就拿语言的糖衣炮弹轰炸我呀?我可不听你瞎忽悠。"

来多说:"姐,我说的都是真心话。有时候,我觉得特对不住你,要不是我,你现在也是大学生了。"

来早说:"老话说,哥哥有,嫂子穿大花鞋。你要是真觉得对不住我,等你有了的时候,能给姐穿一双绣花的鞋就行。"

来多说:"这个你放心,我要是挣钱了,娶媳妇了,她要是穿花鞋,也要和你一人穿一只。"

来早咯咯笑,没再说啥,来多也不吱声了。不一会儿,他们到了学校门口。人来人往的,都是来报到的学生和家长。来早把行李从肩上卸下,都递给来多,让他进去,嘱咐他用点功,早点考出去,说爸妈等着享你的福呢。

来多盯着来早看一眼,见她的肩膀被捆行李的绳子勒出一道印子,红涔涔的,有些疼,想起一家人背着她从韩青那里借钱,觉得实在对不住来早,就说:"姐,爸妈都瞒着你,我不想瞒你。"

来早打个愣怔说:"瞒我啥?"

来多瘪瘪嘴,把手伸进口袋,掏出那沓钱,往来早手上递。

来早不解,她说:"你这是干啥?"

来多说:"这是韩青哥借给咱妈的,我知道,你不想欠他的,拿去还给人家吧。"

盯着钱,来早满脸通红,她说:"妈问韩青借的?"

来多赶紧摇头,把事情的经过告诉了来早。

来早没有接钱,做出轻松的样子说:"既然是这样,也没啥,借都借了,我想法子早点还上他就是了。"挥挥手,让来多快进去。

来多侧着身子,趔趔趄趄往校园里走,看着来早说:"姐,你别跟爸妈吵。"

来早笑笑,混进人群,离开了。

20

从嘎罕诺尔镇回来，一路上，来早都觉浑身无力，一下船，病了似的，挪到老神榆下，靠着老榆坐下去，望着远方苍茫的大地，恍似自己是被风吹起的一片叶子，在那苍茫里浮浮沉沉。树上有喜鹊喳喳喳地叫，她抬头去望，找了半天，也没寻到那黑白相间的身影，只是那树叶的缝隙处，有光点透下，落在大地上、庙宇上，也落在她的身上。她闭上眼，想来想去，不知道该怎么面对韩青了。她暗暗说，这姑娘家的脸面啊，已经薄成芝麻皮儿了，却又这么被搓去一层，都该渗血了。没意思。这么纠结地活下去没意思。她突然想离开榆村。自己马上二十三岁了，再不离开榆村，斗志会在一圈一圈的年轮里丧失，真该为自己活一回，不然，怎么能看到光亮啊？

来早回到家时，胡长庚已经从叶家回来了，正坐在炕沿上，和老太太说着老叶太太的死。说是前几天患了中风，儿女们坐在一起，商量来商量去，也拿不出足够的钱为她医治。她不得不拖着不灵便的身子去拜土地爷，恳请土地爷快点把她的命收去。也不知是土地爷显灵了，还是怎么，拜完回来，刚到村口，腿一软，身子一倾，摔在地上，咽气了。当时，拐杖飞了老远。

老太太听完，好像是被老叶太太的死给吓到了，眼神里流露出害怕。这种害怕源自她和老叶太太一样，都没力气干那些粗笨的庄稼活了。庄稼院的人，出不了力气，就挣不来钱，想吃一片药，都买不来。就算有儿子，也不好总开口朝儿子要。俗话讲，爹有娘有，不如怀揣自有，何况是儿女的呢？再者说，榆村大多数男人的手里从来没有活泛钱，他们的钱，都是自家的女人管着，倒不能怪女人多抠搜，实在是那钱有限，容不得东一下西一下地零揪。他们要想拿些给自己的爹妈花，就算和自家的女人吵闹，把人脑袋打成狗脑袋，也未必得逞。这样一来，榆村人，一辈一辈的，总在为老去做着准备，生怕有一天不中用了，成了小辈的累赘。在对待老人这件事上，秀草算是好的，但老太太依然怕自己也和老叶太太一样，到了一病不起那天，轻易就被儿女放弃了。她叹了一口气说："真可怜。"

胡长庚说："都是这穷日子闹的，要不，哪个当儿女的，能眼看着自己的妈病了，还干巴巴去等死呢？"

老太太没再说话，整整衣裳，躺在了羊毛毡上。胡长庚从老太太的屋子里退出来时，见来早回来了，他说："把来多送到学校了？"

来早没有回应，面无表情地扫了胡长庚一眼说："爸，我想去深圳找李小米。"

胡长庚没听清，歪头看她。

来早说："我从来没打算在石油公司一直干下去，这回，你别拦着我了。"

胡长庚拧着眉头说："消停日子才过几天？你一个姑娘家的，非要折腾啥呢？"

来早无奈地笑笑说："爸，你说我折腾啥？咱家欠了多少饥荒了，要是不折腾，拿啥还？"

胡长庚说："车到山前必有路，船到桥头自然直。我有本事欠，自然有法子还，用不着你操心。"

来早说："那欠韩青的呢？是还了钱就能还清的吗？"

胡长庚脸子一沉，别过头，不理来早了。

秀草走进来，一看他们两个都气势汹汹的，小心地问："又咋了？跟两只斗架的鸡一样。"

来早冲着秀草说："你们明明知道，韩青借给你们钱是为了啥，你们为啥还瞒着我用人家的钱？你们这样，让我总觉得在韩青面前矮了半截。是，他对我好，可你们也要问问，我对他是啥意思，你们这么整，别说我对韩青没感情，就是有感情，我也没脸见人了。"说完，转身回自己的屋，门一关，收拾起行囊来。

胡长庚和秀草互相瞥一眼，蔫耷耷坐在了炕沿上，都说不出话来。

过了一会儿，秀草做好了饭，叫来早出来吃，来早没回应。

秀草进到来早屋子来，想哄哄她。见她打好了行李，大吃一惊说："你真张罗走呀？"

来早说："你别管，反正你们只觉得钱好，等我到了外面，挣了钱，都拿给你们就是了。"

秀草说："没钱才觉得钱好，要是有钱了，谁愿意张口求人，谁愿意管钱叫祖宗呢？"

来早说："所以啊，我去找李小米，你千万别拦着。"

秀草说："我是当妈的，你别以为我心狠，你和来多，我是一样疼的，张口求人再没颜面，我也不想让你走那么远。你实在不中意韩青，我会尽快想法子把欠他的钱还上。"

来早没吱声，她想，只要伸手借了，还再早，也是要欠人情的。就说："你吃饭去吧，我想自己待着。"

秀草叹息一声，出去了。

那一夜，来早没怎么睡，天快亮时，瞌睡上来了，迷迷糊糊的，仿佛进到梦中，听见外面踢踢踏踏一阵忙乱，挣扎着醒来，披衣去看，原来，是老太太病了。

胡长庚已经请来了村医给老太太瞧看，又是把脉又是听心口，检查半天，检查不出啥名堂，让胡长庚赶快送到嘎罕诺尔镇医院去。

老太太却手抓着炕沿，说啥也不去，她说："去一趟医院，就像油瓶子倒了一样，里面不管装多少油，都要淌出去。我不过是因为老叶太太的死，受了一点惊吓，过几天会好起来。"她这样一说，胡长庚没再坚持去医院。老太太一看胡长庚不坚持，陡然觉得自己的命运会和老叶太太一样了，越发病得厉害，连生活起居都要专人伺候了。

来早不敢再提去深圳的事，和秀草交替着照顾起老太太来。只是那以后，每天去上班，只缩在办公室里，门也不敢出，生怕碰见韩青。

21

转眼间,八月十五了。老太太自那天病了以后,始终萎靡,胡长庚想趁着过节,给老太太添点乐,去去霉,好快点精神起来。就让来早给姑姑叔叔们打电话,回来过节。

按照以往的规律,胡长庚以为胡长北一家还是不会回来的。可到了中秋节这天,好多年没有回来的长北竟然回来了。老太太高兴成个小孩似的,一定要胡长庚杀鸡,还要包茴香馅儿的饺子,这些都是胡长北的最爱。胡长庚都照办了。

节日当天,秀草围着锅台忙,小姑子妯娌们也要伸手,秀草说不用,让她们都去陪老太太,说老太太难得见她们一回,该让她多看看大伙。

大伙就听秀草的,围着老太太唠家常。老太太坐在羊毛毡上,一直合不拢嘴,眼巴眼望地瞅这个,望那个,尤其盯着胡长北,恍似不相信是她的儿子似的。其实,不仅老太太不相信长北真的回来了,大伙也都在心里琢磨着,长北这样一个从不回来看娘的人,干吗突然回来了呢?

秀草炒好菜,喊胡长庚摆桌子,一家人在桌前就座,有说有笑的,一直吃到日头落进河里,才恋恋撤席。可他们依然舍不得那骨肉相惜、谈天说地的气氛,捡了碗筷,收了杯盘,一直坐在院子里说话。那时候,黄昏拉开序幕了,红霞泼洒下来的光,像板子抹过一样匀细,在屋顶、河面、草原、天际,淡淡地摊开。

有叫卖西瓜的声音从街上传来,见院子里人多,故意停停,更卖力吆喝起来。秀草就出去了,抱一个西瓜回来,切给大伙吃。

胡长北喝多了,趿拉着鞋,往老太太脚边一坐,胳膊横在老太太腿上,仰着脸跟老太太耍赖,让老太太给他挑块大的。

老太太拿起一块西瓜芯,递给了他。大伙笑起来。

胡芝芬说:"长北你都多大了,还要小时候那一套。"

胡芝芳说:"妈最偏心呢,打小最疼的就是长北。"

胡芝芬说:"可不是吗,人家都讲,会哭的孩子有糖吃,长北从小就心眼子多。"

胡长北最烦别人说他心眼子多,照着西瓜咬一口说:"七百年谷子八百年糠的,你们总要翻扯来翻扯去,我耳朵都听出茧子了。"

长北的媳妇桂婉在一旁接话说:"心眼子多有啥不好,我家长北生来就是做生意的料子,大买卖小生意,干啥都不差。"

胡芝芳说:"他是我们的弟弟,他有多大本事,我们还不知道?你这媳妇,可倒是护男人。"

桂婉说:"二姐,这可不是我护男人,长北倒腾粮食呢,跟人合伙,都怪我们本钱不够大,要是底子厚,多压一些货,等到涨价时再抛出去,保准能狠狠赚一笔。"

一说到压货,大家的嘴巴立马贴了封条,知道胡长北有拆东墙补西墙的毛病,想他这次回来,一定是为了借钱。胡芝芬就把话题岔到西瓜上去了说:"这西瓜甜,肯定是沙土地里种出来的,沙瓤,爽口。"大伙都不接话,只闷头啃西瓜,热热闹闹的气氛,一下子裹了几丝尴尬在里头。

胡长北窘了,本来正狼吞虎咽吃着,气一不顺,一下子呛了,一声迭一声咳起来。

桂婉也看出不对劲,拍打着胡长北的后背,越拍力气越大,她说:"你八百辈子没吃过西瓜吗,要这么下作?"

胡长北止了咳,腾一下站起来,不敢冲着桂婉撒气,见老太太的猫在窗台上睡着,抬手给了猫一巴掌。冷不丁那么一下子,猫摔在地上,喵喵叫着,连滚带爬,跑开了。

老太太气着了,脸子立刻拉下来,起身往屋里走了。

胡长北倒背着手在地上绕,冲着老太太背影喊:"我还不比一只猫吗?全家上下,打小就不待见我,现在还是。兄弟姐妹好几个,哪个关心我过得好不好?都生怕我借钱呢。赶我走,那以后甭指望我再回来了。"没人吱声,都看耍猴似的看着他。胡长北又绕了两圈,泄气了,看着胡长庚说:"你们一定都在想我为啥突然回来吧?那我就实话实说了吧，这次回来，除了想看看老太太，还有一件事，就是给来早提亲。"

大伙听了，惊讶地盯着胡长北，不知他又在打啥主意。

胡长北说："你们别以为我会害来早，我自己的侄女，我能坑她吗？人家那小伙子家境好着呢，长相也周正，就是念书有点少。书念得少有啥关系呢？人家脑袋灵光，走南闯北的，见过大世面，来早要是能嫁过去，是来早的福气。"

胡长庚把手里的西瓜皮抛给狗子，狗子扑上去啃起来，他慢悠悠地说："无奸不商，不踏实。"

这话戳中胡长北肺管子了，他说："哪个生意人不是拼死拼活，都要像你，按垄沟找豆包？"

胡长庚把头垂下去，摸出烟，两手捻着说："平白无故的，你咋惦记起来早了呢？要只是想为来早好，你也不会这么大动干戈跑回来吧？"他把烟点着了，头也没抬，又说，"长北，老太太是咱娘，你回来看，那是应该。来早是你侄女，你要是疼她，也是应该。可以前那么多年，你既不看娘，也没疼过侄女，今天一下子就把她们都放在心上了，我咋能信得过你呢？"

这一问，胡长北不在地上绕了，一屁股坐下，梗着脖子，不吭声了。

这个八月十五，胡家人不欢而散了。但闹腾这么一下子，老太太倒把老叶太太的死忘了，人渐渐从那害怕中走了出来。

因为有老太太在，胡长庚也已经习惯了弟弟妹妹们的来来去去，只是他们一走，他又谋划卖他的马了。

22

胡长庚的马太老了，这一年，明显干不了出力的活儿了，赶上下雨天，路泞起来，一趔一滑的，它就更没力气了。胡长庚看好一台旧四轮车，打算买回来。卖掉马，不用添几个钱。

只是那马跟胡长庚很多年了,他不舍得卖,买马的老客儿是王树才给找来的,说好了是养茬儿,不是杀茬儿,可胡长庚还是很心疼,趁着买主还没到,坐在马厩里,一个劲儿地捯饬那马,先是梳马鬃,然后是编马尾,像打扮出嫁的闺女似的,难舍难分。等老客儿来时,他总算弄好。两人讲好价格,胡长庚点了现金,老客儿把马牵走了。

胡长庚拿着钱,还在难过,大门响了。

进来的竟然是胡长北,胡长庚十分疑惑,心想,这人才走也没几天,怎么又来了呢?起身去迎,还没等说话,长北就气嚷嚷靠在院墙上,说:"你想问我为啥又回来了吧?"

胡长庚说:"你干啥气成这样?生意赔了吗?"

胡长北白愣胡长庚一眼说:"赔了也怪你。"

胡长庚不解,没说话,等着听胡长北细细说。

胡长北就讲起了自己缘何生气的来龙去脉。

原来,上次他回来,是为讨合伙人的好,因为想让人家给他垫一笔货款,看人家有个和来早年岁相当的儿子,就吹嘘说自己的侄女长相好看,有文化,要给人家介绍介绍。为此特意跑回来,胡长庚却打了破头楔,他回去后,根本没有侄女给那个合伙人的儿子相看,合伙人就觉得他说话带盖摇,办事不靠谱,不但没给他垫货款,还把该分给他的钱也全压下了。一时间,资金断链,他欠下的一屁股债没法还不说,债主还天天堵门,他都不敢回家了。

胡长北说:"大哥,我把大话都说出去了,你就让来早跟人家去见个面,好歹给我圆个场子,不然,我的生意就完了。"

胡长庚不吭声,手里攥着卖马钱,摆弄来摆弄去的。

胡长北说:"你是家里的老大,不能看着我遭难,还坐视不管。"

胡长庚说:"也不是我不帮你,依来早的脾气,这种事儿,只要我一开口,她保准有八句话等着怼我呢。"说着,他蘸着唾沫把手里的钱数了一遍说:"你说得对,我是家里的老大,看着你遭难,不能不管,可我也没多大的能力帮你,刚刚卖了马,拿到这几千块,你那么大的买卖,也不知差不差这点钱?要是差,就拿去用。"

胡长北说:"集腋成裘,有的话总比没有好。"

胡长庚没法子了，就把钱递给胡长北了。

胡长北拿着钱走了，胡长庚傻眼了，那买四轮车的事儿，泡汤了。

秋收就是抢秋。漫野遍坡的绿意渐渐褪去，那绿意少一分，胡长庚的心就急燎一分。他知道，等那绿一旦褪尽，各家各户就要把大车小辆开进地里了，就要大人孩子齐动手，往家里抢粮食了。抢不及时，粮食落在地上，或者遭了牲畜的祸害，一年的收成和指望，都要像霍林河水一样，白白付诸东流了。没有马了，没有收秋的家伙什了，胡长庚生怕自己的粮食抢不回来了，他着急上火，牙床子也肿起老高，整天捂着腮帮子，琢磨解决的法子，可主意想了无数个，没有一个能胜过尽快买下那台旧四轮车的了。

秀草也跟着叹气，埋怨胡长庚把钱给了胡长北，她说："钱是甭指着要回来了，实在不行，就挨家挨户凑凑吧。"

胡长庚摇头说："缺口太大了，把榆村人的口袋都掏干，也凑不足。"

秀草更来气了，嘟囔起来："在你们胡家，那个长北就是个害人精，自己的买卖赔了不算，还要害咱们跟着吃挂落儿。"

胡长庚听着心烦，起身出了屋子。他来到街上，不知该往哪儿转，脑子混沌沌的，出了村，穿过草原，到了石油公司的小白楼前。一站在那儿，他奇怪自己怎么到了这里，盯着那白楼望了一阵，又徐徐往回走，在渣石路上，忽地看见一辆油罐子车迎面开来，就避到一旁，给那高高耸耸的家伙让路。

车却停下来，司机探出一颗脑袋说："胡叔，你咋在这站着呢？"

胡长庚见是韩青，苦笑道："闲溜达。"挥挥手，让韩青走。手一落下，又喊韩青下车，说有话和韩青说。韩青就下车来了。

胡长庚请韩青在路边坐，自己也坐，咂着嘴唇，寻思好半天，开口说："遇到点难事，说给你听听，看你能不能帮个忙。"

韩青说："叔你尽管说，能帮上的，我肯定帮。"

胡长庚就把要买旧四轮车的事儿，说给韩青了。

韩青听完，报着嘴，半天没吱声。上次来多去复读，他已经把手里仅有的积蓄都拿给秀草了，现在胡长庚又要用钱，他是无论如何也拿不出了。就有些犯难。可一想到来早，他就不想让这一家人受折磨，便说："我手头没有，但张海应该能有法子。"

胡长庚说："那敢情好，你也别白跟人家借，咱给人家利息。"

韩青点点头说："那我一会儿就找张海去。"

胡长庚心里感激，嘴上不知说啥才好，站起身，默默目送韩青上车，直到油罐子拐进石油公司，才沿路回家去了。一路上他都在想，韩青真不错，胡家要是能有这样一个挑大梁的姑爷子，该多好啊，可自己怕是没做人家丈人的命呢。

到了晚上，来早下班回来了，一进门，鼻子不对鼻子，眼不对眼，换了衣服和鞋子，在脸盆架旁洗手，拿起毛巾，使劲抖几下，弄出的动静呼天扯地响。要是放在往日，胡长庚早吼她了，今儿个，他猜出来早为啥闹腾，把旱烟筒子抽了一根接一根的，就是不言语。他想，就算你作翻天，我也要挺过这一关再说。

没一会儿，来早憋不住了，把手巾往脸盆架上一丢说："爸，给我找个婆家吧，能给你换来一台旧四轮车就行。"

这话，像是一百个巴掌左右开弓，齐刷刷落在胡长庚的脸上了。他的脸红了，烧着的火炭儿一样，烫着他，使他差点跳起来。他把手掌往饭桌上一拍，桌上的碗筷立刻蹦了蹦，零零散散，到处落去。他说："你还在上学的时候，我和韩青就是交好的，你别以为人家每次帮我都是看着你的面子上。"

来早说："可满村、满油田的人都说你是拿我做筹码，我还见不见人了？"

胡长庚说："让他们说去，嘴长在他们身上，你还给缝上不成？"

来早说："你要坚持用韩青帮这个忙，油田的工，明儿个我就辞了。"

胡长庚慌了一下，他太清楚，来早啥都能干出来。于是，把话软下来说："庄稼就要收了，我总不能一篮子一篮子拐回来吧。"

来早哭了，抬着胳膊，用袖口使劲抹眼泪，跑回了自己的房间。

夜色暗沉下来，窗外都是黑，乌漆乌漆的，隐约有斑驳的光，忽闪几下，就被黑暗吞下去了。不知谁家的孩子还在街上跑，偶尔飘过几声笑，也不知笑个啥。不知谁家的狗子还在吠，也不知吠个啥。

来早躺在炕上，翻来覆去，烙饼似的，一刻也不能安睡。后来，总算生出困意，睡着了。

这晚，来早做了一个梦，在梦中，她拿着录取通知书，进城去了，站在那学校门口，说自己是来报到的，门口的看门人却摆手让她走。她拿通知书给人家看。人家看了一眼，放她进去了。在校园里，她东一下西一下到处找自己的班级，转来转去，头晕脑涨，到底是啥也没找到。

第二天，天微微亮时，胡长庚起来了，到河边买了几斤鱼，想等韩青来给他送钱时，好好请韩青吃顿饭。

可是，胡长庚从早晨盼到中午，再从中午盼到晚上，也不见韩青的影子。他想，这事大概是不能成了。让秀草把鱼炖了，掏出酒瓶子，自斟自饮起来。

胡长庚正喝着，韩青来了。他看到救星似的，顿时精神抖擞，眼神也如同霍林河水上洒下的阳光一样，跳来荡去。但韩青垂头丧气的，胡长庚预感到事情不好，心底瞬间生出凉意，仍假装镇定地说："叔也知道，你尽心了，没借到就没借到吧。"

韩青瘪瘪嘴说："叔，钱是弄到了，不是张海的，是我妈的，我骗她说有人借钱，我们能吃到利息，我妈就让我把钱拿出来了。"

胡长庚又欢喜起来，他说："不怕吃利息，不怕吃利息，弄到就好。"

韩青就把钱掏出来，连带他母亲出好的借条，一并放在桌上，让胡长庚签字。

胡长庚展开借条看了看，手哆嗦着，从炕席底下摸出一根笔，签上了自己的名字，还摁了一个红鲜鲜的指印。

就这样，胡长庚把那台旧四轮车买回来了。把车停在窗前那一刻，他心里喜滋滋的，他想，明年多包些土地，就会把欠下的钱都还上的。

来早却愁眉不展，家里的饥荒太多了，欠韩青的也太多了，如果还在石油公司干下去，她就会被那些闲话戳成筛子了。她顶不住那些闲话，也顶不住韩青对她的好。他越好，她越是像背着一块千斤大石头，简直喘不过气来。

她开始另作打算了。

这个打算,像一粒小小的种子,在她的心野上,慢慢发出嫩芽,正扑生生长大。

这天,来早来到石油公司,忙完手里的活儿,给李小米打了一个电话,说不想在石油公司干了,想去深圳找她。李小米正巴不得她去,就说:"出来看看吧,榆村太小了,一直待在那儿,我们都像井里的蛤蟆,只能看到巴掌大的一块天,你来,把张麦子和叶高粱也带上。"来早答应着,撂下电话,去问叶高粱和张麦子,要不要一起去深圳。

一说要去深圳,张麦子茫然了,她说:"我走了,我妈可咋办呢?"

叶高粱倒是有些兴奋,不是兴奋要去深圳,而是兴奋来早要走了,附在来早的耳边说:"你是真走吗?那我可追韩青了。"

来早恍然知道,原来,叶高粱一直喜欢韩青。便说:"我不走,你也可以追他呢。"

叶高粱撇撇嘴说:"那咋能一样嘛,他的心里都是你呢。"

来早没有说话,心想,看来自己还真该走了。

23

胡长庚那四轮车买来得及时,秋收时一点儿没耽搁,他家很快干完了地里的活儿,跟村人一样,忙过一个琐碎的秋天,就开始猫冬了。

说是猫冬,也不着闲,这一年,大雪落得早,把苇都埋在雪里了,男人们不用打苇子,也拼命找事做,会镩冰打鱼的,都去镩冰打鱼了;不会镩冰打鱼的,都去周边县城,找点临时工做。女人们做鞋子、蒸豆包、拆洗被子、缝制棉衣,偶尔,也去晴二嫂的小卖店,跟她学学草编的手艺,回到家里,编上个筐箩、杂物盒、筐子、草帽什么的,以备不时之需。等到进了腊月门,就开始杀年猪了,你家杀完,他家杀,差不多一个月的时间里,天天能听到猪的惨叫。差不多一个月的时间里,家家都有迎来送往。

胡长庚的腰不好，干不了镩冰的活，也没出去打零工，在家闲着没事，老早把年猪杀了。

那天一大早，吃了早饭，秀草烧开水，备接血盆，胡长庚搭案板、磨擒刀、找绳子。杀猪匠还是不请自来的张黑子。前后左右的邻居也来帮忙。他们抓猪、绑猪、把猪摁到案板上，张黑子看准时机，从猪脖子底下一刀子捅进去，猪就在大伙手下挣扎嘶嚎起来，大伙看着，喜笑颜开。他们觉得那样的叫声，会赶走一年的霉运，会把明年的日子叫得亮亮堂堂。

为了防止猪血凝住，张黑子一直用两根高粱秆在血盆子里搅着，等猪的惨叫声逐渐衰弱，变成一抽一抽的哼唧时，它也流尽了最后一滴血，张黑子就端着盆子进屋，把盆子放在不冷不热的炕沿上，等到把猪处理好，再回来灌血肠。

可是这天，还没等到灌血肠的环节，榆村就出事了。

那时候，大伙刚用滚开的热水给猪煺完毛，就听人喊："麦子妈掉冰窟窿里了！麦子妈掉冰窟窿里了！"大伙连猪肉也顾不上卸，就往河边跑。

赶到那里时，麦子妈已经死了。被一个镩冰捞鱼的给拽上来了，浑身上下结着一层冰壳，躺在冰面上，僵成一坨。

一个疯子，死了就死了，这样，以后再也不用人到处去找她了，清净了。张黑子一点也没为她难过。

张麦子也恍似如释重负，但她的精气神没了，整个冬天都没有去嘎罕诺尔镇，她说她不敢看那冰塘。往后，这空荡荡的人间，她一个亲人也没有了。她之所以这样讲，是常听榆村人说，她根本不是张黑子亲生的，说她妈是怀了她以后才嫁给她爸的。而她妈的疯，就和那个让她怀上孩子的男人有关。

张麦子也觉得榆村人的话没错，她还记得，她妈活着的时候，有一回特别清醒，给她梳辫子时，突然端着她的脸，伸出一根指头摸她的眉，摸她的眼，仔仔细细看着说："咋这么像呀？咋这么像呀？"她问她妈："像啥？"她妈把她往怀里一搂，用了很大的力气，差点把她憋死。现在想来，她妈说的像，一定是说她太像她亲爸了。

麦子妈一死，张麦子决定去深圳了。那时候，对她有一点点爱慕的小南方也刚好回了南方，她离开榆村的心意便更加坚决了。这样，便和来早约定，等年一过完，她们一起离开。

为了不惊动父母，来早什么也没有说。

年，还是往年那个过法。但在年还没到来之前，胡长北又回来了一趟，这回，他是带着很多炮仗和烟花回来的，说是要放在胡长庚这里，让胡长庚帮着卖掉。胡长庚不想搅和到胡长北的生意里去，让胡长北把东西拿走。胡长北却说："不会让你白忙活，卖多卖少，都给你提成。"胡长庚不要提成，坚持让他带走，胡长北就打起了来多的主意，说反正来多正在放假，可以帮忙去卖，起码能赚出个办年货的钱。胡长庚还想拦着，来多已经一口答应下来了，他觉得自己从来没为这个家做过贡献，这回，正好可以表现表现，也能减轻家里的负担。

胡长北走后，来多就开始卖上鞭炮了，在村里走家串户的，一天下来，还真是收益不小。为此，来多信心大增，又去了周边的几个村屯。

这天，来多骑着自行车，从好字井回来时，看着还剩下的一点货，突然想去石油公司碰碰运气。他想，那公司里的工人都不缺钱，买几挂炮仗和烟花，应该是不费力气的。就朝着石油公司去了。

那时候，正是临近石油工人下班的时候，来早拿着一份安全生产档案表从办公室出来，准备送到加油站那边，正从院子里穿过，来多就进来了，喊着："姐。姐。"

来早看过去说："你咋跑这来了？"

来多就把想给石油工人推销炮仗的想法跟来早说了。

来早觉得这办法也行，让他去门卫室，说大伙下班时，都会从那里走，他见了人，可以挨个问问。

姐弟俩说着话，已到了加油站门口，来早去屋子里交档案，来多在外面等。

来早再出来的时候，来多蹲在门前，正在给一个加油工推销他的"二踢脚"，说这个是双响，声音有多么多么大，怕那人不信似的，趁着来早和加油工打招呼的工夫，掏出打火机，就点着一个。

来早和那加油工都吓坏了，不远处就是加油站，这要是砰砰炸两声，就算不出大事，老总也一定会把他们给开除，所以，就在来多把二踢脚丢在地上那一刻，来早和加油工同时向那个方向扑去，想把二踢脚的信子踩灭。许是两个人都太着急，加油工把来早撞倒了，来早不偏不倚，正好摔在了二踢脚旁边。

二踢脚炸了。好在质量不太好，只闷闷地响了一声，便哑掉了。但来早还是被炸昏了，脸上当即血流不止。

大伙七手八脚地把来早抬上车，急匆匆往医院送，大夫一检查，发现伤口很深，说即便愈合，也会生出一块疤。

这个结果，果真在来早出院后活生生摆在来早的眼前了。每天，她一照镜子，就看见一块铜钱大小的疤，红鲜鲜趴在左下颌处，令人厌恶极了。她生出自卑，整个正月，都不肯见人。到了二月二时，张麦子来找她，和她商量何时启程去深圳，她想了又想，还是没有勇气正视那块疤，去深圳的计划就搁浅了。

张麦子只好一个人走了。

张麦子走后，来早更加难过，只几日的光景，已是鸠形鹄面，叶高粱来看她，见她毫无生气，劝解几次，毫不奏效，也无能为力了。

韩青也跟着着急，每天下班，都来胡家走一趟，来早却总也不着他的面，每次，韩青只能讪搭搭离开。

接下去，近半年的时光里，他们每个人都郁郁寡欢着。但叶高粱是有一点窃喜的，在来早不来上班这段日子，韩青和她的接触多了起来。她当然也知道，韩青接触她，不过是想从她嘴里多听到些关于来早的消息。她是嫉妒的。这嫉妒让她对韩青隐瞒了很多她知道的细节，她觉得韩青知道得越少，情感会淡化得越快。可她低估了韩青对来早的执着，很快，她接到了一个任务，这任务是韩青交给她的。

是韩青让叶高粱把来早找出来，不管用啥手段、啥方法。

叶高粱十分生气，差点掉下眼泪，差点质问韩青，凭什么要她去做？但她忍住了，她想，约一次也好，不管韩青怎么热烈，来早是决绝的，这一点，倒值得庆幸，就假装很爽快地答应了。

这天，是立夏，叶高粱一下班，就跑胡家来了，一进门，不由分说拉起来早往河边跑。来早问叶高粱拉她干啥去，叶高粱说去了就知道了。来早往后挣,叶高粱不高兴地说:"不就是一张脸吗?不就是一道疤吗?你还因为这个不活人了?你这样半死不活的,可真让人瞧不起。"

这一骂,尽管来早十分不情愿,还是随她去了。

傍晚的缘故,榆村上空正炊烟袅袅。老神榆在炊烟的笼罩下,若隐若现。树下有人影晃动,堆起一些枯木,像是要点篝火。

不一会儿,叶高粱拽着来早到了老神榆跟前,那些人影忽地躲到老神榆后面去了。一个汽油瓶子从树后飞出来,砸在那堆枯木上,哗啦一声碎了,一根火柴"嚓"一声燃起来,紧跟其后,闪着一道微光,落在了沾满汽油的枯木上。刹那间,火焰蹿起,火舌喷薄,直往天上钻。

来早不知他们这是唱哪出,看着那火,好一顿出神。

这时,韩青从老神榆后面闪出来,微微笑着,缓缓走向来早。

来早捂着下颌说:"以前的篝火会,都是在晴二嫂家院里举行的,今天怎么挪到老神榆下了呢?"

韩青说:"让老神榆做个见证。"

来早说:"见证啥?"

韩青说:"见证我向你求婚。"

来早吓到了,看着韩青,半天说不出话来。

韩青说:"你别躲着我,今儿,我把咱们的朋友都叫来了,让他们也见证这一刻。我喜欢你,从见到你第一眼就开始了。你一直是天上的月亮,是高山上的云朵,我总觉得可望不可即。现在,你这样难过,我来和你说这些,是想告诉你,你依然是天上的月亮,是高山上的云朵,我愿意仰望你,也愿意守护你。"

话音一落,还不待来早做出反应,老神榆后面的人就鼓起掌,跳出来了,围着篝火,冲来早喊:"答应他!答应他!"

一时间,来早晕头转向,但她知道,她从来没有爱过韩青,就算整张脸皮都被撕下,这心境,也不会改变。也许,在别人看来,一个脸上有瑕疵的姑娘,还有啥资格说爱或不爱呢?在榆村,不管谁家的姑娘,能嫁给韩青那样的男人,都是祖上积德了,她这样推三阻四,就连自己都觉得有点不识好歹了。可她无法违逆自己的心，无法因为容颜的卑贱，灵魂就一起软弱弯曲。

她想，如果说我脸上没有这道疤时，韩青对我是望而却步的，因为有了这道疤，却给了韩青表白的勇气，那么，我不知我是该庆幸，还是该羞愧。

她向后退去。越退越远。她对着韩青使劲摇头，忽地转身跑开，像一颗流星，在夜色里闪过一道长长的影子。很快，她被夜色吞噬了。

话没腿，跑得最快。没出一天，榆村人都知道韩青向来早求婚了。

胡长庚一家也知道了。

这天夜里，胡家屋子里的灯光苍白地洒下来，照着那一张张又严肃又认真的脸，也罩着来早纤细的轮廓。

这一回，胡长庚要开一个家庭会议，会议的主题就是：来早该不该嫁给韩青。

秀草苦口婆心说："咱就是一个庄户院的闺女，脸上又带着一块疤，还有啥资本挑挑拣拣呢？"

来早变得和灯光一样苍白。

胡长庚说："结了婚，有了儿女，你就会变踏实了。"

来早一阵茫然。她听着自己的呼吸和心跳，仿佛听到灵魂的潮汐一荡一荡，席卷着她，她的整个身体流沙一样被潮汐侵蚀，她在塌陷。夜，黑魆魆的，她身体里的星辰都坠落到那潮汐里去了。潮汐随着风翻涌，连最后一点星光也吹散了。她的脑子在膨胀，在潮汐的咆哮声里变成一片巨大的空地。她看不见自己了，仿佛自己正在坠亡。她感觉不到自己了，仿佛自己跌进了无底的深洞。

这人世间也空空荡荡，只剩潮卷汐涌，奔来复去。

后来，家人还说了啥，来早听不清了。过了好久，来早用余光看到他们的嘴巴都闭上了，才从那虚无里挣脱，摇摇晃晃，出了屋子。她站在院子里，觉得快憋死了，出了大门，沿着隐隐延伸的小路到了河边，她对着老神榆立了立，朝堤坝走去，她看着在黑夜里一滚一滚的河水，真想一头扎进去，任由河水推着，去远方，或者，另一个世界。

可她莫名其妙上了船，解开了船绳。船悠悠荡荡，顺着河水漂去，也不知过了多久,她发现船已经在一片没边儿没沿儿的水中央了。她辨不清方向,不知该往哪儿走,只能奔着远处的几许光亮,匆匆划去。

将近午夜时,船在嘎罕诺尔镇靠岸了,来早听见火车在不远处呜呜叫起来,怔怔听着,突然想去火车站,就奔着火车站去了。

她到车站时,正好有一列火车进站,掏空口袋里所有的钱,买了一张到赍安城的票,上了火车。

24

赍安城的清晨,是比榆村闹嚷千万倍的。街道两旁都是杏树,棕红色的树皮,带着绸缎般的光泽和纹理,看上去竟比长在乡间的高贵许多。一块巨大的广告牌立在公交车站点旁,上面的明星裸着肩,抬着脸,展示着她脖子上的珠宝。街道上的人力车、电动车、小汽车、自行车一辆追着一辆,晨练的人接踵摩肩。

电器城、修理铺、理发店、银行、饭馆、酒店、网具店,除了早餐店以外,各式各样的门店,卷帘门都还没有升起,偶尔几家店铺前的炫彩灯还一闪一闪亮着。有新人的婚车队整齐开过,也有出殡的灵车撒着纸钱一路远去。清洁工在清扫各自管理的路段,他们手上的扫把和他们一样,还带着睡意。

在这样的清晨里,来早漫无目的地走着,路过一家早餐店门口时,她闻见了包子的香味,想推门进去,摸摸口袋,囊中羞涩,不由生出几分胆怯。

来早拐到了一所学校门口,电动折叠门正缓缓拉开,有学生陆续进到校园里了。送孩子上学的家长,在门外停住,望着自家孩子的身影完全消失,才转身离去。来早看看那学校的名字,正是她叔胡长安工作的地方,便快速转身,钻入人车熙攘的街。她十分清楚,这场逃离,让她的人生没有后退可言了,只要还有一口气,就要往前走。不过,眼下身无分文,去不成深圳了,必须先在赍安城找点事儿做,解决生计问题。然后，再从长计议。

她细细打量这座城市，发现小时工、服务员、保洁员、服装店员、打字工、理发店小工、学徒、推销员、配货员、中药销售员的招工广告随处可见，挨门挨店问过去，一直问到中午，都因脸上有块疤，被毫不客气地打发了。

时近中午，她有些饿了，肚子叫着，口干舌燥，胃往回缩着，脑子里尽是浮现出一些吃食……看见路边的报亭开着门，走进去，跟人家讨水喝。

那是个胖嘟嘟的女人，扫她两眼，断定她没钱买报纸杂志，脸子上没有一丝表情，从一堆报纸底下翻出一只压扁的纸杯丢过去。来早接住，去倒一杯水，咕咚咕咚喝下了。她说过谢谢，正要离开，发现报亭的玻璃上贴着租房广告，抬手指指，问人家可不可以租给自己。

那女人郑重地抬起头，大概是看她一副人畜无害的样子，就说："房子可以租给你，但要上打房银钱。"来早一听，头低下去了。女人挥挥手，示意她走。她打个趔趄，险些摔倒，幸亏靠在门框上，算是站住了。

不知为何，女人动了恻隐之心，她说："没吃饭吧？你看起来软沓沓的。"

来早急于得到帮助，扯个谎，说是出来打工的，钱包被偷了，正无处可去。

女人踌躇一下说："一个月八十，你租得起吗？"

来早恍似抓到救命稻草，她说："我找到工作，就付钱，行吗？"

女人想了想，朝对面的面包店指指，意思是那里在招服务员，她说："你要是能干上，就跟我回家。"

来早朝那家蛋糕店望望，走出了报亭。

是一份营业员的工作。试用期是七天。店家说，试用期满，就可以留下。来早十分兴奋，好像肚子也不那么饿了，要求立刻上工。店家正好缺人手，就让她去换工装。

一开始，来早还纳闷，别人家都嫌弃她脸上的疤，怎么这蛋糕店就留下自己了呢？换完工装才知道，为了干净卫生，要戴上巨大的口罩，刚好遮住了那块疤，人家自然就不在意她的容貌了。她想，这大概也就是那胖女人让她来这里的缘故了。

这天,来早拼力干活,每有顾客进门,就按照店家的要求,站在门口,微微鞠躬,说欢迎光临。跟在老店员的后面,看人家怎么介绍蛋糕的种类和价钱。顾客走时,不管买与不买,都要送至门口,说欢迎下次再来。要是没有顾客登门,她就擦装蛋糕的玻璃架子、擦玻璃门、擦地板、连卫生间也打扫了,把角角落落都弄得干干净净。店家十分满意,下班时告诉她,明天可以继续来。

就这样,来早算是有了工作,天黑时,随看报亭的女人回家了。

她们穿过一条街,拐一道弯,进了一条胡同,一直走到尽头,就是报亭女人的家了。

院落不是很大,方方正正,周边砌着花墙,花墙围起来的,是一块菜地。里面栽着各种菜秧。院子东侧是一道砖墙。院子西侧是厢房,不高,伸手可够到屋檐,木门敞开着,门口散落一堆待劈的木头,门里堆满煤块,还有一捆用来当引柴用的软草。

正房两间半,很老旧,墙面抹着水泥,木制窗框,蓝色,油漆脱落,斑影依稀,唯有玻璃锃明瓦亮。

屋子里很宽敞,进门是一条走廊,直走,通厨房,左边是一个房间,右边也是一个房间,两间都有炕铺。

来早觉得很好,对女人千恩万谢。

女人说:"我也是看你可怜,天黑日头落,总不能眼见着你去睡大街。但是,不能立马交房租,那可不能每个月八十,少于一百,还是要请你立马走人,如果还想吃饭,就再添一百伙食费。"

来早别无选择,答应了。就这样,她就住下了。她住右间。

接下去的日子,来早在那个蛋糕店干了一周。一周后,试用期过去了,店家却把她辞了。从那店里出来,来早才明白,试用期是没有工资可拿的,店家就是一直挂着招聘的牌子,一直用着别人的试用期。可这又是没处说理的事儿,毕竟,去应聘的时候,来早是没想过这些的,现在被辞退了,也只能吃哑巴亏,自认倒霉。她不知道回去后该怎么和房东交代,没了工作,就意味着交不起房租。站在嘈杂的街上,她想给李小米和张麦子打个电话,却发现自己连打电话的钱也没有。

就在街上游逛着,又找了两份工作,都没成。

回到出租屋时,房东正哼着小曲儿煮面条,见她回来了,赶忙问她试用期过了没有?

来早颓丧着,不敢看她。

房东的脸一下子阴沉了,她说:"你白吃白喝可一周了,要我看,你还是哪来的回哪去吧。"

来早不吱声。

房东说:"咋的?你还赖上我了?"

来早还是没吱声,身子一转,到院子里去了。

房东以为她生气跑掉了,追出去,刚想告诉她就这么走了可不行,这一周的账,是要算算的,却见她拿起地上的斧头,对着那些木头劈起来。房东的脸子还僵着,心却软了,没再说话,回到屋里,继续煮面条去了。

吃饭的时候,房东没有叫来早。等把那些木头劈完,来早空着肚子睡去了。睡梦里,她见到了李小米,见到了叶高粱,也见到了张麦子。仿佛还是小时候,四个人一起在霍林河边做游戏,来早说:"等我们长大了,你们都想干啥?"

李小米跳着脚说:"我要赚好多好多钱,天天买花生米吃。"

叶高粱说:"我想做裁缝,穿世界上最漂亮的衣服。"

张麦子说:"我真想当个医生,把我妈的病治好。"

来早觉得她们的梦想都不好,她说:"我要当画家。"

她在梦里笑了,笑声咯咯响。

25

二〇〇一年的夏天,榆村发生了两件大事。

一件是,韩青和叶高粱订婚了。

一件是,胡来多考上了大学。

关于叶高粱和韩青订婚的事,还要从来早出走开始讲起。

那天,胡长庚和秀草还没有起炕,就听见老太太用拐杖敲着房门说:"完了完了,这下子可完了。"胡长庚和秀草以为老太太摔倒了,匆忙披衣下地。他们跑到门口一看,老太太好好的,来早的屋子却空了。来早炕上的被子还板板正正放在炕角,显然是一夜没铺开过。秀草一下子瘫软了,她说:"她走了?"转身去拉炕琴,见衣服一件也不少,又说:"她没走,一定是到石油公司上班了。"于是,让胡长庚去石油公司找。自己则出门往北走,去了河边。

那时候,太阳刚刚升起,秀草顶着一蓬微黄的阳光,边找边喊来早的名字。静悄悄的河水,没给她一点儿回应。她靠着老神榆,看着空荡荡的四野,失魂落魄,茫然无措。

土地庙里的香案不知又被谁家的孩子或小兽撞翻了,香灰已被风吹散。土地爷面前滚落着几个风干的馒头和干瘪的苹果,看上去既凌乱又冷清。老神榆上面系着的红布条有的已经发白,落满灰尘。秀草跪在那庙宇前,想请土地爷给自己提个醒,告诉她来早到底在哪儿。土地爷默默无语。

这时候,一阵叫骂声从堤坝那边传来,秀草侧耳听,是一个渔人在找他的船,渔人说:"谁他妈的划走了我的船?最好乖乖给老子划回来,不然,老子会刨了他家的祖坟。"

秀草忽地从地上站起来,再次爬上堤坝,望了望那焦急的渔人,又望了望对岸被水汽罩住的嘎罕诺尔镇,心想,那船,一定是被来早划走了。

不一会儿,胡长庚从石油公司回来了,看见秀草在堤坝上站着,直奔河边来了,他告诉秀草,来早根本不在石油公司。

秀草说:"渔人的船少了一只,她一定是过河去了。"

胡长庚和秀草也过河去了,他们去了火车站,发现站台和草原一样,空空的,有些凄凉。铁轨延亘,如同僵直的蛇。秀草瞬间慌成一片叶子,抖个不停。她打着牙帮骨说:"她会不会和麦子妈一样,投了河?"

胡长庚盯着远方,细细琢磨来早的去向,想她是读过书的人,不会干寻死觅活那种蠢事，大约是投了亲戚，或者进城去了，就拉着秀草去电话亭，给弟弟妹妹分别打了电话，讲了来早失踪的事，告诉他们呢，一旦来早要是找他们去了，一定要第一时间给他回电话。

很快，榆村炸锅了。每天，胡长庚一家都是大伙茶余饭后必须聊起的话题，他们说胡长庚以闺女的名义，利用韩青的感情，一次次朝人家借钱，让来早颜面无存，才不得不离家出走。眼下，十有八九是跑到深圳，找李小米去了。也有人说，就是韩青的求婚，把来早逼走了。这些有的没的，把胡长庚和韩青都推上了风口浪尖。胡长庚绝望着、悲痛着，也忏悔呢，在寻找来早的同时，又张罗起钱来，他想快点堵上欠韩青的饥荒。

韩青那头，虽堂堂七尺，也患了瘟疫一样，蔫头耷脑，夜夜醉酒，借以消愁。叶高粱看不下去了，韩青醉一次，她心疼一次，后来，干脆担负起监管韩青的职责，下班后，一旦看见韩青又去晴二嫂那里，就跟过去，陪着韩青一起喝，把自己也喝成烂泥。终于有一回，两个人都不省人事，倒在晴二嫂的炕上，东一个西一个地睡了一夜，再醒来时，晴二嫂把他们都骂了一顿。

晴二嫂先骂的是韩青，她说："你也没个男人的骨气，我这辈子，最看不起的就是你这种拿不起放不下的人，要是真觉得这世上没了谁就活不下去，那大可以痛快点去死，不必这样天天折磨自己，还让别人也跟着难受。不是还没到死的份上呢吗？要是觉得还没到，就别尿鸡[①]。"

晴二嫂后骂的是叶高粱，她说："姑娘家家的，别没羞没臊，以为自己为男人付出那么多，他就会感动，不定哪天会步了李小米的后尘。你现在觉得韩青好，是因为你没见过比韩青好的。"

这让韩青和叶高粱果然都收敛了些，再也不把自己泡在酒里了。

一个月后，韩青开窍了，在叶高粱上班的必经之路上等着叶高粱，待叶高粱一出现，他跟叶高粱说："我现在追你，你敢不敢跟我订婚？"

叶高粱没想到事情来得这样突然，即便她再想和韩青在一起，她

---

① 东北方言，贬义。指某人怂了、孬种、退却的意思。

也不愿意这么草率地答应他。她看着韩青，问道："是不是觉得娶不到来早，不管找谁都是对付过日子，就来成全一下我？"

韩青说："不是，是仔细想想，我也从来没得到过来早的好，但是那种好你给我了。"

叶高粱说："那要和我订婚，是对我的回报吗？"

韩青咬着嘴唇，想了想说："我不知道，我只是想，我该忘了她。"

叶高粱难过起来，眼睛一眨，眼泪落下来了。

韩青说："你别哭，我说了要忘记，就一定能忘记。"

叶高粱抬起袖子，抹一下眼睛说："那你把订婚礼的动静闹大一点。"

韩青点点头，拉起了叶高粱的手。

这天，韩青去一号油井抽油的时候，去见了胡长庚。他说他订婚了，对象就是叶高粱，要过头茬礼，烦请胡家尽快还上从他手里借走的钱。

这在胡长庚意料之外，秀草也大吃一惊。他们简直不能相信这是真的，但很快就见到韩青骑着摩托，载着叶高粱上班下班了。胡长庚只好去找王树才，让这个"屯不错"出面，给他弄到一笔钱。几天后，王树才给胡长庚掂兑到了一笔钱，胡长庚拿上，还给韩青了。那一刻，胡长庚看见韩青的眼里噙着泪。他们都知道，他们的情谊、缘分，到此结束了。

关于来多考上大学的事，照理说，胡长庚是该预备一场声势浩大的升学宴的，可是，一直没有来早的消息，胡长庚和秀草都打不起精神，那升学宴，自然也无心安排了。即便如此，祭拜祖宗的事还是依着规矩办了。在来多拿到录取通知书的第二天，胡长庚准备好供品、鞭炮、烧纸，带着来多去了胡家的祖坟地。他们挨个坟头烧纸，给每位已故的族人都报了喜，叩了头，最后，点着了那挂鞭。

那挂鞭炮很长，比胡长庚这半生以来所有年节时放过的鞭炮加在一起的长度还长，响了好久，炸开的烟雾，从胡家的祖坟漫散到整个坟场，遮住了半个天空，直到他们往回走了，进到了村口，还有余烟萦萦缕缕朝云端升去。

秀草包了饺子，算是给来多庆祝。一家人围桌而坐的时候，却怎么也说不出喜庆的话来，都捧着碗，闷着头，不停地夹起饺子，不停地往嘴里塞。秀草到底是女人，她最先没忍住，把头埋在碗里，哭了起来。这一哭，大家本来压着的情绪就崩了，老太太也抹起眼泪。胡长庚干脆撂下饭碗，离开了桌子。

来多是慌乱的，在他的心里，始终觉得亏欠来早，扔二踢脚炸伤来早的脸后，这种亏欠感越来越强烈，他总想，来早的离开，一定是带着几分对他的怨恨的。他一直希望来早能快点回来，给他一个弥补的机会。他也希望来早在外面遇到了更好的生活，那样，他的愧疚会少一些。他想安慰一下母亲和奶奶，终究是啥也说不出来，也跟着哭了。

在等候去大学报到的这段日子里，来多四处打听来早的消息，跟李小米和春生又联系一回，让他们多多留意，说很有可能，来早就藏在他们身边。

26

就在榆村发生这两件大事的同时，来早在赉安城又找到了新的工作。这回，她去饭馆儿干起了改刀的活儿，是房东亲自出马帮她找的。

那饭馆儿本来是夫妻店，老板娘突然做了一个手术，在医院里住着，老板忙不过来，急需人手，房东和他相熟，就把来早送过去了。房东想，帮了来早这个忙，才不会让自己这段日子的付出打水漂。

这回试用期一个月，工资三百，管两个饱，试用期满后，工资五百。那老板没计较来早脸上的疤，说反正干后厨，活儿漂亮就行。只是，老板娘没出院这段时间，来早需要多跑几趟医院，给老板娘送一日三餐。来早觉得没问题，留下了。她每天择菜、洗菜、切菜，样样数数干下来，虽然有些磕绊，但老板也会做些指导，倒也不太难做。几天过去，老板很满意，她算是安定下来了。她想等过了试用期，就往榆村打个电话,告诉家里,自己就在赉安城,找到工作了,过得很好。然而,一天一天熬过去,就在试用期满那天,老板娘出院了。老板娘一出院,就把她辞了。

这天,来早揣着辛辛苦苦赚来的三百块钱,走在昏黄的路灯下,看着车子一辆一辆从身边开过,看着路两旁那些闪着灯光的楼宇,直觉耀眼、神秘、眩惑,再看看自己的影子,摇摇曳曳,印在地上,真是无望极了。她想,接下去又该何去何从呢?她觉得自己一到城里处处碰壁,都是因为脸上的这块疤造成的,不由得恨起来多,要不是来多去石油公司推销爆竹,自己哪能变成这个样子?她默默念着,来多啊来多,咱们姐弟一场,到底是上辈子的仇人,还是现世的孽缘呢?现在看来,也许手上没有事业线这一说,是应验了。原来,都是来多害的。她摊开自己的手掌看,纹理凌乱,也分不出个所以然。就停下来,看广告牌上贴着的小广告,都是些租房的信息,和她要找的东西无关,她愣在那里,痴痴发呆,一辆车子贴着马路牙子开过,又倒回来停下了,她也没察觉。直到那车窗落下,喊了一声"来早",她才张惶地转头望去。车门打开,车里下来一个人,站在了她眼前。

竟是春生。来早有些意外。

春生说:"早听说你离家出走了,原来就在赉安城。"

来早不好意思地笑笑说:"我都这样狼狈了,你还能认出来?"

春生说:"你在赉安城,咋不找我呢?"

来早没有回答。

春生抬起腕子,看看表,指着前面的一家烤肉店说:"我约了个朋友,要在那儿喝酒聊天,你也去吧,难得遇见,咱们好好说会儿话。"

来早担心自己的样子被嘲笑,连连摆手。春生哪肯放过她,拉着她,往烤肉店走。来早苦笑道:"我刚被饭店辞了,就碰到你,真是丢人丢到家了。"

春生埋怨地说:"你就是死要面子活受罪,要是早点来找我,何至于这么受难?现在你遇见我,算是要转运了,一会儿要见的这位朋友,兴许能帮到你。"

这一说,来早不挣巴了,随着春生走,问春生那朋友是干啥的。

春生说:"那朋友叫古永淳,学过服装设计,头几年刚参加工作时,在县里的福利服装厂上班,拉业务,跑销售,一干就是好几年。后来,福利服装厂面临破产,职工全部下岗,老厂长就找他,说他年轻,业务能力强,让他把厂子接了,说厂子只有他接了,厂房才不至于成为废墟,机器设备才不会被拿去卖破铜烂铁。工人都是现成的,只要他肯用心,指定能把厂子救活。古永淳一琢磨,反正自己也正想干一番事业,与其说去干别的从头再来,不如干老本行,就把厂子接了。功夫不负有心人,厂子由古永淳经手后,几年的时间以后,不但没破产,还接纳了二百多名下岗工人,和一百多号身体上有残疾的人。厂子虽说没赚大钱,但给工人们装惯了素菜的盘子里时不时加块肉,还是绰绰有余,口碑也越来越好。所以,在赉安城,古永淳也算声名在外,年轻有为。"正说到这,他们到了烤肉店,坐定后,春生叫来服务员,点好牛肉,备好啤酒,古永淳就到了。

古永淳三十出头,大高个,平头,不胖不瘦,方脸,眼睛不大,单眼皮,一身阳刚之气,气质十分坚毅。他一落座,见桌上还有个姑娘,有些拘谨了,朝来早点点头,算是问好。

春生给古永淳和来早互相做个介绍后,他们就开始烤肉喝酒了。

席间,春生问古永淳厂子里还需不需要人手。古永淳当即领会春生的意思,他说:"今儿个喝酒,不是就想解决你老乡的工作吧?"

春生笑着说:"真不是,但来早和你有缘,赶上了。"怕古永淳不给面子,又说,"人家可是高中毕业呢,考上了大学的,就是没念成。"

古永淳一听说来早是有文化的,就仔细看看来早,忽觉她脸上那道疤挺好。因为有疤,显得不够漂亮,正好可以给自己当助理。以前,厂里也找过几个助理,他媳妇张大梅一看见人家好看,就闹得鸡飞狗跳的。可是,他也不想立马答应春生,含糊其辞地说:"我那儿可不养闲人,来早没有缝纫技术,能给厂子创造价值吗?"

春生听了,看看古永淳说:"你那么大的厂子,除了踩缝纫机,没别的活了吗?"

古永淳说:"有,下去跑业务,很辛苦。"

春生瞅一眼来早说:"能干不?"

来早也不知跑业务是干些啥，但为求到这份工作，也只能豁出去了。她说："我不怕吃苦，只要能去上班，干啥都行。"

古永淳笑笑，没说话。

春生一拍手说："咋样？我就说嘛，今天你碰到我，算是转运了，快给古哥敬酒吧，工作有着落了。"

来早高兴极了，倒一杯啤酒，两手端着，起身给古永淳致谢。

古永淳端端坐着，一副公事公办的样子说："倒也不用谢这样早，明天你可以去厂里报到，试着干几天，成不成的再说。"

来早挺尴尬，心想，要是跑业务，应该会忌讳我脸上这块疤的，这位古厂长看着不怎么高兴，应该是并不看好我。该怎么办呢？她太想抓住这个机会了，脑子转来转去，突然生出一个主意来，就往脑后拢拢头发，故意把那块疤完整地露出来，做出一副无所谓的样子说："古厂长的厂子不是叫福利服装厂吗？听春生说，有一百多号残疾人呢，我虽然手脚健全，但脸上有疤，也应该算面部有残吧，古厂长用了我，也是又为一个残疾人铺就了一条就业路呢。"

古永淳瞥了她一眼，忍不住笑起来，没回答她的话，却看着春生说："如果这也算残的话，那整个贲安城，没牙的老太太都会找到我呢。"

春生也笑，拉拉来早，让她坐下，说："你别听他在那儿胡扯，听我的，明天直接去厂里找他就行。"

来早不好再说什么，只好坐下。

春生和古永淳相谈甚欢，来早插不上嘴，就在一旁静静听着。直到很晚，三个人走出烤肉店。临分别前，春生又对着古永淳重申一遍，明天，来早是一定要去他那里上班，听到古永淳明确答复后，才拦下一辆出租车，放他走了。

喝了酒，春生开不成车了，就和来早并肩走着，送来早回出租屋。这时候，来早那颗因为没有工作而悬着的心也落下来了，就问春生在这里过得怎么样。春生告诉来早，他刚处了一个对象，是局长的外甥女，叫宁巧。宁巧高中毕业后就跟她父母经营家里的酒店，干了几年，她父母见她能力强，又开了一家，给她独立经营，生意老火了。他们的结合,还是那局长亲自做媒撮合的。是局长总去那酒店下榻,他总去接,宁巧就看上他了。春生说:"能和宁巧那样的姑娘比翼双飞,我原来是想都不敢想的,现在,每天都有癞蛤蟆吃了天鹅肉的感觉。"说完,大笑起来,前仰后合的。笑够了,直起身子,又一本正经地说,"来早,你就在赍安城好好干吧,像我们这样的出身,也不用太好高骛远,以后要是能在这小县城站稳脚跟,就是光宗耀祖了。"

来早长吁一口气,没有说话,她不知道她的未来会怎样。

春生说:"我从榆村出来那天,你去我家说的那番话,你还记得吗?"

来早回忆起那天的场景,难为情地说:"我觉得你不能怪我呢,要不是我那样回绝了你爸妈,你哪有机会去和宁巧那样的姑娘处对象?"

春生笑笑说:"我倒不是那个意思。你那天说,我们从小一块长大,你就是我,我就是你,我俩要是好了,就是自己和自己好。所以我想让你记住,你在赍安城要是有了难事,一定要找我,找我不就是找你自己吗?"

来早一阵感动,定定看了春生一会儿说:"春生,我在赍安城的消息,你先不要传回榆村。"

春生答应她了,却说:"你还不知道吧,来多考上了大学,叶高粱和韩青也订婚了。"

来早眼睛里亮了一下,她说:"真好。"

27

这天早晨,来早跟房东结算完一个月的房钱,讲好了还要继续住,就奔着福利服装厂去了。福利服装厂在赍安县城北,地点有点偏,不过,坐公交车的话,正好可以在那门口下车。来早就坐公交车去了。

下了公交车,来早穿过马路,来到大门口,见那厂子不大,四周围着高墙,墙边长着粗壮的老柳。大门朝东开,门口有个门卫房。门卫房后面是一座两层小楼，方方正正，从上到下，镶着玻璃幕墙，在阳光下泛着蓝光。紧挨着小楼西侧是厂房，红砖灰瓦，长长一排，有三四十间。厂房前是一块空地，铺着红砖。空地上有几个花圃，里面开满扫帚梅和万寿菊。

来早跟门卫处看门大爷报上自己的名字，说了来意，看门大爷放她进来，指指那座小楼说："古厂长的办公室在那儿。"

来早顺着看门大爷的指引，朝里走去。到了小楼门前，拾阶而上，一开门，正好撞见古永淳出来。

没有过多的客套，古永淳似乎都没正眼看她一下就说："你先回吧，改天再来，我要去谈个业务。"

来早以为古永淳反悔了，不打算用她了，愣一下，见古永淳走下门口的台阶，大步跟上去说："古厂长去谈业务，正好可以带上我，我也能学习学习。"

古永淳犹豫一下，还是说："你先回吧，你的事改天再说。"

来早可怜巴巴地看着他，像是要哭了，她说："古厂长是觉得我脸上有疤，带出去会影响厂子的形象吗？"

古永淳的脚步顿下来，回头看看她说："非要去吗？那就跟我上车吧。"说完，便朝他的车子走去。来早毫不犹豫，紧随其后。

他们一起上了那辆停在楼下的小轿车。

要去的地方是春贾楼，赟安城的招牌店，有着显赫的历史。这历史和赟安城的地理位置有关。

赟安城有嫩江绕城而过，赟安县在很久很久以前，就名垂竹帛。这里有个著名的码头，传说最早是辽皇捺钵时的泊船之地，并赐以"坎子"为名，可具体是哪个皇帝赐的，已无从知晓了。只是这"坎子"二字，在渔民百姓嘴里越叫越顺嘴儿，便在前面又加个"老"字，于是，"老坎子"就跟个长命老人似的，一直守护着这方水土，这方人。

后来，人迹渐渐繁盛，老坎子就成了豪绅富贾经商营货之埠，每当开江之际，清流滚滚南泻，载着往来商民的船只，蜿蜒东去，直通俄罗斯、日本海，成了吉松省连接中、日、俄的水上黄金通道，每天，老坎子码头上各路商贾云集。为了方便商贾落脚，洽谈生意，就有赟安城本地大贾，筹建了这酒楼，上下四层，可大型集会，也可小型宴请，有客房，接待的高朋尚友不计其数。如今，百余年过去了，老坎子码头早已废弃，成了景观地，春贾楼却仍是县城繁华所在，仍是身份地位的标识，重要的会客，重要的事宜，还是非到此一谈，才能显示出一番诚意和档次来。

做了这么多年服装生意，古永淳谈过无数次业务，宴请过全国各地的宾客，出入春贾楼如同迈自家的门槛，但内心的想法都没这回复杂。这回，他要见的人，就是春贾楼的老总，赉安城的"舵把子"，方青林。

这方青林名下，餐饮、娱乐、服装、酒厂，大大小小的产业遍布赉安城，赉安城大大小小的商贾企业，为了能得到他的庇护，逢年过节，都当他如佛，要敬拜上香。唯古永淳顽拗，仗着年轻，假装不谙事理，常常疏于和方青林走动。方青林倒也从未给他穿过小鞋，所以这一回，人家找上他，他思量许久，不好无故回绝，就按着方青林的约定，来与之见面了。

在方青林的专属房间里，古永淳见到了方青林。

一阵握手寒暄，古永淳介绍了随来的来早。

来早从来没见过这样的场面，但还是大方地打个招呼，等他们落座后，坐在了古永淳的旁边。方青林打量来早几眼，见她落落得体，也算漂亮，只是下巴旁边有块疤，略微不足，否则，倒是可以从古永淳手上把她要过来，留在春贾楼，好好历练历练。方青林对女性总是格外关注，尤其年轻一点的。但脸上有瑕疵的，就不在考虑之列了。如此，对来早没有过多留连，就和古永淳谈起正事了。

是方青林接了一批羽绒服，量大，工期短，怕干不完，想匀出两万件，找个厂子帮着代加工。方青林说："在赉安城，想接这个单子的服装厂不下三家，但选来选去的，我还是觉得该和福利服装厂合作一回。"

古永淳不解了，要说优势，在赉安城，福利服装厂不是最强的；要说交情，他和方青林之间，根本谈不上。那么方青林为何选中了自己呢？两万件不是个小数目，利润所得，差不多够一般的小厂子吃两年了。他想，怕不是钱上不靠谱，方青林才找上自己？于是，犹豫了一下。

方青林马上会意，笑道："古厂长，我给你送钱，你还怕钱咬手？"

古永淳也笑，直言道："方总打算给我多少加工费？付多少定金？"

方青林说："清加工五十一件，百分之十的定金，但交货时间紧，顶多给你两个月。"

古永淳思忖一下，能赶出来，就说："方总，恕我直言，我不太明白，这么好的生意，方总怎么会想到我呢？"

方青林抬手点点古永淳说："我就喜欢你这傻小子拉墨盒——照直嘣的劲儿。"他按一下房间里的电铃，一个服务员进来了，问他有什么吩咐。他说他还没有吃早餐，让服务员端些早点过来。等服务员退下，又说："那我也照直嘣吧，想请你搭个桥，认识一下你的岳丈。"

古永淳一下明白了，原来是项庄舞剑，意在沛公。

说到古永淳的岳丈，就要说说古永淳的妻子张大梅了。

张大梅生在菜农之家，她爸能干活，脑子灵光。九十年代初期，看见大街小巷都使唤毛驴车拉脚，把自家的毛驴也打扮一番，把车子扣上花花绿绿的顶子，跑火车站，拉活接客。生意不错，日子却不温不火，不上不下，是他老婆身体不好，常年吃药，加之养两个孩子，总是入不敷出。他有个弟弟，是外面儿人，在公家单位上班，生活富裕，总接济他家的生活。美中不足，是他弟弟结婚多年，依然无子嗣，就要过继他的一个孩子。他想了又想，把张大梅过继过去了。那以后，张大梅就从菜社搬到城区的楼房里住去了，管自己的爹叫大爷，管自己的叔叫爸。

方青林嘴里提到的古永淳的岳丈，其实就是古永淳的叔丈。一个月前，古永淳的叔丈刚刚走马上任，当上了县工商局的一把手。

古永淳想了想说："名为岳丈，实为叔丈，作为侄女婿，我从不敢拿叔丈的权势作为发展事业的交换筹码。"

方青林听完，哈哈大笑。盯着古永淳看了一阵，直到看得古永淳毛毛的才说："叔丈也好，岳丈也罢，你可都是近水楼台。"

古永淳实在无能为力，起身欲要告辞。这时，服务员端着早点进来了，把餐盘往茶几上一放，方青林双手一拍，重新请古永淳落座说："你也尝尝我这早点。"

古永淳不好把方青林得罪彻底，便又坐下去了。他瞄了餐盘一眼，里面竟是煎饼卷大葱。有三份，还配了三碗玉米面糊糊。方青林拿起一份，大口咬下去，咯嘣咯嘣嚼起来说："祖辈从山东逃荒过来的，胃口从小就是被这玩意养出来的，忘不了。"说完，见古永淳和来早都没动手，示意他俩也吃。

古永淳说："看来，我和方总的胃口不一样，我吃大葱，不吃煎饼。"

方青林一愣说："古厂长祖籍不是山东的？"

古永淳说："没法溯源了，也许安徽的、河北的也说不定呢。"

方青林哈哈笑说："忘祖了可不好。"

古永淳也哈哈笑，见方青林再没谈要见他岳丈的事，猜想生意也该就此黄了，再次起身，准备脱身，他说："方总慢慢吃，我是没法和方总共享了。"

方青林又抬起手，往下压压腕子说："煎饼卷大葱不能共享，合作还是可以继续的嘛，这批代加工，还是你做。"

古永淳略微迟疑一下说："没帮到方总的忙，还从方总手里拿到这么大一个单子，真是却之不恭，受之有愧，为了表达我的歉意，加工的费用，我给方总让一些。"

方青林用指头点点古永淳，呵呵笑了一下说："你小子，成精了。"

古永淳也笑，他说："还要多向方总学习。"心里却骂："这只老狐狸，应该是早就算计好了，今天，只要把我古永淳找来，不管是能不能搭上我叔丈这条线，这老狐狸都稳赚不赔，我真是吃了一个哑巴亏。"

方青林把一个煎饼卷大葱吃完了，又端起碗，喝玉米面糊糊，瞟着来早，正好瞟见那半边好脸，俊俏可人，令人心动，咂咂嘴说："小古，你找来这姑娘，要是只瞧这半边脸，还挺有韵味的呢。"

古永淳还没说话，来早受到极大侮辱一般，满脸通红，看看古永淳，低声说："古厂长，我去车里等你。"起身就往外走。

她到门口时，古永淳在方青林的大笑中说："方总，小姑娘初来乍到，没见过世面，你可别介意。"

方青林拿起一块餐巾纸，一抹嘴，没说话。

古永淳说："只要方总把材料送过去，我那边就让工人开工。"

方青林点点头。

古永淳说："告辞。"从方青林的房间里退了出来。

28

从春贾楼跑出来之后，来早如同霜打的游魂一般，上了一辆出租车，让司机直接开到了城外的江边。

到贲安城以来，来早还是第一次来江边，站在老坎子码头上，吹着江风，看着远处的江桥、渔船、江鸥和江景，心和江水一样，孤立无助。她想自己可能真的不能胜任这份工作，可要是失去了这份工作，往后该咋办呢？几个月前，一门心思从家里逃出来，如果一直这么灰头土脸下去，又该怎么回去面对家人、面对榆村呢？她要离开这里，去找李小米和张麦子，可口袋里的钱，连一张车票也买不起，不禁为自己那么莽撞地从春贾楼离开而感到后悔。她裹裹衣服，把目光从远处收回来，又去找古永淳了。

那时候，古永淳已经回到办公室里了，正坐在茶案前看书。来早站在门口，偷偷瞄一眼，没敢进去。转了一会儿，见走廊的尽头有人一手抱着几件衣服，一手拿着一个本子朝这边走来，猜她应该是来找古永淳的，就迎上去说："正好我也要去古厂长的办公室，给你搭把手吧。"那人没多想，把衣裳递给了她，推门进了古永淳的办公室。来早顺便也进去了。

古永淳撩起眼皮，看了先进来那人一眼，又瞥一下来早，面无表情，检查一下样衣，没发表意见，和那人交代几句马上要代加工羽绒服的事儿，在本子上签了字，让那人去了。

来早没有走，定定看着古永淳，古永淳没有反应，恍似屋子里没她这个人。她浑身不自在，余光扫到人家的桌子上有些凌乱，便走过去，硬着头皮，收拾起来。待把桌子收拾齐整，背对着古永淳说："我知道，干业务员这行，漂亮的脸蛋更占优势，而我的脸，让我一出场就输了，但我还是想试一试。我需要这份工作。"说完，战战兢兢，又拿起一块抹布，使劲擦着窗台，她看不到古永淳的表情，便侧着耳朵，期待能听见他说点儿啥。可把窗台擦完了，还是没听到古永淳开口，就觉自己是武大郎上墙头——上不来下不去的，十分难堪，把抹布揉了揉，团在手里，又卷成一卷，放在窗台上说："既然古厂长为难，就当我没来过。"说完，放下抹布，往外走。

到了门口，忽听古永淳说："读过鬼谷子吗？"

来早站住，不知他这话是何用意，没有回答。

古永淳又说："鬼谷子开篇即是捭阖。捭阖之术是世间万物运转的根本，在生意场上，同样是安身立命的重要法则。说白了，也是生存的周旋之道。捭阖好了，就能兵不血刃。换句话说，周旋好了，根本犯不着急头白脸。"

来早一怔，转过身来说："你是在告诉我，面对方青林那样的人，要讲战略战术吗？看来，并没有不用我的意思？"

古永淳说："你是春生的老乡，这点面子我还是要给春生的。你说你需要这份工作，应该是遇到难事了？"

来早生出一丝感激地说："起码要吃饭，要活下去。"

古永淳说："那也可以说是身处绝地了？我相信身处绝地的人更渴望重生，会更珍惜得来不易的工作，在机会面前会奋不顾身。你还真是如此。"

来早抬起头，看见楼檐下有一只麻雀噌一下飞了出去，她说："我会珍惜这份工作的，会把这个厂，当成家来爱护。"

就这样，来早在福利服装厂干下去了。

来早正式上班的第二天，方青林派人把代加工羽绒服的料子送过来了。活儿很急，当天，古永淳就安排工人开工，来早也进到厂房，帮着干些杂活。

几天后，一切流程准备就绪，工人们开始各司其职，厂房里也就用不到来早了。古永淳不能让来早闲着，就说："有业务的时候，你就跟着我出去跑业务。平时呢，做我的助理，帮我处理一下手头的工作。"来早以为这是古永淳看在春生的面子上对她的偏爱，正求之不得，乐颠颠答应下来了，岂不知厂子里的几个优秀业务员，都是古永淳这样亲手带出来的。

来早很满意这份工作，一天比一天忙碌起来，这一忙，就无暇顾及太多，哪怕偶尔遇到难处，一想起古永淳说的"周旋"二字，也能坦然面对了。她也渐渐习惯了脸上的疤，在福利服装厂，一块疤，不管长在什么位置，多么有碍观瞻，跟那些残疾人相比，都宛如土丘见泰山，木匠见鲁班。如此，就算别人多看她几眼，说几句嘲讽的话，她也能看轻看淡，在新的忙碌中，把那些异样的眼神和不太友善的话，抛到脑后。抽空时，她还可以继续看书，继续画画，这一点，倒是和古永淳不谋而合，有好几次，她去古永淳办公室，都看见古永淳不是看书，就是在纸上随便画着什么。

有一回，来早跟着古永淳去见一个客户，在路上，古永淳的车里播放的不是歌曲，不是新闻，也不是搞笑的段子，而是《傲慢与偏见》。来早在心里默默嘲笑他一个男人竟然喜欢女人写的小说。古永淳却看穿她的心思似的说："生活有两种方式，一种在现实里，一种在理想中。我没法把理想变成现实，但所有的理想，通过小说，都能实现，我是不会写小说，要是会写，就把现实里得不到的，都在小说中得到。"

来早说："可是，《傲慢与偏见》这本书，是一部极具浪漫主义色彩的爱情喜剧小说，难道古厂长在现实中，没有得到过爱情吗？"

古永淳笑了笑说："你还是太年轻，你去问问那些结了婚的人，有多少是单纯因为爱情而结合的？"

来早说："那不是很遗憾吗？"

古永淳说："'事与愿违宜泯泯，愿违于事更悠悠'嘛。"

这样的谈话，让来早发现了一个和服装厂老板完全不同的古永淳，是那种身体和灵魂时而在一起，时而分离的人。出入生意场时，勤业精明；回到生活里，人间烟火，至味清欢。有一回，同为赉安城服装加工行业里的龙头，吉美斯服装厂的厂长来找古永淳，要和古永淳合作，一起开发品牌。古永淳斟酌再三，觉得树立自己的品牌确实是好事，但要是和吉美斯合作的话，自己肯定吃亏，先不说前期的投入和后期的收益都该如何分配，单说这品牌一出来叫什么名字，他就不占优势了，你总不能叫"福利"什么什么的，人家"吉美斯"就不一样，不用改头换面，叫出来就有大牌的样子，比如"吉美斯"内衣、"吉美斯"羽绒服、"吉美斯"时装、"吉美斯"……所以，这个合作，他要是参与进去，最后也是没名没分，充其量弄个股权。股权对他没吸引力，他必须委婉地回绝人家。为了不伤和气，他并不打算以没钱当借口敷衍了事，他给吉美斯的厂长画大饼，说自己也正在研究弄品牌的事，品牌的名字都想好了，也正在寻求合作单位，让吉美斯的厂子干脆加入到他这边来，他可以给他股权。吉美斯的厂长本来就是想拉他给自己造势，哪能听他三言两语就归顺于他？也只好把拉他造势的念头打消，另寻他法去了。

那天，古永淳和吉美斯厂长的谈话，来早全程都在一旁伺候着，吉美斯厂长一说出自己意愿时，来早就悄悄观察古永淳会怎么接，观察到最后，看着古永淳笑呵呵把吉美斯的厂长送走了。来早稀里糊涂地问古永淳说："古厂长，咱们厂里真的要做品牌吗？"古永淳歪头看她半天说："君子之治人也，即以其人之道，还治其人之身。"来早想了半天才想明白，他说了那么大半天，只是为了体面地拒绝。

在接下去的工作中，来早每天都能从古永淳身上学到一点新的东西，面对古永淳交代下来的大小任务，很快就能应对自如了。这期间，她独立接待过一个客户，是一个让古永淳一见就头疼的人。那个人曾在福利服装厂定制了一批工装，只结算了百分之八十的货款，剩下百分之二十，不管古永淳派人去讨，还是亲自去讨，都没有下文。人家也不说不给，就是今天拖明天，明天拖后天的。古永淳逐渐对他丧失了耐心没了信任，默默在心里给他挂了黑名单，那就是今后只要和这个人有关的业务，一概不接。

这天，古永淳和来早正在整理一批棉衣的库存单，已经压在仓库里两年了，始终谈不到合适的价格出手，再压下去，只能当垃圾处理了。古永淳的意思是，哪怕便宜出手，少赔一点，他也认。正说着，办公室的电话响了，古永淳让来早去接，在旁边一听是在自己这里挂了黑名单的那人，当即摆手，示意来早说他不在。不料，对方根本不信来早的话，说这就来厂里找古永淳。这可把古永淳吓坏了，货单也不整理了，拎起外衣对来早说："一会儿他到了，你想法子把他打发走就行。"说完，匆匆走了。

没一会儿，那个人到了，一见古永淳不在，也不急着走，坐下来跟来早东拉西扯的，说了好半天。来早想，要是这么由着他的性子说下去，估计今天自己甭想下班了。就问他，找古厂长有啥事？那人说是要换季了，打算给工人再订一批冬装。一说到冬装，来早立刻想到了那批库存。但她也知道，这人欠着厂里的钱，古永淳就算把那些棉衣扔了，也不会跟他谈这笔买卖，就告诉那人，说厂里接了一笔大单，像几件棉衣这样的小订单，厂里已经腾不出人手去干了，让人家去吉美斯或者别的厂看看。那人在吉美斯那里也不受待见，笑了笑，说自己和古厂长可是老朋友了，有了生意，不能拿去给别人做，在赉安城，做衣服这种事，他就认福利服装厂。

既然如此，来早也不能硬是把人家往外推，让他先谈一谈要求，她报给古厂长，看看能不能接。

那人说："棉衣嘛，就要求暖和呗，第一是暖和，第二是好看，这两点能保证了就行。"

来早一听，觉得那批棉衣很符合，可她不想急于露出自己家底儿，一脸为难地说："老板你看似没要求，实际上却是大要求。没有参考答案的题，可是最难解的。"

那人嘿嘿笑说："这有啥难的，现在不正是做冬装的时候吗，你们厂里接了那么多订单，你找个最好的，抄个作业不就行了吗？"

来早无奈地说："老板你要这么说，真有个好的，但是下周就交货了，不然的话，可以把你的这份顺带做了。"

那人说："你把做好的匀给我不就行了吗，跟那边晚几天交货。"

来早笑笑说："老板你倒是聪明，不用特意准备材料，人工费也可以算在对方头上，你至少比正常订便宜百分之二十。"

那人也笑，和来早商量起具体的价格来，又提出看看样衣，算了算，最后说："我和古厂长是好朋友，沾这点光也是应该的。"

来早说："既然老板和我们厂长是好朋友，我就替古厂长做主，让厂里帮你多赶制一批，但你这边要快点签合同，还必须在提货前一次性付清货款，不然，你这边要是不要了，多做出来的没处销。"

那人觉得确实合算，满口答应下来，十分满意地离开了。

就这样，三天后，那人果然带着全部货款来签合同了，这回古永淳也在，假装吃了天大的亏一样，劈头盖脸把来早一顿骂，说她不该把那么好的衣裳那么便宜地卖掉，才来厂子几天，就敢做这么大的主。来早也很会配合，憋憋屈屈的，差点就哭了。她越委屈，那人越觉得自己占了便宜，一刻也不敢耽搁，把那批棉衣运走了。

这次交易，不但没让古永淳亏本，还小赚了一笔。古永淳有点小窃喜，当晚去找春生喝酒，当着春生的面，一句也没夸赞来早，但春生提到来早的时候，他轻轻地笑了一下，看起来特别柔软，像一个兄长宠溺着妹妹似的。

几天后，来早从春生的嘴里听说，古永淳对她这个助手很满意。来早问春生古永淳满意她什么，春生说不出来，只说感觉，说他从来没见过古永淳那样笑过。

29

很快，两个月过去了。方青林代加工的那批羽绒服完工了，尾款打过来后，给工人发完工资，古永淳准备去深圳参加服博会。他知道来早高中毕业，就问她会不会说英语，说来早如果能说几句英语的话，可以带着来早去参会，跟老外推广一下厂里的业务，接点外贸订单。

高中时，来早的英语成绩一直不错，可以应对一些简单的交际。听说有机会去深圳，一口应承下来了。

很快，来早带着展品和给李小米、张麦子准备好的礼物，同古永淳坐上去深圳的火车。

这是来早第一次出远门，她很紧张，在火车上，为了不使自己看上去是一副抬头只见过帽檐，低头只见过鞋尖的样子，努力保持镇定，举手投足，都偷偷仿效着古永淳行事。

古永淳虽然走南闯北多年，深圳这座忙碌的城市还是令他一下火车就蒙头转向。来早有点自责，怪自己没有提前给李小米打个电话，那样，李小米和张麦子一定会来车站接他们，从而免去很多麻烦。还好，他们很快打到一辆出租车。

到酒店入住后，古永淳和来早稍作休息，便赶往保利世博馆，到预租好的展位布展，把毛呢、迷彩、时装、布料什么的，都挂在展墙上了。

第一次参加这样大型的展会，古永淳也没啥经验，待到展会正式开始以后，他让来早守在展位旁边，自己四处转，看人家是怎么宣传自己的展品、怎么谈生意、怎么拉单的。了解一天之后，他发现大部分公司企业的订单都有稳定的客户，订单也是提前预约好的，只不过是拿到这个场合做交流而已。如果想在这里杀出一条路，除非拿出更过硬的东西，或者，从一些散户身上下手，于是，让来早出去加印名片，见人就发。

这天，来早又来复印社取名片的时候，想着展会上的工作已经进入按部就班的程序，也该跟李小米和张麦子联系了，就在路旁的电话亭打了一个电话。

在电话里，李小米一听来早来了，兴奋地大叫起来，和张麦子一起请假，当即赶到了世博馆。一见面，张麦子笑着拥抱了来早，就算和来早一百年不见，无论何时何地相逢，她都觉得是昨天才刚刚分开的样子。

但李小米愣住了。自来早的脸受伤以后，李小米还是第一次见到她。她看着来早，心疼着，不敢想来早到底是攒了多大的勇气，才这样勇敢，依然在人群里昂着头。在榆村的时候，她是多么骄傲啊。哪个姑娘见了，不想生成她的样子？哪个小伙子见了，不眼神迷离？可现在，那整张脸即便还是俊俏的，却多了一个记号，总归是不完美了。

李小米拉着来早的手，在展位旁坐下，一时间，竟不知该说啥才好。

最后，还是来早打破沉寂，她说："一来就布展，一直想等消停些再找你们，今天总算有空了。"

李小米埋怨地说："来了这么多天，干吗不早点打电话？"

来早说："受雇于人，哪有那么多自由？"

这话让古永淳听到了，凑过来说："受雇于人不假，我可没限制你的人身自由。你要是早说在深圳有朋友，说不定我还要求她们帮帮忙呢。"说着，把自己的名片掏出来，塞给李小米和张麦子一人一张，又说："来早就是怕我麻烦你们，所以到今天才找你们。"

李小米和张麦子看了看名片，小心地放进包里，见不时有人过来参观，便也跟着招待起来。大家忙忙活活的，不觉间，灯火照亮了整个城市，夜带着几分躁动，拉开了帷幕。

晚饭的时候，古永淳非要做东，三个姑娘也不客气，开他的玩笑，说反正他是老板，不宰白不宰，就主张吃粤菜馆。

古永淳爽快地答应了，直接选了福田区福华一路那边的佳宁娜酒楼，点了黄椒酱膏蟹蒸肉饼、潮州卤水鸡、蜜汁叉烧、上汤焗龙虾、白灼象拔蚌、白灼虾、菠萝咕噜肉、木瓜炖雪蛤，还有老火汤，十分丰富。

席间，开了啤酒。李小米和张麦子给古永淳和来早介绍她们来到深圳以后的一些见闻，说深圳人来人往，本地人很少，全国各地的人都往这儿聚。都是外来的，倒是谁也不排挤谁，就是节奏太快，上下班都匆匆忙忙，稍稍一溜号，就会错过车。像她们这样在小地方安逸惯了的人，总跟不上趟，每天都好像一只陀螺，被鞭子抽着，不停地转。可有啥办法呢？为了工作，为了把日子过好点，只能咬着牙坚持。来深圳这么久，她们从来没下过这么精致的馆子，连比较有名的欢乐谷、世界之窗什么的都没去过，门票不便宜，舍不得花那冤枉钱。倒是去过一回免费的大梅沙海滨公园，也逛过一次中英街，那里有很多的港货店，买不起，看一看，也算开眼了。

来早听着她们侃侃而谈，细细打量着她们，想起在榆村时，她们的穿衣打扮，都是照着她的样子学的，张麦子更是处处以她为中心，无论玩耍还是做事，从来依着她的主见。现在，她们揣着梦想，到了深圳，就算没成为有钱人，可见得多了，内心的格局已经打开，不再被过去的不堪和生活里的不如意困囿，即便说起自己最狼狈的经历，也可以那么坦然。她们变了，进步了，似乎在某一个地方还超越了自己几分，一股子不甘在来早心头涌起，眼前的人和满桌大餐，虚一下实一下，模糊起来。她走神了。

李小米和张麦子都没有发现来早那一点微妙的变化，但古永淳看在眼里，问来早为啥不动筷子，是不是饭菜不合口味？来早恍然回神，没回答古永淳的话，举起酒杯，庆祝这难得的一次相见。

大家酒足饭饱，古永淳领着她们从佳宁娜酒店离开了。本来，来早想让古永淳一个人回酒店，她要去李小米和张麦子的住处看看，可李小米和张麦子说厂里的宿舍都是好几个人一个屋，她只好作罢，让她俩跟自己回酒店，那样可以聊通宵。于是，李小米和张麦子也去了酒店。

30

在来早的房间里，没有古永淳在中间隔着了，三个姑娘仿佛回到过去的时光，尽情地说笑起来。李小米和张麦子站在窗前，看着窗外的灯火，看着那流光一般闪过的滚滚车流，如做梦一般。她们都从来没在这么高的大楼里，透过这么大的落地窗，欣赏过深圳的夜景。李小米突然问道："来早，你是想一直在福利服装厂干，还是也到深圳来？"

这也是来早这几天一直在考虑的问题，她还没想好，不知该如何回答，拿出给李小米和张麦子带来的礼物说："我没学过裁剪，凭着感觉设计的两个款式，你们穿上试试，看喜不喜欢？"

李小米和张麦子打开一看，是两条裙子，对着镜子叽叽喳喳穿起来。颜色、样式、尺寸，都足足好，两个人纷纷夸赞来早的手艺，说就算以后她靠这个吃饭也不成问题。来早笑，说进了服装厂以后，确实生出一个设计梦，可古永淳让她跑业务，她只好安心跑业务，灵感来了，悄悄画在纸上，锁进抽屉里。来深圳前，她特意挑出两张比较喜欢的，让裁剪师傅照样做了这两条裙子。

李小米和张麦子听来早说完，又对着镜子照，根本舍不得脱下来。来早见她们那样喜欢，让她们明天穿到展馆去。李小米却说要留着叶高粱结婚时穿。来早笑她傻，说高粱哪能那么快结婚，衣服放久了，就不时兴了。李小米怪她消息不灵通，说高粱结婚的日子都定下来了。

来早没想到叶高粱这么快就要结婚了，替高粱高兴起来，看看张麦子，问她是不是也回去参加婚礼，说要是她也回去，她们可以在高粱的婚礼上团聚了。张麦子说要回去，要给高粱做伴娘。一想到不久后能在榆村团聚，她们又是一阵欢喜。

翌日，李小米和张麦子还是忍不住穿上新裙子，陪来早和古永淳去展馆。这一天，来早给每个前来参展的人介绍展品，介绍布料，也介绍厂子的实力。不知是李小米和张麦子的新裙子吸引了客户的目光，还是来早的脸引人好奇，人竟然越来越多。古永淳以为机会来了，攥着名片，还是见人就发。拿到名片的人，不是随手丢掉，就是看也不看，塞进口袋。不一会儿，名片发了一大把，还是一个客户也没谈成。古永淳很懊恼，觉得这一趟大约是白跑了。

来早守着展位，却看出了门道儿，她见其他展位上的工作人员并不是随意乱发名片，都是和观展的人聊上一阵，把对方的需求聊透，根据人家的态度，再决定送不送名片。她觉得这一招很实用，聊天可以增加印象，不一定非要在展会期间把生意带回去，但有了印象分，说不定就有了常来常往的机会。她还发现，和客商聊天时，不能急于介绍自己的优势，而是要引着客商尽量说出自己的需求，等客商全盘托出，再对照自己的能力，给客商提供对症服务。于是，就按照这样的方式，尝试和客商交流，果然收获了几个对福利服装厂感兴趣的商家，互留了电话，交换了名片。意外的是，还引来了一个老外，和来早聊了几句之后，用很生硬的中国话问古永淳："别人的销售员，都是美女，你的，为什么脸上有块疤？"

古永淳觉得这个老外有点没礼貌，很敷衍地说："比起容貌，我更欣赏一个人的能力。"

老外不太信服，摇摇头说："可销售是一个公司的形象代言，你这样做，似乎是自毁门面。"

古永淳笑了笑，暗想，这老外够八卦的。可当着来早的面，他也不能正儿八经地说自己的厂子是福利服装厂，这"福利"二字，就是给不方便找工作的人提供方便的。他怕伤了来早的心。

来早看出了古永淳的为难，咬着嘴唇想，出来闯荡，就是要把自己的伤疤摁在粗粝的生活里使劲磨，磨成茧子了，就无所谓了。有些事，再怎么回避，也逃不掉。就笑着替古永淳回答道："先生，我们的服装厂原本是国营厂，一九九九年破产改制，由古厂长接管，帮助残疾人和需要救助的失业人员就业，变成了福利服装厂。所以，厂里所起用的员工，都是残疾人和下岗职工，我虽然不是残疾，但这块疤还是给我带来一些不便，是古厂长给我提供了就业的机会。"说到这儿，她故作轻松，把古永淳的名片双手呈上，又说，"希望我们会有合作的机会，共同擦亮福利金字招牌。"这番流畅的表达和完美的解释令老外折服了，他伸出大拇哥，竖在古永淳面前，连连说："You are really something（你真了不起）. You are really something different（你真是与众不同）。"老外也给了来早一张名片，来早仔细看了看，这老外的名字叫弗雷迪。弗雷迪说："说不定哪一天，你我会谈成一笔生意。"来早暗喜，把名片仔细地放在了包里。

这天晚上，李小米和张麦子要回请古永淳和来早吃饭，古永淳怕她们多花钱，坚持要吃大排档，说坐在街头，看看深圳的夜景，也是一种享受。来早也觉得主意不错，说来深圳这些天，一直在展馆里忙，还没机会看看深圳呢。

他们就去乐园路里面找一家最出名的海鲜美食店去吃大排档了。这样的场地，没了包间里的局促，大伙也没了约束，点了许多海鲜，要了啤酒，没遮没掩地喝起来。没一会儿，三个姑娘把气氛闹得热气腾腾。都说开心的酒不醉人，李小米还是最先喝红了脸，她感慨起来，说人人都向往深圳，因为这里能创造奇迹，充满无限可能，但要想从人堆里往上挤一个台阶，都要掉一层皮。那街上来来往往的人，不管他们创造多少财富，多么成功，都是不安的、孤独的，因为，他们没有一个人可以说这里是他的家。张麦子不以为然，她说她妈死了，她在哪儿都孤独，只要能活下去，在哪儿都无所谓。

来早没有说话，来过这么一次深圳，看过这么一次繁华，她已经深深臣服，她甚至觉得，如果命运有高度，那这里就是顶点。那些真正敢从自己的命运藩篱中挣脱出来，到这里一闯的人，是多么勇敢。如今，自己在古永淳的厂里刚站住脚，也正深得古永淳的信任，自己要不要放弃这份凭着努力换来的信任，也来深圳闯荡呢？她还拿不出主意来。站在深圳这个角度，她能很清楚地看到自己的来时路，和过去比，福利服装厂的工作让她开了眼界，长了见识，也修炼了自信心。但那份自信是全靠古永淳撑着的。她有些不敢想，如果真的来深圳了，那份自信，是不是还会如影随形。

她看了古永淳一眼，仿佛他脸上有决定她去留的答案。遗憾的是，古永淳那张脸平静、舒适，似乎想着什么，又似乎什么也没想，来早根本看不透，也找不到她想要的答案。

31

二〇〇二年的春节到来时，赉安城的街上拥挤起来，到处是卖鱼的、卖冻秋梨的、卖冻柿子的、卖碗碟的、卖大红灯笼的、卖对联挂旗儿的、卖鞭炮的、卖糖果的、卖熟葵花子的、卖炒花生的……男人、女人、老人、孩子，在那些商贩的吆喝声里穿行，样样数数地买，大包小溜，肩背手提。

来早做好了回家过年的准备。她想，已经在赉安城安定下来了，该回家看看了，出走一年，也不知家里怎么样了。所以，有空就往街上跑，买下很多年货，打算带回家去。

腊月二十八，厂里正式放假，来早坐上客车，回榆村了。还是在石油公司门前下车，沿着渣石路拐到村路上时，隐约看见有的人家已经挂起了红灯笼，依稀能听见有的人家已经放开了鞭炮，还有小孩子的疯闹声，飘来飘去，喜气洋洋。

进了村，到了自家门口，那鞭炮声从四面八方围拢过来，而她家的院子，冷冷清清，除了粮食堆上偶尔飞起几只麻雀，一点生气也没有。来早立了立，推开大门。狗子没叫，愣眉愣眼看她半天，想起什么，摇头摆尾，朝她扑来。她抱住狗子，感动它竟然还认识自己。

大概是听到了响动，来多出来了，和狗子一样，愣眉愣眼瞧了半天，忽地吓着一般，扭头回了屋里。也不知进去后怎么说的，眨眼工夫，一家人都跑出来了，都定定立在门口，看着来早，从头打量到脚，又从脚打量到头。来早也看着他们，却说不出话来。最后，还是秀草一巴掌打在来早的胳膊上，骂道："你这死丫头，狠呐。"然后一把抱住来早，呜呜滔滔哭开了。来早也无声地哭了。

很快，一家人又欢天喜地起来。秀草让胡长庚点火，引灶膛，她烀猪肘子，炖排骨，把好吃的都拿出来，提前过年。不知何时，来多拿出一挂鞭，在院子里点着，噼噼啪啪炸开了。

看着那样地忙碌，来早的整颗心都是暖的，她打量着屋子，这魂牵梦萦的家，一如她昨天才离开的样子。老太太端坐在羊毛毡上，一句话也不说，眼睛却追着她转。她挨着老太太坐下，拉着老太太的手说："奶奶，我在服装厂上班，能赚钱了。"老太太摸摸她的头说："在家千日好，出门万事难，你这丫头啊，这么长时间，是咋熬的啊？"

来早不想提起走后的种种遭遇，就说："这不是好好的吗？能熬过去的，都不算苦。"老太太拉着她的手，不再言语。

来多站在门口，不敢靠近。是来早脸上那块疤，让他又生出歉疚，他很想跟来早说点什么，又怕来早还记恨他。

其实，来早早就原谅来多了，在她从深圳回来以后，就原谅来多了。那是一件很奇怪的事，那天，她听见张麦子说在榆村已经没有亲人了的时候，她突然想到这个家，想起了这个家中的每个人。不知为何，那一瞬间，她觉得曾经在这个家里受到过的种种刁难，都俨然一片浮云，慢慢消散，只剩思念萦萦绕绕，将她紧紧包围。对来多的恨意，也是在那天里毫无缘由消失的，她很认真地问过自己为啥就不恨来多了呢？为啥就恨不起来了呢？她无法回答，那些小时候一起风里来雨里去地上学，一起趴在窗台上写作业、一起守着灶坑烧土豆、一起分饼子的好多好多场景倒是统统浮现出来，那些场景似乎在提示她，这姐弟一场，不是冤家也不是孽缘，是同舟共济一起来渡人间的劫的。来多不是故意的。不是故意的，有啥不能原谅的呢？她从老太太身边站起来，朝来多看一眼，笑着说："是大学生了，怎么反倒一副没出息的样子，见到姐姐还不会说话了？"

来多腼腆地笑笑，朝来早走过去，伸手摸摸来早脸上的疤说："姐，你还疼不疼？"

来早说："所有的伤口都会愈合，口子长好，疼痛就会消失，这是人的本能。"

来多还想说点什么，秀草进来了，她支开桌子，把碗筷摆好，说这就开饭了，来早赶紧进到厨房，帮着母亲忙活起来。胡长庚一直蹲在灶坑前烧火，看了来早一眼，默默起身，出去了。来早想，也许父亲还在生气。她很想跟上去，安慰父亲几句，但她没动，从小到大，她没和父亲说过太亲密的话，就算追上去，她也说不出口。只是看了看母亲说："我一直想找到工作就回来的，可等找到工作又想攒点钱再回，那样，也让你们看看，这离家出走，是值得的。"

秀草说："做儿女的都是自私，我们只想知道你是不是活着，和赚不赚钱有啥关系呢？"

来早说："我爸呢？也不怪我了吗？"

秀草说："他心里苦着呢，总觉得是自己逼走了你。"

来早蹲下去，往灶坑里添了一把柴，把头抵在膝盖上，心里不是个滋味，她想，也许根本没有谁逼走了谁，就算没有父亲，自己也会走上那条路。如此一来，父亲显得多么无辜，多么可怜。

吃饭的时候，借着人多气氛好，来早打开提包，从里面掏出给大伙买的礼物，一一发下去。给父亲胡长庚的，是一条会发热的护腰带，胡长庚接过去，脸上的肌肉跳了跳，说了一声："既然你找到工作了，来多的学费，就由你月月打给他吧，我想攒些钱，再承包些地。"来早不想在这个时候还惹父亲不高兴，满口答应下来了。

这天夜里，来早睡了一个安稳觉，这是她这一年当中，最舒坦的一个晚上。

第二天，榆村人都知道来早回来了。

叶高粱也知道了。

这天下午，吃过晚饭，叶高粱来看来早了。来早早听李小米和张麦子说叶高粱在正月里结婚，从深圳回来以后，亲手给叶高粱设计了一件喜服，请厂里的师傅给做出来了。她希望叶高粱穿上它，可以成为最美的新娘。所以叶高粱一来，来早就把喜服拿出来给叶高粱看。

叶高粱瞥喜服一眼，并没有多少欣喜，好像是前一夜没睡好，眼圈青着，眼神也躲躲闪闪，流露着几分不安。来早看出不对劲，问她怎么了。叶高粱失落地说："真没想到，你这个时候回来了。"

来早以为叶高粱是担心她很快就会回去上班，不能参加婚礼，安慰道："我还特意多请了几天假，等参加了你的婚礼再走。"

叶高粱说："来早，其实我来是想告诉你，不要参加我的婚礼。"

来早一下子蒙了，摸摸自己的脸说："是你嫌弃我的样子太丑吗？"

叶高粱说："不，不是因为你的脸。"

来早说："那是因为啥？"

叶高粱不知该怎么说。自打和韩青订婚以后，她每天都忐忑不安，生怕哪天来早回来了，她和韩青的好，就成了一个梦。如今，婚期临近，她的不安更加严重。昨晚入睡前，听见父母唠嗑，说看见来早回来了，夜里当即做了一个梦。那梦很令她沮丧，是在石油公司里，韩青到处找来早，她到处找韩青。最后，眼看着韩青找到了来早，她只能躲在角落里偷偷地哭。那梦特别真实，她哭得一抖一抖的，直到醒来，还恍惚置身梦中。于是，一整个上午，她都在想要来见来早一面。这相见，不是叙旧情，不是话衷肠增友谊，而是要明明白白地告诉来早，她要让韩青死心塌地和自己结婚。

来早见她愣神，问道："因为你的结婚对象是韩青吗？"

叶高粱咬着嘴唇说："来早，你知道的，我能和韩青订婚，就是因为你离开榆村了,现在你回来了,韩青的心一定又会跑到你身上去的。"

来早看着叶高粱说:"所以你不希望我出现在你的婚礼上,你怕韩青分神?"

叶高粱点点头。

来早拿起喜服说:"这个,也不能出现在你的婚礼上吧?"

叶高粱头接过喜服,看了看,忽地扔在炕上,转身就走,头也没回。

接下去,就过年了。李小米和张麦子也回到榆村来了。

还和往常一样,胡长庚的弟弟妹妹们都回来了。和往常一样,闹腾到正月初三,纷纷散去。

到了正月初五,来早也想回城了,因为叶高粱的婚期越来越近,自己一天不走,叶高粱就一天不安生。

要走的前一天,来早给张麦子送去一套伴娘装,希望叶高粱结婚那天,张麦子能穿着它,带去自己的祝福。她知道李小米不能做伴娘了,也还是给李小米设计了一套服装,又好看又时尚,李小米说,就是在深圳,也找不到这么新潮的衣裳呢。

张麦子想去大冰塘转转,再去看看晴二嫂,尽管榆村的很多人都不喜欢晴二嫂,她们喜欢,晴二嫂嫁到榆村以后,一直没生出孩子来,虽然年纪也不比她们大几岁,但她们一去,她就拿她们当孩子似的。她们就一起去找叶高粱,希望叶高粱也能加入,叶高粱却说要筹备婚礼,没空出门,拒绝了。来早一阵难过,知道是叶高粱有意疏远她呢。就三个人去了冰塘,转了一阵,寒气难耐,便去看晴二嫂了。

晴二嫂不是一个人在家,杜老歪也在,是她的电线坏了,杜老歪踩着凳子修,晴二嫂仰头看着,一遍一遍说:"你要小心一点,可千万要小心一点。"一见她们来,那电很快修好了,晴二嫂送杜老歪到大门口,回来就和她们热络起来,非留她们吃饭不可。她们也不客气,帮着晴二嫂忙活起来。等把饭做好,摆了桌子,晴二嫂拿出一瓶酒,说过年了,也要学学男人,摆摆谱,乐呵乐呵。她们都笑,说那就喝点。

女人们在一起喝酒,总是要各自说说心里的委屈诉诉衷肠的,越说越亲密，没一会儿，掏心掏肺，都醉得一塌糊涂。深圳的繁华也好，财富也好，榆村的贫穷也好，落后也罢，在她们的醉态中都成了一顿穿肠酒肉，晴二嫂说："你们可千万不能像我那男人一样，花花世界里一走，连家也忘了。"

晴二嫂一说到她男人，三个姑娘就不吱声了。她们都知道，晴二嫂的男人在外头打工时，一直跟一个女的搭伙过日子。这个年没回来，十有八九的，是又和那个女的在一起呢。晴二嫂也难过过，也和他闹过，但男人对她说："你不在外头干活是不懂的，打工的人，撇家舍业不好过，不找个搭伙的，没法熬。我赚下的钱，还不是要留着和你过日子，你就睁只眼闭只眼吧。"那以后，有好长一段日子里，晴二嫂活得人不人鬼不鬼的，门整天关着，不分白天黑夜，蒙头睡觉。也不知过了多久，也不知是从哪一天开始的，她突然开窍了，她想，他都不仁了，我就得不义啊。就把门敞开了，张张罗罗，开了这个小卖店。石油公司的姑娘小伙们常来玩，她好生伺候着，村里人要摆牌局子，她也招待，有了事做，闹个逍遥自在，再不必整天去思念那么个游魂一样的人了，看起来竟十分欢畅。

可一个人心里的苦乐，谁又说得准呢？三个姑娘生怕一句话说错，惹晴二嫂难过。晴二嫂笑笑说："你们干啥都丧着脸啊？觉得我在守活寡，替我难过吗？那倒不必，女人的心，一旦为一个男人死去，就很难再活过来了。我现在想的，只是守住他的钱袋子，而不是裤带子。毕竟，是他先伤了我。现在，论知己，我有。论故人，你们是了。这年头，情薄纸厚，到了我这个年纪，早把一切看透了，怎还会为了那么个不知冷热的人伤心呢？我倒是想劝劝你们，都活出个样子来，别到头来还要把嘴巴搭在男人的锅沿上讨生活。"

三个姑娘近乎膜拜地看着晴二嫂，她们都觉得，在榆村，再没有任何一个女人能说出这么通透的话来，再没有任何一个女人能这样胸襟坦荡，宠辱不惊。一起举杯，给晴二嫂敬酒，晴二嫂举杯就干。到最后，有些寡不敌众，倒在炕上不起了。

三个姑娘也横歪竖躺，在晴二嫂那里睡下了。

32

　　通往赉安城的客车,从来都是要起大早才能赶上。这天,来早一睁眼,时间有些来不及了,她从晴二嫂那里匆匆跑回家,取上行囊,都没来得及和家人好好告别,就往村南的渣石路跑。到石油公司大门口后,等了半天,客车没等到,却把韩青等来了。是韩青刚好来上班,看到她在那儿站着,就停下和她说话。说早就听说她回来了,一直想去看看她,可总也抽不出空。

　　来早心想,大概是叶高粱不让韩青见自己,韩青才拿没空当借口。便笑笑,恭喜他就要结婚了,还嘱咐他好好对叶高粱。韩青点头,问她干吗不留下来参加完他们的婚礼再走。来早不知该怎么说,便不作声了。韩青意识到什么,问她这么急着离开,是不是高粱说了啥?来早赶紧摇头,说高粱啥也没说。韩青不信,十分气恼地把脚边的一颗石子踢出去老远。来早见他生气,又为高粱开脱几句,韩青突然不耐烦了,看着来早说:"我并不是一时冲动才决定娶她,她就是不信我。"

　　来早说:"我了解高粱,你给她点时间。"客车来了,来早和韩青道别。

　　就在车门打开的瞬间,韩青突然对来早说:"高粱要是没邀请你参加我们的婚礼,我邀请你,我们还是朋友的,对吗?"

　　来早假装没听见,逃也似的,跳上车去。

　　正月十六就是叶高粱和韩青大喜的日子了。正月十五这天,来早下班后,回到出租屋,没吃晚饭,就上炕躺下了。月亮圆圆一盘,洒着微黄的光,照进屋子里来,明晃晃的。她侧头去看,不知为何,忽觉那月亮里映出一个人影儿,穿着喜服,像是叶高粱。李小米和张麦子在为她梳妆,把她打扮成含苞的花蕾,娇艳欲滴。过了一会儿,她恍惚自己也身在其中,在韩青的迎亲车到来时,随着大伙涌到门口,把门死死顶住。韩青为了把门叫开,不得不从门缝儿塞进大把大把的红包。她看见叶高粱偷偷撩起红盖头，不等韩青走到跟前，就扑向他了。众人起哄说："高粱着急上花轿呢。"她跟着笑，看着韩青抱着叶高粱上了车，随后，叶家人把一盆水泼在了院子里。

她也上了送亲的车，所有的车跟在婚车后面，绕过整个榆村，朝好字井去了。

真是一场隆重的婚礼，足足有二十一辆车子。专门请了录像师傅，一路走，一路拍。录像师十分认真，一会儿跑到前头，一会儿停在路边，好像要把参与这场婚礼的每棵树都当成见证者，要把每个路口都打上标识。好像每一缕风都该被收进机器，每一片云都不可复制，不可遗落。好像这长长的一段路，从他们这一趟走过开始，在时间上，就划开了一道分水岭，叶高粱也好，韩青也好，从前是两个人，是姑娘，是小伙子，还年轻、懵懂，此后是妻子，是丈夫，是一个人了，褪去青涩，独撑门面。从前的他们可以怨、可以像两个摆在一起的花瓶，随意被分开，此后不管怎样争吵，都要活成一根绳上的两只蚂蚱，只能朝一个方向蹦跶了。仿佛一切已不可回头。是迎接，也是告别。是结束，也是开始。

婚车进入好字井后，又绕过一周，才朝火车站方向驶去。

韩青家的砖房前挤满了人，爆竹从门前一直铺到街上，专等新娘子一下车就点火。

负责点火的是张海，早拿着火机恭候了。一看见婚车靠近，立马蹲下去，把炮仗点着了。

炮仗的炸裂声盖住了所有的欢笑，烟雾也遮住了所有的视线，韩青抱着叶高粱下车，五谷杂粮在空中纷纷扬扬落下，砸在他们身上，欢蹦乱跳的。

穿过烟雾，一对新人进了婚房。他们一起坐在一团印着大红喜字的棉被上坐福。叶高粱怀里兜着斧头。很快，有人端来脸盆，让叶高粱净手。绞脸婆手上缠着红线，紧随其后，嘴叼红线，给叶高粱"开脸"，嘴里念叨着："左弹一线生贵子，右弹一线生娇女，一边三线弹得稳，新娘胎胎生麒麟，眉毛绞成弯月亮，状元榜眼探花郎……"

叶高粱沉浸在那细细碎碎的念叨中，脸上漾着笑意。女人一生只开一次脸。来早在心里默默为叶高粱祈祷，不管怎样，往后余生，生老病死，愿她和韩青不离不弃。

可就在这时，叶高粱发现了来早，目光直直地对着她，吓着一般，整个人动也不敢动。

来早也怔住了，不知自己怎么突然闯到叶高粱的婚礼上来了，她觉得实在太对不起叶高粱了，仓皇而逃。

也不知跑了多久，也不知跑到了哪儿，只觉四下一片漆黑。抬头望望天上，那枚圆圆月亮还静悄悄地贴在窗棂上，却褪去微黄的颜色，洁白如镜。

原来是做了一个梦。

多么清晰的梦啊。来早想。

正月一过，大地上升腾起一股暖意，不管是在农村还是城市，所有的忙碌都接二连三地找上门来了。在榆村，人们掸去犁杖上的灰尘，随时准备向土地进发。在赍安城，来早所在的福利服装厂，也接到一笔大单。

这笔大单来自深圳。

从深圳回来以后，来早把拿回来的名片都夹在一个笔记本里，隔上几天，挨个打一遍电话，以和人家沟通些业务为由，和人家聊聊行业上的事。没多久，都成朋友了，再联系起来人家就说有机会的话，很愿意和福利服装厂合作。这次的这笔大单，就得益于来早平日里的沟通。

打电话前来洽谈业务的叫郑天昊，说想和福利服装厂合作一单时装，但要求他们必须提供设计稿、服装效果图以及面料小样，如果这些都能令他满意，他就下单。撂下电话，来早赶紧和古永淳汇报。

古永淳一听，犯愁了，说自己虽然学的是服装设计，也怕过不了关，因为时装的设计理念在要求上非常严苛，要有很强的审美观、价值观，既要讲究实用性，还要照顾到视觉上的美观时尚，营造出低调优雅的氛围，保证服装不那么快过时，如果临时抱佛脚请个设计师回来，定会花去一大笔费用，眼下厂子并不殷实，一切还需稳中求进才好。

来早不肯轻易放弃这个机会，她想，一旦错过第一次合作机会，便很难再有机会合作了，突然想起自己有画画的底子，抽屉里攒了好多服装设计图，又给叶高粱设计过喜服，给张麦子设计过伴娘装，给李小米设计过时装，样式都是独一无二的。就打开抽屉，拿出那些设计稿说："这些也许能用上，款式上我可以试着修改，技术上你把关。到嘴的鸭子，怎么也不能就这么让它飞了。"

古永淳想了想，有枣没枣的，也想打一竿子，就同意和来早一起试试。

一旦开工，古永淳是十分重视的，把来早的吃住都安排在厂里，他也日夜陪着，和来早一起拿创意，斟酌图稿。

来早画，古永淳指点。

古永淳画，来早提意见。

两人的样稿频频碰撞，综合可以相融的地方，来回梳理。

来早像个专业设计师一样，在设计服装的过程中，完全忘了自己，全心投入到设计所想表达的思想当中去了，不觉间，古永淳被她的状态吸引，也忘情地沉浸在工作当中。

半个月以后，他们终于拿出一份设计稿，马上送到厂里，做出样衣。

本来，古永淳对这笔订单是没什么把握的，但样衣一出来，他惊呆了。眼前的衣服，往来早身上一穿，一下子使来早干练起来，由内到外，散发着大气而精致、独立而温婉的魅力。他的信心一下子满了，让来早赶紧把样衣寄给郑天昊。

几天后，郑天昊发来一份传真，说他们的设计被采纳了。

看着传真，古永淳高兴坏了，因为这一单谈成，不但利润上非常可观，郑天昊还承诺，如果完成得好，接下去他们可以长期合作。

来早更高兴，她万万没想到，自己的绘画梦想，在服装厂派上了用场，也万万没想到，自己的一个创意，就这么轻易被采用了。她张开双臂，抱住古永淳，欢快地跳着说："谢谢你给了我这个机会。"

来早的这个拥抱，完全是兴奋过头的无意之举，但古永淳没法安分了，除了他的妻子张大梅，他还没这么近距离地接触过哪个女人呢。

可是现在，抱着他欢蹦乱跳的这个如小兽般活泼的姑娘，让他的血液从心口喷薄而出，直灌头顶，耳朵也嗡嗡作响，似乎所有的声音都听不见了。他嗅着她的气息，感觉自己的心已经跳到嗓子眼儿了，他感觉到自己的内心深处有一种情感，如同洪水冲开堤坝，挡也挡不住，奔涌而来。他被洪水的巨浪打了一个跟头，身子狠狠战栗一下，匆匆推开来早，欣然地说："你才是咱们厂的福星啊。"

来早没有看出古永淳的异样，她说："我创造了这么大价值，应该有奖励吧？"

古永淳看看来早的办公桌，除了书就是材料的，就说："看来，要给你添一台电脑了。"

来早听了，没有多高兴，而是对古永淳说："奖励电脑，要是我辞职了，电脑还是厂里的，你要是真想奖励我，我希望你能把奖励变现。"

古永淳皱皱眉头，没有说话。

来早意识到古永淳误会自己了，摸摸脸，解释道："我是想攒一点钱，把脸上的疤修复掉。"

古永淳顿觉是自己考虑不周了，笑笑道："要是你能拉来外贸订单，修复容貌的所有费用，由我支付。"

来早不信古永淳的话，尴尬地笑笑。

古永淳看出她的不信任，就说："要是不信，可以立字为证。"

来早哪敢让他立字，全当他是玩笑，就去忙工作了。

33

这天，来早接到了郑天昊的电话，说设计过关了，要过来考察一下厂子，看看福利服装厂是否有实力完成订单。来早担心这一考察，就会把事情复杂化，问古永淳该怎么办，古永淳让来早立刻给郑天昊回电，确定来访日期。说几万件的单子厂里都能接，这种时装，最多不过几千件，犯不着多虑，倒不如把心思用到怎样招待上，中国人的事，只要拿到酒桌上，没有几桩是谈不拢的，他来都来了，肯定也是带着诚意的，要不然，从深圳到东北，这么远，他犯不着折腾。

来早听从古永淳的安排，很快和郑天昊确定了来访日期，并在春贾楼订了客房。

郑天昊说到就到了，为了表示诚意，古永淳亲自去省城接机。临走前，嘱咐来早放下一切业务，留在厂里，做好迎接考察的准备。来早就按照古永淳吩咐，到厂区督促搞卫生，归置物品，检查工人是否有离岗的，是否都穿了工作服。查验样衣时，发现有几件不够平整，让工人赶紧动手，重新熨烫起来。

忙完这些，正要去春贾楼订餐，春生来了，说是趁着领导开会的空子跑出来了。来早以为出啥事了，忙问他怎么了。春生说是麦子爸来了，到医院做检查，大夫让他做手术。他口袋里没钱，就来找春生给张罗。来早听完，想起过年时回家，还看见麦子爸在晴二嫂的小卖店里打牌，活蹦乱跳的，怎么突然就要动手术了呢？春生说："一张口借三千，我也不是没有，就是正准备结婚，工资都上交给宁巧，让宁巧拿去装房了。所以，我就来找你想法子。"

来早想，就算麦子爸真做手术，自己也没钱借给他。自己的钱，月月就那么几百块，要按时寄给来多，留下的几个子儿，除去自己的花销，时常还要贴补家用，差不多是月月亏空，咋也不能一下给他筹到三千块呀。可麦子爸既然来了，看在榆村的情分上，看在跟张麦子的情谊上，还是该去见见的，便问春生："黑子叔在哪儿？"

春生说："就在我单位对面的面馆里呢。"

来早就和春生一起往那面馆去了。

到了那面馆门前，春生一看时间，领导快散会了，他要赶紧回去。来早就自己进去了。一开门，她就见张黑子正捧着一个大海碗，吸溜吸溜吃着面条呢。她想，这哪儿像个有病的人？走过去，也没客套，坐下来，直接问张黑子得了啥病？

张黑子放下碗，舔嘴咂舌，一副没吃够的样子，支支吾吾，说不出病名来。

来早更觉他是没病了，替他把面条钱付了说："黑子叔，你要是说不出得了啥病，我咋把钱借给你？"

张黑子转转眼睛说："你一个丫头，我不好说呢，叔在这赉安城，人生地不熟的，也只能找你和春生两个了。"

来早看看时间，怕再不去春贾楼是来不及了，就起身要走。

张黑子急了，他说："我得了睾丸炎，大夫要把我那东西切掉，你要是没钱肯借给我，就替我给麦子打个电话吧。"

来早一下子红了脸，气鼓鼓地说："你为啥不自己打？"

张黑子不吱声了。

来早只好硬着头皮，借了面馆的电话，给张麦子打，等了半天，那头始终没人接，就挂了，她说："到了晚上我再打。"

张黑子苦巴着脸说："就算我不是她亲爸，好歹也把她养大了，她倒好，走了个干净。"

来早说："麦子没寄过钱给你吗？"

张黑子说："也给，可总也不够花。"

来早不知道他一个人把钱都花到哪儿去了，可也不便多问，只能多了一个心眼儿，想等给张麦子打通电话以后，再决定是不是要借钱给张黑子。又看看时间，约摸古永淳已经接到郑天昊往回赶了，就无论如何也要去春贾楼了，便和张黑子告辞。

张黑子一见来早真要走了，起身跟着说："你不能把叔扔在这呀，好歹我也是投奔你和春生来的，你俩不能都撂挑子不管啊。"

来早说："我要去接待客人，也不能带着你啊。"

张黑子说："你忙你的，我就在一旁坐着，等你和春生给我掂兑到钱了，我拿上就走。"

来早不乐意，可张黑子吃定来早了，来早就带着张黑子，往春贾楼走。

到了那儿，来早让张黑子坐在大堂的沙发上等，自己去找服务员，先替郑天昊把房间开好，拿到了房卡，又去后厨，把菜品点好。再回来时，见张黑子还在沙发里坐着，还东张西望的，就想，要是让古永淳看见不好，于是借吧台的电话，往春生的"大哥大"里打，希望他

125

快些过来,把张黑子接走。春生在那头应着,说等接上领导,就立马来宾馆接人。

可一直等到古永淳带着郑天昊回来,来早也没见到春生的影子,来早只好让张黑子别在沙发里扭来扭去的,然后去迎古永淳和郑天昊。

一阵寒暄后,来早领着郑天昊进到大堂,把房卡递过去,让他先去入住,放行李,洗漱一番,再下楼吃饭,说包房是清月阁,他们在那里等他。郑天昊接过房卡,上楼去了。

古永淳停好车,也进来时,来早怕张黑子往前凑,引着古永淳就往清月阁走。张黑子坐在沙发里一看,来早这是要把他丢下呀,腾地站起来说:"来早,你们去吃饭,叔咋办?"

来早恨恨地立住。古永淳也跟着转身,朝张黑子望过去。

他说:"这位是?"

来早没有回答。

张黑子说:"来早,那叔还坐这儿等吗?"

来早还是没有回答,脸已经烧成了火炭。

古永淳看看来早说:"你不认识?"

来早没辙了,只好说:"是麦子爸。"

张麦子古永淳是认识的,那次去深圳出差,大家都见过了,就说:"我们要进去谈生意,不能带上你,但可以给你另外开一桌。"

张黑子一看古永淳说话这么大气,猜他就是老板,上前一步说:"开一桌就不用了,我是来看病的,找来早借点钱。"

来早赶紧拉上他,欲往门外走。

古永淳却在背后说:"需要多少?"

张黑子扭着头,看着古永淳说:"不多不多,三千就够了。"

古永淳从包里掏出三千,递给了张黑子。

张黑子的眼顿时亮了,手颤颤伸过来,刚要触到钱,来早横空一拦,把钱抓到自己手里去了,她说:"古厂长,用你的钱不合适,我会想办法的。"说着,把钱塞回古永淳的包里。

古永淳愣了愣,附在来早的耳边,小声说:"你还想一会儿让郑天昊也看见吗?"

来早也一愣神，古永淳把钱又掏出来，塞给了张黑子说："如果你不吃饭，我就不让后厨安排了。"

张黑子哪敢留下吃饭，生怕到手的钱再被来早夺去，赶紧乐颠颠地跑了。

这工夫，郑天昊下来了，来早来不及和古永淳再争辩张黑子的事，引着郑天昊，进了清月阁。

这天吃过饭，郑天昊迫不及待要去厂子里考察，来早惦记张黑子到底有没有去做手术，就和古永淳告假，说麦子爸一个人去医院，她不太放心，想过去瞧看瞧看。古永淳看了她好一阵，没让她去，他说："郑天昊跟你比跟我熟，你走了，生意还怎么谈？"

来早只好偷偷给春生打电话，把见到张黑子后的经过，从头到尾说了一遍，说这钱借得可疑，让他马上去医院找找，看看有没有张黑子的影子。

到了厂里，古永淳陪着郑天昊进厂区，让来早做介绍，来早从厂里的环境说起，又说到机械设备、生产能力、员工人数、过往产品质量，以及这次合作使用的面料，行云流水，滔滔不绝，郑天昊频频点头，好似忘了考察的真正目的，直夸来早好能力，羡慕古永淳有个好助手，还半开玩笑说，这次签合同，要附加个条件，就是把来早带回深圳，为自己所用。

古永淳哈哈笑说："那要看来早想不想奔高枝儿？"

就开始谈价格，定合作的件数了，没一会儿，回了办公室，把合同签了。十分顺利。

34

这一切办完，来早听见自己办公室的电话响了，猜是春生打来的，趁着古永淳和郑天昊聊得热乎，回去接电话了。

在电话里，春生说赉安县城的几家医院他都找过了，查挂号单，都说没这么个人来。

来早当即明白，是上当受骗了。冷静地想了一下，打给张麦子，想问问她是否知道她爸病了这事，要是真病了，这个忙帮也就帮了；要是没病，自己可不想因为这么个人，欠古永淳那么大个人情。这回，那边的电话有人接了，还给传达到了。很快，张麦子来听电话了。来早也顾不得问候，直接问她知不知道她爸病了的事。张麦子没好气地说："他是病了，这病还不轻呢。"来早问到底是咋回事，张麦子就说："打我妈死后，他就吵着要娶老伴儿，要我给出钱，我不肯给，他就到处借，以各种理由借，要拿去给人家当彩礼，说反正有我还。我简直快被他气死了。"

来早听完，想张黑子既然没去看病，那肯定拿着钱回家去了，也顾不上安慰张麦子，拔腿往外跑。她出了厂门，拦上了一辆出租车，去汽车站了。她到那里的时候，不早不晚，刚好是通往榆村的客车从站里出来。来早把车拦住，上去一寻，就把张黑子从座位上揪出来，让他把钱拿出来。

拿上钱，却没去看病，明摆着就是撒谎了，但张黑子一点也不穷词儿，他说："人家古厂长给的钱，还要你做主了？"

来早说："古厂长也是看着我的面子才把钱给你的，我当然要做主。"就把他摁在座位上，翻他的口袋。张黑子撕扯不过，不情不愿地把钱掏出来，还给来早了。

来早拿着钱，下车了。张黑子从车窗里探出脖子，"呸"地朝她啐一口，骂道："你还给老板当家了呢，也不照照镜子。"

来早无所谓，不管咋说，没有损失，就冲着张黑子做个鬼脸，跑掉了。

等来早回到厂子里时，古永淳已经带着郑天昊去老坎子码头了，门卫告诉来早，说古厂长留下话了，让她回来就去码头的鱼馆子找他。来早便又叫上车，去码头了。

路程不长，几分钟就到了，来早进了屋，见古永淳和郑天昊还没开席，很过意不去，看看古永淳的脸子，虽然带着笑意，却对她保持着几分疏离。她想，这一天被张黑子搅和得，自己的精力始终无法全心全意放在工作上,而这一天,又相当重要,也难免古永淳生气了。便说:"真对不住,倒让两位领导等我了。"拿起酒瓶,给他们倒酒。

古永淳说:"来早,郑老板能来,可都是冲你,你今天的表现可不好啊,实在该罚一杯,给郑老板赔罪。"

来早听出古永淳的话里带着刺,给自己也倒一杯,站起来,端起酒说:"既然古厂长觉得我的表现不好,我就自罚一杯。"说完,把一杯酒干掉了。

郑天昊叫好说:"我就喜欢来早的爽快,不但工作能力强,酒量也胜人一筹。"

酒很辣,来早直晕,没听清郑天昊的话,只是笑笑便坐下了。

古永淳又开口了,不冷不热说:"要不是郑老板点名要你作陪,我就不叫你折腾到这里来了。"

来早听出这话的言外之意,分明是"你别以为自己为厂里拉来一个订单,就不服天朝管了,我要是不给你平台,你也甭想有展示的机会"。心里顿时透出凉意,又倒一杯酒说:"那我再敬二位领导一杯,要谢谢郑老板的赏识,更要谢谢古厂长给我展示的平台。"说完,又干了。

郑天昊竖了一个大拇指说:"来早,以你的能力,要是跟我去深圳,用不了几年,就能闯出一片自己的天地。"

古永淳一笑,仍令人感到冷森森的。

来早有些糊涂了,她想,我也无非就是瞒着他跑出去办了一点私事,也没给这单生意造成什么损失,何至于他这样不近人情呢?便赌气似的,倒了第三杯,不等古永淳和郑天昊反应,喝下肚去,笑笑说:"古厂长,无三不成礼,我没等你说,又罚自己一个圆满,这也预示着三生万物,古厂长以后更上层楼。"

这下,古永淳乱阵脚了,他没想到来早会挑衅他,暗暗想,来早罚酒三杯,礼成情谊到了,而事不过三,自己也不好再咄咄逼人,要是再敢和她较劲,依她的性子,且敢再来一杯。赶紧笑着嗔怒道:"你这丫头,这可是好酒,我和郑老板还没舍得喝,倒被你连干三杯,你说我们亏不亏?"

来早听出古永淳释怀了，终于坐下，迷糊起来。

把一顿饭吃完，古永淳叫人开车送他们回去。先到春贾楼，安顿郑天昊。从春贾楼出来，准备送来早，却发现来早醉在车里，已然成了一摊泥。古永淳不知她住在哪儿，只能让司机把他们送回厂子，把来早抱回办公室，放在了沙发上。怕她冷，脱了自己的外衣给她盖好后，看看外面，一片阒寂，自己也趴在桌子上睡去了。

到了半夜，来早口干舌燥醒来，发现自己躺在古永淳的办公室里，想起昨晚喝醉的事，有些难为情，见古永淳也在，就轻手蹑脚，准备离开，不承想，碰掉了茶几上的杯子，"咣当"一声，把古永淳吓得直挺挺坐起来，直愣愣地看着她。

三更半夜里，一男一女，共处一室，两个人都有些尴尬，一时不知说啥好了。

来早又在沙发上坐下，想了想，把钱从口袋里掏出来，放在茶几上。

古永淳恍似明白白天时来早为啥忽然离场了，他说："你去追回来的？"

来早说："他要是真去看病，这钱借也就借了，可是他撒谎，我不能为他一个谎言，欠你这么大一个人情。"

古永淳有些生气，站起了，在地上来回走，他说："就因为不想欠我人情，就放着这边的考察不管？你不知道哪头重哪头轻吗？"

来早说："郑老板有你陪着，能有啥闪失？麦子爸要是回到榆村，这钱就再也追不回来了。"

古永淳说："我要是啥事都能面面俱到，还用你干啥？"

来早从来没见古永淳发过这么大的火，低着头小声说："要你这么一说，好像这厂子离了我，还不转了呢。"

古永淳更加生气了，他说："你长翅膀了，离开福利服装厂，还可以另谋高就去呢。"

他简直越说越过分，来早不知是怎么了，就问道："是不是你的生意好了，你想辞了我？"

古永淳笑笑说："没有哪个老板想辞退自己的得力干将，从来都是有了成绩的员工炒老板的鱿鱼。"

来早的酒彻底醒了,人却被骂个稀里糊涂,不知道接下去该怎么说,眼泪就滴滴答答落下来。

一见那泪,古永淳沉默了,过了好久,他起身离去了。他想,来早永远不会明白,自己为啥发这么大的火。在晚宴上,郑天昊半开玩笑半认真说的那些让来早随他一起去深圳的话,不知为何,令他十分不悦,想他郑天昊谈业务归谈业务,却挖墙脚挖得这么明目张胆,属实是没把他古永淳放在眼里呢。更可气的是,来早的表现,半点儿没有她第一次去见方青林时的倔强,倒是不停地喝酒,和他赌气一般,把他逼得有些难堪。那样的场合,他总不能一把抢下她的酒杯,让她别喝了。

送走郑天昊,一切又恢复了平静。但来早和古永淳之间的关系,有些微妙了。古永淳总是故意冷着来早,而事实上,他每次见了来早,心里都是从未有过的愉悦,他很怕这种愉悦在不经意间流露出去,他很怕这种领导和员工的关系发生本质的改变,就只能板着脸,把那份热情用冰一样的行为压下去。

来早呢,也常常躲着他,她不想一和他碰头就被他骂,她感觉到,好像从郑天昊这笔订单开始,古永淳就怎么看她都不顺眼。做对了事,也很难再听到表扬,这把她弄得生怕做错了事,一天到晚,都童养媳伺候公婆似的,小心在意着。

35

这天,来早发了工资,像往常一样,一拿到钱,就去邮电局给来多汇款。回来的路上,去见了一个客户,没谈出个子午卯酉,就回厂了。一到大门口,门卫拦住她,伸手往窗里指指,示意里面有人。

来早脸贴在玻璃上往里看,发现里头坐着的,是她爸,开门进去说:"爸,你咋来了?"

当着门卫的面，胡长庚啥也没说。等他们从那屋子里出来，胡长庚撑不住了，靠着一棵树，说起了缘由。

春天的时候，赍安县被评上了重点国贫县。这穷帽子一扣，全县上下挖根找源，想法子拔穷根，脱穷命。于是，就把榆村揪出来了。说榆村穷，在全县垫底，不但家家户户的日子都过得捉襟见肘，还是年轻劳力流失最多的村。年轻人都走了哪成？年轻人一走，只会越来越穷。就一面落实帮扶政策，一面号召村人自救。

刘国胜想干出点成绩，总给大伙出主意，今儿个想出个道道，让村人种香瓜，明儿个出个点子，让村人扣棚膜。一肚子花，最后都没等开就谢了，大伙一句"路不行"，就把他顶回去了。说就这破路，人走都打於①呢，谁还敢种那些需要抢时间的东西，大雨连下三天，都得烂地里，到时候，哭都找不着调。

刘国胜觉得大伙说得对，就天天往上面打报告，申请修路。

可是，修路的事儿县里没批，倒是通过招商引资，给榆村批了个盐碱地改良的项目。大地一解冻，一些机械就开进榆村了，把榆村前面那片寸毛不生的碱疤瘌犁开，轰轰烈烈平地、松土、修畦，说让大伙种水田创收。

榆村人虽然守着河流，可也都是旱鸭子，从来没和水田打过交道，都不相信那兔子不拉屎的碱疤瘌上能种出粮食，所以就算刘国胜天天在广播喇叭里喊话，天天挨家挨户动员大伙承包盐碱地，天天开会给大伙鼓劲，让大伙拿出行动来，大伙也不信他的话，都站在山上观马斗，反正踢不着，咬不着，当着热闹瞧。刘国胜就自己带头，包了两垧，却还是谁也没被他打动。他就急了，像拉磨盘的驴子，整天团团转。

胡长庚说："我是看着刘国胜实在可怜，和几个村民一合计，觉得地便宜，又是政府启动的项目，一定不会糊弄老百姓，就也承包了两垧。"

就这样，胡长庚和刘国胜鼓弄起水田来了。打井、修渠、育稻苗、

---

① 东北话，翻车打於〔wù〕，指路不好走，车容易陷进去。

洗地、插秧、撒化肥。一通忙活下来,等了一个月,没等来稻秧缓苗,倒是等来满地蔫黄,都烂了芯子了。

胡长庚说:"来早啊,爸对不住你啊,都是因为你给来多出学费,我才攒下几个闲钱,到现在,都打水漂了。秧苗烂了,所有的希望也跟着烂了。刘国胜找了好几个技术员给瞧看,可谁也救不了咱的苗,只能眼巴巴看着它们死,看着咱的钱打水漂。"

来早蒙了,她太知道这两垧水田对这个家意味着啥了,那些花出去的心血都不算,光是那些白花花的票子,又是要熬上多少个春秋,才能攒下的啊?

可她能咋办呢?靠着那棵树,堆缩下去,没魂一样,盯着眼前的虚空。她想,父亲在稻子烂秧之后跑到城里来,大概是又手头紧,等着钱过生活。便掏出口袋里还剩下的一点生活费,递过去说:"眼下,我只有这么多了。"

胡长庚没接,他说:"村人都出来寻事做了,我也要寻事做。反正夏季闲,干些短工,也省得把日子这么荒废了。"

父亲说得有道理。可是,他能干啥呢?来早想了又想,觉得这城市之大,却不是随便一个庄稼人闯进来,它就会敞开胸怀的。她猜家里大概已经乱成一锅粥了,要不,像父亲那样的思想,是死也不会出来打工的。可现在他竟然放下那些旧观念,想在城里找到一席生存之地。这让来早十分难过,她怎么忍心看着自己的爹这么大年纪还受生活的苦呢?他这样的农民,除了出卖体力,在城里,根本没有立锥之地。于是,叹了一口气说:"爸,你的腰不好,干不了吃力的活儿,还是回去吧。"

胡长庚摇头说:"我已经来了,总要试试。"

来早见说他不听,只好先把胡长庚送回自己的出租屋,让他等她下班以后再细细商量。

回到厂里,来早心神不宁的,坐在桌前,盯着一处,一直发呆。古永淳推门进来时,没注意到她的脸色,他说:"下班后跟我走,有个客户过来,咱们一起吃个饭。"

来早"嗯"着,又马上摇头说:"我晚上有事。"

古永淳歪头看她,见她面无表情,以为她还在因为那晚喝醉后的争吵而耍性子，便说："有啥事比工作还重要吗？"

来早咬着唇，没说话。

古永淳打量来早一阵，想她可能是筹划着要走呢，在她对面的椅子上坐下来说："郑天昊要你去深圳发展，你要是有心奔高处走，我这边可以放人，依你的能力，去那边，确实比留在我这里更好。"

来早的心没在古永淳的话上，轻轻低下头，仍然没有说话。

古永淳更断定她是想走了，站起来说："要是真的决定走了，晚上就不用和我出去应酬了。"说完，丢下来早，出了门。

来早愣了很久，才明白他的意思。到了晚上下班的时候，她去古永淳的办公室，没看到古永淳，想他应该是走了，也不知道他在哪儿陪客户，担心胡长庚已经饿了，就回出租屋了。她想带胡长庚出去吃点好的，摸摸口袋里的钱，合计着下一顿馆子要饿半个月肚子，就在回去的路上买了一点青菜，带回去了。

来早进门时，胡长庚不在屋，就把大米饭焖上，把菜炒好，等着胡长庚。没一会儿，胡长庚回来了，来早问他去哪儿了。他说就蹲在路边，跟一个修自行车的人说话了。来早说和修自行车的有啥好说的？胡长庚说还真没白说，这一转，看见满大街都是蹬着倒骑驴拉活儿的，应该不用啥本钱，他也能干。来早看出他是真想留下来了，心想，那蹬倒骑驴的活儿，是要熟悉城市的边边角角才能干下去的，他一个生木杠子，哪儿也找不上哪儿，活儿可咋干呢？见他还一脸兴奋，不好立刻给他泼冷水，端上饭菜，和他一起吃起来。胡长庚一心想着蹬倒骑驴拉活儿，一端起饭碗，又说那车的价格也不贵，问来早手头宽不宽裕，要是宽裕，就帮他买下一辆。

来早的脑袋"嗡"的一下子，感觉有一座大山铺天盖地压下来了。她闷着头，使劲往嘴里扒饭，不回应胡长庚的话。

胡长庚见来早不吱声，不耐烦了，他说："你要是不肯买，我只能去找你长安叔，把你奶奶送到他家里去，我不能让她跟着我吃苦。"

来早压着火，终于说："你认路吗？睡在哪儿呢？吃喝咋办？只能干个夏闲，租个房子也不现实吧？"

胡长庚说："你们那么大的厂子，给我个容身的地方还不成？"

来早苦笑说:"爸,你当我可以把厂子当成自己的家吗?"

胡长庚放下饭碗,掏出烟点着,狠狠抽一口,烟雾瞬间缭绕起来,在他和来早面前,隔出一道屏障。他说:"你快吃,吃饱了送我去你长安叔那儿。"

来早很生气,索性放下碗筷,站起身就往外走。

从出租屋到胡长安居住的小区有点远,来早也没有叫车,就和胡长庚一前一后地走,谁也不说话。

黄昏初上,整个城市泛着微黄的光,行人匆匆,车来车往,她想,要是走着走着,就走进时空隧道,一下子穿越到她无法预见的未来,或者回到再也不用触摸现在的过去,那该多好啊。可是,她带着胡长庚走啊走啊,走过了一条长长的街,走到了夜色暗沉的地方,现在的一切还是挥之不去,死死纠缠着。

他们到胡长安家楼下的时候,来早替胡长庚摁了门铃,让胡长庚一个人上去了。她又往回走,从微弱的光亮之处走到街灯通明,不觉抬头一看,已经站在老坎子码头上了。这白日里的喧嚣地,到了夜晚,只有风推着江水,一翻一涌,掀起波浪,哗啦哗啦地响,也不知是在说话、是在唱歌,还是在哭泣?她靠在围江的栏杆上,朝远处望,什么也望不见。她想起白天时古永淳说的那番又是让她去深圳、又是让她奔高枝儿的话,不明白他为啥要那样说,那样咄咄逼人,难道是厂子已经不需要自己了吗?那倒是真该走了呢。从自己的家境上讲,寻个"高枝儿"有啥错呢?出来拼搏,自己可不是甘愿给别人跑一辈子业务的。更何况,眼下古永淳像下了逐客令一样说出那样的话,自己要是还不走,倒显得有些赖皮了。

夜晚,十点一到,码头上的灯全灭了。来早穿过一片黑暗,回出租屋了。

第二天一早,来早去上班,刚走到胡同里,就看到胡长庚喜滋滋回来了。她纳闷地看着他说:"我叔同意你把奶奶送过去了?"

胡长庚说:"这回你叔倒是出血,借了两千块给我。"

来早笑了笑,心想,长安叔是宁愿出钱,也不肯照顾奶奶一天呢。心里不是个滋味,却也安稳下来,毕竟,父亲不用蹬倒骑驴了。

36

新的一天开始了,来早想和古永淳好好谈一谈要走的事。一到厂里,她就去了古永淳的办公室。

古永淳不在,也不知是忙啥去了。来早的手上还有两个业务要谈,她想在离开厂子之前,把手头的工作做完。就又出门了。

先去了一趟城南的酒厂,见了那里的老板,和人家签下一批劳动服。出来后,时间还没到中午,叫上一辆倒骑驴,奔着城西去了。那里有一家轴承厂,几天前就电话联系过她,说要定制一批工装,正好可以去谈谈价格把单子签下来。

到轴承厂时,厂长不在,厂办主任带她去见了副厂长,副厂长和她聊了一会儿,在价格上又压了压,把单子签了,把定金也交了。来早很感激人家的信任,千恩万谢和副厂长辞别,从轴承厂离开了。

忙活一上午,在回福利服装厂的路上,来早买两个馒头,边走边吃下去了。

福利服装厂的工人都下班了,古永淳办公室的门也锁着,来早在自己的办公室里坐了一会儿,有些困顿,打起盹来。

大约过了一刻钟,走廊里有咳嗽声,来早一个激灵醒来,细细听,脚步声路过她的门口,奔着古永淳的办公室去了,应该是古永淳来了。就站起身,稳稳神,稍等一会儿,去敲古永淳的门了。

那门,来早敲了好几下,里面也没有应答,她想,古永淳可能是喝多了,因为走廊里飘着一股子酒气,就转身欲要离开了。这时,门却开了。

走廊的光线有些暗,古永淳办公室的门一开,屋里的光透到走廊来,一下子把来早照得十分清晰,古永淳背着光,喷着酒气,脸半红半白,略显明灭不定。他定定盯着来早说:"有事儿?"

来早看他一眼,心想,醉成这样,看来,是啥也谈不成了,便说:

"有两个订单和一笔定金,想和你汇报一下……要不,明天也行。"

古永淳一下子没好气地说:"拿来吧,我又没醉。"

来早转身回到自己的办公室,去拿上午签好的订单,和那笔定金。

这回,古永淳的门没关,来早拿完东西回来,径直进去了,把订单和定金都放在古永淳的桌子上说:"酒厂和轴承厂的单子都拿回来了,轴承厂的定金交了,酒厂的也会很快到账。"

古永淳坐在椅子上,瞥一眼,捏一捏茶叶,往透明的玻璃茶壶里一丢,说:"还有别的事吧?"

来早摇头。

古永淳斜眼看她,把茶沏上,缓缓说:"来早,你知道你最大的毛病是啥吗?"

来早盯着茶壶里的茶叶,看它们悬悬浮浮的,有点像七上八下的人生,仿佛没有听见古永淳的话,没有吱声。

古永淳说:"你最大的毛病,就是你的表情掩饰不住你的谎言。说吧,还有啥事?"

来早把目光从茶壶上挪开,看看古永淳说:"是有别的事呢。"

古永淳让来早坐,给她也倒了一杯茶。

来早坐下去了,看着那杯茶水,觉得太正儿八经,又不知从何说起了。

古永淳抿一口茶说:"你不说我说。"

古永淳就说开了。

他说:"我一出生,我爸就死了,我妈领着我,靠菜社分给菜农的两亩地生活,一年四季,不停地忙活,总算把我养大成人了。我妈长年累月在大棚里劳作,患上了风湿病,走起路来,腿是弯的,腰是弓的,我就让我妈别干了,我说我可以养她了。可我妈说啥也不干,她觉得我一天没娶媳妇,她的任务就还差一天没有完成。后来,我妈看上了一个姑娘——就是我现在的媳妇张大梅,我就和她结婚了。

"结了婚,有家了,有老婆了,有儿子了,我彻彻底底成了一家之主,成了顶梁柱。我妈也再不去种那两亩菜地了。现在,家里的两个女人是我奋斗的动力,还有孩子,一想到他,我就更有使不完的劲儿。"

来早听着这番话,实在不可捉摸,自己是要和古永淳谈工作的,古永淳东扯西扯,却道出一堆他的家事来,他到底想干啥呢?就愣眉愣眼地看着古永淳,愣头愣脑地说:"这和我们今天要谈的内容有关系吗?"

古永淳一听这话,忽觉自己莽撞了,这些话,原本就是和来早毫无关系的,是他经常在面对来早的时候,用来敲打自己的,他要常常想着母亲、妻子、儿子、整个家庭,要用这些人物和人物关系使自己明白,自己再也拿不出多余的情感,去浇灌来早那样的姑娘了。他要时时刻刻提醒自己,他对来早的爱慕之心,是无果之花,不能久红。

这多么令人羞愧。古永淳简直无地自容,他真想找个地缝儿钻进去,但他立刻喝了一口茶,那混乱的思绪经茶水一洗,顿时又清晰起来,他使劲给自己找补着面子,轻轻咳一声说:"我的意思是说,我在年轻的时候,也吃过生活的苦,但通过努力,也改变了命运,你也不要气馁,抓住机会,一样能成功。"

本来,在决定和古永淳谈一谈的时候,来早内心还是犹豫的,现在古永淳说出让她"抓住机会"的话,她想,他是真不打算用她了,握着两只手,毕恭毕敬地说:"古厂长,你说得对,人是要抓住机会的,所以我决定离开厂子了。"

古永淳端茶杯的手一抖,在半空中停了好一会儿,他想,自己说话也从来滴水不漏的,怎么在她面前就让她钻了空子呢?把茶水举到嘴边,慢慢喝一口说:"决定了?"

来早说:"我需要钱,没退路。"

古永淳以为,来早不会因为郑天昊开出的那些条件优渥就动摇,却不承想,她摆出这么决绝的姿态,他简直气着了,就说:"好啊,你都没退路了,我还能说啥呢?"

来早笑了笑,心想,他一点也没有挽留,这倒好,可以走得决绝些。再不能浑浑噩噩了,不能像当初放弃大学那样失去理想,即便胡家的坟茔地里永远不会有自己的一席之地,也要挑起这个家,让来多的学业顺顺利利,让爹妈体体面面、光光鲜鲜地活着。如果金钱是压垮命运的最后一根稻草，那么，就让金钱臣服在脚下，招之即来，挥之即去。既然如此，现在能做的，就是离开。她说："你不是说过，你之所以决定用我，是相信身处绝地的人更渴望重生，会为得来不易的工作而奋不顾身，现在，机会在我面前，我愿意奋不顾身。"

古永淳低着头，端着茶壶，看着那些一开始还悬悬浮浮，此刻已沉入壶底的茶叶，想她竟用他的矛攻他的盾，倒觉有些好笑，他说："人往高处走，鸟往亮处飞，没什么错。"

来早说："那多谢古厂长成全。"站起身，躬身一鞠，转身告辞了。

这一说要走，手头的工作就要好好交代一下了。

次日，来早抱着一些客户的材料，还有几份待联络清单，又一次敲开了古永淳的门。

古永淳脸朝窗户站着，来早一进去，正好看到他的背影，高高大大的，竟似染上忧郁一般，散着一股子悲凉。来早没心思猜想他是怎么了，把手里的一切都放在他的桌子上说："古厂长，这些我都拿过来了，需要详细和你说一下。"

古永淳转过身，没有看来早，直直盯着她放在桌子上的那摞子资料，慢悠悠说："今天怎么这么多？"

来早怔了怔说："这是我工作以来所有的资料。"

古永淳依然慢悠悠的，把昨天她放在他桌上的那两份订单往那摞资料上一扔说："昨天送来这两份，我看过了，干得漂亮。"

要是放在往日，古永淳说这样的话，来早的心会开出一朵花来，但今天例外，那些夸赞对她已经毫无意义了，她很礼貌地笑笑，心底却无动于衷。

古永淳看她一眼，用手拍拍那摞子资料说："昨天喝太多了，有件事竟然忘了交代你，我准备抢占一些学生的校服，可是城里的学校都被吉美斯服装厂给抓牢了，一时间我们也很难打开缺口，只能把触角往农村学校延伸，过些日子，你就负责这个吧。"

来早看着他，顿感云雾迷茫，她说："古厂长，昨天我们谈过的话，你都忘了吗？"

古永淳伸手捏住太阳穴，使劲揉着说："昨天我们谈过话吗？"

来早又好气又好笑,她说:"那我们现在谈可以吗?"

古永淳抬起腕子,看看手表说:"时间到了,你随我去车间。"

说着,匆匆往外走。来早还云里雾里,只能跟着他走。

车间里的工人都忙着自己手头的工作,谁也没注意到他们进来,古永淳就拍拍手,让大伙停一停。来早暗暗想,他不会是要给我开欢送会吧?就听古永淳说:"今天,跟大伙宣布一个事儿,我把胡来早正式任命为咱们福利服装厂的副厂长了,为啥任命胡来早的理由自是不用我说,她进厂后,给厂里拉了多少业务,带来多少利润,大家都是有目共睹的,所以,以后让胡来早领着大伙干,大伙的福利,让胡来早领着大伙谋,大伙觉得咋样?"

这有些出乎意料,大伙感到突然,来早也毫无准备,但大伙霎时反应过来,用雷鸣般的掌声向来早表达了祝贺之情。

古永淳看看来早说:"胡副厂长,和大家说两句吧。"

来早不知道自己该说啥,也想不明白古永淳的葫芦里卖的到底是啥药。她想,自己没想过走时,古永淳总说那些难听的话,逼着她走;现在,她想走了,古永淳又唱这么一出,那还如何走呢?毕竟最艰难的时候是古永淳接纳了她,现在,真的不管不顾投奔郑天昊而去,是不是有忘恩负义之嫌?当初,这份工作还是春生帮着找的,要是不声不响走人,以后,让春生咋面对古永淳呢?她左右为难了。

来早的脑子正前思后想,古永淳又催促道:"简单说几句就好,别让大伙失望。"

来早在心里怪古永淳,想他凭啥认为自己一定会接受他的安排呢?他以为副厂长就会留住自己吗?真是自以为是。于是,她说:"承蒙古厂长厚爱,可是我并没有做好这样的准备……"

古永淳一听来早话头不对,想她还要给自己难堪,立刻接过话茬儿说:"我和大伙都充分信任你,你虽然年轻,却不必太过自谦,这么大的厂子,这么多张嘴,我是不会随便找个人来当家坐镇。今天,你说你的发言没准备好,那一点关系也没有,今后,在实际工作中,你可以随时准备着。"说完,看看时间,又说:"那今天就说到这儿,大伙都干活去吧。"

大伙纷纷回到自己的工作中，一阵嘈杂过后，车间响起了缝纫机转动起来的窸窸窣窣声。

来早跟着古永淳出了车间，她说："古厂长，你为啥这么做？"

古永淳说："因为你能胜任。"

来早说："可是我们昨天不是已经谈好了吗？"

古永淳说："我说过，我不记得昨天的事了。"

来早很生气，但也没法子，只好先回办公室了。坐在椅子上，她还郁郁不乐的，财务室的人过来了，一脸神秘，关了门，把当月的工资条和一沓现金拍在她的桌子上说："这个数，你可是全厂最高呢。"

来早拿起钱，数了数问道："咋这么多？"

财务室的人说："你托起了咱厂的半壁江山呢，拿得多也是应该。古厂长说了，以后，都按这个数给你开，要是效益好了，再调。"

来早呆住了，她说："古厂长啥时候说的？"

财务室的人说："郑老板那单生意刚谈完时，古厂长就交代了。"

来早一颤，恍然明白，原来古永淳早有安排。她忽然觉得自己在古永淳面前，不过是被大树庇护的一棵嫩草，而这棵嫩草，却跃跃欲试，欲与大树试比高。

多么不自量力。

又多么令古永淳心寒。

她有些难过，有些羞愧地说："替我谢谢古厂长。"

财务室的人说："要谢也是他谢你，要是没有你，他还到哪儿找这么尽心尽力的干将去？"说完，笑滋滋去敲别人的门了。

还能说啥呢？

还有啥好说呢？来早默默起身，溜到古永淳的办公室，把放在他桌上的那摞资料，统统拿了回来。

那以后，来早再没提过要走的事，古永淳也没提。那副厂长一职，也就那么当上了。

37

这年秋天，在来早的努力下，福利服装厂多做了几家订单，尾款陆续打来后，那曾经一直待死不活、不温不火的厂子，有了蓬勃的生气，呈现出崭露头角之势。借此机会，来早提议，给工人们涨薪酬，逢年过节发福利，每个月可以错峰带薪休假一天。涨薪酬这事曾经有过，效益好的时候，古永淳从来不亏待工人。逢年过节的礼物却不是人人有，以往都是生活困难的，古永淳才特殊照顾一些。带薪休假可是史无前例的，大伙暗暗佩服来早的开创先河的勇气，对她更加尊敬几分，干起活儿也越来越卖力，每天，往缝纫机前一坐，嘴里都哼着小曲儿。

古永淳也心情欢畅，厂子里有来早坐镇，他可以把更多的心思腾出来，用在谋划上，以便获得更长足更稳定的发展。

这天，是八月节，古永淳和来早下到车间，给大伙发完月饼以后，古永淳看着厂里的繁荣景象，决心再来个快马加鞭，让来早马上启动他的校服计划，抢占本地的一些合作资源。来早说干就干，把要开展的业务范围划分成五个区域，让几名业务员每人负责一个区块。她考虑到自己家就在嘎罕诺尔镇附近，对那里更熟悉些，就主动负责嘎罕诺尔镇周边的乡村小学了。

这是一场突击战，虽然福利服装厂的竞争对手吉美斯从来没有把乡下的学校当成发展的资源，但这些资源如果汇聚合一，不得不说是一个难得的大平台。所以，来早把业务员派下去的时候，是悄无声息的，就算在福利服装厂内，也再无他人知晓。

来早出发那天，第一站就回榆村了。

秋天的霍林河上，阳光一束一束的，碎星星一样，跳来荡去，金光闪闪。芦苇的穗子白了，在风中摇晃。那些不知名的大鸟都飞走了，只剩下三三两两的船家站在船上，一次次抛出手中的大网。一网鱼被提上来，渔人的调子也跟着传来，有的悠扬婉转，有的哀沉悲凉。风吹着它们，飘飘摇摇，像屋顶的烟囱里冒出的炊烟，还夹杂着水蒿子的香气。

正是农忙时，流动的人少，从赉安城通往乾平县的客车停运，至少要半个月以后才开通，来早是坐火车回来的，在嘎罕诺尔镇下车后，到了河边，又坐着船，在榆村这端上岸。

老神榆的叶子还茂茂实实的，但已经黄了，飒飒的，在风里抖着，来早在老神榆的脚下停住，望着那一树风华，想起曾经和李小米、张麦子、叶高粱在这里说话、疯闹，谈及理想和未来时的种种，仿佛回顾一场电影。

土地庙有些冷清了，几片黄叶落在瓦片上，风一掀，飘走了。好像刚刚有人拜过土地爷，那香烟还一缕一缕，丝丝绕绕。

远处，又是一派秋收的景象。榆村那些一个汗珠子掉地上摔八瓣的庄稼人，又开始在那块巴掌大的地方，弓着身子，往回抢粮食了。隐隐有农人吆喝马车的吁吁喔喔声、启动拖拉机的突突哒哒声，在寂静的田野上，如同苍鹰一样，高高地飞着。来早踩着那仅有的节奏，往村里走。两年过去了，一路看去，榆村啥也没改变，房屋依旧矮趴趴的，村路还尘土飞扬，倒是有一点大不似从前了，那就是村里换了电线杆，家家户户房前屋后那些随便用木杆子支起来的线路都拆了，防腐电线杆子也换成了水泥柱子，齐整整立在路边，齐整整挂着电线，又从路边齐整整拉到各家各户，新换的电表就挂在那水泥杆子的最顶端。来早想，这倒好，贼不用惦记了，记得小时候，总有人家的电表被偷，一块电表也是几十块的家当，谁家的丢了，都要难过一阵子。现在，贼要是没点腾云驾雾的功夫，是无论如何也上不去了。再往前走，就看见杜老歪踩着脚扣，一步一步往上爬，一直爬到顶，掏出个本本，抄上面的电字儿呢。

来早到家时，胡长庚和秀草还没有从地里回来，老太太一个人坐在屋檐下，抱着她的猫打盹。狗子不认识来早了，大门一响，发出一阵狂咬。老太太醒来，看着移过来的人影，迷迷糊糊问："谁呀？"

来早快走几步，把手里东西放在地上，扑到老太太的脚边，仰着头，看着老太太。

老太太认出她来了，嗔怪起狗子说："有眼无珠的东西，自家人也不记得呢。"那狗子大概也听出来早的声音了，凑过来，摇头摆尾。
　　又是一个好久不见的重逢日，老太太的精气神顿时提了提，拉着来早，一会儿说瘦了，一会儿又说胖了，再一端详，又觉得哪儿也没变，还是从前那个来早，引得来早咯咯咯直笑。
　　来早扶着老太太进屋，把带回来的礼物样样数数掏出来，给老太太看。老太太眉欢眼笑的，像小孩子似的翻弄着那些东西，没一会儿，累着了，躺在她的羊毛毡上睡了。
　　从老太太的房间退出来，来早便动起手，准备晚饭，好让胡长庚和秀草回来时能吃口现成的。进了厨房，打开碗橱，整个人愣住了。碗橱里只有一碟咸菜和半碗鸡蛋羹。她想他们怕是为了省钱，差不多连点儿肉丁也舍不得碰，庆幸自己买回来了几斤猪肉，正好可以给他们改善伙食。
　　日落时，胡长庚开着四轮车回来了，车斗里坐着秀草。他们一进院子，就闻到空气里飘荡着一股子肉香，说肯定是张黑子又开始大吃二喝了，欠了一屁股债，在吃吃喝喝这件事上，却从来不慢待肚子。庄稼人的日子，不口挪肚攒，怎么能过好？真是应了那句，饥荒多了不愁人，虱子多了不咬人。
　　正这样说着，就见来早从屋子里出来了，扎着围裙，站在了他们眼前。这倒让他们非常意外，还有一点点过意不去，平白无故的，又把张黑子臊皮一场。秀草放下手里的活，笑着问来早怎么回来了，来早没细说工作上的事，只说跑业务顺道回来看看，就帮着一起卸车，聊起收成来了。
　　黄澄澄的苞米棒子又粗又长，格外喜人，在这喜色里，胡长庚差不多忘了种稻失败带来的难过，不停地算着一笔账，说等玉米卖了，能还上哪笔欠款，高粱的收成能抵住哪笔亏空，葵花虽然不多，但起码还能够上明年春天里的开销，苦就苦在明年的日子，还要勒紧裤腰带熬。一说到饥荒，秀草就生胡长庚的气，说都怪长庚弄那个水田，可他哪有在水里发财的命，他这辈子，连霍林河里的鱼都打不到几条。来早说明年不怕了，自己的工资涨了，除去必须给来多的那份，还能分出一点给家里。秀草心疼地看着来早，感叹这个家，来早撑了一半，情不自禁说了一句："等撑到来多大学毕业，日子就会彻底翻身了。"像是宽慰自己，也像是宽慰来早。

一车苞米卸完，胡长庚和秀草进屋吃晚饭。来早想趁着天还没有黑透，去看看千禧，就带上给千禧做的两件衣裳，出门了。

来早到李家的时候，千禧在炕上耍呢，用鸡毛掸子逗引着一只猫，猫一跳一跳的，想抓住那一掸子鸡毛，却总也抓不住。小米妈看着千禧和猫，咯咯傻笑。门一响，来早一进来，猫害怕地躲到了小米妈的身后，千禧也扔下鸡毛掸子，扎进了小米妈的怀里，带着害羞，从小米妈的胳肢窝里探出眼睛，偷偷看着来早。

小米妈是欢喜的，拉着来早到炕上坐，说了几句闲话，来早把小衣服拿出来了，给千禧穿。千禧有些眼生，呆呆地由着她摆弄着。都穿好了，来早夸千禧好看，小米妈倒是抹起眼泪。来早当她是哭孩子可怜，就说："婶子，以后我会常常给千禧做几件衣裳的，小孩子不禁养，很快会长大的。"

小米妈说："我不是哭这孩子，是哭小米的命，我的命已经够不好了，她的命比我的还差劲。"

来早正要安慰，屋子里突然响起一阵电话铃声，来早循声望去，见柜盖上摆着一台电话机，欣喜地问小米妈："婶子，你家安电话了？"

小米妈抹了眼泪，边去接电话边说："是政府启动广播电视村村通工程，和那自来水一样，不要咱老百姓花钱，政府给了贴补的，家家户户只需花个百头八十的，就可以装部电话。小米出了一百块，给家里装的。听刘国胜讲，这村村通是个大工程，电改了、自来水通了、电话通了、有线电视也要通、还能上网啥的。最主要的是路，往后，咱们也能像城里人似的，走路不沾泥了。"

电话是李小米打来的，问候她妈几句，听说来早也在，马上让来早接电话，嘻嘻哈哈地告诉来早，张麦子处对象了，马上要去见公婆了。来早还没来得及细打听一下张麦子的对象是哪里人，千禧就过来抢电话，对着电话喊妈妈了。

来早从李家出来时，天上升起个大月亮，月色下的榆村静悄悄的。

她借着月光往家的方向走，朝前看去，远处的石油公司灯火璨璨，回了一下头，望见那棵老神榆巨大的影子，仿佛罩着整个榆村。

她想，这老榆的影子多像那片坟茔地里的魂灵啊。也或许，就是那些魂灵都附在了老神榆的身上，让老神榆永远带着一年更比一年庄严的姿态，俯视着这片土地上的一切，带着无尽的期盼，守护着还留在这里，和那些已经从这里离开的村人。

<h2 style="text-align:center">38</h2>

就在来早和几个业务员到乡下揽业务的时候，古永淳也没闲着，他在把服装厂盘活，在做大做强的同时，也做着另外的一个打算，这个打算还要从他的一趟哈尔滨之行说起。

那是二〇〇〇年秋天的事了，古永淳去哈尔滨和一家服装企业谈代加工，那企业的老板和他也是老朋友了，见面之后，谈完业务，免不了要带他出去消遣一番，古永淳对那些玩乐之事都不大用心，非让人家陪他逛逛哈尔滨那座不夜城，那老朋友自然要奉陪到底，两个人就流浪汉似的，一人拎着一瓶啤酒，漫无目的满街游走。

穿过几条街，古永淳感觉出不一样了，以前来过的地方，在这一两年的时间里，已和过去有天壤之别，尽管老朋友一再用言语和手势描摹往昔的样貌，他的脑海里还是无法还原当初的场景。老朋友不禁感慨说："哈尔滨的危棚房改造，早在八十年代初期就开始了，如今，节奏越来越快，规模也越扩越大，在时代的车轮里，旧貌更替新颜，曾经低矮破败的平房，正一点一点被高楼大厦吞没，如果不是亲眼见证了棚户区被拆，如果不是亲眼见证了一幢幢高楼拔地而起，恐怕连我也分不清哪儿是哪儿了。"

古永淳听着，有些羡慕地说："照这么改下去，就算最贫苦的大众也会住上最舒适的房子，那我们赉安城也迟早会面临这一天呀。"

朋友说："那是自然，棚改大戏将会在不久的将来举国上下一起上演，所有的城市，都将在这场轰轰烈烈的大戏中彻底和过去告别。"

如果说在这以前，古永淳还一心扑在服装厂上，从来没有想过要在别的领域开拓事业之路，那么朋友这样一说，倒令他醍醐灌顶了。他突然想，作为商人，不该关注棚改本身，应该把握时势，在时代的每一次举措中，都看到商机。大规模棚改会直接拉动房地产业，也会间接拉动建材、家居装潢、家具、装饰等太多产业，对国民经济、就业都会产生巨大影响，要是能在这个拐点上寻找到一个立足点，就不怕万一哪天服装加工行业受到大环境的冲击时，一下子把自己打个措手不及了。就对朋友说："鸡蛋不能都放在一个篮子里，这世间的事，变化万千，生意和生活一样，总要经历三起三落，风物长宜放眼量，出水才看两腿泥，三十年河东三十年河西，保不准这里赚了的，哪天又原路溜走，我们也应该紧跟时代脚步，换换赚钱的思路了。"

朋友已半醉半醒，半疯半癫，他说："我的脑袋里，除了做衣服，是再也不关心别的了。"

古永淳就没再和朋友掰扯棚改的事儿，往住宿的地方回了。

到宾馆后，古永淳躺在被窝里还在想，在这样的拐点，真要好好把握一下时代的风向，好好考虑一下，作为商人，自己站在哪个位置更合适。

那次，古永淳从哈尔滨一回来，就瞄上了赉安城的棚户区。每天，他穿梭在煤烟飞舞的贫民窟里寻找商机。很快，就不声不响、陆陆续续买下几处平房。

现在厂子利润好，有了余钱，古永淳打算在好地段继续投资，不惜代价地投，短短几天的时间，把春贾楼附近有意向出售的平房，全部收入囊中了。

做完这些，古永淳打算再买下一块地皮，只是，如果资金全部转投，他怕服装厂的周转会做不到游刃有余，一时间犹豫不决，想着等来早和业务员回来，看看业务的推进情况，再行定夺。

然而，三天过去了，来早和业务员都没有回来，也没有反馈回任何消息，他担心看好的地皮被抢走，有些坐立不宁了。泡了茶，也无心喝，看了一阵子书，也看不进去，他穿上外衣，走出办公室，开上车，出了厂子。车子到了街上后，他根本没想好要去哪儿，就那么毫无目的地开，等车子驶出城外了，竟发现开上了去嘎罕诺尔镇的路，一个紧急刹车，停在了路边。

他出了一身冷汗，嘲笑自己好奇怪，如果从那句"男人都是视觉动物"的角度去分析自己，他实在不知道自己为啥会喜欢脸上有块疤的来早。可在面对来早的时候，他就是觉得，那半完好如玉的脸，生动而美丽，而那半印着疤痕的，也带着倔强的智慧。他喜欢这一面，也爱着那一面，深陷其中，不能自拔。这多么不像他啊。他从来没想过，有这么一天，会在一个黄毛丫头面前失了分寸。当年找媳妇的时候，他也是冷冷静静的呢，好像去菜市场买一种佐料，因为急需，所以毫无挑拣，就带回家里去了。那么现在的来早算啥呢？是因为从来没有生出过爱意，却突如其来的爱情吗？他的心像被刀子剜了一下，狠狠一疼，他懊丧地又警告自己一次，你已经不配拥有爱情了。

古永淳靠在座椅上，突然想和春生喝酒。每次一和春生喝酒，春生就会滔滔地说来早。他那么想听到来早，哪怕一点，哪怕都是她的糗事。

古永淳又回到城里了。他去了春生单位，等春生一下班，拉着春生去了小酒馆。

果然不负所望，古永淳和春生在小酒馆里一落定，春生就忙不迭地说开了，说的都是榆村的趣事，虽然没有一桩提到来早，可一桩一件的，古永淳恍似都看到了来早的影子，他听着听着，生出几分"君生我已老"的嫉妒，暗暗生气，错过了来早那么多好看的时光。

39

到了第四天，有几个业务员先后回来了。古永淳坐在办公室里，听他们汇报一番战果后，给他们放假，让他们先回家好好休整，等来早也回来时，在春贾楼给他们接风。

接下去一连两天，古永淳天天等到天黑，来早也没回来。他有些着急，担心来早出了什么事，心神不宁地想，应该给来早配一部手机了，这样，沟通起来方便些。又想，不对，那样显得太居心不良，是业务员都该配一部手机。

又过了两天，来早回来了。古永淳也不等来早汇报，就急匆匆订下春贾楼的清风阁，叫上另外几名业余员一起吃饭去了。

席间，那几个业务员都说，胡副厂长回来这么晚，业务上一定也收获颇丰，一个劲儿让她讲讲战果。

来早只笑，不说话。在这样的场合，她一向不交流自己的经验，也不炫耀自己的成绩，倒是常常做出洗耳恭听的样子，听大伙如何在跑单的过程里，和客户周旋。她总能在那些七嘴八舌，八仙过海各显神通的谈论中，去其糟粕，取其精华，备为己用。

古永淳看出来早是不准备开口了，举杯和他们喝酒，说一些代替全厂职工感谢他们的话，又拿出几部诺基亚，推到他们面前说："正流行，你们跑业务的，都用得着，以后出门，就不用转着圈圈在大街上找公用电话了。"那几个业务员一见有奖励，都高兴起来，一人一杯，回敬古永淳，来早便也缓缓起身，和古永淳干了一杯。

古永淳看着她，觉得她不惊不喜的样子有些迷人，却也闹不明白，她那样的出身，那样的年纪，是怎么做到面对这么慷慨的礼物，还波澜不惊的呢？自己欣赏她的，也许正是这种波澜不惊吧。他有些醉了，心底一漾一漾，皆是欢喜。

当贲安城的灯火又点亮夜空，晚风裹着凉意，吹来几缕煤烟味的时候，他们从春贾楼出来了，另外几名业务员和古永淳道别后，很快消失在霓虹里了。

来早也和古永淳道别。古永淳却挥手拦下一辆出租车，看了来早一眼说："在酒桌上没说的，不需要单独和我汇报一下吗？"说着，坐上车，看着来早。来早便也上车了。他让司机去老坎子码头。车子就七拐八拐，奔着江边去了。

那时候，江水轻拍岸头，细波扬起串串水花儿，在码头上纷纷扬扬。他们站在桥上，凭栏而立，听了一阵水声后，古永淳问来早："业务开展得怎样？"

来早就从自己回到榆村开始讲起了。

她第一站回榆村，就是因为想到了榆村的小学。

那学校在榆村和另外两个村屯的三岔路口处，周边村屯的孩子，都要在这里读到小学毕业，才会升到嘎罕诺尔镇念初中、再念高中。所以，榆村小学的学生从来不少，在来早还在那里读书的时候，每个年组都要分成两三个班，每个班，从不低于四十几个学生。这样算下来，这所学校有几百个孩子呢，若是校服生意谈成，也是一桩好买卖。校长也是她认识的，应该会很容易打开局面。

可谁承想呢，来早一到那儿，一说起自己是为谈校服的事儿来的，校长立刻摆出一副不认识来早的架势，看了来早半天说："你在这里念书的时候，穿过校服吗？"

来早一愣，说自己是没有穿过校服的。她记得那时学校也年年吵着要孩子们统一服装，跟学生讲，跟家长讲，说统一校服，不仅能让校园的风貌整齐划一，孩子们也会觉得和城里的学生没有区别，增长自信心，更加蓬勃向上。孩子们是欢喜的，可一到了回家伸手讨钱的环节，个个都蔫头耷脑了，学费都是从牙缝里省出来的，还想在穿上瞎讲究，不是强人所难吗？即便有稀啦啦的几个人带头，还是总也交不齐整，再催紧一点，就有人再也不来上学了。没法子，交了做校服钱的人家，最后学校也要如数把钱退回去。学生们一次一次失望，学校也一次一次没了底气，就那么由着孩子们胡乱穿去了。

可那已经是十几年前的事了，来早从没想过，十几年以后，榆村的小学，还在十几年前的状态里挣扎。校长苦笑着说："农民要是还这么穷着，再过十几年，也还是这个样儿。"来早听着心酸，也只能讪搭搭离开了。

但她这一趟跑下来，也不是只白白浪费了差旅费，在嘎罕诺尔镇，从小学到高中，来早周旋一圈下来，在价格上，在面料上，在款式上，一再推出最好的，还是签下了几笔订单。周边的学校无一落过，都去了，有几所和榆村一样，有几所选择观望，还有的叫了学生家长委员会，从上午讨论到下午，价格上也压到了来早再无回旋的余地，总算签下几单。

照理说，两天前，来早就把区域内的校区都跑遍了，她在跑完业务的第二天清晨，便准备回城了。前一天，看见大客车在渣石路上跑，以为又通行了，就去石油公司附近等。可等到太阳升起老高，客车还没有出现。她有些着急，想起通常那客车的通行要是有了变化，会在石油公司门口贴个告示，就朝石油公司走去。她没看到石油公司门口贴告示纸，倒是看见王树贵了，就问王树贵知不知道是怎么回事。王树贵一拍脑门子，说人家真的放了一张告示纸，他答应帮忙给贴上的，却给忘到脑后去了。回到门卫室拿出来，赶紧贴，叨咕着，秋收季，出行的人少，原来停了半个月，昨天通了一天，还是没人，又要停半个月。

来早一听，急得直跳脚，客车不通，她只能到嘎罕诺尔镇，或者到好字井坐火车。去嘎罕诺尔镇还要过河，人已经站在石油公司门口了，当然是去好字井更方便些，可七八里远的路，要是全靠走，到了那儿，肯定要错过火车了。正犯难，就听王树贵说："韩青一会儿去送油，可以给你捎个脚。"来早刚要推托，就见韩青的车开过来了。王树贵扬手将车拦下，让韩青带上来早。

韩青没犹豫，把车门打开了，来早只能大大方方坐上去了。

就在车子发动时，叶高粱出现在大门口了。她透过车窗，看着车里，红头涨脸的，眼睛又大又圆地瞪着，快要从眼眶子里蹦出来了。来早不知如何是好，要下去和她解释。韩青一把拉住她，一脚油门踩下去，朝前驶去。

透过后视镜，来早看见叶高粱追上来了。她跑着跑着，扑通一下摔倒在地上了。

韩青吓到了，他没想到叶高粱会这么较劲，停下车，一把推开车门，跳下去了。他说："高粱怀着孩子呢，禁不起这么摔。"他快速跑到叶高粱跟前，把高粱抱扶起来。叶高粱呜呜哭开了，抡着拳头，使劲捶着韩青。韩青无力地蹲在渣石路中央，一动不动。

来早也下车了，站在那儿，走也不是，留也不是。

那天，来早误了火车，没有赶回赉安城，只好回到榆村，又住了一夜。可就在第二天一早，她听说叶高粱流产了。她愧疚极了，匆匆去了乾平县医院，想看看叶高粱，可是，她连病房也没进去。是韩青怕叶高粱见了她又情绪激动，就把她拦住了。来早不忍为难韩青，也担心叶高粱见了自己更加生气，只好离开了。

就这样，来早回来晚了。她感慨道："也许我该结婚了，那样，叶高粱才会安心。"一股冷风钻进她的脖颈，她打了个冷战。

古永淳听完，啥也没说，他有些心疼来早，他想抱抱她。就扳过她的身子，拥住了她。来早僵住了，挣了挣，却被古永淳越拥越紧，整个人都快被揉碎了。

就在碎成千片万片的瞬间里，来早听见古永淳从嗓子眼儿里挤出三个字：

"我爱你。"

来早以为他是醉了，一把推开他，转身跑开了。

40

二〇〇三年的春节一过，古永淳又开始筹划去北京参加中国国际服装服饰博览会了。这是一个在亚洲很有名望、很有规模和影响力的服装服饰专业品牌展览会，从一九九三年开始，每年三月底，都会在北京城举办一次声势浩大的品牌展销，汇聚海内外优秀服装品牌、服装生产企业、终端渠道等全产业链和商业零售端的优秀代表，前来开拓眼界、视野，寻找商机。

其实，古永淳一直对时装保持着一种若即若离的距离，对参加时装博览会，更是意兴阑珊，可他架不住郑天昊每天都在QQ里用各种方式劝诱一番，最后就只好相约成行了。想着这样的博览会少不了又要和外国人打交道，就把来早也带上了。

可是，到了要出发的前几天，电视里却爆出广东省相继出现不明原因肺炎的消息，古永淳赶紧通过QQ和郑天昊沟通，问这病的具体情况，郑天昊回复说，是有些人吃了不该吃的东西，没啥大惊小怪的。广州市政府已经召开了新闻发布会，所有感染的患者，病情均已被控制，不必恐慌，放心就是了。古永淳看完，没再往心里去，毕竟，每年春天都会闹一场流感，最后也都不了了之。

到了真正要出发的日子，就带着来早进京了。

那时，东北大地还在寒风里瑟瑟发抖，京城已是一派暖意，到处飘着玉兰花香了。那是来早第一次看到那么大的花朵，开在树上，如玉如脂。她差不多忘了此行的目的，尽管从来不想在任何人面前暴露自己的"短见薄识"，这一次，却开了一个小差，像个孩子似的，这朵上摸摸，那朵前看看，显得又欢快又无知。古永淳看着她，那样心疼，又那样喜爱。

中国国际服装服饰博览会是在北京中国国际展览中心拉开帷幕的。这回，福利服装厂没有参展，单单受郑天昊之邀，过来参观。郑天昊倒是租下了两个展位，一个展时尚男装，一个展最美女装。

因为提前有电话沟通，古永淳和来早到展览中心时，郑天昊已经出来迎接他们了。老朋友见面，分外开心，郑天昊拥着古永淳说："能够邀请你来，我可全是看在来早的面子上。"

古永淳大笑说："你是无事献殷勤，想继续从我手里挖人吧？"

郑天昊说："人家来早是忠臣不事二主，我哪里还敢自找没趣？"

来早说："我就是一个打工的，谁给的钱多，我就忠诚于谁。"

这把郑天昊逗笑了，他说："瞧瞧吧，她还想让咱俩来个鹬蚌相争。"说笑间，他们被人群裹着，朝展览大厅走去。

古永淳和来早都没见过那么大的场面，展览中心几个展馆爆满，上上下下，人潮如山如海，大概是展位不够，就连广场上都搭起帐篷，充当起了展厅。参展人员来自世界各地，法国、德国、意大利、巴西、荷兰、土耳其、日本、韩国、秘鲁、西班牙、印度、比利时、英国、希腊、葡萄牙，各国名师、名模、名牌、名企荟萃云集。展品更是琳琅满目，从时尚男装、时尚女装、童装、校服、职业装、配饰、箱包、鞋履，到潮流品牌、新锐潮牌、私人定制、品牌企业、原创设计、国际服装供应商……一应俱全，这让他们一入场，就像刘姥姥进了大观园，眼花缭乱。

郑天昊把他们二位带到自己的展位前。头一天开展的缘故，观望的人多，驻足的人少，三个人就坐下来说话，时不时招待一下问询的人。

郑天昊很会念生意经，他说："干服装这行，最忌讳走不出来，生意不跑不活，商品市场瞬息万变，要多出来交流，才能知道市场信息，找准时机，取得盈利。"

古永淳点头，称赞郑天昊的话很有道理。可他觉得自己身处小县城，就算时时抬头看路，也不过是井里的蛤蟆，只能看到巴掌大的天。吉松省内的那些大厂子他倒是都有些了解，人家早就实现了军品、民品、外贸三足鼎立，光军品一项，就占了明显的优势，但也还是都吃不饱，因为整个吉松的服装厂都和南方的没法比，单说外贸生意，外国的企业做加工，在南北竞争时，差距相当大。南方加工企业多，又占了地理优势，所以一提起吉松，外商都嗤之以鼻。很多单子都被南方企业拿走了。像他这种小县城的小企业，基本是夹缝里求生存，只有吃吃边角料的份。稍有不慎，利润就会下滑。把厂子开到现在，他只有一个梦想，那就是做成一笔外贸订单，就知足了。

改革开放初期到九十年代中期，吉松省的纺织啊，服装啊，倒是迎来过一个黄金期。那时候，毛纺、棉纺、化纤相当火热，纺织厂从省城开到地市州，谁家的孩子考不上学，尤其是农村的孩子，要是能在那样的厂子谋到一份工，那也算鲤鱼跃龙门了。标兵企业更是层出不穷，全国所有行业都要向吉松的纺织业学习。

那时候，大大小小的服装加工厂就应运而生了，裁缝铺遍地开花，县城的犄角旮旯开不下，开到了镇里，开到了乡里，甚至村村屯屯。过年过节的时候，大伙买上布料，拿去找他们加工。那时候，谁家的姑娘要是能去学个裁剪，回来找婆家，都被高看一眼。

那时候，省城大大小小的服装厂，都加工需要特制的职业装，比如警服、迷彩服、各种工装什么的，远销全国各地。这源于吉松也是服装出口的重要阵地，有那么几十家大厂，天天都有产品装进大集装箱，发到大连港，从那里出口。

然而，九十年代中期一过，东南亚的一些国家在纺织、服装行业上势头渐旺，人家的劳动力成本低，成了纺织行业的集散地。吉松省出产的职业装，虽然还占据优势，但省内几百家纺织服装企业的生产方式，不管是一般企业、规模企业，还是品牌企业，仍然以加工生产为主，和老百姓脱轨了，时装没跟上潮流，品牌没树立起来，被大时代隔在了门槛之外。没品牌，就没资本，没资本就没钱，没钱就做不了品牌，做不了品牌，出口也陷入了低迷。百川归海，大势所趋，这也就是古永淳当初接手的福利服装厂破产的原因。

不过，那时候古永淳还雄心勃勃，想着小县城的厂子也能乘风破浪，扬帆济沧海，在吉美斯的厂长找他合作品牌的时候，他给人家画了一张大饼之后，他自己确实很认真地想过，要培育一个品牌内衣，可步子还没迈开，就被兜头泼了一瓢凉水。是有行家告诉古永淳，要把一个品牌养起来，比养孩子还难，没个五七八载的工夫，甭想出人头地。何况，他刚接手这么个穷掉底儿的烂厂，拿啥养？那时候，他整天哼哼着一首叫《我想去桂林》的歌，那歌里唱的是"我想去桂林呀，我想去桂林，可是有时间的时候，我却没有钱"。他唱着唱着，就成了"我要做品牌啊，我要做品牌，可是有了想法的时候，我却没有钱"。

现在，古永淳有钱了，品牌已经像长白山上的大雪似的，满天飞。真是应了那句，可是有了钱的时候，却又错过了时机。

很多时候，很多事，就是那么让你遇见，又阴差阳错，让你不得不放手。

归根结底，当奋斗力有了，当思想意识也打开了，钱要是少，就成了阻碍一切发展的绊脚石。

所以，站在这繁华的世相里，郑天昊看到的是商机，古永淳看到的，是他那个小县城里的小厂，将会迎来更深的低谷。

不是古永淳居安思危，而是世相如是，他不得不身怀忧虑。一个行业做久了，都会遭遇它的饱和期，服装行业利润大，厂子又遍地都是，竞争实在激烈，市场每年都喊饱和。

在东北，干哪个行业，要想发展，大伙都想依靠政策扶持，可碗边子饭终究吃不饱人，要活命还得求自己，还得求个天时地利人和才行。但从天时地利这两点来讲，东北就欠了。南方资源比东北盛，大

155

家都做裙子,在东北,料子从主到辅,都要去人家南方采购。这一去,不能一个人,起码还要领个帮手。这一去,起码不能一天,又是坐飞机又是坐火车,又是住宿又是吃饭,一趟折腾下来,成本一下多出了一两万,这还不算别的耗损,要是赶上个意外,运输上再出点差池,万一耽误了工期什么的,那简直就要落个赔本赚吆喝,光图个人气了。人家南方的厂子,守家在地,咋干都顺手,哪犯得着操这份子心?

时间进入二〇〇〇年以后,市场的发展趋势发生了明显的变化,服装的样式、花样、层次,更新快,身居小城,古永淳明显感觉跟不上思路了,有心想创新,这批货还没赶出来,市场已经换了需求,所以,赶出来的东西,稍一迟疑,就被淘汰了。人工也一年比一年难求,整个行业低迷,就算大企业也连个高端人才都留不住,何况他这种小厂子?九十年代袭来下岗潮,一大批工人买断工龄,拿到一笔钱,跑南方去了,光是海南,都快成为第二个东北了。没有人才,就制约发展。再招工就要往上铆价。工资渐涨都还是小事,让人恐慌的是,越铆价人员越抢手。

九十年代是缝纫人才聚集的巅峰时期,那批裁剪热造就的一批缝纫工,已是当下各个制衣厂的顶尖力量了,要是再下去十年二十年的,想找个懂行的年轻师傅都难,小姑娘小小子的,早不把这个看成一个吃饭的行当了,都立志高远,奔着考大学去了,考不上也是条条大路通罗马,没人稀罕干这种天天都要想着如何推陈出新,如何披荆斩棘,才能求来一块立锥之地的活儿。真是压力山大啊。所以,不出来看,古永淳还能闭着眼睛折腾,一出来看,他反倒给吓到了。

古永淳想,自己这哪是干服装行业的,充其量是浑水摸鱼。尤其,南方人干啥都抱团,敢创新,善于和利于拓新市场。东北人一直单打独斗,还总跟在南方人的屁股后跑,这样下去,永远也没法形成自己的产品规模效应。

一番交流下来,郑天昊给古永淳竖起了大拇指,说:"这么多年,我跟东北人的生意往来很少,你是我愿意亲近的一个,看问题准,还不回避问题。"

古永淳苦笑,真听不出来郑天昊是夸他呢,还是嘲讽他呢。

41

晚饭就在入住的酒店吃自助餐,郑天昊本想带着古永淳和来早出去喝酒,一想到外面有SARS,都心生惊悸,有意保持警惕。席间,郑天昊说医疗人员在没有保护措施的情况下要是直接接触病患,可能会染病,广东省中医院二沙岛分院急诊科,有个叫叶欣的护士长,在展会开始的两天前已经感染SARS殉职了。

古永淳和来早听了,被莫名的恐慌包裹着,吃饭也心不在焉。但这件事很快就被别的话题给岔开了,毕竟,众生皆苦,唯有自度,天意无常,也只能顺其自然,平头百姓,到底还是填饱肚子才更现实。

吃过饭,郑天昊匆匆离席,带着他的人去商量明天展会上的具体事宜。古永淳和来早无心再坐,也起身离席。只是,天色还早,古永淳和来早没有急于回客房,而是在酒店的大堂里慢慢绕行。其实,古永淳之所以同意来参加这次服博会,最主要的一个原因,是想借这次进京,给来早修复脸。在来之前,这一切来早是不知道的,这会儿,他突然说:"看完展会,带你去见一位整形医生。"来早一下子呆住了。

古永淳还以为来早会高兴,一见她那表情,问道:"这不是你最在意的吗?"

来早摇头,又点头。她想,怎么说呢?哪有女人不在乎自己的脸的?何况自己还是个待嫁的姑娘。可平白接受古永淳的好意,那自己算什么呢?她不想随便占他的便宜,更不想因为自己给厂子里创造一点价值,就在他面前居功。没错,古永淳是说过,只要自己能拉来外贸订单,修复脸的费用他就负责,但那是凭自己的本事挣来的,和现在接受他的好意完全是两码事。她要在他面前保留一份尊严,不能让他低看自己。于是说:"外贸订单我还没有拉到,现在还不是你兑现承诺的时候呢。"

古永淳说:"我愿意提前兑现。"

来早说:"那样我会有一种亏欠感,作为你的员工,从你那里得到的每一样东西,我都希望是我劳动所得。"

古永淳一愣,竟无言以对。

这一夜倒是安静,第二天一早,古永淳一边洗漱一边看电视,新闻里说港府已经宣布,禁止探视SARS病人,曾与SARS患者有密切接触的人士须于十天内每天向指定的卫生署诊所报到,并开始在所有入境管制站实施检疫申报措施,同时也宣布中小学及幼儿园停课。古永淳预感到疫情可能会变严重,打算等展会一结束,就回赉安城。这样,给来早修复脸的事,也就没再提了。

那场展会持续四天,在第四天里,意外地,古永淳和来早又碰到了在深圳时遇见的那位老外弗雷迪。本来,弗雷迪是要和郑天昊谈生意的,因为说不好中文,和郑天昊的交流磕磕绊绊。来早在一旁看着着急,就凑上前给翻译了几句。就因为这几句翻译,两个人把生意谈成了。事后,郑天昊邀请弗雷迪吃饭,把古永淳和来早也叫上了。席间,来早也替古永淳再次介绍了福利服装厂。弗雷迪很感兴趣,说有机会时,争取合作一次。古永淳顺势给弗雷迪讲了不少东北的风物人情,还发出邀请,希望他能以朋友的身份,到东北游玩。

转天,古永淳和来早要返程了。他们说好的,第二天一早就去火车站。来早提前醒来,收拾好行李,正要去叫古永淳,古永淳却来敲门了,说他的小舅子在北京干建筑工,他媳妇听说北京闹"非典",吃不下睡不安的,打来电话,让古永淳赶紧去一个建筑工地把人找到,一并带回去。古永淳告诉来早在酒店里等,自己去建筑工地找人,也不知能不能顺利找到,如果顺利,就及时回来赶火车;如果不顺利,就走不成了。

这天,来早以为古永淳很快就会把人带回来呢,可一直等到中午,一点消息也没有。打古永淳的手机,古永淳说到了他媳妇说的那个工地,一打听,他小舅子已经不在那儿干了,去了另一个工地,他正往那个工地赶,还在路上。也不知到了那里会不会见到人。来早听了,嘱他小心,挂了电话。

到了下午,来早一直看电视,是中国卫生部在北京召开新闻发布会，说世界卫生组织专家已经到了广东，北京排除出疫区，疫情已经得到有效控制……她听着，睡上一阵，再醒来，天就黑了。古永淳还没回，她又打电话，他已经关机了。一时间，来早乱了方寸，人也闷闷无聊，跑到酒店门口张望。

街道上很冷清，一点儿人气也没有，令人害怕。她望了半天，望不到人影，衣裳也单薄，不想回房间加衣，就抱着肩膀，像个被遗弃的孩子似的，蹲在大树底下发呆。快午夜时，她终于看见古永淳从一辆出租车上下来了，起身迎上去，问他怎么这么晚才回？

古永淳看着来早想，她这么晚了还不睡，一定是跟着我担心了，就解释道："一直想给你打电话的，手机竟然没电了。"

来早说："人找到了吗？"

古永淳说："找到了，到了那个工地，发现有不少建筑工已经返乡，他还没拿到工钱，说啥也不肯走，怕这一走，工钱就再也要不回来了。所以明天我还要再去一趟，不管他拿不拿到工钱，都把他带回去。"

来早见他有些疲惫，问他吃饭了吗？古永淳说还没。他们就进了酒店，又进了电梯。从电梯出来，拐一道弯，到来早房间门口了，来早开了门，顿了顿，进去了，把门也关了。听了好一阵，感觉古永淳还没走，又把门拉开，见他还在，就说："要不，我帮你泡一碗面吧。"

古永淳一步跨进来，按捺着想抱住来早的冲动，坐在了窗前的沙发上。

来早找出一盒泡面，烧好开水，倒了进去。

在等面泡好的过程里，他们又说了几句闲话，古永淳的语调便模糊了，还没等到面泡好，就睡着了。

来早看着他，没有叫醒，在床上坐下来，细细打量古永淳一会儿，也睡去了。

次日早晨，来早醒来时，古永淳已经出去了，留下一条短信，让她收拾好东西去车站买票，说等他领到人，会直接去车站找她。来早看过，担心车票不好买，拖着两个行李箱也会周折，便赶紧出发了。

车站里充斥着消毒水的味道。大伙都戴了口罩。大概是"非典"的原因，外地人都开始返乡了，人异常多。来早挤来挤去，排在了队伍的最后，她数了数前面的人头，起码五十开外，不禁担心排到自己的时候，车票会卖光，可也没别的法子，只能跟着队伍一步一步往前挪。一旁都是议论"非典"的声音，说广东省已经死了人，北京、山西、湖南也有人感染。美国政府召回了所有驻香港和广东的非必要外交人员及其家眷，也禁止美国人到广东或香港访问，外贸生意也将受到区域性影响。一片茫然和叹息。

来早听着出神，倒是很快挨到了售票窗口。掏出钱，塞进去，说要三张直达赟安城的票，人家说只剩两张了。她想了想，说买到省城吉春市也行，人家说也售空了。犹豫间，后边的人催促说："你到底买不买，不买一边站着去。"她赶紧把直达赟安城的两张票先买下，又买了一张第二天回赟安城的，从队伍里退出来了。

正欲给古永淳打电话，古永淳的电话进来了，说他们已经到了，在售票大厅门口。她一抬眼，看见古永淳领着一个人，在人群里张望呢。

来早上前去，刚要说只买到两张票，古永淳就把她和他的内弟互相介绍起来。她匆匆道好，恍惚记住人家的名字叫张大国，站里的广播就开始喊站了。是他们要乘的那趟列车，开始检票了。

她赶紧把车票和行李箱给古永淳，让他马上进站。那时候，古永淳的手机刚好进来一个电话，也没多想，顺着人群，进了检票口。来早把手里还剩下的那张当日票，塞给了张大国，催他也进去。张大国接过票，瞟来早两眼，啥也没说，穿过了检票口。人潮不断涌上来，来早夹在其中，看见古永淳回过头来，她挥挥手。古永淳点点头，继续朝前走。

来早退到一旁，渐渐被人群淹没。

从车站出来，北京下雨了。来早上了天桥，望着灰蒙蒙的天，不知该往哪儿走。她找个角落停下来，像一只无家可归的燕子，又害怕又孤单。和古永淳在一起的时候，她觉得北京是温暖的，此时此刻，北京又空旷，又凄冷，就连那大朵大朵的白玉兰，也萧索了。她想，古永淳应该已经上车了，发现自己没有跟上去，肯定会打电话。掏出手机看看，果然有好几个未接电话。回拨过去，放在耳边倾听，一串嘟嘟声响起的同时，一阵音乐也回荡起来，嘟嘟声响在手机里，音乐声就飘在身后，猛地一回头，她看见古永淳站在眼前，一脸焦灼，浑身湿漉漉的，正看着她。她有些慌张，看着古永淳，笨拙得说不出话来。

古永淳说："你咋回事？为啥不上车？"声音不高，语调倒是很强势，看样子，已经强压怒火了。

雨砸在来早的头上，顺着她的脸往下淌。她说："你先走，不要管我。"

古永淳更加不解，他说："不打算回去了？参加一次这么大的服博会，觉得自己了不起了？又要远走高飞了？"

来早有些委屈，咬着嘴唇，把手伸进口袋里，摸了半天，摸出那张车票，举到古永淳的眼前说："今天的票，只剩下那两张了。"

古永淳盯了良久，把头歪到一边，气呼呼直喘粗气。

来早说："我是你的员工，为你着想是应该的，就该你们先走，我留下的。"

古永淳冷着脸子，白愣她一眼，嘟囔着："自作聪明。"

那雨来得快，去得也快，将停未停时，有阳光露出来，挂在斜斜的雨丝上，一闪一闪，亮晶晶的。

空气也是新鲜的，好像要把"非典"带来的灰暗通通洗掉。但天很快就接近傍晚了，他们停止争吵，也无心再折腾，在车站附近住了一夜，熬到第二天，终于上了火车，回到赉安城了。

42

在大灾大疫面前，越偏僻的地方，越如世外桃源。榆村，像隐在褶皱里一样，任凭"非典"病毒跑断腿，也无法寻到，无法肆虐。榆村的生活，遵厌兆祥，什么也没有改变。

清明前后，霍林河水化开了，种麦的人家，把麦种撒到地里了。

胡长庚没有种麦的打算，专等那谷雨到来，忙种大田。

这天，胡长庚为他的两坰"碱疤瘌"发愁了，种稻的事儿是不敢再操弄了，可花钱承包来的土地总不能闲着，闲着就等于颗粒无收，颗粒无收就等于先前花掉的钱都打了水漂。于是，和那些同样承包了水田的人家商量，要在那碱疤瘌上种点儿啥，挽回一些损失。

这样的大事，少不了要叫上刘国胜。种稻子失败以后，刘国胜的话大家伙儿都挑挑拣拣地听，可毕竟人家还在村书记的位子上，该给的面子还要给，就相约着去村部了。

刘国胜见大伙来，也想再干点儿出彩的事儿，把威信往回找补找补，一说起那些水田，又是滔滔不绝，一会儿一个主意。先是说地块碱性弱的，可以种些向日葵，又说地块碱性强的，要么撂荒着，要么栽上枸杞，结了果子，比种庄稼有赚头。

大伙听了，不屑理会，种葵花这种安排，傻子都能想出来，犯不着听他来讲。至于栽枸杞，新鲜是新鲜，但要买苗、要挖坑、要换坑土，搭钱费力，到头来，说不定又鸡飞蛋打。七嘴八舌，呛呛到最后，都说刘国胜就是二愣子当家，想不出好法子。

刘国胜挂不住面儿，拿眼瞟胡长庚，希望胡长庚能像当初承包水田时一样，再给大家带个头。可胡长庚捏着烟屁股，使劲吸两口，扔在地上，踹了踹。他说："栽上那玩意，死不死的不说，就算活，也要三年后才结果，六年后才是旺果期，我等不了。"说完，起身往外走。胡长庚一走，大伙也坐不住了，都在后面跟。刘国胜望着大伙离去的背影，心如三九天的冰块，拔凉拔凉的。

从村部出来，大伙纷纷回家去了。胡长庚沿着村路往南走，来到了自己的那块碱疤瘌地。

几缕风吹起一道白毛烟，打着旋儿，顺着渠埂跑，被大水淹过的草原，连碱蓬草也不长了，白花花的地皮，每到春天，非下一场透雨，才能把白毛烟的气势压下去。渠埂齐整整，围起来的土地荒着。看着眼前的一切，胡长庚陷入无限惆怅。为了这块土地，他把自己熬磨成一只老狗了，尽管忠心耿耿，日子还是啥起色也没有。现在，一年比一年老了，再折腾不出个名堂，就真没指望了。胡长庚不想像父辈那样，把未完成的心愿寄托在下一辈的身上，因为他的来多是说啥也要摆脱这种生活的。一辈一辈的努力，不就是为了摆脱这种生活吗？来多进了大学，到了老去的时候，胡家的坟茔地里，有那么一块墓碑，背面是可以写上几行光宗耀祖的墓志铭了。

那么自己呢？就算种了一辈子庄稼，就算自己的碑文除了名字再无其他可刻，他依然想做一个好庄稼把式，可这样的愿望越来越难实现。去年，交完公粮，再交完农业税，最后，揣进自己口袋里的，省吃俭用，也未必够上今年的开销。去年，秋收一过，秀草就拿上一个本子，夹着半截铅笔，趴在被窝里算收成，一板一眼，分分角角地往上加，算计来算计去，还是逃不掉唉声叹气一场。她一直盼着能在柜子里锁上一个存折的愿望又落空了。

秀草太想拥有一个存折了，就像当年和他结婚时，非要给他生出个儿子一样执着，这么多年，风里雨里，秀草跟着自己吃尽了苦，他啥也没给过她。他多想靠着这股子力气，挣回个折子，往炕上一甩，看秀草笑眉喜眼一回。

来早是不能当依仗的，即便现在她月月贴补家用，到底是十个绣花女不顶一个跛脚儿，能帮家里一时，帮不了这个家一世——她早晚会嫁人，早晚会离开榆村。在胡家的家族里，来早是第一个去过深圳、到过北京的人，他却从来没有觉得因此添了几分傲气，反倒有些担心，姑娘家的，眼眶子一旦高起来，就没法找个踏实的男人好好过日子了。姑娘家的，说到底，还是安安稳稳最重要。可女大不由娘，更不由爹，管不得了，管来管去，难免结下冤仇，只能随她，走一步看一步。

还是土地最听话，只要对它好，精心伺弄，就实实在在长粮食。可眼前这片碱疤癣，像个忤逆的败家子，不听使唤，花在它身上的心思越多，失望越多。可失望之余，他还是不肯放弃，还是希望这碱疤癣能突然开眼，突然能理解他的苦心，然后浪子回头，回报一片绿油油的庄稼给他。

他看着它，要再给这个逆子一次机会，企盼它哪怕拿出一点点力气，让他有个浅浅的收成也好。

他决定了，在上面种一回向日葵。至少，不用花太多本钱，舍出点儿时间和力气，撒上种子就行，万一拱出苗来，起码比撂荒着强。

农民的土地，再不成样子，也是不能白白撂荒的。

那片碱疤癞离石油公司很近，胡长庚这样想着，朝石油公司走去，蹲在那大墙下，点上一根烟，狠狠抽起来。

王树贵正在更房门口整理那块菜园，挎着土篮子往出倒被风吹进菜园里的碎草叶，一眼瞧见他，贴着大墙走过来，神神秘秘说："长庚，有句话我要跟你说。"

胡长庚说："啥话用得着你这样鬼鬼祟祟的？"

王树贵说："有一回，张黑子去赉安城找春生和来早借钱，你知道吧？"

胡长庚说："来早回来说过的，当时春生没有，来早也没有，倒是那个古厂长拿出三千块给了他。不过，张黑子撒谎骗人，被来早识破了，又把钱给追回去了。"

王树贵说："我要说的就是这个事呢，你知道张黑子最近在村里咋传扬的吗？"

胡长庚说："他能传扬个啥？他的话，全是二流子烧香——鬼都不信。"

王树贵说："他要是传扬好的没人信，要是传扬坏的，可就不一定了。"

胡长庚看一眼王树贵，觉得他话里有话，就说："是不是他瞎编派来早了？"

王树贵咂咂嘴说："我要是说了，你可别怪我多嘴。"胡长庚没吱声。王树贵又说："张黑子那些话可难听了，说来早和古厂长好，都替古厂长管着钱包呢，可惜人家有老婆。"

胡长庚皱一下眉头，大声说："那厂长对来早好，是因为来早工作干得好。"站起来，拍打着屁股上的土，气呼呼走了。

王树贵撇撇嘴，嘟囔道："又不是我说的，你冲我吼那么大声算啥呢？"

胡长庚一路回村，到了家门口，也没进去，他绕到了张黑子家，站在大门喊："张黑子，你给我出来。"

这工夫，张黑子正在屋里忙活晚饭，前几日，"铁嘴儿"给他介绍了一个女的，他们见了一面，觉得挺合适，说好了今晚女的过来，先和他过上一段，看看是否合拍。这冷不丁听见有人喊他，竟蒙了一下，以为是铁嘴儿领着女的来了呢，从屋子里出来，朝大门的方向望望，见是胡长庚，忽想起来早硬生生把到了他手里的钱夺回去的事，一肚子火，话也没说，"啪"一下把门关上了。

胡长庚一瞧张黑子这架势，进到院子里来，拽开门，横眉怒目说："我问你，你在村里传扬啥了？"

张黑子见胡长庚来者不善的样儿，猜他大约是听到了什么，摆出一副死猪不怕开水烫的样子说："我传扬的多了去了，你问的是哪一件？"

胡长庚说："这次我饶了你，下次我要是再听见你胡编派来早，可不顾及这邻居的情分了。"

张黑子乜斜着眼看了看胡长庚，讥诮地说："有本事就把自己闺女管住，再来教训人。"

胡长庚气坏了，抬起胳膊，正要朝张黑子抡下去，门开了，铁嘴儿领着一个五十上下的女人进来了，一见那场面，都愣住了。

胡长庚放下手臂，张黑子也换了一副嘴脸，拉着铁嘴儿和女人进屋里坐。胡长庚好奇，也跟进去了。听他们说了一阵子话，知道是张黑子找了个人来过日子，故意说："铁嘴儿，你这不是坑人呢吗？让人家来跟张黑子喝西北风吗？"

这一说，女的急了，她说："铁嘴儿，我可是信着你了，你可不能弄个穷鬼让我伺候着。"

铁嘴儿也没想到胡长庚会在一旁拆台，一时间，不知咋办好了，看看张黑子说："黑子可不是啥也没有，人家黑子的闺女在深圳，一年到头，能赚老鼻子钱了。"

张黑子赶紧借坡下驴说："对对对，我闺女前几天还给我打来电话，说要给我买一群羊呢。"

那女的说："买一群羊倒是不错，可那是给你买的，也不是给我买的，你要是真心娶我，就要她拿五千块钱来，给我做彩礼。"

胡长庚忽觉自己惹祸了，那一句话说出去，原本是想给张黑子上点儿眼药，这倒好，成了给张麦子添负担，便又说："麦子又不是你亲生的，人家凭啥又要给你买羊，又要给你拿钱的？"

这下，简直把张黑子气爆炸了，他说："好歹我也把她养了那么大，那还不是应该的吗？要不是因为养她，我也会生出自己亲儿子来呢。"

胡长庚笑了笑说："当年要不是因为麦子妈肚子里有了麦子，变得疯疯癫癫，人家怎么会嫁给你？人家要是不嫁给你，你连个媳妇都不会有，咋还会有亲儿子呢？"

张黑子彻底被胡长庚气没辙了，蔫耷下来说："长庚啊，我活了半辈子，跟个疯婆子过了二十年，从来没享过女人的好，如今，全凭铁嘴儿撺掇，总算有个正常的女人看上了我，你就成全成全，别搅局了。"

一听他这样说，胡长庚倒有些不好意思，就说："我说这话也没别的意思，替你跟人家交个实底儿，不省得你和人家过着过着落埋怨吗？"

张黑子苦笑说："这下子都被你捅出去了，我倒是没啥可瞒的了。"说完，可怜巴巴看着那女人，心想，这婚事肯定是完了，便小声说："饭都做好了，就算不想留下，好歹也吃了再走吧。"

那女的却把背来的包裹往炕上一扔，哈哈一笑说："哟，可不是要吃饭吗？你那些过去的事儿我可管不着，要是真过日子了，往后的事儿，你听我的就成。"

话音一落，胡长庚看看铁嘴儿，铁嘴儿看看胡长庚，都有些糊涂，不知女人为何来个大转弯。

张黑子也愣了。

几天后，张黑子的院子里多了几只羊。是张麦子给买的。榆村人说，张麦子不单单给张黑子买了羊，还替张黑子给了那女人五千块的彩礼。

43

榆村的春天，从来很难盼来一场雨，这一天，竟然下雨了。从天上长云彩那一刻起，胡长庚和秀草就一会儿望一下天，看云层是薄了还是厚了，是低了还是高了，直到那雨点砸下来，渐渐成了密密斜斜的雨丝，雾一样笼罩着整个榆村，整片草原，他们的心才安稳。

这样的雨，大都是要连上几天的。一场透雨，不但可以把干渴一个冬天的土地唤醒，让草木尽情发芽，把白毛风压下去，还可以免去抽水灌地，少挨一顿累，省下几百块钱。胡长庚站在窗前说："真是一场及时雨啊。"回头看看秀草，见她已经点上香案，对着袅袅缭绕的香火，祈祷起来了，他又说："你越活越像老太太了。"

秀草闭着眼，叹息自己还是不够虔诚，说要是真的用心，应该顶着雨，去拜老神榆，去拜土地爷。胡长庚没接话。外面的狗子懒洋洋地叫了几声。胡长庚把脸正贴在玻璃上，朝外看着。秀草说："你再用些力气，头怕是要把玻璃撞出个窟窿呢。"胡长庚没动，脸还那么贴着，招呼秀草也过来，指着窗外让她看。

胡长庚家的院子正对着村路，目光越过已经冒出羊角葱的菜园，再越过院墙，就看见一男一女在雨中拉扯，女的往前挣，男的往后拖，一会儿摔倒，一会儿又爬起，都俨然泥猴猴一般。他们正想看清是谁，那两个人已经撕扯到大门口的位置，被那株泛绿的老柳给遮挡住了。

胡长庚说："像李占两口子。"

秀草赶紧把挂在墙上的雨衣取下来，给他披上，让他去把他们拉开。

胡长庚不去，他说："李占家的事，我才懒得管。"

秀草说："小米妈怪可怜的。"

胡长庚就披上雨衣去了。

没一会儿，胡长庚拽着个湿漉漉的女子回来了。

雨水顺着那女子的头发往下淌，秀草以为是李占媳妇呢，拎着毛巾上前一看，是叶高粱，心里不由一紧，她说："和韩青吵架了？"

叶高粱嘴唇发紫，下牙磕着上牙，嘚嘚直响，没吱声。

胡长庚对秀草说："你找找来早的衣裳，给她换换，我去把叶大山两口子找来。"

叶高粱一张胳膊，拦住胡长庚，不准他出门，她说："我和韩青打架这事儿，你们说啥也不能让我娘家知道。"

胡长庚只好脱下雨衣，去老太太那屋坐了。

秀草给叶高粱擦干头发，翻出来早的衣裳，让她换，埋怨道："这韩青，真是不像话，有事说事，咋能随便打媳妇呢？"

叶高粱把来早的衣裳推到一边，冷冰冰回了句："还不都是来早害的。"

秀草笑笑转过身，把毛巾摁进水盆里，慢慢搓着。那次，来早回来跑业务，坐了韩青的油罐子车，把叶高粱气到流了产，秀草也一直过意不去。

雨簌簌打着窗棂，一团一团氤氲开去，使外面的世界变成一片虚无。

叶高粱见秀草默不作声，也觉出当着秀草的面骂来早有些不妥，就说："我们几个在一起时，穿衣行事，我都要学来早的样儿，咋就在嫁人这件事上，偏偏捡了她不要的呢？"

秀草的手停在水盆里，寻思着，高粱这孩子，要是总揪着这事儿和韩青吵，这婚姻迟早是要散伙的，真是让人心疼。她说："韩青也不错呢，你以前也是个心宽的人，何必偏偏在这事儿上，就这样计较了呢？两口子过日子，最不容捕风捉影，除非你真不想过了。"

叶高粱想，我要是真不想过了，还犯得着闹吗？她这话，分明是偏向了韩青，也包庇了来早，就有些不快地说："婶子，有件事你大概不知道，人家外面现在都传，来早在赉安县做的一些事，可不太光彩。"

秀草一怔，她说："高粱，话可不能乱讲。"

叶高粱说："麦子爸亲眼所见，还能有假？"说完，不待秀草回过神，几步走到门口，冲进了雨中。

秀草想叫住她，也没来得及。

不一会儿，天黑了，秀草的眼皮嘣嘣直跳，一面想着叶高粱的话，一面惦记着叶高粱，想她年纪还轻，脾气正盛，也不知冒着雨离开后，会不会回娘家，要是回去了，倒是还好，要是没回，出了意外，自己倒也跟着说不清，就披了雨衣，去了叶家。

秀草一进门，见叶高粱果然不在，便把来意说了。叶大山和高粱妈听完，立时慌了，穿了雨衣，便要出去找。秀草看看时间说："高粱也走一阵了，能不能是回好字井去了？"

叶大山匆匆抓起电话，拨到了韩青家。

接电话的是韩青。自打叶高粱流产以后，韩青和叶高粱的婚姻虽然还在，两个人的关系，却时好时不好。好时，下了班，叶高粱就和韩青回好字井。不好时，叶高粱就一个人回榆村来。韩青也摸不准叶高粱什么时候会和他好，什么时候又会突然和他不好，总是小心翼翼的。就像这次，本来好好的，不过几句玩笑话，叶高粱就闹到要死要活的份儿上了。

是临近下班时，韩青和张海几个人围在大门口，看王树贵翻弄窗前的那块小菜园。

窗前朝阳，春天来得比别处早，羊角葱和青草芽都破土了。王树贵给葱备垄，把冒芽的草锄去，用竹坯子在新翻的土上支起棚架，扣上棚膜，打算撒些种子，育些小秧。韩青和张海几个人围着王树贵，一会儿让王树贵种瓜，一会儿让王树贵种豆。王树贵指着他们的脑门骂："你们啊，一个一个的，不栽果树想吃桃，就知道坐享其成，这要是来早在，早就动手帮我扣棚膜了。"

这一说，张海插嘴道："谁能和来早比啊，她可是不单单能干，还心善，当年，韩青弄了一只兔子，我们几个是打算红烧的，可谁承想呢，还没等动刀子，让兔子给跑了。韩青骑上摩托，一直追到土地庙，才把兔子逮住了，那兔子是命不该绝，韩青遇见了来早，来早不准韩青杀兔子，韩青就把兔子给放了。"张海说这些的时候，不知道叶高粱已经站在他们的身后了，冲韩青一笑，故意寒碜韩青似的又说，"你说你亏不亏，听了人家的话，兔子没吃成，人也没娶回来，真是赔了夫人又折了兔子。"

韩青笑笑说："救兔一命，胜造七级浮屠。"一转身，看到叶高粱了，立刻慌张起来，掏出手机，看看时间说："下班了，该回家了。"拉着高粱往车棚下走，去骑他们的摩托车。叶高粱虎着脸，一把甩开他，出了大门。韩青在后面追。追着追着，雨下来了，他们在雨里拖拖拽拽，吵个不停。

叶高粱说："你是不是天天都要背着我回忆她一场，才能活下去？"

韩青说："是张海在说，你没听见吗？"

叶高粱说："那你干吗要听啊？看不见，摸不着，听听也是美的，对吗？"

韩青说："咱还能讲理吗？"

叶高粱说："你为了来早，兔子、孩子都能舍，还想要我讲理？"

韩青就在雨里跪下去，哀求着叶高粱说："老婆啊，因为一个见都见不到的人，咱俩天天吵，这日子啥时候是个头啊？"

叶高粱说："你为了她，给我下跪？你还是个爷们吗？"

韩青哭笑不得，他说："那我就爷们一回给你看看。"就拖着叶高粱，不准她回榆村。叶高粱挣，非回榆村不可。闹来闹去的，就闹到胡长庚家门前了。还多亏胡长庚出来劝架，把叶高粱拉走了，他们的争吵才得以结束。

韩青回到家，真是失望极了，他不知道该怎样做才能解开叶高粱的心结，不知道该怎样做才能和叶高粱把日子过下去，就喝了很多酒，接电话时，舌头都大了，他冲着电话说："谁呀？"

叶大山说："韩青啊，高粱回去了吗？"

韩青说："谁是高粱？我不认识，我这辈子最后悔的，就是和她结婚。"

这样的话，叶大山觉得实在太混账了，当即骂了韩青的祖宗十八代，摔了电话，钻进雨里。

44

其实,叶高粱从胡长庚家一出来,就朝南走,拐进了通往好字井那条小路。经过和韩青的那番撕扯,她一身泥水,怕爸妈见了会担心,就不准备回娘家了。流产以后,每次回娘家,她都不想让爸妈看出她是又和韩青赌气才跑回来的,总要编出各种理由搪塞。

其实,她也清楚,那些搪塞,根本哄不住她爸妈,可她人已经回去了,她爸妈也就不得不睁一只眼闭一只眼,全当她真的是单纯住娘家。这回,要是这一身泥水地回去了,怕是她爸妈的眼睛也不好半睁半闭,非要刨根问底不可了。她就往好字井走,恨恨地想,从今往后,再也不回去给娘家添堵了,吵要在韩家吵,闹要在韩家闹,只要自己还是韩家的人,就是死,也要死在韩家。

为了抄近道,过了那条隔在榆村和好字井之间的渣石路,叶高粱斜穿草原而去了。

草原上是没有路的,大块大块的碱疤癞被雨水一泡,像大黄米面子一样黏,走一步,一拔鞋,走两步,前脚陷进去,后脚就光溜溜从鞋子里拽出来了。她只好光着脚,踉踉跄跄往前挪,到好字井时,看见火车站前那盏昏黄的灯时,已将近半夜了。那时候,她还不知道叶大山刚刚给韩青打了电话,也不知道韩青说了那样一番混账话后,被他爹妈扇了一顿耳光,把酒也打醒了,更不知道他们坐在一起,正讨论着她是死还是活。她只知道,一推开韩家的门,韩家人都像看见叫花子一样打量着她。韩青扑上来,抓着她的肩膀,摇晃着说:"你是打哪儿回来的啊?你是人还是鬼啊?"

这一场雨,让草原上的万物开始疯狂生长,唯独叶高粱,被雨那么一淋,一病不起。她不能去上班了,韩青也请了假,留在家里陪她。韩青一直后悔自己跟叶大山说的那句混账话,生怕叶大山告诉叶高粱,会令叶高粱更伤心。他仔细想想,结婚这么久,叶高粱除了在来早这件事上犯轴，在别的方面，也还是好的，洗衣做饭，操持家务，都井井有条。就想，也许天下的夫妻都是要吵架的吧，也许要是能生出一个孩子来，她就会变踏实一点了。可自己害她没了孩子，真是亏欠了她。就熬小米粥，煮鸡蛋，端到炕边，给叶高粱递小话儿。他说："高粱，只要你好起来，以后我都听你的，我们再也不提那个人了。"

叶高粱背对着他，听出他的语气里全是哀伤，不由有些心疼，想想自己是爱他的呀，曾幻想过无数次，两人在一起，永远不会吵架，一起上班，一起下班，生个和他一模一样的孩子，骑在他的脖颈上……他们闹，她就笑。可生活是拧巴的，她想要的，除了每天能见到这个人之外，其余的，恍惚只是前世的场景。她把胳膊支在炕上，把整个身子撑起来，抬头看着韩青说："韩青，你说咱俩能白头到老吗？"

韩青扶住她说："咱俩不光能白头到老，咱俩还是三生三世的夫妻呢。"

叶高粱笑一下，又躺下去了。

这时，门开了，韩青都还没看清是谁，那人的一双大手已经薅住他的衣领，把他摁倒在地上了。

叶高粱一脸惊愕，爬起来一看，那揪着韩青不放的，是她爸。

她慌着说："爸，你这是干啥？"

叶大山拳一下，脚一下，乒乒乓乓往韩青身上落。

韩青护着脸，一声不吭。

叶大山气鼓鼓地说："你问他自己，问他还是不是个人？"

叶高粱看着韩青。

韩青蜷缩着，像一只在火上烘烤的尺蠖，缓缓挪开捂在脸上的双手，艰难地站起来，啐一口带血的唾沫说："爸，高粱还病着，咱俩能不能出去说？"

叶大山眼里冒着火，喘着粗气说："有种你当着高粱的面儿，把昨晚的话再说一遍。"

韩青说："那是酒话，不作数的。"

叶大山说："酒后吐真言。"

韩青不吱声了。

叶高粱一脸疑惑，她说："韩青，你到底说了啥？"

韩青咬着腮，闭上眼，长出一口气，他说："高粱，你还想和我过下去吗？"叶高粱愣了，韩青没等她回答，又说："要是还想过下去，就别问，就翻篇儿，咱俩好好往下走。"

叶大山一巴掌又抡上去，他说："那么不是人的话你都能说出来，还想翻篇儿？"

叶高粱的病吓没了一半，也不知哪里来的力气，跳到地上，一把抱住韩青，看着叶大山说："爸，别打了，我不想知道韩青说了啥，我想和他过下去。"

叶高粱这话一出口，叶大山蒙了，好半天，他清醒过来，垂头丧气，恨铁不成钢地说："你是八辈子没见过男人吗？要受这份窝囊气？"

叶高粱挡在韩青前面，一动不动。

叶大山哀叹一声，怨其不争似的，一甩袖子走了。

叶高粱看着叶大山的身影在窗前消失，身子一软，瘫在炕沿儿底下了。

过了几日，叶高粱的身子好些了。这天早晨，韩青正要骑着摩托车走，叶高粱也穿戴完毕，追出来，让韩青带她一起去上班。

韩青犹豫着，把摩托车支好，一副有话要说又难以启齿的样子。叶高粱问他咋了？他搓着两只手，啥也没说，又把摩托车的支架放下，骑上去，让叶高粱也坐上，载着她出发了。

一路上，两个人都没怎么说话，等上了渣石路，叶高粱看看手表，觉得时间还早，让韩青在石油公司大门口停下，说自己要骑着摩托车回趟榆村。

韩青想拦着她，又觉得没道理，就随她去了。那天，叶大山从他家里离开，叶高粱虽然啥也没问，韩青依然感觉到，叶高粱好像并不是真的在维护他，并不是相信他才什么也不想知道，他猜她一定在心里酝酿一场更大的风暴。恍惚之间，看着叶高粱骑着摩托车拐向榆村，他突然有点害怕，觉得那风暴就要来了。

他突然看见，他们之间隔上了一堵墙，他们看不清彼此了。

他沮丧着，进了石油公司大院。

45

　　一场透雨过后,大地上飘起青草芽的味道了。榆村人都忙着打垄种地了。这天一大早,叶大山正拎着摇把发动四轮车,准备出发,叶高粱骑着摩托车回来了。叶大山抬头看一眼,把摇把扔在一边,蹲在屋檐下,摸出一根烟,点上了。

　　叶高粱走到他近前,没吱声,半靠在拖拉机上,看着他。

　　叶大山毛毛的,翻着白眼问:"我脸上有花儿?"

　　叶高粱这才说:"爸,知道那天我为啥不让你把话说出来吗?"

　　叶大山说:"我狗拿耗子,多管闲事了呗。"

　　叶高粱冷笑着说:"爸,人情留一线,日后好见面。他不是你亲生的,撕破脸,就会记下仇。"

　　叶大山蹙着眉头说:"你回来教训我吗?"

　　叶高粱说:"现在他不在跟前了,我想听听,那天他说了啥?"

　　叶大山抬头看着叶高粱,举着烟的手停在了半空,他说:"那天晚上,半个榆村的人都帮着我找你,我心急火燎打过电话去,他竟然说他这辈子最后悔的事,就是和你结婚。"

　　叶高粱如同遭电击一般,身子摇了摇,眼前瞬间一白。她扶着拖拉机,努力让自己站稳,笑了笑说:"爸,你和我妈这辈子,说过狠话吗?"

　　叶大山说:"都是你妈对我说的,我哪敢说?"

　　叶高粱脸上的笑消失了,抬头看看村子西边的一号油井,韩青已经开着油罐子车在那里输油了,就说:"我走了,你也去干活吧。"就头也不回地走了。

　　叶高粱回到石油公司后,一整天,都魂不守舍,她回想着她爸告诉她的那句话,无论如何也不敢相信,那是从韩青嘴里说出来的。她突然感到一种无力,想着自己和他吵、和他闹,也无非是想让他多爱自己一点，也无非是自己的心不踏实，想通过这吵、通过这闹，一次次求证，他的心里真的没有别人而已。但他对自己是如此厌烦了，竟然把这场婚姻也否定了，那自己还算个啥呢？她摸起电话，想打给韩青，又想，他不爱我了，我这样做，是不是太纠缠呢？就把电话撂下了。

　　阳光洒在窗子上，亮汪汪的，静悄悄的，也暖烘烘的，叶高粱看着那金灿灿的颜色，眼前渐渐模糊起来，脑子里像是闪回一场电影，一幕一幕的，都是从前，都是没结婚时，和李小米、胡来早、张麦子在一起玩耍的场景。后来，就出现了石油公司，就出现了韩青。仔细想想，自己是一直压着爱上韩青的那个念头的，更不敢想要嫁给韩青了，因为她知道，韩青的心里都是来早。

　　多么莫名其妙啊，月老竟然把他们拴在一起了，正好挑了一个两个人都稀里糊涂想结婚的时候。他们就结婚了。她那么投入，把韩青当成全部。可韩青又凭啥成为她的全部呢？这一刻，一个想法蹦出来了，那么清晰，仿佛一下子提醒了她：原来，她爱韩青的，是他爱来早的那份深情。她以为，只要自己和韩青在一起了，韩青就也会像爱来早一样爱她，但爱是多么奇怪，给了别人的，就再也拿不回来。即便再爱上谁，也不会用同样的方式了。

　　她想起以前去晴二嫂那里诉苦时，晴二嫂曾跟她说："高粱，不要相信什么爱情，你要知道，女人是长情的，但这世上的男人，没有哪个不是吃着碗里的惦记锅里的。要说男人好不好，只能把男人分两种，一种是没良心的，一种是有良心的。那韩青，应该是有良心的那种。"

　　叶高粱的眼泪淌下来了，顺着脸颊，流到嘴角，流过下巴，砸在桌子上，滴答滴答响。她不确定，韩青的良心还在不在？

　　一片白云在天上悠悠跑，遮了太阳，屋子里瞬间暗下来了。

　　电话突然响了，叶高粱吓得打个哆嗦，出了一头冷汗，她去接听，那头却和她打趣道："是叶小姐吗？"卷着舌头，学人家广东腔，一听就是李小米。她抹去眼泪说："是叶女士了啦。"她扑哧一声，笑了。

　　开了几句玩笑，就说到正题了，因为深圳那边的大部分工厂停工，李小米和张麦子无事可做，就买了车票，回到榆村来了。叶高粱问李小米啥时候到家的。李小米说她俩昨天就到赉安城了，因没赶上通往榆村的客车，找了来早，请古永淳派车把她和麦子连夜送回来的。一提来早，叶高粱心里又别别楞楞的，但还是多问了一句："她也回来了？"

李小米说："她那服装厂里还有点活儿没干完，就这几天吧，应该也会停工的。"

叶高粱想，一停工，来早也要回来的，"非典"要是一时半会儿闹不完，她一时半会儿不会走，那往后有很长一段时间，岂不是要带着恐慌过日子了吗？不是恐慌来早会把韩青抢走，是恐慌韩青一照来早的面，心里那个盛着她的位置，就会像袖肘上的破洞一样，越磨越大。

叶高粱生出怆恻之意，忽觉生活了然无趣，叹一口气说："等我下班后，咱们去晴二嫂的小卖店喝酒去。"然后，她把电话挂了。

叶高粱每次要去晴二嫂那里之前，总是要先去个电话的，是她知道，晴二嫂的男人不在家，杜老歪偶尔会在夜里过去陪她。就理理情绪，给晴二嫂打过去了。

那时候，晴二嫂正闲闲地坐在窗下，用玉米叶编制一顶帽子。一到春种时节，小卖店就不那么热闹了，买东西的人都集中到一早一晚去了，打扑克搓麻将的，也都凑不成局儿了。晴二嫂不用招待来往的人，就时常坐在门口织织毛衣、做做草编，或翻翻门前的小菜园，给小地棚里破土的香菜、白菜、臭菜、菠菜什么的放放风，浇浇水。今年，让"非典"这么一闹，村里那些在外头打工的男人，都陆陆续续回村来了，她男人还一点儿消息也没有，她懒得问，反正他的钱月月准时汇过来，时多时少的，在她看来，也不打紧。这工夫，忽听屋里电话响，就跑进来接。一听是叶高粱，知道她是又要来耍了，就说："好呢，好呢，嫂子给你们做。"站起身，把一个红色的风车插在了大门上，这是她和杜老歪的暗号，没风车时，可以来，插了这个，就要避一避。

这天，晴二嫂精心做了四个热菜，两个凉菜，刚摆上桌子，门就开了，她以为是叶高粱她们三个来了，起身去迎，见进来的却是她的男人。她没有太多惊喜，看看男人的脸，一层灰土，把他行李接过来，放在了炕上说:"你干啥这样冷不丁回来呢,干啥也没打个电话呢?"

男人萎靡不振地说:"没钱了,口袋比脸都干净。"见桌上摆着那么多好菜,感觉是要有客人来,又说:"我不在家,你的日子倒是潇洒。"

晴二嫂冷笑一下,没答他的话,而是说:"她呢?也没有钱吗?你们不是患难与共的吗,为啥不周济你一下?"

男人苦苦笑,啥也没说,倒在了炕上。

晴二嫂不再理会男人了,赶紧走到柜子旁,摸起电话,给叶高粱打,说她男人回来了,让她们不要过来了。

去不成晴二嫂那儿了,叶高粱只能另寻地方。她想跟李小米和张麦子倒倒悄悄话。可榆村就巴掌那么大,除了晴二嫂那儿,她还真没处可去了,想来想去的,想起公司里有一间宿舍空下来了,又把电话打到李小米家,让李小米带着张麦子来石油公司。李小米听完,犹犹豫豫,一时不肯应承,叶高粱意识到,李小米大概是怕遇到张海,就说:"张海不在,陪着三老总去嘎罕诺尔镇了,喝过酒,一准儿还要去舞厅,不闹到明早,他们是不会回来的。"这一劝,李小米答应了。

叶高粱到食堂里定了餐食后,去找王树贵要了空闲宿舍的钥匙,把宿舍简单归置一番,李小米和张麦子就到了。她让她们坐在宿舍里等,自己去取餐,那工夫,韩青正好开着油罐子车回来,她站在一旁,等韩青把车停好,说她不回家了,让韩青自己回。韩青啥也没说,骑着摩托就走了。叶高粱看着他在大门口消失,想他问也不问她不回的缘由,心里又寒上几分。

李小米从家里带了酒,好像要是不弄几口酒下肚,不捏着酒杯做由头,有些话就没法开口似的。叶高粱拎着餐食回来时,她们这边已经把杯子都斟满了。

她们就坐下来,问彼此一些无关痛痒的事,渐渐就到掏心掏肺的环节了。叶高粱终于忍不住,捂着脸,呜呜哭开了。她一哭,给李小米和张麦子来了个措手不及,她俩你看看我,我看看你的,不明所以。

李小米说:"咱们四个,你也是最有福气的呢。榆村的姑娘要是嫁

177

到好字井,已经是跳出火坑了,而你,不但嫁到了好字井,还嫁进了吃公家饭的门,简直是一步登天了,这哭的是哪门子呢?"

叶高粱止住泪,抽抽噎噎道:"韩青是喜欢过来早的,你们又不是不知道。"

李小米一时无语。张麦子把酒杯一蹾说:"来早可没喜欢过他,你也是知道的。"

一下子,屋子里只剩下了三个人的呼吸声了。一只小虫不知从哪里飞进来,嗡嗡叫着,震着耳朵,等那小虫落下去了,她们的呼吸又清晰起来。

叶高粱抿着嘴唇说:"你们说,是不是男人就喜欢在心里装着一个不爱他们的女人?"

张麦子没有说话,她没谈过恋爱,她觉得自己没有发言权。

李小米倒是生出几分共鸣,拍拍叶高粱的肩膀说:"他不也就是想想吗?还能怎样?结了婚,就要学会抓大放小,大事上不含糊,小事上睁只眼闭只眼啊,我是没和张海结婚,要是真结婚了,他弄出多少花花事来,我都当看不见。"

叶高粱有点发蒙,她不明白在婚姻里,什么该算大,什么该算小,苦笑道:"你也正是因为没有嫁给张海,才说得这样轻松。"

李小米摇摇头说:"看来,婚姻里的是是非非,还真是旁人不能懂的。"

天黑下去了,叶高粱起身把灯打开,再转身去拉窗帘时,竟有些摇摇欲坠了。

这晚,她们喝过酒,就在宿舍里挤着睡下了。

半夜里,忽听有人砰砰敲门,惊慌着醒了,开门一看,是张海。原来,是她们忘了关灯,张海看见有光,就寻来了。

张海一见李小米在,直直盯她好半天,醉醺醺说:"你回来了,我正想着找个机会和你谈谈呢。"

李小米纳闷地说:"你找我谈啥?"

张海说:"孩子。"

李小米的脑袋"嗡"地一下,差点炸开,"砰"地把门一关,大声道:"孩子是我自己的,你有啥资格和我谈?"

张海站在门外,打着趔趄,抬手拍门,乒乓作响,李小米怕吵到别人,又把门拉开,张海身子一栽,倒进来。李小米往旁边一闪,张海摔在地上了。张海哧哧笑,李小米垂下眉眼打量他,忽然在心里想,这个男人有啥可爱的呢?当初那样迷恋,真是瞎了眼。他的栽倒,如兜头倒下来的一盆凉水,让她倏然清醒,抓起搭在床头的外衣,逃也似的跑出了宿舍。

随后,张麦子追出去了。

叶高粱呆呆看上一会儿,绕过张海,也离开了。

草原的夜空,星星像一颗颗小灯笼,照着黑漆漆的人世间,三个姑娘挽着胳膊在无边的黑暗里穿行,她们的酒意,随着凉风散去,一点一点,脑子清醒了,眼睛也如同星星一样明亮。

叶高粱说:"咱们唱首歌吧。"

李小米就吼起来:

  月亮走我也走
  我送阿哥到村口
  到村口……
  天上云追月
  地下风吹柳
  月亮月亮歇歇脚
  我俩话儿没说够,没说够……

张麦子和叶高粱也跟着唱起来了,那歌声在夜里是那么悠扬,带着回声,一荡一荡的。

不觉地,她们到了河边,到了老神榆下。榆树钱儿已经一嘟噜一串地长出来了,在大地上印着斑驳的影子。风吹过来,树枝簌簌作响,地上的影子也摇了摇。她们抬头望去,那稠密的缝隙间,有星星跳啊跳的,映出了她们童年的样子。

46

　　同样是这一夜，来早也辗转反侧，无法入眠。

　　说到来早不能入睡的缘由，就要说说古永淳的妻子了。

　　那年，张大梅念书不成，她叔就把她送到了县里的罐头厂，那是县里最好的企业，红火得要命。张大梅坐办公室，十分清闲，抽空就往菜社跑。气得她爸总是挥着鞭子骂她："早知道你这么恋家，就该把大国过继过去。"其实，她爸哪里知道，张大梅往回跑，是想看古永淳。

　　古永淳是不知道张大梅的心事的，但古妈知道，等到了他们该谈婚论嫁的年纪，古妈就钦点张大梅当儿媳妇了。张大梅的叔父没有看不起在服装厂当业务员的古永淳，说他方头阔脑，日后保不准儿是个有出息的。他们就结婚了。

　　短短几年后，服装厂面临倒闭，古永淳要接烂摊子，拿不出钱，张大梅就回娘家，央求她叔父支援，她叔父一点也没含糊，拿出全部家当成全了古永淳。但人家有言在先，救急救一次，摊子一支开，要是个马尾穿豆腐提不起来的，往后甭指望谁再拉扯你。

　　古永淳也算争气，一点儿没打张大梅的脸，厂里厂外，工作、德行，从来没让人说过一个"不"字，张大梅心里舒坦、踏实，哪怕是她所在的罐头厂没几年的光景就风光不再了，她也一点不担心，第一个提出买断工龄，回家照顾孩子和老人去了。谁见了，都夸她有福气，都说她是瞎眼鸡叨虫子，命好。她也觉得自己命好，一扑心地操持家里家外，不让古永淳分神。可是，她从来没想过，古永淳会爱上别人。

　　那天，张大国一个人从北京回来了，古永淳却耽搁了一天，张大梅就有些纳闷了，抄起电话，给古永淳打。电话里，古永淳说票很难买，不能把来早一个姑娘家的丢下，就才留下来多等一天。她听了，没说啥，张大国在一旁看着，觉得这个姐姐有些浊蠢，上前一步说：

"姐，姐夫厂里那个叫胡来早的，虽然脸上有块疤，眉眼却清秀，你跟姐夫问问，要是她还没有结婚，让姐夫把她介绍给我。"

张大梅看看张大国，觉得他这个想法不错，正好可以借机试探一下古永淳的心意，立刻答应张大国，说等古永淳一回来，就帮忙问问。

又过一天，古永淳到家了。

洗过澡，吃过饭，一家人坐在沙发上说话，到了九点多时，古妈和孩子各自休息去了，张大梅也拉着古永淳进了卧室，躺在被窝里，她正儿八经地说："永淳，大国看上胡来早了。"古永淳听了，身子一颤，歪头看着张大梅，半晌儿没言语。张大梅说："你愣着干啥？她脸上有疤，许给大国也不屈。"

古永淳笑笑说："大国屈。"

张大梅说："大国屈啥啊，他一个二婚头。"

古永淳猝然拉下脸说："你知道大国是二婚头，还让我去跟人家一个大姑娘提亲，这不是糟践人吗？"

张大梅说："她一个农村人，能嫁到城里，那也是蚕蛹里打呼噜——捡着了。"

古永淳铁青着脸，翻了个身说："保媒拉线的事儿，我向来干不来，你又不是不知道。"

张大梅说："你不会说，那好办，改天你把她带回来，我再把大国也叫上，咱们一起吃顿饭，你看咋样？你要是还不同意，就是你看上她了？"

古永淳感觉有点摆脱不掉张大梅了，正没着没落，手机响了，他像抓到一个救星似的，抓起手机，朝客厅走去。

那个电话本身没什么意义，古永淳却故意胡诌八扯，聊了半个钟头，再回到卧室时，张大梅已经睡了。

但古永淳知道张大梅的脾气，这事儿她一张罗起来，就不会轻易放弃了。第二天一到厂，就和来早说，受疫情影响，等手头的活儿一干完，厂子需要停工一段时间，可以给来早放个大假，让她好好歇歇。

来早想，放个假挺好，正好回榆村帮着家里种种地，当即说："李小米和张麦子也要从深圳回呢，到时候我和她们一起回。"

古永淳答应了。

过了两天，李小米和张麦子从深圳回来了，到赉安城后，赶不上当天回榆村的客车，来早就去火车站接她们，准备让她们和她同住一夜，转天再一起坐客车回榆村。

古永淳知道李小米和张麦子到了赉安城，想起去深圳参加服博会时她俩前前后后没少帮忙，非要尽地主之谊，就在春贾楼安排了晚饭。

盛情难却，来早只好带着李小米和张麦子赴宴去了。

李小米和张麦子是知道春贾楼的分量的，一落座，李小米就附在来早耳边说："古厂长一定是看在你面子上，才安排了这么大的排场。"

来早半开玩笑道："我是厂里的副厂长，古厂长给这个面子也是应该。"但还是站起身，说着感谢的话，给古永淳倒酒。古永淳却用手捂住了杯口说："我不喝了，一会儿有事和你说。"

来早疑惑道："不给我放假了？"

古永淳说："有个新任务，你帮我去完成一下。"

来早有点遗憾，却也没再说什么。

吃过饭，古永淳派人送李小米和张麦子回榆村了。他则带着来早，来到了老坎子码头。

这一回，古永淳没有下车，就那么坐在车里，落下车窗，听风声在耳边呼呼地吹着。

天空在黑夜里透着蓝，清凌凌的，把星星衬得格外亮。有一颗流星划过，坠入了银河。来早歪着头看看古永淳，发现他盯着远处，目光如流星一样，陷于虚无。她说："大半夜的，你叫我来这儿，就为看星星吗？"

古永淳把目光收回来，落在方向盘上。他说："明天，她要请你去家里吃饭。"

来早一愣，问道："她是谁？"

古永淳说："我媳妇。"

来早说："你媳妇请我吃饭？理由是啥？"

古永淳说："张大国看上你了，她想让我给你们做媒，我没同意，她就想出这么个主意来。"

来早把头扭向了窗外,没好气地说:"古厂长,听说你这小舅子离过婚?"

古永淳说:"我本可以替你拒绝的……但是……"

来早没有回头,她说:"这就是你交给我的任务吗?如果是,不必但是,我去。"

古永淳说:"就是应酬,你就当……是见一个客户。"他喉咙一阵干涩。

来早沉默了。

有一声鸦叫在他们头顶响起,很是惊乍。

古永淳启动车子,沿着原路开回去了。他把她送到了出租屋的胡同口,她下了车,一直朝里走,头也没回。

就这样,躺在床上,已是半夜,她眼睛异常明亮,竟整宿没睡。

47

到了第二天,来早极不情愿地出了门,到了厂里,也无精打采的。她有些难过,做梦都没想到古永淳会把她介绍给张大国。在情感方面,她一直对自己有着严苛的要求,哪怕那个人一直不会出现,她也不会将就了事。可现在,古永淳把她介绍给张大国,她感觉受到了极大的屈辱,好像霜打的茄子一样,整个人都蔫儿了。她什么也干不下去,干脆躲在办公室里,一会儿在纸上胡乱画几笔,一会儿又翻开书,胡乱看几页。

那时候,古永淳也坐在办公室里,像一只缩在洞穴里的老鼠,窥听着门外的动静。活了近四十年,就算在生意最艰难的时候,他也没像现在这么畏手畏脚左右为难过。他盯着墙上的挂钟,看着秒针一蹦一跳朝前跑,实在不知该怎么走出屋子,再叫上来早和他同道回家。不是怕回家本身这件事,而是明明自己才是那个喜欢她的人,却要假装风平浪静,逼着她去表演。

多么难为情,竟然不能挺身而出,告诉她不要配合这场表演。他陷入困惑，也无限自责。此刻要是来早能从她的办公室里走过来，用一种快活的姿态来催促他："我们是不是该走了？"他的心，也许会好受一些。但门外静悄悄的，似乎连风都走尽了。

电话冷不丁响起，整个办公室都颤了颤。

古永淳猜是张大梅，他没接，推开门走出去，到来早门口一看，她人不在了。他心头一抖，暗想，难道是她生气了，早就走了吗？就朝楼下追去。

院子里空荡荡的。古永淳四下里望望，见几个工人刚从车间里出来，正往大门外走，就过去问她们看没看见来早。她们都摇头，他只好摸出手机，给来早打过去，边打边往停车的地方走，忽听那铃声就在车旁响起了。他循声而去，见来早拎着两样礼物和一件玩具，正站在那儿等他。他立住了，盯着她。

来早一脸无所谓，笑笑说："第一次登领导家的门，总不能空着手。"

他没有说话，把车门打开，帮她把东西提到车里，看着她上车，关上车门，从另一侧也上车去了。

一路上都没遇到红灯，古永淳有种说不出的难过。

他说："你要是不想去，现在可以下车。"

来早说："大马路都给开绿灯呢，兴许是桩好姻缘，抛开二婚不论，古厂长的内弟，一定差不了。"

古永淳听着别扭，不说话了，几分钟后，车子到了他家楼下。

古永淳住的地方在仿古一条街，楼区叫仿古楼。是八十年代中期落成的。那时候，能住进来的，非富即贵，所以在设计上颇具匠心，融了不少当地的文化元素。那楼体，就是仿照当时出土的一面契丹铜镜的八角形状建造的。来早打量着，恍似走进了幻境，虚虚实实，十分迷惑。再看小区院落，也立着一块巨大的铜镜模型，边上刻着七字汉文，"济州录事完颜通"。背铸契丹小字。怕人不识，注了解释，译为：

　　时不再来，命数由天。
　　逝矣年华，红颜白发。
　　脱超网尘，天相吉人。

她细细瞥几眼，倒觉十分映衬心情。就上楼去了。

一进门，屋里的场景着实把来早吓到了。她没想到，还有古永淳的丈人和丈母，斜睨古永淳一眼，见他也一脸惊悚，看来也是不知情的，便规规矩矩问候二老和古妈，把礼物放在了玄关的拐角处。

张大梅十分热情，待古永淳一一做过介绍，几句话一出口，来早料她十分健谈，再不敢开口，连笑也生怯怯的。

就开始吃饭了。

三位老人上座后，其他人也纷纷落座，张大梅让来早先坐，然后安排张大国坐在来早旁边。而那个位置，来早一抬眼，正好能望见古永淳。她别别扭扭的，浑身不自在。

古永淳也不停地抹汗，像木偶一样，被张大梅摆弄来摆弄去，样子拘谨好笑，惹他丈母直打趣说："瞧瞧我这姑爷子，倒好像是给他相亲似的，看把他紧张的。"

古永淳笑笑，很牵强地说："人多，屋子里也热。"张大梅抓过一条手巾给他擦汗，他更加不自然，夺过毛巾，胡乱在脸上抹。

别人都拿着他笑，一直没说话的古妈，眼珠子滴溜溜扫了一圈，捂着嘴，咳嗽两声，这说笑才终于过去了。

这顿饭，大家都在营造一种氛围，像是武侠小说里的武林高手齐聚，双盘在地，双臂前伸，双掌前推，运送腹内丹田之气，众力一致，形成一股子气流，全朝来早和张大国袭来，并如同一个气罩，包裹着他们。

那时候，古永淳恍若自己是个过路人，站在武林高手之外，看着武林高手，也看着气罩里头的两个人，都隔山隔海那么远。

来早却只听到嗡嗡嘤嘤声一片，只觉得虚无中人影晃动，一层气浪在眼前漂浮，他们忽上忽下，忽左忽右，都变了形。张大国夹起一块肉给她，她魂魄飞了老远，乍然一抖，手里的碗，掉在地上了。她错愕地看着地上那些碎瓷片，慌慌张张，不知如何是好。最后，实在撑不下去，匆匆告辞了。

来早从古家一出来，上了一辆出租车，回到了出租屋。她把自己蒙在被子里,直到天亮,才打了个盹。那时候,她迷迷糊糊的,听见房东在和邻居唠嗑,说昨晚上,"吉松新闻"报道,省城有输入性病例了,一些企业已经停工停产,这疫情要是跑到赉安城里来,报亭就该关门了,就该没收入了,可咋弄才好呢?

来早有些不安。她梳洗一番,准备去上班。来到街上,见市场、餐馆、门店,那些热闹的场所,都闭关绝市,落寂许多,连春贾楼也宾客全无,唯剩鸟雀立在枝头,凄凄唱歌。她想,大概是媒体呼吁大家不要出门,便都闭门谢客,躲避疫情去了。站在老地方等公交车,车却半天也没来,招手拦出租车时,手机在口袋里唱起来了。掏出来看看,是古永淳。她接起,还没说话,那边就告诉她,没有新的订单要赶,厂里正式开始放假了。

来早"哦哦"应着,想听他再说点别的,古永淳却一句也不多说,挂了电话。她站在空空的街上,愣怔半天,又往回走,心里隐隐有一种不祥之感。

回到出租屋,来早整理行囊,准备回家。房东见她要走,过来了,拐弯抹角提到房租,来早忽想起,是到续租的日子了。但这次回去,要待多久才能回来上工,全凭疫情说了算,等再回时再交租金,起码能省下个把月的钱。可房东担心她再回来就不租自己的房了,非要她续一整年,她心情正不好,一口回绝了。

房东很生气,一甩脸子,出去了。

来早有些过意不去,想起刚到赉安城时,无处可去,还是房东收留了她,就从整理好的行囊里掏出两件准备带回家的礼物,去了隔壁。房东不在,她把礼物放在桌子上,提上包裹,往客运站去了。她到了那里才知道,客车停运了。她懊丧地站在车站门口,给春生打电话。过了一会儿,春生到了,接上她,把她安顿到他未婚妻的酒店里了,说等下班后,开车送她回家。

来早还是第一次见到宁巧,那姑娘相貌虽然普通,一身装束却十分精致,看上去干练温婉,不由让来早生出几分羡慕,不是羡慕人家的优渥,是羡慕春生讨了一个这么好的媳妇,便说:"这春生,还真是福气不小呢。"

宁巧笑着请来早坐,她说:"原来你就是那个来早啊,我可早就听说,你和春生是青梅竹马呢。"

来早的脸一下子红到了耳朵根,不是难为情那些旧事被重提,而是担心这又是个和叶高粱一样,听风是雨,随手就能打翻醋坛子的主,生怕害了春生的姻缘,张张嘴,欲解释,宁巧咯咯笑起来。

宁巧说:"看把你慌的,你不会以为我在吃醋吧?"来早有些拿不准她了,没有吱声。她又说:"我才不吃醋呢,吃醋是因为觉得自己不如人,我可自信着呢;我自信比你更适合春生,也自信就算春生真的离开我,我也能找到更好的男人。所以何必吃那些闲醋,为难自己呢?"她那样无所谓的话,那样轻松的神态,让来早也舒缓下来,想着这话要是能让叶高粱听见,该多好啊。

来早说:"那以后我在赉安城,可多了一个朋友啦。"

宁巧说:"随时欢迎你来找我。"

到吃晚饭的时候了,春生也没回,宁巧告诉厨子煮两碗馄饨送来,和来早一起把肚子打发了。她们说了一会儿春生,说他在局里干得很好,很快就会转成正式工,过不了两年,就不用再给她舅舅开小车了,会在局里干些具体的工作,要是干好了,肯定是前途光明的。她们还聊起了古永淳,说古永淳的叔丈和春生的局长,也就是宁巧的舅舅十分交好,古永淳有时会去接他叔丈下班,一来二去,两个人认识了,还成了挚友。

正说到这里,春生给宁巧来电话了,急匆匆地说送不成来早了,领导还在开会,自己要候命,不敢随意走开。但已经通知了古永淳,他马上会来接来早的。

宁巧挂了电话,把春生的话转告给了来早,来早听了,虽面不改色,却已如坐针毡。她想,昨天打了古家的碗,出了大丑,古家人说不定怎么议论她呢,这种时候见古永淳,可说个啥呢?正要找个借口逃脱,就听门口有车喇叭声响起来了。

是古永淳到了。宁巧帮着来早把包裹提出去,放在了古永淳的车上。来早只好硬着头皮上车,和宁巧告别。

在车上,来早和古永淳都没说话,也没看彼此的脸,静静听车里循环播放的一首曲子，哼哼唧唧，特别伤神。

车子很快出了城，路不再好走，土垫道，刚经了雨，坑坑洼洼，都是水，跑起来一颠一颠的。

渐渐，天就黑了。又走了一段路，靠着路边，古永淳把车停下了。

那是一片远离村庄也远离城市的逸地，残月初升，带着晚春的凉意，散着苍白羸弱的光。星星疏疏朗朗，若隐若现，只有银河这岸和那岸的织女和牵牛郎，晶晶闪闪，饶有情意。

来早说："古厂长，你的妻子对我一定很不满意吧。"

古永淳轻咳一声说："不提这个了好吗？我昨天已经说过了，你就当见个客户，应酬一下就过去了。"

来早想，这么多年，古永淳对她还是很照顾的，这件事，他大抵是拗不过他妻子，也颇为无奈，倒也值得原谅，便把语气缓下来说："也许你们觉得我的脸上有块疤，嫁给张大国也算般配吧。"

古永淳说："不要自轻自贱，我从来没用那块疤衡量过你。"

来早在他的语气里听到一丝沮丧，却不知那沮丧为何，就说："那请你给你的妻子和内弟带个话，古家的门槛太高，来早不敢高攀。"

古永淳笑了笑，把车子又发动起来，边开边说："'我自是笑别人底，却元来、当局者迷'。"

来早愣了愣，想起这是辛弃疾的那首《恋绣衾·无题》，忽觉含义深远，就默默想：难道那次在江边，他突然拥住我，说的那句"我爱你"，并不是醉了吗？这……更令人不知如何是好了呀。

48

听闻来早也回到榆村了，李小米和张麦子旋即赶来，和她话了半宿短长，可惜的是，少了叶高粱。但她们谁也没提叶高粱，每每遇到要引出叶高粱的话题，就三缄其口，避而不谈。

李小米和张麦子说了很多在深圳的事儿，来早还和以前一样，做个倾听者。这一回，要不是和古永淳闹了这样一场，她也是有很多话要分享的，无奈脑子被古永淳那些话占据着，无论如何也提不起兴致，听她们说着话，心情却逐渐郁郁，忧思难欢。

李小米是带着千禧来的，孩子由秀草和老太太逗引着，又吃又玩，蹦蹦跳跳，没等她们这边聊够，已经闹腾到没力气，哭哭啼啼，吵着要瞌睡。李小米只好抱着千禧回去休息了。张麦子恋恋难舍，待李小米出了门，支吾着，要和来早一起睡。来早知道，麦子那个家，原本就不亲她，现在又多了一个女人，更让她觉得别别扭扭了，便留麦子一起睡了。

疫情在一些大城市里横行，把城市搅扰得没了城市的样子，乡野倒是清幽，还是原来的乡野。时令一到，玉米开始下种了。

来早换去城市的装束，一身农人打扮，随着胡长庚下地干活了。

因了那场透雨，春播少去拉水浇地的环节，胡长庚在拖拉机的前面挂上穤耙，直接在打好的地垄上豁出浅沟，秀草和来早就挎着筐，踩着垄沟，往垄台上的浅沟里撒种子。再豁下一条浅沟时，胡长庚把拖拉机后面用绳索牵引的小拉子放下，把点完种子的浅沟合上，一条垄就种完了。但还没结束，住工前，要用铁磙把种过的垄全部压严实，才彻底竣工。

胡长庚家的地不多，按人口算下来，一口人还摊不到三亩，所以，总共也不过一垧半。往年，两个人种，赶不上雨，要载着水箱，往返机井拉水，特别麻烦，种一垧地，需花上五六天，逢上井泵出了毛病，七八天也不为过。这个春天，多个劳力，又赶上贵如油的雨，速度提了一倍，三天不到，玉米种子都播完了。

接下去，轮到种包下的地了。

榆村年年有人往外走，年年有人把土地转包出去，但胡长庚转包的土地，不是那些外出打工人的，而是张黑子的。

包张黑子的地，有一个好处，就是不用上打租，到秋天收成了，再给就中。这是因为张黑子的地薄，没人愿意包。是他从来舍不得下粪，也舍不得上肥，一到夏天，看不到庄稼长，只能看见草一天比一天往高里蹿，特别难伺候，不花些工夫，弄不干净，也扳不回地力。还是他亲自找到胡长庚，说可以连签五年的合同，租金也五年不变，胡长庚才动心了。胡长庚想，五年的时间，他是可以把一块地养肥的。还有一个更重要的原因，是胡长庚听说国家很快就会取消征收农业税，农民种地，还会拿补贴。这样，种多少地，收成多少，都是老农民自己的买卖了。就冲这点，胡长庚赶紧租下了张黑子的地，怕等到明年政策一出来，地是要涨价的。

为了种好张黑子家的地，把承包碱疤瘌的损失找补回来，胡长庚买下张黑子家羊圈里所有的羊粪，都下到地里去了。

那块地离胡长庚承包的水田很近，他去地里扬粪时，王树贵跑过来，跟在后面看热闹，笑他傻，说他往别人的地里下这么好的粪，不是白白便宜了人家吗？胡长庚笑话王树贵啥也不懂，说他不是个好庄稼把式，就连"牛粪冷，马粪热，羊粪能得二年力"这样的农村谚语也不知道。

在是不是好庄稼把式这件事上，王树贵认为，只有胡长庚这样只会土里刨食的人，才必须当个好庄稼把式呢。就说："我是挣公家钱的人，春生又给局长开小车，所以，我根本不需要是个好庄稼把式的，春生要结婚了，婚房也装好了，往后，我是要跟着春生进城的，再也不需要种地了。"

胡长庚不乐意听他显摆，快步向前扬去。王树贵很痛快，背着手，心意满足地回他的门卫处去了。

胡长庚打算在张黑子的地上种黏高粱。这是个新玩意，好字井有很多农民种，价格不错，大多都卖给周边的酒厂了。刘国胜也推广过，还请回县里农业技术员专门做过讲解，让家家户户都尝试一下。可他越是这样讲，大伙越不信他，都让他先尝试尝试，等他赚了钱，大伙再蚂蚁拖蝗虫，齐心协力搞一回。

这一说，刘国胜还真就把自家的地当成了试验田，种了一回黏高粱。可孤军作战不成气候，到秋了，收黏高粱的说啥也不愿意过到渣石路北来，他好一顿软磨硬泡，每斤低了五厘钱，那收购的才给他个面子，勉强收去了。

这一回，胡长庚选种黏高粱，倒不是为了给刘国胜面子，而是这黏高粱不挑地，地薄点厚点，它都能好好长。

就开始整地了。

那土地硬邦邦的,犁杖一扎下去,泛起的都是土坷垃,这就可怜了秀草和来早,要抡着镐头,把那些土坷垃敲碎,以免撒种时,压住种子,那样,细嫩的秧苗就露不出头角来了。

种玉米那几天,来早没觉得很辛苦,这一抡镐头,力气使不匀了,没一会儿,累得上气不接下气,恨不得躺在地上,变成一块云飘走。来早问秀草:"妈,你干了一辈子庄稼活,就不腻歪?"

秀草说:"腻歪有啥法子?总不能因为累,就去学张黑子,等着国家养。"

来早说:"就没想过干点别的?"

秀草说:"人的心气儿就么几年旺,我们心气儿高的那会儿,不容瞎折腾。等到了可以随便折腾时,心气儿没了,只想着安安稳稳,平平淡淡,把日子过完。"

来早说:"没了心气儿,活着还有啥意思?"

秀草笑着说:"人呀,总归要踏实的。"

敲完土坷垃,来早的胳膊抬不起来了。到了点种这天,偏巧老太太病了,秀草要在家照顾她,来早就请张麦子帮忙撒种了。张麦子答应了,打来早回来,她每晚在来早家里,早就想帮来早做点事,表表情谊了。

是穴播,也叫点埯,要求每埯放五六粒种子。这就考验点种子的人手上的功夫了,高粱籽粒小,不如玉米种子那般上手,来早和张麦子每抓一把高粱,要费好多时间,才能分出一埯子,丢进坑里。但年轻人的手到底灵巧,走过一条垄,就可以驾轻就熟,一分一个准儿了,脚下的步子也轻快起来了。她们不再需要那么专注,可以一边点种一边说话了。说旧事,说春生。来早提到了宁巧。末了,来早还把古永淳带着她回家和张大国相亲的经过也说了。

张麦子听完,愣愣地看着来早说:"糟了,古永淳爱上你了。"

那一瞬,来早的手一哆嗦,把一把种子都撒在了一处,她蹲下去,慌着把土里的高粱种子一把抓起来,继续往前点,待把这一把点完,回过头,看着张麦子说:"原来,我也是当局者迷。"

黏高粱种完以后,来早把一些心事,也一同种到地里去了。

49

　　半个月以后,又等来一场雨,胡长庚开始往那片承包碱疤瓤里种葵花了。有些地块碱大,连种子也不用点,干脆跳过去了。一畦田种完,回头一看,花里胡哨,倒像胡乱画了一幅图,十分难看。胡长庚叹气说:"种了半辈子地,这一回,倒成了小孩子过家家,闹着玩一样。"

　　来早见胡长庚苦恼,也跟着难过,心想,这大片土地,一畦一畦,方方正正,它的主人花了那么多心血,它干吗就不赐予粮食呢?这荒凉的底色,要是长满绿油油的庄稼,在风里一荡一荡地飘,该多好看啊!她的脑子里忽地闪出一片稻田,由绿到黄,汹涌翻滚,煞是壮观,就安慰胡长庚道:"爸,说不定哪天,我能帮你种出稻子来呢。"

　　胡长庚瞟她一眼说:"姑娘家家的,少说大话。"

　　来早还想争辩,口袋里的手机响了,掏出看看,是个陌生的号码,接起说:"是哪位?"

　　那头说:"我是张大国。"

　　来早皱了一下眉头问他:"你怎么知道我的号码?"

　　张大国说:"我去了服装厂,从我姐夫的电话本上查到的。"

　　来早说:"服装厂不是放假了吗?你还去服装厂干吗?"

　　张大国说:"咱小县城的没疫情,只放了几天假,工人就吵着要上班,都是计件开支的,谁也待不起。正赶上有人来谈代加工一批工装,我姐夫就把工人都召回来,开工了。"

　　来早想,厂子开工了,古永淳竟然没有通知我这个副厂长回去上班,是啥意思呢?当即挂了张大国的电话,欲给古永淳打过去。她想问问他,这是怎么回事。然而,电话还没拨通,张大国再次打进来了,来早接起,张大国说:"我的话还没说完,你咋挂了电话?"

　　来早说:"那应该是断线了。"

张大国说："别骗人了，你是想给我姐夫打吧，想问他为啥没让你回来上班吧？"来早不吭声。张大国又说："那你问我不就行了，那天我姐安排饭，是想让咱俩处对象，你该是知道的吧？"

来早说："这和我回去上不上班有关系吗？"

张大国说："我姐跟我姐夫说了，你要是和我处对象，就让你回厂子上班，要是不处，就不准我姐夫再用你了。"

来早说："你别胡说。"

张大国说："我一点都没骗你，你要是还想回来，咱俩处处看，咋样？"

来早不耐烦了，握着电话，手指头挪了挪，按住了关机键，一使劲，关机了。她站在原地想：难道张大国说的是真的？可是，张大梅为啥把我和张大国处对象的事作为回厂工作的交换筹码呢？古永淳作为一厂之长，难道不需要权衡一下利弊，这么轻易听他媳妇的吗？如果古永淳真的因为张大梅的枕边风而解雇了我，那古永淳这个厂长是不称职的，人也是毫无担当的，那么，我倒是应该率先离开，另谋高就去呢。想到另谋高就，又想到了深圳，就暗暗下了一个决心，等李小米和张麦子回深圳时，跟她们去深圳。这样一来，也就不在乎什么福利服装厂了，也就把古永淳、张大梅、张大国通通都抛向脑后了，接着干起活来。

这天，住工比较早，吃过饭，张麦子拉着来早要去老神榆下走走，说有话对来早说，她们就换了一身干净的衣裳，出了门。

她们来到老神榆下了，那经了几百年风雨的老树，好像有一双慧眼，看尽了这人世间的沧桑、无奈，还那么泰然地活着。

来早靠在老榆上问张麦子想和她说啥。

张麦子也靠着老榆，想了半天，开口说："好好的羊，他们就那么给杀了，我好心疼啊，疼得心都碎了……她是来败他的。"

乍一听，来早没懂，安抚张麦子一阵，听了张麦子的解释，才明白，是张黑子新找的老婆儿子要结婚，硬生生宰了两只大母羊。就说："你又挡不住，就别跟着操心了。"

张麦子说："是呀，这个家，哪还有我说话的份儿？来早，我想找我亲爸,我想问问他,当初为啥扔下我妈,不要我们了。"

来早吓了一跳,她说:"可是,茫茫人海,你亲爸在哪儿啊?"

张麦子说:"村书记保准知道,他当年可和我妈唱过《水漫蓝桥》。"

来早的眼睛亮了一下,看着张麦子说:"他会不会就是你爸?"

张麦子一听,愣住了说:"你陪我去找刘国胜吧,等弄明白我的身世,我就再也不回来了。"

来早点点头,陪着张麦子就去找刘国胜了。

她们到刘国胜家的时候,刘国胜不在,他媳妇说在村部呢,她们就奔着村部去了。

到了那儿,正好看见村主任跑出来,就问村书记在不在,村主任说镇长带着两个人下来检查防风林的建设工作,让她们先回,有事改天再说。她们有些失望,却只得回。出了村部大门,见晴二嫂挎着篮子往老神榆的方向走,以为晴二嫂去拜老神榆呢,想追上去吓吓晴二嫂,就悄悄在后头跟着人家。然而,到了老神榆下,她们看见晴二嫂只是匆匆拜了拜土地公和老神榆,就提起篮子,紧走几步,进了河边那片桎柳林。来早和张麦子以为晴二嫂是去解手呢,却见杜老歪不知从哪儿冒出来,匆匆忙忙,也进去了。

来早和张麦子对视一眼,意思是说,都说晴二嫂和电工好,竟然是真的。吐吐舌头,正要逃跑,张麦子突然说:"这下可坏了,村主任不是说镇里的领导一会儿来检查防风林的建设工作吗?这要是让领导撞见他们在树林里约会,双方的脸面可都不好。"

来早也恍然意识到,好像要出大事。那片林子,防风治沙效果非常好,年年春天,上头来检查,总是观摩这个点,第二天还会上县里的新闻,就是因为总上新闻,刘国胜没少受表扬。可这一回,要是把晴二嫂和杜老歪堵在里头,那就是大新闻了,刘国胜的表扬不但没了,还要跟着出丑——出大丑。产生的轰动效应,不啻自己偷情,被抓个现行。

来早说:"要是被撞见,会把刘国胜毁了的,晴二嫂和杜老歪也完了。"

张麦子说:"这事咱俩要管。"

正说着，村书记已经领着镇长一行人，朝河边的柽柳林走来了。

来早一急，说："那你去拦着他们，我去柽柳林。"说完，撒腿往树林里跑。

张麦子也没时间犹豫，迎着村书记一行人走去了。

来早进了树林，不知该怎么做，才能不直接撞上晴二嫂和杜老歪，还能让他俩赶紧离开，就踌躇着往前走，脚下不觉地被枯死的杂草绊了一下，险些摔倒。她踢开那些杂草，发现新冒出来的绿意已盖住了大地，想这片土地，在没栽培柽柳之前，是只长些碱蓬草的，如今，短短几年的光景，竟接纳这么多的种子，有车前子、有茵陈蒿、有婆婆丁，还有一些野草和不知名的野蒿，十分喜人。这一切，到底是因何而改变的呢？便仔细看起树来。这些柽柳，长了这么些年，她还从来没上心瞧看过，就算上心瞧过，也没觉得特别，这一回，见那褐红的老枝上，结着粉嘟嘟的花穗，毛茸茸的，悠悠荡荡，给这光秃秃的春日，平添了许多好看。

难道是柽柳？是它们让那些种子可以在这块土地上扎根？她忽觉这真是一种宝树，一种可爱的树。还想琢磨点别的什么，听闻晴二嫂在树林深处传来一阵笑声，便大声地喊："麦子，麦子，这边都是婆婆丁，你快来看。"她想，晴二嫂和杜老歪要是听到动静，就会离开。果然，喊声一落，前面飞起几只喜鹊，她隐在林里朝林外望望，见晴二嫂理着头巾，挎着篮子走了，没一会儿，杜老歪也大步流星去了。她松了一口气。

这工夫，张麦子也拦住了刘国胜。领导干部来检查，老百姓来拦路，这简直是告刘国胜的状呢，刘国胜就鼻子不是鼻子眼睛不是眼睛地，没好气地问张麦子："你想干啥？知不知道这是镇上的领导？"

张麦子支支吾吾，不知该怎么说，一着急，冒出一句："他们都说，你知道我妈是咋疯的。"

刘国胜不明就里，还十分生气，他说："要知道你妈的事你去问你爸，你问我算啥？"

张麦子说："榆村人都说，我妈原来好好的，就是有一年去县里参加文艺汇演，跟你唱完《水漫蓝桥》才疯的。"

刘国胜说："麦子啊麦子，我和你也没仇啊，你这不是害我吗？"

这时，张麦子听到来早喊她去看婆婆丁的声音，明白是来早已经把晴二嫂和杜老歪冲散了，一下子轻松起来，笑了笑说："刘书记，我也没别的意思，就是想跟你了解了解当年的情况，看看能不能找到我的亲生父亲。"

刘国胜明白了，却也吓出一脑门子汗，这要是换个时候张麦子来和他说这些，他可能会委婉些告诉张麦子，这一刻，赶上镇长在，急于证个清白，开门见山道："当年和你妈唱《水漫蓝桥》的，原本是个叫魏长福的，他临阵脱逃了，我就是个救场子的。"

张麦子不信，可偏巧一旁的镇长也参加过当年那场文艺汇演，就说："当年，刘书记确实是个替补的，而那叫魏长福的，后来是回老家考大学去了。"他很同情地看看张麦子，又说，"再后来的事，咱们就都不知道了。"

张麦子听完，呆愣愣立在原地，刘国胜一行人走了老远，她还一动没动。

到了晚上，张麦子就给春生打电话，让他在赉安城打听打听有没有个叫魏长福的人。撂下手机，还不放心，想春生到赉安城也没几年，人脉未必太广，就缠磨来早，非让她给古永淳打个电话，让古永淳也帮忙找找叫魏长福的。

来早为难了，不是她不想帮张麦子，而是不知该怎么给古永淳打这个电话，厂子开工了，厂子没请她这个副厂长回去上班，自己要是主动打过去，他会怎么想呢？她真怕他看轻自己。可也搪塞不过张麦子，忽想起张大国，就给张大国打过去了。

电话很快被接了，来早听见张大国欢喜地说："到底把你的电话等来了，想好了要和我处？"

来早没有回答，单单把要找魏长福的事说了，张大国还是美得胡敲梆子乱击磬，简直忘了形，一口答应下来了。

50

转瞬间，来早已经回来一个月了，地里都长出秧苗了，家里那片种了葵花的碱疤瘌，也稀稀落落，长出了葵花的幼芽。胡长庚喜出望外，稼穑艰难，土地还是厚爱了他，哪怕一棵幼芽，也是希望。

来早却陷入惆怅，大城市的疫情已经得到了控制，小城小村也都安然无恙。李小米和张麦子暂时还没有接到回去上班的通知，来早也没收到福利服装厂的任何消息。她想，停工这么久，断了收入，还要负担来多的学费，囊中已显羞涩之象，不禁寤寐不安，心急如焚。想着古永淳这样不声不响，大概是已经做好了辞退她的准备，于是，认认真真和张麦子、李小米商议一番，再过几天，一起南下。但眼下不能坐吃，要解燃眉之急，就盘算着接下去怎么度日。正找不到活路时，村上的大广播喇叭叫开了，说是村上的防风治沙工作搞得好，要加大种植柽柳，搞好生态恢复建设，又买进一些柽柳苗，继续沿霍林河岸栽培。

这就需要挖坑、需要换土、需要浇水、需要运树苗了，一道一道工序下来，道道工序都要用人。三个姑娘看到机会了，赶紧去村委会报名，要参与到这场劳动之中去。

活儿一干开，河边就热闹了，村人三个一组，五个一串，男男女女的，说说笑笑，也不觉苦，天天热火朝天。

柽柳栽了七八天，这摊子活儿算干完了，想象着河边又将出现一方新绿，榆村人的心里都美滋滋的。一九九八年那场大水过后，被水淹过的地方寸毛不生，都成了白花花的盐碱地，他们吃了不少风沙的苦，尤其春天，三天两头黄沙遮天蔽日，把太阳的万丈光芒也遮挡住了，若抬头去看，恍似天上挂着的是一盏昏暗的油灯。住在坡底的人家尤其倒霉，一旦风卷来沙土，会把沙土堆在他们的窗下、门口、墙根，甚至窗台、炕头和锅灶上，灰呛呛的。女人们洗了抹布，把家具物什擦洗无数遍，也擦不出个亮堂堂的日子来。男人们套上马车，启动拖拉机，从院子里往外面运沙土，无论是把那些沙土送到村外，还是倒进霍林河里去，那沙土都瘟神一样，没几天又全回来了。榆村人说，是地狱之门开了，沙土是魔鬼的武器，只有透雨降临，只有地里的庄稼盖住了地皮，才能击败它们。要是雨迟迟不来，沙土就无情地吞掉大伙的地，有很多人家，他们的土地靠着光溜溜的碱疤癞，都已经埋在那黄沙之下了。

柽柳长在这片土地上，像是榆村的救星，挡住了黄沙，让春日里的太阳也能明晃晃照着这片土地，让这片土地上的人，少吃了很多苦。

那天，所有的柽柳苗栽完时，劳作的村人陆续收工了，胡长庚见地上胡乱丢着一些或短小或折断或少了几缕根须的树苗，觉得扔掉可惜了，都拾起来，要把它们栽到自家那片碱疤癞的渠埂上。

胡长庚说："如果树苗能活，这片土地，就能种出稻子来。"

来早很好奇，心想父亲竟然还惦记着种稻的事，就也随着胡长庚去了那片种着葵花的碱疤癞上了，她帮着她爸刨下几个土坑，把树苗栽进去了，还默默祈祷这些小树，快快发出芽来。

这天傍晚，来早正在洗衣裳，接到了张大国打来的一个电话，她以为是有关魏长福的消息了呢，赶紧问："怎么样？找到麦子爸了吗？"

张大国却说："没有魏长福的消息，但有个事，我想告诉你。"

来早问："啥事？你说吧。"

张大国说："你这段时间不在，厂里损失了好几笔订单。"

来早说："为啥？"

张大国说："我听我姐夫说，有几个客户当时是和你签的订单，这一开工，换了人去对接，人家不干了，说是当初是看在你的面子上才那个价格签的，要是换了别人，不会给那么高。"

来早说："结果呢？"

张大国说："结果人家是要求再往下压一压价格，我姐夫不同意，人家就毁约了。"

来早想，竟然都闹到毁约的地步了，古永淳为啥没有让我回去上班呢？就又问张大国："古厂长就这么认了？"

张大国嘻嘻笑说："他不认能咋样？他原本想打电话给你，让你回来上班，可我姐怀疑他看上你了，跟他好一顿谈判，说除非是你和我处对象，她才同意让你回厂。否则，他如果敢把你找回来，她就一把火把家和厂子全点着。我姐的脾气他知道，要是惹毛了，真能干出来，我姐夫怕着呢。"

来早说："你姐这是不讲道理。"

张大国没替他姐辩解，倒是突然问："来早，我也觉得我姐夫对你有点儿意思，你说你没看上我，是不是因为这个呀？"

来早气恼地回了一句："你别狗嘴吐不出象牙。"

挂了电话，来早越想越生气，古永淳这算什么？好歹自己也是个副厂长，他要想辞退，也不能这么悄没声的吧？更可气的是，竟然是被他老婆威胁的。又没做亏心事，你怕啥鬼叫门呢？从古永淳的角度讲，这简直是屈打成招。从她自己的角度讲，这不等于是真的勾搭了人家的老公，被人家清理门户了吗？这可不成。她咽不下这口气，拿起电话，毫不犹豫地给古永淳拨了过去。

那头很快就接了，声音很平静地说："我也正要找你呢。"

来早假装镇定地说："古厂长是要通知我回去上班吗？"

古永淳沉默了片刻说："这段时间，我认真想了想，服装厂还是太小了，不适合你的个人发展，我也不能为了厂子的利益，就埋没你个人的才华，一直拉着你不放，这对你不公平。"

来早冷笑了一下，冷冷地说："一直以来，我十分佩服古厂长的行事能力，没想到在有些事情上也是个拎不清犯糊涂的，你既然说我是有才华的，我也突然觉得自己明珠暗投了呢。"

古永淳笑了笑说："我是真心为你好，你不要对我有什么误解。"

来早说："没想到外表正义凛然的古厂长，也是道貌岸然的伪君子。既然如此，我明天就去办离职。"说罢，挂了电话。

第二天一早，来早就坐上客车，去赀安城了。她一下车，马不停蹄地赶到厂子，去找古永淳了。

赶巧，古永淳不在，来早只好回到自己的办公室，先收拾起东西来。她整理着那些书，归置着那些画，在厂里这几年来的点点滴滴，都浮现在脑海里。仔细想一想，倒有些凄凉，为厂子做了那么多，到头来还是被无情地抛弃了。这要是自己当老板，何必吃这苦，受这辱，简直是打掉牙和血吞。不禁发誓，以后赚钱了，一定自己开公司，做产业，再不受这窝囊气。这样想着，把属于自己的东西都装在了两个手提袋子里，见古永淳还没回，就准备去车间，和大伙告个别。可刚一出门，就听见销售经理那屋传来吵闹声，走过去一看，是一个客户在和他理论。

来早走进去，问销售经理出了什么事。销售经理一见她来，索性一推三六五，拍着桌子跟客户说："这是我们副厂长，你的事，跟她说吧。"说完，气哼哼出了门。

来早想，这算怎么回事啊？正想去把销售经理叫回来，那客户却一把拉住她说："你们这么大个服装厂，不会想耍无赖吧？"来早只好硬着头皮坐下来，问客户要解决什么问题。

那客户说："这批货，我们做的是驼色毛呢大衣，料子都是由你们厂里采购的，前几天我们派人来验货，第一时间抽查质量了，抽查结果是质量很差，布面有油丝、有破洞，布的门幅宽窄不一，每匹之间的色差太严重了，这样的料子，做成衣服，我怎么卖？我大老远来一趟，这个销售经理推三阻四，也不好好解决问题，这活儿你们还能不能好好干了？"说着，把一块料子扔在桌子上，让来早自己看。

来早拿起来看看，客户所言不虚，也难怪人家发火。就说："那你的想法是什么？"

那客户说："我要解除合同，你们给我支付违约金。"

来早用手摸摸那料子，想了想说："你看这料子的柔软度还是好的，也很细滑，只是颜色太浅了，布面没有遮盖性，我提个建议，等我们裁完了，再根据你的损失情况，商量赔偿问题，你看怎样？"

客户冷静了一下说："我也不是不讲理，你们那个销售经理要是早跟我这么说，我也不至于那么生气，毕竟我以后也想跟你们厂建立长期的合作关系。"

来早感谢客户的信任，握着人家的手，送人家往外走，刚走到门口，看到古永淳沿着楼梯上来了，那客户一把拉住古永淳，指着来早说："古厂长，你们厂有这样高水平的人才，真是福气啊。"

古永淳看一眼来早，怔了怔，又看着那客户说："哪里哪里，全心全力、尽心尽责为客户排忧解难是我们的服务宗旨。"

客户摇摇头，往古永淳身边凑了凑，低声说："你那个销售经理就不咋样。"说完，拍拍古永淳的胳膊，下楼去了。

古永淳目送着客户离开，问来早发生了什么，来早就把事情的经过给古永淳说了一遍。古永淳很生气地说："这点小事销售那边也处理不好，还能干点啥？"说着，大步往办公室走，来早在后面跟着，也进了他的办公室。

古永淳坐在他的椅子上，看着来早，来早笑了笑，很从容地说："我把东西都收拾好了，就是想等你回来，办个离职手续，顺便告个别，但没想到还碰到了那件事，就帮着销售经理处理了一下。过些天，客户那边裁完了料子，你记得适当地给人家做出赔偿。"

古永淳咬着腮，两只手搭在桌子上，手指慌乱地敲着桌子说："去深圳？"

来早依然笑着，没有回答。

古永淳说："保密啊？"

来早说："去深圳。"

古永淳说："什么时候出发，我去送送你。"

来早说："算了，我不太喜欢送别。"

古永淳点点头说："也好。"

来早伸出手，笑着说："那——再见了。"

古永淳迟疑了一下，站起来，握住了来早的手。

来早转身往外走，古永淳看着她的背影，不知为何，胸口闷闷地疼了一下，来早在门口消失的那一刻，他心里一下子空落落的，在地上来回走了几步，把手插在裤兜里，看向了窗外。不一会儿，他就看见来早手里提着两袋子书，出现在了楼下。他几乎要落下泪来，他想起自己说过的那句话："没有哪个领导会辞退优秀的员工，都是优秀的员工炒老板的鱿鱼。"他问自己，那现在我算什么呢？我把自己最优秀的员工辞掉了，而就在刚刚，她还给厂子里解决了一件棘手的事，这让我看起来多么不近人情，多么蛮横无理。他想追上去，想跟来早说，这个决定也是迫不得已，但他想了想，这是多么苍白的解释，一个男人，不能保护自己喜爱的女人，即便她并不知道来自他的这份喜爱，他还是觉得自己像个懦夫。突然，楼下那个纤细的姑娘停住了，是她的袋子漏了，她盯着脚边散落的书，有点不知所措。古永淳快速在办公室里扫了一眼，抓起角落里的一个提包，就往楼下去了。

来早蹲在地上，静静地，她捡起那些书，往另一个袋子里匀了匀，把剩下的都抱在了怀里，一起身，就看见古永淳了。再朝古永淳身后一看，全厂的职工都出来了，他们渐渐围拢过来，把来早和古永淳围在了中间。

古永淳看看大伙，把包递给来早说："大伙也来送你了。"

来早接过包，看着大伙，鼻子一酸，眼泪差点掉下来，眼前的这群人，大半身体带着残疾，都用那种渴望的目光盯着她，像是在问她："真的要走了吗？就这么走了吗？"来早不想哭，弯下身子，把书捡起来，一本一本放进包里，笑了笑说："我最怕说再见了，到底还是把大伙惊动了，以后，只要我来赟安城，一定来看你们。"

大伙沉默着，就那么盯着她。来早不知还能怎么做，只好深深鞠上一躬，拎起东西，转身就走。

终于，有一个断了半个手掌的女人站出来，大声地说："古厂长，来早来到厂里以后，厂子一天一个样地往好里变，你为啥放她走？"

古永淳没想到大伙会把这个问题抛给他，顿时怔住了。

这时，大伙也醒悟了似的，七嘴八舌问道："是啊，古厂长，来早为厂里做了多少事，放走来早，你还去哪里找这么好的副厂长？"

来早见古永淳被逼得实在狼狈，就说："是我自己要走的，跟古厂长无关。"

那断掌的女人又说："古厂长，大伙都听说了，是你爱人非让来早和你的小舅子张大国处对象，还说如果来早不接受张大国，就是和你有不三不四的关系，可是，大伙的眼睛是雪亮的，我们都可以给来早作证，来早从来没做过那些见不得人的事。"

古永淳一听大伙这样说，立刻让大伙别瞎传，说那都是没影的事儿。

断掌的女人却执意要留下来早似的，看了看来早，又说："人家说你做了见不得人的事，你就走，这不等于做贼心虚，不打自招吗？"

来早一下子呆住，脑子里忽地一闪念，好像是这么个理儿。她看了看古永淳，没等古永淳表态，断掌女人已经提起来早的东西说："福利服装厂是大伙的厂，我们不许你走，古厂长说了也不算，如果他非不留你，那我们都走。"说着，不由分说，搂着来早往回走，大伙在后头簇拥着，也往回走，独留古永淳站在原地看着他们，像是一个被冷落的孩子。可他一点也没有生气，竟十分轻松、十分开心地笑了起来。

他想，这是多么完美的结局，就算张大梅闹起来，他也可以理直气壮、名正言顺地应对。

51

来早决定不走了，要解决的第一件事是住处，古永淳开着车，带着她又去了房东那里租房子。那房子还空着，房东一见她回来，把房租提了两百。来早不乐意，想换个地方，拿着行李要走。古永淳拦着她说："一会儿回了厂里，还有重要的事情商量，不要在这些小事上计较了。"拿出钱，把房钱交了。来早不好再坚持，住下了。

当天下午，来早便回厂里工作了，古永淳说的那件重要的事，是他一大早出去时，听到一个消息说，受到疫情影响，深圳那边的工厂迟迟不能开工，有不少客户的订单受到影响，加工不出来，如果等到疫情解控再开始生产，将会错过最佳上市期。迫不得已，有不少人和深圳那边解约了，打算把订单转交给没有停产的地区去做，那样，就可以在疫情解控的时候，最先抢占秋冬市场，提高销售效率和盈利价值。如果能把这些客户中的一两个争取过来，福利服装厂也可以就此转运，大赚一笔。

来早立刻想到了一直和深圳那边保持着联系的几个朋友，当即表示和他们沟通，看看能不能争取到客源。

这一联系，来早还真的打听到一个好消息，是弗雷迪的一笔外贸订单正要和郑天昊那边解约，准备找个新的合作伙伴。来早立马把电话打给了弗雷迪，互相寒暄几句，来早说明了打这个电话的意图，问弗雷迪可不可以把这笔生意交给福利服装厂来做。

弗雷迪笑着说："福利服装厂自然在我的考虑之列。不过，即便我对古厂长和对你都颇具好感，即便中国有句古话讲'先义后利者荣，先利后义者辱'，但从做生意的角度讲，我的原则还是利字当前。如果贵厂可以把加工的价格压到最低，那无疑是我的首选合作伙伴。"

来早也笑着说："依我看，你还是义在前，利在后了，你言语上好像十分重利，但并没忘义。"

这一说，弗雷迪略微迟疑地问道："此话怎讲？"

来早说："我们只见过两次，只共进过一餐，但在这种非常时候，你还是把一次可以让我们厂子获利的机会给了我们，你说，这不是义在前，利在后吗？"

弗雷迪哈哈大笑起来，他说："你可别绕我，我可没说一定给你们，我是说，同等质量下，我选费用最低的。"

来早说："这就是给我们机会了。"

弗雷迪说："好，期待抓住机会的是你们。"

撂下弗雷迪的电话，来早开始准备厂里的简介和制作报表，她要把厂子最完美的一面呈现给弗雷迪，用最真诚的价格谈成这桩买卖。

闷头忙了一个上午，下午的时候，来早把材料发到了弗雷迪的邮箱里。弗雷迪虽然很满意，还是在价格上提出了修改意见，来早和他几经沟通，最终把价格又压了压，总算把合同签了。很快，那边把料子运了过来，福利服装厂的工人们，就忙着开工了。

厂子的机器一转起来，每个人的心情又快活了，他们每每看到来早，都说来早是厂里的福星，只要有她在，就有干不完的活儿，有赚不完的钱。赚钱是最能让人打起精神的，大伙都活力四射。

这天，来早到车间里检查了一下那批驼色毛呢大衣的工作进度，见没什么大问题，就来跟古永淳汇报前几天那个客户的赔偿问题，说工人把那些料子都裁剪完了，尽可能地减少了浪费，但是修色、修片也需要一笔钱，所以，损失和费用方面，厂里要按约定给予对方赔偿。古永淳问她需要赔多少，来早说差不多两万左右就够了。古永淳觉得这在厂子的承受能力之内，让来早就按约定好的办，别让客户寒了心。来早点点头，离去了。

很快，时间进入到七月，疫情基本结束了，各行各业摩拳擦掌，试探着复工，全国各地的服装企业更是一派活跃，下单、订购面料，纷纷开工。张麦子和李小米又去了深圳。

到了八月，一切都已恢复正常了，面料工厂的货源供应不上，服装企业的采购人员天天要上门催货，即便每个环节都加班加点儿往前赶进度，秋冬装上市还是一推再推。

而弗雷迪是个例外，他那批及时转给古永淳加工的服装，到底抢占了市场的先机，及时出口，赶上了这一年的销售旺季。这让弗雷迪赚了个钵满瓢溢的同时，古永淳也出其不意，扭转了乾坤，一场疫情来袭，非但没让他的利益受损，非但没让他坐吃山空，竟然还让他老牛打滚大翻身，惹得人人都羡慕几分。

待五百多万的进项一到账，刚好是二〇〇四年的春天，古永淳开始着手做两件事，一件是把钱分出一部分，投到地皮上去了。

一件是联系省城最好的整形医生，兑现自己对来早的承诺了。

二〇〇四年的春节，胡长庚一家过得一点儿也不快活，本来，除了胡长北以外，胡长庚那几个弟弟妹妹都说要回来过年，可临到过年前一天，胡长安给来早打来电话，说去他岳丈那里了。这样，回来的只有芝芬、芝芳两家，就格外冷清。也不知是心情不好还是怎么，到了初二，老太太病了。老太太这把年岁了，禁不起磕打了，胡长庚和秀草战战兢兢，请来村医瞧看，开了几样药，按时按点喂服，挨到正月十五，也没好转，怕出意外，就去嘎罕诺尔镇住院。这一去，天天打吊水，花去半个月，人才精神些。

老太太出院时，胡长庚去结账，呆呆地捧着账单一算，花了三千多，脑袋顿时变成空白。他跟大夫说："你看，我们老农的日子可真是难，只打了几天吊水，就花去了半年的开销。"

大夫说："老太太没有合作医疗本吗？要是有，是可以报销一部分的。"

胡长庚愣了愣，想起去年春天，家里是办过一个合作医疗本的，那时候，刘国胜天天在广播喇叭里喊，每人只要交十块钱，要是生了大病住院，国家就给报销一部分医疗费。那时候，他还跟秀草说："每人交十块钱，就给报销一部分医疗费，骗谁呢？要是老百姓都生病住院去，那医院还不要赔掉裤衩吗？"他和大多数人一样，不想交，可架不住刘国胜磨，先是好言好语劝，说日子再穷，也能从一个人身上省出十块钱，就算上当受骗，十块钱也坏不了年成。要是还有不交的，就骂人，说这是新型农村合作医疗，是中央的政策，是国家给农民的好，你还不认？还怕政府骗你？政府就缺你那十块钱？这么好说歹说的，胡长庚只好舍出十块钱，以老太太的名义交了。

经大夫这么一提醒，胡长庚匆匆回到家，翻箱倒柜，找出那个本本，又跑去了嘎罕诺尔镇医院，颤巍巍把本本递给大夫，半信半疑地说："这个，真好使？"

大夫闷着头说："盖着政府的章呢，又不是假的，咋能不好使呢？"啪啪几下子，算盘子一打，报销费用算出来了，把票子夹在头顶的夹子上，用手轻轻一送，夹子沿绳跑到了隔壁的窗口。胡长庚跟着过去了，没一会儿，里面扔出一沓钱来。他抓在手上，数了数，差不多两千块，有些兴奋地说："到底是政府好啊，还真是说话算数呢。"

花出去的钱，还能找回来一半，秀草也是开心的。到了夜里，一钻进被窝，又捏着笔头子，计算新一年里的开销和收入了。

秀草说："玉米卖掉，把包张黑子家的那块地的租金付了，还能够上今年的支出。今年的农业税免了，还拿到了粮食补贴，再把黏高粱卖掉，正好可以凑个整数，存上一万块。可惜那些葵花种子了，真是错打了主意，种在那块碱疤癞上，结出的葵花，都瘪瘪瞎瞎，没个厚实劲儿，一颗不落收回来，也不过只是能挤出几壶葵花油，总算没把种子搭进去。"

不过，有了这一万块，秀草也踏实了，她要把那钱存到嘎罕诺尔镇的银行去。胡长庚就开着拖拉机，载着她去嘎罕诺尔镇存钱了。回来前，他们还特意去集市奢侈一回，给胡长庚换了一条新衬裤，一件新衬衣。

老太太一出院，来早就回赉安城了，她要去省城修复脸上的疤了。

52

来早去省城那天，古永淳陪着，张大国也一同前往了。张大国之所以掺和进来，是和张大梅有关。

来早刚回到厂里那阵子，张大梅听说以后，直接找古永淳闹开了，她质问古永淳，为啥让来早回来？为啥把她的话当成耳旁风？古永淳不理她，她更加崩溃了，觉得自己被古永淳无视，当着古永淳的面，把窗帘给点着了，她说："你不说，那咱们就看看谁能活到明天？"古永淳立刻被吓住了，一把扯下窗帘，顺着窗户扔了下去。张大梅又去点床单，古永淳一把抱住她说："我已经放她走了，可是厂里的员工不干，又把她拦回来了。我和她又没什么，我总不能当着好几百人的面再赶她一回。"

张大梅怎么会轻信古永淳的话，第二天，把张大国找来，让他去打听打听，到底是怎么回事。张大国说："不用打听，古永淳说的，都是真的。"张大梅还是不信；张大国说："姐，你要实在不信，你跟我姐夫说说，让我去厂里上班吧，还能给你当个眼线。"张大梅想想，答应张大国了。

这天，古家一家人吃着饭，张大梅等到古母下桌了，满脸不高兴地说："今年你的生意好，我不打算让大国再去外面打工干苦力了，我想让他去厂里，守家在地，你又是亲姐夫，总不会让他吃亏。"

古永淳冷着脸说："他是干活的人吗？要是能成事儿，当初我不就让他跟着我干了吗？"

张大梅更不悦了，她说："怎么的？我自己男人的厂子，我塞个人进去还不好使了？当初你不体面时，嫌他不成事儿，我没把他硬塞给你吧？现在，在这贲安城里，你人五人六的也算个人物了，白养他，也养得起呢。"

古永淳把饭碗蹾在桌子上说："就算他是我亲儿子，这个岁数，也不该我养了。"

张大梅愣了一下，嘤嘤哭起来，古永淳怕惊动他母亲，终于说："去吧，去吧，反正我拼死拼活，都是为了这个家，哪天厂子要是让你弟给败了，你愿意跟着喝西北风就行。"

张大梅一听，不哭了，摸起手机就给张大国发短信，让他明天就去上班。

古永淳却思前想后，始终不安，他不知道能让张大国干点啥，到最后，终于决定，让张大国开开车、打打杂算了。就这样，去给来早做整形手术这天，就是张大国开的车。

医院那边，古永淳事先都已做了安排，他们一抵达，来早就顺利地办理了入院手续。约好的大夫也早早恭候了，给来早细细作一番检查，专门为她制定一台手术方案，并饶有把握地说："修复后，一定会相当完美。"

三天后，来早的手术开始了，她被推进门里，古永淳和张大国等在门外。古永淳神色镇定，他相信手术一定会成功，还有那么一点窃喜，希望手术结束后，来早能对他生出一点感激之情。

张大国就没古永淳那么泰然了，他埋怨古永淳，说不该这么快给来早做这个手术，如果她变得相当完美，他对她的追求，将难上加难。

古永淳不理他，坐在一旁，静静听手术室里的动静。其实，他什么也听不到，是在想，在他们来省城之前，张大梅也说过不该给来早做面部修复手术的话，说就算那笔外贸订单是来早拉来的，厂里给她发奖金就可以了，干吗非要帮她修复脸呢？古永淳怕她节外生枝，故意板起面孔，十分郑重地告诉张大梅，自己当时为了鼓励业务员多拉单子，才投其所好，无意间给了来早这样的承诺，没想到，她把这句话当成了奋斗目标。他是一厂之长，要言出必行，有诺必践。张大梅听完，知道这件事她改变不了了，内心有些凄凉，但还是说："永淳，这么多年，你可是知道我的，我不接受你身边有好看的女子。"他听出张大梅的言外之意，隐隐担心，来早的脸一旦好了，张大梅也许更容不下她了。

两个月以后，来早脸上那块疤痕果然平整了，那手术的部位虽然还能看到一些痕迹，但医生说，随着时间的推移，会慢慢消失。

扯下纱布那天，来早看着镜子里的自己，笑一阵，哭一阵，最后，干脆号啕起来，她的脑子里放电影一样，闪回着从受伤以来到进城以后，发生的一幕一幕，直回忆到这场手术结束，情绪才渐渐平静。为了这块疤，吃了多少苦啊？她抹去泪水，把头发高高绾在脑后，对着镜子，轻轻吻了一下，像是和过去那个自己告别，也像是和现在这个自己重新开始。

来早想感谢一下古永淳，在老坎子码头订了一家小馆子，约古永淳下班后一起吃饭。古永淳却告诉她，他已经在江边订了望江楼上的旋转餐厅，请来早准时赴约即可。来早欣然答应了。

那时候，已是傍晚了。江景暗沉。江边的柳树有了绿意，梢头挂着几朵白云，映着晚霞的光，一晕一晕，染了橙黄。江水拍着江堤，几艘渔舟悠来荡去，几张闲网堆在船尾，细风乱微微吹着，裹来几缕鸟鸣。来早看着这样的美景，心情特别舒畅，笑着爬上望江楼的外挂楼梯，直达那楼顶。她想，她还是第一次来这里呢。

她一进去，就见古永淳已经在餐厅里等她了，屋子里没有开灯，墙角处倒是都点了一盏红烛，把气氛搞得有点神秘，也隐隐有暗香浮动。窗帘子飘飘忽忽，藏着几分妩媚。

桌子中间有一盆花，不是玫瑰，不是百合，是红彤彤的秋海棠。来早的心安稳下来，她想，这倒比玫瑰什么的都好，至少和爱情无关。便在古永淳的对面坐下，故意仰着脸看古永淳。

她说："感谢你兑现了承诺，但也感谢我自己一直奋发图强，一会儿我敬你。"

古永淳微微笑着，情意热烈，万物生辉，他指着那盆花说："这里的老板娘说，秋海棠的花语是真诚、纯洁和坚毅。"

来早说："这个好，象征咱俩的友谊。"

古永淳说:"可它还有个别名,叫相思草,也被古人称为断肠花。"

来早笑了笑,站起来,走到窗前,向远方看去,江水悠悠,一片迷蒙。她说:"感谢你赐我重生。"

古永淳也站起来,和她并肩站在了一起,他说:"这是我乐意做的。如果我说,在没有遇到你之前,我并不知道什么是爱情,你信吗?"

来早摇摇头说:"别说了,不要再说了,这种事,只要想想,我们已经是罪人了。"

古永淳说:"你是爱我的,只是你不敢承认,不信,你看着我的眼睛。"

江水浩荡,暮风薄凉,古永淳盯着来早,来早却转身走出了旋转餐厅。

53

榆村的布谷鸟又叫了。

每个春天到来时,只要布谷一叫,胡长庚就慌神,布谷一叫,春耕就开始了。但这一年,胡长庚把所有的地种完,再没张罗往那块碱疤瘌里点葵花种子,他对那两垧地彻底失望了,像把一个逆子逐出家门一样,让那土地闲置下来,任风去吹它,雨去打它,也不再问津,任它寂寞而又苍凉。

可扔下这两垧地,秀草整日唠唠叨叨,说花去那么大的本钱买来的,好几年过去了,竟然连点零头都没赚回来。说当年胡长庚一定是鬼迷心窍,才听了刘国胜的话。说刘国胜就是闭着眼睛喊冲锋——瞎支招,当了那么多年村书记,榆村还是外甥打灯笼——照旧穷。

胡长庚也不好受,秀草一唠叨,他更心烦。这天,两个人在地里铲着地,又说起这个话题,没两句就大吵起来,胡长庚对着秀草说:"人又没有前后眼,当初我要是知道那块地弄来弄去,也弄不出名堂,我也不会跟着刘国胜蛮干的。"秀草说:"来早那个脾气真是随了你,不撞南墙不回头。"胡长庚说："你当初不是也没拦着我吗？现在倒埋怨我一个人。"秀草一看说不过胡长庚，更委屈了，胸口一阵憋闷，扔下锄头回家去了。

胡长庚还以为，秀草会像以往一样，闹过脾气，很快会想开，很快就会好，也没在意，不承想，这一回秀草是真的病了，一直到了端午节，也还有气无力的。

等端午节一过，就是春生结婚的日子了，而这天，秀草又被来早气了一下，胸闷的毛病就更厉害了。

春生的婚礼是在端午节第二天办的。王树贵把声势造得特别大，多年不走动的亲朋旧友，都下了请柬，再加上村里人和石油公司的一些往来人等，正日子那天，足足摆了有三十桌。

来早也回来喝喜酒了。她是坐古永淳的车回来的。

本来，那天的看点，都在人家宁巧身上，可来早的脸变好了，穿着也更加讲究，难免格外抢眼，一下车，大伙就见她上身穿一件淡黄色的风衣，里面搭着黑色V领针织衫，脖子上系着一条白色的纱巾，打着巨大的蝴蝶结，下身是黑色的阔腿裤，一双黑色的粗跟皮鞋，挎着小巧的肩包，往院子里一进，那风头，那气派，简直可以和春生的新娘媲美了。大伙盯着她，嘀嘀咕咕，指指点点。

叶高粱也在人群里，她不停地跟人说，来早的脸是古永淳出钱给修好的，还说来早攀上了一个有妇之夫。这些话，恰好被秀草听见了，顿感颜面无存，胸口仿佛压块石头似的，喘不过气来。

胡长庚也看见了人群里的骚动，也感觉到大伙的眼神有些异样，就拉着秀草，让她问问来早，人家说的那些闲话，到底是不是真的。她要是真干了丢人现眼的事儿，就永远别回榆村来。

秀草也想弄清真相，就把来早拽到一个角落，质问她和古永淳是怎么回事。

来早说："就是搭人家的顺风车，哪有什么事？"

秀草说："无风不起浪，你听听高粱跟大伙都说你啥呢。"

来早朝叶高粱那边望望说："嘴巴长在人家身上，咱们还能管得着吗？"

秀草说:"你爸可说了,你要是真干了丢人现眼的事儿,就永远别回榆村来。"

来早一愣,说:"我这脸,是我凭本事赚回来的,你们要是不信,不回就不回。"

秀草也愣住了,她没想到,来早在城里干来干去,竟是这么个结果,当初真该听长庚的话,让她早些结婚了事。可眼下,坏了名声,谁还敢娶呢?越想越愁,越想越悔,连酒席也没有吃,就和长庚回家去了。

俗话讲,前三十年看父敬子,后三十年看子敬父。春生完婚后,王树贵的腰杆子彻底挺起来了。再见到胡长庚,他说:"你看,当初春生看上来早,你还不同意这门亲事,倒也多亏你没同意,要是同意了,春生不是要错过现在的好姻缘了吗?"

胡长庚脸上笑着,嘴上却无话可说,来早考上大学那阵子,自己在王树贵面前,窝窝头翻跟头,一顿显大眼,到如今,王树贵对着自己来个狗站粪堆,冲着他显高,也实在是以牙还牙,一点也不为过呢。

再者说,人家的春生跟宁巧结婚以后,由一个合同工转为正式工了,抱了铁饭碗,工资涨了,劳保待遇解决了,哪怕老了躺在炕上,也要领公家钱了,王树贵牛气自然有牛气的本钱。

儿女之间的差距,让胡长庚觉得他和王树贵已经拉开了距离,就算家里有个来多那样的大学生,但来早带给这个家的污损,已经玷辱了门户。他越想越窝囊,对秀草说:"你去李占家,给来早打个电话,告诉她,来多的生活费不要她寄了,我们用不起她的脏钱。"

秀草当然是不肯打的,她一个为娘的,那样的话,怎么能说出口呢?她说:"还是要弄弄清楚,反正我心口正闷,借机去县城的医院看看病,探探她的风头。"

胡长庚没拦着,秀草便进城去了。

秀草预先也没和来早通话,到厂时,来早刚好不在。是早晨一上班时,她刚要出去谈业务,就被张大国拦下了,说又找到了一个叫魏长福的,年龄和要找的人正相当,当过知青,当年下乡的地点,就在嘎罕诺尔镇一带。来早一听,当即把约好的业务延后,让张大国带她去和这个人见面，确定一下是不是就是张麦子要找的人。他们开了很久的车，到了城边，又一路打听，总算找到了魏长福家，下去一问，那魏长福是个女的，把他俩逗得一路笑，肠子都快笑断了。

再回来时，来早就看见秀草蹲在服装厂的大门口了。大概一路劳顿，秀草累了，正靠着一棵树打瞌睡。来早上前，叫醒她，问她为啥来。秀草看着来早身边站着个陌生的男人，上下打量一番，说想去医院看看心脏。

张大国一听来早妈要去看病，立马热情起来，非要亲自开车去送，来早想，母亲这次来，十有八九不是看病那么简单，倒不如就让张大国陪着去一趟医院，那样倒是能打消她的好多顾虑。就没拒绝张大国。

到了医院，做了一通检查，医生说秀草并无大碍，回去吃些药，慢慢调养就行。来早放下心来，看时间已近中午，就带秀草去吃饭。她们出了医院的大门，见张大国还等在那里，怕秀草误会，对张大国说古厂长要用车，把张大国打发了。

到了一家小馆子，母女俩坐下来，点了两碗面条。秀草捧着碗，一面吃，一面偷偷瞄来早的脸。来早脸上那道疤没了，模样更加可人，身上早没了上学时的稚气，也没了榆村人的怯弱，眉宇间升腾着一股蓬勃之气，如果抛开出身，她俨然和这县城融为一体，不容分辨了。秀草忽觉自己和来早很远，忽觉自己根本无法说服来早脱离现在，也掌控不了来早的未来。但天下的母亲都是一样的，即便知道所有的言语一出口就会沦为废话，她们还是喜欢喋喋不休。

秀草说："那古厂长对你是真的不错，可生意人都是无利不起早，他要是对你没别的心思，干吗对你那么好？他是有钱有势的男人，你是清清白白的大姑娘，跟他是耗不起的。这种事，从来都是女人吃亏，外人会说，男人是有本事才在外头弄个女人养，但女人会一辈子遭唾弃。你要是真跟古永淳好了，要断，那种破坏人家家庭的事，咱们不能干。"

来早说："你来看病是假，想说这些才是真吧？"

秀草说："刚才那个小伙子对你也很好，你倒是可以考虑考虑他。"

来早说："我的清白没被别人玷污，倒先被你们糟践了。你们要真觉得我丢了你们的脸,那榆村,我不再回去就是了。"

秀草说:"你要是离古永淳远了,那些闲话自然不就少了吗?"

来早说:"我下巴磕吊在人家的锅沿儿上呢,你让我怎么离他远?"

秀草说:"要不,咱别干了,换个事情做。"

来早愣了愣,把筷子放下说:"妈,要不是福利服装厂当初收留我,我拿啥给来多交学费,我拿啥替你们还饥荒?现在厂里正需要我,你要我拍拍屁股走人,哪有那么容易?就算我想走,也要等着古永淳亲自开口辞了我才行。"

秀草自知和来早谈不拢了,默默吃完面条,走了。

日子一转起来,很多事,也不容来早去细想了,新的业务要开展,新的订单要洽谈,她如同陀螺,不停地转。这天,她又去见一个客户,谈加工工装的生意,因为价格问题,双方僵持上了。眼看着来早不肯做出让步,那公司的老总突然生出个歪点子,说公司里扫地的阿姨不干了,公司已经好几天没人打扫,如果来早愿意把公司里里外外都给打扫一遍,他就考虑签下这单。来早已经习惯了一些客户的刁难,大多时候,会忍气吞声,这回,她依然把合同往那老总的桌子上一拍说:"说话算数?"那老总没想到她会来真格的,当即拉开门说:"出门往左拐,走廊尽头是洗手间,拖把在那儿。"

来早笑着出了门,沿着走廊,径直走到尽头。就在她要拐进洗手间那一刻,她的电话响了。是来多打来的。她听见来多在电话里说:"姐,我找到工作了。"来早遽然立住,血液一下涌到头顶,像澎湃的潮儿,淹没了她。她呆呆立着,好半天,那潮儿才退去。

她颤颤说:"往后,你能赚钱了,我可以喘口气了。"说完,累着了似的,垂下手臂,慢慢转身,往回走,对那个还带着得意神情盯着她的老板说:"你的拖把太旧了,连一个新拖把都用不起的公司,看来也没有什么合作的价值。"说完,不等那老板做出反应,噔噔噔下楼去了。那一刻,她眼里的泪水如同冲垮堤坝的洪流,滔滔奔涌,抹一把又来一把,擦也擦不干净。

她就那么泪眼模糊着,在大街上徐徐前行。她幻想过无数次,等到来多毕业工作时,自己该是多么轻松,不承想,当这一刻真正来时,竟是这般虚惘。从那年的那场大水开始，这么多年的隐忍和坚持，亦真亦幻，纷至沓来。

她想，以后再也不委屈自己了，再也不会为了多赚一点奖金、提成，连尊严也不顾了。

人若无所求，便无所惧。打那以后，在工作中，来早真的硬气了很多，而这样的硬气，让她越来越成熟，越来越独立，把古永淳也从厂子的很多事务中解脱出来了。这让古永淳一有时间就忙着去购买棚户区那些破烂房屋，每天，挨个胡同窜，遇到价钱合适的，眼也不眨，更到自己的名下，这也让厂里时不时就有小道消息传出来，说他可能要改行了。

好在，福利服装厂势头正盛，尤其是赉安县全域范围内乡镇、农村学校的校服制作，大部分已被福利服装厂承接，这一份稳定的业务，使厂子的运转，进可攻，退可守。所以，那些小道消息，就显得有些无聊，传着传着，泡沫似的，自己灭掉了。

54

张大国进厂之后，干的都是一些杂活儿，他很不甘心，很想弄出点名堂，让古永淳刮目相看，也想让来早能对他生出些好感。但古永淳始终没给他机会，他心里着急，就把这事和张大梅说了。这回，张大梅倒是没去找古永淳替他说情儿，也没让古永淳交给他一点实质性的工作什么的。她说："你给你姐夫开车，他也不少给你开工资，你的任务是看住他和那个来早就行。"

张大国说："也看不出他俩有什么，不过，姐夫对来早很器重。"这话一出，张大梅的脸上立即挂了霜，她说："以前，她的脸上有道疤，都挡不住你一看见她就丢了魂儿，现在她换了个人似的，保不准会勾搭上你姐夫呢，你可要上上心，把她追到手，别弄得鸡飞蛋打。"

张大国听出姐姐的醋意，调侃道："就算为了让你安心，我也要把来早追到手。"

可再去上班,张大国看到来早时,心上莫名地掠过一个想法:她一直不肯接受我,不是真的喜欢我姐夫吧?

这念头是可怕的,不管是谁,一旦对另一个人有了猜忌,这猜忌就会像草根冒芽,疯狂生长,割掉一茬,还能生出下一茬。张大国还没意识到这种可怕,因为他的念头转瞬便被打断了。是福利服装厂和省城的拓宇服装厂有重要的合作,古永淳要张大国开车,送来早去省城谈业务。这样独处的机会,张大国正求之不得,觉得原先的猜忌是多虑了,到底是亲姐夫,还是照应自己的。便载着来早,出发了。

这一趟省城之行,原本古永淳是要亲自去的,可出发前,方青林打来电话,说要做羊绒大衣,款式都设计出来了,就等着和古永淳下单。古永淳想让他等自己从省城回来后再谈,方青林却说:"看来,古厂长现在是声誉蓬勃,看不上我这桩小买卖了?"囿于方青林在贲安城的势力,古永淳只好让来早一个人赴省城,自己则留下,应付方青林。

古永淳和方青林谈话的地点依然是春贾楼。他们一边喝茶一边欣赏那几个设计方案。

古永淳干了十几年服装加工,还没做过那么好看的衣裳:落肩、过膝、简单、流畅,素朴与时尚共存,娴静中夹着几缕不羁。他的眼睛放了光。

他说:"这要是扔进秋冬市场,一定是今年的白马王子,指不定要俘获多少女人的芳心。"

方青林说:"就知道你识货,所以迫不及待和你谈。"

古永淳问:"怎么个合作法?"

方青林说:"从面料到里衬,全由你来选,我只要最后的成衣。"

古永淳说:"这样好的产品一定要用高档的羊绒面料,而不是羊毛,这样,既具保暖性,又具柔软度,摸起来手感滑糯,成衣出来后,也会充分体现出设计方案中的流畅感,和视觉的舒适感。"

方青林频频点头,直言道:"找对人了,老规矩,签了合同,付下百分之十的定金。"

这样，古永淳需要去一趟河北，那里的清河县，有"中国羊绒之都"的美誉，是中国最大的羊绒加工集散地，曾有话说，世界羊绒看中国，中国羊绒看清河，所以，要想找到高品质的羊绒面料，非清河莫属。

古永淳出发那天，在省城里，来早由张大国陪着，也正和拓宇服装厂谈着业务。但结果不令人满意，半路杀出个程咬金，把眼看到手的订单给抢走了。来早很不愉快，打电话给古永淳，想汇报一下，古永淳的电话却始终关机。她没法子，只能等回去后再做详细解释。

来早打算连夜回，她收拾好行李时，发现张大国不见了。她打他的手机，他说在外面喝酒呢，气得来早直想骂人。

到了半夜，张大国终于回到宾馆了，"咚咚"地砸来早的房门，来早不理他，就听他在门外叫嚷着说："别谈崩了一个拓宇就苦涔涔的，你以为我是贪外头那几杯酒吗？我也去谈业务了，一笔大业务，回去后，我姐夫都要感谢我。"

来早开门出来，问张大国和谁谈的。

张大国把手指抵在嘴唇上，嘘着，小声说："保密。"

来早怕张大国惹出祸端，连忙说："咱们接手的每个项目，都要先和古厂长做好业务梳理，制定详细方案规划后，再开展推进工作，你可别自做主张。"

张大国不以为然，他说："我姐夫的厂子，我还能使坏？"

来早以为张大国是在吹牛，也没放在心里，把他送回房间休息，自己也回去睡了。

转天，来早和张大国回来了。到了厂里，来早继续给古永淳打电话，却还是联系不上。等到傍晚，来早正准备下班，有个陌生的电话打到了她的手机上，接起一听，是古永淳。古永淳说他刚下火车，在火车上时，手机让扒手给掏去了，所以在他回来之前，厂里有什么事的话，让来早酌情定夺。末了，他又急匆匆问了问和拓宇服装厂谈的业务进展如何，来早简单汇报了拓宇业务被撬的事，古永淳虽然惋惜，还是安慰她说："撬了就撬了吧，好事也不能都是咱们的。"就把电话挂了。这时候，来早忽想起，还没汇报张大国私自谈了一笔业务的事，又拨回去,古永淳已经不在那电话旁了。

接下去的两天,张大国一点动静也没有,来早更坚信他那天的话都是些胡言乱语,忙着厂里厂外的工作,把那事儿也就忘了。但到了第三天一上班,大事不妙了。她看见张大国把工人们手里的活儿都叫停了,让他们赶另一批活儿。

这批活,就是张大国在省城拿下来的业务。料子是连夜进厂的,打开一看,全是精梳涤棉混纺格子布,专门做警服的材料。大家都愣怔了。

来早更是惊慌失措,一时面如灰土。她说:"私自加工警服违法,你不懂吗?"

张大国说:"这是省城花荣服装厂的业务,他们有正规的加工手续,咱们怕啥?"

来早说:"花荣没权利授权给我们。"

张大国说:"没有授权的多了去了,做生意从来都是撑死胆大的,饿死胆小的。"

来早还想开口,张大国一摆手,回身对着那些工人说:"这批活儿的提成,每人加一倍,干不干?"

大伙一听,也不发呆了,扯着嗓子喊:"干。"

来早趴在面料上,试图阻拦,众人却哄笑着把她抬起,丢在了一堆棉花包里。

这就开工了。看着那热火朝天的场面,来早怅然地说:"这会害了古厂长的。"

55

一周以后,古永淳回来了,得知厂子里正在代加工一批警服,着实是气着了,绞着两只手,在办公室里来回地走。张大国这一擅做主张,令他陷入两难了。张大国是偷了厂里的公章和花荣服装厂签了合同的，如果马上停止这笔代加工业务，就要高额赔偿花荣一笔违约金。如果继续做下去，真不知后果如何。他把张大国叫来，劈头盖脸地训，但无济于事，最终，也只能硬着头皮接受这个事实，加班加点抢工，希望早点结束这场交易。

从清河选进回来的羊绒面料，方青林那边倒是十分满意，双方商定后，便让清河那边发货，因为方青林只交了百分之十的定金，其余全部要古永淳垫付，所以这次接单，几乎压上了古永淳全部的周转资金。那时，古永淳也存了侥幸，心想，给花荣的代加工虽然违法，但只要不出事，尾款结算以后，完全可以缓解暂时的经济紧张，就信誓旦旦，按原计划推进着工作的进度。

一个月以后，清河发来的羊绒到货了。刚巧，花荣的代加工也进入收尾阶段。他让张大国赶紧给花荣打电话，让那边尽快来取货。花荣那边一接到电话，说第二天就来。可到了第二天，花荣的人还没到，公安局的人到了。他们把古永淳带走了。

直到这时，才有口风传出来，是县里的吉美斯服装厂把福利服装厂举报了，因为吉美斯早就看福利服装厂不顺眼了。

这就得从弗雷迪那个外贸订单说起了。

那时候，弗雷迪除了想和福利服装厂合作以外，还和一家厂子有合作意向，那就是吉美斯。那时候，来早把电话打给弗雷迪，弗雷迪说只要福利服装厂开出的价格足够低，就把单子交给福利服装厂做。于是，来早和古永淳几次研究报价，到了弗雷迪那里，都被以另一个厂子比你们更低为由，驳了回来。那时候，古永淳已隐约知道，竞争对手就是吉美斯，他想，一味死磕，只会得不偿失。

一方面，鹬蚌相争，弗雷迪得利。

另一方面，不管福利服装厂把价格压到多低，吉美斯都会出到更低。

所以，古永淳想理出个权宜之策，既可以拿到单子，又不至于做亏本的买卖。但他把脑袋都快想裂了，还是拿不出主意来。来早也没遇到过这么难啃的骨头，眼见着弗雷迪就要拍板吉美斯了，她突然决定和弗雷迪来个最后一搏，拿起电话，就给弗雷迪拨过去了。她说：

"弗雷迪先生，你知道我为啥拼死求你这一单吗？"弗雷迪自然是不解的。她又说："古厂长说过，如果我能为他签下一笔外贸订单，他就出资修复我的脸。你知道一张脸对一个姑娘有多重要吗？"

来早不知道，正是因为她这句话，打动了弗雷迪，因为他刚好有个唇腭裂的女儿。

疫情期间，服装加工企业都在走下坡路，这订单救了整个福利服装厂，却也差不多让吉美斯丧了半条命。俗话讲，同行是冤家。这个仇，吉美斯记下了。

吉美斯一直想找个机会整垮福利服装厂。简直是"苍天不负有心人"，一年之后，机会终于来了。

那天，来早和张大国去省城和拓宇服装厂谈业务，晚上，在酒店办理完入住手续，张大国见什么都稀奇，就要了一杯咖啡，在大堂里闲坐。巧得很，一抬头就看见吉美斯的厂长了。那是个老谋子了，当即猜出是福利服装厂有业务过来洽谈，便凑过去，让服务员开了一瓶红酒，和张大国攀谈起来。一杯一杯酒敬过去，张大国已然觉得自己是个人物了，夸夸其谈，简直是知无不言、言无不尽，把和拓宇谈合作的事全抖搂出去了。

因此，来早再去和拓宇谈业务的时候，就半路杀出个程咬金来。

这还不算，当天晚上，吉美斯的厂长又摆了盛宴，请张大国喝酒，把花荣的项目给了张大国。岂不知，他来省城，就是承接花荣这单警服的。但喜逢张大国，无意中签了拓宇，代加工警服这种铤而走险的事儿，他就不想干了。他欲和花荣推掉时，忽地一想，要想整垮福利服装厂，这是多好的一个机会啊。就张机设阱，引得张大国步步入彀，到末了，一个举报，古永淳受其累及，遂囚身牢笼，吉凶未卜了。

这天，是来早入福利服装厂以来，最黑暗的一天，所有的警服被抄没了。看着警服被拉走，所有人立在厂子门口，都蔫头耷脑了。搭了工，还没赚到钱，更可怕的是，万一古永淳因此坐牢，他们的饭碗也不保了。这个时候，他们倒是想起来早的阻拦了，苦着脸说："当初要是听来早的，哪有今天？"

但这世上是没有后悔药的，再怎么哀叹，也回不到事发之前了。

当务之急,是寻求到解决的办法,让古永淳能早点出来。

来早也没有相熟的人,只能去找春生了。她把事情的原委和春生一讲,春生想起一个常来宁巧酒店吃饭的人,是在公安局做事的,就把电话打过去,说了古永淳的情况,寻问古永淳最后会被怎么处理?那头说会帮着打听打听。来早就回了,让春生一有消息就通知她。

接下去,每一天都很煎熬,一时间,厂子里人心惶惶,棉花搓脊梁,都没了主心骨,该干的活儿,也撂了在一旁,眼瞅着日子往前挪,却赶不出工期来。这天,张大国来到来早的办公室,说张大梅要见她。来早想,张大梅一直对我不太友好,不会是来找茬吧?正迟疑着要不要见,张大梅已经进来了。来早只好很热情地招待她。

很出乎意料,张大梅细细打量了一番来早,很平静地坐在一旁的椅子上,满脸愁苦地说:"我对你是十分讨厌的,但这个面,我还是要主动来见,毕竟现在是你在撑着厂子。我自下岗以来,就是在家照顾老人和孩子,对永淳事业上的事儿和人情往来,很少过问,基本上是帮不上什么忙。本来,我想求求我叔父的,可他一年前已经从官位上退下来了,患了肝癌,我实在不好再去惊扰。你在厂里干了这么些年,该是知道永淳的人脉关系吧,你想一想,有谁可以托付?"

来早见张大梅很理智,想了想说:"我了解古厂长的,都是生意上的合作伙伴,他个人私下里的交往,我不太清楚。"

张大梅谛视着来早,觉得来早的回答带着几分警觉,便说:"我虽然只是个家庭妇女,也知道个事情的轻重缓急,你要是有法子,就放手去干,我不会在这个节骨眼上添乱。我今天来,就是要你明白,一切以永淳能够早点出来为重。"

来早听张大梅这样一说,对张大梅生出几分敬意,她想,她也是一个不错的妻子呢,就说:"那请你放心,为了全厂这么多的工人,我也会尽心尽力的。"

张大梅勉强地笑了笑,告辞了。

张大梅刚走,公安局又有人来,把厂里的账本也拿走了。有几个工人窃窃议论,这回,古永淳是出不来了,弄不好会蹲上几年。所以,他们就撺掇开了,说吉美斯势头好,在古永淳被抓走那天,已经开出高价招募工人，大伙何必守在这里坐以待毙？不如去吉美斯。撺掇来撺掇去的，有人上钩了，纷纷闯进财务室，让会计结算工资，好立马走人。

一时间，财务室拥挤不堪，焦头烂额，账上的资金都压在了方青林那批面料上，会计急得一阵阵冒汗，也拿不出钱来。那几个闹事的不拿到钱不行，干脆一不做二不休，堵到古永淳的家门口去了，张大梅拦不住，古母受到惊吓，当场心脏病发作，住进了医院。这下，古母需要陪护，孩子也要经管，张大梅更要指靠来早了。

来早看着眼前的凌乱场面，心急如焚，她想，要是这么下去，不等古永淳回来，厂子就先垮了。

到了第二天，来早终于镇定下来，她告诉自己，现在该做的，是把已接的订单做好，让工人正常开工，让厂子正常运转。于是，把没有参与闹事的工人召集在一起，让大伙马上调整好状态，准备制作方青林的那批货。大伙犹犹豫豫，生怕开了工，古永淳一时半会儿出不来，到末了，发不出工资来。

来早看出了大伙的心思，她说："平日里古厂长对大家也不薄，这单完成之后，定会弥补大家在做警服上受到的损失。警服虽是张大国让大伙做的，但使用的是厂子的名义，所以厂子最后一定会担起责任，不让大伙亏着。"

大伙自然是不信来早的，一个人站出来说："听说厂子里已经没钱了，你凭啥让大伙信你？"

来早想了想，自己确实是没法拿出可信的东西，一着急，张口说道："大伙跟着古厂长干了这么多年，总该还要信一下自己的心吧？当初这个厂子已经面临倒闭，要不是古厂长接手，说不定大伙早就在大街上卖菜了吧？眼下，一丁点儿的波折，咱就没勇气一起扛过去了吗？如果我们这些一起风风雨雨走过来的兄弟姐妹，在这个节骨眼上选择各自飞，我想，就算你们到了吉美斯，也是溃兵，也被人家看不起。"

大伙无声无息了。过了好久，有人说："就按来早说的干吧，就算厂子真的发不出薪水来，咱们也要等到古厂长回来后再走，咱不能落井下石，大不了这段日子少吃两块肉。"

这一说，大伙陆陆续续回到生产车间，忙碌起来了。

来早回到办公室，稍作平复，春生的电话打来了。

春生说："公安局的处理意见下来了，说古永淳特别配合调查，只要把罚金交上，即可放人。"

来早问："罚金是多少？"

春生说："四十万。"

"四十万？"来早惊着了，她嘴巴张得老大，半天没说出话来。

56

四十万！

当来早把这个数字告诉张大梅的时候，张大梅也吓到了。

张大梅说："永淳总是折腾，总是折腾，服装厂不好的时候，一扑心折腾服装厂，盼着有钱。服装厂有了起色，看着钱又扎手了，把钱往那些破房子烂地上砸，本来家里有点存款，这一年，被他都砸到棚户区里去了，刮鼻子刮眼，能凑上手的，也就十几万。倒是可以把住的房子卖了，但那也不是一时半会儿就能卖掉的啊。"

来早六神无主了，从早晨到夜晚，都恍恍惚惚，她没有回出租屋，坐在办公室的窗前，看着天上那枚幽黄的月亮，胸口隐隐疼起来。她不知自己接下来该怎么办？不知自己能不能把古永淳捞出来。警服被抄没，花荣那边的尾款自然是结不回来了。这紧要关头，还能从哪儿弄到钱呢？她对月亮说："月亮啊月亮，是我的脸变得好看，惹老天爷嫉妒我了吗？所以，老天爷让我承受这些？"月亮羞答答的，躲到云里去了。

转天，下了一点小雨，赉安城笼罩在一片氤氲里。一大早起来，来早先去外面吃了早餐，便回到厂里，安排技术工人打样板儿。她这边刚张罗开，张大国就跑来了，说方青林来了。

来早不知道方青林这个时候来是何用意，带着疑虑走出了车间。

来早进来时，方青林已经坐在来早的办公室里等候了。

方青林之所以赶在这样的天气还要跑来，就是因为听说了古永淳身陷囹圄，需要一大笔罚金才能抽身。但他也知道，福利服装厂已把所有周转资金都压在了他的那批羊绒面料上，根本拿不出钱解围，所以十分担心，万一古永淳出不来，会影响到他的这批货，就和吉美斯那边做了接洽，要和福利服装厂解约，和吉美斯合作。吉美斯自然求之不得，当即表示，只要他和福利服装厂这边解约，那边立马签合同开工，保证不误上市期。就这样，方青林来找来早了。

来早做完脸部修复以后，方青林还是第一次和她见面。当来早推门而入和他打招呼那一刻，他简直惊呆了，他早听外面的人说福利服装厂的来早脸一修复，是个名副其实的大美女，这一见，果然不虚。接过来早倒的水，莞尔一笑说："古厂长的事儿，罚金筹够了吗？人还要多久才能放出来？"

来早忽地觉得方青林是一根救命稻草，她说："这种时候，别人躲都来不及，只有方总还惦记着，真不愧古厂长的老朋友呢。罚金还有缺口，正想求方总帮个忙，如果可以把订单的定金追加一部分，正好可以救古厂长于水火之中。"

方青林万万没料到来早会替古永淳开这个口，一时间，他倒不好回旋了。一旦张口拒绝，日后必定遭人诟病，枉他称一回贲安城的舵把子。可是，自己和古永淳要是真朋友，他倒是愿意为之两肋插刀，肝胆相照。但古永淳和他，总是若即若离，他觉得自己没必要蹚浑水，逞英雄。何况，生意场上，从来都是互利互惠的关系，谈朋友交情，就奢侈了。于是，哈哈大笑说："今天，要是古厂长亲自开这个口，我保准全力以赴，可开口的是你来早，我就不知从何帮起了。日后，说不定贲安城会传出我方青林为了博美人欢心，不惜一掷千金，救了整个福利服装厂。那样，可就彼此都毁名毁誉，得不偿失了呀。"

来早听出了方青林的回绝之意，但现时也没有别的法子能筹到那么一大笔钱，便真心希望方青林能慷慨一些，帮古永淳渡过这个难关。定定立一会儿，想起初见方青林那次，方青林看着她脸上的疤，出言调侃，令她羞臊不已，当场逃离。而后，古永淳和她讲了一通鬼谷子的捭阖之术，让她在日后的工作中，每每遇到刁难，都仔细揣摩"周旋"二字，竟十分受用。此刻，仿佛古永淳又在眼前，盯着她说道："今天，是你一个人登场了，你是否能够胜任今天的角色呢？"幡然回神，垂下眉眼，怯怯道："我一个农村姑娘，到贲安城以后，从解决生计到行事做人，再到修复脸上的伤疤，都多亏古厂长照拂，心里自是感恩不尽。正所谓，食其食者死其事，受其禄者毕其能。所以，不知天高地厚，在方总面前提出不情之请，实在冒犯了，还希望方总看在我蒙昧的分上，别往心里去。"

一席话，倒令方青林生出几许钦佩，也想起第一次见她时，她立在他面前，不过一个灰头土脸、面矮神慌的乡野丫头，几年光景，竟蜕变得这般灵巧，说起话来，摛文掞藻，年纪不大，才藻富赡。不禁说道："食有劳而禄有功，一个小小的福利服装厂，能得到你这样的人才，已经是大幸，为你做了那些，也不过是应当应分。"

来早使劲摇头，笑笑说："世有伯乐，然后有千里马。"

外面的雨停了，云层欠开一道缝儿，露出一抹阳光，金子似的，落在窗户上。

方青林喝掉一杯茶，竖起大拇指，然后两手一拍，给来早鼓掌道："好一个世有伯乐，然后有千里马呀。"

57

春生结婚那次，来早和胡长庚吵架，说再也不回榆村了。如今，却要食言了。她又想到了榆村，想到了那个家，想到了回家过年时，秀草精打细算，存到了银行里的一万块钱。为了给古永淳筹到罚金，她没有别的路可走了。

张大梅那边已经贴出了卖房的广告，可房子始终如秋后的扇子，无人问津。这回，张大梅豁出脸皮，去找她的叔父了，人家倒是没看笑话，把手头留着做化疗的钱都掏出来了，可也不过几万块，加上她手里的，还不到二十万。踩凳子钩月亮，离最终要凑齐的数字，相差的不是一星半点儿。她让张大国把来早请到家里来，一起商榷筹钱的法子。来早想了半天说："有几家单位还拖欠厂子尾款，只是他们也确实不景气，即便上门，也不敢保准儿能要回钱来。"张大梅一听，还是希望来早能代替厂子出头，权且死马当作活马医。

来早就上门讨要去了。结果是不尽人意的，有一家，直接让她吃了闭门羹；还有两家，连工人的工资也开不出来；剩下的一个，简直是死猪不怕开水烫，任凭来早软磨硬泡，他都不吃那套，放下话，要钱没有，要命一条。要不是因为那天下雨，又急着让师傅打样板儿，来早定是又出去讨债了。可偏巧不巧的，这天，方青林上门了。她也是早就有过让方青林再多付一点定金的想法，左思右想的，觉得自己到底位卑言微，不敢轻易开口。但人家一上门，到嘴边的话，就憋不回去了。

只是，来早这一开口，更骑虎难下了。

那天，方青林离开福利服装厂后，突然又打电话过来，说要邀来早吃饭，大概是怕她有什么顾虑，吃饭的地点，让她定。她本是有求于人的，怎能拒绝？大方应下，且说坚决由她请客，不让方青林破费。方青林由着她。她把吃饭的地儿选在了宁巧那儿。

事先，来早给宁巧打了电话，订了包间。宁巧听说只有来早和方青林两个人，特意留了稍大的房间，让两个人落座时，不至于局促，也不至于距离太近。来早一进去，就领会了宁巧的用意，不禁感激宁巧的用心。拉拉宁巧的手，虽没说话，眼里已流露出千言万语。

宁巧也使劲握握她的手，一脸敬服，掏出一张卡说："这里头有十万，你拿着。"来早很感动，正想客气一番，宁巧又说："你不过是福利服装厂的一名员工，大可另寻高就，谁承想，古永淳遭难，最尽心尽力的，竟然是你。你这样有情义，我认定你是姐妹了。"她们说着话，方青林来了，宁巧退出包间。来早把卡收好，拉出桌子底下的椅子，请方青林入座。方青林一边往座位处走，一边环视房间和巨大的桌子，脸上露出一缕不易察觉的不悦。来早假装什么也没看到，等方青林坐定，拿起酒瓶，给方青林斟酒。方青林虚着目光，望着前方说："既然是你请我，那就要主尊客意。"

来早说："那是一定的。"

方青林说："我不想把酒倒进杯子里喝。"

来早疑惑道："那方总想怎样喝？"

方青林呵呵一笑，落在虚空里的目光梭子般收回来，定在来早握瓶的手上说："直接倒在我的嘴里。"来早一怔，身子簌簌发麻，从头到脚都是冷汗。方青林朝前探探头，鼻子贴在来早的手上，狗子似的嗅了嗅，又道："有香味，你把酒倒进我的嘴里，香味也会钻到我的肚子里去呢。"

来早稳稳神笑了，拿起另一只杯子斟满说："那样，可太冒犯方总了。"

方青林不依不饶，把自己顶风冒雨去福利服装厂的本意讲了出来，睥睨地看着来早说："现在，这合同是解约，还是继续由福利服装厂来做，可全看你的表现了。"

来早以为借着这顿酒，只是谈追加一部分定金的事儿，不料，节外生枝，刹那间，犹如哈巴狗撵兔子，想跑不能跑，想咬不能咬。她有点晕眩，硬撑着坐在自己的座位上说："虽然古厂长还被拘着，但厂里的一切工作还在正常运转，尤其不敢耽搁方总的那批货，已经开工了。"

方青林说："但合同上说好了的，我只付百分之十的定金，如果现在你们想让我追加一部分，我有权解约。"

这下，来早恍似抓到了方青林言语间的某个漏洞，长出一口气道："方总，此前的话，只是希望您念在和古厂长的私人交情上，帮古厂长一把，但您如果不同意追加，福利服装厂也毫无怨怼之意。"

方青林哈哈大笑起来，他说："你何德何能，能代替古永淳呢？我说过，除非古永淳亲自来张这个嘴。"

来早有些愤怒了，想着，终究也是个鱼死网破，不妨大胆一些，咧咧嘴，笑着说："那方总为啥还愿意和我吃这顿饭呢？"

方青林站起来，双手拄在桌子上，身子努力朝来早探去，他说：

"那是因为，你那句'食其食者死其事'突然感动了我，想他古永淳何其有幸，有你这样死心塌地的追随者？在赉安城，我自认为我也算是东头一踩西头乱颤的人物，能求来的真心真意，掰着手指数数，一个巴掌都占不满。女人就更别提了，吃我的，用我的，到头来，都是寡情薄义。所以，你要是以你个人的名义跟我开口，我愿一掷千金，博你一笑。"

来早说："条件呢？就是我倒酒在你嘴里吗？"

门外传来几声说笑，他们陷入一阵小小的沉默。

58

来早在石油公司附近下了车，望着榆村，踟蹰地挪着步子，忽觉余下的路，不过二三里，却举步艰难。路过那片碱疤癞时，故意停了停，只见那白花花的土地上，那几棵柽柳，顶着一蓬绿意，在风中摇曳，枝叶单薄，像个在异乡漂泊的姑娘。

来早还是挨到了家门口，没有吵醒在圈里打呼噜的猪，没有惊动在墙根下栽着翅子的鸡，连睡得四脚朝天的狗子也没惊扰，便悄悄开门进屋去了。

那时候，胡长庚和秀草正坐在炕上，陪着老太太摆弄条牌，听见响动，一起朝门口看过来，像盯着一个不速之客似的，一时间，都有些惊慌。等回过神来，胡长庚想起了什么似的，端出父亲的威严，鼻子一哼说："你不是说过，再也不回榆村吗，今天是走错门了吗？"来早脸色蜡黄，瘪瘪嘴，抽噎起来。

秀草从没见来早这样委屈过，拉拉胡长庚，问来早："出啥事了？"

来早身子一栽，倒在了地上。

这一晚，来早躺在自家的炕上，沉沉地睡着，自古永淳出事，她好久没这样踏实地睡过了，再睁开眼时，已是次日清晨。

秀草见来早醒了，看着她，目光柔软地说："外面苦，就回来吧，你该嫁人了，有个男人依靠着，就不那么苦了。"

来早想起自己是回来借钱的，生出怯意，为古永淳的事和家人开口，她实在怕他们不能理解。但时间是不等人的，早一天筹到钱，古永淳就能早一天恢复自由之身，就硬着头皮说："妈，我从来没跟这个家张过嘴，今天是有求于你们了。"

秀草以为来早闯了祸，目光僵了一下说："你不是也跟李小米一样，做了见不得人的事吧？"

来早说："是古永淳出事了，需要一大笔钱。"

秀草一哆嗦，明白来早的意思了，立刻瞪起眼说："帮古永淳，轮不到咱家，你马上给我离开那个厂子。"

来早说："妈，他帮过我，这个人情，我要还。"

秀草说："那要问你爸答应不答应。"说完，带着怒气，出门去了。

过了一会儿，来早听见门外传来胡长庚的骂声，说她是没了廉耻的，活着不如死了好。秀草哭哭啼啼的，让他闭嘴，说不管怎样，也不能骂她去死。直到老太太用拐杖敲门槛，他才勉强消停下来。

后来，还是秀草软了下来，她说："把钱给她吧，这么多年，她也贴补家里不少，就当还她的吧。"

下午时，胡长庚去了嘎罕诺尔镇，把这辈子存下的唯一一笔"巨款"，取出来了。

秀草双手捧着，颤颤地交给来早了。

这下，终于凑够赎古永淳的罚金了。第二天一早，来早一刻也不敢耽搁，回赉安城去了。她一下车就给张大梅打电话，说钱都弄到了，约张大梅在出租屋见面。

她没力气折腾了，像一头走了千里万里终于卸下重担的驴子，躺在出租屋里，一动不动。张大梅进来时，她挣巴几下想坐起来，也没能如愿。张大梅坐在来早身边，问她是怎么弄到钱的。来早笑笑，把钱从被窝里掏出来，一股脑塞给张大梅，让她赶紧去交罚金，张大梅也就没再多问，拿上钱，往外走。张大梅伸手去开门时，房东一步跨进来，扫张大梅一眼，便对着来早说："房租可又该交了，我是要再提提价的，你要嫌贵，可以早点做打算。"

这个夏天,也不知怎么了,城里到处都在扒房,很多人家的房子都被拆了,要么等着原址回迁,要么买了更好地段的期房,可不管怎样,他们在新楼没盖好之前,都要出去租房,这就成全了大多有房可租的人家,也导致租金一路飙升,比赛一样上涨。为了讨好房东,来早强撑着坐起来,赔着笑脸,让房东宽限几天。但房东不屑地笑笑,寒碜她说:"那个古厂长还在里头拘着呢,这回是不能替你交房租了吧?"

来早一怔,恍惚间,看到张大梅也打了一个寒噤。

罚金一交,古永淳就出来了。这天,古家上下,欢天喜地。张大梅做了拿手好菜,给古永淳压惊。席间,古母打量着儿子,说了许多心疼的话,还诉起了张大梅的难。

古母说:"大梅到处筹钱不算,我还生病,给大梅添乱。永淳啊,你这是几辈子修来的福啊,娶了大梅这样的好媳妇。你有大梅这样的媳妇,妈就算死了,也能闭眼了。"

古永淳感动地看着张大梅,为自己曾为来早生出的那些爱慕,而深深自责。他想,大梅从罐头厂下岗以后,一直在家待着,跟这个社会早不接触了,但自己出了事,她竟然四处求爷爷告奶奶,这该是要受多少为难啊?再不能辜负她了,这是多好的一个家啊,自己险些就伤害了她。就举起一杯酒,带着款款爱意,看着张大梅说:"大梅,我敬你。"张大梅就那么伸过头,在他举着的酒杯里,抿掉了一大口酒。

多么美。

而这美,于来早,却是梦魇。同样的一杯酒,那天,在宁巧的酒店里,来早也是这样举着,敬了方青林三杯。此刻,古永淳家里的欢愉还在继续,来早躺在床上,发着高烧,惊跳着,一阵一阵,冒出胡话来。她恍似做了一个梦,一边是古永淳拥着张大梅,好一顿温存;一边是方青林张着血盆大口,狰狞地叫着,再来一杯。她也醉了。摇摇晃晃的。方青林扶住了她,嘴巴几乎贴在她的脸上,嬉笑着说:"这顿饭我很满意,从现在起,你可以随时找我去取钱了。"

她使劲挣脱,带着几分倔强问道:"去哪儿取?"

方青林说:"春贾楼,我随时恭候。"

来早说:"那谢谢方总了。"

方青林笑了笑,站起身,离开了。

转天,来早去找方青林了,她以为方青林一定就在他那间宽敞的会客厅里,便如第一次和古永淳来时那样,奔着那个会客厅去了。可当她到了那会客厅门口时,从里面走出来一个身段妖娆的女子,很客气地问她找谁?来早说:"找方总。"那女子打量她两眼说:"方总这个时候在地下室。"说着,带她来到楼梯口,告诉她下去,找101号。来早谢过,顺着楼梯下去了。

来早来过春贾楼无数次了,还不知道这里面有地下室,她来到101的门口,轻轻敲了几下,门自动开了。她愣头愣脑往里走,还是第一次看到这么靡丽的卧房:蓝白相间的色调,透着大海的味道。房顶都是灯,灯光的颜色一会儿黄了,一会儿绿了,一会儿又红了,来回变化。一方大大的游泳池就在房间里铺开,带着温度,显得仙气缭绕。床在空地当央,无依无靠,孤零而可怜。四周有几盆绿植点缀,一张空椅前的茶几上,丢着一块白色的浴巾。来早没看到方青林,正环顾着房间,就听见水池里"哗啦"响了一声,一颗谢了大半头顶的脑袋钻出来,仰面漂着,像一具死尸。来早吓了一跳,身子一抖,往后缩了缩。等她回过神来,再仔细看那池子里的方青林,竟是浑身上下,赤条条的。她再次惊着一般,转身往外走,却发现那自由开合的门,不知何时,已经关上了。她慌了。她说:"方总,那钱我不用了。"

方青林不紧不慢从池子里爬上来,拎起那块白色的毛巾披在肩上,几步来到她的身后,双手环住她的腰,下巴搭在她的肩膀上,轻声说:"我这里装修的时候,特意用了最好的隔音材质,从外面看来,简简单单,但是只要一打开那道门,就是另一个世界了。我跟你说来早,平日里,你这种身份的,根本进不来,但是今天为了等你,我可是把酒店最好的东西展示出来了。"说着,见来早僵着,笑了笑又道:"听说你从小在河边长大,会游泳吗?要是会,可以下去游一下,那边的墙上,都是暗柜,有各式各样的泳衣,你可以随便挑一件。"

来早往前挪了挪身子,试图离方青林远一点,方青林哈哈笑起来,抓起肩上的毛巾,在头上胡乱地擦了一阵说:"多少年没见过你这种羞答答的姑娘了,真是迷人。"

来早有点愤怒,有点害怕,她颤颤地说:"方总,不要说了,请打开门。"

方青林绕到她的面前,端起她的下巴,笑了笑,朝后推着她。

她就那么被推着,向后退去,最后,方青林的胳膊使劲一耸,她整个人朝后倒去,砸在了那张大床上。她的身体在大床上颠了颠,仿佛是一颗石子,被抛在荒野里。

来早躺在出租屋的炕上,渐渐清楚,自己脑子里回闪的,不是噩梦,是和噩梦一样的情景再现。她记起来,就在那张孤零而可怜的床上,那死尸一样的男人,带着水淋淋的湿气,占据了她。

她被他抵在身下,不论怎么挣扎,都逃不过他的魔掌。屋顶的灯,散着麦芒一样的光线,交错辉映,拧成巨大的一团,像炸开的炮弹,忽地砸下来,让她剧烈一疼,便坠入万劫,再也不复生还了。

那一刻,她以为自己死了。

她想,她的一切都死了,当她穿上衣服那一刻,索性放了狠话,她说:"方青林,我不会饶过你的,我现在就打电话报警。"

方青林哈哈大笑起来,伸手从枕头底下掏出十万块,摔在她面前说:"小丫头,是你送上门来的,这是在我的地盘,就算警察来了,你能说清吗?这些钱,你拿上,不管你是自己留着,还是拿去给古永淳救急,都不枉我方青林一番心意了。"

59

这天,阳光特别好,从窗子照进来,落在窗台上,明晃晃一片,几只麻雀在窗前叫着,叽叽喳喳的,很是热闹。来早躺在出租屋里,一会儿睡一下,一会儿又在噩梦里惊醒。房东回来时,见她没去上班,又来催房租。来早让房东再等等,说自己马上就会开工资了。房东翻着眼珠子走了,门"砰"的一声关上时,来早滚下两行泪来。她仿佛被丢在了荒野，仿佛是这世上的一只孤苦的麻雀。突然，她的手机响了，她拿起来看看，是张大梅。接起一听，张大梅说："我在老坎子码头等你，你马上过来一趟，我们谈一谈。"就挂了电话。

来早不知张大梅的邀约是为何事，便下了炕，简单收拾一下，出了门。

来早到时，张大梅已经站在码头上了。那个位置，是古永淳常常带她来的地方。现在，张大梅迎着风，也像古永淳平常那样朝远处望着，只是，她的背影特别单薄，头发在脑后飞着，好像风要是再大一点，就会扯着头发把她吹到天上去了。也不知为何，来早生出一缕心酸，愣愣地看了好久，才走上前去，站在了张大梅旁边。

江面上有江鸥掠过，影子映在水面上，一晃一晃的。鱼儿追着那影儿游，不慌不忙。

张大梅听见她来了，开口说："这次的事，确实应该感谢你，但一码归一码，我不会因为你帮了我，救了厂子救了永淳，就把一颗定时炸弹放在身边。"来早看着她，不明白她的意思，没有说话。张大梅接着说："不过，永淳刚回来，你也不用急着走，过些日子，你找个理由再离开。"

来早终于听明白了，她恨恨地说："可是我从来没对你的丈夫产生过任何非分之想，你这样对我，是不是太不近人情了？"

张大梅说："这世上，不要脸的女人太多，男人又实在经不起诱惑，每一段看似完整的婚姻，都是做妻子的用生命来捍卫的。我张大梅这辈子认定古永淳了，我的字典里没有'离婚'二字，婚姻在我在，婚姻亡我亡。婚姻、家庭、孩子，是我的全部，也是我的底线。你不要怪我，这是我的本能。"

来早一愣，忽地知道就在刚刚看到张大梅的背影时，心里莫名生出的那缕心酸是为何了。她说："女人何苦为难女人？我胡来早这辈子不求光明磊落，但也不会污浊自己。"

张大梅说："那就好。哦对了，上次在你的出租屋，你的房东说，你上次的房租是永淳帮着交的，那这次的，我也代永淳替你交上吧。只是永淳还不知道那些钱是你帮着弄的，如果永淳提起这件事，你要说都是我凑的,你能明白我的意思吗?"

来早有些惊愕,她说:"那么,替我交房租,算封口费吗?"

张大梅笑着说:"你为厂子卖力气,不就是为了多赚一点钱吗?我不会亏你的。如果你觉得亏了,那一定是你看上了永淳。"

来早静静神也笑了,她说:"对,我之所以这么卖力,就是希望古厂长回来后,能给我涨点儿薪水。"

张大梅歪头看她,笑意在嘴角一点一点消失,忽地问:"你是怎么从方青林那里弄到钱的?"

来早怔了怔,不知该怎么说,就撒谎道:"是追加的定金,他这批货完成后,让古厂长少收他十万块的尾款就好了。"

张大梅笑了笑,拍拍来早的肩膀,塞给来早一沓钱,转身走了。

来早在江边坐到天黑才往回走,路过宁巧的酒店时,她立了立,走了进去。她想和宁巧说说话。

可真是巧,古永淳居然也在,正和春生喝酒。宁巧一看到她,起身相迎,拉着她也入座了。

来早有点尴尬。从福利服装厂违规代加工警服出事以后,来早还是第一次和古永淳坐在一张桌子上吃饭。古永淳也有几分局促,自从知道张大梅为自己做了那么多,他决心斩断对来早的爱慕了,所以这段日子,一直对来早有些冷落,即便她请病假没去上班,他也没有过多去关心。这冷不丁一见,倒觉得自己有点过分,毕竟,像领导对下属那样例行公事地问候一下,他也没做到。但他很快镇定下来了,让人看着似乎一切正常,招呼来早说:"厂里的事,多亏了你,大梅还跟我说,要好好谢谢你呢。"来早的心一刻一刻地疼着,却笑笑说:"如果古厂长能给我涨工资,就是最好的谢意了。"古永淳说:"涨工资是自然。"

春生有喜事,早已小醉,兴奋地打断来早和古永淳的对话,先是宣布宁巧怀孕了。接着说他两年前跟着古永淳买的几处棚户区的房子,已经接到通知,就要拆了。他说:"当初买时,不过花些小钱,这一拆,等于一夜之间,坐拥百万,想想跟做梦似的,自己掐了大腿里子好几下,才敢相信是真的。"春生说完自己,又说古永淳,说他投资的那些房子，差不多占了半个赉安城，这要是哪天都被拆了，半个赉安城都是古永淳的了。

古永淳笑笑，撇口酒，不紧不慢，分析起形势来，说从二〇〇三年开始，中央启动东北振兴以来，国家已陆续出台东北振兴政策，支持东北地区的改革发展。往后，十几年甚至几十年里，东北都一定是暖风不断。今年，大规模的棚户区改造工程，就是在东北三省实施振兴战略中开展起来的。这项工程，将是新中国成立以来，东北最为庞大的安居工程，不出五年，东北将变个样，赉安城也将大变样，老百姓都会迁新居，而一部分人，也会吃到政策的红利，因此脱胎换骨。

说到兴奋处，古永淳拍拍春生的肩膀，意味深长地道："兄弟，政策的红利不会永远在，要是能够及时抓住，就相当于搭上了通往财富的顺风车。"春生遂举起酒杯，敬古永淳，大有一种千金易得，知己难求的惬意。

来早看着他们，有些飘忽。她脑子里有一辆奇形怪状的车子奔驰而过，就是他们口中的顺风车，正载着他们，穿过疾风骤雨，嗖嗖往天上冲。她在地上仰望着，一阵眩晕。

酒席散场的时候，古永淳和来早一起出门了，春生和宁巧要帮他们拦一辆车，古永淳拒绝了，他说他想走一走，正好消消食。春生和宁巧就没再坚持。

来早不想和古永淳独处，走了几步远以后，说去商场买东西，就要离开。古永淳却说："我从拘留所出来以后，咱们还没好好说过话呢。"来早笑笑，没有说话。古永淳又说："我特别感谢你，为厂子做了这么多。"来早说："乘人之车者载人之患，衣人之衣者怀人之忧，食人之食者死人之事。我是副厂长，干在工人前头是职责所在，干在你前头是使命所然，所以说到底，那都是我应该做的，并不需要被感谢。"

古永淳笑了笑，不知为何，他发现自己每次刻意疏离来早后，用不了几天，就会从她身上看到一个新的来早。而这每一次变化，都让他内心那好似已经沉淀的情感又隐约升腾，恰如盛满麝香的瓶子，被拔去了瓶塞。他想，这算啥事呢，为什么每次一见到她，就感觉自己已掉入爱的深潭？而她又是那么一个倔强的，不肯接受我的爱的人。如果时间可以倒着走，退回到我也和她这样年轻的时候，该多好啊。他说："你这样讲，我竟然无话可说。对了，这几天你没去上班，我把张大国辞了，他又去北京干建筑工了。"

来早笑笑说："你很快就要拥有半个赉安城了，大可不必让他吃那份苦。"

古永淳听出来早的嘲讽，笑了笑，没再说话。

他们来到了十字路口，古永淳说："我穿过去，前面就到家了。"

来早说："我从那边走，去商场近些。"

古永淳点点头，来早就朝另一个方向走去。在车声喧喧的街头，古永淳觉得来早那个背影特别决绝，忽然生出一种感觉，她大约很快就会离开福利服装厂了。这时，不知从哪儿传来宛如一根铁管砸到一堆铁管上之后发出的"嗡嗡"余音，在空气里回旋，特别苍凉。

方青林签订的那批羊绒大衣也完工了，经过最后的熨烫、整理、包装，就该通知方青林来提货了。来早去古永淳的办公室，提醒古永淳给方青林打电话。

古永淳正忙着看一份合同，头也没抬说："你通知一下就行了。"

来早猝然一抖，脸色惨白。古永淳没听见她回应，抬头看看她，纳闷地说："我这样的安排，有啥不妥吗？"

来早摇摇头说："还是你亲自打比较合适。"

古永淳没有多想，觉得自己打也好，毕竟张大梅曾告诉过他，凑罚金的时候，多亏方总追加了十万块的定金，否则，说不定他还要被多拘几天呢。就说："那还是我打吧，顺便还可以请方总吃顿饭，表示一下感谢。"

来早一听，脸更白了，生怕古永淳要她去陪酒，转身欲走，古永淳在后面果然说了一句："你也一起参加吧。"

来早背对着古永淳，立在门口，有些生气地说："古厂长发给员工的工资明细里头，可没有陪酒吃饭这一项支出。"

古永淳愣了一下，站起身，走过来，在靠近门口的地方停住，"砰"地把门关上说："你在和我赌气吗？"

来早有些委屈，盯着他说："我是不会再参加你的任何酒局的，如果你非要我参加，那是我八小时之外的时间，你需要支付薪酬，还要看我是否乐意。"

古永淳在她面前走来走去，似乎十分失望。

来早看着他，笑笑说："你一定觉得，我这样的出身，只要给足够的钱，就可以出卖情感、肉体，甚至灵魂对吗？可是，古厂长，你是否也有过卑微和低谷呢？你凭啥觉得我这样的出身，就会永远被踩在脚下？我的尊严在你眼里，是不是一文不值？你应该是觉得我压根没有尊严吧？可你错了，我的尊严在高处，高到你也未必够得着。"说完，转身离去。

古永淳愣在原地，想了半天也没想明白来早这通邪火是从哪儿来的，便不去理会了，拿起电话，给方青林打，只说了让他来取货的事，对于请饭只字未提。他也没心情请人吃饭了。

转天，方青林来提货了。检验一番，每个细节都十分满意，便随着古永淳去了办公室，支付尾款。他一落座，就把支票拍在桌子上。古永淳看了看说："多了十万，我出事时，方总不是已经追加过十万定金了吗？在尾款中扣除才对。"

方青林哈哈笑说："我说过的，那十万，不作定金，君子一言，驷马难追。"

古永淳糊涂了，不知这中间发生了什么，半开玩笑地问道："难道，这多出的十万，是方总奖励给我厂出色完成加工的吗？"

方青林更大声笑起来，慢慢起身，附在古永淳的耳边说："你的女人愿意为你赴汤蹈火，我真是羡煞了。"

古永淳一愣说："什么意思？"

方青林说："你的女人，值这个数，告诉她，是我奖励给她的。"

方青林走了，大摇大摆的。

古永淳的身子有些抖，有些天旋地转。他有种脑子被开了瓢，脑浆崩了一地的感觉，哆嗦着起身，回家去了。

那时候，刚好是中午。张大梅做了一大桌子的好菜，还准备了一个生日蛋糕，摆在了桌子中央。她忙忙活活的，哼着歌，心情特别好。

古永淳一进门，她就把写有"生日快乐"的皇冠戴在自己的头上，迎上去，娇嗔地说："知道你忙，也不会替我记得，我就自己都准备好了。你只要抱我一下，说一句老婆生日快乐，就可以了。"古永淳坐在餐桌前，脸子拉着，仿佛张大梅欠了他八万账。张大梅有些小小的不悦，把头上的皇冠摘下来，摔在古永淳面前说："不抱也就算了，干吗要拉脸子呢？"

古永淳看着她，眼睛里都是寒气，伸出一根指头，深深插进奶油里，狠狠挖下一块，朝张大梅的脸上一抹，冷笑道："方青林那笔订单的尾款，今天结了。"

张大梅说："那是好事啊，你干啥黑着脸呢？"

古永淳说："追加的十万，他并没有扣除。"

张大梅说："为啥？"

古永淳说："当初谈追加那十万定金时，不是你亲自去谈的吗？那个时候，他就应该告诉你为啥了吧？"

张大梅蒙了，还有些害怕，那是来早去谈的，真正的细节，她并不知道。她一句话也不敢说了，生怕露出什么马脚。

古永淳看着她，咬牙切齿地说："方青林说了，是奖励你的，他说你值这个数。"

张大梅一下子蒙了，要不是坐着，她一定会倒在地上。这样的话，对一个女人是致命的，她死死抓住桌角，想解释一下，却不知从何解释。

60

因为方青林多付了那十万块尾款的事，张大梅在古永淳面前说不清了。其实，张大梅也可以说清，可一旦说清，就要先交代那笔罚金都是来早凑到的。这比被古永淳怀疑她和方青林有情事更可怕，最起码，那情事，只是古永淳的怀疑而已，可要是一旦说出来早的功劳，她可能就再也留不住古永淳的心了。她想，男人就是这样，自己的老婆要是拿这种事去交易，哪怕是为了他，他也不能接受。但要是老婆之外，他心心念念的那个女人，他不但不会怪罪，反而会心疼愧疚到要死。所以，张大梅和古永淳僵持着，哪怕古永淳从卧室搬进了书房，她也不动声色。她使劲把心思往古母身上花，吃的用的，样样可着给婆婆高兴。终于，古母气不公了，开始为她抱不平。

那天，是年三十的晚上，吃过年夜饭，古母把古永淳叫到自己的房间里，慢悠悠说："知子莫若母，那年，那个胡来早第一次来咱家吃饭，我就看出你不对劲。男人这一辈子，但凡你有丁点儿能耐，不论丑俊、高矮、胖瘦，都不缺女人喜欢。喜欢和娶回来过日子可不是一回事，好的东西太多了，人不能太贪心，样样都想占尽，最后就啥也得不到。"古永淳想辩驳几句，古母不给他开口的机会，又说，"我这辈子，只认大梅这一个儿媳妇。"

古永淳忍不住了，他说："妈，你都不知她做了些啥。"

古母说："不管她做了啥。"语气坚定，就像一锤子揳进木头里一根钉子，凹进去了，想拔出来都不能。

那晚，古母下了一道死令，说古永淳要是再敢睡书房，她就去睡大街。

古永淳没辙了，夜里，又和张大梅共处一室了，尽管心里有千般不愿，万般不满，都要关上门独自吞咽了。他打地铺，张大梅也不难为他，靠在床头上，往手上抹着护手霜，问他道："你是忌讳方青林说的那些无中生有的话呢，还是在给胡来早守身？你要是因为前者跟我这么僵着，我能接受。要是因为后者，我可不饶，这么多年，我是啥样的人，你心里最有数，现在为了个黄毛丫头，借故生非，想把夫妻情分斩断，可真令我心寒。"

古永淳躺在地铺上，假装睡着，任由张大梅嘟囔来嘟囔去，一声不吭。

张大梅见状，憋了一肚子火，她疯了似的跳到地上，捶打着古永淳，质问他的心是不是被胡来早勾走了。可那些拳头，都像落在了木桩子上，怎么也捶不醒古永淳。渐渐，她也累了，趴在古永淳身上，大哭起来。她一哭，古永淳担心老母亲听到，低声说："好了好了，你再这么闹，咱们就离婚。"

一说到离婚，张大梅傻了，她从来没想到自己这辈子会离婚，她脑子里一下子浮出离婚后的场景，孩子没了完整的家，自己也成了被嘲笑的对象，大伙一定会说是她张大梅没有工作，被古永淳给踹了。这太丢人了，自己虽然没有工作，可家里家外，还不是她一个人撑着吗？她更生气了，想古永淳之所以敢提出离婚，一定是因为胡来早，就暗暗发誓，一定找个机会，赶走胡来早。

几天后的一个傍晚，张大梅做好饭，左等古永淳不回来，右等古永淳不回来，就让古母和孩子先吃，自己奔服装厂去了。本来，她打个电话问问就可以了，但她就是想去厂里，就是想看看古永淳为啥不回家。

可张大梅不知道的是，在服装厂这边，来早正在和古永淳汇报工作，是那天来早和古永淳吵了之后，她就决定离开赉安城，去深圳找张麦子和李小米了。在临走之前，她要和古永淳做一次交接。

来早告诉古永淳，有几笔订单被吉美斯服装厂撬走了，说这几笔单子都是乡镇学校的校服，以前吉美斯根本不会正眼瞧，如今也当成一块肥肉，想一口吞下。

古永淳听了，说吉美斯想撬的，并不单单是乡镇那几所学校的几件衣裳，对方真正想撬的，是福利服装厂。这其中缘由，不仅是出于之前那些恩恩怨怨，更是因为服装行业的竞争越来越激烈了，这也说明服装市场已经趋于饱和，一旦饱和，难免大鱼吃小鱼。所以不管是自己还是吉美斯，要想在竞争中突围，只有不择手段，才能让自己独霸一方。

讲着这些，古永淳有些悲伤，他知道服装加工行业的繁盛时代马上就要落幕了。也有些暗喜，幸亏自己早把资金转投到地产上去了，不然就要和吉美斯来个鱼死网破了。现在，面对吉美斯的步步紧逼，倒显得气定神闲。他在办公室里悠悠踱了几圈说："实而备之，强而避之。能被抢走的财富，就跟能被抢走的爱人一样，压根就不属于你，随他们去吧。"

来早听出他话里有话，笑笑说："既然古厂长这么通透，我也就不瞎操心了。"说着，就欲离开。古永淳看着她，突然想，她决定要走了，还这样尽职尽责，以后福利服装厂再也不会遇到和她一样的员工了。如今的她，坚定决绝，不是他第一次见到时的那个小丫头了。这样也好呢，不管到了哪里，他都放心。就叫住她说："走了以后，也要常回来看看。"

　　来早点头说："新竹高于旧竹枝，全凭老干为扶持。是你一路关照，才有我今天的成长，不管走到哪儿，我都记得这份情意。"

　　古永淳点点头，深情地笑了一下，继而，伸出手，像和老朋友告别似的，紧紧握住了来早的手。

　　就在这时，门开了，张大梅进来了，上下打量着他们还没来得及松开的手，二话没说，上去就给来早一个耳光。

　　古永淳一把抱住张大梅，呵斥她道："你要干啥？"

　　张大梅疯了似的挣脱古永淳，也给了他一巴掌，张大梅说："我没看见的时候，还能忍，这回，亲眼撞见了，你们那牵着的手就会在我眼前晃一辈子，我忍不了了，胡来早，你滚吧。"

　　来早捂着脸，看着张大梅说："不用你说，我已经决定要走了。"

　　张大梅说："可现在，你是被我赶走的。"

　　来早的眼泪被气下来了，她转身跑了出去。

　　这天以后，来早没再回厂。她给李小米打电话，说这边的工作都已经交接完了，这几天就去深圳。李小米却哭啼啼的，说张海要抢走千禧了，她要回榆村，让来早也先陪她回榆村，等她处理好千禧的事，她们再做打算。来早同意了，她也想回榆村整理一下情绪，在外头拼搏这许多年，恍似一个梦，如今，也不知是在梦里还是在梦外。回了榆村，大概就能清醒了。于是，就坐着大客车回榆村了。

　　那天，来早在石油公司门口下车时，又是一阵难过。心想，这么多年，从那场逃离开始，每次归来，都希望自己能够蜕变，都希望家人能因自己而荣光，可事实上，自己的逃离没有让生活有任何改变，如今，又这么灰头土脸地回来了，颜面何存呢？如果爸妈知道自己是被古永淳的老婆赶回来的，该是多么羞臊，多么哀伤啊。

想着这些，来早站在路边，望着榆村的方向，不敢踏进了。她后悔答应陪李小米回来了，真想转身离去。

但她看见了她的父亲，他在那块碱疤癣里挖着什么。父亲一抬头，也望见了她。她看不清父亲的脸，却感觉到他惊讶的眼神。她麻木了似的，钉在原地。不一会儿，父亲朝她走来，不急不缓，跨上渣石路，伸手拽过她手里的箱子，扛在肩上，也不说话，掉了头，又兀自走。

她在后面跟，同父亲一起拐向通往榆村的那条小路。她希望父亲能问她点儿啥，父亲却始终没开口。那一刻，那条小路变得好长，仿佛是从生下来时就在那上头走，走了二十几年，仍不见尽头。那一刻，只有林间的鸟，偶尔低唱几声。只有她和父亲的脚步，嚓嚓前行。她要窒息了，很想说点啥，每次话到嘴边，又都卡在嗓子眼，上不来咽不下，难受极了。

后来，她听见父亲的喘息重了，终于说："爸，把箱子放下来，拉着就行。"

胡长庚说："路不平，坑坑包包的，费轱辘。"

61

榆村后面的霍林河，是很有名气的，从北魏时的"啜水"、到唐代的"啜河"、到辽时的"郝里河"、到金时的"鹤五河"、再到大清时的"嵩尔河"、"沙河"或"萨虎伦河"，名字不断更演，而它流经的这块土地，却亘古不变。榆村人一张口就能讲出很多关于它的传说，有和爱情有关的，有和战争有关的，也有和捕鱼放牧相牵连的。但有一个最著名的，是说当年成吉思汗和扎木哈交战时，路过这河的发源地，这河水救下了成吉思汗的千军万马，成吉思汗就赐名这河为"霍林"，意为美食之河。榆村人对这一传说深信不疑，一代天骄赐名的河流，到了榆村，虽然只有盲尾一段的距离，便汇入了赉安城境内的嫩江水网，也毕竟沾了伟人的光，让榆村世代都深感荣耀。

尤其是考古学家在赉安城境内的霍林河沿岸，发现了十余处古遗址，其中有一处就在榆村，榆村人更加觉得，榆村是承载着先祖的意志，生生不息的。

来早从赉安城又回到这块土地上来了，这土地没有给她苟且偷生的勇气，却让她像是快要死了，一天一天地煎熬着。秀草和老太太都围着她，问她是怎么了。她不言语，只会吧嗒吧嗒流眼泪。胡长庚和秀草说："来早在服装厂一直干得好好的，这冷不丁回来，十有八九是和古永淳有关。"秀草半信半疑，但很快就听到一些闲言碎语，说来早扯上了有妇之夫，被人家的老婆给赶回来了。

胡长庚觉得来早把他的脸都丢尽了，不管她怎么难过，也懒得多看一眼。秀草怕来早像麦子妈那样为情所困，常在暗中盯着她，见她心情好些时，就凑进她的屋里，和她说一阵子话。

李小米从深圳回来后，也常来陪陪来早。但这些陪伴都没能让来早从张大梅那一巴掌中走出来。在她离开赉安城以后，吉美斯那边一心想搞垮福利服装厂，多次打电话过来，希望来早能加入吉美斯，来早心里清楚，吉美斯是想利用她对福利服装厂的了解，以最快的速度干掉古永淳。她对张大梅心存怨恨，但也不想落井下石，果断地拒绝了吉美斯的厂长。

即便如此，来早的离开，还是让古永淳损失惨重，他有两笔重要的业务，落入了吉美斯之手，几百万的利润，让吉美斯一夜间在赉安城瓦釜雷鸣。

赉安城大规模的棚户区改造在这节骨眼上掀起了高潮，古永淳攒下的每一块地皮，都比服装订单更值钱，恰巧他的一个朋友到赉安城开发楼盘，遂无心和吉美斯竞争，借棚改之机，从服装行业彻底抽离，和朋友一起跻身到房地产领域当中去了。很快，古永淳有了新的身份：永淳房地产开发集团有限公司董事长。没多久，他亲手拆了福利服装厂，给工人们发了下岗失业金，将他们遣散了。

来早得知这一切后，更想早点离开榆村，她实在不甘心眼看着古永淳蒸蒸日上，自己一落千丈。她太想活出个样子，太想证明一下，离开福利服装厂，会活得更好。就在她等待和李小米一起去深圳的时候,古永淳来了,他想请她去他的房地产公司,还说不会让张大梅知道的。这让来早受到了更大的侮辱,赶走了古永淳,就和李小米商量,什么时候动身。

李小米告诉她,走不成了。是张海的媳妇生不出孩子来,张海就起心动念,想要回千禧,还说让李小米随便开价,只要他给得起,半点不含糊。李小米说:"千禧是我的命,我是无论如何也不会放手的,为了更好地保护千禧,我要留下来,陪着他。"

李小米这个决定,让来早措手不及。来早说:"你要是早点说不再去深圳了,我何必回榆村来呢?"李小米过意不去,也毫无他法。来早准备只身去找张麦子了。给张麦子打去电话,张麦子说她准备和男朋友旅行结婚了,度完蜜月以后,跟男人回老家,干些小买卖,再也不给别人打工了。

这样一来,那深圳对来早的吸引力突然消失了,她完全不知道自己还能做些什么了。胡长庚对她失望极了,心情也无比压抑,在干活的时候,拿着摇把子启动拖拉机时,一个分神,摇把子反转,把他的胳膊打断了。

胡长庚干不成活儿了。秀草呜呜哭,她说她弄不走那个铁家伙,那些庄稼,怕是要被大雪捂在地里了。

看着父亲吊起来的胳膊,看着团团转的母亲,来早突然醒悟过来,自己的颓废,竟然给这个家带来了这么大的伤害。这天,她站在拖拉机旁,在秀草的帮助下,把拖拉机启动,开出了院子。一开始,她的手脚是不合路的,几天以后,麻利了,不光能把拖拉机开走,转弯、倒车,也都不在话下。

那个秋天,来早成了榆村第一个女拖拉机手,她和秀草两个人把庄稼收了。

祸却不肯单行。庄稼收完后,来早和秀草又开始往回拉秸秆。眼看着要弄完了,老天爷下了一场雪,落下不久就化成水,水一冻又成了冰。冰一层水一层的路上,走起来一跐一滑,来早和秀草装了一车秸秆回来时,看到迎面来了一辆车,赶紧避让,刹车踩狠了,轮下一转,车头瞬间冲进路边的壕沟里,车斗跟着就翻了。好在,来早从车头上跳下来了。秀草就惨了,整个人被秸秆生生压住了,好几个路人帮着往外扒,才捡下一条命。但秀草的肋骨断了,回到家里,躺在炕上,动也动不了。

出了这么大的事,来多回来了,他像个一家之主似的,冲个来早发了很大的火,他说:"姐,你怎么折腾我不管,但你牵连了爸妈,我就不能不说话了,爸妈这么大年纪了,还要跟你操心,你一点也不反省吗?你是为我、为这个家做出过牺牲,可你不能总拿着那点牺牲当功劳,让我们每个人都对你心怀愧疚,一辈子不得安宁啊。"

来多这番话,让来早哑口无言,她原本已经十分自责,这一刻,更是像被抽了鞭子一样,无地自容。她对来多说:"你放心,我会把爸妈照顾好的。"

来多借机说:"姐,我奉劝你,就在家踏踏实实过日子吧。爸妈身体不好,咱们俩总要有个人留在他们身边。"

来早也知道,这个家,一时半会儿的,是离不开她了,就答应来多了。

到了第二年春天,胡长庚和秀草都没好利索,来早就学着种地了。

这地一种起来,看着那片荒凉的碱疤癞,来早对着那几棵柽柳琢磨开了,她想,柽柳可以活,稻子为啥就活不成呢?她总觉得父亲没干成的事,自己能干成。既然走不出去了,尝试一下种稻也不错。但她不知道该怎么和父亲说,她要等一个合适的机会。

这天,来早开着拖拉机刚从地里回来,就听刘国胜在大广播喇叭里喊话,说为了打破农村经济发展的交通瓶颈,解决农民出行难的问题,国家斥巨资,推出"村村通"公路工程,力争在五年时间里,把所有村庄的路铺上沥青,或者抹上水泥。石油公司前面那条渣石路,就是将来的沥青路,从渣石路延伸到村里的路,就是将来的水泥路。

播完,来早想,这路要是铺成了,能带来多少方便啊。就因为这路,榆村人吃了多少哑巴亏啊。粮食卖不上价,经济作物不敢种,就连春天想买点青菜吃,都要等着人家小贩子的菜在别的地方实在卖不完了,才会开着三轮车拐到这里来。

刘国胜在广播喇叭里喊完没几天,渣石路上开工了,高低不平的地方,都找补平整了,路基也加宽了许多,石头子又撒了一层,上面铺的却不是刘国胜嘴里的沥青,和通往榆村的小路一样,也是水泥。但来早和村人的欢喜,丝毫未减,到底是不用晴天一身土,雨天一身泥了。

说到修路,就要说说榆村人的柴火垛了。在东北,庄户院的人家,没个大柴火垛,是活不成人的。没个大柴火垛,是不算正经过日子人家的。不管谁家的姑娘小伙子,到了谈婚论嫁的年纪,相亲看对象时,一进院子,要是一眼瞄到板板正正的一个大柴火垛,保准加分不少。喂牲口、烧火做饭、冬天取暖,样样都靠大柴火垛。就连张黑子那样的人,也不敢不备大柴火垛呢。

榆村人的柴火垛,从来都是垛在房前屋后,或者,贴着离家最近的路边,这样,也没个规矩,东一垛西一垛的,随着自家的方便,大伙总担心夜里走路叼烟头的,不小心把烟头吐进柴垛里。也怕得罪了人,遇着李占那样的,专门下黑手,故意扔根火柴,弄个火烧连营。所以早在几年前,刘国胜就想让大伙把柴火垛垛到村外去。大伙都不乐意,说抱柴火远。这回一修路,刘国胜觉得机会来了,他天天在大喇叭里喊,让大伙挪柴垛,说柴垛占路了,谁家要是不挪走,路就从谁家门口绕过去。

这一说,大伙都赶早赶晚的,张罗往村外挪柴火垛了。剩下的烂柴火垛底子,也要往村外清。刘国胜怕大伙到处卸垃圾,就说给大伙找个地方,统一卸。

那天,胡长庚突然想,碎柴烂草相当养地,这么多烂柴火垛底子要是卸在一起,也是挺大一堆,赶紧去找刘国胜,说愿意提供出一畦碱疤瘌,让大伙统一往那里卸柴火垃圾。刘国胜正求之不得,当天在大广播喇叭里通知大伙了。

一村的烂柴火垛底子清完,正好盖住了一畦地。头一年,谁都没当回事,几场雨后,那些烂柴火上面,钻出了一层密密麻麻的杂草。胡长庚看着那些杂草,觉得这一畦地的希望来了。他想把地翻一遍,把那些烂柴往下压一压。偏巧,大地里的玉米生了虫,胡长庚忙着给玉米下药,一时抽不出时间来。来早就说,她去翻地。胡长庚就教她怎么使用犁杖,让她去把翻地的活儿干了。

62

  那天，看着翻出来的地，来早突然很有成就感，她想，庄稼人是多么神奇啊，这片土地，原本一片荒芜，祖辈们为了一口粮食，不远万里，逃荒到此，把一颗心扑在这土地上，这土地就回馈给他们粮食。庄稼人把大荒之地变成了粮仓，而面对这仿佛顽疾满身的碱疤癞，他们依然不屈不挠，总在寻求解药，父亲就是他们中的一个，他似乎什么也没做，又似乎什么都做了。不知为何，她对父亲生出一点敬意。回到家，她对胡长庚说："那块地翻好了，明年咱们再种一回稻吧？"

  秀草对种稻已经心有余悸了，一听这话，怕长庚又活心，插话说："种稻不是种草，不能想试就试，你一折腾，钱就要打头阵在前面开路才行，来多已经工作了，不用咱们费心了，我只想消消停停过日子。"

  胡长庚心里那个水稻梦虽然一直没灭，但他却不想亲自尝试了，他说："当年我种稻失败以后，就有省城农科院来的一个黄嘴丫子还没褪净的专家看过这块地，说碱性太大，要想当年就种稻成功，必须换土。那么一大片地，我怎么换，那不是要我做愚公，去移山吗？"

  来早对换土很感兴趣，她兴奋地说道："自从来多毕业，我攒下几个钱，种两畦的开销，不用你们出，我做愚公，我去移山。"

  这一说，秀草不乐意了，她觉得一个丫头根本成不了大事，便劝来早："你也是老大不小的人了，该找个婆家结婚了。"

  胡长庚也没吱声，他是有个水稻梦的，但他不希望来早去做这件事。

  来早见从父亲这里取经不成，就去找刘国胜了。刘国胜更是对她爱搭不理的，告诉她说："这换土，可不是像栽柽柳一样简单了，那种稻子的事儿，一群大老爷们都没干成，还能让你一个丫头干成了？"来早不服气了，她说："万一我干成了呢？"刘国胜说："你要干成了，榆村的村书记你来当。"来早咯咯笑说:"这话我可记下了,到我干成那天,你可别反悔。"刘国胜也笑,对她问的如何换土的问题,还是不爱回答。来早说:"咋?你是怕我真的成了,抢了你的村书记?"

刘国胜被她磨得没着没落的,就掏出手机,给那个来过的专家打了一个电话。

那专家还记得这片地,说还没开发出来真是太可惜了。听说有人要搞块试验地,有些兴奋,又一听是个没结婚的姑娘,劲头顿时减了,他不想浪费时间,把电话挂了。来早不死心,干脆从刘国胜那里要来电话号码,又打了过去。她对那专家说她就是那个没结婚却要种稻的姑娘,还批评专家道:"那冯嫽,是中国历史上第一位女外交家;那妇好,被尊称为女丞相;一代女皇武则天、千古才女李清照、花木兰、平阳昭公主、樊梨花、谯国夫人冼英、秦良玉,哪个不是巾帼不让须眉?历史都不能否认女性呢,您是新时代的高级知识分子,干吗瞧不起人呢?"

这一番大言大语,直接把那专家逗笑,专家说:"你竟然敢把自己和这些杰出女性相提并论,我倒真想见见你了。过几天,我要去赉安城开会,忙完工作,可以拐到榆村,现场给你指导。"

来早自觉羞愧,但听到专家那样的话,又开心又期待,当即说欢迎欢迎,一旁的刘国胜一听,犯了难,等来早挂了电话,指着来早的脑门说:"你呀你呀,光说欢迎欢迎,你拿啥欢迎?"

来早不解刘国胜的意思了,歪头看着他。

刘国胜说:"你以为人家会白跑,上门指导都是要收费的,你说说,这费用是你出还是我出?"

来早想了想说:"当然是你出,我要是试验成功了,你的那块地也跟着沾光。"说完,美滋滋地走了。

刘国胜看着来早那副信心满满的样子,嘟囔一句:"我还斗不过个丫头片子了,保不准以后我真的会被这个丫头片子取代了呢。"

过了几天,那专家真的来了。来早一见,失望极了,她还以为是个有一定年纪的长者的,没想到是个三十出头的小伙子,顿时有些失望,心里直嫌弃地想:怪不得我爸说他是个黄嘴丫子还没褪净的呢,当年我爸见到他时，他也不过二十几岁吧。现在看起来这一脸书生气，能懂庄稼地里的事吗？想着这些，表面上还是做出恭恭敬敬的样子，做了一番自我介绍。

那小伙子也打量她，也恭恭敬敬介绍着自己，说自己叫白晨来，见来早的名字里也有个"来"字，热情地说："嚯，咱俩还是有缘分的呢，你看这名字，共用了一个'来'，要是把你名字的'早'字和我名字里的'晨'字放在一起，还能组个词，叫'早晨'。"

他这样一开口，气氛十分轻松，来早细细打量了他一下，发现他个子高高的，皮肤黑黝黝的，鼻梁上架着一副眼镜，眼睛很大，眼神特别真诚，上身很随便地穿着一件夹克衫，下身也只是一条普通的牛仔裤，虽然简单，却显出温文尔雅，与众不同，不知为何，来早对他有一种莫名的好感，就笑着说："既然如此，我可就斗胆叫你一声晨来哥了。"

白晨来说："我正好缺个妹妹呢。"

这样，你一言我一语的，他们的关系瞬间升温，两个人都很舒畅，边说边走，来到了那块盐碱地上。

白晨来一眼看到了那块被烂柴碎草沤过的地，十分惊讶地问："这是你干的？"

来早说："我爸干的。"

白晨来说："高手在民间，草根出神仙，果然不错。来早你知道吗，你父亲这个方法特别适合这种盐碱化并不是特别严重的土地，我们在研究中也经常使用，我们是让豆类和油菜一些绿肥农作物在土壤中腐熟，用来调整土壤的酸碱程度。"

来早说："可是这种方法要是用于小面积土地还行，大面积似乎不太适合。"

白晨来很欣赏来早的一针见血，他点着头说："对，面积稍大些的话，最省钱的方式就是换土，也就是客土改良法。客土法改良盐碱地效果最好、最快，当年就可以见效。"

来早没听过"客土"这个词，问白晨来："客土是不是就是从别处移来的好土？"

白晨来竖了一下大拇指,抿嘴笑笑说:"比如壤土、沙壤土、人工土什么的,质地要好、肥力也要高,主要是有害物质含量要低,用它们来代替原生土。你现在这畦地,因为被那些烂草底子沤过,土质已经有了改变,只要在上面直接覆盖客土,重新构建一个新的未受污染的表层就可以了。"

来早心潮荡漾,指了指霍林河的方向说:"河塘土怎样?"

白晨来朝霍林河那边看了看,说:"那是再好不过了。"

来早一听,心里有数了,当即拉着白晨来去吃饭,说要好好感谢一下白晨来,白晨来本来是想看看就走的,这会儿,和来早越聊越投机,便决定留下吃饭,再给来早多提供一些经验。

胡长庚没想到来早真要鼓捣那方稻田,他本来还想,要是来早能安安心心在家里种地,诚诚恳恳做个庄稼人,把心收了,早点嫁人,成家过日子去,自己也能省心了。可他万万没想到,她一个姑娘家的,胃口那么大。他横拦竖挡,也扳不过她的拧骨。她倒是振振有词地说:"这天下的事,总得有人敢为先,才能让那些胆小的有样子照着走。"胡长庚气得让她赶紧去外头打工,走得越远越好。可来早有白晨来在背后支招,对打工已经毫无兴趣了。如此,就算胡长庚不情不愿,也只能捏着鼻子吃酸醋——不咽也得咽了。

那天,送走白晨来,来早就张罗去挖河塘土了。可她一个人是挖不成的,就挨家挨户找人,让人家帮着她挖,帮着她往地里运。人家都觉得她一个丫头,就是胡折腾,都不陪她耽误工夫。她一生气,放出话,说谁要是往她那畦地里送一车河塘土,她就给十块钱。说到钱,村人就开始算账了,一车土给十块,一天下来,不闪腰不岔气,也能赚一百,就纷纷挖开去了。

来早就坐在畦埂上,给来回运河塘土的车辆记账。两天过后,那畦被沤过的地里堆满了河塘土,来早又挑了一块盐碱较弱的地块,用同样的方式运来河塘土将其堆满了。但这样一来,来早口袋里那点钱,也花去了大半。

转年春天,胡长庚和秀草忙着种玉米,来早忙着补渠埂,平整土地,从机井那里接了地龙带往畦里头放水,搁上几天,放出去,反反复复洗几次地后,把稻苗买回来了。买稻苗还是找的刘国胜,托了人,到乾平县附近的一户稻农家里赊的。说到秋卖了粮食,再付钱。就两畦苗,也不多,人家没计较,赊给她了。

插秧不是一个人干的活,胡长庚就也来帮忙,他再怎么生气,也想看到地绿起来。他插过秧,这回成了明白人,下到田里,左手拿起秧苗,右手从左手的秧苗中分出一缕,有三四根来,用食指和中指钳住秧根,掌心冲着秧苗,弯下身,将秧根朝下,插入泥里。插完一窝,又插一窝,一窝一窝的,没一会儿,就在身后连成了一条笔直的线。

来早学着胡长庚的样子,也下水了。

几天下来,秧苗插完了,那以后,来早就跟养了个孩子似的,不论早晚,都往这田里跑,眼巴眼望盯着那些稻秧,生怕害了病,长了虫。口袋里揣个本子和笔,站在渠埂上,记这记那的。每天都要给白晨来打个电话,讲一讲稻秧的情况,说说啥时候在太阳底下卷芯了,又啥时候开始吐露水了。白晨来告诉她,稻秧清晨吐露水,就是续根了,开始返青了,就该扬些返青肥了。返青后会马上开始分蘖,应该还施些分蘖肥。她把白晨来的话都记在本子上了,一桩一件的,都按照白晨来的指导去做。

63

李小米按照她原本的计划,是想在深圳再干几年的。打工虽苦,但赚的钱好歹比种地多。可为了千禧,她必须回。

从深圳一回来,李小米就一天到晚琢磨赚钱的法子,把千禧也拐带得天天往河边跑,不是捡些猛犸象的骨头、贝壳什么的,就是去那块被赉安县文物部门考古鉴定过的古遗址,弄些陶片和碎石回来,全部塞进一个木箱里,说是宝贝,可以拿去换很多很多钱。小米妈总是哭不得笑不得,说这孩子和李小米一样,想钱想疯了,因为小米夜里睡觉,要是梦见水呀鱼呀的,都要憋上三天再和她妈讲。是榆村人有个说法，梦见水呀鱼呀的，是要发财，而三天后再说，才不会破。可是，即便她常常梦见水呀鱼呀的，常常也是憋了三天以后才说，老天爷还是连一次发财的机会也没赐给她。

所以，隔上一阵子，李小米就要难过几天，想这土地是贫瘠的，生活在上面的人，却长满欲望，简直是一种罪过。也许，就该像父辈或者先人那样，听天由命，不抗不争，就连生死，也不在乎多一天少一天，都顺其自然才好。可这哀伤的情绪一过，那种不甘又会长出来，特别是领着千禧扎在人群里的时候，腰包不鼓，人也矮了三分。嘎罕诺尔镇的大集是不敢回回都去的，怕千禧一见了稀奇玩意就迈不动步子。吃的倒是不比别人差，偶尔舍出点血本，还是能应付过去，要是想天天随孩子的愿，就有些瘦驴拉硬屎的意思了。

尽管如此，千禧还是要天天往晴二嫂的小卖店跑，一会儿买几块糖，一会儿吃根雪糕，全村人都说李小米在深圳干了这些年，是攒下了一个大存折的。李小米也不辩解，蜂蜜水泡黄连——甘苦自知。她是迫不得已才回来的。那年闹"非典"，她和张麦子回来躲避疫情时，张海曾找过她，要和她谈谈孩子。她是无话可谈的，始终避着张海不见。有一天，叶高粱到她家里来，没说几句话，便提起张海了，说张海媳妇快把药架子吃倒了，肚子还是瘪瞎瞎的。张海快要急疯了，动过离婚的念头，可他丈人和三老总有交情，婚姻也是三老总一手包办的，这么多年，他一直对三老总服服帖帖，不敢擅自做主。三老总给他出了主意，说没孩子的是他媳妇，不是他。因为李小米是给他生过儿子的。如此一来，张海就起心动念，想要回孩子，还说让李小米随便开价，只要他给得起，半点不含糊。李小米冷笑说："这孩子，跟他无关。当初他抛弃我们母子，现在又回头来认，凭啥呢？如果他的老婆能给他生，我的千禧，又算啥呢？"叶高粱说："不管怎样，还是该见一次，当面说清楚好。"李小米摇头说："女人的失望，一旦攒够，是一点旧情也不会念的。"她让叶高粱回去转告张海，千禧是她的命，如果他想打千禧的主意，除非她死。

那回，大概是叶高粱如实把李小米的话转告给张海了，张海果真再没找过她。她以为这事儿就算过去了，"非典"结束以后，和张麦子又去了深圳，在那里，一干又是两年多，忽地有一天，接到家里的电话，她妈说张海隔三岔五在家门口转悠，真怕哪一眼没照顾到，他就把千禧给偷走了。

这一闹，李小米在深圳待不下去了，处理好深圳的工作，买了车票就往回赶。她还清楚地记得，那是二〇〇六年的夏天，赶上学生的假期，没买到卧铺，也没买到座位，站了两天一夜，总算到家了。

那时候，李小米让来早暂缓深圳之行，希望来早能陪在身边，给自己当个参谋，壮壮胆子。可这种事儿，来早又能帮上啥呢？也无非是烦闷了，能和来早诉诉苦。何况那时的来早，整日病恹恹的，有时候，正说着话，人就恍惚了，思绪也不知飘到哪儿去了。榆村人都说，来早是把魂儿丢在贵安城了，要想好起来，非去那里，把魂儿叫回来不可。这样的话，从来都是表面一层意思，背地里，还夹着一层意思。李小米也问来早，在贵安城，到底怎么了？来早啥也不说，幽怨地看着她，泪水汪在眼圈里，眼睛一眨，就像屋檐下的雨滴一样，一个追着一个，噼里啪啦往下落。索性就不问了，只顾着对付张海去了。是她听叶高粱讲，张海要上法庭告她。叶高粱说一旦上法庭，她十有八九会输掉官司，因为张海的条件好，更有利于千禧的成长。李小米气着了，让叶高粱到了石油公司后转达张海，自己要和他谈谈。

叶高粱去上班后，就把李小米的话转达给张海。张海以为千禧的事儿有缓和了，扔下手头的工作，骑着摩托车就往河边去了。

那时，李小米已经抱着千禧，站在河沿上了。河水吞了李小米的脚，没了她的脚踝。她一看见张海，就倒退着往河里走，没一会儿，河水淹了她的膝盖，又没了她的腰。

张海看傻了，他说："李小米你要干啥？"

李小米说："你为啥总逼我呢？为啥不让我好生活着呢？我爱你时，你从来没爱过我。这孩子需要你时，你也不肯做他的爹。到现在，我心死了，你偏又来搅和，我辛辛苦苦养大的孩子，你又想他认祖归宗，可他没祖没宗，他在我肚子里时，就是个野种。"她又往后退几步，水到了她的胸口，千禧的一半身子，也泡在水里了。张海往前跑几步，想拉住她，她却腾出一只手，指着张海，大声道："你要是敢过来，我现在就把孩子摁进水里去，我宁愿和他一起死，也不会把他给你。"

张海立住了，看着李小米，像一束芦苇，摇摇晃晃。他说："不是说好谈谈的吗？咋变成寻死了呢？你可以再嫁啊，你可以再生啊，我可以给你好多好多的钱啊，不会让你吃亏。"

李小米听着这些，几乎崩溃，又朝后退去，河水又长过她的身子一点，她说："你真无药可救了。"又向后退一步，水到了千禧的脖颈。千禧"哇"一声哭开了，吓着了似的，又蹬又刨。她说："我再后退一步，他就死了，是你逼死的。"

半个村子的人都围到了河边。半个村子的人都数落张海的不是。终于，张海扑通一下跪在河沿上说："小米，我不要了，不要了。"然后，站起来，踉踉跄跄上了摩托，逃开了。

那以后，张海没再提过要孩子的事。又过了一阵子，三老总把他的工作调回了乾平县，渐渐没人提起他了，但李小米始终过着提心吊胆的日子，她寸步也不敢离开千禧了。

很快，千禧到了上小学的年纪，李小米更不敢离开他了，上学送，放学接，打工的事儿，想也不敢想了。

没事做，就没钱赚。一家人的生计，都落在了小米妈身上，靠着那点薄田，过着将将糊口的日子。

64

那段日子，李小米差不多活成一具行尸走肉，地里的活忙完后，有时去和来早说说话，有时去晴二嫂的小卖店做做草编，在深圳时攒下的几个钱，很快就花光了，她妈唉声叹气，想让她赶紧找个男人，稳稳当当过日子。她不想忤逆不孝，顺从地相看了几个，最后都因为她拖娘带崽，不了了之。

有一回，是星期天，李小米领着千禧，坐在大门口，在沙子上胡乱画画，叶高粱骑摩托回来了，进了娘家的院子，把摩托停好，就来给千禧送吃的。叶高粱和李小米说话时，问李小米要不要去嘎牙诺尔镇，说换季了，要买几件新衣穿。李小米说以前买的衣服都还好好的，不去了，有些羡慕地看着叶高粱，说当初都觉得来早命好，岂不知，最有福气的，是她叶高粱。叶高粱笑着问她还打不打算结婚。她摇摇头说女人呀，为姑娘的时候，遇着个好人嫁了，能当一辈子依靠。一旦遇到个不好的，哪怕及时止损，也不能全身而退，也不敢再一扑心地对谁好了，如今，只想做点事，把日子过好，才踏实。叶高粱问她想做什么？李小米说只要不犯法，干啥都行。叶高粱就说好字井新建了一家肉鸡场，正在招工。李小米一听，当即表示乐意去。

等叶高粱一走，李小米就和她妈商量要去养鸡场，小米妈想了想，不同意李小米去打这份工，要自己去做。小米妈说："千禧大了，还是你自己带比较好，要不，长大以后，就该和你不亲了。"李小米觉得她妈年岁渐长，还要出去听人使唤，想想就难过。小米妈去意已决，几天以后，背上行李，去养鸡场了。

小米妈走的那天，李小米跟在后面送，一直送到渣石路南，还依依望着。小米妈说："又不是去天南海北，你赶紧回吧。"李小米说："赶上星期天，我就带着千禧去看你。"她妈应着，走了，没再回头。她看着她妈的背影，一蹒一蹒的，蹲在路旁，哭起来。等把眼泪流尽，再去看，那影子已经被大地吞噬了。

自那以后，李家就只剩下李小米和千禧了。白天，千禧上学，李小米伺候庄稼，她还养了一头猪和一些家禽，她家还有一条土狗，她走到哪儿，它跟到哪儿，倒也伴儿一样，相依为命。

养鸡场养的是肉鸡，四十五天出栏。

这批鸡卖掉后，到下一批鸡进来，是要留出一段空余，消杀鸡舍的。趁着这个机会，李小米带着千禧，去看她妈了。进去了，她才知道，她妈住的地方，就夹在鸡舍中间，窄窄的一间屋子，中间筑了一道墙，朝阳的地方睡觉，朝北的地方当厨房。苍蝇从这屋飞到那屋，到处横逛。灶台上放着饭盘子，黑糊糊落了一层，她从旁边过，苍蝇忽地腾起，她一开口说话，直往嘴里钻。她妈做饭，她给烧火。都默默地，一声不吭。她妈看出她的心思了，说："也挺好呢，签了个整年的合同，供吃管住，还给两万呢。"李小米没吱声。

不一会儿，饭好了，锅盖一掀，热气往上升，屋顶和墙上的苍蝇噼里啪啦往下落，下雹子似的。李小米再也忍不住了，眼睛一湿说："妈，咱不干了，咱现在就回家，穷点儿就穷点儿，总比吃苍蝇强。"她妈没说话，把锅里的菜呀饭呀端出来，把苍蝇捡出去，丢在地上，埋头吃了起来。

那以后，李小米再没去看过她妈。在家里，干着那些农活，一累到爬不起来了就想，她妈在吃苍蝇呢，就有力气干活了。

小米妈在养鸡场一干，就干了两年。到了二〇〇八年时，鸡场闹鸡瘟，鸡成堆成堆死，就关门了，小米妈就回来了。这一回来，李小米哪儿也不让她去了，说日子虽不富足，但也不欠着谁的，一家人在一起就好。

小米妈在养鸡场干了两年，攒下四万块，她让李小米拿上这笔钱，去嘎罕诺尔镇做个小生意，李小米也正有此意，只是，一时半会儿的，也找不到合适的买卖，就观望着。这样，她们挨到夏天，还是不知干啥又稳妥又赚钱时，榆村发生的一件事，让李小米打消了去嘎罕诺尔镇的念头。

是杜老歪爬电线杆抄电表时掉下来摔死了。

杜老歪一死，榆村的打米厂关门了，换了一个年轻的小电工。

知己已亡，晴二嫂的半条命也没了，失魂了一段日子，实在是没心思在榆村住下去了。有一天，晴二嫂拿着那个大风车，去了杜老歪的坟地，把那大风车往坟头一插说："老歪呀，往后，就让这风车陪你吧。"回来后，她张罗出兑小卖店，没几天，小卖店兑出去了，去南方找她男人去了。

那兑店的，正是李小米。

李小米接手小卖店那天，带着千禧搬过去，谁也没请，做了几个小菜，只找了来早，放了一挂鞭，就算开张了。

从赉安城回来以后，来早一直寡言少语的，李小米问她要不要喝一点酒，她没说什么，轻轻推推杯子，示意李小米倒上一杯。李小米就倒上了，但是，到了开始吃饭的时候，来早还滴酒未沾，眼泪就落下来了。李小米问她怎么了,来早说:"坐在晴二嫂的屋子里,却也不见晴二嫂的影子了。"

这一说,李小米也难过起来,她说:"杜老歪也是个没福气的,你看他才死了几天,村里的电表就又换了一茬,这回,都是智能电表,家家户户的电字儿,嘎罕诺尔镇农电所的人,坐在办公室里一看电脑,就一目了然了。村里人交电费,也是直接存到电费卡里,花多花少的,全看自己用了多少电,不用怕新来的那个小电工克扣了。"

来早说:"其实,晴二嫂走,也不单单是因为杜老歪死了。"

李小米说:"是呀,这几年石油公司不那么景气,年轻人少了,来晴二嫂这里喝酒闹腾的也少了。对了,前几天,叶高粱下岗了,你知道吗?"

来早说:"叶高粱下岗了?"

李小米说:"叶高粱说是上头为了减少地市级公司设置带来的压力,要缩减办公经费,减少非生产性支出。这次裁的都是非生产部门的人员,先从合同工下手,到期的,全部解聘。叶高粱的合同刚好到期,是第一个被裁下来了。韩青也没几天干头了,他俩正合计干别的呢,具体干啥,好像还没想好。"

说着说着,天色晚下了,来早也不急着走,她要留下来和李小米一起睡。

这天半夜,外面下雨了,噼里啪啦,打着屋顶。屋子里一片漆黑,李小米搂着千禧,沉沉睡着。来早却醒了,把被子裹在身上,听着外面的雨声。她担心起这雨来,走到窗前,朝外看看,见院子里白亮亮的,都是水。不由有些慌了,穿上衣,叫醒李小米,问她家里有没有雨衣。李小米揉揉眼,开了灯,问她深更半夜的要去做啥。来早说去看她的稻田。李小米说雨衣在门后挂着,让她自己拿,嘟囔着,真是魔怔了,翻个身,又睡了。

来早披上雨衣,顺便摸起一把铁锹,出门去了。

沿着村路,来早径直往稻田走。这个季节,正是水稻的扬花期,对水特别敏感,水少了,旱着了,会加速颖花败育,稻穗会出现空秕粒,粒重也会下降。水要是多了,超过了正常的水层,会影响光合作用，难以保证营养的正常输送，导致根系活力减低，根系早衰，抗病性减退。所以，一路上，她都在担心稻田被雨水灌满了，破坏稻子的生长。这是她回到榆村以后，第一次种稻，虽然只有两畦，一步一步走来，花了太多心血，好不容易挨到扬花期，她不想在这关键时刻功亏一篑。

她紧走快赶，到了田边，发现大雨果然灌满畦了，赶紧清沟排水，一边干，一边庆幸，雨是下在晚上，要是下在白天，又正好是水稻开花授粉的时间里，那是会减少收成的。但雨着实不小，打落很多花粉，还有些许花朵，她的心隐隐地疼。

排完水，已经中午了，太阳从云缝里闪出个影子，又很快藏起来了，她站在田里，祈祷云层快些散去。那一瞬，她想起小时候要是逢着干旱，母亲会跪在地上求老天爷赐一点雨，那样子又虔诚又好笑。如今，自己也和母亲一样了。

到了下午，再没下雨。傍晚时，霍林河上面晕开一层薄霞，在河面上映出金灿灿的光，泼洒在榆村的屋顶、树梢，也染红了袅袅的炊烟。朝霞雨，晚霞晴。来早心里的一块石头落地了。

第二天再去田里时，雾气蒸腾，在那方绿浪上缭绕，来早走在渠埂上，看见细风抚过的瞬间，有黄灿灿的花粉，微微拂动，像一颗颗小小的精灵。她的心里溢着喜悦，恍惚间，想起自己曾经也梦想自己做生意，当老板，不再看别人的脸色，现在，俨然实现了一半了。

这时，来早的手机响了，是白晨来打来了电话，说他又来赍安城开会，听说这边遭了大雨，不知那两畦稻子受到了影响没有。来早把这边的情况说了一下，白晨来如释重负地说："那可太好了，我真怕你的辛苦白白付出。稻子长成这样，基本上就是大功告成了，你要知道，你的成功，意义非凡，以后将改变整个村的命运。"

来早想，我能把自己的命运改变就不错了，还能改变一个村的命运？便说："哪有那么严重？"

白晨来说："你不要只看眼前，要看大局。"

来早想，眼前我都顾不过来，还能看什么大局？但也不想跟他继续讨论这个话题，就问他来赍安城开啥会。白晨来说赍安城成立了一所盐碱地研究院，他来参加挂牌仪式。来早一听，请他来看看稻田，白晨来说这次就不来了，不过以后，说不定会常来，研究院成立以后，他将被聘请过来工作一段时间。来早说那以后自己找他帮忙就更方便了，心里无故开心起来，直到电话挂断，那种开心还在。

　　来早很幸运，她顺利地熬到了秋天，一到秋天，稻子就金黄金黄的了，这是榆村的土地上第一次出现稻子带来的颜色，稻穗沉甸甸的，把稻秸秆坠得直不起腰杆子了。开镰时，刘国胜来了，他说榆村从来没有出过稻子，看着来早在碱疤瘌上鼓捣出粮食来，就跟做梦一样。

　　来早也感觉像梦，站在渠埂上，放眼望去，那一片无边的盐碱地，白渗渗的碱嘎巴上，偶尔冒出星点蒿草，是那么斑驳，那么荒凉。唯有脚下这方茂实的稻，一晃一晃，荡漾起伏，闪着金色的光。

　　那两畦稻，刘国胜开了第一镰后，来早都没来得及伸手，几个围来看热闹的人就你一镰我一镰的，帮着割完了。那些人散去时，来早站在空旷的稻茬地上，依然不舍离去。稻茬儿齐整整的，踩上去，走一遭，一步跟着一步，天高云远，耳边都是嚓嚓声，像悦耳的音符。来早想，要是把家里那两垧碱疤瘌都换上土，长出稻子来，多好啊。小时候，她从来不相信这世上会有愚公那样的傻人，如今看来，这世上，真需要有几个愚公那样傻的人。

65

　　二〇〇九的第一场雪是在夜里落下来的，榆村的人都毫无防备，第二天早晨，推开门，就见雪盖住了屋顶，盖住了树梢，盖住了柴垛和冰塘，也盖住了放眼无边的草原，天地间白茫茫一片。

　　差不多有十年的时间，榆村没下过这么大的雪了。而且，下在了打苇之后。榆村的苇，也有十年没采了，是这十年里，不是正值苇子生长的日子逢着了干旱，苇子长势不好，就是到了采苇的时候，忽地下场大雪，把苇埋住了大半截。这年冬天，苇子长势好，天气也好。

到了采苇的季节，家家户户，把多年不用的打苇刀都拿出来，摁在磨刀石上霍霍地磨。等到了开采的日子，男人们纷纷变身为刀客，去采苇了。

胡长庚的腰不好，也去了。他想攒下几个过年的钱。来多来电话了，说回来过年，不是自己回，是带着对象回，姑娘第一次登门，要给见面礼。胡长庚想，这一通苇打下来，是可以在准儿媳妇面前赚个十足的面子了。

这天早晨，胡长庚扫着雪，在心里默默庆幸，这雪落得不早不晚，好啊。他堆了一个大雪人，从屋檐下拽个红辣椒，摁在那颗大脑袋上，独自欣赏一阵子，回屋去了。那时候，正好早饭上桌，老太太已经坐在炕头上等候了。

饭是白米饭，是来早种的稻子新磨出来的米。胡长庚爱吃，每次都能吃两大碗，这回，又是边吃边夸赞，他说："自己种出来的，就是不一样，没肥没药，肯定不伤身子，等过年时，大伙都回来了，要给他们都拿上一些，回去也尝尝咱自家门口长出来的稻。"

来早见父亲在兴头上，接话道："明年，我要把那些地都种上，以稻谋生。"

胡长庚心里不大高兴了，冷笑道："半两人说千斤语，好大的口气！咋的，你还想把那么一大块地都换了土？"

来早说："咱家今年攒下的钱，够把剩下的地换完了。"

胡长庚说："你爱怎么折腾就怎么折腾，不要打家里的主意。"

来早闭嘴了，心里却沉闷压抑。

这年呀节的，一盼就到，眨眼就是腊月二十三了。这天，秀草蒸馒头炸肉，来早大扫除，胡长庚把院子又扫一遍，连那个雪人身上的灰，也清理了。老太太精气神好，掀开炕席一角，从底下拿出一张大红纸，用剪子裁得方方正正的，叠成一个纸包，往里头塞钱，说是给未来的孙媳妇准备的红包，秀草问她塞了多少，她用手捂着，不给人看。她们笑成一团。

到了傍晚，来早去接来多了。她刚到石油公司前，大客车就沿路开过来了。车门一开，招呼大伙到站下车的，竟然是叶高粱，开车的则是韩青。来早打个愣怔,刚要打招呼,来多拉着对象下来了,叶高粱看也没看她一眼,关上车门,离去了。来早有些失神,来多给她介绍姑娘的名字,她也没记住。

姑娘拉着行李箱跟来多并排走,大概是没下过农村,看东看西,问这问那,眼里都是好奇。来早帮着他们提包裹,在后面跟,怕打搅他们,故意落后几步。箱子的辘轳在地上滚,骨碌碌直响。她想起自己从赉安城回来时,这路还没抹上水泥,还没这样平整,胡长庚怕费辘轳,是把箱子扛在肩头的,不觉间一阵恍惚。

来多一进门,把那姑娘介绍给家人,秀草帮着姑娘脱掉大衣,拉着人家上炕坐。老太太仰面打量着,问姑娘冷不冷,连来多也忘了招呼。

来多嗔怪道:"奶奶,你也不问问我冷不冷啊?偏心眼了呢。"

老太太笑着说:"我没见过这么水灵的丫头,看不够。"

来多说:"奶奶这样讲,不怕我姐生气吗?"

老太太说:"她一个外姓人,我才不怕得罪她呢。"

一家人哄堂笑,那姑娘也跟着笑。来早看他们其乐融融的,退到灶房做饭去了。

到了腊月二十九,胡长庚的弟弟妹妹们都回来了。老太太拄着拐棍,站在大门口,不停地张望。有那么一阵子,老太太没望见自己的儿女,倒是望见了叶大山开着三轮车,拉着高粱的爷爷往家里去了。她跟人家打招呼说:"又到一个月了啊?"人家回了啥,她也没听清,兀自感叹着:"又一个月了,时间可真快呢。"不一会儿,就看见了芝芬。这几年间,芝芬的公婆相继去世,儿子也结婚了,逢年过节的,常去亲家那里,她就和丈夫回榆村来过年了。

又回的是芝芳两口子,他们的女儿在两年前嫁人了,给他们生了一个小外孙,生龙活虎的,一直在南方过日子,见不得东北的冷,冬天便从不回来。芝芳就先回榆村陪老太太过年,等年一过,再和丈夫去南方看小外孙。

再回的是胡长北,他带了媳妇桂婉。他们的儿子没有同来,也结婚了,丈人家生意好,他要帮着打理,总也不能回,他们两口子倒是常去帮忙带孩子,但这个年,他们还是务必要回的。

胡长安一家三口又是蹭了春生的方便车,春生一直把他们送到家门口。

到了晚上,老太太被儿孙簇拥着,坐在正位,看着大伙喝酒说笑,端着杯子,也要倒一点。大伙七嘴八舌的,和老太太逗话,说喝醉了可不许耍酒疯什么的。老太太咧嘴笑,抿一口酒,脸立马红扑扑的。大伙就又讲,老太太这精气神,活到一百岁没问题。老太太孩子似的,伸出两个巴掌说:"要是只能活到一百岁,这不眼瞅着要活到头了吗?"大伙哈哈笑,"呸呸呸"朝地上啐,说十年太少了,起码五十年。老太太说:"那不成老妖怪了吗?"

吃饭的时候,来早给每人盛了一碗大米饭,告诉他们是门前那块碱疤癞地里长出来的,让大伙快点尝尝。大伙捧着碗,闻一闻,吃一口,都说好,都说来早能干,都说走时要带点。来早听着,暗暗开心。

人一多,胡长庚家睡不下了,吃过晚饭,来早到李小米那里找宿去了。李小米开小卖店,从不招那些打牌的,没有晴二嫂开时赚钱多,倒都是些干净钱。李小米说自己跟晴二嫂不一样,晴二嫂没孩子,怎么耍都不为过,自己有千禧,怕那些不三不四的营生带坏了他。这样一来,十分清静,平日里,来早也常过来陪她。

这晚,来早到小卖店时,小米妈也在。本来,小米妈是要留下来陪李小米的,见来早来找宿,就带着千禧走了。李小米送他们到大门口,把大门锁了。回来后,屋门一闩,被子一铺,和来早往被窝一钻,说起话来。

那时候,外面偶尔传来几串爆竹声,她们听着,忽觉时光恍惚,她们三十岁了。十年过去,日子依然平平,一事无成,和叶高粱、张麦子比,连个家也没有。李小米尤其羡慕张麦子,说张麦子和男人回了老家,男人跟着一个安装队给人家装空调,张麦子在县城里开了一家母婴店,顺便照顾婆婆,十分幸福,唯一遗憾的是,这么多年,麦子一直在找魏长福,魏长福却始终音信皆无。说叶高粱也不错,韩青也被石油公司裁下来以后,正好赶上费安城通往乾平县的客运线路转让,他们就买下来,两口子一起跑客运去了。她感叹原本的四个好朋友，看似都有了自己的生活，因为自己和来早走了不寻常的路，就显得根本没有自己的生活。

来早听着李小米的唠叨，心思却飘到了那块盐碱地上，要想把那块盐碱地都种起来，不足的钱，该怎么凑呢？她想搞点副业，用副业把盐碱地养起来，但在榆村这个小地方，她看不到商机，不免生出一个主意，想在这一群回来过年的亲戚身上下下功夫。

年三十这天，吃过早饭，来早正刷着碗，来多凑过来，小声说有事和她谈。她就擦擦手，问来多怎么了。来多寻思了半天，抿着嘴说他要在城里买房子了，家里给凑了点钱，但还不够交首付，问来早手里还有没有？来早思忖一下，冲着来多笑笑，问他家里给凑了多少钱？来多说凑了二万，还缺三万。来早一听家里竟然有这么一大笔钱，暗想父亲真是偏心，她种稻子时那么为难，他也没舍出一分。但来多每次开口，他都毫无怨言，心里有一丝难过，神情也犹豫起来。来多见她不吭声，以为她不肯帮忙，清了清嗓子说："姐，咱家的日子比过去好多了，只要你不瞎折腾，爸妈就能享福了，你手里要是还有闲钱，先借给我，等你结婚时，我就还。"

来早十分失望地看着来多说："我打工那几年，也没攒下几个钱，手里还攒着点，是留着种稻的。"

来多说："姐，你干吗不能像别人一样安生过日子呢？你一个女的，这样折腾多累？我也是心疼你啊。"

来早笑笑说："我一直以为，就算所有人都不理解我，你也是支持我的那个。"

来多似乎失望极了，哀叹一声，转身走了。

年三十下午，胡家早早吃过晚饭，一家人便说话的说话、打扑克的打扑克、看电视的看电视。老太太眉欢眼笑地看着，一会儿让这个嗑瓜子，一会儿让那个啃冻梨，一会儿又叫过来多和对象还有小孙女，陪她看条牌。

来早帮着秀草准备年夜饭，她们要包饺子，一个和面，一个调馅儿。等到"春晚"一开始，就把面板摆上，边捏饺子边看电视。芝芬说乾岳包的饺子好看，是元宝饺。芝芳说桂婉的手最笨，尽包些仰巴饺，连个褶儿也没有。乾岳笑，桂婉也笑。老太太说仰巴饺正是应了那句"舒服不如倒着"，吃了有福。

年夜饭都是半夜里开，可也有"抢福"之说，亥时一到，村上的人就有发纸放鞭的了，秀草催着胡长庚也快些抢，胡长庚就抱起放在墙角的烧纸往外走，让来多拿上鞭炮，跟着一起出门。

到了院子，胡长庚在地上画了一个圈，把早准备好的芝麻秆扔进圈里点着，念着"芝麻开花节节高"，等火焰蹿起来，黑黢黢的夜空，顿时火光通明，胡长庚把烧纸扔进火堆，唤着先人回来看看，顺带取走烧去的纸钱，又用柴棍挑出几张，扔在圈外，让孤魂野鬼的，也来沾沾光，缺啥少啥的，可以回去置办置办。火光更亮了。来多把炮仗引燃，就吃年夜饭了。

一家人围桌而坐，这就要讨彩头了。都说今年要破破规矩，来个和往年不一样的，由胡长庚开始，挨个给老太太敬酒，说吉祥话。

胡长庚端着酒杯说："有娘在，咱们都有家，希望老太太洪福齐天，看着咱这一大家子越来越好。"

老太太笑。

来多说："我爸年年都是这套嗑儿，也不变变样儿。"

秀草说："你爸这话虽然简单，但也包含了三层意思，一说老太太健康长寿，二说人丁兴旺，三说咱胡家的子孙日子都越来越好。"

胡长安说："大嫂啊，你这辈子就是这样好，大哥说鸭子，你一准儿喊扁扁嘴儿。"

大伙跟着笑，都说不管咋说，大嫂这么一解释，还真是那么回事。

接着，芝芬说。芝芬男人说。芝芳说。芝芳男人说。长北说。桂婉说。长安说。乾岳说。

这一圈轮下来，大家就把目光都丢给小辈儿们了，尤其都在心里合计着来多的对象。这个年，可是要讨大彩头的，大伙都想看看，胡家这个念过大书的后生，到底找了个多有水准的媳妇。

这几个小辈中，来早最大，他们让来早先来。来早却跑到厨房里添菜去了，大伙就让来多先说。

来多不推脱，站起来说："该说的祝福，长辈们都说过了，这回我唱一首《小拜年》。"说着，就又是扭又是唱地耍开了。

一曲唱完，大伙哈哈笑。老太太更是笑出了眼泪，一只手抹眼睛，一只手掏红包。这是老太太的规矩，还没结婚，都给红包，等成了家，就不能再当孩子看了。来多就收了。

到小堂妹了。小堂妹要给大家跳孔雀舞，看看屋地，说是太窄了，就只做了几个手上的动作，柔软灵动，一家人发出一阵喝彩声。老太太说一声"好"，同样塞了一个红包。

到来多对象了。大伙的目光齐刷刷射过去。来多对象站起来，脸红了，举着杯，笑笑说："凤凰翱翔在千仞高山上，只会停留在梧桐木上；高士蛰伏在一个地方静待，不是真正的明主不会依附；我一非凤凰二非高士，却非贤德后人而不嫁，今随来多回来，目睹一家人其乐融融，虽是平常人家，倒家风不凡，感激奶奶和各位长辈教诲有方，让来多卓尔不群，而我有幸和贤德之后结连理之好，日后过门，定遵循家风，助家道兴旺。"

话音落定，一家人你看我我看你，啧啧赞叹，他们谁都听得出，简短的一席话，不动声色，夸了胡家老少，更夸了她自己。他们一边回味着来多对象说话时的语气和韵味，一边掏红包往人家手里塞，说胡家的媳妇当中，老少一起数，除了乾岳有文采外，再就是来多的对象了。胡家这样的草根世家，能娶到这样的女人，也定能福泽子孙。老太太听着大家的夸赞，掏出个鼓鼓的红包，塞过去了。秀草更是把胡长庚打苇赚来的钱，全部奉上了。来早是姑姐，自然少不了这个礼节。

欢笑过后，大家让来早赶紧登场了。可她还没说话，胡长北起身道："来早，二叔先替你许个愿，希望我大侄女今年能找个好人家嫁了。"

来早笑着说："许愿不如行动，二叔要是真的希望我好，不如帮点儿能帮的。"

胡长北看着来早说："二叔要是能办到的，一定不遗余力。"

来早说："二叔，你这话我可记下了，过完年，我要把剩下的碱疤癞都种起来，到时候，要是钱不凑手的话，就和你开口，你可要兑现承诺。"

胡长北一下子冒出冷汗来,但还是硬着头皮说:"一定一定。"

来早没想到胡长北这么痛快,当真了,谢过二叔,刚要提酒,胡长安一摆手说:"来早,你求你二叔办事,那是上梁的找篾匠,找错人了。"

大伙一听,哈哈笑。胡长北也笑,来个借坡下驴说:"那是那是,这种事,还是找你三叔靠谱。"

来早见状,乐滋滋说:"三叔要是肯参与进来,那更好呢,这可真是叔叔多了好办事呢。"端起酒杯,又要说祝酒词了,胡长安却又摆摆手,让来早把酒杯放下说:"借票子做衣裳,到头来,只会落下个浑身是债,你要是真想赚钱,三叔还真有个好主意呢,待会吃过饭,三叔告诉你。"

来早心里溢出喜悦,恍似这么多年,胡家这个大家庭,从来没如此和美过,她想,到底是一家人,心往一块想,劲儿往一处使,再大的难,都能扛过去。一激动,就有些眼泪汪汪了,她咬着嘴唇说:"我保准能把稻子种好,让咱们胡家人,都吃上我种的稻。"

大伙听完,直愣愣地看着她,似乎都很扫兴,都端着酒杯,不知怎么喝下那口酒。

66

正月初一,叶高粱和韩青回娘家来了。他们跑客运了,初三就要出车,然后就没闲日子了。年三十那天,叶高粱想回来陪陪爸妈,韩青的父母不乐意,韩青也不乐意,只能等到初一才赶回来。他们一进屋,高粱妈的饺子已经煮好,菜也炒完,正往桌上端。他们脱下大衣,刚要上桌吃饭,就听里屋传出咳嗽声。

叶高粱愣了一下,纳闷地说:"年前打电话来,也没人提起爷爷在呢,怎么才过了两三天,爷爷就来了呢?"

高粱妈冷笑说:"差两天过年了,你小叔叔让我们去把人接来了,这个月轮到咱家了。"

叶高粱没再说话,和韩青一起进到里屋去,和爷爷打招呼。

老爷子一直瘫着,见了叶高粱,嘴一瘪,像是要哭,忍了忍,咽回去了,伸手够住韩青说:"我们叶家的家风,让你见笑了。"叶高粱脸上挂不住,扭头站到一边去了。老爷子一看她的样子又说:"你可别学他们,要孝顺公婆。"叶高粱不知该怎么说,韩青在一旁解释道:"高粱很好呢,爷爷别惦记。"老爷子又道:"做得好,咋还不给你们韩家生个孩子出来呢?"韩青语塞了,叶高粱的脸也白了。

叶高粱想跟爷爷说她流过产的事,想说流了那一次后,怀上就流,怀上就流,倭瓜纽似的,长不大就化掉了,但她开不了那个口,这事是她心头的刺,想一想就疼。高粱妈送饺子进来,高粱接过去,默默地喂爷爷吃起来。

喂过老爷子,叶家人开始吃饭了,在桌上,高粱妈又唠叨起高粱的小叔叔,高粱和韩青光听着,都不说话。

叶大山觉得媳妇当着姑爷子的面儿说那些陈芝麻烂谷子的,实在丢人,让高粱妈闭嘴。高粱妈却一肚子怨气似的,非说不可。说哪怕让老爷子在那里过个年,她也不会这么生气,哪有差两天过年了,还把老人赶出来的理儿?声音怕是太大了,老爷子躺在里屋,大声喊:"大山媳妇,你就别怪她小叔叔了,要怪,就怪我咋还不死吧,高粱也是做媳妇的人了,你给她留个脸吧。"这一说,高粱妈才闭嘴了。

高粱终于按捺不住了,她说:"往后别月月折腾爷爷了,就留在咱家吧。"

高粱妈愣了愣说:"你讲得轻巧,他一动不动,要全天不离人伺候着,我干不成活儿了,一家人吃啥喝啥?"

韩青道:"我和高粱跑客运了,不少挣,往后多贴补家里些。"

高粱妈和叶大山听着,都看着韩青,一脸诧异。叶高粱也特别意外。

韩青笑笑说:"小叔叔那边,由他们去吧,咱们修行,咱们得好,我和高粱始终没个孩子,我总想是上辈子造了孽,现在出钱让爸妈伺候爷爷，就当爸妈替我们积积德。"

韩青的话，听起来不温不火，孝心十足，实际上，是颗闷雷，是在告诉叶高粱全家，叶高粱的肚子一直空着，就是因为他们叶家的德行不够。高粱爸妈顿时红脸了。

叶高粱也打个冷战，心想，韩青心里的结还是没解开。那年，她流产后，一直生韩青的气，就一直没再怀孩子。是她不想生。她想让韩青急，让韩家人急。果然，韩家人乱阵脚了，以为她会像张海的媳妇一样，生不出来了。韩青妈带她去医院做检查，大夫说她没毛病，她的肚子却始终一点动静也没有。

他们不知道，她有很多法子让自己的肚子空着。

叶高粱也不是不想给韩青生孩子，就是憋在心里的那些难过总也驱之不散，她不知如何排解，就想咋就咋，说啥是啥，有时候甚至故意把事情搞砸，惹韩青发火，然后一脸无所谓地看着韩青那副狗咬尾巴转圈圈的样子，十分痛快。

韩青也很快破罐子破摔了，他变得十分冷漠，不管在家还是在石油公司，都好似看不到叶高粱了。那样，叶高粱又慌了，问他凭啥那样对自己。韩青总是不吱声。倒是有一回，韩青被她逼急了，就说："小时候，遇着下雨天，雨水顺着房檐子往下滴，坐在窗台上听，心里要是哼着一首歌，那雨滴的声音，就是那歌的旋律。心里要是苦恼的，在怨恨什么，想着骂人的话，那雨滴吧嗒吧嗒的，正好和骂出的话合拍。"

叶高粱知道，韩青的意思是说，她总怀疑他忘不了来早，都是她的心理作祟。叶高粱就只剩下无奈了，觉得他一点也不懂她的心，再也不折腾了，学着韩青的样子，也冷漠起来。每天，尽管她照样跟着韩青一起上班下班，却各自揣着委屈，谁也不顾及谁的感受。

得知来早从福利服装厂离职回到榆村的那天夜里，叶高粱和韩青躺在炕上，屋子里没有开灯，黑黢黢的。外面有风，偶尔扫过玻璃，唰唰响。不远处有火车来，震动着铁轨，哐当哐当的，炕也跟着一颤一颤的。汽笛声长长响起，火车并未在站台上停靠，呼啸而去。

待一切都远了，屋子里又是死一样安静。那样的静，让两个人都能听见彼此的呼吸，那样清晰的呼吸，让叶高粱拘谨不安，恍似和一个陌生的男人共处一室。

叶高粱的神经又绷起来了，她突然想说说话，想用交谈的方式打破她和韩青之间的桎梏，或者说，她想唤醒一下韩青的记忆，让他记起，他身边躺着的，是他的妻子。可是她找不到话题，想了很久，说出一句："来早回来了。"韩青没有回应。叶高粱又说："听说，是被古永淳的老婆给赶回来的。"韩青还是没有接话，侧翻过去，发出细微的鼾声。

叶高粱坐起来，把灯拉开，痴痴看着韩青，仿佛自己被扔在了烧红的鏊子上，一阵煎熬。她听着他的呼吸，想起许多美好，却无论如何也不能明白，她怎么就失去了这个男人对她的好感？

叶高粱想，等天亮了，她要和韩青好好谈谈了。

可是，等天一亮，叶高粱和韩青的谈话还没开始，韩青先来和她问话了。

韩青手拿着一瓶避孕丸，有些虚弱地问："为啥吃这个？"

一看那药瓶，叶高粱慌神了。

韩青把药瓶砸在叶高粱脸上，绝望地走了。

看着韩青的背影，叶高粱陡然意识到，这回，她玩大了。她突然发现，那些一直以为韩青不爱自己的感觉，一直是错觉。瞬间，像一片叶子从树上掉下来一样，飘飘摇摇，躺在地上。

那以后，几个月的时间里，叶高粱每天都能看到韩青又憔悴了一点。她开始害怕，怕这婚姻就要走到尽头了，她想找个机会弥补，她想给韩青生一个孩子了。

又是一个有风的夜里，叶高粱和韩青还是那样并排躺在炕上，关着灯，谁也不说话。大约还是韩青先睡去的，叶高粱就从自己的被子里伸出一只手，慢慢朝韩青的被窝探去。她的手摸到了韩青胳膊，又游移到韩青的胸口，慢慢穿过一片平坦，朝令她忐忑的山丘跃去。韩青打个激灵，抓住她说："做了，你还要吃药，对身体不好。"

叶高粱怔了怔，掀开被子，移移身子，抱住韩青，像第一次和韩青在一起似的吻着他。她说："就当今夜，是我们的第一次吧。"

一个月后，叶高粱怀上了。那一刻，她和韩青前嫌尽释，韩青似乎是想把上次害她流产的歉意一股脑补给她，宠她、溺她，她想吃啥吃啥，想买啥买啥。韩青的爸妈更是尽心伺候着，她差不多尊贵成公主了。

好景总是不长。那天，叶高粱身上痒，要洗个热水澡。韩青就温了一锅水，倒进澡盆子里，量了水温，帮她宽衣解带。可也不知怎么了，她忽地打了几个喷嚏，进到澡盆里没一会儿，就喊着肚子疼了。

他们连夜去了医院，孩子还是流产了。叶高粱哭着说："打个喷嚏怎么还能流产呢？"大夫说："是习惯性流产。"叶高粱一下子又恨起来早了，她说："要不是她害我流过一次，我咋能得了这样的毛病呢？"

后来，叶高粱又怀过两次，都流掉了，她就不敢再想怀孩子的事了。她一天生不出孩子来，就一天不能原谅来早。她觉得这一切的罪魁祸首，就是来早。她怎么也没想到，韩青会把这事儿归咎到什么积德造孽上去，她对韩青有些不满了，但还是打个冷战，想这世上的事，恩怨错综牵绊，谁又敢说不是哪一桩的罪，应了哪一桩的咒呢？

吃过饭，韩青要回好字井了，说初二晚上过来接她。她的心情一下子又不好了，送韩青出门，看他走远后，心里生出一片空寂。

67

到了初三日，胡长庚的亲戚都纷纷离开了。来早给他们准备的大米，他们都拿上了。胡长安一家还是要坐春生的车子走，临上车前，来早想起胡长安在大年夜里说过有个好主意，能让她赚钱，便拉着胡长安走到一边，问他那个能赚钱的好主意，到底是啥？

胡长安笑了笑说："就是干保姆，你要是同意干，我回去后，到那主家给问问。"

来早想，春耕前要是能有事做，正好可以赚些备耕开支，便答应了。

就在当天下午,来早接到胡长安的电话,说去问过那主家了,正急需用人,让她马上进城。

初四一大早,来多和对象也要走了,来早就和他们一起到嘎罕诺尔镇火车站,坐着火车出发了。

来早在赉安城下车,来多和对象在赉安城换乘。出站后,来多让对象先买票,自己送来早去坐公交车,在和来早告别的时候,来多又劝来早别再瞎折腾了,说她这样弄下去,一家人谁也消停不了。来早坚持自己的想法,说只有干一件属于自己的事,她才踏实。来多说她干的都不是女人该做的事,纯属自讨苦吃。来早很不悦了,问来多这世上到底哪一件事该是男人干的,又有哪一件事是女人不能干的?是不是凡是做女儿的,就要牺牲自己,维护父母;凡是做姐姐的,就要牺牲自己,去维护弟弟妹妹;那但凡做了妻子,是不是还要牺牲自己去维护丈夫;做了母亲,再不顾一切地维护孩子?那么,女人是谁?女人要做谁?

来多答不出来,他想了想,把口袋里揣着的两万块买房钱,塞给来早说:"就当是我还你的,但是你要记住,你口挪肚攒去弄那块碱疤癞,不管吃多少苦,挨多少累,都不值得同情,你但凡能听人半句劝,也不至于活得这样贫窭。"说完,转身走了。

来早看着钱,再看看来多渐渐消失的身影,无声地哭了。过了很久,她默默上了公交车。

公交车一驶到胡长安家附近的站点,来早就看见胡长安站在路边等她了。她下了车,胡长安就带着她往那主家走,快到主家门口了,来早才知道,那主家就是胡长安的校长,家里有个垂髫小孙,没人照看,所以想请个年轻有文化的保姆,既能做些家务,又能教教孩子。

胡长安说:"让你来,也是两成全,今年,我和你婶子都要晋职称,你小堂妹也要转正式编,你要是能把这一家子伺候好,校长会感激我给他们找了一个好保姆的。"

来早忽有一种被胡长安利用的感觉,大年夜里莫名生出的那种和美之感,瞬间消失殆尽。可人已经站在校长家的楼下了,也没有回头的机会了,只能随着胡长安上楼去了。

进了门，来早从胡长安和校长的寒暄中听出，是校长的儿子刚刚离婚了，小孙子夜夜找妈妈，正闹得凶，胡长安这个时候把自己的侄女送来做保姆，简直是雪中送炭。

可是干了几天后，来早发现，这保姆的钱并不那么好赚，要看孩子，要做家务，要照顾校长一家的饮食起居，天天忙得晕头转向，即便如此，校长的夫人还是不太满意，一天当中，总要有那么几次，抓住一件小事儿唠叨她一下，比如地上的头发没捡干净、柜脚处发现了一撮灰尘、菜做咸了淡了、卫生间的拖布没摆正位置……

来早有些吃不消，想干脆不做算了，可一想到种地的开支，一想到胡长安送她来时的嘱托，就别无选择了。好在一周当中，总有个星期天是轻松的。因为到了这天，校长的夫人会给她半天假，允许她出去买些私人物品。她总是充分利用这半天的时间在外头透个气，有时去宁巧那里坐坐，有时和白晨来找个小馆子聊聊天。

这天，又是一个星期天，来早把孩子哄睡，就出门去了，是她接到了白晨来的电话，说盐碱地研究院里要搞一次专题讲座，问来早有没有兴趣听。来早特别感兴趣，便兴冲冲去了。

讲课的正是白晨来，主讲的内容是"如何合理治理、利用盐碱地资源，让不毛之地稻花飘香"。

来早还是第一次听这样的课，白晨来一开讲，她就被深深吸引了。

白晨来讲："盐碱地上，植物很难在上面扎根，一方面，是受高浓度盐碱导致的渗透胁迫，使植物吸水困难，造成植物的生理干旱；另一方面是因为离子毒害，盐碱离子会破坏植物细胞膜的结构和功能，同时影响植物对养分的吸收，最后导致植物死亡。……

"传统的单纯泡田洗盐技术在短期内无法快速消除盐碱障碍，不仅会造成水资源大量浪费，还会拉长治理年限。所以，重度盐碱地改良必须坚持'以耕层改土治碱为基础，以灌排洗盐为支撑'，而且改土要先行，通过改良剂将其中的盐碱成分降至合理水平。……

"盐碱是由水带来的，也需要用水把它送走，实现'以水压盐''盐随水走'。这离不开加强水利工程建设，打通河湖水系让盐碱地治理有水可用，盐碱稻田排水有处可去。……"

那讲座持续了九十分钟，等到白晨来讲完时，周围响起了一阵掌声，来早才恍然意识到，她听傻了。不仅仅是那讲座的内容震惊了她，白晨来的学识，也一样震惊了她。她很羞愧第一次见他时内心里涌上的那股子不屑，恍惚间，身旁已空无一人，而她还在痴痴地坐着。

这次真是满载而归。傍晚时，来早从研究院出来，白晨来送给她一本袁隆平先生的《盐碱地稻作改良技术》。来早拿着它，走在拥挤不堪的街上，脑子里都是怎么把稻子种好的坚定信心。

后来，来早又去听了一次课，就辞去保姆的工作，回到榆村张罗拉河塘土垫地了。

胡长庚有些奇怪，来早手里并不宽裕，就算干了两个月保姆，张罗起垫地的事，也不会那么痛快，就问来早的钱是哪儿来的，来早怕她爸知道这钱是来多留下的又要发火，就说是和春生借的。

胡长庚不信，偷偷给来多打了一个电话，问他房子买了没有，来多说不急不急，胡长庚当即意识到不好，便问他是不是把钱给来早了。来多支支吾吾，说不出个所以然，胡长庚"啪"地把电话挂了。胡长庚要和来早谈谈，他想，她这样一个姑娘，总是出马一条枪，每次，都气到他元气大伤，这回，简直胆大包天，连来多买婚房的钱也敢占用。

这天晚上，吃过晚饭，见老太太早早回房间歇着了，胡长庚叫住来早说："我和你说过，不管你咋折腾，只要不牵扯这个家，我不管你。"

来早看着胡长庚，不明白他又发哪门子邪火，她说："我并没有牵扯这个家。"

胡长庚说："来多的婚房到现在还没买成，你以为我不清楚是咋回事吗？你，我可以不管，来多我不能不管。"

来早颓丧地说："等稻子收成了，再买房子也不迟。"

胡长庚的心口如刀剜一样疼了一下，指着来早说："你马上把这钱给来多还回去，否则，就从这个家里滚出去。"

来早还想说点什么，秀草怕胡长庚气出毛病来，把来早拉到一边说："你就听你爸的吧，他的脾气，你又不是不知道。"

来早愤愤地看着秀草说:"可是,钱都花到地里去了,我去哪儿弄那么多钱啊?"

秀草想了想说:"你二叔倒是欠了咱家一匹马的钱,这些年,他黑不提白不提,要是能要回来就好了。"

说者无心,听者有意,来早当即想,过年的时候,二叔还说,只要她求他帮忙,只要他能做到的,一定不遗余力,如今,自己也不求他,也不借他,只要他把欠的还回来,二叔应该不会觉得太为难吧。

转天,来早去了乾平县的一个镇子找胡长北去了。

胡长北和桂婉一见来早来,十分惊诧,面子上很热情,心里都在合计,这姑娘大概是无事不登三宝殿。

果然,来早绕一圈弯子后就说:"二叔不是跟我说过吗,遇了难,尽管来找你。"胡长北呵呵笑,眼珠子滴溜溜地转着说:"二叔这辈子,耗子尾巴长疖子——没多大脓水,怕是会让你白跑一趟了。"来早说:"我也不会让二叔为难,就是我要种更多的稻,钱掰不开镊子了,我不冲二叔借钱,但几年前二叔应急,拿走了我家刚卖掉的一匹马钱,只求二叔把那笔钱还了就成。"胡长北的脸一下子成了猪肝色,盯着来早看了一会儿,故作镇定地笑了笑说:"这事儿,你爸知道吗?"

来早怕自己说胡长庚并不知情,胡长北会赖着不给,便说:"就是我爸让我来的,要备春耕了,季节不等人,种田赶时分,我爸也是知道二叔这两年日子好过了,一定还得起,才让我来问问二叔。"

胡长北点点头,桂婉却呜呜滔滔哭开了,拿起笤帚就往胡长北身上打,说他竟然背着她欠下这么一笔债,也不知把钱花到哪儿去了。胡长北气急败坏,一把推开桂婉,骂她是败家的,人家来讨债,她却拿不出钱来。来早瞧了瞧,看出叔婶二人在演戏,尴尬地笑笑,出了门。

来早回到榆村后,很后悔去找胡长北讨钱,不说讨没讨回,单说这事儿要是让父亲知道了,怕是又要闹个鸡犬不宁了。于是,大气也不敢出,天天偷偷察她爸的言语观她爸的脸色,过了有三四天,来早干完地里的活儿,一回到家中,就见胡长北丧眉耷眼地在炕沿上坐着呢,她的心一下子提到嗓子眼儿,上前拉胡长北,刚想嘱咐他不要提自己找过他的事儿,胡长庚气冲冲进来了,声音很低地说:"我还没死呢,这个家还轮不到你来当。"

来早咬着嘴唇说:"要不是走投无路,我咋会去找二叔开口呢?"

胡长庚说:"你滚吧,甭再进这个家门。"

来早说:"也好,往后我自己过,只要那两坰碱疤瘌。"

胡长庚哆嗦起来,他说:"好。"

来早的眼泪噼里啪啦往下落,一扭身,出去了。

来早寻了小卖店旁边的一处空房,和那房子的主人通了电话,请求人家把房子借给她住。那人家正愁房子没人看,答应她了。

就在那当天,来早从家里搬出来了,成了榆村第一个没有结婚,却支门过日子的女人。除了那两坰地,胡长庚还给了她一点儿口粮,再没其他了。

就在来早搬出来的几天后,来多结婚了。胡长庚给来多摆了一场酒席,喜宴结束后,他把全部积蓄都塞进了来多的包里,让来多快点买房。这样,他手里一个大子儿也没有了,但还是心满意足的,好像在向整个榆村宣告,他的来多已经成家立业,他的使命就此完成了,以后,在胡家,他胡长庚这支的门户,就由来多去撑了。

68

来早搬出来的第一个晚上,守着空荡荡的房子,怎么也睡不着,身体里巨大的疼痛碰撞出无穷的力量,让她不断涌上一股子斗志。她想,这么多年,和家人较劲、和榆村人较劲、和自己较劲,甚至和脚下这片土地较劲,说到底,不就是想活得光鲜一点吗?可老天爷总也不帮她,让她折腾来折腾去,还是竹篮子打水一场空。她一定要把这稻子弄成,让家人为他们那些错误的坚持而感到羞愧。

眼下,地垫好了,也平整完了,到了该灌水的时候,下一步,就是插秧了。手里的钱已经花光,来多扔下那两万,本来是能支撑一阵子的，但没花完的部分，她还给父亲了。接下去的日子，每一天，都将十分艰难。她急于找到一点事做，可想来想去，想不出个眉目，披衣坐在黑暗里，像一块化开的冰，四处流淌。

在黎明快要到来的时候，来早听见外面传来狗叫声，还有口哨声，没过一会儿，河边闹吵起来，仿佛还能听到船桨拨动水面时发出的哗啦哗啦声——那是打渔人去起网了。来早突然想到一桩好生意，这买卖底子薄，利润大，那就是去卖鱼。

熬到天亮，来早把这个想法和李小米说了，李小米一百个不同意，说她一个女的，咋能抢过那些男人呢？起早贪晚，很苦的。来早却说，女人要想活好些，不就要和男人一样去拼吗？那些所谓的苦，就算再苦，也苦不过没钱的日子。李小米知道是劝不住她的，也就不再劝了。

就这样，转天，来早去河边抢货了。那时候，天还没亮，骑着摩托车、开着三轮车、赶着毛驴车、骑着自行车的各方鱼贩，都已纷纷停在岸边，巴望渔船了。来早往堤坝上一站，大伙都好奇地看着她。一个鱼贩子说："女的？这么多年，霍林河边上还没有女的来抢货呢。"来早笑着回应："那我就做第一个。"说话间，渔船靠岸，她拎起渔人的网箱，把鱼倒进自己的筐里。鱼贩子说："嚯，还真是个茬子。"来早笑，把钱付给渔人，骑上自行车走了。

天蒙蒙亮时，来早到好字井了，一进村口，她为难了，想了一路该怎么吆喝，到了动真格时，嗓子清了好几次，还是张不开嘴了。

做生意不吆喝哪行呢？鱼是禁不起等的，太阳一出来，就该臭了。想了想，先试探着叫了几声，自己都才勉强听见，渐渐加大嗓门，最后，终于把第一嗓子喊透亮了，有了第一声，就不在乎第二声了，喊了三声以后，心里自然了，越喊越自如。就这样，来早骑着自行车，在好字井里转开了。竟十分顺利，还没到中午，她把两筐鱼都卖掉了。往回走时，特意坐在路边数了数钱，赚了一百多块，她想，明天还要到这里来。

就高高兴兴回去了。路过自家大门口时，来早看到父亲坐在那里，在和王树贵唠嗑，停下来，对着他们打招呼，王树贵笑滋滋应着说："我不在石油公司打更了，以后可以天天和我老磕头的唠嗑了。"胡长庚一见她驮着两个柳编筐，满身鱼腥味，脸子立刻拉下来，心想，生了她这样的闺女，既不能荣宗耀祖，也不能光大门楣，甚至还有点丢人现眼，气立时不打一处来。王树贵却不合时宜地又来了一句："早晨就听河边回来的那些打鱼的说，你去抢鱼货了，真是巾帼不让须眉啊。"说着，笑眯眯斜眼看看胡长庚，又道："你这姑娘真不一般。"胡长庚的脸色一下子黑了，胳膊一甩，扬长而去。留下王树贵很无辜地看看来早，来早白愣王树贵一眼，也走了。

接下去的一段日子里，来早都老早去河边抢货，去好字井卖鱼，这天，她又来到好字井，在村里转了一上午，鱼还没卖光，她有点着急，奔着火车站铁路家属房去了，她想要是有铁路家属买几份，很快就能卖完了。

她边走边吆喝着，就到了火车站旁。这还是来早第一次来火车站卖鱼，她怕遇见叶高粱，怕她又胡思乱想，可又侥幸地以为，吆喝两嗓子，卖完就走，不会那么巧就遇见的。

世间的事，总是怕啥来啥，来早刚吆喝两声，铁路家属房的女人们都出来了，她们把来早围住，问鱼多大、多少钱一斤？来早刚要介绍，感觉人群里有一双眼睛恶狠狠地盯着自己，抬头一看，正是叶高粱。她惊了一下，假装镇定地说："高粱，你也来买鱼呀，快把盆子拿来，我给你挑几条大的，你拿回去吃。"

叶高粱冷冷地把盆子递了过去。

来早欣然地接过来，把几条最大的鱼都捡到盆子里，又递给了叶高粱。

叶高粱接过来一看说："哟，可惜了。"

来早不明白她的意思，问她："可惜啥？"

叶高粱把盆子高高举起，把手腕一翻，盆里的鱼全部扣在了地上。

来早惊愕地说："高粱，你这是干啥？"

叶高粱轻蔑地说："太小了，我们家不稀罕吃。"说着，转身退出人群，快步离去。

来早蹲下去，默默捡起鱼，狼狈地逃开了。

走在回榆村的路上，来早想，再不能来好字井卖鱼了，接下去，该咋办呢?

　　这天,为了抢到更好的鱼,来早又早早来到河边,就在渔船还差两步三步才停下来的时候,一步跨进水里,跳到船上,摁着打鱼人的鱼篓子说:"这些,我全要了。"

　　岸上的男人们不服气,指着来早抱怨说:"你不给大伙留点儿活路啊?我们一大群老爷们,天天抢不过你。"

　　来早笑,拱起手说:"是你们都让着我呢,谢谢谢谢。"

　　男人们没辙,悻悻地扑向另一只船。

　　抢到鱼货以后,来早划着船,往嘎罕诺尔镇走。她想到嘎罕诺尔镇碰碰运气。

　　第一天来镇里,她不熟悉哪里是落脚点,但她知道镇里有个鱼市,就奔着鱼市去了。

　　鱼市是相当热闹的,两排铺着灰色瓦片的小门市房,又低又矮,每个门市房都有号牌,门口都各自支着一个摊位,摊主们都穿着黑色的防水围裙,都忙着把鱼篓里的鱼倒进大铁盘里,按大小种类分拣,在铁盘里分开摆放。每个摊位前都有顾客流连,也不用使劲吆喝,想买新鲜鱼的,在鱼摊子前走着、看着、问着,转来转去,比较一番,总会选上心仪的,带走一份。

　　来早觉得位置不错,把筐子放在地上,见有人过来问价,就和人家推荐一番。站了没一会儿,有个胳膊戴着袖章的男人过来了,让她赶紧走,说这里不让流动商贩摆摊,人家鱼市里的商户都是花钱买的摊位,市场要保证他们的利益。

　　来早一听,只能拎着筐子走。走了没多远,又不甘心错过那么大的客流量,就和那戴袖章的躲起猫猫来,见到袖章男走了,她就把筐子放在地上,小声招揽从身边走过的人。见那袖章男又出来了,她就把筐子拐在胳膊上,换个地方,继续小声介绍她的鱼。这样见缝插针地,花了一个上午,竟然也把鱼卖光了,来早很开心,并下决心,等自己有钱了,也要在鱼市里弄个摊位。

69

就这样，来早在嘎罕诺尔镇卖起鱼来了。她花了一年的时间，终于在鱼市里买了一个属于自己的摊位，再也不用和袖章男斗智斗勇了，也不用走街串巷了，渐渐也攒下一点儿钱，把种稻欠下的饥荒还上了。

这天，来早在河边抢到货，又往嘎罕诺尔镇去，到市场时，还没分拣完，新老主顾已经过来了。她把头发往脑后一绾，扎上防水的围裙，笑着给大伙称鱼、搲鱼鳞、抠鱼下水，一通操作完毕，把鱼塞进袋子里，递给买家说："吃好再来。"旁边那个鱼贩子盯着她，十分不悦，说这一大早，自己还没开张，都是来早抢了他的生意，来早不理他，他越骂越生气，干脆掀了她的鱼摊子，把铁盘举起来，往她身上砸。来早慌着躲闪，恰好一个男人冲过来，一个反手，把那个摊主摁在地上了。

来早定睛去看那男人时，发现是古永淳。是古永淳承包了嘎罕诺尔镇的一个工程，过来考察，顺便到市场上看她来了，没想到，撞上了那样的一幕。

来早并不希望古永淳看到自己的狼狈相，假装不认识他，转过身去，收拾起撒在地上的鱼。

古永淳默默看她许久说："这些鱼，我都包了。"

来早把鱼称好，装进袋子，递给了他。

那以后，来早的鱼摊子前，再也没有找茬的了，常常，她的鱼货一到，就被嘎罕诺尔镇几个工地的伙食长包圆儿了，市场上那个袖章男，时不时地，也要照应她一下。来早心里隐隐觉得，袖章男对她的照应和那些总买她鱼的人，一定都是古永淳暗中委托的。就提着两瓶酒去感谢袖章男，想探探这一切是不是真的和古永淳有关。结果，袖章男一看到酒便说："你有个那么好的靠山却不去依靠，何必在这里苦哈哈熬日子呢？"这下，来早啥都明白了，就给古永淳打电话，让他不要再掺和自己的事儿。

那段日子，来早索性歇业，专心在稻田里拔起草来。待那些草都拔得差不多了，才又回嘎罕诺尔镇卖鱼去。这回，那几个工地的伙食长不那么频繁地出现了，袖章男对她的照应倒是一如既往。她一心只求能把鱼卖好，日子变纯粹起来，即便心底还是常常涌起一些过往，但生活并没有因此而可怜兮兮，她想，最难熬的时候都撑过去了，那些记忆，也不过是伤口愈合之后落下的疤，即使留有痕迹，也不会再疼。

但树欲静而风不止。不知怎么的，有一天，来早正在给一个买家称鱼，一个半老的女人跑过来，把一方便袋子鱼摔在她的铁盘里，指着她就骂，不要脸，短斤少两，赚昧心钱。

来早停下手中的活儿，打量一眼那女人，脑子里迅速回放了一下这一早接待过的顾客，发现记忆里并没有这么一个人，就打开她的鱼袋子看了看说："这鱼不是我摊子上的。"

那女人更来劲了，跳起脚来，说来早是要无赖，扬言要是不给她一个说法，她就让来早在嘎罕诺尔镇鱼市消失。

来早自知和那女人理论不过，掏出手机，要报警，那女的却快速钻进人群，跑掉了。

过了一天，来早再来卖鱼的时候，袖章男来到来早的鱼摊子前，悄悄对来早说："姑娘，昨儿个那个闹事的，我给你找到了，人家说了，是有人故意让你不安生，花了钱，雇她来作你的。"

来早想，自己在嘎罕诺尔镇卖这么久的鱼了，虽说和别的摊主有些竞争，但遇着矛盾的时候，都是当面锣对面鼓敲开也就算了，任哪个摊主也不至于下这么狠的黑手，那么，除了同行之外，自己还能得罪谁呢？她百思不得其解。

又过了几天，来早卖完鱼，去农贸市场买镰头，回来的路上，拐进了服装大厅，想买顶草帽子，正在一个摊位前挑选的时候，忽听旁边卖衣服的隔间里传来一阵笑声，不禁探头看了一眼，可也就是这一眼，令她生出一头冷汗。那说笑的两个人，一个是闹她鱼摊子的半老女人，一个是张大梅。

来早顿时明白，这一切一定都是张大梅指使的。就要找张大梅问个清楚,自己卖鱼卖好好的,哪里得罪她了呢?径直奔着那个隔间子去了。

来早的出现,让张大梅和那半老女人都有些惊愕。

来早开门见山道:"她闹我的鱼摊子,是你指使的?"

张大梅笑起来,她说:"介绍一下,这位是我的同学,她男人是古永淳工地上的伙食长,他告诉我,说古永淳曾经发过话,工地上但凡吃鱼,首选吃你胡来早的鱼,这事儿,你不会不知道吧?"

来早也笑,她说:"那是你男人自做主张,并不是我上赶子找上门去的。"

张大梅板起面孔说:"那古永淳为啥跑嘎罕诺尔镇投资,还不是因为你在这里卖鱼?"

来早苦笑一下说:"古总投资嘎罕诺尔镇的楼盘,是毫无利益可得吗?如果是,你再来说他是因为我才跑到嘎罕诺尔镇来的。"

张大梅有些愤怒,却哑口无言。

来早乘胜追击,掏出手机,当着张大梅的面,给古永淳打了电话,她郑重地说:"古总,请管教好你的夫人,如果她再闹我的鱼摊子,我就没这么客气了。"说完,看着张大梅面如土色,大步离去。

张大梅一定是在古永淳那里得到了惩罚,再没打发人到来早那里闹事。来早的鱼摊子,渐渐平稳,卖鱼,成了她的日常。

这天,还没超过晌午,来早把鱼卖光了,她收拾好摊子,就往蔬菜水果批发那边去了。她是去找千禧,千禧在那里卖黄菇娘。

黄菇娘是一种灯笼果,成熟后,黄灿灿的,特别甜,李小米最初种的时候,只是随便在园子里栽了几棵,给千禧当零嘴吃。有一年,果子特别盛,千禧吃不完,她就让来早带到市场上卖掉,不承想,这一卖,遭疯抢了,来早一下子看到商机,回来就告诉李小米,可以在园子里多种些黄菇娘,换些零花钱。李小米信了来早的话,以后年年都在园子里种黄菇娘,果子多时,小米妈帮忙去卖,果子少时,来早带到市场,捎带着卖。但这个夏天,一直是千禧帮着卖,他刚刚完成小升初考试,总想帮李小米做点事。

这工夫,千禧也刚好卖完黄菇娘,来早就带着他往回走。船在榆村一靠岸，千禧要去抓虫子，喂他家屋檐下的几只小燕儿。那几只小燕儿是孤儿了，几天前，一只猫爬上窗棂，把它们的妈妈吃了。千禧要做它们的妈妈，说等到开学之前，一定要把小燕儿养出翅膀来。来早叮嘱千禧早点回家，别让李小米惦记，千禧应着，一头扎进树林里去了。

来早急急回家了，她急着吃午饭，再去稻田里拔草。她的午饭是一张大饼，就着一杯白开水。她把一张大饼吃完，把这一天卖鱼换来的钱掏出来数了数，把墙下的镜子拿下来，从镜子后面的墙洞里拿出一个铁盒子，把两张整票子塞进去，又把铁盒子放回墙洞，把镜子挂好。这一天的收获很大，来早十分满意，正准备小憩一下就去稻田，忽听李小米那院吵吵嚷嚷的，就跑出问出了啥事。

只见李小米拉着千禧，左看右看地说："城里来了一个愣头青，开着车子，打门口过，正好千禧迎面跑回来，差点给撞了。"

来早忙跳过墙去，一把拉过千禧，也这里看看，那里捏捏，问千禧有没有事，千禧说着没事没事，"噔噔噔"跑开了，他爬上窗台，用两根树杈夹着虫子，喂小燕儿去了。

李小米说："那人还算不赖，留了电话，万一孩子吓到了，随时可以去找他。"

来早说："他一个过路的，就算留了电话，要是个假号码，我们去哪儿找他？"

李小米说："那人说以后就住在榆村不走了，啥时候找他都成。"

来早纳闷，榆村这种穷地方，怎么会有人搬过来住？但凡有点能耐的，想搬走还来不及呢。眼下这几年，来榆村看霍林河、看柽柳、看那块古遗址地的人倒是不少，可还没谁要在村里常住呢。估计那人是为了安抚李小米，故意骗人的，看千禧也没什么事，急着去稻田拔草，没再多说，就走了。

一路向南，来早到了稻田地。她的稻子要抽穗了。

晌午的缘故，渠埂里蛐蛐和蝈蝈的叫声此起彼伏，格外响亮。天上飘着白云，一朵一朵的，不时有燕子、麻雀和一些不知名的鸟儿飞过，叽叽喳喳。

来早脱下鞋子,挽起裤腿,下到稻田里去了。稻田里的水被太阳晒着,热乎乎的,水的温润和泥土的柔软,一起包裹着她,让她觉得自己也是一株稻,深深扎根在大地之上,正在抽穗,正准备开花结果。

来早拔草的速度很快,不管是高草还是矮草,不管伪装成啥样子,都逃不过她的眼睛。她是榆村第一个种出稻子的人,也是榆村第一个以种稻为生的人,她有些骄傲,觉得那些云都是为了陪着她而生出来的,那些鸟儿,都是为了给她唱歌才不去林间休息的,自己也唱上几句,回应那些鸟儿。她的声音飘来荡去,飞远飞近。这是她最快乐的时光。

也不知过了多久,来早累了,手扶着腰,挺着身子,定定站在田里,望着远方,她幻想眼前的碱疤癞都变成绿油油的稻田,无数次了,她幻想一片绿从脚下蔓延开去,在风中起伏荡漾,空气中悬浮着花粉的颗粒,呼吸都是甜的。

稻影模糊,渠埂上有个人影晃动,来早定睛看了看,是个不认识的,猜想大概又是城里来榆村游玩的,找不到路了,就来和自己打听怎么走,不等那人开口,就先喊道:"你沿着这条道儿走,就看到河了,河边有棵老神榆,古遗址也在那儿。"

那人不应,继续靠过来,笑笑说:"你就是来早吧?"

来早奇怪,一脸狐疑地看着对方。

那人自我介绍起来说:"我叫高志,是上头派下来的第一书记。"

一时间,来早没反应过来,想了想,想起李小米说那个撞了千禧要在榆村常住的人,应该就是这位第一书记了。刘国胜以前也和榆村人说过,上头要给软弱涣散村和贫困村派第一书记,帮着村干部把党的路线方针政策落到田间地头,帮着村人摘穷帽子。那时候她和村人一样,都以为说说就算了,没想到,这第一书记还说派就派下来了。就细细打量高志,发现他白白净净的,大概连农村的日子该咋过都不知道,竟然来给一榆村人当家,怕是麻雀斗公鸡,有点自不量力了,往后,保准要遭难为。就说:"榆村的穷,可不是一天两天了,我们榆村人祖祖辈辈都拔不掉的穷根,你一个城里人,有能耐让大伙脱贫?"

高志笑着说:"这第一书记再难干,也不会难过你在碱疤癞上种稻子吧？"

一句话，把来早逗笑了，从田里走出来，就着渠里的一汪水洗洗脚，穿上鞋子问高志："你怎么找上我的？"

70

在县城，高志所在的单位是司法局，平日里，他的主要工作是负责组织、指导对刑满释放人员的安置帮教工作，虽然操劳，但干了十几年，早已得心应手。二〇一四年，精准扶贫工作一开展，局里立刻把此项工作当成头等大事来抓，包了十个村子，每个村都要下派一名第一书记。高志想，这种事，千万不要落在自己头上才好，他不想去吃乡下的苦，更不想整天忙得四脚朝天，暗中一直观察局里的动静，几天的时间里，就听说有九个村子的第一书记都已经定下来了，不禁暗喜，想着还剩下一个村子没有安置，怎么也不会落到自己头上了。可谁承想呢，这剩下的村子，正是赉安县出了名的贫困村——榆村。县里领导格外重视，局长特意开了一次党组会，研究到底该派谁去的问题。讨论来讨论去，总也定不下人选，高志整天心神不定，生怕局长亲自点将，把担子压在他的肩上。

正所谓怕啥来啥，这天，局长真就找到高志的办公室里了。这把高志吓得够呛，连忙给局长请坐倒茶。

局长一脸凝重，语重心长地说："高志啊，我掂量来掂量去，最能信得过的，还是你。你心思细，胆子大，工作稳，遇事有主见，到了那儿，一准儿能干出成绩来。"

高志冒出一头汗，还是把早编好的借口爆豆子似的往出倒，先说父母身体不好，又说没有基层工作经验。局长看着他，轻轻笑着，一言不发，不一会儿，高志后背直冒冷风，败下阵来。他说："那就去吧。"

就这样，高志来到榆村了。只是，进了榆村那一刻，他还心不在焉，差点撞了千禧。

一到村部，高志就跟刘国胜了解村里的情况，刘国胜告诉他，这扶贫工作，从榆村戴上贫困帽子那天开始，就年年搞，年年都是粗放地抓，上头从整体上随意评估、拨发、下放扶贫资金，从来也没有具体、明确、可以经受检验反馈的扶贫目标、资助对象和扶贫人员。所以，榆村的扶贫工作，都是随大流，够低保条件的，给低保；能给解决泥草房改造的，就给泥草房改造，残障人家给盖房，低保户也给盖了房，路早就修了，村人种地的直补也年年给，可大伙始终没富起来。多少辈人攒下的穷根了，不是说拔就能拔的。

高志听完，浑浑噩噩，摸不着任何头绪。

刘国胜见他抽巴着脸子，笑笑说："你们这些上头派下来的，无非就是混上个三年两载，回去好升职加薪，就别蹚榆村的浑水了，好好待到下乡期满，哪儿来的回哪儿去，我保准好吃好喝好伺候着，不让你在榆村受委屈。"

高志的脸"唰"一下红了，他想，来都来了，怎么也不能让刘国胜小瞧，就一本正经，问东问西。

刘国胜懒得和他做细致汇报，丢给他一摞子资料，让他慢慢看。怕他挑理，刘国胜在放下资料的那一刻对他说："看累了就往村南走，榆村有个没结婚的女人，在寸毛不生的碱疤瘌里弄出了两垧稻，也算榆村自强不息的典型了，你不妨去看看。"

就这样，高志来到这片稻田了，他想验证一下，碱疤瘌里种出稻子这件事，是不是徒有虚名。当他站在渠埂上时，看着周遭都是白呲呲的碱疤瘌，唯有脚下的那方绿，突兀扎眼，心一下子在稻苗散出的清香里、在稻田升腾起的清凉中臣服了。他想，是怎么个女人，拥有怎样的毅力，能在这样令人绝望的土地上，开出这片绿洲来呢？就看见渠梗上放着一双微微泛黄的休闲鞋，举目望去，见有人在拔草，慢慢靠过去，细细打量着拔草人，想这大概就是来早了——身上穿着一件松垮垮的衬衫，头发很随便地在脑后绾着，大概是经年风吹日晒的缘故，皮肤不如城里女人那般白净，泛着太阳晒出的结实和釉光。和他幻想中的样子有些出入，但佩服的心情有增无减，听到来早的喊声，遂走上前，介绍自己，旋即打开了话匣子，问来早怎么只种了这两垧地，为啥不再多种些？

来早解释说:"用客土法管碱疤癞要大米，小打小闹还行，大规模弄起来，人力物力财力都撑不起来，灌溉和排水也解决不了，就这两垧田，已经是拆东墙补西墙了。"

高志说:"为啥不联合榆村人一起种？"

来早笑笑说:"我种出稻子，榆村人也羡慕过，可要让他们效仿我去挖河塘土垫地，那可难了，榆村人祖祖辈辈，钱都是旱田里赚来的，种水田他们没经验，不会拿钱往碱疤癞里砸，那样，不如多承包些旱田，还闹个安稳。"

高志点点头，深信来早有道理。毕竟，农民的所思所想，都被固定在自己认知的框架之内，要是想改变，是很难的，来早能冲出层层束缚，迈出这一步，已是开了先河。他摆弄着一片稻叶，看看远方，又看看来早，恍似她是一滴鲁伯特之泪，小小的身体里，蓄藏着巨大的能量。就又问道:"你想没想过申请一笔贷款，把这个当成事业，做大做强？"

来早笑了笑，觉得一言难尽。那年她在赉安城做保姆时，要回来的前一晚，去找胡长安，希望那个挣公家钱的三叔能给她做个保，帮她在银行申请一笔贷款，胡长安听完，把嘴巴闭得死死的，直到她转身，牙口缝儿都没欠[①]。就说:"怎么会没想过呢？贷款是要有可靠的公家人做担保的，否则，银行也不轻易放贷呀。"

高志想了想说:"如果你有用到我的地方，我愿意帮忙。"来早眯着眼，似睡非睡、似醒非醒地看着他，咯咯笑起来。高志不解地问:"你为啥笑呢？"

来早说:"你可真对得起这第一书记的称谓，这种事，别人躲都来不及呢。"

高志也笑了。

是傍晚时分了，落日又大又红，悬在河水之上，铺洒着红彤彤的光，稻田也被染上红晕。

[①] 东北话，没漏话，没说不该说的话。

71

和来早聊过以后，高志工作时，一旦懈怠，就会想起盐碱地里的那块稻田，就会给自己打打气，他不想在下乡期间虚度光阴，要为榆村做点事，便很仔细地研究起榆村。高志在逐渐了解榆村的过程中发现，早在十几年前，县里就通过招商引资的方式，给榆村批了个盐碱地改良的项目，但十年过去了，那片盐碱地除了被翻耕过一遍以外，依然没有任何改变。要不是来早种出两坰稻，为当年那个项目留下了一点痕迹，差不多所有人都忘了，这片土地上，曾经还开启过那么一次轰轰烈烈的盐碱地改良工作。

高志去找刘国胜，问那个项目后来为啥停止了。刘国胜还是不想和他费口舌，又不好得罪他，就神秘兮兮对他讲："你要真想把榆村了解透，就要到老百姓当中去，你去跟他们同吃同住，把自己变成真正的榆村人，不出半年，保准儿事事门清。"刘国胜是想将高志一军，让他知难而退，谁承想呢，高志当即摸出手机，给局长打电话，汇报不打算住在村部里了，申请住到贫困户家中去。局长在电话那头说了啥，刘国胜没听清，但高志撂下电话时，直直盯着刘国胜的眼睛说："那我就住到老百姓家中去。"

刘国胜傻眼了。他想，高志要动真格的了，他这个村书记可要不自在了。转转眼珠子，狡黠一笑说："真要去住？"

高志说："真要去住，还必须住贫苦户家。"

刘国胜说："榆村的贫困户可不少，不知你想选哪家？"

高志说："最穷的，我住过去，组织上还能给他家一些补助，也算帮帮他。"

刘国胜一拍手，说："好。"心里合计着，在榆村，最穷的就是光棍家，把他送到那儿去，看他不求饶才怪。就要带着高志去瞧看瞧看。高志随着他就走。

光棍家在村子的西北角，离那棵老神榆很近，刘国胜领着高志到时，日头照在老神榆上，把老神榆的影子拉得长长的，一直拖到光棍家屋顶上。那房子是享受扶贫政策新盖的，红砖蓝瓦，好看又排场。

　　院子里的酸臭气却直打鼻子。狗子们在争一块骨头，听见有人走过来，竖起耳朵听一阵，转身扑上墙头，前爪搭在墙上，露出巨大的脑袋，张着大嘴，汪汪直叫。

　　高志生怕狗子从墙头里翻出来，又受不了那又馊又臭的味道，只好一手捏住鼻子，一手在眼前扇来扇去，趔趔趄趄，往刘国胜身后躲。这时，一个傻大哥看见有人站在大门口，还捂着鼻子，一个箭步冲过来，憨里憨气地嚷嚷道："你们再敢捂鼻子，我放狗咬你们。"说完，就回头叫狗，狗更疯了，使劲往墙上蹿，对着他们汪汪汪吼个没完。

　　刘国胜弯腰拾起半块砖头朝狗子扔过去，傻大哥气坏了，对着屋子里喊："爹，他打我的狗。"一个瘸腿老头一颠一颠从屋子里出来，披着一件旧衣服，油亮亮的，对着傻子骂："你眼瞎了，村书记也不认识？"傻大哥噘起嘴，抖抖肩，用袖子在乱糟糟的胡子上抹一下，踢狗一脚，钻屋里去了。狗子也一下子温顺起来，在瘸腿老头身后摇头摆尾。

　　隔着大门，他们说起话来。刘国胜给瘸腿老头介绍起高志，说是县里来的第一书记。瘸腿老头瞥了一眼，没搭理。刘国胜又说："他想入住到你们家。"瘸腿老头一听，翻着白眼，让刘国胜滚，他觉得刘国胜在耍笑他呢，他这样的人家，从来连个客人都没有，怎么敢招待官家的人呢？刘国胜也不生气，冲高志笑笑说："你看，他还不招待你呢。"高志正找不到借口离开，赶紧拉上刘国胜说："那就换一家吧。"刘国胜听了，心生得意，虽然不可能真的让他住进光棍家，但至少也可以杀杀他锐气。

　　离开光棍家门口，刘国胜认真琢磨着，该把高志安排到谁家更合适呢？忽地看见张黑子赶着他的几只羊从草原上回来了，就迎上去，说要把高志安排到他家里去住。

　　起初，张黑子不乐意，听刘国胜再一说，还有补助，一口答应下来了，说回去就让老伴儿把麦子那间屋给收拾出来，明天便可以让高志搬过去。

高志担心刘国胜又整他，等刘国胜和张黑子说完话，假装帮着张黑子往回赶羊，一边说话，一边把张黑子送到了家。

张黑子家的房子也是拿了贫困补贴款翻盖的，从外表上看不出穷意来，进了门，略显寒酸了，地上放着一张八仙桌，桌上放着一台大肚子电视机，里头播着广告，声音清晰，颜色却像是被水沤了一样，模模糊糊，乱成一团。有一台缝纫机，两个高低柜，还有一张吃饭用的圆桌，就再没其他的摆设了。屋子里十分干净，也没什么怪味，好过光棍家百倍。高志放心了，决定搬过来住了。

就这样，高志搬进张黑子家了。这的确对高志了解榆村提供了方便，每天，高志一睁眼，听到的都是女人们嘴里的东家长西家短，男人们嘴里的天下大事，但凡他想知道的，只要抛出一个话题，没一会儿，从根到梢，大伙都能给他捋出来，就连那片盐碱地，是怎么被立项，又怎么夭折的，也说得明明白白。

在榆村人的七嘴八舌中，高志终于理解，这十多年里，刘国胜为啥不再提及盐碱地改良计划了，那是因为，要想种出稻子，除了解决盐碱地自身的盐碱问题之外，还需要大量的水压碱、涮碱。要是引用不了江河之水，光靠地下水源，是无法保证稻苗顺利长大的。如此看来，来早的成功，真的只能归于小打小闹，不适于大面积盐碱地改良。这也是这么多年，榆村人从来不敢像来早那样，冒冒失失去打碱疤癞的主意的原因。

要想实现盐碱地变良田的梦想，必须解决灌溉和排水的问题。这是高志的意外收获，也让高志乱了头绪，在这么大的难题面前，他那想拔掉榆村穷根的信心，瘪了几分。这事暂时搁浅了。

大约过了一个月，张麦子回来了，是她丈夫给人家装空调挂外挂机时，从高空掉下去摔死了。她处理完丈夫的后事，正无心再活下去的时候，接到了春生的电话，说是找到了一个魏长福，祖籍山东，七十年代初期，在上山下乡运动中，随着几个青年一起到赍安县接受贫下中农再教育；七十年代末期，回老家考大学了；到了九十年代初期，在深圳出现过，从事土石方和公路建设工程；十年后触网，二〇〇六年正式进入互联网，成为网商一员，不知为何，二〇一二年突然从深圳离开，来到赉安城，组建了一个电子商务培训团队，做企业文化宣传、网络营销策划和一些相关业务，但本人很少露面，所有事宜都是他的女儿在打理，直到今年年初，他在赉安城重金投下一块地皮，建了一个大冷库，还成立了一家物流公司。他让她赶紧回来一趟，和魏长福见面确认。

张麦子当即买了车票，往回赶。她到赉安城时，想直接留下见魏长福，春生说魏长福在外地出差，估计要一两天回来，她就没在赉安城站脚儿，回榆村来了。

从赉安城回榆村这段路，张麦子坐的是韩青的客车。她还以为会遇见叶高粱呢，不承想，叶高粱又怀上了，怕再流产，一直在家静养。跟车的售票员是雇来的，这一路上，张麦子发现韩青和他的售票员，总是眉来眼去。

下客车时，张麦子接到了李小米的电话，说是准备了接风宴，让她直接到小卖店。张麦子早知道自己的房间高志住着呢，正为无家可归发愁，便去了李小米那里。

来早卖完鱼，也早早回来了。张麦子进门那一刻，看见昔日旧友和饭桌上满满当当的好菜好饭一起迎接着她，一种久违的温暖溢上心头，两眼瞬间红了。她和她们俩深情地拥抱在一起。

吃过晚饭，来早、张麦子都睡在李小米家里。

72

第二日，天还没亮，来早就往河边去了。张麦子醒来时，太阳已经爬到树梢上了，她洗漱完毕，早饭也没吃，回去看张黑子了。到了自家门前时，她看见继母在院子里洗衣裳，清清嗓子，喊了一声"婶子"。继母斜瞟她一眼，头也没抬，冷讽地说："到底不是亲生的，人回了榆村，还要在别人那里过一夜才回来。"张麦子不和继母计较，把东西放在了继母的脚边。继母见还有买给她的衣裳和吃食，脸子缓和了，拿起新衣往身上穿着说："你不回来住也是对的，家里搬进个第一书记，哪还有你的地儿。"说着话，回屋照镜子去了。

这工夫，张麦子手机响了，是春生打来的。

春生说，魏长福出差回来了，让张麦子马上来赟安城。

撂下电话，张麦子百感交集，稍作镇定，她给来早打电话，希望她能陪自己走一趟。来早也正准备去县城给宁巧送些新磨的大米，问张麦子几时出发？张麦子想了想，说现在走的话赶客车来不及了，除非去好字井坐火车。这时，继母穿着新衣从屋子里出来了，接话说："哪里用得着去好字井，吃早饭时我听高书记打电话，说要回单位汇报工作，你们不妨问他走没走呢，要是没走，请他捎个脚儿。"话音刚落，高志开车回来了，见院子里多个人，并不眼生，像是在哪儿见过，细细看两眼，忽想起刚住进来那天，收拾屋子时，在抽屉里看到一张相片，和眼前这人长着一模一样的脸，便说："你是张麦子？"

张麦子看着他，笑笑说："没猜错的话，你应该就是第一书记了。"

高志点点头说："我落下了材料，回来取。"

张麦子问他是不是要回赟安城，能不能捎上她？高志说没问题，顺路的事，让她不必客气。

高志进屋拿完材料，请张麦子上车了。他们接上来早后，奔着赟安城去了。

一个小时后，车子驶进了赟安城，按着张麦子和春生的约定，高志把她们直接送到了宁巧的酒店。接着，高志去单位汇报工作，春生则送张麦子和来早去魏长福的物流公司。

在车子快要驶到物流公司门口时，春生把车子停下，让张麦子自己过去，他说："魏长福还不知道你来寻亲这件事，人家有头有脸的，我和他交往不深，不好当面唐突问些旧事，那些提供给你的资料，都是通过魏长福身边的人打听来的，你到了魏长福那里，一定要小心说话，见机行事。"他落下车窗，朝路边指指，示意张麦子，前面就是了。

张麦子就下车，朝那物流公司去了。

春生和来早坐在车上等,几分钟后,没见张麦子出来,春生说:"看来,麦子找到亲爸了,要聊上一阵子了,我带你转转,看看贲安城是不是大变样了?"说着,启动车子,朝北驶去。

车子在路上跑着,来早看着街景,有些发蒙,她曾在这里生活那么多年,眼前的一切,却全成了陌生。原来的棚户区大多已经拆掉,老旧斑驳的平房变成了一栋一栋簇新的多层建筑,要是想依着记忆里的痕迹找寻过去的影子,是万万不能了。车子走到她曾经住过的那条胡同时,倒还是老样子,她想起那个房东,要下车去看看,春生没有停,直接开上了通往福利服装厂的那条大道。来早以为春生要带她去福利服装厂呢,没想到车子跑了一会儿,车速慢下来,春生指着眼前的一座大楼说:"你还记得那个地方吗?"

来早望过去,见那楼顶上耸立着一排蓝色的大字:永淳房地产开发集团有限公司。一瞬间,记忆和眼前的一切在来早脑海里来回交错,如梦如幻。

来早说:"那里原来不是福利服装厂吗?"

春生说:"你要不要见他一面?"

来早说:"我们应该去接麦子了。"

春生看她一眼,见她脸色苍白,便启动车子,绕过那座大楼,朝物流公司门口开去。

车子到物流公司跟前时,张麦子已经站在路口怔怔出神了。春生摁一下喇叭,张麦子缓缓上车,话也没说,伏在来早的肩上抽噎起来。

他们又回到了宁巧的酒店。

饭店里已经没有客人了,员工们在后厨准备着晚上的食材,宁巧靠在大堂的沙发上摁着计算器,算着中午的流水。他们一进来,宁巧把计算器放下,起身泡茶。春生要赶回单位,打个转儿,又走了。

张麦子靠在沙发上,无精打采,脑海中又浮现出走进物流公司的一幕幕:

那屋子里是空的,只有屋地当央摆着一张巨大的写字台和一张高背老板椅,墙上挂着几张宣传板,有的镶着公司的管理条例,有的镶着照片,照片下面配着文字,是魏长福给自己过往人生作出的简要说明。

屋子里有个后门,虚掩着。张麦子走过去,把门推开,冲着外面喊:"有人在吗?"

那里应该是仓储室,所有的往来货物,都在那里暂存,堆着好多箱子和物件,高高低低的,挡人眼,张麦子什么也看不清,就听货物后面有人应了一声:"在呢在呢。"人影闪出来了。

那是一个很高大的男人,即便眼角爬着皱纹,依然能辨出年轻时的帅气来——浓眉大眼,额宽口阔,浑穆端严,戴着一副眼镜,让他的儒气重了几分,但也正是这几分儒气,令人着迷。

张麦子看着他,有些出神,她想起她妈活着时,曾捏着她的下巴端详她,嘴里总是喃喃着"像,真是太像了"。这一刻,她终于理解她妈那话里的意思了。

那男人从仓储室里一出来,看着张麦子,显然也惊着了,先是叫了一声"怀榆",立马又很抱歉地笑笑说:"真是老了,竟把你当成了我的女儿。"他往写字台跟前走,给自己倒一杯水,慢慢喝一口,漫不经心地说:"要发什么货吗?"

张麦子往那写字台前凑凑,站在了男人的对面说:"您就是魏长福?"

男人坐在椅子上说:"你是发货还是找我?"

张麦子坐下去说:"您女儿叫怀榆?"

魏长福说:"你怎么知道?"

张麦子说:"刚才您自己说的。"

魏长福"哦哦"着,又喝了一口水,放下杯子,给张麦子也倒了一杯。

张麦子两手握住杯子,声音艰涩地说:"是榆村的榆吗?"

魏长福的眼睛顿时冒出一缕警觉的光,他说:"你说什么?"

张麦子说:"您在榆村当过知青吧,您还记得一个叫聂淑珍的女人吗?"

魏长福的肩膀一颤,神情也慌张了。他说:"你找我,到底要干什么?"

293

张麦子说:"我叫张麦子,榆村的张麦子,我找我的父亲,他叫魏长福。"

魏长福愣了一会儿,呵呵笑,看起来一脸慈祥,盯着张麦子说:"你找错人了,我是叫魏长福,但我是山东人,从来没去过你说的榆村。"

张麦子把手伸进包里,摸出一张照片,放在桌子上,推到魏长福面前说:"如果您真的没有去过榆村,请您盯着她,看上一分钟。"

那是一张麦子妈年轻时的照片,魏长福只瞟一眼,便快速移开目光说:"姑娘,你无礼了。"

张麦子听出那语气里的决绝,迟疑一会儿,把照片拿起来,装进包里,笑笑说:"我母亲心心念念想了那个魏长福一辈子,到头来,他都不敢对着这照片看上一眼,她疯,她死,都是多么不值得啊。"

魏长福的手紧紧握着,"腾"一下站起来,忽又意识到有些失态,重新坐在老板椅上,身子靠在高高的椅背上,紧紧咬着牙关,喉结上下滚动几下,满是倦怠地垂下头说:"请你马上出去。"

张麦子的脸一下子成了土色,眼神也黯淡无光,她盯着魏长福看了好久,噙着眼泪,走出了物流公司。

来早见张麦子一言不发,拉过她的手,问她到底发生了什么,张麦子才回过神,端起茶,苦笑着说:"他就是我亲爸,但他死活不认我。"

宁巧拍案而起,抱着胳膊,在地上来回走着说:"这个魏长福,根本不算男人,一定是怕麦子有所图,才拒绝相认。麦子,你再去找他,就算他不肯相认,也不能让他的余生过舒坦了,要把他的事儿公布天下,让他臭名远扬。"

来早摆摆手,让宁巧稳住一下情绪。她说:"也许魏长福有家庭,不便相认;也许他从来不知道有麦子的存在,一时还接受不了。不过,既然已经找到了魏长福这个人,能证明他是麦子的亲生父亲,就足够了。至于他是否乐意相认这件事,就交给时间去决定吧。"

张麦子冷冷一笑说:"不认了,我再也不会去找他了。"

这时,高志打来电话,说已到酒店门口,她们就没再多说什么,跟宁巧告别了。

回榆村的路上，车里开了音乐，是一首《致青春》。张麦子听着歌，盯着车窗外，仿佛灵魂被歌声带走了。时间倒转，来早也跟着歌声追赶那些流逝的过往。思绪模糊间，想要伸出手去抓住什么，歌声里流露出来的怅惘，让她们又离奇地脆弱起来。后视镜里反照出的车轮，滚滚前行，仿佛也在致青春。

73

张麦子没认成亲爹这事儿，在榆村闹得沸沸扬扬。张麦子很窝火，病了似的，整天蔫耷耷的。她谁也不想见，躲在来早家里，门也不出。

这天一大早，来早又去嘎罕诺尔镇卖鱼了，张麦子还没起炕，就听见有人笃笃敲门，披衣去看，见外头站着张黑子，就把他请进屋里来了。

几年不见，张麦子觉得张黑子老了很多，人又黑又瘦，脸上全是皱纹，不禁想起往昔，也曾是依赖过他，便生出几分心疼，让他坐，问他怎么一大早就跑来了。

张黑子躲躲闪闪的，贴着门口，在一张凳子上坐下来，摸出一根烟，哆哆嗦嗦点着说："你是我养大的，我一直拿你当亲生。"

张麦子立刻在心里竖起一道屏障，猜他大概又是揣着一肚子小九九来的，便说："该做的，我都做了，没让你白养。"

张黑子笑笑说："那我开门见山吧，听说你男人死了，给了你不少抚恤金吧，你婶子的儿子要在城里买楼，问你能不能借给一些，救救急。"

张麦子看着她爸，呼吸都不顺畅了，声音颤颤地说："我是你养大的，可我们之间，真的除了钱，就没别的可谈了吗？"

张黑子张张嘴，啥也没说出口。

张麦子特别绝望，她说："你走吧，我不想见到你。"

张黑子起身，闷着头往外走，大概还不死心，拉开门又停了停说："好歹你给我点儿，在你婶子面前，我也有个交代。"

张麦子伸手抓过手包，从里面掏出一把票子，扔在地上。张黑子看着那些钱，起码几千块，顿时眉眼舒展，扑上去划拉起来，塞进口袋，出了门。

张麦子听着门被关上的声音，笑了笑，腿一软，堆缩在地上。炕沿儿下面的阴影罩着她，使她整个人涂上了暗色。很久很久，她直起一点儿身子来，头顶漫过一道光，转头去看，有些夺目，两眼眯着，把头搭在炕沿上，抬手遮了遮，她想，这光亮，是妈妈送来的，还是死去的男人送来的？爱自己的人都走了，自己还在为那些不爱她的人努力地活着，多么孤单。她爬起来，摇摇晃晃，走出门去。她想去和李小米说说话。站在院子里，见有三三两两的人去李小米那里买货，便出了院子，朝村外走去。

张麦子来到了她妈妈的坟前。她有些恍惚，在墓碑前跪下，把脸贴在了她妈妈的名字上。

坟头的草长高了，在风中来回摆动。张麦子仿佛看到妈妈的影子，忽而虚，忽而实，在草叶间一闪一闪的。

她对着那坟说："我虽然早就盼着你死了，只是没想到你是那么个死法。你干啥要那样死呢？干啥不等我赚些钱了，让你吃好穿好，病也治好，再去死呢？我多想你死时能穿着我买给你的新衣裳，梳着油光的头发啊。可你那样死了，样子那样难看，啥也没带走。要是有下辈子，我们还住在榆村，你重生我一回，你不要再是个疯子了，每天牵着我的手，送我到嘎罕诺尔镇上学，等我回来时，一下船，就能看到你笑着脸迎我。"她伸出手，想摸摸妈妈的脸，却见一只蚂蚱"腾"地飞起，像是妈妈的魂灵，"嗖"一下不见了。

也不知在那儿跪了多久，张麦子的手机响了，是叶高粱打来的，叶高粱说想见她一面。张麦子就和叶高粱约定，下午坐韩青的客车去乾平县。

叶高粱家是这年春天从好字井搬到乾平县的。是韩青爸从铁路退休了，为了韩青跑客运方便，就在乾平县买了楼房。

晚饭是韩青做的，叶高粱和张麦子负责聊天，她们互相打听着彼此的现状，都十分开心。不一会儿，韩青把饭菜摆上桌子，她们就开始吃饭，但韩青没上桌，说一个朋友的车坏在半路上了，要过去帮忙，叶高粱也没多说，放他走了。

张麦子想起那个和韩青眉来眼去的售票员，正想着要不要提醒一下叶高粱，看看叶高粱的大肚子，把话憋回去了。

叶高粱却叹着气说："麦子，我叫你来，是想和你说说心里话。这么多年来，我一直努力把日子过好，我想让韩青知道，他娶我，是他这一生最正确的选择，可现实太打脸了，我做了那么多，他离我倒是越来越远。"

张麦子以为，叶高粱还耿耿于韩青追过来早那点儿陈芝麻烂谷子的事，就说："事到如今，如果你还怀疑韩青和来早有什么，那有些无理取闹了。"

叶高粱笑笑说："他的口味早变了，只要不是我，任何一个女人，都能入他的眼。"

张麦子觉得高粱已经知道了什么，便说："这种事，最好不要捕风捉影。"

叶高粱摇摇头说："你别不信，那女的你见过，就是那个卖票的。她是我结婚后结交的唯一一个朋友。我怀着孕，把韩青交给她，是想着让她替我多照顾照顾韩青，结果，引狼入室了。"

张麦子说："当年在石油公司时，韩青虽帅气可人，很受姑娘的青睐，但为人处世从不失礼，怎么如今这么不堪了呢？"

叶高粱冷笑道："我不在乎了，我不能再跟他动气，不能再流产，那样我会一辈子没有孩子的。"

张麦子拉拉她的手，轻轻拍了拍，这种事，她也不知该怎么安慰。

她起身走到窗前，见乾平县城的灯火都亮起来了，说："高粱，还记得我们四个小时候，看着小米爸打小米妈时，说过的话吗？"

叶高粱："记得，我们要有养活自己的能力，不能像小米妈那样，一辈子依附在男人身上。"

张麦子说："可是，我们还是两手空空，不能左右自己的命运。"

叶高粱说:"还有两个月,孩子就出生了,到时,如果韩青还没悔改的意思,我会和他离婚的。"

张麦子看着叶高粱,心情无比沉重,她没想到,叶高粱竟活得如此可怜。

张麦子在叶高粱家住了一夜,第二天一早,从乾平县离开,又去了深圳。

两个月后,叶高粱生了一个女儿。

叶高粱还想挽救一下她的婚姻,孩子满月以后,把尚在襁褓中的女儿丢给婆婆,快速做出了辞掉那女人的决定,还由自己跟车卖票。当时,韩青和那女人都蒙了。那天,韩青憋着一肚子火,有好几次,平白无故,把车喇叭拍得"哇哇"直响,要不是车上有乘客,他敢把车开到马路边的树上去。

等到了客运站,把客车停好,乘客全部走光,韩青肚子里的火,终于爆发了。他竖着眼,看着叶高粱说:"你为啥不和我商量一下,就辞了人家?"

叶高粱说:"以后要养孩子,处处需要钱,我的身体已经恢复了,孩子也有奶奶照顾,不能白养一个售票员。"

韩青骂她:"你是卸磨杀驴,你养胎的时候,人家帮了你,现在你要解雇人家,好歹也要提前打个招呼。"

叶高粱说:"也不算帮我吧,毕竟我也付了工钱。"笑笑又说,"你那句卸磨杀驴说得好,驴就是卸磨被宰的命,而主人永远是主人。"

韩青怔了怔,没再和她理论,下车走了。

那一晚,叶高粱是一个人在家住的,韩青没回家。她想,韩青大概是去那女人家了。她不想打草惊蛇,拨了那女人丈夫的电话。女人的丈夫在油田看井,常年住在草甸子上,叶高粱的电话一拨过去,他以为是他家里出了事,要不,叶高粱怎么会大半夜给他打电话呢?就问叶高粱出了啥事?叶高粱说他媳妇病了,让他快点回去看看。那男人就骑上摩托车,往家赶。男人一进家门,把媳妇和韩青堵了个正着。

那晚,叶高粱想,她这场婚姻,说起来多可笑,开始时,就输在好朋友手上。等日子过开了,历尽千辛万苦稳固这个家,却半路杀出个售票员，想坐享其成。要是别人也就算了，偏偏又是她掏心掏肺的朋友，这算什么呢？

74

到了九月底，来早开始张罗收稻子了。收稻讲究"九黄十收"，意思是说，水稻在九成熟时收割，能获得十足的收成。

这样的时候，来早难免要算一笔账，稻子会产多少斤，一斤会卖上多少钱，除去种子化肥、人工物力、成本花销，钉是钉铆是铆，按葫芦抠籽一合计，宛如家雀落糠堆，白忙活一场。她瞬间泄气了，折腾这么多年，似乎真中了父亲的咒，就是瞎折腾的命，到头来，婚姻耽误了，钱财没攒下，竹篮子打水一场空。她甚至有点后悔当初没听父亲的话了。

稻子割完那天，来早在晒谷场上打稻，心情郁闷，脸子也冷冰冰的。高志过来看热闹，见来早没个高兴劲儿，问她怎么了，来早就把自己那笔账抖搂出来了。高志听完，抓起一把稻粒说："你有没有往大里干的想法？你这稻，没肥没药，产量低，要是按普通稻去卖，自然收不回成本，但如果磨成大米去卖，一斤的价钱起码翻好几倍，要是再弄个商标，说不定能做大做强，成为榆村的特色有机农业呢。"

这简直是一语惊醒梦中人了，小打小闹也是干，往大里干也是干，那凭啥不往大里干呢？来早忽然醒悟过来，自己并不是没赚到钱，而是在卖基础稻和加工大米之间打错了算盘，稻子和大米之间的差价，可不是一星半点儿。她心中那些阴霾一下子消失了，又满怀信心地对自己说："活着，不就是要折腾吗？希望，不都是折腾出来的吗？"她重新计算自己的收成，决定不卖稻了，要卖大米。

于是，把稻子打完，来早把鱼摊子租出去了，她开始琢磨该怎么把稻子加工成大米，卖个好价钱了。大米要拿出去卖，不能没有名字，要起个好听的才行。起了名字也不算完，还要申请为有机食品，那样，大米就成了独一无二，有了可以卖上价钱的理由。

可这样的认证，一套程序走下来，要是没两个相识的人引路，来早连要去拜哪路神仙，怎么填写申请表格都弄不清，就想起来多，希望来多能在省城给指指路。可当来早把这想法和来多一提，来多就说："姐，你手上就那两坰田，犯不着这么大张旗鼓，不是我不帮你，我是不想看着你越陷越深。"来早闹个灰头土脸，依然没有死心，就去找高志，问他能不能给指指路。高志笑着说："你要真想干，村上一定给你打灯照路，有啥难题，我能给你解决的，一定不遗余力去办。"

来早就和他细细研究起注册商标的事来。

进入初冬时节，稻子都已收仓入囤，来早接到高志的电话，让她到村部一趟，来早赶紧过去了。她一进高志办公室，高志把整理好的一堆材料交给她，让她马上进城。该跑哪个部门、找哪个人、填什么表、递交什么材料、走怎样的流程，都嘱咐个清清楚楚。来早没想到高志这么周全，满心感激，拿上材料，谢过他，进城去了。

大概是高志提前都打了招呼，来早跑起各个部门都一路畅通，注册商标的申请很快报上去了。只是在敲定商标名字时，颇费一点周折，在家里时，她想好的名字是"霍林河大米"，工商局的人在电脑上一查，说已经被注册过了，让她换一个，她绞尽脑汁，最后决定叫"榆村大米"。

中午的时候，来早去找宁巧了。她想，宁巧是开酒店的，肯定需要大米，她要问问宁巧，能不能采购自己的大米。

说来真是巧，来早到达宁巧的酒店时，有个商贩正提着一小袋大米，向宁巧推销，还要现场焖上一锅，让宁巧尝尝。来早走过去，抓起几粒米，看了看，揉搓两下，放在鼻子底下闻了闻，再扔进嘴里咬了咬说："陈米，你走吧。"

那商贩很不服气，气呼呼冲来早叫嚣道："你凭啥说我这是陈米？"

来早不急不恼说："是不是陈米，你心里很清楚，但如果你不认，我就和你说道说道。"

那商贩说："你要是说不出个子午卯酉，我和你没完。"

来早笑笑说："看颜色，你这米发黄，没有新米那样晶莹剔透，闻味道，一股子米糠味，发馊，没有新米的味道清新。我也嚼了嚼，米粒不脆生，很面，轻轻松松就咬碎了。"说到这里，她抬抬手又说，"新米抓到手里，手上难免留下一些米屑，滑溜溜的，你这个，干干净净不说，还有些油腻，所以我断定这米已经放很久了。"

商贩眨眨眼，笑了，一句话也没说，拎起米袋子，转身出了饭店。

宁巧拉住来早，说她简直是自己的救星，这几天，她一直被米贩子搅扰，虽然开了十几年的饭店，在选米这件事上，总是陈米新米分不清，今天，倒是和来早学了一招。她请来早坐在大堂的沙发上，自己也坐下，问来早这次进城，是办什么要紧的事。

来早把来注册商标的事和宁巧说了。

宁巧一听，来早这是要往大里干了，当即问："有没有需要我支持的，要是有，我愿意全力以赴。"

来早说："这次来除了申请注册商标，就是来找你帮忙的。"

宁巧洗耳恭听，问道："要我帮什么？"

来早就把想加工大米的想法也说了，她问宁巧："要是我卖大米，你店里的用米，可以完全由我供应，不仅如此，我还想请你串联一些商家，帮我多销售一些。"

宁巧快速帮来早算了一笔账说："这样做，利润上的确更可观些，我一定支持。"

来早一听，心气倍增，仿佛看到自己那些稻子，都褪去金黄的外壳，变成了白花花的米仁儿，在城里到处流淌。

75

卖大米是件大事。来早从赉安城回来以后，做了详细规划，并把预算压到最低，能自己动手解决的，都亲力亲为。首先，包装袋是她设计的，制作的单位，也是亲自找了十几家之后，选了最便宜的。封袋机不能没有，只好买一台。但一时半会儿的，她买不起磨米机，就去和嘎罕诺尔镇的一家打米厂谈合作,好说歹说的,谈了一个满意的价格,人家总算同意给她磨米了。

大约花了一个月的时间,来早把一切环节都理顺了,她的稻子终于变成大米,被装进包装袋,送到城里去了。

这第一批货,都是按照宁巧事先给联系的销售量供货,很快全部卖光了。几天后,来早收到宁巧的反馈,说大米有嚼头,有米香,特别好吃,大家口口相传,一些亲朋,也想买些。来早趁热打铁,又加工一批。

这天,来早开着四轮车,往嘎罕诺尔镇加工厂送稻子,半路上,接到宁巧的电话,说一个朋友吃了她的大米,非常喜欢,想采购一批,作为新年福利送给职工和一些重要客户。来早大喜,问对方要多少?宁巧说数量很大,只是在包装上要求提上一个档次,价格方面由她定,可以提前打预付款。

来早不敢相信这是真的,但又一想,宁巧朋友多,认识的人都比较高端,能找到这么好的销路,也在情理之中,就一口应承下来了。

接下去,加工厂那边开始加工稻子,来早设计起包装盒和包装袋,弄好后,用手机发给白晨来了。上次,来早找来多帮忙,来多拒绝了,来早就不再找他了。但白晨来知道来早在贩大米后,第一时间给来早打了电话,说来早要是有什么需要他帮忙的,开口就是了。所以这次来早让白晨来在省城找个厂子,帮忙定制包装盒和包装袋。白晨来很快找了一个厂子,把包装盒和包装袋做好,快递过来了。

这批大米要赶工期,一磨出来,来早忙不过来,雇了工人包装。俗话说,人多好出活,三天后,礼品大米的包装完成了,来早给宁巧打电话,让她通知买家,随时来取货即可。宁巧回话说:"买家暂时不来提货,是要再采购一批,等都弄好后,一并来取。"

来早有些奇怪,心想,到底是怎样的主顾,连货也不验,就给这么大的力度呢?就问宁巧:"对方干吗要这么多大米?"

宁巧说:"你是卖东西的,还怕卖得多?"

来早笑了,没再打听,问多了,显得信不过宁巧了,就挂了电话。

这天,来早来到嘎罕诺尔镇打米厂,让人家再给加工一批货。那打米的见她常常来，突然起高调①，要抬高打米的价钱，说电费涨价，自己也不得不随行就市。

来早左右为难了，接受吧，米价要比上一批货贵，不接受吧，货赶不出来，跟打米的软磨硬泡，打米的不给她一点儿回旋之地。来早只能暂时停工，回了榆村。

到家后，来早想，自己没有机器，难免受制于人，要是能张罗到一笔钱，上一台打米机，就不至于这样为难了。可转念一想，就算真有一笔钱买打米机，还要有场地、还要建厂房，这样弄下去，就不单单是钱的问题了，还需要时间，需要人力物力方方面面的配合，而自己，即便是孙悟空，也分身乏术，无法面面俱到，最主要的是，自己没有钱。那么，眼下需要解决的，还是把客户新追加的订单完成，这不仅能增大销售额，拿到更多利润，更重要的是，人家宁巧给搭的台，不能让人家宁巧坐蜡。

天黑了，来早这样寻思来寻思去，也拿不出解决方案，她到院子里转了转，见李小米屋子里还亮着灯，就翻墙到李小米那儿去了。

坐在李小米的炕上，来早和李小米诉苦，说实在找不到解决的办法，就只能推掉客户续的单子了。李小米说推掉太可惜了，每笔单子都来之不易，一旦推掉，以后可能再也没有合作的机会了。来早自然懂这个道理，可没有合作的加工厂，接下再多的单子也是白搭。

这时，李小米无意中说了一句，要是杜老歪还活着就好了，那样，他的打米厂一定还开着，就一定能帮你这个忙了。

一说到杜老歪的打米厂，来早来精神了，想那杜老歪是死了，可老打米厂还在，说不定还能用，就拉着李小米，让她陪自己去老打米厂看看。李小米抬手指指墙上的石英钟，来早见已是半夜，和李小米相视笑笑，和衣睡下了。

好不容易熬到天亮，来早匆匆梳了头洗了脸，跑到那老打米厂去了。

老打米厂在村子的东北角，来早拽了拽门上的大锁，竟然开了，

---

① 东北话，不按常规办事，出新招、歪点子。

走进去一看，里面长满了蜘蛛网，几台老打米机都不成样子了，蒙着一层厚厚的灰尘，屋顶漏雨，落在上面，把它们腐蚀得锈迹斑斑。电早就掐了，电线还在屋顶缠绕，没有风化，看样子还能用。来早打量着这一切想，要是能添上一台机器，完全可以用来救急。就站在那儿给刘国胜打电话，说自己要用村上的老打米厂。刘国胜说闲着也闲着，要用就用去好了，只是设备什么的，要她自己想辙。

有了刘国胜这句话，来早的心敞亮了，只要能筹到一笔钱，弄一台磨稻机回来，就可以自己加工大米了。可一台磨稻机的费用不是一笔小钱，小型的也要几万块，来早把自己的腰包都掏干净，也凑不齐。她又要求爷爷告奶奶了，从打米厂往回走时，希望能把爸妈手里的余钱挪来用用，就回家去了。

来早进屋时，胡长庚和秀草正陪着老太太吃早饭呢，一见她来，秀草添了一副碗筷，让她也坐下吃。

来早坐过去，端着饭碗，看看她爸，又看看她妈和老太太，刚想开口说要买磨稻机，自己开加工厂的事儿，她爸就把饭碗撂下说："你呀，从来是无事不登三宝殿，咱们先把丑话讲在前头，你要是回来看我们的，或者是有啥干不过来的活儿，想找我们帮忙，都行，要是又想胡折腾，想让我掏棺材本，趁早死了这条心吧。"

来早无比惭愧，勉强笑笑说："就是回来看看的。"匆匆扒拉几口饭，溜走了。

76

走在回去的路上，来早闷闷不乐，高志从后面跟上来，和她打招呼，把她吓了一抖，冲着高志没好气地说："一大早的，领导干部不去工作，还在村子里闲逛吓人。"

高志笑着说："我来到榆村也快一年了，谁家几点起、谁家几点睡、谁家几口人、谁家两口子爱吵架、谁家欠了多少饥荒、谁家种了几坰地,全摸个门清。这一大早的,可不是闲逛,是又去断了一个官司。"

来早问他断了什么官司,高志就说开了。

原来,是种地的直补下来了,晴二嫂一家在外地打工,土地一直转包给别人种,往年,直补都归晴二嫂,去年新换了一个包户,以为还是老规矩,合同上忘了写,这新包户就说啥也不把这笔钱给晴二嫂了。晴二嫂就天天给刘国胜打电话,吵着往回要直补钱。刘国胜要新包户按老规矩办,新包户不认,要高志给评理。高志就先给晴二嫂去了一个电话,掰开揉碎地给晴二嫂讲,转包合同上没写,直补就应该补给新包户,从国家给农民粮食直补的政策上讲,直补不是补给土地的,是给种粮农民的,柴油、农药、种子化肥、农资,啥啥都涨价,直补是为了降低种粮成本而给农民的补贴,你晴二嫂连地都没种,给你补贴个啥呢?调解了好几天,今儿一大早,高志总算做通了晴二嫂的工作,晴二嫂答应不再闹了。他就去给那新包户送口信,让他好歹也给晴儿嫂点儿甜头赚赚,理归理,情归情,村上的世故还是要懂,好打好上来,明年还可以续包。

那新包户很信高志的话,服高志摆事儿的能力,说高志要是在榆村常住下去,一准儿取代"屯不错"王树才。这个外号,高志喜欢,他早就听说过,"屯不错"从来不是一般人儿,要有威信,大伙才愿意听他的,自己才来一年,就得此雅号,他有点受宠若惊,更觉荣幸至极。他说:"我刚来榆村那天,初次在稻田边见到你时,你对我这个城里人一脸不屑,如今,我由城里来的第一书记变成了'屯不错',你看,是不是还称职?"

来早笑笑说:"解决一些鸡毛蒜皮就算称职了?要是我的难题你也能解,那才算称职呢。"

高志听出来早是拿话儿激他呢,也笑笑说:"你有啥难题,说来听听。"

来早就说了自己想上磨稻机,在榆村重开打米厂的事。

高志听完,兴奋地说:"你要想往大里干,上磨稻机是迟早的事,你是有远见的。是不是上机器的钱不够,想让我帮忙给你申请贷款?"

来早说:"是,你能不能尽快解决?"

高志想了想说:"这个忙可以帮,只是申请贷款时间要长,就算贷款批下来了,年前的单子也都耽搁了。"来早又迷茫了。高志看着她失落的样子,又想出了一个主意,便说:"我们可以执行两条腿走路的方针,一条腿,我这边去跑贷款,另一条腿,你自己想法子,发动一切可以发动的力量筹钱。"

来早想,也没别的路可走,只能照着高志说的去做了。

可是,来早张罗了好几天,除了李小米借给她几千块以外,一点儿进展也没有。眼看着交货的日期渐渐临近了,再拖下去会耽误那大客户的新年福利,就给宁巧去电话,说这大客户续的单子怕是做不成了,让宁巧替自己给人家致歉,如果需要违约金,自己也愿意慢慢弥补。

一个单子没了,一个希望也跟着没了,撂下电话,来早呆呆坐着,一阵心疼。

大约过了一顿饭的工夫,宁巧的电话又打来了,说明天就让春生带上钱回榆村,给她救急。

来早握着手机,叫了一声"宁巧",哽咽了,眼泪扑簌簌落下来。

翌日,春生果然回到榆村,给来早送来了一笔钱。

正是有了这笔钱,那磨稻机很快就提回来了。

磨稻机搬进打米厂那天,来早找来小电工接线接电,当晚,那废弃的老打米厂里,就传出了机器声,白花花的大米从机器里流淌出来,像碎银,闪闪发光。

来早贪黑起早赶进度,元旦之前,那批大米终于全部包装完毕,可以交货了。

本来,那客户是说自己来取货的,到了交货那天,突然改了主意,让来早亲自把货送过去,说雇车的费用,算他们的。这对来早也没啥损失,来早就雇了一辆车,带上包装好的大米出发了。

到贲安城后,来早按照宁巧的交代,让司机把车开进一个小区,跟那里的接货人接上头,把大米全部卸下了。对方很痛快,清点完件数,把账目结清了。

来早拿着钱，付掉车费，打发走司机，去赉安城最好的店，备了几样厚礼，找宁巧去了。她想去好好感谢一下宁巧，要是没人家帮忙，自己根本接不到订单，更买不起磨米机。

　　来早到宁巧酒店时，宁巧已经站在门口迎她了。

　　来早跟着宁巧往一个包间走，推开门，一席饭菜已经在一张圆桌上轻轻旋转了，没想到的是，春生也郑重其事地坐在里头，还郑重其事地看着她。

　　来早有些蒙，看看春生，看看宁巧，问他们干吗这样一本正经？宁巧把她摁在椅子上说："有件事，我们要和你说实话。"来早从来没见他们夫妇这样严肃过，把刚刚拿到的钱都掏出来，放在桌子上说："我先还这些，剩下的，我会尽快还。"

　　春生摆手说："这钱，我们可没资格往回要。"

　　来早疑惑地说："钱是你们借给我的，你们咋能没有资格往回要呢？"

　　春生看看宁巧，示意宁巧给来早解释解释，宁巧咬咬嘴唇说："听完，你可不许生气。"

　　来早点头。

　　宁巧说："这钱，是古永淳的。"

　　来早愣住了，头顶响起一声霹雳，脑袋瞬间"嗡"的一下子。

　　宁巧说："不单钱是古永淳的，这些订购，也都是古永淳的。"

　　来早一阵眩晕，包间也跟着张了一个跟头，时间一下子进入了时空隧道，旧事和现实，又不停地在她脑海和眼前交错。她仿佛看见古永淳一步一步朝她走来，她望着他，如同一只僵直的虫子，动也动不得。

　　事情的起因是，有一天古永淳来和春生喝酒，无意间看到大堂里摆着的几箱榆村大米，就问春生，来早是不是在卖米，春生不和古永淳扯谎，把来早的情况一五一十说了。古永淳听完，闷着头，一个劲往嘴里扒拉大米饭，等到把一碗饭吃完，他说："你让她把大米做成礼盒，我采购。"

　　接下去的日子，来早的一举一动，都在古永淳的掌握之中了，他听春生说来早要买磨稻机,就拿出钱,交给宁巧,让宁巧帮来早一把。如此,来早的大米,才卖得顺顺利利。

宁巧说:"现在,你的难关渡过去了,这事儿我不能再瞒了,瞒久了,怕你怪我。"

来早呆呆坐在那儿,不知是该喜还是该悲,她细细算了一下,从福利服装厂离开已经有八年了。这八年里,她和古永淳并不是毫无交集,但在张大梅无理取闹那一次后,他们的交集越来越少,要不是还有春生这个共同的朋友在,她连对方的消息也不会知道了,哪承想,自己的一切,从来都在古永淳的关注当中。她缓缓神,稍作镇定,对春生和宁巧说:"现在说不接受古总的好意也不可能了,就请你们代我谢谢他吧。"宁巧和春生对视一眼,都露出难色。来早看出异样,说"你们是觉得这种代谢的方式不妥吗?"

春生说:"还是你当面谢吧,他已经等在外面了,他一直想见你一面。"

来早一愣,朝外面走去。

外面下雪了,天地间飘着雪花,像精灵,带着幽怨,纷纷扬扬,整个城市都是白的。古永淳的车停在饭店门口,上面也蒙着一层白。来早两手在衣襟上搓着,走上前,拉开车门,故作轻松地笑笑说:"你干吗不进去呢?"

古永淳从车上下来,站在她的面前,也故作轻松地说:"就知道你会出来迎接我的。"

那天的饭,最终成了四个人的聚会。待到吃完以后,来早要回榆村时,古永淳提出要送送她,来早想,送送也好,单独和他说说话,有些事,到了说开的时候了。

车子又行到了空旷的草原之上,草原上茫茫一片,古永淳慢慢踩住刹车,靠路边停下。

他落下车窗,看着外面说:"还记得吗,那年,我送你回家,也是停在这里,我们说了好久的话。这八年里,我无数次来过这里,一个人坐在车上,无数次回想那天我们说话的样子。"

来早说:"你为啥一直帮我?"

古永淳说:"帮来帮去的,都是帮些个倒忙,这回,应该是帮对了一次。"

来早笑笑说:"兜兜转转,我们的缘分竟然还没尽。做朋友也是需要缘分的。"

古永淳说:"所以,不要总是逃避和拒绝,这是注定的。"

来早把手伸出窗外,接住一片雪花,倏地化了,掌心凉丝丝的。她没再说话,她明白,古永淳早已知道给他凑罚金时那十万块的真正来历,他在用他的方式偿还。

77

高志帮来早申请的那笔贷款批下来时,已经是二〇一五年的春天了。一拿到钱,来早进城找古永淳去了。

见面的地点还是宁巧的酒店。当着宁巧的面,来早把钱还给了古永淳。古永淳知道来早的脾气,没客套,收下了。古永淳问来早下一步有啥打算,来早说已经把村书记家的两坰碱疤瘌承包过来了,等大地一解冻,就开始垫上河塘土。古永淳点点头,说等她垫地的时候,派两台挖土机来帮她。来早没有拒绝。

清明前后,大地完全化开了,来早主动和古永淳打电话,让他派挖土机过来。

机器干活不拖沓,只花了几天的工夫,那两坰碱疤瘌垫完了,顺便还帮来早修了水渠。

平过地、灌上水、上完农家肥、定购好稻苗,时间到了五月,来早开始插秧了。

四坰水田,亮汪汪一大片,秀草怕来早忙不过来,央求胡长庚去帮忙,胡长庚早就想出手了,一直找不到台阶下,听秀草一说,表面上不情不愿,还是帮着来早插秧去了。

其实,胡长庚的心里默默想,来早就算有些固执,但人生自古,哪一个成大事者，不是有坚韧不拔的意志呢？但他从来没表现出来过，他不想承认自己曾经的阻挠都是错的。

秀草看着胡长庚不再抱怨，心满意足，如果来早能有个婆家，她就全无遗憾了。

几天干下来，畦里铺满绿意，一行一行的，规规整整。来早感激父母的帮忙，觉得到底是爹妈，臭死一窝，烂死一块，斩不断，骂不散，动起真格的，总不会袖手旁观。她也忏悔自己平日里那些略带鲁莽的叛逆，想着从这一刻开始，再也不要去违背他们的意愿了。

进六月时，田里的活儿告了一个段落，看着稻苗一天一个样地变化着，来早又开始琢磨到了秋天，所有的稻子都收下来以后，大米该怎么销售。去年稻米不多，可以靠着宁巧的关系卖掉，但今年地多了，稻子势必也要翻上一番，再指着宁巧，有点难为人家了。她知道，要想把榆村大米经营出名堂，就该有长远打算，最好开一家榆村大米专售店，给自己搭建一个销售平台，常年做宣传，让更多人知道榆村大米。可考虑到租门店要花去一大笔费用，又犯难了。

遇到这样的大事，总要有个拿主意的才行。来早就给高志打电话，和高志商量。高志有一肚子主意，总能在关键时刻给她支一招。

这一回，高志还是没让来早失望，一听说她想开店，就说："要开专售店，就要有门市房，还要有专人打理，可眼下你要在榆村伺弄稻田，显然是需要雇店员才行，不知你的预算里有没有这项开销。"来早想了想，常年养一个店员的话，确实加大了负担，可开店的事儿也不能缓，稻子下来以后，就必须抓紧卖米，要是压时间长了，存储也是个大问题。高志却又说："莫不如找个店代销，这样，店面的钱省了，店员也不用雇了，只需要给些提成就行。"

来早一听，想要是能找到合作的代销店，那当然最好，当即决定带着大米去趟赍安城，实地走走，看看能不能找到合适的合作对象。

两天后，正赶上高志要回城接洽一批扶贫物资，来早就带上大米，坐着高志的顺风车，进城去了。

到赍安城时，来早没有和宁巧联系，而是一头扎进了大街小巷，寻找起米粮店和农副产品店来。看到像模像样的，就钻进去，和人家推销自己的大米,和人家谈代销合作。人家本来都有固定的供货商,一听她说完来意,见她给出的提成不够有吸引力,也不和她费口舌,就把她轰出去了。

一个上午,来早四处碰壁,心情十分沮丧,坐在大街旁,看着来来往往的人群,自己像是一粒灰尘似的,小小的,任谁也看不到。

下午时,来早接到高志的电话,说工作还没处理完,一时半会儿不能回榆村,让来早不要着急,来早就去宁巧那里了。

宁巧一见来早那副狼狈相,有些心疼,让后厨煮一碗面条,端给她吃。

看着来早狼吞虎咽吃起来,宁巧说:"你要找个店帮你代销大米,我倒一下子想到一个人。"

来早的疲惫一下子散去,问宁巧想到的是谁?

宁巧说:"是魏长福,他名下有家农副产品经销店,一直是他女儿在打理,如果让春生去和他说一声,把榆村大米放在他的店里代卖,他应该会给这个面子的。"

来早一听是魏长福,兴趣大减,他不认张麦子的事儿,让她对他一丝好感也没有。

宁巧看透了来早的心思,她说:"你要是能和魏长福合作,也是件好事,正好可以替麦子摸摸他的底,看看清楚,他到底为啥不认麦子。"

来早扑哧一声笑了,知道宁巧是不想她放弃这次机会,可又怕她觉得是委曲求全,就说些替麦子打算的话。便说:"就你会开解人。"

宁巧也笑了。

来早就想去拜访一下魏长福了。

春生下班回来,就领着来早,去见魏长福。

也不知是春生和来早的到来太过唐突,还是魏长福的心情不太好,他们到了物流公司后,发现魏长福一点也不热情,听说是找他代销大米的,更是心不在焉,他说:"我又不知你种出的大米是好是坏,可不敢轻易代销,万一口碑不好,连我自己店面的牌子也砸了。"

来早见他冷冰冰的,心想大概是谈不成了,正准备离开,春生挂不住脸儿了,想着自己和他也算相识一场,他这么不开面儿,有些气恼了,学着经常去他家推销大米的那些商贩的样子,拍着胸脯打包票,非要现场焖一锅大米饭,让魏长福尝尝。

魏长福看春生不乐意了,也意识到自己的失态,斜眼瞟一下大米的包装,见上面写着"榆村",怔住了,看看来早问道:"你是榆村的?"

来早说:"是。"她想,魏长福一定以为她和春生都不知道张麦子来找过他的事,便闭口不提张麦子。

果然,顿了一会儿,魏长福开口道:"认识一个叫张麦子的姑娘吗?"

来早说:"不光认识,我们一起长大,是好朋友呢。"

魏长福的眼里亮了一下,看看春生说:"我们也见过几次了,从没听你说起过,你也是榆村人。"

春生还在生气,他说:"你也没问过我。"

魏长福不理会春生了,问来早道:"你能联系到张麦子吗?我想找到她。"

来早说:"能。"掏出手机,要给张麦子打。

魏长福突然有些摇晃,坐在椅子上,轻轻说:"请等一等。"

来早不知魏长福要等啥,握着手机,看他闭着眼,靠在椅背上,脸上弥漫着晦色,心情好像十分沉重。来早想,麦子来找他时,他那么绝情,为何又突然打听麦子呢?难道,是想和麦子相认了?

屋子里静默了一会儿,魏长福缓过来了,坐正身子,拿起一张纸、一支笔,推到来早面前说:"还是写在这上头吧。"来早低头去写电话号码,听见魏长福又说:"把你的大米拿到店里卖去吧。"等来早写完时,他拿过一张名片给她。

来早不知魏长福的突然转念是看在张麦子的分上,还是看在榆村的分上?接过那张名片,她看了看,那上面写着一个名字,一串电话号码,和那个农副产品店的详细地址。她说:"是和这个人联系吗?"

魏长福说:"那个店,本来是我女儿怀榆在打理的,可半年前,她查出了白血病，就雇了一个店长在照看。上面的名字和电话都是店长的，你去找他，和他说，是我交代的，他会把你的大米安排好的。"

来早十分感谢，给魏长福深深鞠了一躬，和春生离开了。

他们从物流公司出来以后，来早想去那个农副产品经销店转转，把代销的事落实，便让春生送她去那店里了。

那个店长大约已经接到了魏长福的告知电话，很热情地接待了他们，并告诉来早，随时可以把大米送来。

来早看了店里的规模，楼上楼下，几百平的格局，米面粮油、禽蛋果蔬，各种杂粮五谷，一应俱全，想着把自己的米放在这样的店里，是可以放心的。就和对方确定了一下提成的标准，商议了榆村大米进店后，店里应该拿出多大的店面接货，货品该摆在哪个位置，怎样做宣传等一些事宜，对方都说没问题，就把代销的事敲定了。

一切顺利，从店里出来时，来早和春生都十分高兴，上了车，往回走时，来早突然想去见一下古永淳，扫视一下路边，发现一家咖啡馆，让春生停车，就拿出手机，给古永淳打了个电话。

进了咖啡馆，来早点了一壶茶，待服务员刚把茶端上来，古永淳到了。

外面的路灯亮了，他们边喝边说话。

来早问古永淳："能猜到我来做啥吗？"

古永淳说："办理开大米专售店的事。"

来早摇头说："我是来告诉你，大米找别人代销了，我刚刚和对方谈完合作。"

古永淳不解，问她为啥不开专售店。来早就把要租门市，要雇用店员的难处和他讲了。古永淳喝一口茶，脸上露出一丝愠色，他说："门市在我开发的楼盘里随便挑一处就好了。"

来早笑着，端起茶壶，给古永淳续上茶水说："我不是当年的小姑娘了，是奔四十的人了，知道路要一步一步走，钱也要一点一点赚，在村上种这么多年地，谁也依靠不上，如今你让我依靠，我也不敢把你当拐杖，怕挂上了，就扔不掉。"

古永淳看着窗外说："你一定要和我分这样清楚吗？一定要我直接

面对那些亏欠，你才会给我补偿的机会吗？"

来早的心一紧，听出古永淳话里有话，可那一切她不想回忆，更不希望古永淳还记得，更害怕他说出那个"欠"字，被方青林糟蹋过的事儿，不是他一个"欠"字就能抹去的，而那样的不堪，一旦拿到桌面上来，被当成恩情或者讨要回报的筹码，两个人的脸面、情义就全没了。

她说："欠我啥呢？我们从来两不相欠。"古永淳摆弄着茶杯，没有说话。来早又说："你不要以为以后我要在榆村种一辈子地，就很可怜，所有人都以跳出农门为荣，但我现在的想法是要是能守着土地打出一片天下，更是荣耀。人活着，不过那么短短几十年，不管在哪儿奋斗，只要奋斗了，就没有遗憾。这么多年，在没有选择的时候，眼前的绝路，一直是我的路。"

古永淳愣住了，仿佛看到一个不一样的来早，仿佛她是荒野上的一棵老榆，因为无畏风雨，竟活成了绝世的风景。

这时，来早的手机响了，是高志终于忙完了局里的工作，来接她返村了，她起身和古永淳道别，离开了咖啡馆。

来早随高志回到榆村的时候，已经很晚了，她仍然为能谈成大米代销合作的事而激动着，一时不想睡觉，去找李小米了。

李小米听到这样的喜事，也替来早高兴，问来早要不要庆祝一下。来早忽然想起还没有吃晚饭，就说："是该庆祝一下呢。"

李小米去了厨房，端来花生米和小炸鱼，开了两瓶啤酒，和来早对饮起来。

这晚，来早没有回家，就在李小米那里睡下了。半夜里，来早手机响，拿起来看看，是张麦子发来的消息，说魏长福给她打电话了，想见她一面。她不明白魏长福突然想见面是啥意思，而自己就是孤命，想想那次见魏长福时，他那么决绝，她对认亲这事也死心了，所以不打算回来了。

几天后，来早的榆村大米正式入驻魏长福的农副产品经销店了。

78

高志从赉安城回到榆村的第二天，上头给榆村拨发的扶贫物资运到了。

这天上午，刘国胜一直在广播喇叭里喊话，让村上的贫困户都到村部大院里领扶贫物资。

遇到这样的好事儿，榆村人一向是很支持刘国胜工作的，吃过午饭，老早聚在村部大院，看起热闹来。那时候，村部大院俨然变成动物园了，大畜小禽，要啥有啥，猪叫鸡鸣，吵吵嚷嚷。大伙围着那些禽畜，好像平生第一次见到似的，眼巴眼望，样样都如稀罕宝，生怕自己分不到。

不一会儿，高志和刘国胜手里拿着早已划分好的物资分配清单，站在了人群里。高志挥挥手，让大伙安静。大伙不出声了，都朝着他们看。

刘国胜先发言的，讲了一阵子政策原则，大伙急火火地听，总算挨到他把政策原则讲完，也不管听懂没听懂，哗哗鼓掌，冲刘国胜喊："都知道政策好呢，你省省嘴皮子，快给大伙分东西吧。"

刘国胜拍拍手，让大伙都站到他这边，听他念名单，念到谁的名字，谁随高志去领禽畜。大伙"唰"的一下，都站到刘国胜身后去了。

刘国胜开始念名字，听到自己名字的人都笑眉喜眼地跳出来，在高志的指引下，领走了分给自己的畜禽。

张黑子分到了三只羊。

光棍汉家分到了两头猪仔。

叶大山领走了一笼子鸡雏。

小米妈赶回家一群鹅。

……

胡长庚和王树贵啥也没分到，是他们不符合贫困的标准，因为他们的儿子都生活光鲜，在城里有车有房。几个村人看他们没捡到这波大便宜，说他们是吃了大亏，都窃窃嘲笑他们。

王树贵看了，心里不平衡了，转身走出村部，给春生打电话，说是春生连累他没评上贫困户，软磨硬泡，让春生给他办个低保，春生哭笑不得，答应一定帮他办个低保，他才挂了电话。

胡长庚很不屑，他想，扣上贫困户的帽子，也不是啥好名声，可不值得争抢呢。

这天，领到扶贫物资的村人都笑逐颜开，都祈盼着分到的畜禽快些长大，换了钱，好贴补家用。

张黑子却不那么欢喜，他分了三只羊，就因这羊，他和他的后老伴儿吵起来了。

张黑子原先也有几只羊，他的后老伴儿每年都要把家里的羊匀出一只，给自己的儿子，张黑子从来不敢反驳，年年都挑一只最好的，亲自送过去。如今，政府一下子给了三只羊，那后老伴儿立马打起了主意，说他们老了，穷日子也过惯了，就算有了钱也舍不得花，倒是年轻人，应该把日子过得更好些。这分来的羊，应当全部送给她的儿子。

张黑子一听，不乐意了，这么多年，明里暗里的，这后老伴儿没少往儿子家倒腾东西，他睁只眼闭只眼的，都假装看不见，这回要一下子弄走三只羊，他心疼了，胆胆怵怵跟后老伴儿说："那可是扶贫羊，咋能随便给人呢？"他后老伴儿一下子炸毛了，说："扶贫羊不准送人，那把家里那些羊赶走三只，不就行了吗？"这下子，张黑子傻眼了。

晚上，高志回来时，张黑子把这事跟高志说了，让高志去劝劝自己那后老伴儿。高志就去了，给那老太婆讲了一通大道理。表面上，那老太婆好像都听进去了，心里却油盐不进，到了第二天，到底给自己的儿子打了电话，让他开着四轮车来，把家里的羊运走了三只。

张黑子气着了，话也不说，他后老伴儿也不搭理他，他憋憋屈屈地过了好几天，这天晚上，刚要上炕睡觉，鞋子还没脱完，一头栽在地上，不省人事了。他后老伴儿吓着了，惊乍着跑到高志的窗下，说张黑子死了。

高志赶紧跑过去查看，见张黑子还有气，抱起来，塞进车里，往贲安城驰去。

到了医院，大夫很快做出诊断，说是脑出血，要赶紧做手术，让他后老伴儿签字，那老太婆拿着笔，犹豫半天，问大夫手术费要多少钱？大夫说加上后续的康复，怎么也要两三万。老太婆眉毛一拧说："他的命，哪里值那么多钱？"把笔一摔，掉头走了。那时候，张黑子躺在手术室里，已经奄奄一息了。大夫说再磨蹭下去，人可能就没救了。那老太婆铁了心肠，一直走到走廊的尽头，消失不见了。

高志急得团团转，忽地想起张麦子，就拨了张麦子的电话。张麦子听到高志说她爸住医院了，还在等着人签手术单，立刻把一切委托给高志，说明儿一早，就往回赶。

放下电话，高志代签了手术单，张黑子的手术做上了。

等张麦子从深圳回来时，张黑子已经活过来了，只是，手术错过了最佳时间，落下个后遗症，半边身子不那么灵便了，以后再也不能放羊了，生活也陷入困境。大夫说他离不开人了，要常年有人照顾才行。张麦子当即决定，暂时不回深圳，先把她爸的病养好再说。

在医院住了半个月，张麦子给她爸办了出院手续，领着她爸回家了。房子还在，那后老伴儿却已卷铺盖走人了，家里的羊，也全被她赶走了。高志对张麦子说："扶贫羊也给赶走了，上头要是下来检查，可咋办呢？"

张麦子无奈地说："赶走就赶走吧，再买三只回来，当扶贫羊吧。"

高志说："也只能这样了。"

一个家，有了一个像样的女人，日子就有生气了。张麦子和来早一样能干，不仅把外头的活儿干得有条有理，做起家务，也规规矩矩。最主要的是她还炒一手好菜，她爸一吃起来，就忍不住回忆起她妈，说她妈虽然有疯病，但不疯的时候，也能做出这样的美味来。

张麦子觉得她爸有些好笑，知道他之所以提起她妈，是在耍心眼，是想让她明白，无论是他和她妈那场夫妻之情，还是他们之间的父女之情，都凿凿可据，不容置疑。那样，她就不会在某一天因为厌烦而抛弃他了。可自己虽然和他闹过很多不好，他把自己养大的事实，是没法否认的，不管怎么说，他养自己小了，自己就要养他老。所以，她把他伺候得格外好，整个村人都夸赞她，就算亲生的，也不过如此。

张麦子回来以后，是和高志在一个屋檐下共处了，一开始，两个人都是局促的，尤其张麦子，和一个陌生的男人住在一个院子里，她怕人说闲话，可又不好直接赶高志走，就那么一天天拖着。高志呢，也想另寻一个住处，只是白天忙于工作，到了晚上想起时，睡上一觉，第二天又被各种忙碌掩盖掉了。

就这样，一段日子相处下来，张麦子和高志之间的那种局促感退去了，恍似都习惯了对方的存在，张麦子看高志，不别别扭扭了，时常会问问他的喜好，按照他的口味，做些饭食。高志也渐渐放下顾虑，反而更踏实起来。有那么一阵子，他恍惚觉得张麦子回来了，他对榆村有了家的感觉。这令他十分奇怪，总是想探究一下，这种感觉到底是因何而来，但他始终没找到答案。直到有天傍晚下班回来，看见张麦子坐在院子里洗衣裳，和张麦子打招呼时，无意中说了一句话后，他忽然意识到，自己好像是喜欢上张麦子了。

那句话是怎么引出来的，高志忘了，但他清楚地记得，张麦子看着他说："你这样起早贪黑为榆村做事，要是能让榆村人都过上像城里人的日子，该多美啊。"那一瞬，高志仿佛连脑子都没动一下就说："我一定会让你过上那样的日子呢。"说完，他看见张麦子的脸红了，低下头，使劲搓着衣裳，一下子意识到自己的话有毛病，匆匆进了屋子，不敢再出来了。

夜里，高志生出几分惭愧，来榆村这么久，竟还没实实在在为榆村做一件事，可自己来到榆村的使命，不就是要让榆村人能够过上他们向往的日子吗？他回忆起刚来榆村时，初识来早，被来早鼓舞过，住进张麦子家以后，真正贴着榆村人的生活去工作了，也被榆村人打动过，但头上顶着这么个第一书记头衔，始终没有干出令榆村人满意的成绩，真是受之有愧，现在，他脑子里反复回放着张麦子的话，一字一句，像是芒刺，扎着他的心，让他的胸口一剜一剜地疼。为了抵御这种疼，他生出一种力量，压在大石之下的种子一样，从夹缝里伸出枝丫。

高志开始细细琢磨，到底该怎么做，才能兑现自己对张麦子的承诺呢？榆村的资源有限，可耕种的土地面积也不多，而河流能给榆村人带来的财富，也只够贴补家用。养殖、种经济作物，都需要大量的劳动力配合，榆村的现状，根本留不住人，能往外走的都义无反顾地走了，大有壮士一去不复返之意。那还能怎么样呢？没有梧桐树，引不来金凤凰。他没法在有限的条件里创造出无限的价值，突然觉得许给张麦子的那句承诺像个谎言，他无地自容了。

这天，高志去县里开会，回来的时候，又路过那片碱疤癞，光秃秃、白花花一片，又冷又凄凉，一点生机也没有，像铺满了一层阴森的骨头，看上一眼，心里就会堵满绝望。不过，再走几步，又看到来早那片稻田，那喜人的稻子，在风中轻轻摆动，像是在微笑，像是在挥手，忽然觉得榆村的现状，引不来金凤凰的关键在于没有梧桐树，那就应该种下梧桐。在榆村，可以直接创造价值的条件有限，可那些看似没有价值的地方，谁又能保证不藏着希望呢？来早不就是在寸毛不生的盐碱地上创造了价值吗？这稻田是来早的梧桐。那片还没有改良好的碱疤癞，也将会是榆村的梧桐。他快速回到村部，把车子停好，径直跑去刘国胜的办公室，一本正经、像模像样和刘国胜重新商议起盐碱地改良的事，说那盐碱地就是榆村的出路和希望，说来早已经种出稻子来了，现成的经验，拿过来就可以用，还有啥可犹豫的呢？

刘国胜坐在椅子上，看着他，不慌不忙喝了一口水说："你来榆村两年了，到底还是不了解榆村，来早干的是愚公的活儿，受的是愚公的累，榆村这地方，从立村到现在有三百年的历史了，但是，只出了这一个愚公，不能个个都去移山。你要真想把那些盐碱地都变成稻田，榆村人不会跟着你去学来早，使蛮力气用什么客土法去垫地，就算真的都去垫地，那么一大片碱疤癞，把霍林河的河床挖深三尺，也垫不完。"

刘国胜的话，顿时让高志像泄气的皮球，没了鼓鼓的气势，他说："要你这么说，榆村人富不起来了？永远只能这样了？"

刘国胜捧着杯子，继续喝水，笑笑说："你没来之前，我也想把盐碱地弄成绿汪汪的稻田，可报告打上去好几回，考察团也下来过好几次，最后总是不了了之。折腾过那么几次，我的心气儿没那么旺了。许是老了，就想着安安稳稳过日子，闹个清闲算了。但看到你身上这股子劲儿，我又好像看到了自己当年的影子。"说着，从抽屉里翻出一沓子厚厚的文件，放在高志面前，又说："有需要我配合的，我会全力以赴。"

刘国胜走了。高志看着那摞子文件，轻轻翻开，发现竟是十多年前刘国胜为推动那次盐碱地改良计划而写的一份详细的文字材料。他有些感动，慢慢读起来，一直到天黑，终于读完了。这份材料里给出的答案和那年他从老百姓口中了解到的一样：要想种出稻子，除了解决盐碱地自身的盐碱问题之外，还需要大量的水压碱、涮碱。要是引用不了江河之水，光靠地下水源，是无法保证稻苗顺利长大的。那么，要想实现大面积盐碱地变良田的梦想，首先要解决了灌溉和排水的问题，正如刘国胜在材料里所写：就一个法子，把霍林河水用活，再招商引资，把那片土地，交给实力雄厚的集团去做。

暮色笼罩着榆村，夜风起了，带着凉意，高志走出办公室，心却是暖的。他一直以为，刘国胜是不支持他的，现在，他发现自己并不是孤军奋战，他有些兴奋，拿起手机，摁了县领导的号码，把要重新整理改良榆村盐碱地的计划做了口头汇报。

领导很重视高志的想法，因为这正好契合了吉松省正在启动的河湖连通工程，当即让他把详细的文字材料递交上去。

79

其实，早在二〇一二年，吉松省的河湖连通工程就已经启动了，那时候，赉安县正为境内水资源逐年减少而发愁，领导们十分清楚，江河湖泊的断流，让这块土地干干巴巴，越来越脆弱不堪，随着恶化的加剧，赉安县的脱贫攻坚战也越打越艰难。所以这河湖连通工程一启动，赉安县率先开工建设，修泵站、挖渠道，疏通湖泡间的"毛细血管",像穿珍珠似的,连通域内的河流、泡塘、水库,把河流汛期的富余水资源,存蓄到天然湖泡和湿地中,逐步扩大水域面积,慢慢编织水系网络,渐渐打通水循环。但资金时而不足,导致工程时而停滞,有一些重要的环节,始终没有完善。

二〇一六年春天,也就是高志那份详细的文字材料递交上去的半年以后,赉安县决定从财政里拨出一笔款子,专门用于河湖连通应急工程建设,把境域内还没有连通的河流、泡塘、水库全部连通。

这其中,霍林河这颗珍珠,也被捡起来了。

这意味着霍林河将与其他河湖连网互济,河水再也不会轻易干涸,再也不会轻易闹洪灾。缺水时,可以及时补给;汛期时,可以及时存蓄。

这也意味着高志递上去的那份改良盐碱地计划被正式启动,榆村的盐碱地将重新被整理成稻田,河湖连通工程会穿越那片土地,在上面修出一条总干渠,以及毛细血管一样的灌水渠和排水渠,把霍林河水引入稻田。如此,那大片碱疤癣,不用像来早那样,愚公移山似的去换土,用水洗法,也可以种出稻子来了。

所以,二〇一六年的春天,是霍林河的春天。

这一年,草木刚一发芽,赉安县境内霍林河流域水生态修复工程就轰轰烈烈开工了。拖拉机、挖土机、混凝土搅拌机,大大小小的车辆,浩浩荡荡,纷纷从石油公司前面那条水泥路上开进榆村,开到霍林河边上去了。榆村的人们就像稀奇当年那些找油人在草原上钻井、盖小白楼一样,稀奇着那些机器在霍林河边上开沟挖渠、修泵站、建闸门。村人都盼望这一工程也能像当年的石油公司一样,带给他们一些机遇。

这无疑也是高志的春天了。

那天,高志看着工人和各种机器在河边忙碌起来的时候,一路跑到村部,一把抓住刘国胜的胳膊说:"这回,咱们那片盐碱地,可以变成梧桐树了。"刘国胜看看他,面无表情,无动于衷。高志不解地说:"你还觉得不成?"

刘国胜说:"我等这天,等了一辈子,却等到你头上去了。"

高志一下子明白，刘国胜不是无动于衷，是高兴得不知如何是好了。他嘿嘿笑起来。

高志和刘国胜就开始研究开发那片盐碱地了，决定以招投标的方式对外发包。

过去一直被闲弃的碱疤瘌，就因这一条渠横穿而过，忽地宛如腊月十五的门神，成了热门货。几天的光景里，不管是高志还是刘国胜，都接到一些大投资商的电话，打探那块土地状况，流露出承包之意。

以前，在工作上，高志和刘国胜总是各持己见，这一回，想法出奇一致，都说不能轻易把土地发包给没实力的主，因为这块土地，将是榆村人彻底摆脱贫困的命根子。他们要像抛绣球招女婿一样，对每一个投标者的条件进行严苛的审查、比较，再从中择优，确定最终的中标者，签订土地承包合同。

土地竞拍开始的前一天，高志和刘国胜在村上召开了全体村民大会，还是老规矩，凡是榆村人想承包碱疤瘌的，既优先，也优惠，但最多不能超过五垧。这一回，刘国胜没有动员，有意承包的村民就自排一队，跃跃欲试了。少数还犹豫观望的，见队伍越拉越长，也顾不上多想，接着队伍的尾巴，规规矩矩排下去了。

那天，来早打头阵，率先签下了土地承包合同，李小米、张麦子紧随其后，村人们个个喜气洋洋，如泥鳅得水，生怕落在后头。那天，家家户户都签下了承包合同，就连晴二嫂那种常年在外打工的，也特意赶回来了。

正热火朝天的时候，人群里突然钻出一个人，怯怯说："我可以承包吗？"

大伙齐刷刷望过去，见那人是叶高粱。他们不明白，叶高粱已经嫁人了，日子红红火火的，怎么也回来承包土地呢？他们猜她是回来讨榆村便宜的。可榆村的便宜，只能给榆村人赚，嫁出去的女儿，怎么还能算是榆村人呢？有人不干了，大声说："只有榆村人承包土地可以优先优惠，外人来，就算给高价，也要问问大伙乐意不乐意。"

叶高粱站在人群前，低着头，半天没言语，等到大伙的挞伐声落下时，她慢慢从手包里掏出了两样东西。

一个是离婚证。

一个是户口本。

大伙傻眼了，叶高粱竟然离婚了。

她竟然敢离婚？有史以来，榆村的女人，即便动过离婚的念头，也不敢真迈出离婚这一步。她竟然离婚了？

瞬间，村人都不言语了，好像叶高粱变得十分可怜，内心都生出同情，默默看着她走向高志，拿起一份承包合同，签上了自己的名字，并摁下手印。

合同签完以后，叶高粱转过身，又从人群闪出的夹道中往出走，她看见来早、张麦子、李小米时，在她们面前停下来，苦笑一下，快步离开了。

次日，榆村的碱疤瘌公开发包仪式拉开序幕了。场面非常隆重，村部的大门上拉着红色的、巨大的横幅，上面写着：嘎罕诺尔镇榆村改良盐碱地发包竞拍会暨签约仪式。门口摆了花篮，广播喇叭里放着轻快的音乐，一大早，陆续有黑的、白的、高的、矮的、各式各样的小轿车沿路开来，都一头扎进村部的院子里去了。这时候，村民代表已经在拍卖厅里就座，翘首期盼拍卖的结果了。来早也在其中。

那些从轿车上下来的人，个个衣冠楚楚，样貌不凡，都带着几分势在必得的架势，进到了由会议室改成的临时竞拍室。

第一个到来的，是方青林。一进门，大伙哗哗鼓掌，来早却狠狠打了一个冷战。她看着他，那个一直纠缠她的梦魇，一下子清晰起来，她感觉肚子里翻江倒海，仿佛一股恶臭往上涌，干哕两声，差点吐出一摊秽物来。

第二个进来的，是吉美斯服装厂的厂长，来早吃惊不小，脑子还没从看到方青林的惶恐中回过神来，竟一时想不起这个厂长的名字来了。她在心里合计着，今天到底是榆村竞拍盐碱地，还是赉安城的各路人士大聚会？

第三个进来的，是魏长福，来早有点眼花缭乱了，不知为何，突然想到了第四个，该不会是古永淳吧？

第四个进来的，果然是古永淳，来早顿觉一阵晕眩，不明白古永淳怎么也参与到这次竞拍当中来了。紧接着,又进来的几个人,她连他们的脸也没看清。

竞拍者们一一落座,高志走上前台,再次示意大家鼓掌欢迎,然后,开始宣读《榆村改良盐碱地发包前土地情况说明》。随后,下发竞标承诺书,让竞标人在竞标承诺书上填写身份信息,并缴纳保证金。

程序走完,竞标开始,高志向大家强调了一下竞标纪律,然后,竞标人开始填写标的额,几分钟后,竞标人将写有标的额的纸交到高志手中,高志当场宣读结果。最终,古永淳以出价最高,拍到六千亩盐碱地的承包权。

那一刻,竞拍室再次响起哗啦啦的掌声,所有人都为古永淳竞拍成功喝彩,唯有来早,仿佛聋了,仿佛瞎了,听不见一点声音,眼前的一切,也变得混沌起来。她浑身麻木,连手指都动弹不了了。后来,竞拍会散场了,所有的人都往外走,唯剩下她自己时,她才缓缓起身,跟跄着走出了竞拍室。

出了村部的院子,来早看见古永淳的车在路的转弯处停着,车窗大开,古永淳探出头,让她上车。她迟疑一下,朝他走去。

古永淳把车开到了来早的那片稻田地边。

那稻子已经没膝高了,在风中轻轻摇荡,叶尖上浮动着阳光,一闪一闪,仿佛金水在流淌。有小虫子在田间叫着,偶尔,还有几声蛙鸣。

古永淳把车停好,下车,朝稻田走去。

来早也跟下去了。走在古永淳的旁边,她还在纳闷,古永淳怎么也参与了这次竞标呢?

其实,古永淳是为了打败方青林。如果他不参与这次竞标,吉美斯的厂长和魏长福都没有胜算拿到这块地,那么,最后胜出的,一定是方青林。他不能让这块地落到方青林的手里。要是真的让方青林竞标成功,来早可怎么面对呢?当然,还有另外一个原因,也是来自来早。在过去的那些日子里,他常常因为出身菜农之家,就一直舍命打拼,想让一家人过上好日子,过上远离农业、农村的生活,可那天,就是在那个咖啡馆,他听来早说了那句"人活着,不过那么短短几十年，不管在哪里奋斗，只要奋斗了，就没有遗憾"后，突然发现来早身上有一种和别人不一样的气度，她身为女子，能在盐碱地上生生弄出一片稻子来，是多么令人敬服啊。她在盐碱地上谱写了一个神话。她的青春，在盐碱地上奏起了华美的乐章。他有点膜拜她了，想和她一样，把无意义的生命用在有意义的事上去。

作为一个商人，古永淳也清楚地知道，在一座小县城里，楼房盖再高，不过十几层；楼房盖再多，不过就那么大的购买力，房地产的暴利不会一直持续，他预测不出五年，人去楼空，有价无市。商人就是永远要寻找商机。他要像当初跳出服装行业一样，跳出房地产。他想到了习总书记在东北视察调研时，一再强调粮食安全工作："确保国家粮食安全，把中国人的饭碗牢牢端在自己手中。"民以食为天，粮为邦之本。粮食安全，乃国之大者。他想到了来早的稻田，庆幸她走了一条正确的路。但如果把这片土地放在自己手上，以自己的实力，会让这土地散发出金子般的光芒。所以，当他听说河湖连通工程启动的时候，就觉得他的机会来了。于是，那碱疤癞对外发包的消息一传出去，他就开始准备这场竞标了。

这一切，古永淳是不打算告诉来早的，他只想让她知道这个结果，看着她，指了指远处那片光秃秃的土地说："明年，我的稻田，就会连着你的稻田了。"

来早笑笑说："你可别说投资了六千亩碱疤癞是为了我，我可受不起。"

古永淳也笑，他说："商人以利为重，怎么能把这么大的事视为儿戏呢。"

这时，一辆车子沿路驶来，到了古永淳的车子跟前，停下来了。古永淳认出，那是方青林的车。

方青林没有下车，落下车窗，歪着头，带着一种挑衅的姿态，盯着古永淳。

古永淳看着他，略微沉思一下，拱手道："承让了，方总。"

方青林咧嘴一笑，朝古永淳做了一个开枪的动作，然后，把手指贴在唇边，吹了吹。随后，他的目光斜斜地落到来早身上，大声说：

"你看起来,还是那么有味道。"

古永淳一下子恼火了,朝那车子冲过去,方青林哈哈大笑,关上车窗,扬长而去。

古永淳扑了空,站在路中央,大口大口喘气。

来早看着他,有一点恍惚,好似这场竞拍会,就是为了把古永淳送到榆村来而举行的。

80

张麦子为了补上那老太婆赶走的扶贫羊,到底买回三只羊。竞拍会这天,她刚割了一筐草回来,那三只羊就站在羊圈里,冲着她咩咩叫。她把草丢给它们,看它们大口大口吃着,就说:"吃吧吃吧,吃胖了好让我脱贫致富。"羊不懂她的话,瞪着眼看她,嚼着青草,嘴角流淌着绿色的草汁。她不理会羊了,拎起筐子,往屋走,她要把她爸扶到院子里,晒晒太阳。

张黑子天天晒太阳,不然,就蔫耷耷的,像是丢了魂儿。她进到屋里时,看见她爸还睡着,没有惊扰,想起高志临去上班前告诉她,竞拍会结束以后,扶贫工作队的队员们会下来入户走访,中午要留下来吃饭,所以让她做饭的时候,带出队员们的伙食。张麦子就又走出屋子,去菜园子摘菜了。

一辆白色的车子停在张麦子家大门口了。张麦子以为是扶贫工作队的人来了,赶紧跑去开大门。车上下来的却是魏长福,她一下子愣住了。

魏长福说:"你还认识我吧?"

张麦子没有吱声。

魏长福说:"我承认,我是你爸爸。"

张麦子的眼里忽地溢满泪水,她把头扭向了一边,不去看他。

魏长福说:"你别怪我,那时候,我也才不过十九岁啊。"

张麦子一把抹去眼泪说:"你不要我妈,也不认我,现在又突然跑来,说你是我爸,为啥呢?"

魏长福说:"你妈也是恨我的吧?"

张麦子点点头。

魏长福说:"带我去你妈妈的坟前看看吧。"

张麦子犹豫一下,上了魏长福的车。他们径直去村外那片坟茔地了。

几分钟后,车子停在了一座坟前。

张麦子下车,对着那坟跪下说:"妈,害你发疯的那个人来看你了。"

魏长福看着那座坟,给张麦子讲起了那段往事。

那年,魏长福和聂淑珍唱《水漫蓝桥》,唱了没几天,就唱出情意来了。有一天傍晚,他们坐在船头上对戏,对着对着,看见月亮从天边爬上来了,黄绒绒的,特别可爱,就欣赏起那月亮来。不知怎么,等那月影在一片云朵后面隐起来的时候,魏长福一低头,发现聂淑珍已经靠在他的肩膀上了,那样子,就像月里的嫦娥下到凡间,那么娇羞、那么柔软、那么惹人疼爱。魏长福在那样的温润里根本来不及多想,就亲吻了聂淑珍。而聂淑珍,又是那么热烈,让他只能迎上去。他牵着她的手,跑到老神榆下,对着老神榆发誓,说这辈子都会好好待她。就在那老神榆底下,就在那誓言的蛊惑下,他们啥也不顾了,像一朵花儿,一下子开到了极致。

事后,聂淑珍是慌张的,她很担心会变成大肚子。可那时候,魏长福还在初尝女人的快慰中深深地沉浸着,根本没想到这一次鱼水之欢,就能令聂淑珍怀上孩子,随口便说:"要是真大肚子了,那一定是老神榆赐给我们的宝贝。到时候,不管男孩还是女孩,我们就结婚,就生下来,就叫他怀榆。"

可是,文艺汇演正式开始的前一晚,魏长福接到了家里的来信,信上说,马上要恢复高考了,家里已经帮他疏通了关系,让他回去复习,准备考试。那时候,他想等汇演一结束,就把这个好消息告诉聂淑珍,可汇演还没开始,聂淑珍却告诉他,她怀孕了。

魏长福吓到了，是那么害怕。他真怕因为聂淑珍的怀孕，自己会一辈子困在榆村。他不知道该怎么办了，趁着还没有登台，跑到火车站，买了一张车票，回老家去了。

不久后，魏长福上了大学。后来，他结婚，生了女儿，取名怀榆，他把全部的爱都给了这个孩子。这一生却从未安生过，每每看见落叶，都会莫名地悲伤。

听完这些，张麦子笑了，她淡淡地说："我当你从来不知有我存在，原来你是知道的。"

魏长福说："不，我没想到她会生下你。那'怀榆'两个字，原是我和你妈妈约定，送给你的。你之所以叫了麦子，一定是你妈妈疯了，把我们那样的约定也忘了。我是爱你妈妈的，要不，我现在的女儿，怎么会叫怀榆呢？"

几只老鸦从坟场飞过，呜哇呜哇叫着，听起来特别凄凉。

张麦子说："我妈那么爱你，每天都在等你，也等不到，就急疯了。"

那老鸦飞远了，魏长福低下头，蹲下去，摸摸那块冰冷的墓碑说："淑珍啊，我亏欠你了，真对不住啊。"转头看向张麦子又说，"怀榆得了血癌，我和她妈妈的配型都没成功。"

张麦子一怔，不知他在说什么，很快，恍然醒悟，心跳到了嗓子眼儿，看着他。

魏长福说："对，我只能求你了，因为，你和她也连着血脉的啊。"

张麦子忽地扑到那块墓碑上，扯着自己袖子使劲擦着，好像魏长福的手，把它弄脏了一样。她说："你来竞拍榆村的土地也是假吧？你想借机在我面前炫耀你的富有，好让我为你的财富所动，然后不管你提出啥样的要求，我都会不顾尊严地认下你这个所谓的父亲。"

魏长福没有说话。

张麦子站起身，看着茫茫荒野，看着不远处的河流说："真幸运，我妈忘了'怀榆'那两个字。"说完，头也不回地向榆村跑去。

魏长福又看了那墓碑一阵，也离开了。

81

　　古永淳成功包下榆村那片土地以后，做的第一件事，就是在他承包的碱疤瘌上建了一个种植基地。高高的院墙，围着红砖蓝瓦的房子，和石油公司那栋小白楼相隔很近。可那栋小白楼里的灿烂，早已不胜当年，不知何故，曾经让这片土地一夜之间热闹起来的石油公司，突然像一朵开败的花，枝叶枯萎，花瓣凋落，连那些昼夜不停转动的磕头机，也像没了朝拜的对象，再没了磕头的动力，整天一动不动，呆呆望着某个方向，似乎都是到了迟暮之年，放飞了所有的儿女，守着空空的巢。

　　好在古永淳来了，否则，这片土地会彻底落寞了。那基地颇有几分当年石油公司的气魄，落成后，取了名字，叫"永淳弱碱大米种植基地"。挂了牌子，还举行了一个不大不小的剪彩仪式。随即，拖拉机、旋耕机纷纷到位，招募一批工人，在那片一直寸草不生的土地上旋地、修渠，翻腾起来。

　　一切运转步入正轨后，古永淳开始找专家，专门研究治碱的问题。专家是来早介绍的，请的就是白晨来。白晨来告诉古永淳，榆村的盐碱地，属于重度苏打盐碱地，要想尽快收益，最简单见效的法子，就是水洗地。

　　所谓的水洗地，就是深耕土地后，给土地灌满水，溶解盐碱，待到几天后，再排出吸饱盐碱的水。反复为之。

　　这下，古永淳犹如拿到了尚方宝剑，大刀阔斧地迈开了步子。工人把那片土地平整后，水也灌到地里去了。那天，古永淳亲自开渠导水，让霍林河水顺着河湖连通工程修建起来的总干渠，涌进支渠，漫灌进他的那片土地。

　　渠道纵横，水流汩汩，只花了一天的时间，一向白花花的盐碱地上，一片汪洋。

看着那片土地，看着那片汪水，古永淳深深知道，他迈出了成功的第一步了，待到明年，他的稻田，就可以连着来早的稻田了。

就在这天，来早在家里做了一桌子好菜，要为古永淳取得的初步成功庆祝一下，同时也为自己庆祝一下，是她那"榆村大米"的商标注册成功了，有机稻的认证书也批下来了，可谓双喜临门。但是，借着这个喜庆劲儿，她还想趁热打铁，再干一桩大事，这事儿，她要拿到今天的桌面上，跟古永淳好好谈一谈。

她找来张麦子、李小米作陪，此外，还请了刘国胜、高志、白晨来。

酒是古永淳自备的，有白，有红。白是男人专属，红是女士特供。

晚饭开始时，来早斟酒，大伙在说笑间落座。刘国胜讲开场白，给古永淳敬酒，说就等着明年看他如何把盐碱地变成米粮川了。说榆村人几辈子的愿望，就靠古永淳去实现了。古永淳却说，要是没有河湖连通那样的大项目在前面罩着，就是再有他十个古永淳，也不敢操弄这么一大片碱疤癞。说在上冻之前，会把育苗大棚搭建起来，已经聘请白晨来做专业指导，育苗时，就选他们新推出的稻种。

来早看古永淳说得眉飞色舞，给大家敬一口酒，趁兴把自己的想法说了。来早说，她想成立水稻种植合作社。眼下，榆村的家家户户，虽然都承包了盐碱地，可要想指望着大伙都去种稻，还是不现实。一方面，村人都没有种稻的经验；另一方面，他们也没有足够的钱去投资。那么，要想让大伙手里的盐碱地创造价值，最好的方式就是把那些土地集中到合作社手里，由合作社耕种，或者由合作社统一对外发包。如果这些土地由合作社耕种的话，凭她现在的能力，还挑不起这副担子，她要和古永淳谈的，就是当她把这一切都办好之后，把合作社的土地全部流转给古永淳。

来早把这想法一说出口，正和高志、刘国胜不谋而合。他们也担心土地在村人手里发挥不出作用，要是成立合作社，集中管理，就会创造出最大价值，那样，离摘掉贫困的帽子，又迈进了一大步。

古永淳没有表态，他收敛着表情，看起来十分严肃。

来早犯嘀咕了，看着他说："觉得我这样的想法，是占你的便宜了？"

古永淳一本正经说："你要成立合作社，统一管理榆村人手里的水田，是件好事，但要想全部流转给我，我有条件，你要是答应了，我才肯接受你这样的安排。"

来早说："说说看。"

古永淳说："合作社成立以后，土地由我全部经营，你来我的种植基地，做基地的管理人。"

来早一愣，继而笑了，没有说话。

古永淳说："我给你考虑的时间，什么时候考虑清楚了，什么时候给我答复。"

高志和刘国胜却等不及了。他们觉得这没啥好想的，来早一旦答应，既解救了自己，也成全了榆村人，何乐而不为呢？就你一言我一语地，让来早趁早答应下来，既解了古永淳的后顾之忧，也解了一村人的燃眉之急。可他们越是劝，来早心里越是乱糟糟的没了主意，就有点焦头烂额了。可巧的是，张麦子的手机这工夫响了，大家都看向张麦子，这个话题，总算告了一个段落。

给张麦子打电话的，是魏长福。

自上次见面后，魏长福天天都给张麦子发消息，祈求她的原谅。张麦子不知道该怎么原谅他，她十分清楚，如果不是为了怀榆，魏长福恐怕永远不会和她相认。这一刻，又看到他的电话，她一下子挂断了，抄起酒瓶，倒了一杯酒，喝下去了，顿时，她迷迷糊糊，难受起来。怕在大伙面前失态，她站起身，提前告辞了。李小米要去护送，高志摆摆手，让李小米坐下，让他们继续讨论刚才的话题，自己跟了出去。

外面黑黢黢的。张麦子没有回家，朝河边走去。

那时候，河面上静悄悄的，泛着一层波光，隐约映着树影、土地庙、芦苇荡和船只。风轻轻吹着，裹来几声虫鸣。

站在堤坝上，张麦子又接到了一条信息，还是魏长福，他说怀榆没时间再等了，现在麦子是唯一的希望，他恳求麦子，给怀榆一次生的机会。末了，发来一连串表情，都是祈祷的图片。隔着屏幕，张麦子都能感到魏长福低头折节,在向她下跪,全然不顾自己的形象和身份了。可她一点儿也没感动,反而更加无情,像个冷血鬼。她想,他凭啥来要求自己去救他的怀榆呢?她觉得有些冷,呜呜哭起来。

循着这哭声,高志跟上来了,像是怕吓到她,在快要爬上堤坝的时候,轻轻咳两声说:"这里太黑了,要让这河边亮起路灯才行。"

张麦子抹抹眼泪,把外衣又裹了裹。

高志站在张麦子的身旁,河水里映出两个模糊的影子,一荡一荡的。

高志说:"前几天,我读到一个故事,讲的是卢梭成名以后回家乡,他的老朋友有些幸灾乐祸地跑来告诉他,他从前的女朋友艾丽尔过得很不好。艾丽尔背叛过卢梭,这朋友以为,现在,艾丽尔倒霉了,卢梭听了一定高兴。可是卢梭却十分难过,掏出一些钱,塞给老朋友,请老朋友转给艾丽尔,还嘱咐老朋友不要告诉艾丽尔是他给的,以免艾丽尔羞愧。老朋友很纳闷,问卢梭,你真的对艾丽尔没有丝毫的怨恨吗?当初,她可是让你的脸丢尽了。"河里有几条鱼跳了起来,高志顿了顿接着说,"你知道卢梭是怎么回答的吗?"

张麦子没有说话。

高志想把张麦子逗笑,捏着嗓子,假装自己就是卢梭,说道:"我为什么要怨恨她呢?如果有怨恨,那也是三十年以前的事了,如果这些年我一直对她怀有怨恨,那我岂不是在怨恨里生活了三十年吗?那对我有什么好处呢?就像我提着一袋死老鼠去见你,那一路上闻着臭味的岂不是我吗?"

张麦子扑哧一声笑了,她说:"你这个样子,和平常的你,可不太一样。"

高志也笑笑,不接张麦子的话,蹲下去,捡起几个土坷垃,丢进河里,河面上溅起两朵水花,飘来两串咕咚咚的响声。

张麦子说:"我知道你的意思,冤冤相报,没完没了,可宽恕就能让伤害你的人因感动而幡然悔悟吗?"

天上划过一颗流星,转瞬即逝了。

张麦子往堤坝下走,高志跟着走下来。

榆村睡着了，家家户户，熄了灯火，窗口黑乎乎一片。倒是有几只耐不住寂寞的狗子，听见路上有脚步声，兴冲冲吠叫起来，把整个夜晚吵得沸反盈天。路过光棍汉家大门口时，张麦子害怕他家的狗子从墙里翻出来，吓得直往高志身后躲。不自禁地，高志抬起胳膊，护着张麦子。

芝麻掉到针鼻儿里，真是凑巧了，就在这节骨眼儿上，光棍汉家的门开了，一道电光照出来，在高志和张麦子身上晃来晃去。高志和张麦子顿时眼花，停下来了。

随着一声吆喝，那狗叫声也停下来了。高志和张麦子都听出是瘸腿老爹的声音，忽地想起什么，拉开了彼此的距离。

瘸腿老爹朝大门口走来，喊着："大半夜的，谁呀？"

高志刚要搭腔，张麦子一把把他推到大门垛子后面去了，她说："我，张麦子。"

瘸腿老爹到了墙头跟前，四下里望望说："眼瞅着是两个人的，咋一下子成了你一个？"

张麦子说："哎呀，你可别再照了，我刚在来早那里吃过饭出来，是来早送我，她到那棵树下解手去了。"

瘸腿老爹赶忙把手电的光收在自己脚下，转身往屋子里走。

看着瘸腿进了屋，关了门，张麦子拉着高志，快速从那门口离开了。很快，他们到家了，进了各自的屋里。

高志没有开灯，站在窗前想，多好的麦子啊，今晚要不是她机智，自己被瘸腿老爹给看见了，到了明天一早，满村都会知道，第一书记高志和张麦子，孤男寡女，大半夜的压马路呢，往后，这工作别指着干了。他露出一丝笑意，倒在炕上，美美睡去了。

到了第二天早晨，高志起来时，听见张黑子坐在房间里喊他，他过去一看，早饭在桌子上摆着呢。但张麦子不在，就问麦子去哪儿了。张黑子说她去城里找魏长福了，去和怀榆做骨髓配型了。

高志愣了愣，笑了。

82

二〇一七年的春天，阳光在榆村大地上涂满暖意，万物又开始了新的一场轮回。

这个春天，来早一直忙着办理合作社的手续，批下来那天，她在自家门口，举行了合作社挂牌仪式。

这个春天，榆村死去了两个人，一个是胡家的老太太，一个是叶高粱的爷爷。他们的家人，都给他们准备了一场盛大的葬礼，他们说两位老人先后而去，黄泉路上，也能做个伴。

但来早是悲伤的，因为老太太的死和叶高粱爷爷的死是不同的。叶高粱爷爷是多年瘫痪之后自然衰竭而死，老太太则经历了一场意外。

这意外，和古永淳有关。

是有一天，张大梅给古永淳打电话，说她爸病了，要去省城做检查，问古永淳能不能陪着一起去，当时古永淳答应得好好的，第二天一起来，偏赶上白晨来过来检查育苗大棚的土壤情况，古永淳一直陪着，便把张大梅那个电话给忘了。

这简直就是放张大梅的鸽子了。张大梅带着老父亲从医院回来后，就从赍安城赶到榆村来了。

那天，张大梅一到基地，就听基地的工人议论来早要来做管理人的事，她压着火气，质问古永淳，为啥连给老人看病这样的事也能忘记，是没把老人放在眼里，还是把她这个做老婆的当了空气？

古永淳自知无理，怕她越数落越来劲，不敢言语。可古永淳越是不言语，张大梅越是恼火，干脆旧事重提，说他就是因为到了榆村，又被狐狸精迷了心窍，才对家里的事不闻不问的。这样，古永淳不依了，他说："老爷子的病，又没啥大不了，我去与不去的，还不都是一回事吗？"

张大梅一听，呜呜滔滔哭起来说："你妈病的时候，哪一天不是我守在身边，吃药住院，还不都是我亲力亲为？和你也过了小半辈子，真心都喂了狗？这样的日子，还有啥过头？"

这样一翻扯，古永淳更来气了，干脆说："没啥过头就离婚。"

一听见"离婚"两个字，张大梅的哭声止住了，爆豆子似的小话儿也憋回去了，一双眼恨恨地盯着古永淳说："别说离婚，就算死，我也要比你晚死一天，不会成全你和那个贱人的。"

撂下这话，张大梅出了基地。她并不是回赉安城了，而是跑到榆村，找来早去了。

张大梅不知来早的住处，转转悠悠，摸到胡长庚门上去了。那时候，胡长庚和秀草都在地里干活，只有老太太一个人在家，正颤颤巍巍拄着拐杖出来送尿，手刚搭在门把手上，张大梅怒气冲冲闯进去，使劲朝里一推，把老太太撞个四仰八叉。

这一摔，不得了了，老太太脑袋着了地，当时便昏迷不醒了。没过几天，就死了。

给老太太发丧那天，胡长庚对来早说："来早啊，你给你奶奶发誓，保准不给古永淳去当那个管理人。"

来早应了。她不但没去给古永淳做那个管理人，等那合作社成立以后，榆村人流转给合作社的土地，她也不准备集中发包给古永淳的基地了，她想自己干，她要和古永淳划清界限，永不往来。

这天，高志和刘国胜都在村部，研究怎么帮助村人创收。水田流转出去，是一个增收的项目，可旱田方面，除了种传统庄稼，从来没有过改变，高志的意思，要换换路子，弄些经济作物，更容易赚钱。

刘国胜不同意，说传统庄稼虽然挣钱少，但榆村人经验足，种起来没有技术上的困扰，也不需要太大的支出。高志说他想法老旧，说白了就是不求进取，研究来研究去的，两个人研究出一肚子怨气，后来，不管高志说啥，刘国胜都以不太符合榆村的实际情况为由，反驳掉了，说高志要是想干，就一个人干去好了，自己不举手赞成，也不表态反对就是了。

高志只好让一步，说这几年，李小米一直在自家的园子里种黄菇娘，面积不大，产量很高，价钱也不错，一个夏天下来，换个千儿八百块不成问题,不妨把这黄菇娘发展成榆村的庭院产业,这样,家家户户也能多个来钱道儿。刘国胜想,一个庭院经济,就算不成功,也坏不了榆村人的年成,就说这个主意不错,可家家户户要是都种黄菇娘,都指着拿到嘎罕诺尔镇去销售,那么个小镇子,是没那么大购买力的。榆村离县城又那么远,果子镶喷儿下来的时候,运不出去的话,都会烂在地里头。

这一点,高志早想过了,正要和刘国胜细说,来早进来了。

来早一脸凝重,高志和刘国胜见状,都有些奇怪,连忙问她怎么了。

来早在一张椅子上坐下,把不想去古永淳基地做管理人,要自己独立经营合作社的计划说出来了,高志和刘国胜听完,脸子都沉下来了。

高志说:"当初让你成立合作社,是希望大伙的土地经过合作社发包给古永淳,能多赚几个钱,现在你要自己经营,你的实力在哪儿?"

来早说:"所以,我才来找你。"

高志说:"找我有啥用?我能去给你犁地,还是能给你变出钱?"

来早说:"帮我申请贷款,我要上机器。"

高志气得说不出话来,在地上直打转。

刘国胜立马拍桌子说:"胡闹,简直是胡闹。"

来早说:"那就把合作社交给别人,我不管了。"

刘国胜说:"咋的?榆村就你能,种出几坰稻,还想拿捏谁一把?"

来早嘟囔道:"我可没拿捏谁。"

高志让他们别吵了,喝一口水,自己也冷静下来,慢慢问来早:"为啥要自己种?为啥说好的事,说变就变?"

来早翻着眼睛,白愣他一眼说:"明知故问。"

高志说:"身正不怕影子斜,这还没怎么着呢,自己就打退堂鼓了?"

来早说:"不打退堂鼓行吗?还等着张大梅再来榆村,出一次我的丑吗?我奶奶已经死了,我总不能让她死后也不得安生吧?"

高志无话可说,和刘国胜面面相觑,觉得怕是劝不动她了。

来早站起身,离开了村部。她没有回家,而是去了李小米那里,还叫上张麦子,说是一起商量由合作社种稻的事儿。

张麦子和李小米都没有经验,但还是仔细算了一笔账,说那些土地要是由合作社种的话,肯定比发包给古永淳赚得多,但这也需要大量的本钱,还有更重要的一点,是合作社里的其他社员,是否支持来早的决定,毕竟,古永淳实力雄厚,发包合同一签,钱会立刻进到榆村人的口袋,如果由合作社种,恐怕这笔钱拿起来不能太痛快。

这些,也正是来早担心的,如果有人不同意由她来种,就会申请退出合作社,直接把土地流转给古永淳,那样,她是没有理由挽留大家的。她想了想说:"所以,要让村人都知道这件事,不同意的,让他们赶紧来办退社手续。"

张麦子忧虑道:"这话要是一传出去,估计没人愿意留下来了。"

来早说:"那就剩多少算多少吧。"

转天,榆村人都知道来早不准备把合作社的地集中发包给古永淳了,私下里一撺掇,都怕要是来早种的话,万一拿不到钱,最后只能闹个鸡飞蛋打,谁也不愿意放着卧兔不抓,去抓跑兔,情面也不讲了,交情也不顾了,直接找到她门上,要求终止和合作社的合同。来早倒是不急不恼的,都让大伙遂了愿。只是,那些退社手续一办完,大伙一一散去后,来早坐在空荡荡的屋子里,如同一只空空的壳,又孤寂又茫然。

也不知待了多久,门又开了,来早以为又是来退社的,头也没抬,递过去一张退社说明的单子说:"照着填吧,填完就可以走了。"来人没接,仿佛盯着她。她感到那目光的炙热,像一团火焰,烘烤着她,猛地抬起头来,吃了一惊,发现是叶高粱。她有些慌张,起身收拾桌子上的纸呀笔呀的,请叶高粱坐。

叶高粱也不大自然,从怀里掏出一张纸,塞给了来早。那是一张加入合作社的合同,来早捧在手里,惊着了,她说:"别人都在退社,你怎么还往进闯?"

叶高粱看着来早,为自己曾经那么对她感到羞愧难过。如今,婚姻解体了,她才明白,爱是勉强不来的。回到榆村以后,她无数次怀念她们四个人在一起的那段时光。无数次，她也想忘掉那段时光，是怕再也回不去了，徒留悲伤。

叶高粱和韩青是和平离婚的，这么多年，她吵够了，也闹够了。生完孩子后，把韩青堵在那售票员家里后，她总也迈不过那道坎儿，就办离婚了。家里也没多少钱，两个人要是一起过，还算富裕，一旦掰开，二一添作五一分家，都成了穷光蛋。她说要孩子，韩青的父母不同意给，那工夫，韩青还算个男人，说高粱是好不容易怀上这个孩子的，孩子就是她的命，婚姻没了，不能再要了她的命。孩子跟叶高粱了。

叶高粱带着孩子，没地方可去，只能回娘家。从回榆村那一刻起，以前那种还有个男人可依靠的日子，就彻底结束了。从那一刻起，她就想，往后，要用自己的肩膀，挑起一个家了。那时候，赶上榆村竞拍盐碱地，她拿出离婚分到的一部分钱，承包了五垧。那时候，她还想，来早能做成的事，她也能做成。但当她真正站在来早那片稻田面前时，她被来早折服了，她清楚地认识到，一直以来，自己真是个斗筲之人，鼠腹蜗肠，心思在方寸之间徘徊时，来早已经迈出方寸之地，登高望远了。自己和来早，一起玩耍那么多年，没从她身上学到半点陂湖禀量的气度。

这一段时间，叶高粱特别想和来早好好聊一次，有几回，都到来早的家门口了，却怎么也抬不起手去拉那道门闩，她多想还能像为姑娘时一样，彼此闹了矛盾，再想和好，耍个无赖，就混过去了。如今，她的心已经回不到那天真烂漫的时光里了，就总是急慌慌走掉了。此刻，来早遇到难处了，她想借机给来早一点力量，才鼓起勇气见来早。

叶高粱说："就算榆村人把土地都退了也没关系，我会在，麦子和小米也会在。"

看着那纸合同，来早没有说话，握住了叶高粱的手。

叶高粱特别感激来早没有拒绝自己，眼泪在眼圈里转，郑重地对来早说："对不起啊，我错过了那么多我们可以在一起的日子。"

来早说："没有错过，我们一直在用另一种方式，陪伴着彼此。"

83

最后，合作社还剩下的成员名单，只有六户了：胡来早、张麦子、叶高粱、李小米、刘国胜、胡长庚。

那些退出合作社的人，把土地都流转给古永淳了。尽管古永淳用商人的方式把土地的价码压到最低，那些人却在最短的时间里把土地变现，省去很多后顾之忧。他们沾着吐沫数钱的时候，还没忘了寒碜几句留在合作社里的人，说那胡长庚不退社，是没法子；刘国胜不退社，是因为当着村书记，抹不开面；那李小米、张麦子、叶高粱，别看眼下围着来早转，穿一条裤子都嫌肥，到了秋天，来早要是拿不出钱给大伙分，保不准要人脑子打成狗脑子，从古到今，哪个不为利来？哪个不为利往？"利"字旁边，可是一把刀呢。那来早，不也是见利忘义吗？觉得自己种那些土地，能得到更多的利益，就连古永淳也不合作了。

这些流言蜚语，拐弯抹角地，都飞到来早的耳朵里了。

这么多年，即便她一直在流言蜚语里历练着，早习惯了把这一切都看作平常风雨，既不能干涉也不能阻止她的生活，这一次，她在意了。她整天心神恍惚，不知自己是对是错。

刘国胜说："听兔子叫还不种黄豆了？我那块地，从承包到手那天起，闲置十几年了，就算想赚钱，也不差这一年，就交给你了，叔就想看着你成，咱俩打过的赌，叔可还记着呢。"

李小米、张麦子、叶高粱也纷纷说，一年之后，她要是弄不成样子，她们再退也不迟。

有了这样的交底话，来早放心地干开了。

她平整土地、洗地、上灌排设备、买机器和土肥……这一切，所有的前提，都是围绕钱展开的，没有钱，难题接踵而来。上一年的欠债和贷款才刚刚还清，这一年，来早又要面临拆东墙补西墙的局面了。

这天，来早去了一趟嘎罕诺尔镇，把鱼摊子卖掉了，回来后，到了地里，看着她这边的田地还寂寥无声，古永淳那边已机器轰鸣，烟尘四起。人误地一时，地误人一年。她着急了，要是再不开工，可来不及了。回到家，她又把李小米、张麦子、叶高粱叫过来，问她们有啥好法子，能凑到钱。

一说起钱，大伙沉默了，个个一脸愁苦。来早的胸口闷闷地疼起来，大伙的底子都薄，能指望谁呢？她苦笑一下说："知道你们都帮不上忙，我不过想跟你们倾诉一场。"

这时，秀草进来了，叹了一口说："你这个孩子啊，要折腾到啥时候才是个头呢？管不了你，也看不得你受磨难。"说着，把手伸进口袋，掏出一张存折，两手捧着，颤颤递过来说："这些年，我和你爸每年存上一点钱，想留着你嫁人时用的，现在看来，也真是没人可嫁了，就给你拿去用吧。"来早看着存折，愣住了。秀草又说："有时想想，真不该让你放弃读大学，是我们的错。"来早的眼泪噼里啪啦往下落，不是因为没去念那个大学，而是她从来没有想到，爸妈竟背着自己，省吃俭用，给自己存着一笔嫁妆钱。她也颤颤地伸出手，把那存折接下了。秀草说："放手去干吧，你爸早不怨你了，去干吧。"说完，转过身，朝外走去。来早看着那背影，喊了一声"妈"，秀草把手扬了扬，没有回头。

接下去，张麦子站起来了，掏出一张卡，放在桌上说："我提议，咱们集资吧，我这卡里有一笔钱，是我那死去的男人留给我的，有他全部的家当和死亡补偿金，我从来没想过动这笔钱，因为一动这钱就会想起他，就会难过，现在，把这一切，都交给你了，也算是这钱有了一个好的归宿。"

大伙都瞪着眼，呆住了。她们从来没听张麦子提起过还有这样一笔存款，她们不敢想象张麦子的这一决定，该有多疼。

来早看着张麦子，抹去眼泪，张开胳膊，拥住了她。

叶高粱笑笑，从包里掏出一个方便袋子，里面装着厚厚一沓票子，有零有整的，都推到来早跟前，她说："这两年，我跟着爸妈一起养扶贫鹅，没白养，卖种蛋，孵小鹅，倒腾来倒腾去，攒下这么多，都带来了，你想咋用就咋用。"

来早没想到叶高粱把爸妈的家底儿都拿来了，吃了一惊，又拥住叶高粱。

李小米犹豫了，想往出拿钱，没有多少，不往出拿，过意不去。千禧今年就要考高中了，花钱的地方多，手上要是不备着点过河钱，她不踏实。她看看来早，为难了。来早明白她的苦衷，抓着她的手说："你把千禧养好就行，别的就不要操心了。"李小米点点头，差点落下泪来。

会议结束后，叶高粱、张麦子、李小米都回去了。来早一个人坐在那儿，又痴痴发了好一阵子呆。

太阳落下去的时候，屋子里也暗沉了，手机放在角落里，响了一下，亮起一道光。

是古永淳发来一条信息，他说："你不能拿合作社去赌，要是输了，你会因此变得穷困潦倒。"

来早想了想，回道："最近读了一本小说，那上面有一句话我很喜欢：如果我的能力只能使我穷困潦倒，穷困潦倒就是我的价值。"

古永淳没再发消息来。

踏着夜色，来早走出了屋子，去了村外。她到了那老神榆的脚下，她仰望起它，仿佛那无数根枝丫中，有一根是和着自己人生的拍子生长出来的，她想找到它，看看自己的过去，再寻寻自己的未来。她只寻到那缝隙间的星辰，一眨一眨，洒给她一些羸弱的光。有风吹来，老神榆的叶子摇起来，有一串榆钱儿落在了她的头上。

84

都说钱不是万能的，但有了钱，来早的合作社立刻运转起来了，几个月后，稻田的备耕工作全部做完了，为了保证稻苗能顺顺利利插进田里，在选择秧苗这件事上，刘国胜不想让来早再自做主张了，他希望来早不要意气用事，就用古永淳基地里的，因为那是白晨来研究出来的，是最好的秧苗。

　　来早也在考虑秧苗的事，刘国胜这样讲前，她正想和刘国胜商量一下该怎么办，刘国胜一讲完，她纠结了。她想和古永淳划开界限，越清楚越好。刘国胜见她执拗，干脆把购进秧苗的差事揽到自己身上，他说："用谁的或不用谁的，都不要你管，到时候，我保准拿回最好的秧苗就是了。"这样，来早也不好再说啥，毕竟在别的事上，刘国胜都是成全她的；毕竟刘国胜的建议也没有错。

　　到了插秧的时候，就要启动资金买插秧机了，来早手里的钱还有些富余，高志回了一趟城，托了几层关系，请银行为来早提供了一笔创业免息贷款，让来早购买插秧机的同时，赶紧再上些农机设备，说上头推出了购买农机补贴政策，能省下不少钱。这样，来早很快就购买了插秧机，以及秋收时要用的收割机。

　　几天后，来早的插秧机在田间劳作起来了。

　　插秧那天，风和日丽的，榆村前面的那片土地，在太阳的照耀下，十分壮观。一条条水渠，一格一格地划分开来，盛满了霍林河水，平静澄明，映着青天白云，和飞鸟的影子，辽阔如海，望不到边。

　　那边，古永淳出动了四台插秧机，到处都是轰隆声。他站在渠埂上，看着工人，开着农机，顶着日头，在田里耕作。一阵抛秧声起，一阵吆喝声落。明镜一般的田字格，经暖阳一照，飘着泥土的清香，一缕一缕的，在空气里飞。没一会儿，秧苗插满大地，放眼望去，阡陌纵横，水色氤氲，透过时空，仿佛嗅到稻花的香气，仿佛看到暮秋里收割的景象。

　　这边，来早的插秧机突突响起，机上坐着两个人，一个在前，驾驶机器；另一个在后，供放秧苗。机器的轮子在泥水里滚滚前进，秧爪随即把一撮撮秧苗插进泥土里，眨眼工夫，脚下一片绿色，整整齐齐，好像给碱疤瘌穿上了新裳。

　　来早也算种稻的老把式了，使用机器还是头一回，雇佣工人也是头一回，总担心机器和工人做不好，就一会儿跑去监督机器，一会儿又跑去指挥工人，跟着工人一起运秧苗、装秧盘，时不时地提醒大伙一句，剥盘的时候，一定要小心，不要弄坏秧苗。张麦子、李小米、叶高粱都来帮忙了，胡长庚、秀草、刘国胜也在。来早早已忘了那些为钱奔波受难的日子，稻秧插在大地上时，她的一颗心就开始渴望收获了。

没有什么比等待收获更令人向往的了。

半个月以后，那片碱疤瘌上，所有的稻秧栽插完毕，机器退场了，隆隆声就此消散，榆村恢复了以往的宁静，只有绿，带着苍天的旨意，守护着大地。

盐碱地里种稻，隔上三五天，田里的水盐碱度就会增高，每隔三五天，必须换一次水。以前，来早只种几垧地的时候，灌排一次，也会累得腰疼腿疼，眼下几十垧地了，定期灌排、除草、防虫，凭着她一个人的力量，是无论如何也完不成了，就雇用几个贫困户来做工。可那些贫困户在合作社干了没几天，就摔耙子找起别扭来了。原因是来早给他们的工钱，要到了年底才支付，而古永淳那边，则是干完活儿就发工钱。他们不平衡了，他们要来早和古永淳一样，一把一利索。

来早手头上的余钱不多了，她要细水长流，就去村部，让高志给想想办法。

那时候，高志正在为抓榆村的庭院经济、培养草编人才头疼。是春初时，高志就让村人广开门路搞庭院经济，村人不懂庭院经济是啥经济，他就给大伙讲了李小米种黄菇娘的事儿，说那就是庭院经济，如果大家都在自家的小菜园子里种上黄菇娘，形成了规模，村上不但包销，还会给大伙全额补贴。村人一听有全额补助，都蠢蠢欲动，但对于高志嘴里那句包销的话，有些质疑了，他们问高志，销路在哪儿？万一卖不掉，村里能不能按斤按两赔偿？

高志说："村上要是没那个金刚钻，也不敢揽这个瓷器活，销售的路子早为大伙铺好了，到了黄菇娘馕喷儿下来的时候，保准不让销售这个难题卡大伙的脖子。"

大伙还是有些不放心，都说高志的话不靠谱，最后，胡长庚拍板说："不就一个菜园子吗？往年一分钱换不回，也没那么计较，如今有人帮咱想出路了,咱还前怕狼后怕虎的,好像能亏了家底似的。我就冲高书记帮着来早弄稻田,就信他不会坑咱们。"村人一听,胡长庚的话在理。这种植黄菇娘的工作,就在榆村开展下去了。

眼下,家家户户的院子里,黄菇娘的秧苗已经开出浅黄色的花朵,马上就要结出灯笼一样的果子来了,高志走家串户,盯着村人,让他们及时给秧棵上肥用药,以免耽误果子的生长,卖不上好价钱。这事刚告一个段落,他又接到县里的电话,说省里要举办一场妇女草编大赛,问高志榆村有没有会草编的,要是有的话,可以报名去参加比赛。

撂下电话,高志伤脑筋了,他到榆村后,就知道榆村有草编的底子,一连几年,都把省内较有名气的草编技师请到村里来,给村上的女人传授草编技艺,可手艺学完,编出来的作品还是上不了台面,找不到好的销售渠道是一方面原因,更重要的一点,是作品单一简单,吸引不了客商的眼球。两者撂在一起,成了恶性循环,榆村那么多年的草编底子,竟成了徒有虚名。高志紧着往起拎,紧着找门路,到头来都是瞎子点灯——白费蜡,都是马尾穿豆腐——提不起来。

可面对这次草编大赛,高志不想放弃让草编人员出去开眼界、交流经验的机会,不想之前的努力全白搭,想把虚名变盛名,就把榆村巧手的女人挨个在脑子里过滤一遍,筛来选去的,张麦子、李小米和叶高粱最合适,她们都跟晴二嫂学过手艺,考虑到张麦子要照顾张黑子,就把名额落给李小米和叶高粱了。

李小米和叶高粱一听去省里参加草编大赛,开始时十分兴奋,冷静下来再一琢磨,心里没底了,这么多年,她们都是自己窝在家里瞎捣鼓,真要把手艺拿到场面上去摆阵仗,还真是怕丢了榆村的脸。

高志也理解她们的顾虑,说取不取得名次不要紧,要紧的是在这次比赛中找到商机和以后发展的方向。这一讲,叶高粱和李小米轻松许多,把这差事领下来了。

李小米和叶高粱刚从村部离开,来早到了,她一进高志的办公室,就把没钱给工人开支这个大难题抛给高志了,问高志有没有法子帮自己解决,高志想了想,一时半会儿的,也想不出个眉目,来早悻悻地回了。

85

这天，来早在田里拔着草，还在为雇工的事发愁，她想，在榆村，人人只管过自己的小日子，谁家要是拉上个万儿八千块的饥荒，是会被榆村人不齿的，自己背了一座债务大山，大伙见了她，没有绕道走，已经是幸运了。接下去，一定要保证每一步都万无一失，才不至于沦为榆村人的笑柄，也不陷入无力偿还债务的深渊。她想弄出个两全其美的法子，解决雇工的难题。

她想来想去，一筹莫展地朝古永淳的基地望去，看着人家那边房子一排排的，又是工人宿舍，又是加工车间，稻仓也高耸着，一切设备，完善齐全，心里骤然一阵难过，她不停地质问自己，当初选择种合作社的地，放弃做古永淳的管理人，是不是太自不量力了？她有些怅然，低下头，又去拔草。等再一抬头时，见一个老太领着一个男孩顺着渠埂走，在她种下的一棵柽柳前停住了。她不知是干什么的，从田里出来，凑过去看，见那老太在柽柳上挂了一块红布，在树下摆了三只苹果、插了三根香把香点着，让男孩跪下去了。

来早问这是做啥？

老太苦笑，说她儿子和媳妇常年在外打工，孙子想爹妈，总上火，总闹毛病，就领他来认棵孤树做娘，一来，让孩子有个精神寄托；二来，也让这孤树有个伴。人活着有命在，树活着也有命在，这要是互相认下，就可以互相保佑了。

来早听着蛮新鲜，就看男孩拜干娘。

老太让男孩给柽柳叩头，叩三下，喊三声干娘。

那老太说："喊了娘，就证明你认下了干娘，就证明干娘也认下了你，往后，要天天爱护干娘，年年这个日子，要来拜拜干娘，有了不开心，也可以告诉干娘。树不会言语，但树认养了你，会懂得你的心思，会望着你守护你。"男孩很期待地点点头。

老太领着男孩走后，来早回到田里，继续给稻子拔草，脑子还回想着老太的话，想着想着，突发奇想，这要是有人来认稻子做干娘，是不是就可以给稻拔草了？猛然，她兴奋起来，从田里跳出来，坐在渠埂上，给高志打电话，说想把稻田搞成休闲农场，吸引城里人到榆村"认养"水稻，这样不仅可以让合作社提前拿到回笼资金，还能让城里人在领略田园风光的同时，和家人、孩子通过拔草、除虫、收获，体验农耕的快乐，吃上放心大米。

　　高志认为来早是异想天开，想一想，推动这件事，也不需要投入什么资本，就让来早试试。

　　来早做事，一向是起风便扯帆，说干就干。就开始研究"认养"方案了。花了几个晚上，她把一套完整的水稻"认养"计划方案设计出来了，拿给高志看时，高志说不错，让来早通过各种媒介发出去，尽可能让各路人等都能看到。

　　来早就联系春生、宁巧、魏长福，还有很多相熟的城里人，让大伙帮忙转发。

　　卖榆村大米以来，来早有一个榆村大米消费者群，一并转发了。刚开始，没啥动静，过了几天，来早差不多以为这事儿应该泡汤了，突然有人打来电话，询问认养水稻的具体事宜，来早就给人家讲，认养稻田的面积单位从一亩起步，合作社保证年产稻子不低于七百斤，多出部分，也全部归认养家庭，如果认养过程中因不可控力量导致歉收，合作社负责补足。认养人有空的时候可以过来伺弄稻田，其余时间，由合作社负责管理。对方很满意，打算认养一亩。来早没想到这事还真有人参与，兴奋极了，邀请人家来看看田，再确定认养的地块。

　　那人就来了，还不是一个人来的，带了四个好朋友，一看田，相中了来早最早开发出来的那块地，那儿的秧苗齐整壮实，他们决定每个人都签下一亩，说是有空的时候，带着孩子和家人过来体验生活。

　　这一下，就签出去五亩，来早感觉像做梦，不敢相信，直到人家在白纸黑字的合同上签了字，把认养金拍给她，她才放下心来。

　　接下去的几天里，春生和宁巧帮了来早一个大忙，他们的一些朋友也纷纷加入，把来早的水稻又认养出去几十亩，让来早一下子有了余钱，顺利地雇到了工人，田里的活儿，因此走上正轨。来早轻松许多，差人做了标识牌，写上认养人的姓名和面积，插在了被认养的稻田边，随后又差人在稻田边安装了可视监控，让认养人随时通过手机，查看自己的稻情。

就在李小米和叶高粱去省城参加草编大赛那天，稻田迎来了认养人来体验拔草，来早怕他们分不清稻秧稗草，特意安排两个工人在现场做指导，她也想陪他们劳作一阵子，接到了高志的电话，就赶到村部去了。

高志找来早，是要和来早聊聊稻子，说头一年长苗苗的生荒地，地力不肥，产量不会太高，但看眼下的状态，亩产六七百斤不成问题。粮食下来之后，存储是个大难题，就问来早准备如何存储和完善大米加工车间的事。

这简直是摁下葫芦起了瓢，来早知道，这是又要投钱了，建稻仓不是个小投资，自己怕是头拱地，也弄不来钱了。

高志看着她说："就知道你没路走了，所以我劝你，这事儿你听我的，去和古永淳合作。"

86

榆村前面那片水田里的稻秧没膝高了，微风一送，碧浪翻滚，整个榆村上空飘浮着稻苗的清香，腥甜的水雾夹杂其中，把盐碱地里的烟尘都深深压在泥土中去了。鸟儿在上面飞，虫儿在里头叫，云朵一团一团，变换着模样，趴在稻田的上空。

这天，来早站在渠埂上，看着眼前的盛景，又想起高志的那句话："就知道你没路走了，所以我劝你，这事儿你听我的，去和古永淳合作。"

高志说得没错，她没路走了。眼看着就是秋天了，眼看着就要抽穗的稻子，来早知道，她会收获小山一样的粮食，可是，稻仓还没着落，回到家的粮食放在哪儿呢？几十垧地的稻子啊，可不是几条麻袋，或者一个囤子就能解决的，万一盖了雪，万一发了霉，不是说这一年白干了，是往后余生，都没法翻身了。

来早又陷入一个两难的境地。

不听高志的，稻子收下来那天，就只能堆在村外的晒谷场上去，由着鸡蹬狗刨、风吹雪埋。

听高志的，那就要自己拆自己的台子，收回那些倔强，把那条划在她和古永淳两人之间的界线亲自抹去，向古永淳低头。

这真是太让人为难了。

她想，这算咋回事呢？命运怎么总是让她在他跟前徘徊？有了为难招灾，怎么总是他才是她的解？她真不甘，又真的别无选择，硬着头皮穿过那片茫茫稻田，朝古永淳的基地走去。

到了基地大门口，还不待来早进去，就见古永淳开着车往出走，来早想躲闪，古永淳也看见了她，把车停下，问她来是不是有事。

来早支支吾吾的，说在田里拔草，看见这边的稻仓建起来了，就过来看看。

古永淳抬起腕子，看看表，说自己要回城办事，时间还早，让她上车，带着她绕着基地转转。

来早犹豫一下，上去了。

车子直奔稻仓去了。来早有意瞥了基地院子几眼，比去年又规整很多，行道上铺了红砖，两边栽了桎柳，苗株不高，地上印着矮墩墩的影子，一抹一抹的。大型机器设备又添了几台，停在院墙下。几个工人正在调试喷雾机。两只猫儿在一只花盆下睡着。给工人做饭的厨子蹲在门口洗菜，不时有几只鸡冲过来，趁厨子不备，啄一口菜叶，跑到一旁，脖子一抻一抻吞下去，再溜回来，啄一下，快速跑开。

车子开过那排房子，到了院子的最北端，停在稻仓的跟前了。

都是大型钢板仓，有六个，排成一排，圆滚滚的，高耸入云。

古永淳说："卸粮、运粮都是自动化的，还有监控，实时监控粮情。有了虫子也不怕，启动智能气调后，可以实现仓内真空，虫子会窒息而死。"

来早说:"看来你是万事俱备,只欠稻子了。"

古永淳说:"其实,我还多建了一个。"

来早说:"为啥要多建,是不是打算明年再多承包些土地?"

古永淳说:"是给你准备的,如果你不打算用,它就要闲置了。"

来早愣住了,她怎么也没想到,在这样的关头,古永淳还为她着想着。

古永淳看着她吃惊的表情说:"借你用两年,帮你渡过眼前的难关,以后合作社运转好了,你有了自己的稻仓,这个还是我的,要是不想欠我的人情,费用方面,你可以自己承担。"

钱不足,腰杆子不挺,就算再怎么不想沾古永淳的光,面对那么大一个稻仓,来早还是妥协了。她说:"你干吗还帮我呢?"

古永淳掉转车头,沿着来路往回走,他说:"我无力改变的太多,但我有能力承担的,你不要总是拒绝。我和你之间,即便我付出再多,你也不必心怀亏欠,要说欠,总该是男人欠女人的才对。"车子刚好行至路边,古永淳停下,让来早下车。

来早看着他,一时也不知该说啥好,推开车门下去了,停了一下,突然转过身说:"我来找你,就是想借你的稻仓。"

古永淳笑了笑说:"你终于向我开口了。"伸手拉上车门,启动了车子。在车子跑出一段路以后,来早听到车喇叭欢快地响了两声。

稻仓的问题解决了,来早有种云开雾散之感,一路哼着歌,回榆村去了。路过张麦子家门口时,忽想起该去张麦子那里。叶高粱和李小米去省里参加草编大赛回来了,她们早说好了的,张麦子设宴,给她们接风。就朝张麦子家拐去了。

这时候,叶高粱和李小米已经回来了,正大声地讲着比赛中的见闻,说没拿到名次也不遗憾,开眼界了,人家那草编生意做的,可不是单一的产品加工,人家是研究开发特色产品,编啥的都有,都卖出国门了,有的还申请了专利,由政府出面,提供产、供、销一条龙,借助电商交易平台,把小小草编,做成了大买卖。

来早和张麦子都插不上嘴,摆桌子,上碗筷,端菜盛饭,招呼她们坐下,边吃边讲。

唠着唠着，来早猛地想起什么，她说："小米有小卖店经营，我有水稻合作社打理，高粱不妨在村上成立个草编专业合作社，那样，我们不是都有自己的营生做了吗？"

这话一出口，正合叶高粱的意，她说自己从省城回来的路上，就生出了这样的想法，等把草编社成立起来以后，把村里的能手巧匠都吸纳进来，大伙抱团发展。

张麦子听着听着，有些难过了，她说："看看吧，你们都有自己的事业了，而我还在水深火热里挣扎。"

来早说："你不是有一群扶贫羊吗？"张麦子苦笑一下，没再说话。

吃过饭，天色已晚，昏暗从四面八方涌来，大伙趁着还有些微光，散去了。

张麦子收拾完毕，正欲睡下，手机响了，拿起一看，是魏长福。接通后一听，魏长福声音沙哑地说："怀榆死了。"

张麦子像是早知道这个结果一样，一点也没惊讶，沉默一会儿说："我可以去参加葬礼吗？"

魏长福说："你是我唯一的亲人了。"

翌日，张麦子去赉安城了，还是来早陪着去的。一路上，张麦子神情黯然。

上次，张麦子听了高志的劝，去给怀榆做了配型，一段时间后，结果出来了，没有成功。魏长福很失望，人一下子没了精神，变得老态龙钟。他大概是憋了一肚子的苦，无处诉说，常常在早晨一醒来，就给张麦子发条微信，说怀榆又熬过了一个夜晚，自己也可以快乐地多活一天了。张麦子看完，也会跟着难受，她很抱歉，没有帮到魏长福。她是恨过魏长福的，如今怀榆死了，对魏长福的恨，不知为何，都变成了怜悯。她拿不准这是自己心软所致，还是骨肉相连自然而然产生的一种情愫。坐在车上，她一遍一遍地问自己："接下去，我该怎么面对他呢？"

张麦子和来早到赉安城的时候，怀榆的葬礼已经开始了。人很多，大概是逝者太过年轻，前来吊唁的人，都红着眼，绷着脸。她们看到魏长福的时候，魏长福正立在棺椁前发呆，像是要把最后一眼牢牢刻在心里，生怕一转身，女儿就化为灰烬了。

但那棺椁还是被人推走了，魏长福伸出手，紧步跟上，眼前一黑，朝前栽去。就在那一瞬，张麦子和来早扶住了他，他定定神，盯着张麦子看了看，再也忍不住，涕泪横流。

葬礼还没结束，魏长福的心口剧烈疼起来，随后，他被送进了医院。

那一整天，魏长福都是昏睡着的。张麦子要留下来陪陪他，来早就一个人回榆村去了。

傍晚时，魏长福醒了，他睁开眼，还以为自己是在医院给怀榆做陪护，有气无力地说："该给怀榆喂水了。"挣扎着坐起来，发现自己的手背上扎着吊针，恍然想起，怀榆已经不在人世了，泪就又汩汩往下淌。

张麦子坐在一旁，静静看着他。

魏长福说："你咋不安慰我几句呢？"

张麦子说："这种事，安慰也没用，我妈、我男人死时，我都是这样哭过来的。"

魏长福就哭出声来了。他哭了好久，眼泪差不多流完了，靠着床头上说："真没想到，你会陪着我。"

张麦子说："就算你是陌生人，我也不会在这个时候转身离去的。"

魏长福说："除了怀榆，我还有你，命运对我不薄了。"

87

这个夏天，榆村的黄菇娘熟了。

这个夏天，千禧长大了，帅气可人，成绩好，考上了赉安城重点高中。他知道心疼李小米，吃穿用度，从不挑拣，生怕给李小米添负担。

李小米总想，上天到底还是眷顾她的，给她不幸，也给她一份最好的礼物。因为这礼物，那些所有的不幸都是值得的了。如今，千禧就要去城里上学了，又是重点，李小米不想亏待他，更不想让他在人群里矮半截，想等着黄菇娘卖掉以后，好好给千禧置办一身行头。

这天，天刚亮起蒙蒙晨色，村上的广播喇叭就开始喊话了，说是联系了客商，要大伙吃了饭赶紧摘黄菇娘，统一拿到村部院里，跟客商交易。那时候，李小米已经收拾好了屋里屋外，正做早饭，一听那喇叭喊，连早饭也顾不上吃，提着篮子进到园子里下果去了。千禧也起来帮忙，李小米怕露水打湿他，让他多睡一会儿，他说啥也不肯。

来早的院子里也有个菜园，来早种稻忙，从来不打理，都是胡长庚和秀草伺弄，这一年，种了一地黄菇娘，结得密密实实，小灯笼似的，惹人怜爱。胡长庚和秀草也来摘果子了，李小米跟他们打招呼，他们应着，见千禧也在帮忙，直夸千禧懂事。

到了八九点时，陆续有人提着篮子、推着车子，往村部去了。

高志和客商已经在那里等候了，电子秤摆在地上，有专人检查质量、有专人记账、有专人看秤，来一份，按程序泡秤上车，当场给大伙支付交易金额。

张麦子推着单轮车，领着她爸；胡长庚和秀草一人挎着一个柳编筐；李小米和千禧用木棒抬着一个大土篮子；叶高粱推着自行车，前面坐着她的女儿，后面驮着半袋子黄菇娘……都欢天喜地地来了。

黄菇娘过秤时，大伙团团围着秤，嚷着秤高秤低的，比着谁卖得多，谁卖得少。卖得多的，果儿多，捡了便宜似的，说多亏听高志的话了，要不，咋能想到，这么个小菜园子，还能实打实地换来钱呢。农民的钱，向来都是死钱儿，秋天收一把，往后一整年，都是瞅着这点钱，越花越少，越花越心疼，可就算算计着过，有的人家，挨不到年尾，钱就接不上流儿花了。眼下好了，黄菇娘带来活泛钱了，想在日子里添些零七碎八时，心起码是不会发慌的。

卖得少的，直咂嘴，说没想到高志真把客商给领到家门口来了，早知道这是真的，就把黄菇娘种到庄稼地里去了。

李小米拿到卖黄菇娘的钱后，拉着千禧往回走，叶高粱要和她结伴一起回，高志叫住了她们，说县里要举办一个学习班，组织一批草编人员参加学习，机会难得，不但可以学习到更多的草编技能，回来后，还能教给更多的人。问她俩出去学习几天，有没有困难。

叶高粱说自己是没问题的，孩子和家里的事可以交给她爸妈代管。李小米也说没问题，她妈能在家里卖货，千禧也会帮忙。高志说那回头就给她俩报名。

李小米和叶高粱就高高兴兴地回了。

到家后，李小米把卖菇娘的钱都塞进千禧的储蓄罐里了，说等再卖上几茬，就带千禧去县城买衣裳。这时，来早过来了。

来早的脸色不太好看，李小米见状，问来早咋了。来早看了千禧一眼，让千禧出去玩，等千禧一走远，她低声说："张海要回来了。"

李小米一听，脸"唰"地白了，问道："他要干啥？"

来早说："他去找韩青了，打听你和千禧的消息。韩青刚打电话来，让我转告你，有个心理准备，十有八九，他是要打千禧的主意。"

李小米瞬间慌了，拉着来早，直打冷战。

接下去的几天里，李小米神不守舍，她不准千禧出门，有人来买货，大门闩子一响，立马跳到门口，看清来人是谁后，心里的石头才会落地。夜里睡觉，也不踏实，不是睡不着，就是睡梦里也能听见敲门声，后来，干脆整宿整宿不敢合眼，生怕一醒来，千禧就被张海偷走了。可是李小米担惊受怕了一段日子，张海始终没有出现，渐渐地，心里的恐慌不如前几日那么强烈了，能够安心操持小卖店的生意，也能睡个踏实觉了。

这天，榆村又下了一喷儿黄菇娘，李小米把自家的拿到村部卖给来取货的客商时，遇见了高志，高志告诉她，去县里学习的事，明天就该出发了。李小米不放心千禧，说自己去不成了，高志问她为啥，她支吾半天，不知该怎么说才好。高志以为她是仔细差旅费，就说古永淳要回县里，坐他的车走，花不了几个钱。李小米不好再说别的，就说明天会准时出发。

次日，李小米临出门时，仔细交代千禧，让他必须听姥姥的话，连院子也不要出，千禧不知道李小米怎么了，看着李小米紧张的样子，不想让她担心，都答应下来了。小米妈也让她放心，说自己一个大活人还能看不住一个千禧？让她放心去就是了。

李小米就出门了。她沿着村路往南走，去基地和叶高粱会合，好一起坐古永淳的车。路旁的庄稼齐身了，密密严严，像藏着不可预知的秘密一样。不知怎么了，李小米有些害怕，到了来早的稻田跟前时，竟有些毛愣愣的，不停地四下张望，到处都静悄悄的，连个人影儿也没有，只有风吹着叶子，沙沙响。她想，都是自己吓自己，就大声唱起歌，给自己壮胆子，不料，刚一开嗓子，路中间猛地窜出一个人，挡住了她的去路。她吓得钉子被钉住一般，一动不动，立在原地。

拦路的是张海。李小米千算万算，没算到张海会来堵自己。她转过身，想逃走，张海却说："知道你今天要去省城，我就在这里等你了。"

李小米说："你咋知道我今天要去县城？"

张海没回答，他说："别把我想那么坏，我没打算偷走千禧。千禧也是半大小子了，我不想在自己的儿子面前自毁形象。"

李小米绷着脸，让他有话直说，别绕弯子。

张海说："你告诉千禧，他有爹。"

这时，李小米的手机响了，是叶高粱打来的，问她咋还没到基地门口。李小米知道自己走不成了，对着电话扯个谎，说自己吃坏了东西，忽地又拉又吐，不去了。挂断电话，她茫然地看着张海说："千禧考上县重点高中了，如果你不想毁他，就不要打扰他。"

张海冷笑一下说："我就是知道千禧考上重点高中了，才更要让他知道，他有爹。你让我在他的生活里缺失了这么多年，这惩罚，已经够了。"

李小米摇头，她想告诉张海，不是自己在惩罚他，是他主动缺席的。要说惩罚，也是命运惩罚了自己。这么多年，老天爷唯一给她的希望，就是千禧了，她不能让自己的希望之光，在照亮自己的同时，还去温暖一个曾经抛弃了他们母子的人。如果说这一点既残忍又不宽容的话，那么她宁愿自己变成毒蝎，也不原谅过去的一切。

她说："你想咋办？"

张海说："把一切都告诉千禧。告诉他，他姓张。"

李小米说："除非我死。"说完，扭身朝榆村走去。

88

过了一周,叶高粱从县里回来了,她还没进村,就在微信里给来早、张麦子、李小米发了消息,说晚上要在一起吃饭,她有好事跟大家说。

聚会定在李小米家里了。

那天,见过张海以后,李小米病了,几天的工夫,人瘦了一圈。她得的是心病,总担心张海会随时出现,随时逮到千禧,口无遮拦,把一切都抛给孩子。千禧那么小,她怕他无力承受。这些天,来早和张麦子有空就来陪她,晚饭定在她家,也是想让她热闹热闹,早点从那些忧虑里走出来。

饭菜刚做好,叶高粱回来了。这一趟出行,大概是心情极好,给每个人都带了礼物。是化妆品,说平日里风吹日晒,总是忘了好好打扮,从今往后,要活他个脱胎换骨才行。她们都不解叶高粱为啥这样高兴,问她是咋了。叶高粱把包打开,从里面掏出一个本本,扔在炕上,让她们看。

她们一打开,见上面印着:

专业人才技能证书
等级:高级
测评专业:草编培训师

她们笑,说叶高粱长本事了。

叶高粱也笑,神神秘秘说:"有了这个,可以去草编培训机构做指导老师呢。"然后,看着李小米,埋怨她在这个裉节上闹病,错过了一次好机会。李小米苦笑,说那天谎称拉肚子,纯粹是为了让叶高粱安心去学习,实际上是另有隐情。叶高粱不知发生了啥事,追问起来,大伙就七嘴八舌说起张海了。叶高粱听完，慢慢坐下去，缓缓说道："这种心情，只有当了妈妈才懂。"她看了李小米良久，又说："可是，你知道千禧是咋想的吗？他那么懂事，从小到大，对你一点要求也没有，你有没有想过，这是为啥？"

李小米一怔，她不明白叶高粱为啥要这么说，她觉得叶高粱是胳膊肘往外拐呢。就说："千禧是我的儿子，他的心，只能向着我。"

叶高粱说："这些道理，我也是和韩青离婚以后才悟到的。我们到底是爱我们的孩子，还是更爱我们自己？"

李小米的脸色暗下来了，她想说，张海和韩青不一样，可嘴巴一张，却成了："你是在替张海教训我吗？我们可是最好的朋友啊。"

叶高粱还想说点啥，见李小米的眼里噙着泪水，把到嘴边的话咽下去了。屋子里寂静无声。门这时开了，小米妈站在门口，上气不接下气地喘着，一脸惶恐地说："千禧回来没？"

四人听了，打个愣怔，忽地都目瞪口呆，脸色惨白。

这就找开千禧了。

先是来早给韩青打电话，说了情况，要来了张海的电话号码，又给张海打，却总是无法接通。村上的广播喇叭也用到了，一刻不停，反反复复喊着千禧的名字，让他听到广播赶快回家。

李小米说不出话，哭不出声，整个人都是软的，坐在院子里，手抓着铁门，对着黑漆漆的夜晚发呆。

小米妈心里全是自责，也不知道该怎么安慰李小米，只好一遍一遍骂自己是老不中用了，连孩子也照顾不好。

时间一分一秒地煎熬着。

时近午夜，依然没有千禧的消息。帮忙找千禧的村人散去了，李小米的手机却突然响了。

李小米一把接起来说："你把千禧带到哪儿去了？"

电话那头不吱声。

李小米说："我们好好谈谈吧。"

那头还是没有声音。

李小米说："我答应你，把一切都告诉千禧，只要千禧接受，我不再干涉你们父子相认。"

那头终于开口道:"石油公司。"

李小米万万没想到,兴师动众找了一个晚上,他们竟然就躲在眼皮子底下。放下电话,高志、刘国胜、来早、张麦子、叶高粱都陪着李小米去石油公司了。到了那里,他们直奔张海曾经住过的那间宿舍,就看见张海了。

千禧也在。李小米冲进去,一把抱住了他,哭着说:"是他逼着你来这里的吗?"

千禧给李小米擦去眼泪说:"妈,那次你抱着我跳河,我还记得,我知道我有爸爸,也知道我爸爸叫张海。"

李小米恶狠狠地看向张海,问道:"你都跟千禧说了啥?"

张海还没有说话,千禧又说:"他啥也没说。"

李小米不信,她说:"千禧一定是被你挟持过来的,否则,他那么大的孩子,咋会轻易跟你走?"

千禧使劲摇头说:"他真的没挟持我。"

原来,是下午的时候,千禧正在姥姥的院子里看书,忽地有人丢个土坷垃过来,打在他的腿上了。千禧抬头一看,并不认识,便歪了歪身子,继续看书。过了一会儿,见拿土坷垃丢他的人站在院墙外不走,就跑过去说:"你为啥打人?"

张海嘻嘻笑说:"想不想见见你亲爹?"

千禧一愣说:"我没有爹。"

张海说:"你当自己是孙悟空,从石头缝儿里蹦出来的啊?"

千禧咬住嘴唇问:"是张海吗?"

张海点头。

千禧又问:"他在哪儿?"

张海朝石油公司指指,就走了。

千禧犹豫了好半天,才到石油公司寻张海来的。他说:"妈,我想认这个爸爸,如果他是爱我的,我们为啥不给他爱我的机会呢?作为你们的孩子,我也好想有个完整的家。"

所有人被千禧镇住了。他们从来只把他当作孩子,那么听话,那么懂事，哪承想，他越是懂事，背负的就越多。他们的心，都狠狠疼了一下。

李小米的心狠狠地疼着，一直以来，在她眼里，不管遭受多少非议，千禧是乐观的，也是温暖的，像一颗小太阳，照着自己，也照着她。而这一刻，她看到了一块阳光照不到的角落，长着一撮幽怨，即便从来无人浇灌，还是抽枝拔节，快要伸到阳光的边界，给生命遮下暗影了。

这不是李小米想要的。她一直以为，自己从来不提起张海这个人，生活里就可以没有张海，可血亲的蛊，是命里种下的，谁也破不了。她看着千禧，突然说："儿子，他从来都是爱你的。"

千禧看着李小米，眼泪扑簌簌往下落。他说："妈妈，你活得好辛苦，也让他承担一些吧。"

张海在一旁，一直垂首而立，看到千禧的眼泪滑过脸颊的刹那间，身子蓦然一颤，一种从未有过的羞愧、懊丧，全拥堵在胸口，几乎压得他喘不过气来。他真想拥住千禧，告诉他，如果人生可以重来，他会选择不离不弃。年轻时的不谙世事，是多么令人追悔莫及。如今，他那么想弥补，那么想得到宽容，那么想用一个拥抱把留在岁月里的干戈全部化掉，可他不敢靠近千禧，他知道拥抱是生涩的。这么多年，他反复想过，李小米说得对，如果命运会在他的婚姻里给他一儿半女，千禧对他来说，将是微不足道的。命运到底是公平的，生生扒下他的骄傲，让他在这个微不足道的人面前俯首称臣。可不管用怎样的手段，不管此刻站多直，这都是一场撕去最后一层虚伪的较量。他伸手去给千禧擦眼泪，他说："是你奶奶快要死了，我想让她临终前看一眼亲孙子。我想带你认祖归宗。"

李小米牵起千禧说："明天一早，来接我们吧。"说完，带着千禧离开了。大伙跟在后面，都走了。

张海愣了好久，扑通跪下去，趴在地上，痛哭起来。

89

又到了收黄菇娘的日子，村上的广播喇叭如往常一样喊话，让大家提前下果，说客商到了，现摘可来不及。大伙听完，早早吃了饭，一家人齐动手，都下地摘果儿去了。

那客商以往都是说话算话的，哪天来，几点到，从来不误时。这一回不知怎么了，大伙按照通知摘了果儿，去村部排队等收购的车，挨了一个时辰又一个时辰，左等右等，不见客商的影子。高志一遍一遍打电话，那客商就是不接，等到太阳升了老高，大伙都怨声载道时，那客商总算给高志回电话了，说上批货赔了，这回要是再来，要压压价。

高志一听，知道客商这是起歪歪道儿了，让大伙把果子摘了才说要压价的事，这不是明摆着逼迫大伙就范吗？高志和客商掰扯，要想压价也要从下批货开始，这一批必须按事先谈好的价格交易。那客商吃准了高志不能在短时间内找到交易对象，一点儿余地也不留，高志乱了方寸，说和大伙商量一下，再给他答复。

大伙一听要压价，都说客商不地道，要是早说，哪能都摘下来呢？现在只能是孙悟空碰到如来佛，认栽了。也有人不服气，说宁愿倒进猪圈里喂猪，也不能便宜了客商。说罢，挎着篮子就要往回走。高志安抚大伙不要闹情绪，说有问题就要想解决问题的办法，不能意气用事。有人又不耐烦了，说早知道你们村干部会把事情办个秃噜反账，就不该听你们的话了，撅腰挖腚，没少受累，到头来给客商做嫁衣了。

高志也没想到是这么个结果，失信于民，他过意不去，急得直打转，可是越想找到解决的法子，越是没有法子，大伙那些话，如同一根根刺，扎在他的身上。他想，自己这么一扑心地为大家着想，倒弄了一身不是，就赌上一股气，看着大伙说："不就是一点儿黄菇娘吗？

我高志说不让大伙赔,就不让大伙赔,客商压价,大伙不同意卖,那就我买,按事先谈好的价,我全包了。"

大伙一听,都瞪眼了,他们咋也不能把黄菇娘卖给高志啊。高志却还较劲,进了屋,拎出电子秤往院子中间一放,指着大伙说:"来,泡秤。"

大伙都往后退,拿眼去看刘国胜。

刘国胜坐在墙根底下,抽着烟,见大伙都瞅他,对着烟屁股猛吸两口,朝大伙一挥手说:"放在一起近千斤,平均到各家各户也就几十斤,一斤四块,不过百八十块,就算这些果儿都放在自家炕头上,给老婆孩子吃了,倒进猪圈里喂猪了,你们能不能穷回到十年前?能不能明儿个就去要饭?"大伙不知刘国胜想干啥,都不吱声。刘国胜站起来,拍拍裤子上的土,指着人群接着说:"今儿个,就当开荤了,都回家吃黄菇娘,咱们也放开了肚子吃一回城里人的稀罕物。"大伙都不动,盯着刘国胜,不挪眼。刘国胜说:"咋的?非卖给高志不可了?"

大伙摇头,往后退。

李小米上前一步说:"书记,让那客商来吧,就算压下去五毛,好歹还能拿到三块五呢。这小果子沉嘟嘟的,吃上一把,几块钱就没了。我都跟千禧说好了,把卖果子的钱,给他买新衣裳。"

刘国胜看了看李小米说:"就你一份,咋折腾人家跑一趟?"说完,抬眼再看看大伙,见大伙都一脸苦相,叹了一口气道:"都同意卖?"

大伙还没发话,张麦子跳出来了,她说:"书记,这么下去不是个法子,这次被人家牵着鼻子走了,下次保准还被人家卡大脖子。依我看,咱要多找几家客商,让他们去竞争,给咱往上抬价才是。"

刘国胜说:"你说得轻巧,咱这规模小,就这一个,还是高书记求爷爷告奶奶请来的呢。"

张麦子想了想,让刘国胜等一等,掏出手机,走到人群外,打电话去了。

张麦子是打给魏长福的。怀榆死后,魏长福的状况一直不好,张麦子每天都会发个消息过去,问候一下。她和魏长福虽然还没建立起父女亲情,倒像一对很好的朋友,有距离,又亲密无间。她想,只要自己开口，魏长福会帮忙的。

电话通了，一如既往，魏长福的情绪十分低落。

张麦子说："我知道不该在这个时候打扰你，可你不能整天活在失去女儿的悲伤里，出来做点事吧，也算帮帮榆村。"

魏长福说："你想让我帮榆村做啥？"

张麦子说："榆村的黄菇娘卖不出去了。"

魏长福停顿一会儿说："我带人去看看。"

张麦子道声谢，回到人群里，对高志和刘国胜说："让大伙先回去吧，下午时，会有新的客商来。"于是，大伙消停下来，纷纷散去，回家等去了。

到了晌午，大伙刚吃过午饭，魏长福带着人到了。大广播喇叭又循环通知开了，让大家快些往村部赶，不一会儿，村部院里又聚满了人。

魏长福决定收购这批果儿了。

张麦子帮着验货，高志帮着泡秤，刘国胜指挥大伙一个一个来，一通忙活，总算把一村人的黄菇娘销售掉了。

大伙都散去后，高志要跟魏长福谈谈长期合作的事，魏长福说："不用约定，只要麦子开口，我都尽力去做。"高志非常感动，非要留魏长福吃饭，魏长福推掉了，说要留出点时间，和麦子说几句话。这样，高志不好打扰了，和魏长福道别，嘱咐张麦子好生照应着。

张麦子请魏长福到家里坐坐。魏长福说不了，是有事要和她商量。张麦子问是啥事？魏长福说："自打怀榆死，我没了帮手，想找个亲近的人帮我管理一些事务，找来找去的，没人比你更亲近了，就想问问你，愿不愿意去我的公司，和我一起做些事？"

这事非同小可，听起来对张麦子毫无坏处，但张麦子还是被吓住了。她不敢轻易做出决定，一旦答应，就意味着她必须彻底原谅魏长福了。可这一点，她还没准备好。

魏长福见她犹豫，就说："我不要你立刻答应，你想好了，随时可以告诉我，不管怎样，你是我最亲近的人了。"

张麦子点点头说："我会认真考虑的。"

送走魏长福，张麦子回家去了。张黑子拄着拐杖在喂羊，她上前，扶着他往屋走，嘱他以后不要干活了，说要是摔着就不值得了。张黑子说："也不能可着你一个人累。"张麦子说："我小时候你可没这么想，就想着我不是你亲生的，累死也不心疼呢。"张黑子说："那时不是你依仗我吗？现在不中了，我是依仗你了。"张麦子笑，想起魏长福的那番话来，想和张黑子商量商量，进了屋，把魏长福让她进城的事说了，张黑子一听，立马把头耷拉下去说："我就说嘛，羊肉贴不到狗肉身上，你亲爹有钱，我也不能拦你。"张麦子撇撇嘴，不理他了，心想，就算可以放下对魏长福的恨怨，也不能扔下他不管呀。所以，县里是不能去的。张黑子见她愣神，就喊饿了。张麦子进了厨房。她还没点着灶膛，就听刘国胜在外面喊她的名字，跑出去一看，见刘国胜搀着高志，进了高志的屋子。她问这是怎么了？刘国胜说："卖完黄菇娘，高志领着工作队入户，中暑发高烧了，你赶紧找支藿香正气水，给他灌下去。"

张麦子应着，回屋找药，又拿着去了高志的屋。

高志满头大汗，直打哆嗦，张麦子给他喝完药，扶他躺下，盖上了被子。不一会儿，高志睡着了。刘国胜说工作队的人还在村上，他要回去工作，让张麦子帮忙照顾高志，就走了。张麦子见高志睡得好，也从那房间里退出来了。

天黑时，把工作队送走后，刘国胜来又看高志了。高志已经退烧，正吃着张麦子做的热汤面。刘国胜一见，开了句玩笑说："这要不是麦子亲自照顾，你且要躺上几天呢。"

高志赧然一笑说："正想和你说，帮我换个人家住。"刘国胜一愣，问他为啥。高志说："不方便。"

刘国胜明白高志的意思了。张麦子回来以后，他也担心第一书记和张麦子扯出什么闲话。他想了想，想起晴二嫂的公婆都去世后，房子一直闲着，就掏出电话，拨给了晴二嫂。电话一通，晴二嫂告诉刘国胜，她怀孕了，老来意外得子，年底时就和男人回榆村，好好生下孩子，再不出来打工了。这一讲，刘国胜挂了电话，跟高志说明天再去问问别人家的，让高志早点休息，回家去了。

高志和刘国胜都没想到，他们说要搬走的事儿，让张麦子给听去了,是张麦子见刘国胜来,切开一个西瓜,往高志的屋里送,到门口时,就听见了高志那句换个人家住的话,她捧着西瓜,回到房里,再也没敢出门。

第二天早晨,高志的病好了,张麦子做好饭,送过去,没有马上走,帮他整理一下房间,问他道:"高书记,是不是我哪儿做得不好,惹你误会了,你才要搬离这个院子?"高志一时回答不上来,低着头,狼吞虎咽吃起饭来。张麦子苦笑说:"你是村干部,要注意影响,这个我懂。"高志还是不吱声,端着碗,稀里呼噜往嘴里扒饭。张麦子说:"只是你一直在这儿住着,我都把你当成主心骨了,这冷不丁要离开,要是有了事,连个给拿主意的男人也没有了。"高志嘴里塞满了饭,放下碗,使劲往下咽两下说:"要是有拿主意的事,你随时可以找我。"张麦子说:"眼下就有一件,想和你说说,你的话,总能说进我心里去。"高志把嘴里的饭咽干净,转过身,看着张麦子,让张麦子说说是啥事。张麦子看了看高志说:"算了,我不能一直依仗你呢。"说完,出了高志的屋。高志愣愣坐在那儿,脑袋一片空白,桌上的电话响了,竟把他吓得一激灵。

是乡上打来的,说县扶贫办要在省内搞个草编交流会,每个贫困村都要派一个草编能手,跟着交流团到先进的草编企业去学习经验,榆村也要派人,让高志赶紧把名单报上去。

撂下电话,高志想到了叶高粱。急着要去村部,就一边往外走,一边给叶高粱打电话。

叶高粱一听又是学习,一口答应下来了。

90

盛秋时节,夏草一枯,稻子就黄了。榆村的大地上,闪着黄灿灿的光,好像老天爷掀翻了金粉匣子,到处沾染了金粉。这个时候,是要把稻田里的水全部排出去,要把地晒干,这样,收割机登场的时候，才不会陷进泥里。

来早总是在这样的日子里格外重视天气，等第一场霜降一落下来，就带着人，给稻田排水。她这边一开工，古永淳那边也动起手来了。古永淳早说过，只要工人瞟着来早的动静，她干啥，大伙也跟着干啥，保准啥都不会错。虽然是句玩笑话，工人可不敢当玩笑待，一见来早那边开始排水了，也把排水渠打开了。

水一排完，稻田里露出了泥土。金黄的稻子低着头，秋风拂过，轻轻涌动，只等那水分干掉，收割机就该登场了。这样的时候，是要防火的，来早和古永淳都安排了人，昼夜巡逻。高志也派人做了宣传条幅，挂在村口、田边、小卖店的大门口，写着：

禁止在稻田吸烟，禁止乱丢烟蒂。

来早头一年使用收割机，需要请一个熟练的收割师傅来帮忙，就提早联系了收割机师傅，可人家一听只有三四天的活儿，不乐意干，说包了月工，抽不出身干零活儿。又问了好几个，情况都差不多。

这天，来早坐在田里，正为这事儿发愁，看见古永淳也在田里察看稻情，忽地想，他那边收割机好几台，收割师傅好几个，倒是可以调他的师傅过来，早两天把自己这边的稻给收了。可一想又要去求古永淳，心里就打怵，一直以来，总想在他面前活得骄傲一点，却总是要向他低头，来早怕自己对他的依赖会成为一种习惯，更怕彼此间的那点情分，会被这样的依附消耗殆尽。她否决了自己的想法，很快又推翻了自己的否决。庄稼不等人，到了收获的时候，稍一犹豫，成熟的籽粒就会迫不及待脱离母体，落进泥土，让农人一年的心血都付诸东流。这样的时候，最不能死要面子活受罪，她必须快速敲定收割机师傅。

来早站起身，朝古永淳走去。古永淳欣赏着眼前的盛景，太过认真，来早到他身边时，他都没有察觉。

来早咳嗽一声，古永淳望过来，笑笑说："正想着要是有个人和我一起享受这收获的喜悦该多好啊，你就出现了。"

来早说:"我可没你这样的闲情,我在这块土地上坚守了那么多年,还没有你一年里取得的成效大,到底是有钱人的日子好过啊。"

古永淳说:"你不是为了挖苦我而来的吧?"

来早说:"是求你,我那边收割师傅还没着落呢。"

古永淳说:"我的就是你的,听凭你调用,你想哪天开收,我哪天就可以让师傅过去。"

来早感到惭愧,她说:"是不是只要我开口,你都会有求必应?"

古永淳笑笑说:"这回,我可不是白白答应你的,希望你能付出点代价。"

来早问他说的代价是什么。

古永淳说:"我要榆村大米的商标。"

来早以为自己没听清,侧着耳,让他再说一遍。

古永淳说:"多少钱都行,你开个价吧。"

来早怔怔地看着他,突然很陌生,她说:"你应该知道,我不会卖这个牌子的,我付出了那么多。"

古永淳说:"你也要知道,你就算把合作社做得再大,也大不过我的种植基地。这个世界上的一切生意,都是大鱼吃小鱼的逻辑。"

来早说:"你要吃了我,是吗?"

古永淳说:"我保证,你把'榆村大米'卖给我,你的大米,还可以使用这个商标继续销售。"

来早说:"不,我不会卖的。"

古永淳笑,低头撸一把稻粒,两只手搓着,慢慢张开手掌,用嘴轻轻一吹,稻壳的碎屑洋洋洒洒,飘摇而去,只剩下粗粝的稻米,在手心里泛着晶莹的光。他说:"榆村大米在我手里,才能实现利益最大化。"

来早似乎不认识古永淳了,做福利服装厂的时候,那么艰难,他都坚持自己,而今,他的钱可以铺满榆村的草原了,他却没了最初的样子。他是何时变的,她竟然不知。她失望极了,内心一直仰望的那座山,她一直想攀越的山,瞬间崩裂,将她的灵魂,也崩得七零八碎。她气呼呼地跑开了,一句话也不想和他说。

回到家里，来早一点力气也没有了，她很后悔去找古永淳，自责着，倒在炕上，连饭也没有吃，便睡过去了。

　　这一觉，来早做了好几个梦，梦里始终有一个忽远忽近的影子，在渠埂上走，她总想追过去看个清楚，却总也追不上。最后一个梦时，她觉得胸口压了一块石头，拼命想醒来，手脚却捆住了一样，动弹不了。她想喊人救命，也发不出声音。挣扎了许久，终于叫出来了，扑棱着坐起，发现天已现出暮色。

　　她下地喝一杯水，又想起收割的事儿，心里又不畅快了，想着自己收割机也买了，竟然因为没有开机器的师傅而受尽为难，当初使用四轮车种地时，不也是被逼无奈，临阵磨枪，仓促应战吗？现在，那四轮车在自己手里，还不就是玩具一样，得心应手。那收割机，虽然又高又大，到底也不过就是一台机器而已。所有的机器，都该被人操纵。而操纵手，可没局限男人或女人，自己能开走四轮车，大概也不会被收割机难倒。

　　她这样想着，出了门，朝那台一直闲置的收割机走去。她掀去一直蒙在上面的巨大苫布，对着那机器转来看去，一通琢磨后，爬上去了。

　　第二天，来早出了一趟门，拜了一个师傅，专门学开机器去了，再回来时，她把收割机开进稻田里去了。

　　但这一回，来早把古永淳惹恼了。

　　那天，是农民丰收节，为了庆祝榆村盐碱地水稻喜获丰收，榆村举行了一次水稻丰收收割仪式，在稻田边搭台唱戏，从上到下，邀请了县里大大小小各级领导，还有画家、摄影家、作家、诗人、记者、书法家等各界知名人士前来参加活动。榆村人准备了自编的歌舞，敲锣打鼓，夹道欢迎。引来不少外村人前来围观。

　　仪式由嘎罕诺尔镇领导主持，先是高志就榆村工作情况发言，接着是古永淳作一年来基地成果介绍，最后，是县里领导讲话，宣布收割仪式开始。

　　这时候，古永淳基地里的三台收割机都戴着大红花，在田边蓄势待发，县领导一声令下，收割师傅就发动机器，向稻田挺进了。一时间，临时搭建的戏台上欢歌乐舞，台下掌声呼声应和。

画家找到最佳位置，支开了画板。

摄影师举起镜头，一个劲摁下快门。

作家扎在人群里问东问西。

诗人出口成章。

书法家现场挥毫。

记者拿着话筒，在田间寻找采访对象。

那样的场景，让每个人都如一束新长出来的稻子，自豪而新奇，带着从未有过的欣喜，三五成群，嬉嬉闹闹，用手机互相拍照。

古永淳是没有时间顾及这些的，他随着高志、刘国胜继续陪那些大大小小的领导，看稻粒是否饱满，看收割机收得是否干净，讲着盐碱地改良后给榆村带来的收益，以及对生态环境做出的改善。

县领导听着，频频点头，眼里溢满激赏之意。就在这时，人群里有人喊："快看啊，快看啊，那边有个女收割师傅。"

众人忽地被那声音吸引过去，都转头去看，就见一群人正对着来早稻田地的方向张望。

"女收割师傅，太了不起了。"有人还在感叹着。摄影师顺着田埂跑去，记者紧随其后，人群都向那边移动，场面有些混乱，领导们也举目看去。

古永淳把目光越过人群，才明白发生了什么。是来早开着收割机在收她那片稻子呢。

县领导问高志那边是怎么回事，高志脑子一转说："那边是水稻种植合作社的来早在收稻子，榆村唯一的一个女收割机师傅，也是今天给领导展示的成果中的一项。请领导现在就移步过去，看看榆村的女人是如何诠释巾帼不让须眉的。"

县领导一听，饶有兴致，忘了古永淳的存在似的，在高志和刘国胜的指引下，一同前往来早的稻田去了。

转天，网络媒体平台，县里的电视台，都是来早开着收割机在稻田里作业的画面，配着"巾帼不让须眉""红颜更胜儿郎""专注在盐碱地上种植有机稻，年近不惑仍独身一人"的精彩解说，把报道古永淳基地的新闻，都给淹没了。

　　古永淳坐在办公室里，看着这一切，忽觉不对劲。收割前，筹备仪式的时候，他和高志是说好了的，以宣传基地为主，介绍合作社为辅，可那时候，来早一口给回绝了，说不想借古永淳的排场给自己造势，合作社的稻子少，犯不着老母鸡下蛋似的，满大街咯嗒。古永淳知道后，还以为来早是因为商标的事在和他怄气，也就没往心里去，想着她的稻子确实少，确实犯不着造声势，就由着她去好了。现在看来，她说不想借自己的排场造势是假，她不但造了势，还搅了局，还给他添了堵，这简直不地道呢，实实在在是把他们之间的情分全抛于脑后了。一直以来，是自己小瞧她了，还是她伪装得太好？那些对她的爱意，也许错付了。古永淳从来没对来早这么生气过，他关上电脑，出门开上车，直奔来早那片稻田而去。

　　正值中午，稻田里的机器都停下来了，工人回去吃饭了，要小歇一会儿，再回来继续开工。古永淳担心来早也已不在稻田，就想，要是在稻田里找不到她，就去她的家里找，这件事，是一定要问个清楚的。他要明白，是不是自己一开始就看错了人，内心的那份坚守还值不值得？

　　车子从石油公司后面驶过，绕过一条小路，拐向了来早的稻田，远远地，古永淳看见一台收割机停在黄灿灿的稻田里，他想，收割机在，来早应该也在，就把车开过去了。

　　到了田边，古永淳把车子停好，见来早在收割过的稻茬上来回踅摸，时而低头，捡起几根稻穗。他没有立刻招呼来早，而是在想，她已经拥有一个粮垛了，却还在为掉在地上的几根稻穗而心疼，那拾稻的背影，多么素净简单，怎么联想，也不会让人觉得她是有意要压住他的风头，去故意搅乱那场收割仪式的。而他却把她想成一个卑鄙的人，一定是错怪她了。他这一路的怒火，一瞬间被眼前的场景融化了。他摁了一下车喇叭，嘀嘀响，来早猛地回头，定了定，把一把稻子放在地上，朝他走来。

　　来早到近前了，古永淳让她上车，说有话问她。

　　来早以为他又要说商标的事，就说："关于商标的事，我是不会妥协的。"

古永淳笑笑，把车门打开了。

来早坐上去，满眼疑惑地看着他。

古永淳本来是想挞伐她的，此刻，挞伐之意已去，倒不知如何开口了，只好清清嗓子说："看新闻了吗？"

来早说："看你吗？没空。"

古永淳笑笑说："都是你，不看可惜了。"

来早说："榆村为你铺的排场，怎么会都是我？"

古永淳盯着来早，脸上的笑一下子沉了，他说："你故意的，是不是？"

来早问："故意什么？"

古永淳说："这么多年，我是不是一直被你这种既无辜又无邪的假象蒙蔽着？"

来早的脸也乍然变了，问他到底想说啥？

古永淳想压压火，他不知自己为啥还是纠缠到这件事上来了，别过头，看着车窗外，叹了一口气。

来早说："你要是没事，我干活去了。"她欲开门下车，古永淳抬手摁下控锁按钮，把车门锁了。听到落锁声，来早回头看看他说："你要干吗？"

古永淳转过头，用目光回应着她，气恼恼的，和来早的目光僵持着，像两只斗鸡，既不发起进攻，也不宣告结束。

好一会儿，古永淳的喉结滚一下，旋即伸出手去，一把揽过来早的头，抚弄她的头发，轻声说："我们不该彼此负气的。"

来早想推开他，他却越揽越紧，低下头，吻住了她的唇。他久久没有喘息，恍似要用这个吻，凝固世界。

来早也忘了世界的存在，一阵眩晕，大地也颠了颠。车子外面的庄稼、树木、花花草草，都变成了幻影，忽远忽近，在一片飘渺的雾气中若隐若现。

来早挣扎着，一抬手，碰到了车喇叭，一声短促的嘀鸣，划破旷野的宁静，把一个长梦叫醒了。

古永淳松开她，附体的邪魔退场一般，长吁一口气，脑子瞬间清晰起来。他打量着她，为她理理头发，整整衣领说："走吧。"

来早的气焰正在高涨，抬手给了他一个耳光，她说："你这算啥呢？跑来兴师问罪吗？对我的惩罚吗？还是觉得我抢了你的风头我该付出代价？"

古永淳不说话。

来早说："如果我知道我开着收割机收稻会遭遇围观，会搅乱你的节奏，我宁愿我的稻子全烂在地里，也不会在昨天出现在稻田里。你该是把我想得多么不堪，才会这样来羞辱我？"

古永淳不说话，打开控锁按钮，无奈地闭上眼睛。

来早下车走了。古永淳听见车门关上时，睁开眼，看着她跨过路边的沟渠，三步两步，跑进稻田，到了收割机前，身子一跃，跳上去，伏在收割机的方向盘上，肩膀一耸一耸，哭了。

古永淳也染上悲伤，开车离去。

91

来早的稻子收割完了。收好的稻子，都晾晒在古永淳的基地大院里，等水分干掉，就准备入仓了。

那场无意间闹出的新闻效应，着实让来早受益不小。扶贫办副主任给高志打来电话，说有个客商要带人过来考察一下来早的稻子，如果真如网上所说，就和来早签下订单合同，让来早做好接待准备。

高志把这个消息告诉来早的时候，来早很兴奋，赶紧去李小米那里，并给叶高粱和张麦子打电话，叫她俩也过来，商量接待事宜。

李小米给来早倒一杯水，埋怨她心里只有稻子，连朋友也不关心了。来早问李小米干吗说这样的话，李小米就说："高粱不在家，张麦子正伤心呢，这些，你都不知道，哪里还关心朋友了呢？"

来早忽地想起，叶高粱跟着县里组织的草编交流团学习回来后，就被一个巧姐约着，到外省讲课去了，走时，还在微信群里发了消息，自己忙着稻子的事，确实忘了，摸出手机，翻了翻说："还真是关心不够呢，好几天没见高粱了，竟然还想着叫她来商量事情。"只是，她不明白张麦子怎么了，就问李小米，张麦子为啥伤心？

李小米叹口气说："麦子爱上高志了。"

来早吓一跳，她说："这话可不敢瞎说，高志是第一书记，扯出闲话，影响多不好？"

李小米说："第一书记咋了？第一书记不准谈恋爱？一个未娶，一个未嫁，碍着谁了？他竟然还从麦子家搬走了，真是没趣。"

来早诧异地说："住得好好的，干吗搬走呢？"

李小米说："高志的理由是工作队总来人，麦子家地方小，住起来不方便。"

来早说："理由倒是成立，只是听起来还是像撒谎，以前工作队也来，他怎么从来没纠结过地方大小的事呢？"

这一聊起来，倒把来早的正事给聊忘了，李小米的微信突然响了几下，她翻出手机看时，来早又想起自己要接待客商的事，等李小米放下手机，刚要让李小米出个主意，李小米的脸却红晕晕的，指着手机上的一张照片给来早看，还有点儿难为情地说："一个摄影师发来的。"

来早疑惑，问她怎么会认识摄影师？李小米说就是在农民丰收节上认识的。她说那天大伙都在稻田里拍照，在田里走的时候，就被摄影师给抓拍下来了。当时，看到人家拍自己，她还好生不乐意，去和人家理论，人家把照片给她看，她一下子震惊了，她从来没见过那么美的相片，让人家给拍了几张，加了微信，请人家有空时把照片传过来。

来早看李小米奇怪，想她只请人家传几张相片，何至于这般羞涩。就开李小米的玩笑说："不是看人家风流倜傥，你这边春心荡漾了吧？"

李小米说："除了张海之外，我从来没再走近过男人，现在冷不丁和一个摄影师聊天，有些恍惚。"

来早心疼了一下，李小米被张海抛弃以后，从来不敢再去恋爱，对男人也是戒备心十足，如今能和摄影师主动聊天，确实难得。她说："他要是没老婆，你就去和他谈恋爱。"李小米笑了，羞得像一朵桃花。

她们又聊了一会儿，总算说到接待的事上去了。

李小米说："接待嘛，无非就是一顿农家饭，就安排在你家，到时候叫上麦子、高粱，我们动手做饭，你只管谈业务。"

来早说："总要叫上几个陪酒的。"

李小米说："这种事，让高志和刘国胜去安排就好了。"

来早点点头，这就要去村部找高志，再敲敲细节。于是，从李小米那儿离开，往村部去了。

来早到村部时，高志正捧着一桶方便面，边吃边守着电脑整理材料，一见来早进来，把方便面往桌子里边推了推，起身请她坐。

来早说："高书记是吃麦子做的饭菜吃腻歪了吗？拿方便面调口味？"

高志笑了笑，没接她的话，把桌子上拟好的一张接待方案递给她，让她好好看看，说是扶贫办的领导很重视，务必要促成这单生意，打响"榆村大米"这个品牌。

来早接过方案，见上面把客商到达后的时间安排得满满当当的，看稻米、走稻田、参观霍林河、在村部开座谈会，最后就餐，陪同的是古永淳。

前面那些程序来早都是认可的，当看到古永淳的名字时，不由得皱一下眉头说："卖合作社的大米，让基地的人陪着，这不好吧？"

高志说："这次是县里搭建的平台，虽然客商指定了你的稻子，但也要给基地那边铺路，大客商嘛，咱们的龙王爷，说不定在哪儿下雨。"

来早心里不安起来，她想，这是把她和古永淳推到了彼此竞争的风口浪尖。这是她不想看到的，不免有些犹豫。

高志怕她多想，就说："放心吧，主推的还是你，毕竟人家是冲你来的。"

来早笑了笑说："那就听从安排吧。"起身要回去了，见屋子里没人，又问高志："高书记，你为啥从张麦子家搬出来了，你知道吗？麦子是喜欢你的。"

高志倒是没有避讳她，他说："正因为知道，更要避嫌。"

话音一落，来早脑子里瞬间闪出李小米那番话，就用李小米那般的语气说："就因为你是第一书记？第一书记不准谈恋爱？还是你根本看不上麦子？"

高志参着两只手，看上去很无助地说："麦子是好女人，可我作为第一书记，不能工作还没干好，先在这里谈一场恋爱，那不是落人话柄吗？"

来早一听，紧逼一句说："那等你在榆村的工作结束以后呢，会考虑和麦子在一起吗？"

高志摇摇头说："扶贫工作彻底结束，至少是两年以后的事了，我不能给一个女人开空头支票，我疏远她，就是想让她有机会在这两年的时间里去选择更好的。"

来早笑笑说："你低估了一个女人对爱情的执着，逃避不会让她死心的，只要你不娶，麦子会一直等你。"

高志心里一颤，有些动情地说："那只要她不嫁，脱贫攻坚结束，我就娶她。"

来早替麦子高兴，她小声说："我会把这个秘密告诉麦子的。"说完，转身离开了村部。

这天，叶高粱从外地讲完课回来了，一听说来早有客商要接待，把家里的大鹅杀掉两只，给来早送过来了。张麦子也在，正和来早定菜谱呢，一见有大鹅，笑着说："高粱杀了扶贫鹅支持来早，我也不能逊色，该回去宰一只扶贫羊才行。"

叶高粱也笑，她家从第一次分扶贫鹅后，年年养鹅，春天卖种蛋，秋天卖大鹅，虽然不比羊的收益大，但手头宽裕了不少，生活水平也上了一个层次，平日里，自己家的大铁锅里，隔三岔五的也会炖只鹅。就说："这可不是扶贫鹅了，是扶贫鹅的重孙子了。"

说话间，秀草和胡长庚也来了。秀草择菜时，胡长庚劈起木头来。

胡长庚劈木头的时候，狗子围着他转，他像哄孩子似的逗着狗子说:"可不敢闹人呢,劈不完柴,做了夹生饭,来早可是要在领导、客商面前丢人呢。"多少年了,来早第一次看到胡长庚这么快活,她知道,她的父亲,在用这种方式告诉她,他已经开始支持她了。

次日,客商来了。

高志开着车,载着刘国胜和来早,在村口迎接。没一会儿,客商的车沿路开过来了,到他们近前时,没有停下,摁了两声喇叭,高志就在前面引路,直奔基地去了。

古永淳早已经安排人,恭候在基地大门口了。车子一开进来,就由工人领着,直接去看来早的稻子。古永淳也和高志说好了,他回避接待方案里的第一个程序,等客商看过来早的稻,他再出现。高志明白古永淳是怕自己的气场大,伤了来早的底气。也怕万一介绍起来,客商放弃选购合作社的大米,转定基地的,来早会误会他。

但令谁也没想到的是,客商一下车,就对来早竖起了大拇指。他以为这个基地是来早建的,盐碱地改良才刚刚开始,一个女人就把基地设备弄得这么完善,着实是实力不小。

来早意识到客商误会时,脸上一阵发烫,急忙解释,这是古总的基地,而自己的合作社,不过茅屋草舍而已。这一说,客商非要见见这个农场主式的人物不可了,高志赶紧给古永淳打电话,让他过来给客商介绍介绍基地的情况。

不一会儿,古永淳过来了,还假装解释一下,说来了几个客户,刚刚派人送走,来迟一步,请各位见谅。

大伙自是没有怪罪之意的,说笑几声,让他给客商介绍起基地的情况来。

古永淳在人前走,边讲边引着大伙看了育秧大棚、耕种设备、加工车间、待加工的稻子和磨好的大米、仓储间、员工宿舍、办公地点……差不多把基地转个遍,每到一处,都就其用途和价值讲得有理有据,头头是道。那客商听着连连点头,频频说好,对古永淳佩服有加。

最后一站,古永淳把大伙领到他的六个大型自动化钢板仓前,观摩起来,看着那高高耸立的钢板仓,客商被古永淳的实力折服了,不等古永淳再做介绍,紧紧握住了古永淳的手,说愿意和这样有实力的公司合作，共同创造更大的财富。

来早夹在众人中间，看着眼前的一切，担心古永淳的介入，可能会让她和客商间的交易化为泡影，一旦这单生意要是谈不成，自己可就作难了。银行的贷款等着还，父母、张麦子和叶高粱的钱也要还。尤其叶高粱，她要在榆村成立草编工作室，手头不宽裕，一直没张罗起来。这样，就务必要把叶高粱的钱还上了。银行更是得罪不得，失信于它，这辈子再也别想和它打交道了。这些，都令她头疼，令她失神。有那么一瞬间，古永淳和客商领导们都说了啥，她恍似闭了耳朵一样，啥也没听见。这时，胳膊肘被撞了一下，下意识看去，才明白，是高志提醒她，客商在和她说话呢。她羞涩极了，大脑溜号，客商说了啥，竟完全没听到，脑筋一转，给自己解围道："真是抱歉，您一开口，我只顾着回味您那好听的口音了，竟然忽略了您的问题。"

那客商一愣，哈哈笑，看着大伙说："胡社长这是批评我普通话不标准呢。"

大伙也笑，都给来早打圆场，说客商的口音确实好听，绵柔婉转，平和不躁，哪像东北汉子，好话赖话，一出口就气冲牛斗似的。

那客商受了夸赞，心情畅快，又问了来早一遍说："胡社长说带我们看有机稻的，可我们为什么跑到古总的基地来了呢？"

来早刚欲开口，古永淳拦住来早说："基地和合作社是合作关系，胡社长种稻经验足，为我们基地做技术指导，我们基地为合作社提供一个稻仓。"客商点点头，意思是明白了，说要看看来早的有机稻。古永淳抬手指着远处裸着的稻堆说："那就是合作社的有机稻，还没入仓。"客商望去，眼睛一亮，随众人朝稻堆走去。

一到稻堆跟前，客商抓起一撮稻米，掌心相对，揉搓几下，吹掉稻壳，捏几粒，送进嘴里，咯嘣咯嘣嚼着说："不一样，果然不一样，又清香，又甘甜。"

大伙效仿客商的样子，也抓起几粒，丢进嘴里尝，都点头，赞叹是好稻。

这时，高志说去稻田看看，大伙就往回走，到了刚才下车的地方，纷纷上车。来早还要去坐高志的车，古永淳叫住她，让她上自己的车。

来早不好说什么，随古永淳上车了。

两个人并排坐在后面，车子一启动，古永淳说："今天你都听我的安排，不管你对我有多少不理解，都等把客商送走以后再说。"

来早看着车窗外说："觉得我寒酸，不准我出头吗？"

古永淳说："我说了，不管你对我有多少不理解，都等把客商送走以后再说。"

来早见他脸上带着愠色，闭嘴了。

车子开到了来早那片的稻田跟前，众人下车，进到地里，踩着稻茬，张望整片土地，看土质，看灌排工程，来早走在客商旁边，介绍自己的种植方法，说用了多少农家肥，花了多少人工去除草，用了多少法子治虫，这一讲起来，那客商对合作社十分感兴趣，非要去合作社看看。

来早正要说合作社的牌子就挂在自家门口，一会儿到家里吃饭时，就会见到。古永淳插嘴说："接风宴已经备好，看合作社的话，恐怕时间来不及了。"看看表，请大家上车，说到霍林河边转转，就回基地吃饭。

来早心想，明明是我安排了伙食，怎么又成了去基地吃饭？看着古永淳，几乎就要问他到底在搞啥名堂了，高志却在一旁说："那就听古总的安排，去霍林河，让我们的大客商看看，是怎么样的水，浇灌出了这么好的稻子。"客商也来不及做出反应，就被簇拥着上车，奔霍林河去了。

再上古永淳的车，来早脸色很难看了。她想问问古永淳到底是啥意思，这一路上，横拦竖挡的，简直是拆她的台呢。

古永淳始终锁着眉头，看着车窗外。那样子，严肃可怕，令人琢磨不透。来早从未见过他如此，索性，倒要看看他的葫芦里卖啥药，便也一声不吭。

到了霍林河旁边，车子停在老神榆下面，大伙爬上堤坝，欣赏一会儿风光，聊着霍林河的历史，看看泵站和闸门，古永淳怕客商再次提出去合作社的要求，连连说时间不早了，请客商回基地用餐。大伙就边聊边走下堤坝，在老神榆下拍了几张照片，回基地去了。

92

　　用餐的地方是基地里专门用来招待客人的一个房间，靠西墙的地方摆了沙发和茶台。靠东墙的地方是一个酒柜，里面有各种各样的名酒。北墙上挂着一幅字，写着"惠风和畅"。屋地中间就是一张巨大的圆桌了，桌上摆着一个花瓶，里面插着一束稻子，稻穗低垂，像一个羞怯的新娘。碗筷早已摆好，很贴心地在每副碗筷旁边都放了一个小巧精致的瓷盘子，里面盛着一块又白又新的小毛巾，被叠成兔子模样，立在那里。桌的四周围着椅子，有十几张。众人一进来，食堂里的人就过来数了数人数，把多余的椅子撤掉了。

　　大伙一一落座。

　　看着这一切，不知为何，来早想到了赉安城的春贾楼，也一闪念地想起了方青林。恍惚间，眼前恍似飘过一个面具，在古永淳招呼帮厨上菜的时候，"啪嚓"一下扣在古永淳的脸上了，那面具，正是方青林的模样。她立时脸色惨白，人也虚脱一般，冒出一头冷汗来。高志坐在她的对面，和众人说话间，看到来早的异样，赶紧问她怎么了。来早缓缓神，说可能是低血糖，古永淳就让人倒了一杯果汁，让她喝下了。

　　菜上齐时，大家开始吃饭，请高志提第一杯酒。

　　高志说："本来还想安排大家到村部开个座谈会的，谁承想，古总这么热情，就把座谈会移到餐桌上来了。"

　　客商说："其实也不必再谈什么了，此行本意就是买榆村大米，不料还有意外收获，结识古总这样一位实干家，倒让此行收获更大。"

　　高志说："看来，咱这桩生意是成了。"

　　客商说："要是这酒喝好了，兴许是两桩哦。"

　　大伙会意，哈哈笑，一起举杯，全部干掉了。

　　来早还没恢复过来，端起酒，只沾到唇边就犯恶心，眉头也皱起来了，只好放下酒杯，希望不被拼酒。这一躲酒的动作，恰好被那客商一眼瞄到了，他看看她说："胡社长对我的感情好浅呀，竟然只是舔一舔。"

来早借着玩笑开玩笑说："您还没承诺买我的大米，咱们之间这感情的桥梁，还没搭建起来呢。"

客商说："胡社长觉得我买多少榆村大米，才能让我们的感情搭建起来呢？"

来早忽觉自己落入这个玩笑的圈套了，正不知如何给自己解围，古永淳说："胡社长那么好的大米，又不愁买家，急啥啊？倒是我的大米，急于打开销路，需要和我们的大客商把感情好好搭建起来呢。"

来早不悦，她认为古永淳疯了，处处要压自己一头，但依然不动声色，豁出去不卖大米了，也要看看古永淳的表演。就见古永淳站起身，对着客商道："兄弟，你看着比我年轻，我就斗胆自称为兄，连敬三杯，把咱俩的感情拉到位。"说着，一杯酒全喝了，向众人照了照杯底，几滴残酒落在地上。不待客商说话，又干一个，又做了一遍同样的动作。再拿起酒杯，要喝第三个的时候，客商有些蒙了，他怕这杯酒进了古永淳的肚子，古永淳会倒地不起，可是还没开口说出不要再喝的话，第三杯酒已经被古永淳干掉了。

空气凝滞了半分钟，客商起身回敬，照样喝了三杯，瞬间晕晕乎乎了。

这样的时候，是谈生意的最佳时间。

古永淳开始认认真真和客商交易起来了。

客商说："古总都表态了，基地的稻我一定要。"转头看看来早，又说，"胡社长还没拿出诚意来，我倒是要考虑考虑呢。"

古永淳调侃说："她不胜酒力，要不，我一并代劳？"

客商摇头，盯着来早笑。高志试图解围，客商抬手一挡说："胡社长要是实在没有诚意，我是不会为难的。"

来早一听，担心买卖真的黄了，站起身，端起酒说："古总打样了，巾帼不让须眉，我也敬三杯。"说罢，干净利索，三杯下肚，一抹嘴说："现在，我可以和古总一样，有资格和您谈交易了吧？"

客商没想到来早这么直接,愣了一下,笑起来。

讲价钱才是生意场上真刀实枪的战役。

普通稻子或者大米在市面上销售的价格都比较稳定,谈起来上下浮动有限。来早的有机稻卖起来学问就大了,从几块钱一斤的稻子,到近百元一斤的大米,按照不同档次、不同系列、不同规格去包装,中间可探讨的价格空间特别大,客商决定定购普通包装,让来早先出价,来早怕要少了,也怕要跑了,就请客商先给价,就这样,相持着,谁也不肯先开口。刘国胜见状,让高志做个中间人,抛出个价码。

高志对有机稻市场做过调研,就说:"去年来早的同款大米三十八元一斤,对照今年的行情,上调两元不为过。"这价一开出,正是来早心仪的价码,便立即点头道:"可以。"

古永淳在一旁听着,心想,坏了。

客商那边果然摇头了,他说:"上浮两元,我还有什么利可图呢?"

来早的心一凉,那种惶惶感又爬到了嗓子眼,问道:"您心中的价位是多少?"

客商说:"和去年持平。"

来早不同意,看看古永淳,又看看高志和刘国胜。

古永淳不动声色,看似不经意地拿起手机,发了一条消息,却在桌下碰碰刘国胜的腿,在刘国胜扭头看他的时候,给刘国胜使了一个眼色。

刘国胜一下子明白古永淳的意图,他说:"要我看,来早别死咬四十,咱们的客商也别坚持三十八,折个中,各退一步,把买卖谈成,落个皆大欢喜,好接着畅饮几杯。"

来早始终担心生意泡汤,又是第一个妥协了,那客商虽然十分满意,却还是有意刁难,他笑着抓过酒瓶,让人拿来五个杯子,都倒上酒,端到来早跟前说:"胡社长要是能把这些都干了,就按三十九定。"

所有人都吓到了,都说来早一个女的,喝不了那么多的酒,纷纷表示可以代劳,客商却假装听不见,死死盯着来早。

来早犹豫着,伸手捏住杯子,正欲起身,古永淳道:"依我看,没那个海量就别交易了,有货不愁客,你那么为难客商干什么?还没看出来吗？我们的大客商不中意你的米，只不过是想让你知难而退。万一你把这五杯喝下，人家也拿不出上涨的一块钱来，岂不是让人家下不来台吗？"

来早看着古永淳，不知古永淳又是唱哪一出。古永淳笑笑说："你的合作社又不缺周转资金，急啥？"来早还在发愣，一个工人推门进来了，大声说："古总，外面来了几个客商，要看胡社长的稻呢，想请胡社长过去一趟。"

来早纳闷，怎么又有来看稻的，难道自己的稻真的远近闻名了？她说："那我失陪一下。"

古永淳拉住她，对工人说："你带他们到办公室去等，就说这边有客商正谈着，稍后便到。"

工人说："人家说了，价钱合适的话，有多少要多少。"古永淳疑惑道："哦？那请他们过来吃饭，再添几副碗筷。"

那客商听到这儿，忽地站起来说："古总，先来后到总是要讲的，你把他们叫来，我和胡社长的生意还怎么谈？"

古永淳说："你们不是已经谈了这么久，还毫无进展吗？"

那客商说："怎么会没有进展呢？我只等胡社长干掉这五杯酒，这事就成了。"

古永淳说："出门后要是反悔了，人家一个女人可拿你没辙呢。"

那客商愣一下，回身走向沙发，把随身带着的一个皮包打开，伸手掏出一摞子钱，丢在来早面前说："算押金，够不够？"

古永淳没想到这个家伙随身携带这么多现金，打个艮，看着来早。来早笑笑说："既然话都说到这个份上了，我要是不喝，那就是敬酒不吃吃罚酒了。"就一手拿起一个杯子，闭着眼往嘴里倒。

第一杯进肚，来早想，这一单成了，可是开门红呢，总算能把叶高粱的钱给还了。嘴里一阵热辣，从喉咙滑到胃里。

第二杯下肚，热辣感从嘴里浸润到面颊，血液也瞬间蹿到头顶，她感觉头发都竖起来了，眉梢的肌肉蹦了几下，耳朵也潮热起来。

第三杯下肚，胳膊仿佛抬不起来了，脚底平坦的地面摇来摇去，脚后跟轻飘飘离开地面，要使劲压着身子，才不会飞走。

第四杯下肚，她觉得自己像一块压缩纸巾，在酒里慢慢膨胀，大到无边无际，就连眼前的人，也照了凹凸镜一样，变形了。

第五杯举起来时，她找不到嘴了，身子软沓沓的，好像没了骨头，酒杯在手里晃来晃去，费了九牛二虎之力，总算递到唇边，倒进嘴里了。继而，散架的积木一样，往椅子上一栽，啥也不知道了。

93

生意谈成了，来早醉了，一天没有起炕。一天后，她一睁眼，见自己是躺在李小米家里，脑子里快速搜索一遍自己是怎么回来的，却一片空白。屋里没人，她喊李小米。李小米扎着围裙，匆匆进来，看她一眼，拜菩萨似的，对着她拜了一下说："谢天谢地，你可算醒了。"

来早问李小米自己怎么在她家。李小米说是古永淳送她回来的。又埋怨说："你可真行，饭局子改到古永淳那里了，也不和我们说一声，害我们白做了一大桌子菜。"

这样一讲，来早似乎回忆起点什么，但酒后的细节，还是一无所知，可她也无暇顾及其他，担心大米交易有变故，掏出电话要给古永淳打，李小米说："别打了，他刚来过电话，说要来看你的，这会儿应该快到了。"正说着，大门栓响，李小米笑着说："瞧吧，人到了。"

来早想着自己蓬头垢面的，十分难为情，急慌慌坐起来，理理头发，整整衣襟，下炕了。

可是，推门进来的，竟是个不相识的，头快到顶着门框了，肩上背着几乎和他上半身一样高的旅行包，头发齐着肩，向后背着，带着波浪，一双眼带着笑意，盯着李小米，满是惊喜。

来早回头看李小米说："买货的？"

李小米没动，瞪着眼，嘴巴张老大，受了惊吓似的。

那人说："不认识我了吗？"

李小米说："怎么会？我只是没想到你会来。"

那人说："来拍冬景，顺便看看你。"

李小米的脸红了。来早猜，这应该就是摄影师了。

果然，李小米看看她，介绍道："这就是农民丰收节上遇到的摄影师，叫程野。"来早跟他问候一句，见李小米还一脸不自然，让她赶紧招呼人家进来坐，自己旋即离开了。

回到家，来早收拾一番，决定好好找古永淳谈一谈了，客商来时，他的种种表现，都让她云里雾里的，她要问个清楚，他到底怎么了？这样想着，掏出手机给古永淳打，接通之后，她还没开口，就听那头说："你醒了？那我去老神榆下等你，我们谈谈吧。"

挂断电话，来早出门了。往老神榆走时，她路过晴二嫂家的祖宅，见门开着，就想，大概是晴二嫂回来了。立了立，见一个女人大着肚子，端着柴筐出来了，细细一看，正是晴二嫂。来早十分欢喜，问晴二嫂啥时候回来的。晴二嫂也欢喜着，说昨晚刚到家，屋子里很冷，正要笼火暖炕，再打扫一下满屋的灰尘。来早埋怨她回来前也不吱一声，那样，大伙可以提前帮她把屋子打扫出来。晴二嫂听了，好生感动，说离开榆村这么久，最想念的，就是她们四个了，这回，再也不走了，就好好在村上种地，又可以在一起了。来早怕耽搁和古永淳的见面，说有空再来看晴二嫂，就离开了。

初冬的阳光，闲适里夹着几分暖意，老神榆上挂着一层似有若无的霜花。古永淳还没到，来早爬上堤坝，随意眺望，堤坝那边，渔人的网箔还没来得及拔回家去，就和小船一样，冻在冰上了。沿岸而生的芦苇一簇簇，一丛丛，一片连着一片，朝远方荡去。堤坝这边，远处的柽柳，光着枝杈，宛如一堵褐色的墙，在枯黄、苍白的大地上寂寞地立着。树林里偶有鸟儿飞出，那是麻雀、喜鹊，也或许乌鸦。别的鸟都飞走了，它们都当这里是驿站，只有这三种傻蛋，一年四季，固守在这片土地上，不管多冷，不管多热，也不管这里的人们是贫穷还是富有，它们只爱这块土地，在这里繁衍生息。不知为何，来早觉得自己也是一只鸟，因为这片土地的牵绊，她甘愿自己飞不高，也飞不远。

老神榆下响起一声短促的车喇叭声，古永淳到了。来早回头看去，见古永淳下车了，朝她走来。她看见他在爬上堤坝的瞬间，对着她笑了一下，恍惚间，她想起了他们最初的那场相识，那时候，他也算事业初成，骄傲又谦逊，有兄长的温和，又有上司的严厉，如今那种温和和严厉依旧，只是他的骄傲如同他的财富一样，蓬勃生长，令那点可怜的谦逊在他身上已无生长之地，荡然无存。此刻，他的笑容，真是久违了，仿佛他的谦逊也跟着回来了。她也笑笑，算是回应。

她说："你看起来心情很好。"

古永淳说："感谢你帮我促成一桩生意。"

来早莫名其妙说："我可啥也没做。"

古永淳说："店大欺客，奴大欺主。在东北大米里面，要想找我古永淳种出的这种普通大米，随处可见，但要想买到你胡来早的有机大米，有钱难求，所以昨天我把两桩生意一起捱着讲，对我们两个人都有利，价钱也能抬上去。你昨天肯听我的安排，已经是最好的帮忙了。"

来早心里一悸，忽地明白，昨天的一切，不是古永淳临时起意，都是他早就谋划安排好的。可是，他干吗不提前跟自己商量一下呢？

古永淳总是能看穿她的，他知道她怀疑从前的古永淳不在了，他想用这件事告诉她，他还是那个他，只是，商人逐利，在遵纪守法的前提下，他不会在到嘴的肥肉面前做出任何妥协，但这件事牵扯到她，他要做周全，要保证他们两个人的利益都不受损，怕提前和她商量，她会觉得他已面目全非，是她的竞争对手，断然做出什么决定，会使他功亏一篑。

古永淳把这样的解释说给来早时，来早心里不服气，痛恨自己又逊了一筹，嘴上却还硬着说："那吃饭呢？你怎么解释？"

古永淳说："在你的住所里吃吗？让人家看到你就住在合作社里？还是要人家明白，你根本没有独立的合作社门面？人家是来和你谈生意，不是来救助你。"

来早乍然懂了，古永淳是不想让客商看到她的穷酸，不想让客商摸清她急于把稻子变现的底儿。他要让她和客商平起平坐，不被压制价格。昨天，对方步步紧逼，原来就是自己已经露怯，让对方捏到短处了。看来，最后那五杯酒，要不是古永淳使用了一点手腕，迫使客商甩出定金，就算自己喝了，也很可能是白喝呢。

想着这些，来早脊背发凉，这一单稻子，竟卖得惊心动魄。倒是要回头感谢古永淳了，但她还是心服嘴硬，狡辩道："到底还是你不信任我，才造成这些误会的。"

古永淳笑，知道女人一旦认输，总是要先找个借口给自己开脱的。他不计较了，还有一件事要对她讲，关乎他的婚姻。他觉得他和张大梅的关系维持不下去了，他希望来早能给他一点力量，让他和张大梅能做个痛快的了断。

他说："我向张大梅提出离婚申请了。"

来早愣愣地看着他，一时不知说什么。她知道，古永淳在这个时候把这件事告诉她意味着什么。她说："何必呢？"她看着古永淳，心底涌起说不出的滋味。这么多年，不能说自己对古永淳从来没动过感情，但她的情感都被她很好地克制住了，她很清楚自己想要什么，至少她不想因为自己一时头脑发热而去毁掉一个女人的余生。她觉得古永淳有点可怜，她想抱抱他，想告诉他，他们之间，不忘记过去，就是最好的结局。这样就很好了。她知道，他是想给他们的生命里留下一抹故事，这多傻，他们的故事，早就写在榆村大地上了。

何必呢？

何必连心底的角落也要掏空？这世上所有的相爱，无非是来自肉体，抑或是来自心灵。而肉体，无非就像一个女诗人写的那样，无非是两具肉体碰撞的力，无非是这力催开的花朵，无非是这花朵虚拟出的春天，让他们误以为生命被重新打开。

守着心灵，能至死不渝，也足够了。

她摇摇头，走下了堤坝。

古永淳盯着她的背影，大声说："你就从没想过和我在一起吗？这么多年了，你始终还没有结婚，我不想再辜负你了。"

来早定住身子，慢慢回过头说："如果因为我没有结婚，导致你做出这样的选择，我现在就可以找个人嫁了。"说完，她裹紧大衣，快步离去。

古永淳站在原地，一阵失落。冷风嗖地跑过一团，他打个寒噤，也下了堤坝。

94

晴二嫂子一回来，榆村多了几许热闹，到了猫冬时节，村里的一些男男女女，还像当年一样，愿意往她家聚，打打扑克、搓搓麻将、扯扯家长里短。

张黑子拄着拐杖，是时常去的，他专爱往女人堆里坐，听人家讲一些闲话，时不时地，还要插上几句嘴，逗几句俏皮话，总把大伙惹得哈哈直笑。

王树贵也去，他迷上麻将了，牌很臭，玩十回输九回，天天盼着往回赢，常常吃过早饭，撂下饭碗就往晴二嫂家走，生怕去晚了挤不上牌桌。春生妈生气，说他老了老了不正经过日子了，输了钱，也不知心疼。他懒得理那婆娘，那一年，他让春生托人给他办低保证，春生真给他弄了一个。打那以后，他的口袋里，月月都能添几百块钱，他说他打麻将的钱，就是上头给发的低保钱，又没花家里的正常收入，春生妈管不着。春生妈掰扯不过他，背地里给春生告状，说他简直是个老败家，春生也不劝他，倒是由着他，对他妈说："也不过几百块钱，我爸高兴就行。"末了，还不忘嘱咐一下，"那低保的事，可千万不要和旁人说。"

王树贵更加肆无忌惮地玩起来，差不多把打麻将当营生了。

这天，大伙又在晴二嫂家打牌，几个回合下来，王树贵输个精光。大伙见他拿不出钱来，要求换人，让张黑子来耍。王树贵一听，心想，我还不如那张黑子了？便说："口袋暂时空空而已，下个月，咱也来现钱儿。"大伙奇怪，对他说："你又不是低保户，哪有月月来钱的道儿？没钱别吹牛逼，快点下牌桌，给张黑子腾位子。"

这要是让别人来替换王树贵，王树贵也就乖乖下桌了，让张黑子来压他一头，他受不了。他说："穷光蛋开低保，是拿救济款，又不是领工资，大伙犯不着眼皮浅，腚沟深，见到棉花夹二斤，看人下菜碟。"

这一声"穷光蛋"把张黑子骂不乐意了，撸胳膊挽袖，要和王树贵动武把抄儿，他说："你就是吃不着葡萄说葡萄酸，有能耐你也办个证，月月拿救济款去。"

王树贵说："能耐有，证也有，只是跟你说不着。"

张黑子和他叫板说："你有证你亮出来，要是亮不出来，就是吹牛逼。"

王树贵把脸一扬说："那可真亮不出来，谁有证也不能天天搁胯兜揣着啊。"

张黑子说："反正吹牛逼也不要钱，你就天天吹吧。"

王树贵脸上挂不住了，他说："跟你犯不着吹，办证不办证的，就是我家春生跟领导搭一句话的事儿。"

提到春生，张黑子蔫奄了，儿子能耐，老子气粗，在这一点上，榆村还没几个人能比过王树贵的。何况，张黑子没儿子，说到这个话题就觉得被揭了短，他看着王树贵，哼着鼻子说："政府要是敢给你这样的办低保，那咱们全村都该有低保。"

这话一出口，屋里一下子静悄悄的，连西风拂过屋檐的声音都听得见，大伙都看着王树贵，恍似王树贵嘴里正叼着一块肥肉似的，都想撕下一口，吞到自己的肚子里。

王树贵害怕了。活了一辈子，他从来没这么害怕过，他说："都看我干啥？我吹个牛逼不行啊？"然后，倒背着手，开门走了。

到了街上，王树贵还在冒冷汗，他想，这下肯定闯祸了，怕是春生也要受牵连了，就给春生打电话，把自己一时逞能的事一五一十交代了。他以为春生会训斥他，可春生却说："没事没事，你照常过日子就行了。"挂了电话，王树贵仔细琢磨春生的话，心想，一定是春生本事大，能摆平，也就不放心上，照常玩耍去了。

可是，就在这天下午，榆村出事了。

这天下午，十几个人在村部闹开了，扯了一个大条幅，挂在村部大门口，上面写着：儿子大富翁，老子吃低保，我们都要唐僧肉。

高志和刘国胜来上班的时候，吓了一跳，在榆村，他们还从来没见过这么大的阵仗呢,就问大伙是咋回事。大伙就把王树贵走后门领低保的事儿说出来了。

高志和刘国胜糊涂了,说村上从来没给王树贵办过低保,也没有王树贵是低保户的记录,他咋能是低保户呢?大伙不信,说他们搞串联,互相包庇,要是不弄清楚,大伙就去县里告,让他们吃不了兜着走。

高志和刘国胜让大伙先散了,等他们调查清楚,再给大伙答案。大伙不干,说不能给他们串通的空子,要他们马上就找王树贵来对质。高志和刘国胜拗不过,只好给王树贵打电话,让他到村部来。

在等王树贵来的时候,大伙把高志和刘国胜团团围住,让他俩哪儿也去不成,可是,一个小时快过去了,王树贵也没来。大伙让高志再给王树贵打,却是王树贵的媳妇接的,哭天喊地地说:"快来人啊,我家树贵死了。"

高志挂了电话,就往人群外走,大伙拦他,问他去哪儿,高志一把推开他们说:"出人命了。"

高志开上车,载着刘国胜往王树贵家赶,大伙见状,都在后面追。

到了王树贵家时,王树贵躺在地上,哈喇子已经流了一地。一见这情形,大伙都慌了,七手八脚,把人抬上高志的车,往赉安城送。

车子刚开上村前那条水泥路,高志就让刘国胜给春生打电话,王树贵躺在后座上,忽地开口道:"别打别打,我好着呢。"

高志一脚踩住刹车,回头看着王树贵说:"你是咋回事?"

王树贵坐起来说:"还能咋回事?说不清呗,装装死,躲一会儿,算一会儿。"

高志气,刘国胜也气,把车停好,问他到底有没有低保。

王树贵不说话,从口袋里掏出个小本本,递给他们看,他说:"是春生给弄的,还有一张卡,月月都开钱。"

高志和刘国胜端详那本本,倒也端详不出什么名堂来,只好给春生打电话,问问他到底是怎么回事。

一通电话打完,他们把王树贵有低保的事搞清楚了。

原来,是春生架不住王树贵央求,就给王树贵弄了一个假本本,在银行开了户，月月给他打钱，哄他高兴。这让高志和刘国胜哭笑不得，倒是把王树贵给气得直翻白眼，当即下了高志的车，闷头回村去了。

这样闹腾一场，高志总结出两个问题，一个是不能让大伙总在晴二嫂那里聚众；一个是不能让大伙闲。他和刘国胜商量，要让叶高粱快些把草编合作社成立起来，让能干活的人在农闲时都有个营生干。还要在村里弄些娱乐项目，让大家想玩的时候，能玩出点档次和讲究来。

刘国胜同意，说以前村上的工作都是抓大放小，高志来了以后，点子多，大小都抓得好，现在，高志想咋弄，他都支持。

有了刘国胜的配合，高志放开手脚了，一回到村部，就把叶高粱叫去，商量成立草编合作社的事。叶高粱也正有此意，一口答应下来了。

正巧，来早刚刚卖掉一批大米，有了盈余，把叶高粱的钱还上了，叶高粱那草编合作社的牌子很快就挂起来了。

这一年，第一场大雪落下来的时候，叶高粱的草编合作社接到一笔草编包的订单，叶高粱把榆村的女人都召集到合作社学习，学会了，可以拿着材料回家干，多编多得，少编少得。勤快的男人也是闲不着的，手巧的，和媳妇一起编；手笨的，做不来细工，就帮着挑选、修剪材料，也没了闲暇，顾不得去晴二嫂那里打哈哈凑趣了。这样一来，晴二嫂那里就冷清了，只好也去合作社领些草编材料，在家里编手工。

这个冬天，直到过年，村人都是繁忙的，那些实在做不来草编的，高志也想法子让大家有事可做。他从县城弄个音响回来，放在小卖店，让李小米每天晚上把音响搬到大门口，教大伙跳舞。

有时候，高志从那些跳舞的人跟前走过，大伙就喊："高书记，跳广场舞没有广场可不行啊，你啥时候能让咱村有广场？"

高志笑着说："明年就有了。"

大伙不信，以为高志是信口开河。可到了次年，榆村不但有了可以跳舞的广场，那广场上还安置了双杠、秋千、跷跷板、转腰器、健骑机，各式各样的健身器材。

榆村人怎么也没想到,身子没有离开这片土地,脚步却仿佛向城里跨了一步。祖祖辈辈,一代人踩着一代人的肩膀,想把日子过得更好,受了那么多煎熬和委屈,依然挣不脱按垄沟找豆包的命,眼下,豆包虽然还是要按垄沟找,命却已经抖落掉了满身的灰尘,可以在乡野之地,翩翩起舞了。

很快,一个更好的消息传来了。是在新的一年里,榆村进行土地整理,其中,在改善榆村人生活条件,规整榆村住房用地方面,经过招投标,古永淳再次竞标成功,承包下了榆村归并后的所有土地。按照合同要求,古永淳给榆村人盖楼。高志说,要让榆村人在两年之内全部搬进楼房。

这事有点突然,榆村人一时分不清是好是坏,一边欢喜,一边留恋会被拆掉的老宅,说住楼房怎么能像住老宅这样随意呢?老宅不用上来下去,还能养家禽,种菜园,这菜园要是没了,还怎么发展庭院经济呢?养不成家禽,大伙哪有城里人那样的宽裕钱,去买禽蛋,去买肉品呢?说庄稼人是要种地的,住了楼房,种地的家伙什放在哪里呢?总不能把铁锹叉子犁杖都搬到楼上去吧?还有取暖,那么贵的花销,可比不上烧秸秆省钱呢。

榆村人开始结队往村部跑,把一堆一堆的疑虑和难题抛给高志和刘国胜。高志和刘国胜就件件桩桩记下来,件件桩桩往上级打报告。

没多久,件件桩桩的解决方案落下来了,统一规划家禽畜饲养区域,统一分配菜园,统一修建仓房,取暖费五年内免收。

高志把这一切原原本本讲给榆村人了,大伙样样满意,心都定下来了,就等着盼着早日住到那楼里去。可这样的好事,偏偏跳出来个搅局的,这搅局的不是别人,正是李占。

李占一直是很少回榆村,年轻那会儿,到处耍横,讹下的钱财,都拿去养女人了,如今老了,突然发现那女人养的儿子,根本不是他的种,就跑回来,希望小米妈和李小米能重新接纳他。但小米妈如今有小米撑腰了,完全不把他放在眼里了,他就俨然一个无家可归的人,到处乱串。这天,听说村上要动房子了,一下子看到了似锦前程一样,要好好和村上谈谈。

这天一早，高志刚到村部，李占就钻进他的办公室里来，对高志说："别人怎么迁的我不管，反正要是想要我迁，就要多补偿给我一套房子。"高志问："你凭啥多要一套房呢？"

李占说："就凭小米和她妈都不要我，我好歹也要有个容身之地啊。"高志想了想说："这事儿我做不了主，要跟上头请示，等上头做了决定，我再给你回消息。"李占以为自己胜券在握，就走了。

过了一段日子，差不多一村人的拆迁合同都签完了，高志也没去找李占。李占有些着急，他眼看着易地扶贫搬迁集中安置工程开工了，眼看着挖掘机排着长队开进榆村，挺进工地，挥舞着机械臂，挖开土地了，就又去找高志，问自己的事儿咋个解决法？

高志说："上头答复了，多要一套房是没有的，别人怎么签的合同，你就怎么签，如果实在不想搬，村上也不会强拆你的房，你在原地住下去就是了。"

李占傻眼了，有种偷鸡不成蚀把米的感觉，可闹到这个份上了，他也不想认怂，指着高志的鼻子说："姓高的，这事儿老子要是便宜不着，你也别想在榆村坐稳金銮殿。"

高志是没把李占的话记挂在心上的，刘国胜却捏了一把冷汗，他说："李占这样的人，狗改不了吃屎，还是防着点好。"可话这样说说，也就算了，因为接下去的好长一段时间里，李占都没做出什么出格的事，渐渐地，他们都把李占的狠话忘了。

一转眼，几个月过去了，县里的领导来榆村调研易地搬迁工作，高志和刘国胜还有古永淳都一路陪同，从施工现场回来的时候，领导们刚要上车，就见一个人冲到马路中间，一句话也没说，躺下了。领导们被弄得愣眉愣眼，高志和刘国胜一眼认出那人是李占，赶紧上前，让他起来，别给榆村丢人。

李占不管，他说："丢人也是丢你们领导干部的人，不给我解决两套房子，就让那些车从我身上开过去好了。"

高志和刘国胜拿着李占正没辙，县里的领导们围过来了，其中一位看了看，让李占起来说话，李占还想要横的，朝那人瞥一眼，胆怯了。是大领导，县委书记，他在电视里见过。就从地上爬起来，看着县委书记，等人家问他话。

县委书记上下打量他，一言不发，人群里，也没一个吱声的，高志想上前说说情况，县委书记一摆手，把高志挡住了，又看了李占一阵，往前凑几步，拍拍李占身上的土说："上我的车吧，说说你有什么诉求。"

李占愣住了，看着众人朝车边走，胆突突跟着去了，上了车。

车子驶进村部后，李占也像个领导似的，被大伙簇拥着，进了会议室。

大伙纷纷落座。李占寻了一个位子，也坐下来。他想，这一路上，把自己的诉求都已经反映给领导了，现在领导是该当众拿出一个说法安抚他的，说不定还要收拾收拾高志和刘国胜，痛批他们身在基层，却不理解百姓的疾苦。

不料，会议开始了，那县委书记却指着高志，要给他记一功。说他舍小家为大家，威逼恐吓面前依然迎难而上，关键时刻挺着压力，把榆村的易地搬迁工作推进得有条不紊。这样敢啃硬骨头的基层干部要被重视，要被重用。接着，话锋一转，说有些人为了达到个人目的，无理取闹，处处找茬儿刁难基层干部，我们就是不能做出妥协和让步，让这种人得逞。尤其是过去有过劣迹，习惯在村里称王称霸的，想以拒绝拆迁之名捞好处的，要借着今年扫黑除恶专项斗争开展的时机，大力清除，严惩不贷。

听到这儿，李占头皮发麻，额前冒汗，他感觉事情并没有朝着自己想象的方向发展，慢慢朝椅子下缩去，弓着身子朝门口溜去。这时，县委书记一拍桌子，大声道："但是，村民李占的问题要解决好，不能让任何一个老百姓不满意。"

李占也没听清领导说什么，一屁股坐在地上，摆着手说："满意满意，我是无理取闹，我再也不来刁难村干部了。"末了，也不等领导再说话，连滚带爬，跑出去了。

不久后，李占也把易地搬迁的合同签了。

95

　　一入夏，雨水就一场接一场落下来了，向日葵开着黄灿灿的花，蜜蜂围着花盘嗡嗡嘤嘤，唱个不停；蓖麻的叶子大如蒲扇，有未干的露水沿着叶脉跌落下来，在地上慢慢洇开一晕；高粱像是憋蛋的老母鸡，在青秆的最顶端，酝酿出一个苞蕾，那样子，是很快要蹿出淡黄、青绿的穗子了。别的什么也都一天一个样儿地疯长着。

　　去年，榆村家家户户在园子里种黄菇娘，都颇为受益，晴二嫂和男人一回来，瞅准商机，把自家流转出去的土地收回来，在大地里搞起了黄菇娘种植，扣了地膜，秧苗壮，下果早，这个时候，已经开始采摘了。村上的人有空都要过去帮忙，因为晴二嫂生娃了，她男人一个人忙不过来。那黄菇娘的价钱高，晴二嫂给来帮忙的人都按时记工，每时给大伙十元钱。大伙更愿意去帮忙了，说晴二嫂做事敞亮，所以老天爷也眷顾她，可怜她，让她一个奔五十的人了，还能生出孩子来。

　　那些水田，也漾着绿浪，铺满榆村大地，这一年，不管是来早还是古永淳的地里，稻秧都比上一年齐整很多。来早投入了更多的农家肥，榆村人家里的羊肥、牛粪，好字井养鸡场的鸡粪，她统统买下，沤好，扬到地里去了。认养水稻的人，也比去年多了一倍。

　　基地那边，在开耕时，古永淳又狠狠往地里投了一笔钱，弄回白晨来单位里新研制的改良剂和有机肥，继续改良土质，还引进智能灌溉技术和设备，装建在基地上，省去很多人工，只要摆弄摆弄手机，就可以监测灌溉用水，排放全靠一个按键，便可全部完成。

　　古永淳有意让来早的合作社也使用这个灌溉系统，他愿意为她出资，可以不要一分钱，只要来早把"榆村大米"的商标转给他就行。来早不理会他的话，只当他是开玩笑。因为榆村大米的牌子已经打响了。

　　说到榆村大米的名气，就要好好说说张麦子了。在来早看来，要是没有张麦子，榆村大米是火不起来的。

高志从张麦子家搬走以后，张麦子的日子变得漫长而难以打发了，虽然既要伺候她爸，又要放羊，家里家外一肩挑，虽然忙起来时没空胡思乱想，可一旦闲下来，还是觉得院子里空落落的，她时常会去高志住过的那间屋子里坐一坐，发一阵呆，想想高志在时的那些事，也没啥相处的细节，就是总能看到他的影子，看见他或是坐在桌前翻看材料，或是对着电脑写这样那样的总结汇报。他搬走后，那样的影子还印在屋子里，夜夜陪伴着她。有好几次，张麦子发着发着呆，就在那屋子里睡着了。深夜时醒来，心口会被棉花一样的东西堵得满满的，她就对着黑漆漆的空屋子想，这也许还不是爱，只是一种习惯，再花一些时间，这习惯就会被另一种习惯代替了。

这样的开解没有让张麦子释然，她反倒患上了失眠症，整宿整宿睡不着。为了打发困倦的夜晚，她在手机上发些和她爸的日常，偶尔，也开过几次直播，直播间的人不太多，但总有一个人始终关注她，并给她不菲的赏钱，她试图联系过那人几次，想搞清楚人家的真面目，可那人始终隐在幕后，不跟她做任何沟通。张麦子有些怕了，那钱来得太容易，简直是天上掉馅饼，她不敢接，索性，把直播给停了。

张麦子以为，直播一停，一切就会消停下来，哪承想，停播的第三天，魏长福来了。那一刻张麦子陡然明白，那打赏的人，应该就是他了。

果然，魏长福就是来和张麦子谈这件事的。

是魏长福在赘安城新成立了农副产品电商产业园，所有产品急需以"网红直播带货"的方式打开新销路，他一直在洽谈可以合作的网红。那天，无意间看到张麦子的直播，他就想，与其说拿钱签约别的网红带货，不如培养自己的网红。他决定打造张麦子，推张麦子上了几天热榜，刚觉得效果不错，张麦子竟停播了。魏长福慌了，他怕张麦子又拒绝自己，就亲自赶来，要和她好好谈一谈。他说："我老了，这些事，总要有个亲近的人帮忙，你也不能只满足于现状，连更好的生活也不去追求吧？"

这番话，要是放在高志没有搬离以前，张麦子大约还是会推却的，但高志搬走了，张麦子的心气没那么盛了，她想了想，冲着魏长福点点头。

几天后，张麦子决定进城了，她把家里的羊卖掉，让张黑子跟她一起走，张黑子不去，张麦子就花钱给张黑子请了一个保姆，照顾张黑子的饮食起居，那是个没处可去的孤寡老太太，张黑子倒是十分乐意。

张麦子走的那天，叶高粱和李小米都来送她，来早却缺席了，是她在城里考驾照，正忙着练车。

高志是要亲自送张麦子的，但魏长福怕张麦子反悔，专门派车来接，高志只好作罢，连个好好的道别也没有，就那么眼睁睁看着麦子离开了。

张麦子到了赉安城以后，很快就在网络上蹿红了，她第一次在直播中带的货品，就是榆村大米。如此，榆村大米也火了，每天都有订单从魏长福的电商产业园发往全国各地。

这样，古永淳又提出购买来早的商标时，即便开出优越的条件，来早还是不为所动。来早不明白，古永淳为啥不自己注册一个商标，问了古永淳，古永淳没给她答案。

有一回，来早和高志聊起这个话题，高志说一定是古永淳觉得榆村大米只能有"榆村大米"一个名字，如果他去注册一个商标回来，务必要花大价钱去做营销推广，那样的话，来早的"榆村大米"还在襁褓中就会被他生生吞掉，他不想和她成为竞争对手，这大概是他最后的底线。

来早听完，心生愧意，想想这么多年，到底是古永淳为自己做得更多，就去找古永淳了，要和他签订一份商标使用许可合同，允许古永淳使用"榆村大米"的商标，古永淳同意了。

那以后，不管是来早的大米，还是古永淳的大米，都有了一个统一的名字，叫"榆村大米"。在张麦子的直播中，都成了网红大米。

县里也把榆村大米当成了稀罕宝，七月一过完，高志分别打电话给来早和古永淳，说接到扶贫办的通知，让他们带上榆村大米去北京，参加一个国际优质农产品展示交易会。

那国际优质农产品展示交易会的时间定在了八月中旬。八月一开始，古永淳就安排榆村大米北京销售处的人过去布展了，到了交易会开始的前一天，古永淳和来早出发了。这一行，让古永淳和来早都想起了以前那两次服博会，一次在深圳，另一次同样也是在北京。十几年过去了，像是回顾一首老歌，说它熟悉，又那么遥远；说它遥远，又那么清晰。他们都想说点什么，却都什么也没说。

到北京的第二天，就去展会现场了，那展会的地点，还是北京国际展览中心，他们一走进去，都感觉时空忽远忽近地变幻着，眼前的场景，一会儿如那年的服博会再现，一会儿又是各式各样的农副产品。他们脑子一会儿浑浊，一会儿明澈，仿佛时间乱了节奏，记忆的排序也有些乱码，似乎不知今夕是何年了。

在交易现场，来早和古永淳都收获不小，尤其是古永淳，在七天的会期当中，签下五笔大单，差不多把整片稻子的三分之二都卖掉了，他们十分开心，到了交易会结束的那天晚上，准备小贺一场，两个人去了簋街，寻找喝豆汁、吃芥末墩的门店。

这世上的事，真是无巧不成书，在古永淳和来早进去的一瞬，迎面出来一个老外，跟他们撞个满怀。双方都很客气地道着抱歉，却在抬头的刹那愣住了。

古永淳欣喜地说："弗雷迪？"

弗雷迪也惊叫道："古永淳？"

这样的不期而遇，是一定要喝一点酒了。

多年不见，弗雷迪越来越有中国人的幽默了，他说："我差点没认出来早，没想到做了颜面修复手术后的来早这样好看，虽然年近四十，依然带着青春的气息，如果我没有妻子，简直就会相信这是上帝赐我的缘分了。"说完，哈哈笑，端起酒杯自饮一杯。

谈话间，弗雷迪听说古永淳和来早是来参加农交会的，特别好奇他们在盐碱地上种出了大米，和他们约定，一定要来榆村看一看。

那天，古永淳和来早回到酒店的时候，已是半夜，都微微染醉，古永淳的心头涌上一种错觉，恍似他未老，时光未变，唯一不一样的，就是上次这样在一起，是为了服装生意，这次是卖大米而已。他们穿过大堂，朝电梯走去，他真想快点躲进去，紧紧拥抱来早，把那么多年来一直压抑的情感一股脑地丢给对方。

电梯门开了,他们并肩走进去,摁下要去往的楼层,门缓缓关上了。电梯在往上升,他们肃然而立,一个把头别向左,一个把头别向右,都看着电梯井道墙上对方那个模糊的影子。如此近,又那么远。

电梯门再次开了,他们该是从这门口背向而行的,可是,古永淳没有说话,跟着来早,朝左侧去了。那是通往来早房间的方向。走廊又宽又长,他们仿佛走了很久,到了来早的门口。

来早的手心里都是汗。她打开了房门。她很清楚,古永淳已经无数次渴望过这样的夜晚,她也想过,十几年了,他们一直彼此依赖,如果古永淳没有妻子,她一定不会拒绝他的爱。她知道如果这一夜就这样到来,这一夜将会是过去和明天的分水岭,从今以后,再面对古永淳的时候,她不会计较他还有个妻子,她不会在乎他是一个女人的余生,她会不顾一切想据他为己有。女人一旦爱了,致命的弱点就是,一旦发生肉体的关系,就没办法心平气和无限期地等那个男人了。她在门口顿住了。

她听见古永淳的呼吸也是踟蹰的,门在背后轻轻关上了,屋子里溢出一股子与世隔绝般的美好,窗帘子被风轻轻撩起,外面的灯光映进来,屋子忽明忽暗,有车子跑过的呼呼声飘进来,不知为何,一辆车的喇叭叫得异常尖利。屋子里,两个人,拖着长长的影子,不声不响,尴尬地立着。

过了好久,古永淳的两只手从来早的后面包抄过来了,他抱住了她。轻轻地,像是怕把她弄碎。他把头靠在她的肩上,像一个婴孩找到母亲的怀抱,紧闭双目,沉浸在一种柔软的爱意里。

来早静静立着,黑夜的灯火迷情乱意,各种各样的光,晃着她的眼睛。她把手慢慢抬起,扣在古永淳的手上,他们的手指,纠缠在一起。

古永淳说:"我就相信,我们会等到这一天的。"

来早说:"可我们这又算啥呢?"

古永淳说:"算啥都行,我只要这一天。"他一把把来早的身子扳过来，把自己的额头顶在来早的脑门上，双手抓着她的肩膀，向后移着，他想把她抵在墙上，再用一种粗鲁的方式占用她。

就当来早的后背贴在墙上的时候，墙体和来早后背的缝隙间，传出"咔哒"一声响动，灯，倏地亮了。

灯照着他们。

照着他们的红润。

照着他们的羞涩。

也照得他们人间清醒。

刚才还藏在半明半暗里的那些激荡，都在灯光下溃散成空气，连个影子也寻不到了。

来早还那么靠在墙上，看着古永淳。她说："回去睡吧。"

古永淳向后退两步，也靠在墙上，他说："你别这样对我。"

来早说："我没办法，这灯一亮，我就看清了我们的关系，如果一切真的发生了，我就会再也不想失去你了。"

古永淳说："我会和她离婚的。"

来早摇头说："那我们会一辈子心怀愧疚。我们是坦荡的，不是吗？"

古永淳站不住了，朝地上堆缩下去，手搭在膝盖上，低垂着头，笑了笑说："不，我们不坦荡，我们只是尽力活成个伪君子。我们相爱了，我们卑鄙无耻，我们不该无耻得这样冠冕堂皇，我们应该无耻得光明正大一点，我想要你，要只属于我们的夜晚。"

来早沉默一会儿，低下了头，她说："可是，我还没有恋爱过，我想要只属于我的爱情。你知道吗？你于我，亦父亦兄亦友，却和爱情无关。"

古永淳从地上站起来，看着来早，那么心疼，多想给她他的全部。可他突然清醒了，伸手拍拍来早的肩膀说："酒真不是个好东西。"

来早笑了笑，正不知还能说什么，电话响了，就像阵地上的冲锋号，刻不容缓。

来早抓到救命稻草一样，接起电话。是白晨来。

白晨来说："来早，盐碱地研究院要搞一次讲座，我推荐你去讲一讲种稻经验，你看怎样？"

来早惊慌地应着，白晨来似乎听出异样，问道："你怎么了？"

来早说："没怎么。"

白晨来说："那等你从北京回来，我给你接风。"

来早说："好。"一抬头，看见古永淳已经打开门，走出了房间。

96

来早和古永淳从北京回来不久，秋天就来了，那时候，云朵疏淡，天又高又蓝，粮食的种子，在这样的时光里，又轮回一生，静静地结出籽粒来，怯怯地、欣喜地张望大地、河流，和整个榆村。人们也带着期盼，热爱着粮食，那籽粒越是饱满丰富，人们越是心意满足，粮食是一年的吃穿用度，是安全感、是幸福、是命根子。榆村人感谢老天，伏天雨足，又赐给一个丰收年。

粮食的价格不会比上一年差，又有几户在外打工的回来了，他们说，这年头，种地比在外头打工好，守家在地，把旱田种完，要么去来早的合作社锄草抓虫，要么去古永淳的基地干些杂活，要么去晴二嫂家帮忙摘黄菇娘，一年下来，收成一点也不比在外头赚的少。何况，楼就要建好了，回到村里，他们也可以住上楼房了，何必还在外漂泊呢？在外漂泊的人，哪个不爱故乡呢？

秋天一来，稻田里的稻穗又垂下来了，来早的那片地里，不知何时，飞来几只白鹭，云朵一样，在稻田上空徘徊。村人好多年没见过这么珍稀的鸟了。上次见到时，还是三十年前的光景，那时候，它们总是停留在霍林河的芦苇荡里觅食、筑巢、安居繁衍，给榆村添了很多生趣。榆村人说，这种大鸟是带着灵气的，它们住的地方，空气、水、人，一定都是最干净的。它们的到来，是一种预示，是在告诉这里的人们，榆村这片土地，是风水圣地。

来早照例每天都去田里看稻，也看那些大鸟，她相信榆村人的话，相信在这块风水圣地上,她的稻,会一年比一年好。

村上的人也常常来,拍些照片、视频,发朋友圈。有天晚上,小米妈帮她看店,小米也出来看这景象,拍下照片,发在朋友圈里了。不一会儿,被那摄影师看到了,打电话来说,有几个朋友特别感兴趣,要拍鸟,让李小米帮着把住宿和吃饭的问题解决好。撂下电话,李小米就把她妈接到小卖店住,等摄影师他们来时,暂住她妈家里。

高志听说摄影师要来,动上脑筋了,说这是宣传榆村的好时机,要把张麦子也叫回来,在村里开几场直播,好好宣传宣传榆村。把电话打给张麦子的时候,张麦子正有回来直播稻田、村庄、霍林河、老神榆,还有那些近乎被遗忘的历史遗迹的想法。两人一拍即合。

没过两天,摄影师带着朋友到了。张麦子也回来了。

那几天里,摄影师们起早贪晚,蹲守在稻田里。张麦子则满村游走,开直播做讲解。两相配合,经网上一传,摄影师那边,又有同道要来。张麦子这边,不少粉丝也要造访。周边的城市里,逢着周末,不时有人驱车自驾,到此一游。人一多,李小米的小卖店火了,常常有路人登门,买些吃的用的。有人偏喜欢吃农家饭,就让李小米给做,玩累了,到她家里吃。这让李小米一下子看到商机,在小卖店门口又挂了一个牌子,招揽游人过来吃饭。

张麦子回来直播那几天,正逢村里安路灯,高志忙前忙后,连个脱身的机会也没有,下班后又要加班,竟难以和张麦子见面。张麦子心里很不是滋味,以为高志是故意躲她呢,待到回城那天,和高志也没打招呼。高志知道后,给她发微信,赔不是,她始终没回复他。

接下去,将近一个月的时间里,榆村是繁盛的,李小米的小卖店也是繁盛的,每天晚上,摄影师都要到小卖店去,吃李小米做的玉米。李小米手巧,总能把新鲜的玉米做出五花八门的吃法,让他流连忘返。

秋霜落在大地上时,稻田里又开始排水晒田了,白鹭也结队远行,往别处飞了。白鹭一走,摄影师收起拍摄的家伙什,要离开榆村了。临走前,他去和李小米道别,李小米又做了一顿他爱吃的玉米饼,炒了两个菜,款待他。

在饭桌上,李小米问摄影师啥时候再来拍照?摄影师说这次回城后,他要去西藏,跟两个摄友开车去,大约两年以后回来。李小米就让摄影师多吃一点她做的饼子,说两年很远,下次吃到,要等很久很久了。摄影师却说下次再吃,但愿可以吃一辈子。

稻田排完水,土地很快就干了,稻秧也如枯草一样,可以当柴火烧了。

和去年一样,高志派人做了宣传条幅,挂在村口、田边、小卖店的大门口,写着:

禁止在稻田吸烟,禁止乱丢烟蒂。

挂条幅那天,高志开车,载着刘国胜,亲自监督。刘国胜抱怨高志做啥都要亲力亲为,害他老胳膊老腿的,还要给他当小支使、跑小差。高志说:"干到明年,咱把这贫困的帽子摘了,你让我干啥,我就给你干啥。"刘国胜笑笑说:"我老了,太累了,等榆村摘了贫困的帽子,想好好歇一歇了。"高志和他打趣说:"你要歇了,就让大伙选来早。"刘国胜想起当年和来早打赌时曾说,来早要是在盐碱地上种出稻子,就把村书记让给她来当。如今,来早在盐碱地上鼓弄出稻子来了,自己倒还在这个位置上坐着,好像说话不算数似的。就说:"榆村还没出过女书记呢,来早是当书记的料。"

条幅挂完,高志要回村部加班,刘国胜看看时间,该吃晚饭了,请高志到家里吃饭,高志正为要自己做饭而发愁,就随刘国胜去了。

到了刘国胜家时,刘国胜媳妇已经把桌子摆好了。焖的是大米饭,炖的是腊肉豆角。高志最稀罕这口,跟刘国胜媳妇打过招呼,也不客气,动筷吃起来。他们边吃边聊,说上冻之前,路灯就都装好了,过年的时候,榆村肯定是亮亮堂堂的。

刘国胜也盼着村上快点亮起来,他说:"祖祖辈辈都是到了晚上就摸黑过,几代人活过来,都不如坟茔地里的鬼,鬼在正月十五还有盏照路的灯呢。这下榆村是真的变成新农村了,可惜自己竟活到这把年纪才等来。这样的好日子,只能给后辈去享受了。"

高志说:"榆村旧貌换新颜,你也是出了力的,后辈人享受这样的日子时，是不会忘记你刘国胜的。"

刘国胜笑笑说："我要是死了，墓志铭后面可有的写了。"他媳妇嫌他说话不吉利，瞪着眼，敲他的碗，他就又笑着说，"讲一讲又不能真的就死，那么凶做啥？"他媳妇不理他了。他又和高志继续说："这几年往外发包土地，村集体的账目上有了一些钱，等榆村人都搬进楼了，就在小区里成立个活动室。大伙打牌啊、下棋啊、读书啊、打球啊，都可以在活动室里。"

高志点头说："有了钱，想怎样，就怎样。"

一顿饭吃完，高志要回村部了。刘国胜想起叶高粱又拉回一笔苇编订单，要用广播喇叭喊喊，让有空的人明天去河里割苇。就陪高志一起去了。

天已经黑了，刘国胜打着手电筒，照着脚下的路说："叶高粱这个单子大，一批货出手，草编合作社的人都能分到几千块。"高志说："都说女子顶下半边天，榆村的女子，能把整个天给顶起来呢。"

就到村部门口了，村部的门口本来是有一盏灯的，每天这个时候，高志在里面加班，都会把灯提前点亮，此刻，灯还灭着。

再往里走时，刘国胜随手晃了晃手电筒，光打到的地方，忽地扫到一个人影儿，他一愣，那人影也一愣。等他回神过来，喊了一句"谁"时，那人影"嗖"地朝村部后面跑去，翻墙逃走了。刘国胜紧步追去，也爬上墙头。高志正想拦他，就听"扑通"一声，刘国胜跳下去了。瞬间，墙外没动静了，高志在墙里喊："刘书记，你没事吧？"就听那头艰难地说："老胳膊老腿的，到底是不结实了。"

刘国胜把腿摔断了。高志马上启动车子，连夜送他去县城。出发前，叫村会计去村部检查一下，是不是丢了东西。不一会儿，村会计打电话过来，说啥也没丢，就是那些挂在门口的条幅不见了。高志想，怎么会有人偷条幅呢？又不是什么值钱的东西。他让村会计带人好好查一查。

高志和刘国胜口袋里都没揣现金，路上就给张麦子打过电话，让她提前到医院接应。等他们到医院时，张麦子就迎上来，和高志一起，扶着刘国胜去做检查。

大夫给刘国胜处理伤腿时，高志和张麦子在走廊里等。高志想起张麦子回村做直播那几天，自己也没好好陪陪她，歉疚感又来了，想当面解释一下，不知怎么开口，就往路灯上扯。

他说："路灯马上要安完了，等你再回去，就到处都是亮的了。河边也是亮的了。"张麦子没有说话，也没有表情。高志又说："我总想起我们第一次在河边漫步的那个晚上，你说要是河边有路灯就好了。"

张麦子总算笑了，她说："好像是为了我，榆村才安路灯的呢。"

高志说："但我总会想，榆村的路灯要是能照见你，一定很美。"

走廊的灯光是幽暗的，高志的脸也笼上阴影。张麦子看着他，头发竟有一半是白的了，突然想知道他为啥一直一个人，就问他结过婚吗？高志好像早做好要回答她这个问题的准备了，他说："结过，又离了，她要去南方，而我只想留在赉安城。"

大夫终于给刘国胜处理完了，他们赶紧结束话题，去扶刘国胜。刘国胜的腿骨劈裂，打上了石膏，大夫说，回去静养就行。

高志和刘国胜要连夜回榆村，张麦子看时间太晚了，让高志和刘国胜住一宿，明早再回。高志惦记丢条幅的事，想早点回去。他知道，条幅本身虽然没什么价值，但那是村部挂出去的，一旦有人动了，就一定不是冲那块条幅本身去的，那是对村部的挑衅。对村部的挑衅，就是对村干部不满，而自己到底哪里令人不满，是一件亟待他好好反思的事。就谢绝了张麦子的挽留，务必要连夜赶回去，把事情弄个水落石出。

高志载着刘国胜往回走，车子离开赉安城后，他突然觉得想和张麦子说的话还没有说完，下次再见，不知又要等上多久了，就停下车，假意撒尿，站在路边给张麦子发了一条微信：等脱贫攻坚结束，我娶你。

张麦子很快回复他了：等你。

再回到车里，高志带着一种莫名的兴奋，把车速又放开了一点。前面都是黑暗，但车灯映出一束光，照出去老远。树木朝后退去，那些过去的时光也朝后退去。他想，能把这句话说出来真好，所有的亏欠，都因这句告白而弥补了，接下去的日子，就是等待了，等待手头的工作结束，就和张麦子好好相爱。

高志这样想着，路程也变短了，车子很快到了榆村南边那条公路上，再往西走，越过几道防风林，驶过几片庄稼地，就该拐向那条东边是玉米大地，西边是稻田，通往榆村的水泥路了。他想，上了那条路，前面就是榆村了，他甚至看见了榆村的灯火，那么明亮，照彻整个天空。他这样想着，就在下一秒，骤然心跳加速，意识到自己的眼睛给自己带来了错觉。那通明的，不是灯光，是火焰。

是通天的火焰。

就在车子拐过最后一道防风林的时候，高志和刘国胜都惊慌地发现，稻田着火了。烟雾盖住了整片稻田。

高志什么也顾不得，把车子朝着火的地方开去，他让刘国胜赶快打电话叫人，自己跳下车，沿着一条渠埂跑去。他遇见一棵柽柳，折下几根树杈，扛在肩上，继续跑。

他离那火焰近了。

他听见成熟的稻子在火焰里炸裂的声音。

他纵身跳进稻田，抡起树杈，一下一下拍打在火焰上。

拍着拍着，高志手中的树杈挑起一件长物，拖拖拉拉的，随他继续挥舞树杈的动作，甩到半空去了。那一瞬间，旋起一缕风，烈焰裹着那长物，缠缠绕绕，在天上飞。他仰头望去，清晰地看见，那是半块没有烧尽的条幅。他陡然明白，扯下条幅的人，是用这条幅引燃了稻田，那人是想告诉他，这不是一场意外之火，这是对他的不满引发的愤怒。

那条幅在空中转了几转，化为灰烬了。

高志大概猜出挑衅者是谁了，想着等大火扑灭，一定要拿他来问罪时，就听身后有人忽地朝他扑来，他还没来得及转身，就倒在地上了。

基地里的人都跑过来了，喊着："救火啊，救火啊。"

榆村人也潮水般涌来。

刘国胜拖着一条伤腿指挥着现场。

大伙忙活半宿，总算把大火扑灭了。

他们在那片焦黑的稻田里找到了高志。他的手机一闪一闪亮着，里面有一条来自张麦子的信息：到榆村了吗？

97

纵火的人是李占。他很快被公安局抓到了。

李占放火这事儿的起因，要从他跑出村部那天说起了。

那天，李占坐着县委书记的车回到村部，又从村部跑出来，边走边想，好汉不吃眼前亏，看老子咋和你们算账！他到家门口时，见一辆车子正在他家大门外停着，紧走几步，到了跟前，见开车的是个光头，他并不认识，就问人家是谁。那光头没有回答，但后面的车窗落下来了，露出一颗肥硕的脑袋，李占年轻的时候，间接为他做过几次事，这一刻，他一眼认出，这就是贲安城的方青林。

李占狐疑地想，方青林把车停在我家门口，是啥意思呢？便说："方总是找我吗？"

方青林没有说话，把车窗关上，那开车的把另一侧车门打开，请李占上车。

李占想，今天是怎么了，刚坐过县委书记的车，又来坐贲安城舵把子的车，不知是交了狗屎运，还是曹操背时遇蒋干，倒霉的事全来了。可是，不管怎样，他是不敢不听从命令的，绕过车尾，坐在了前面的位子上。车上的冷气凉森森的，谁都没有说话，车子就出村了。

那天，那车一直把李占带到了贲安城，方青林给他安排在了春贾楼，上了茅台，递了雪茄，摆了一桌山珍海味。

李占有些慌，他对方青林说："人都讲，无功不受禄，我李占真不知自己何德何能，享受方总这样的盛情款待。"

方青林吞吐着雪茄的烟雾，桌上立刻升起一道屏障，让他们的视线都变得模糊，看不清对方的脸。

方青林说:"同道中人,同病相怜。"

李占没听懂,愣愣地看着方青林。

方青林又说:"我两次想承包榆村的土地,都被古永淳得了逞,这种事,说到底还不是他们早就勾结好了,即便是别人也参与竞标,也不过是他们拿来陪榜做样子,糊弄老百姓的。"

李占听出来了,这也是个带着怨气的主,只是他没弄明白,方青林找他想干啥呢?

方青林笑了笑说:"你不就是想多要一套房吗?我可以给你。"

李占纳闷地问道:"方总凭啥给我一套房?"

方青林说:"你近水楼台,帮我做件事,我就给你一套房。"说着,把一串钥匙丢过去,"哗啦"一声响,李占一哆嗦,半天没敢眨眼睛。

李占不知道自己能为方青林提供什么便利,定定地看着他,等他明示。

方青林说:"古永淳的稻田弄得太顺利了,你就让他小鸡孵鸭子,白忙活一场就行。"

李占却说:"可是,我跟古永淳无冤无仇……"

方青林一摆手,打断他的话说:"古永淳的基地要是出事了,高志就要吃不了兜着走。"

李占把目光落在那串钥匙上,心想,这姓方的想拿老子当枪使,一套房就想把老子打发了,代价也太低了。

隔着玻璃看戏,方青林一眼把李占看个明明白白,就说:"不需你做别的,就给古永淳的稻田里放一把大火就行,只要那大火着起来,你来找我,我再给你配一台车。"说完,起身往外走,到了门口,停下来又说:"在这里吃的喝的随便用,做不做也随你,别客气。"

方青林前脚出门,就进来一个女人,李占看看美女,再看看一桌子佳肴,心想,管他妈的做不做呢,先造饱肚子再说。就吃起来了、就喝起来了、就醉个摇摇晃晃,躺在一张又白又软的大床上,搂着那个女人,睡了个天昏地暗。

再回到榆村的时候,李占开始寻找时机了。

那天,李占看见高志和刘国胜亲自挂禁火宣传条幅,一下子恼火了，一下子生出违逆之心，就选定在这晚给高志来个下马威。所以，他亲手摘下村部门口的条幅，拿去当火捻子了。

那火很快点起来了，风势正好朝着古永淳基地的方向徐徐吹着。李占很得意，心想，只要离开这大火现场，过完这一夜，房子、车子，就样样不缺了。可是，他怎么也没想到，他还没走多远，就见高志孙猴子似的冒出来了。看着高志拼命扑火的样子，他气不打一处来，想把他打昏，再把他拖走，可他一棒子抡下去的时候，高志倒在地上，竟然瞪着眼，喊了一声他的名字。他吓坏了，又给了高志一棒子，见高志不动了，以为他死了，沿着渠埂，落荒而逃。他在玉米地里躲了一夜，眼也没合。

第二天，李占去赉安城找方青林了，在春贾楼里，他没见到方青林，却被那个光头扇了好几个耳光，他问人家为啥打人，那光头骂他成事不足，败事有余。他不敢回嘴，等那光头给他指一条明路。那光头拿出一沓子钱摔在他脸上说："楼你是不能住了，车子也不能给你开了，拿上这些钱，能滚多远滚多远吧。"

李占看着那些钱，心想，一定是高志死了，否则光头也不至于这么大动肝火，便试探地问："高志是不是死了？"光头又给他一巴掌说："要是他死了，倒他妈一了百了了。"李占一下子想起高志倒下去那一瞬间看他的眼神，耳边一下子又响起高志倒下去那一瞬间叫他名字的声音，怔怔立了很久，弯身拾起地上的钱，慌里慌张跑出了春贾楼。可是，他一到车站，公安局的人就出现在他眼前了。

李占被捕后，案子的来龙去脉很快就理清了，方青林自然也难辞其咎，落入法网，并把春贾楼大酒店作为对烧毁稻田的损失赔偿，转给了古永淳。

收获的季节又到来了。来早的稻子颗粒归仓。古永淳那边，损失惨重。那场大火，以燎原之势，烧掉了他大半的稻田，剩下的稻，连他在那场交易会上签下的订单都无法完成。这令古永淳十分懊丧，无法履约，不单单要赔付高额违约金，更可怕的是，一旦在行业中留下负面口碑，就很难再在业内找到合作伙伴了。

而这一年，正如古永淳当年所料，赉安城楼房饱和，赉安城人的购房能力严重下降，这导致房地产开发业突然陷入困境，古永淳房地产公司的几个项目，也因合作伙伴突然撤资而停工，这样一来，与银行和下面的包工方产生了债务纠纷，一时间，追款的追款，讨薪的讨薪，古永淳内外交困，连基地上的事也无暇顾及了，就给来早打电话，希望她能重新考虑接管基地。来早想了想，还是拒绝了。古永淳知道，来早之所以拒绝，并不完全是因为她祖母的离世，也不完全是担心张大梅不能理解，最重要的是，她似乎爱上白晨来了。便不再强求，打算从外地聘一名高管，全权打理基地。

招聘启事一发出去，有个来应聘的，可是上岗没几天，觉得基地眼下这一关难过，就主动离职了。

这天，古永淳又接到订单方的催货电话，正不知如何是好，来早找上门来了，说是托她二叔帮忙，在乾平县域内收购了一批稻子，品质上乘，正好可以给古永淳顶订单。古永淳一听，立即随来早赶往胡长北那里验稻。看过后，十分满意，就地打包，发给了订单方。这使古永淳不仅不用赔偿违约金，还保住了在生意场上的名誉，古永淳十分高兴，等稻子一发完，就要在基地设宴，答谢来早。

这天，酒席摆好后，古永淳守着餐厅，等了很久，也没等到来早来赴宴。天快黑时，古永淳驱车回了赘安城，也不知是心绪不宁，还是太过疲惫，竟有些分神，在进入城区的时候，突然和一辆车子相撞，人立时人事不省了。

第二天一早，来早一打开手机，就看见几条新闻，说是赘安城第一大地产商古永淳惨遭车祸，生命垂危。来早赶忙拨打古永淳的手机，却无法接通。她料定这新闻是真的了，想起叶高粱刚刚买了一辆车，就又给叶高粱打，让叶高粱送她去县城。不一会儿，叶高粱到了，她们就奔着县城去了。

来早到医院时，古永淳刚刚做完开颅手术，还在重症监护室里昏迷着，张大梅一见到她来，冷冷地说："他要是死了，就是你害死的。"来早如遭钝击，向后退了几步，蹲在地上，呜呜哭起来。

这时，手术室的门开了，医生说古永淳需要输血，而血库里O型血告急，问家属有没有相同血型。

张大梅摇头，他们的儿子也摇头。来早缓缓站起来，挽起袖子，说："抽我的吧。"

张大梅愣愣看她好一阵，心想，老天爷真会开玩笑啊，等古永淳醒来，知道自己这条命又是来早给捡回来的，对来早的情意，不知又要重上几分。她有点难过，为啥每次古永淳有难，能够帮助古永淳渡过水火的，都是这个胡来早呢？她甚至有点相信，这就是上天的旨意了。有谁能违背上天的旨意呢？她看着来早走进输血室，整个人傻了似的，一动也没动。

过了四五天，古永淳醒了，人从重症监护室转移到普通病房了，张大梅一边欣喜，一边不安，担心来早随时会出现，也担心古永淳知道自己的身上正流着来早的血。她怕面对来早，也不敢正视古永淳。

令张大梅奇怪的是，一直到古永淳出院，来早也没再出现，古永淳呢，也没问起是谁给自己输了血。张大梅照顾着古永淳的饮食起居，差不多一个月的时间里，她和古永淳过着安安静静的生活，竟好像从来没有遇见过来早，也没有发生过那场车祸一样。

有一天，张大梅刚收拾完厨房，见古永淳站在窗前，望着窗外出神，就沏一杯茶，端给他，问他在看什么。

古永淳笑笑说："在想基地的工作，说了你也帮不上忙。"

张大梅心里一酸，发现自己和古永淳之间，除了有一纸婚书作证，除了有儿子做纽带桥梁，确实是有着隔山隔水的距离了。放下茶杯，她长长地叹了一口气。

快过年时，古永淳决定去一趟基地，是基地带动贫困户的年终分红账目已经做好，需要他亲自发放下去。那天，他就要出发时，张大梅追到楼下，要跟着他一起去，古永淳以为她是不放心什么，就带上她了。

他们到了基地以后，古永淳去贫困户家发放分红收益了，张大梅在基地待上一会儿，独自见来早去了。

那工夫，来早正在加工厂里检验大米的包装，一转身看到了张大梅，以为她是来闹事的，赶紧迎上去，拉着她往外走。到了僻静处，来早有些生气地问张大梅来做啥。

张大梅笑笑，脸上不太自然地说："女人的一生，谁还没在婚姻里排几个雷，男人这个物种是没定力的，他们经不起诱惑，你以为贤妻良母这四个字，只有'贤妻'两个字是对男人说的，'良母'也是。婚姻里，你要时不时给他当妈，时不时敲打敲打他，让他别走歪路。放心吧，这回，我不是来找你麻烦的。"

来早说："如果你觉得是我救了古总的命，想当面致谢，那也大可不必，因为就算那个出车祸的人不是古总，我也会把血输给他的。"

张大梅更加不自然了，她说："永淳还不知道是你输的血。"

来早说："我也不会说的，这点请你放心。"

张大梅说："我不是那个意思。"

来早没有说话，看着她，笑了笑。那样的笑，令张大梅的脸红了一下，犹豫着说："我也想为永淳做点事，可我不知道该做什么。"来早依然看着她，没有说话。张大梅继续说："以前，他希望你去做基地的管理人，被我搅和黄了，现在，我要是能把你请回去，算不算帮了他？"

来早一愣，以为自己听错了，警觉地打量着张大梅。

张大梅说："对，我想请你去做基地的管理人，帮永淳一起分担。"

来早又打量张大梅一番，见她是认真的，收起目光里的警觉说："如果是这样，那你请回吧。"然后，大跨步地走了。

转年春天，古永淳的身体还没有完全恢复，来早这边已经开始育秧了，基地那边的工作却还老牛拉车，不慌不忙推进着。来早看着，替古永淳着急，心想，要是这么个干法，怕是要误时节了，古永淳也不知会急成啥样子呢，就给春生打电话，打听古永淳的状况。春生说古永淳正到处寻找合适的管理人，如果再寻不到，就只能自己带病上阵了。撂下电话，来早想，这种时候，应该帮古永淳一把，就给张大梅打电话，说做基地管理人的事，她同意了。

张大梅把这个消息告诉了古永淳，古永淳有几分意外，但悬着的心一下子落下来了，终于可以安心养病，不再为基地的工作操心了。

到了稻子分蘖时节，古永淳的身体总算好起来了，他再也不肯把自己闲置在家，就出去工作了。他一来到榆村，见来早的管理井井有序，便又回了城里，是急着拆春贾楼，要在那块地皮上盖一栋更高的楼。

那次大火以后，刘国胜得了心脏病，索性给镇上打了报告，申请让来早参与村委的工作。镇领导同意了刘国胜的申请，来早就一边管理合作社和基地，一边担起了代理村书记的职责。

高志一直在省城住院，那段日子，张麦子放下一切工作，陪在高志身边，高志出院后，也很快投入到工作当中去了。

这一年，高志和来早全力配合，使榆村的建档立卡户全部脱贫出列。

这一年的稻熟季到来时，榆村人都搬到楼上去了，周边的一些村子也合并过来了。曾经的村庄被夷为平地，将在明年成为古永淳新的稻田。

全村搬新家那天，张麦子从县城回来了，傍晚时，来早约着她，也约了李小米和叶高粱，去霍林河边散步。路灯亮起来的时候，她们站在高高的堤坝上，看着眼前那绚烂的灯火，不禁感慨，榆村大变样了，唯一不变的，是那棵老神榆、是那座土地庙、是那条河流，是那片土地。

那一刻，天上有流星划过，她们都仰头去看那颗流星，张麦子说："小时候，我们总是对着流星许愿的，今天，我们再许一个愿。"说罢，双掌合十，闭上眼睛，小声道："我要和高志白头偕老。"

李小米想了想，十分认真地说："明年千禧就高考了，就祝愿他考个好大学吧。"

叶高粱说："那我希望草编合作社能做出最好的草编。"

到来早了，流星却不知落到哪儿去了，来早看了看天空说："等下一颗来时，我再许。"

她们就坐在那里，等下一颗流星。等了很久，也没等到，等来了叶高粱的手机铃声。是韩青打来的，叶高粱犹豫一下，接起来，还没开口，就听那边说："高粱，如果一切可以重来，我真想再娶你一次。"

叶高粱看着天空，没有接韩青的话，却用胳膊点了一下来早说："流星来了。"

来早闭上眼说:"我的愿望是要当榆村的书记,带着大伙振兴榆村。"

月亮升起来了,河里也映出一个影子。

来早的大米越卖越好,真是应了那句,好货不愁客。二〇一九年的冬天,来早喜提一台新车,空闲时,总是载着胡长庚和秀草,这里逛逛,那里看看。可是,胡长庚和秀草依然没有高兴的神色,他们一遍一遍地唠叨来早,说她半辈子都要过去了,还没个婆家,就算开再好看的车,也不见得是福气呢。来早不应声,被胡长庚和秀草磨叨急了就说:"找着呢,找着呢,总不能剜到筐里就是菜吧。"

这天,来早刚和一个客商谈完大米深加工的合作项目,就急匆匆回合作社了,古永淳正带着弗雷迪从赍安城往榆村赶。她要提前准备一下,迎接弗雷迪的到来。

合作社在楼区里,是一个门市房,紧挨着李小米的食杂店。

李小米的食杂店很火,榆村人都去她那里买货。她还在门口立了一块牌子,写着"小米农家饭",专门吸引那些城里来游玩和认养稻田的人到这里就餐。其实,大伙都知道,李小米是在等摄影师。

摄影师真的去西藏了,常常给李小米发些照片过来,李小米因此知道很多西藏的美景、地名、人文风俗,有时,那些从"榆村文化娱乐活动室"里出来的人过来和她聊天,她就要和人家讲一讲西藏,大家听着也像去了西藏一样,见面就要说:"看见西藏的天了吗?真的蓝呢,直晃眼睛。""摄影师今儿个发来的照片是布袋拉弓。""不是布袋拉弓呀,是布达拉宫。"他们总是争得热热闹闹的。每天,来早坐在合作社里,就会一清二楚地听见。

这天也是一样,榆村人又在李小米的门口吵吵嚷嚷的,来早听着,乐上一阵,把水烧开,把茶泡好,趁着古永淳和弗雷迪还没到,打电话给加工厂,告诉工人新进的加工设备到了,让工人去接货,嘱咐安装时注意安全。挂断电话,看见手机里有叶高粱发来的微信,打开来看,是叶老师又跑到恩施土家族自治州那里讲草编课去了,发来了几张草编课现场的照片。她回复一个赞,还没顾上多说几句,张麦子又打来电话,说电商公司急需补进榆村大米,马上要过年了,发货多,供不上订单,让她安排加工厂那边再出一批货,送到赉安城里去。来早说着好好好,挂断了张麦子的电话,安排加工厂那边赶紧出货。这一通忙完,古永淳和弗雷迪还没到,她累了,靠在椅子上,就睡着了。

她做了一个梦,梦见榆村的选举大会开始了,她站在台上,发表了一通精彩的竞选感言。台下的人,都给她鼓掌,人群里,有个人望着她痴痴笑,她不知道那人因何而笑,只觉得似曾相识,想要问问那人的名字,却醒来了。就在睁开眼的一瞬间,她脑子里忽地闪过白晨来的脸,恍然间,梦里那个似曾相识的人,就是白晨来。那次在北京,白晨来的那个电话,简直是一场救赎。从北京回来后,白晨来约过她几次,她也明白白晨来的心意,可是,因为那晚在古永淳面前做出那样的举动,她一直羞于和白晨来更深地交往,这一刻,不知为何,她很想听听白晨来的声音,就拿出手机,拨了白晨来的电话。

电话通了。白晨来说:"这个电话,是为我饯行吗?"

来早有些慌,她说:"你要去哪儿?"

白晨来说:"接到加拿大农业部的邀请,去那里研究一个合作项目。"

来早说:"去多久?"

白晨来说:"一年。"

来早说:"那你走时,我去送你。"

白晨来说:"那恐怕来不及了,我已经在机场了,等我回来时,你给我接风,我倒是十分乐意。"

来早说:"那就一年后给你接风。"这时,古永淳带着弗雷迪来了,来早挂断电话,站起来,微笑着冲弗雷迪张着双臂,弗雷迪迎上来,拥抱了她。

这一行,弗雷迪在榆村闲游一周,看草编、看榆村的古遗址、看老神榆和土地庙、看冰冻的河水、看光秃的稻田、看古永淳的基地、也看来早的合作社和加工厂。他佩服古永淳承包下那么一大片稻田,更佩服来早赤手空拳,在盐碱地上打下一片江山。可叹的是,自己不做大米的生意,在这一点上,是无从谈合作了。但他对叶高粱的草编很感兴趣,说有中国东北文化的传统艺术特色,倒是可以做出口。如果叶高粱有意，他可以合作。山西那边有一家草编企业的产品，就是通过和他合作，把草编制品卖到了国外，还登上了国际时装周的舞台。

来早把这个消息告诉了叶高粱，叶高粱自然是愿意的。通过微信，和弗雷迪互留了联系方式。

弗雷迪离开榆村那天，是古永淳和来早共同送他去省城机场的。回来的时候，是晚上了，古永淳说到了县城，就住下，转天再回榆村。来早说也好，正好可以去看看张麦子。于是，进了赉安城，古永淳就把车朝着张麦子的电商公司开去了，说先去送来早，他再回家。

车子行驶到十字路口的时候，来早无意间朝窗外瞥了一眼，看见曾经一直名噪赉安城、葬着她的噩梦的春贾楼没了，新的商贾会馆已经拔地而起，大约明年，就该灯火通明，耸立在这座城市里了。

转天，古永淳临时决定出席一个会议，来早就坐客车回榆村去了。那客车的司机还是韩青，一见到来早，不停地打听叶高粱，来早看着窗外，有一句没一句地回答着。车窗外没有什么风景，那一眼就能望到天边的大平原上，树木稀稀落落，田地和草原一样，带着微黄的睡意。麻雀、乌鸦醒着，在天空上飞来飞去。光秃秃的树梢上，喜鹊停在窝旁，也醒着。

不知怎么，来早的心里忽地掀起一层一层细浪，忽地忘了自己是一个人，而是草原上的一粒尘，一棵草，一只隐在草里的蚂蚱或者壁虎、田鼠、也许瓢虫。以前，那么想要逃离，如今，却生出来这样亲密的感觉，仿佛和这里不可分割，连空气都是甜的。

客车照例在石油公司门前停了。石油公司的大门还像往常那样开着，门卫室空着。门前的菜地上堆着一些废旧的机器，俨然成了垃圾场。工人稀稀疏疏，油罐车也稀稀疏疏，许是冬天的缘故，显得格外萧条。来早下了车，在那里立了一会儿，仿佛看见王树贵在那里伺弄秧苗，依稀还有几只蝶子蜻蜓飞过，她竟然还看见自己、张麦子、李小米、叶高粱，拉着手从那里走出来，好像还唱着歌，马尾辫子在脑后一摇一摇的，甩掉几缕青春。

她的手机响了，是高志打来的。

高志说："村上要换届了，大伙都等着投你一票呢，来早，领着大伙干吧。"

来早大步往回走,风吹落雪花,洋洋洒洒,落在了黄灿灿的稻茬上。

（完）

2022 年 7 月 29 日晚 23 点 16 分初稿成
2022 年 9 月 15 日 9 点 48 分第一次修改完成
2022 年 11 月 2 日 22 点 10 分第二次修改完成
2022 年 11 月 30 日 15 点 09 分第三次修改完成
2023 年 3 月 2 日 15 点 17 分第四次修改完成
2023 年 10 月 23 日 10 点 17 分第五次修改完成
2023 年 11 月 1 日 18 点 37 分第六次修改完成

图书在版编目（CIP）数据

霍林河的女人 / 翟妍著 . —北京：作家出版社，2024.3
（新时代山乡巨变创作计划）
ISBN 978-7-5212-2689-8

Ⅰ.①霍⋯　Ⅱ.①翟⋯　Ⅲ.①长篇小说—中国—当代
Ⅳ.① I247.5

中国国家版本馆 CIP 数据核字（2024）第 011790 号

霍林河的女人

作　　者：翟　妍
责任编辑：史佳丽
封面设计：末末美书
出版发行：作家出版社有限公司
社　　址：北京农展馆南里 10 号　　邮　　编：100125
电话传真：86-10-65067186（发行中心及邮购部）
　　　　　86-10-65004079（总编室）
E-mail:zuojia@zuojia.net.cn
http://www.zuojiachubanshe.com
印　　刷：河北鹏润印刷有限公司
成品尺寸：152×230
字　　数：363 千
印　　张：26.25
版　　次：2024 年 3 月第 1 版
印　　次：2024 年 3 月第 1 次印刷
ISBN 978-7-5212-2689-8
定　　价：58.00 元

作家版图书，版权所有，侵权必究。
作家版图书，印装错误可随时退换。